Martin Zimmermann (Hrsg.)

**Allgemeinbildung**

**Das muss man wissen**

Martin Zimmermann (Hrsg.)

# Allgemeinbildung
## Das muss man wissen

Mit Bildern von Hauke Kock

Beiträge:

**Kulturwissenschaften:**

| | |
|---|---|
| Geschichte: | Susanne Rebscher |
| Philosophie: | Oliver Päßler, Natascha Becker |
| Mythologie: | Natascha Becker |
| Literatur: | Burghard Bartos, Bettina Gutschalk |
| Medien: | Burghard Bartos |
| Musik: | Anne Grimmer |
| Kunst: | Claudia Stamatelatos |
| Weltreligionen: | Bettina Gutschalk |
| Politik: | Natascha Becker |
| Länderkunde: | Bettina Gutschalk |

**Naturwissenschaften:**

Rainer Crummenerl

Arena

MIX
Papier aus verantwortungsvollen Quellen
FSC® C110508
www.fsc.org

Fachberatung:
Dr. Anne Martin, Stefanie Bergmann, Ann-Katrin Fiedler,
Dr. Renate Grubert, Heinrich Neustadt, Ulrich Neustadt, Frank Höfling,
Klaus Neff, Philip Ricker, Dr. Bernd Stanger, Dr. Ingo Loa

Sämtliche farbige Abbildungen im Innenteil:
Archiv für Kunst und Geschichte (akg-images), Berlin

1. Auflage der Sonderausgabe 2015

Illustrationen: Hauke Kock
Umschlaggestaltung: Juliane Hergt unter Verwendung des Originalcovers
von Frauke Schneider, © der Fotos: akg images, Shutterstock
Gesamtherstellung: Westermann Druck Zwickau GmbH
ISSN 0518-4002
ISBN 978-3-401-50925-9

*Besuche uns unter:*
*www.arena-verlag.de*
*www.twitter.com/arenaverlag*
*www.facebook.com/arenaverlagfans*

# INHALT

**Medien**



**Musik**



**Kunst**



**Weltreligionen**



**Politik**



**Länderkunde**

# Naturwissenschaften

### Kosmologie



### Die Erde



### Das Wetter



### Biologie



### Chemie



### Physik



### Mathematik

# BILDUNG MACHT SPASS

Junge Menschen sind wach und neugierig. Sie interessieren sich für viele verschiedenartige Dinge. Auch der bisweilen unangenehme und zähe Schulalltag ändert daran nichts. Manchmal hört man zwar, das sei in unserer Zeit anders, aber so reden Erwachsene, die Jugendliche schlecht kennen. Auch heute wollen sie neben der Beherrschung der Technik – insbesondere des Computers – etwas von ihrer Umwelt wissen und Kultur verstehen.

Dieses Buch soll dabei helfen. Es gibt einen gezielten Überblick über die wichtigen Grundlagen der Allgemeinbildung und bietet vieles von dem, was Geschichte, Kunst, Philosophie, Literatur, Biologie, Chemie usw. interessant und wissenswert macht.

In diesem Buch geht es demnach um Orientierung, um entscheidende Anstöße und nicht um Vollständigkeit. Man wird hier also nicht alles finden, vielleicht sogar etwas vermissen. Das liegt in der Natur eines derartigen Überblicks, denn die Welt passt nun einmal nicht zwischen zwei Buchdeckel.

Doch beim Lesen wird man rasch etwas viel Wichtigeres bemerken: Bildung macht Spaß. Wenn Wissen, wie hier, in interessanten Zusammenhängen dargestellt wird, erscheint es nicht mehr zäh und verstaubt, sondern plötzlich als unverzichtbare Bereicherung des eigenen Lebens. Das liegt schlicht daran, dass die gewonnenen Einsichten dazu beitragen, unsere Welt und unser Leben besser zu begreifen. Nicht umsonst heißt es »Jetzt geht mir ein Licht auf«: Vieles wird erst sichtbar, wenn man es weiß. Vieles sieht man neu, anders oder versteht es zum ersten Mal.

Es gibt spannende Entdeckungen zu machen und Unbekanntes kennen zu lernen. Dies ist ein idealer Ausgangspunkt, um neue Fragen zu stellen und Interessen zu vertiefen. Jedes Kapitel in diesem Buch gibt einen Überblick über ein bestimmtes Thema. Im Text sind besondere Begriffe, wichtige Aspekte und interessante Fakten fett gedruckt. Diese Begriffe werden an den Seitenrändern noch einmal vertieft und genauer erläutert.

Und wenn die Leserin oder der Leser dabei bemerkt, dass ihm in einzelnen Bereichen ganz anderes als das hier Gebotene wichtig erscheint, dann wäre das nicht die schlechteste Folge kluger Lektüre. Die Autoren und der Herausgeber wünschen sich jedenfalls, dass dieses Buch den jugendlichen Leserinnen und Lesern Freude bereitet, einen guten Überblick vermittelt und zugleich Anreiz für neue, eigene Fragen bietet.

*Prof. Dr. Martin Zimmermann*

# GESCHICHTE EUROPAS

# DIE ERSTEN MENSCHEN

Die ersten menschenähnlichen Wesen, die **Australopithecinen**, lebten vermutlich vor mehreren Millionen Jahren in Afrika. Ihr Gehirn war noch sehr klein und ihr Gebiss affenähnlich ausgeprägt. Diese so genannten Vormenschen bewegten sich zwar bereits größtenteils zweibeinig voran, doch mit den heutigen Menschen sind sie nicht zu vergleichen.

Unser erster nächster Verwandter war der *Homo habilis* (»geschickter Mensch«). Er benutzte bereits Steine, um Nahrung zu zerteilen. Dafür brauchte er seine Hände, wodurch er gezwungen war, immer mehr aufrecht zu gehen. Aus diesen Frühmenschen, die in kleinen Verbänden lebten, entwickelte sich vor etwa 1,5 Millionen Jahren der *Homo erectus* (»aufrecht gehender Mensch«), von dem Überreste in Afrika, Asien und Europa gefunden wurden. Der Homo erectus konnte Feuer machen.

Starke Klimaveränderungen hatten zu ausgedehnten Wanderungen der Frühmenschen über die Kontinente geführt, die zum Teil noch verbunden waren.

Vor etwa 200.000 Jahren entwickelten sich zeitgleich in Afrika der Homo sapiens (»vernunftbegabter Mensch«) und in Europa der **Neandertaler**. Beide beherrschten vermutlich bereits eine sehr einfache Sprache. Sie stellten Werkzeug aus Feuerstein her, deshalb nennt man diese Zeit auch Steinzeit. Diese Jäger und Sammler konnten sich jedoch noch keine Häuser bauen, sondern lebten in Höhlen. Besonders die Neandertaler mussten mit starker Kälte kämpfen, denn die letzte Eiszeit war noch lange nicht zu Ende. Die Neandertaler bestatteten ihre Angehörigen, was zeigt, dass sie bereits über den Tod nachgedacht haben.

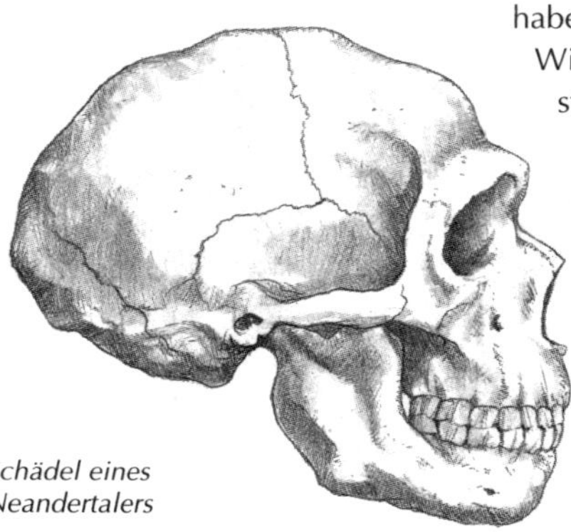

*Schädel eines Neandertalers*

Wir heutigen Menschen stammen vermutlich von den **Cromagnonmenschen** ab. Diese Steinzeitmenschen kamen aus Vorderasien nach Europa und verdrängten mit der Zeit die Neandertaler. Sie lebten in Höhlen oder bauten sich einfache Hütten oder Zelte. Sie verfügten schon über einen sehr

***Wer sind die Australopithecinen?***

*Die* Australopithecinen *(griech. »südliche Affen«) sind eine menschenähnliche Gattung aus Afrika, die vor 5,5 Millionen bis 700.000 Jahren lebten. Sie liefen bereits auf zwei Beinen, hatten aber noch ein affenähnliches Gebiss.*

***Wie kam der Neandertaler zu seinem Namen?***

*1856 wurde im Neandertal (Deutschland) ein teilweise erhaltenes Skelett eines Urmenschen gefunden. Eine flache Stirn, ein Spitzgesicht, ein fliehendes Kinn und ein massiges Skelett kennzeichnen ihn.*

***Wer sind die Cromagnonmenschen?***

*In der Cromagnonhöhle (Frankreich) wurden altsteinzeitliche Siedlungsreste und fünf Skelette gefunden. Sie hatten eine große Schädelbreite und ein niedriges Gesicht. Die Cronmagnonmenschen sind keine eigene Rasse, sondern ein bestimmter Typus des Homo sapiens.*

großen Wortschatz und fertigten Kleidung, Schmuck, Werkzeuge und Jagdwaffen an. Die Cromagnonmenschen lebten in größeren Verbänden und teilten Arbeiten wie Jagen, Beerensammeln oder Kleidunganfertigen untereinander auf. Die Höhlenmalereien in Frankreich, Spanien und in der Sahara sind Zeugnisse ihrer künstlerischen Fähigkeiten. Dargestellt sind Tiere, die diese Menschen vermutlich jagten. Man geht davon aus, dass sie damit ihr Jagdglück beschwören wollten.

Der wichtigste Fund aus der Jungsteinzeit ist der »Ötzi«. Dieser unter Schnee und Eis gut erhaltene Frühmensch wurde mit Waffen und Kleidungsresten 1991 in den Tiroler Alpen gefunden. Der »Ötzi« lebte vermutlich vor etwa 5.300 Jahren.

Vor 10.000 Jahren wurden im Gebiet des **Fruchtbaren Halbmondes** die ersten Bauern sesshaft. Sie entwickelten Werkzeuge zum Bearbeiten der Felder und legten Dörfer an. Besonders bekannt sind die **Pfahlbauten**. Die Landwirtschaft entstand und damit auch Bewässerungssysteme. Die ersten Getreidesorten wurden kultiviert und weiterentwickelt. Mit der Zeit fingen die Bauern an mit Waren zu handeln. Vor etwa 6.000 Jahren entdeckten die Menschen, wie Ton zu haltbaren Gefäßen gebrannt werden konnte, sowie Methoden zur Metallgewinnung und -verarbeitung. Zunächst verarbeiteten sie Kupfer, doch es war zu weich. Daher vermischten sie es mit Zinn und erhielten ein wesentlich härteres Metall: Bronze. Mit dem Anbruch der Bronzezeit entstanden auch die ersten Hochkulturen.

***Wo liegt der Fruchtbare Halbmond?***

*Mit dem Begriff Fruchtbarer Halbmond wurden die Steppenlandschaften Jordaniens, Israels, Syriens und des Irak bezeichnet, die in der Steinzeit noch nicht bewässert werden mussten. Sie ziehen sich gleich einem Halbmond auf der Karte hin und verbinden das ägyptische Niltal mit dem des unteren Euphrat und Tigris. Das Gebiet war damals stark besiedelt.*

***Was sind Pfahlbauten?***

*Als unsere Vorfahren der Jüngeren Steinzeit die ersten Häuser bauten, stellten sie diese auf Pfähle in ein Gewässer, um sich so vor den Angriffen wilder Tiere zu schützen.*

**BEMERKENSWERTES**

**Lebst du etwa noch in der Steinzeit?**

**Die Zeitabschnitte Steinzeit, Bronzezeit oder Eisenzeit sind zeitlich nicht so klar einzugrenzen wie etwa das Mittelalter oder die Neuzeit. Sie beschreiben bestimmte Entwicklungsstufen der Menschen. So stoßen wir sogar heute noch auf Völker in Australien, Südamerika oder Afrika, die eine steinzeitliche Lebensweise aufweisen, während wir bereits im Internet surfen. Treffen derart unterschiedliche Welten aufeinander, ist die Frage berechtigt, ob wir diesen angeblich rückständigen Menschen mit unserem Fortschritt tatsächlich etwas Gutes tun.**

# DAS ALTE ÄGYPTEN

Das alte Ägypten ist uns als das Land der Pharaonen und vor allem der Pyramiden bekannt. Der berühmte Fluss, der Nil, sorgt für die Bewässerung des Landes. Bei Hochwasser überschwemmt er die umliegenden Felder und bedeckt sie mit seinem fruchtbaren Schlamm. So hatte Ägypten trotz des heißen Klimas stets reichlich Nahrung für sein Volk und wurde sehr wohlhabend. Später war es sogar die Kornkammer des Römischen Reiches.

Die Pharaonen waren die alleinigen (man sagt auch: absoluten) Herrscher. Lediglich die Oberpriester waren ebenfalls sehr einflussreich. Religion spielte eine sehr wichtige Rolle im Leben der Ägypter. Ihr höchster Gott war der Sonnengott Amun-Re und alle Pharaonen sahen sich als dessen Söhne. Die Ägypter glaubten an ein Leben nach dem Tod und wollten deshalb auch die Körper der Toten für eine eventuelle Rückkehr der Seelen aufbewahren. Sie rieben die Leichen mit besonderen Salben ein und wickelten sie in lange Stoffstreifen. So wurden die Körper **mumifiziert** und hielten sich tausende von Jahren. Einmalig in der Geschichte sind die Gräber einzelner ägyptischen Herrscher, die **Pyramiden**. Wie riesige Steinberge ragen sie aus der Wüste empor. Unzählige Sklaven haben sie mit ihren Händen und einfachsten Flaschenzügen erbaut. Leider sind bis in die heutige Zeit fast alle Pyramiden von Grabräubern geplündert worden.

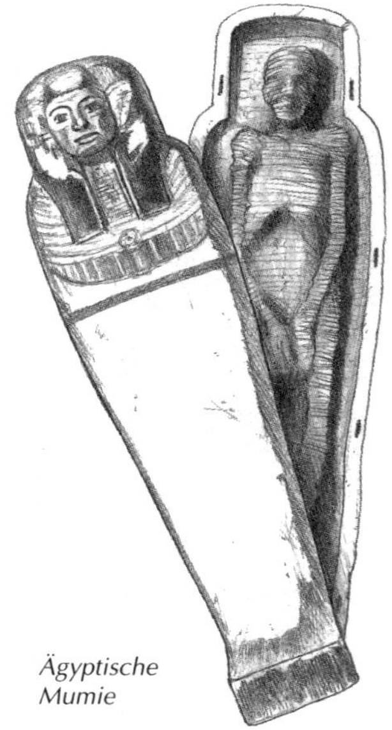

*Ägyptische Mumie*

In den Pyramiden finden wir Wandmalereien, die viel über das Leben im alten Ägypten erzählen. Sie zeigen Bauern und Fischer bei der Arbeit, religiöse Zeremonien, Schlachten und natürlich Szenen aus dem Leben der Toten. Die Maltechniken waren zwar noch sehr einfach, doch verfügten die Ägypter bereits über eine Schrift aus Symbolen und Bildern, die **Hieroglyphenschrift**. Sie ritzten ihre Zeichen nicht nur in Steine oder Tontafeln, sondern schrieben auch richtige Bücher auf **Papyrusrollen**.

***Wurden alle Toten mumifiziert?***

*Zuerst wurden nur die Pharaonen mumifiziert, später ließen sich auch die reicheren Ägypter einbalsamieren. Die Ägypter glaubten an eine Wiedervereinigung von Seele und Körper nach dem Tod.*

***Wer bewachte die Pyramiden?***

*Der Bau der Pyramide war so geheim, dass der Architekt strenger Schweigepflicht unterstand und nach der Fertigstellung sterben musste. Labyrinthe im Inneren sollten Grabräuber abschrecken. Vor den Pyramiden in Gise liegt die große steinerne Sphinx als Wächter.*

***Wie konnte man die Hieroglyphen entziffern?***

*Die Hieroglyphen konnten nur entziffert werden, weil Forscher glücklicherweise einen Stein fanden, auf dem eine Inschrift sowohl in griechischer Schrift als auch in Hieroglyphen eingemeißelt war.*

Die Ägypter waren sehr fortschrittlich in der Baukunst. Ihre Häuser hatten zwei Stockwerke und bestanden aus Lehmziegeln. Auch das Dach diente als Wohnbereich. Die Städte waren bereits in einzelne Viertel für bestimmte Handwerker und Händler aufgeteilt.

Das Reich der Ägypter war straff organisiert und unterlag strengen Gesetzen. Die Menschen waren sehr erfinderisch, aber auch sehr traditionsbewusst. Selbst das Volk lehnte Veränderungen ab. Das bekam auch der Pharao Echnaton (Amenophis IV. 1364–1347 v. Chr.) zu spüren. Seine Gemahlin war die für ihre Schönheit bekannte Nofretete. Echnaton versuchte einen neuen und einzigen Gott einzuführen und verlegte seine Hauptstadt von Theben nach El Amarna. Doch damit machte er sich bei seinem Volk sehr unbeliebt. Nach seinem Tod wurden alle Neuerungen wieder rückgängig gemacht.

In der Spätzeit war Ägypten Teil anderer Reiche, zum Beispiel des Römischen Reiches. Nun gab es auch Frauen auf dem Thron. Die berühmteste Herrscherin dieser Zeit war sicherlich **Kleopatra**, die später den Römer Marc Antonius (um 82–30 v. Chr.) heiratete. Sie verlor ihr Reich schließlich an den römischen Kaiser Augustus (63 v. Chr.–14 n. Chr.) und beging mit ihrem Mann daraufhin Selbstmord. Von nun an war der römische Kaiser ägyptischer Pharao.

***Was ist Papyrus?***

*Papyrus stellte man aus dem Mark der Papyrusstaude her, die auch als Nahrungsmittel, als Baumaterial für Boote und Netze und zur Herstellung von Seife oder Kleidern verwendet wurde. Das Mark wurde in dünne Streifen geschnitten, in zwei Lagen zusammengepresst und je nach Bedarf geglättet und poliert. Von dem Begriff Papyrus stammt unser Wort Papier.*

***Wer war Kleopatra?***

*Kleopatra (69–30 v. Chr.) regierte erst gemeinsam mit ihrem Bruder Ptolemaios XIII. (gest. 49 v. Chr.), der sie jedoch bald verstieß. Sie verbündete sich daraufhin mit dem römischen Kaiser Caesar und erlangte mit dessen Hilfe 48 v. Chr. die Macht zurück. Dennoch blieb sie in Rom bis zu Caesars Tod. Nach ihrer Rückkehr nach Ägypten erhob sie den gemeinsamen Sohn Caesarion (geb. 47 v. Chr.) zum Mitregenten. Danach verbündete sie sich mit dem Römer Marc Antonius, der sich damit Kaiser Augustus zum Gegner machte.*

**BEMERKENSWERTES**

**Die Haltbarkeit der Mumien**

**Für die Einbalsamierung der Toten wurden Hirn und Eingeweide entfernt und der Körper mit Myrrhenpulver und anderen Duftstoffen gefüllt. Um ihm auch das Wasser zu entziehen, wurde er 70 Tage in Natronsalz eingelegt. Anschließend umwickelte man den Körper mit Leinenbinden, die man mit einer kleisterähnlichen Gummimasse überzog. Die Mumie kam in einen Holzsarg und dann in einen Steinsarkophag. Deshalb können wir auch heute noch in die Gesichter der damals großen Herrscher blicken.**

# DIE HOCHKULTUREN MESOPOTAMIENS

**Wieso heißt das Land Zweistromland?**
*Das Land heißt so, weil es dort zwei große Flüsse gibt, die – ebenso wie der Nil – sehr wichtig für die Bewässerung waren: der Euphrat und der Tigris. Manchmal taucht jedoch auch der Name »Zwischenstromland« auf, weil das Gebiet zwischen den beiden Flüssen gemeint ist.*

**Wieso war Babylon so bedeutend?**
*Babylon lag mitten im fruchtbarsten Gebiet des Zweistromlandes und außerdem sehr verkehrsgünstig. Es war zur damaligen Zeit die größte Stadt der bekannten Welt. Aus dem Alten Testament ist uns der Babylonische Turm bekannt, dessen Vollendung angeblich dadurch verhindert wurde, dass sich die Bauleute unterschiedlicher Herkunft plötzlich nicht mehr verständigen konnten.*

Die zweite Hochkultur im Mittleren Osten, die von großer Bedeutung für die Entwicklung der Menschheit war, lag im so genannten **Zweistromland**. Die Flüsse Euphrat und Tigris durchqueren dieses Gebiet, von dem man sagte, dass dort Milch und Honig flossen. Doch so fruchtbar war es gar nicht. Besonders im Süden mussten aufwändige Bewässerungssysteme angelegt werden, um die Landwirtschaft möglich zu machen.
Im Süden Mesopotamiens wohnten die Babylonier und Sumerer, im Norden lebten die Assyrer, die hauptsächlich Kaufleute und Nomaden waren und erst später (ab 1800 v. Chr.) an Macht gewannen. Die drei Völker waren die wichtigsten in dem Land, in dem noch viele weitere kleine Stämme lebten. Die Kultur Mesopotamiens wurde, im Gegensatz zu der des sehr traditionsbewussten und isolierten Ägyptens, durch viele verschiedene Einflüsse geprägt und bereichert.
Umfangreiche Funde einer ähnlichen Keramikkunst zeigen sowohl in Mesopotamien als auch in Kleinasien, dass bereits ab Mitte des fünften Jahrtausends v. Chr. eine rege Produktion in diesem Bereich stattgefunden hat und blühender Handel betrieben wurde. Die Skulpturen waren wesentlich feiner gearbeitet als bei den Ägyptern. Außerdem errichteten die Menschen beeindruckende tempelähnliche Bauten auf Hochterrassen (Zikkurats).
Auch die genaue Beobachtung der Natur war ihnen nicht fremd. Die Babylonier und Assyrer betrachteten intensiv die Sterne und versuchten aus der Stellung der Planeten, der Sonne und des Mondes, die Zukunft vorauszusagen. Jeder Planet hatte eine besondere Bedeutung (Glück oder Unglück).

Entlang der Flüsse gründeten die Menschen größere Siedlungen, die von Königen und Priestern beherrscht wurden. Aus diesen Siedlungen entstanden die ersten Städte. Nicht nur das berühmte **Babylon** war damals sehr bedeutend, sondern auch die sumerischen Städte Ur und Uruk.
Die Sumerer bauten schon um 3000 v. Chr. ihre Städte aus Lehmziegeln. Archäologen fanden in den Ruinen Urs Goldschmuck, goldene Opfergefäße, kunstvoll gearbeitete Instrumente sowie goldene Helme und Dolche, die mit Edelsteinen besetzt waren. Auch Königspaläste waren schon gebaut worden. Besonders Uruk ist bekannt für seine große Tempelanlage und den zehn Kilometer langen Mauerring mit über 900 Türmen.

Die Sumerer haben viele wichtige Dinge erfunden: das Rad, die schnell drehende Töpferscheibe, das **Rollsiegel** und – die Keilschrift. Diese Schrift bestand nicht aus Bildern wie die ägyptische Hieroglyphenschrift, sondern aus spitzen Strichen, die wie Dreiecke oder Keile aussahen und Silben wiedergaben. Die Sumerer schrieben in weichen Ton. Unzählige erhaltene Tontafeln erzählen die Sage des Helden **Gilgamesch**, Taten berühmter Könige oder enthalten Verträge und Warenlisten von Kaufleuten. Besonders berühmt ist das Gesetzbuch des **Königs Hammurabi**.

Das erste Großreich der Geschichte entstand unter König Sargon I. (ca. 2350–2295 v. Chr.), der zunächst die sumerischen Städte vereinte und später ganz Mesopotamien. Hauptstadt wurde Akkad. Der einheitliche Staat förderte die Entwicklung von Wirtschaft und Kunst und konnte wesentlich stärkere Macht ausüben als ehemals die vielen kleinen Stadtstaaten. Der Handel gewann an Bedeutung, vor allem auch der Seehandel. Der Herrscher sah sich selbst als Stellvertreter Gottes, ein Phänomen, das vermutlich ägyptischem Einfluss entstammt.

### BEMERKENSWERTES

**Die Entstehung der Woche**

**Die Babylonier und Assyrer verehrten neben ihren Stadtgöttern auch die Sonne, den Mond und fünf Planeten, die uns als Mars, Merkur, Jupiter, Venus und Saturn bekannt sind und damals schon entdeckt waren. Jedem »Planetengott« widmeten sie einen Tag. Aus den sieben Tagen ist unsere Woche entstanden. Die ursprünglichen Namen sind später durch griechische, römische oder auch germanische Götternamen ersetzt worden. Im Französischen heißt zum Beispiel Mittwoch *merc-redi* (von Merkur). Im Deutschen haben wir heute noch einen Sonn- und Mon(d)-tag.**

***Was ist ein Rollsiegel?***
*Auf der Außenseite eines kleinen zylindrischen Steines wurden Symbole und Schriftzeichen angebracht, die z. B. Herrschernamen wiedergaben. Indem man den Stein auf weichem Ton abrollte, erhielt man ein »Bild«. Mit Rollsiegeln wurden Gefäße und Tontafeln versiegelt.*

***Was ist das Gilgamesch-Epos?***
*Im Gilgamesch-Epos, dem größten literarischen Werk der Babylonier, kämpft der Held Gilgamesch mit seinem Diener Enkidu gegen den Himmelsstier und den dämonischen Herrscher des Zedernwaldes. Der Diener geht später für seinen Herrn in die Unterwelt. Auch die Sage der Sintflut wird erzählt. Themen des Werkes sind der Tod und die Suche nach dem ewigen Leben.*

***Wer war König Hammurabi?***
*König Hammurabi (1728–1686 v. Chr.) gehörte zu den ersten babylonischen Herrschern, die das ganze Land regierten. Er ließ das älteste Gesetzbuch der Welt in Stein meißeln.*

***Wie sahen die Stadtstaaten aus?***
*Die griechischen Stadtstaaten waren kleine, fast familiengebundene Einheiten. Jeder einzelne Bürger nahm aktiv am politischen Geschehen teil und trug Verantwortung dafür.*

***Wovon erzählt Homer?***
*Der Dichter Homer (8. Jh. v. Chr.) berichtet in seinem Werk* Ilias *vom Troianischen Krieg und in der* Odyssee *von den Irrfahrten des Odysseus. Darin erfahren wir viel über das damalige soziale und politische Leben, über die unbesiegbaren Helden und über Götter mit sehr menschlichen Eigenschaften.*

***Was bewirkte Solon?***
*Der Staatsmann Solon (ab 594 v. Chr.) ordnete die Gesellschaft neu und nach demokratischeren Vorstellungen als seine Vorgänger. Eine Volksversammlung wählte jährlich neun Männer zu obersten Amtsträgern. Außerdem bestimmte sie das Geschworenengericht, vor dem jeder Bürger gleich war.*

Auf der Insel Kreta im Ägäischen Meer lebte zwischen 1500 und 1200 v. Chr. das Volk der Minoer, von dessen Reichtum und hoch entwickelter Kultur noch prunkvolle Paläste zeugen wie der Palast von Knossos. Der Sage nach ließ König Minos ihn erbauen. In einem Labyrinth unter dem Palast wohnte, laut Mythos, der Minotaurus, ein Wesen mit einem Menschenkörper und einem Stierkopf, der von den Bewohnern Menschenopfer verlangte.
Im zweiten Jahrtausend v. Chr. wanderten neue Völker in das Gebiet des heutigen Griechenland ein. Sie schufen die mykenische Zivilisation, in der adlige Krieger von festen Burgen (vor allem Mykene auf der Peloponnes) aus das Land beherrschten. Die mykenische Kultur wurde von der minoischen stark beeinflusst.
Nach dem Untergang der mykenischen Zivilisation um 1200 v. Chr. entstanden die griechischen Stämme der historischen Zeit: die Ionier, Äolier und Dorer. Sie bildeten **Stadtstaaten** (*Poleis*) und führten häufig Krieg gegeneinander. Besonders hervorgetan haben sich dabei das dorische Sparta auf der Peloponnes und das von den Ioniern gegründete Athen auf der Halbinsel Attika. Zwar rissen immer wieder einzelne Adlige, Tyrannen genannt, die Herrschaft der kleinen Staaten an sich, doch das Volk wehrte sich häufig. Viele Regierungswechsel prägten die damalige Politik.
Von den Phöniziern, einem seefahrenden Händlervolk aus Vorderasien, übernahmen die Griechen etwas sehr Wichtiges: die Schrift. Das waren keine Bilder oder Silben mehr, sondern Buchstaben. Einige griechische Buchstaben begegnen uns im Mathematikunterricht: $\alpha$-, $\beta$- und $\gamma$-Winkel und $\pi$ (die Kreiszahl Pi, die man für die Berechnung von Kreisinhalten benötigt). Dennoch wurde die Erinnerung an wichtige Ereignisse weiterhin von fahrenden Sängern wie dem noch heute berühmten **Homer** mündlich überliefert.

Die Spartaner führten ein hartes und einfaches Leben. Die Jungen verließen schon im Alter von sieben Jahren ihre Familie und verbrachten ihr ganzes Leben im Militärdienst. Den größten Teil der Bevölkerung bildeten staatseigene Sklaven (Heloten), die in der Landwirtschaft arbeiten mussten. Auffällig an der Regierung Spartas war, dass zwei Könige gleichzeitig an der Spitze standen. Die spartanischen Bürger durften in der Volksversammlung mit Ja oder Nein stimmen, die Leitung der Politik hatten die Herrscher und der Ältesten-Rat.
Der athenische Staat war weniger kriegerisch organisiert. Die Athener handelten mit Öl, Getreide und Metall und fuhren zur See. Auf

dem Athener Marktplatz (Agora) trafen sich die Bürger zu politischen Versammlungen. Jeder konnte hier seine Anliegen vorbringen. Die Mitsprache der Bürger hatte der Staatsmann **Solon** (um 640–um 561 v. Chr.) ermöglicht. Seine Gesetzesänderungen und die späteren Reformen des Kleisthenes bildeten die Grundlage für die Demokratie.
Die Griechen führten oft Krieg mit den Persern, deren Reich sich bis nach Ägypten und Indien ausdehnte. Bei **Marathon** kam es zu einer entscheidenden Schlacht, welche die Athener überraschend gewannen. Nach einem erneuten, aber erfolglosen Angriff unter ihrem König Xerxes gaben die Perser schließlich eine Eroberung Griechenlands auf.
Die griechischen Stämme waren durch zwei Dinge eng verbunden: durch die Religion und Feste wie die **Olympischen Spiele**. Hier maßen sich auserwählte Männer in verschiedenen Sportarten und die Sieger wurden als Helden gefeiert.

***Was hat die Stadt Marathon mit dem Lauf zu tun?***
*Die Perser unterlagen den Griechen vor der Stadt Marathon. Sie versuchten noch das unbewachte Athen zu überfallen, doch ein Läufer aus Marathon konnte angeblich die Bewohner rechtzeitig warnen. Bei seiner Ankunft brach er tot zusammen. Ihm zu Ehren wurde der Marathonlauf als sportliche Disziplin eingeführt.*

***Wo wurden die antiken Olympischen Spiele abgehalten?***
*Die Spiele fanden alle vier Jahre in der Stadt Olympia (Kultstätte des griechischen Göttervaters Zeus in Elis auf der Peloponnes) statt. In dieser Zeit herrschte Friede im Land. Die jungen Griechen maßen sich im Laufen, Diskus- und Speerwerfen, in Ring- und Faustkämpfen und im Wagenrennen. Die Sieger erhielten Kränze aus Ölzweigen. Die erste bekannte Siegerliste stammt aus dem Jahr 776 v. Chr.*

**BEMERKENSWERTES**

**Demokratie im heutigen Sinne?**

**Einerseits übertraf das Mitbestimmungsrecht der Athener Bürger unsere Vorstellungen von Demokratie, denn jeder durfte seine Anliegen vor die Volksversammlung bringen. Durch eine jährliche Wiederwahl und das spätere Scherbengericht (Abstimmung mittels Tonscherben über Sturz eines Politikers) waren die Machthaber gut zu kontrollieren. Doch andererseits galt ab dem fünften Jahrhundert v. Chr. nur noch derjenige als Bürger, dessen beide Eltern Athener waren; Frauen, Fremde und Sklaven hatten keine politischen Rechte.**

***Welche Fähigkeit war wichtig für einen Staatsmann?***
*Wer als Politiker sein Anliegen überzeugend vorbringen konnte, wurde auch angehört. Demosthenes (384–322 v. Chr.) war ein sehr begabter Redner (Rhetoriker) und erlangte als Staatsmann große Macht. Seine Reden aus dem vierten Jahrhundert v. Chr. erzählen uns viel über die Politik und Gesellschaft der damaligen Zeit.*

***Was ist der Parthenontempel?***
*Der heute noch gut erhaltene Tempel ist das Heiligtum der Göttin Athena Parthenos (Jungfrau) auf der Akropolis in Athen. Er beherbergte das berühmte Standbild der Göttin, das der Bildhauer Phidias gefertigt hatte.*

***Wie sah ein Theater damals aus?***
*Die griechischen Theater waren als Halbkreis erbaut. Sitzreihen für tausende von Menschen gruppierten sich um eine Orchestra und zogen sich steil einen Hang hinauf. Die Akustik war so gut, dass man auch im obersten Rang jedes Wort verstehen konnte. Die Zuschauer blickten auf eine erhöhte Bühne.*

Der **Staatsmann** Perikles (um 500–429 v. Chr.) aus Athen schloss 448 v. Chr. mit dem persischen Großkönig ein Friedensabkommen und handelte mit den Spartanern einen Waffenstillstand für 30 Jahre aus. Er führte ein, dass jene Bürger, die ein öffentliches Amt übernahmen, dafür bezahlt wurden, und brachte Athen zu seiner größten Blüte. Mächtige Gebäude entstanden, u. a. wurde der **Parthenontempel** auf der Akropolis erbaut.
In der klassischen Zeit erfuhr Griechenland eine große kulturelle Blüte. Vor allem das **Theater** wandelte sich zu einer eigenständigen Kunstform. Auf ihm baut unser heutiges Drama auf. Es gab zwei Gattungen: die Tragödie, die von historischen Personen und Helden erzählte und eine moralische Botschaft enthielt; und die Komödie, die das Gesellschaftsleben humorvoll kritisierte. Auf der Bühne standen nur Männer. Sie trugen sehr ausdrucksstarke Masken. Selbst Spezialeffekte hatten sich die Griechen bereits ausgedacht. Zum Beispiel konnten mit Hilfe eines Krans die Schauspieler fliegen oder plötzlich auftauchen und wieder verschwinden. Das erste Theaterfestival fand 534 v. Chr. zur Feier des Weingottes Dionysios statt und wurde jedes Jahr wiederholt. Griechische Komödien und Tragödien wie die von Aristophanes, Aischylos und Euripides gehören heute noch fest ins Programm unserer Theater- und Opernhäuser.

Nach 15 Jahren Waffenstillstand brach zwischen Athen und Sparta 431 v. Chr. der **Peloponnesische Krieg** aus. Die Griechen waren durch die langen Kämpfe schließlich so geschwächt, dass sie den 339 v. Chr. einfallenden Makedonen, deren Reich nördlich von Griechenland lag, keinen Widerstand mehr leisten konnten. Der makedonische König Philipp II. (um 382–336 v. Chr.) konnte die vielen griechischen Stadtstaaten bezwingen und bewog sie zu einem Bündnis gegen den gemeinsamen Feind, die Perser.
Philipp II. wurde ermordet und sein Sohn Alexander (356–323 v. Chr.) kam an die Macht. Alexander zeigte großes Interesse an den Helden der Ilias und an griechischer Bildung. Sein Lehrer war der berühmte Philosoph Aristoteles (384–322 v. Chr.).
Alexander der Große besiegte die Perser endgültig 333 v. Chr. bei der Schlacht von Issos (»Drei, drei, drei – bei Issos Keilerei!«). Doch das genügte ihm nicht. Er führte sein Heer nach Ägypten, durch ganz Asien bis nach Indien und schuf eines der größten Weltreiche in der Geschichte der Menschheit. Erst als sein Heer sich in Indien weigerte weiterzuziehen, kehrte er um.
Für die Verwaltung dieses großen Reiches wurden einheimische,

Portrait Alexander d. Großen auf einer antiken Münze

makedonische und griechische Statthalter eingesetzt. Die Einheimischen übernahmen zum größten Teil die griechische Lebensweise und ahmten die griechische Kunst nach. Diese Kulturepoche nennen wir heute Hellenismus.

Unter Alexander und nach dem Zerfall seines Reiches entstanden neue politische und wirtschaftliche Zentren wie Alexandria in Ägypten und Pergamon in Kleinasien. Der Handel blühte bis weit über den Mittelmeerraum hinaus. Kultur und Geistesleben spielten eine große Rolle. Die Lehren der griechischen Philosophen gehörten inzwischen zur Allgemeinbildung. Gelehrte aus Europa und Asien tauschten ihr Wissen über Mathematik, Astronomie und **Medizin** aus.

***Wer kämpfte im Peloponnesischen Krieg?***

*Im Peloponnesischen Krieg (431–404 v. Chr.) rangen Athen und Sparta um die Vorherrschaft in Griechenland. Das Glück wechselte immer wieder die Seiten, doch letztlich unterlag Athen. Der Spartaner Lysander (gest. 395 v. Chr.) eroberte die Stadt.*

***Was wussten die Griechen über Medizin?***

*In der griechischen Antike unterrichteten Medizinschulen Heilkunde und Anatomie. Man durfte aber nur Tiere sezieren. Der Arzt Hippokrates begründete in der zweiten Hälfte des fünften Jahrhunderts v. Chr. die wissenschaftliche Heilkunde. Die Ärzte schwören heute noch den »Hippokratischen Eid«, der sie zur gewissenhaften Heilung von Kranken verpflichtet.*

## BEMERKENSWERTES

### Das Kulturerbe der Griechen

**Im geistigen Leben haben die Griechen die Grundlagen unserer Kultur geschaffen. Sie »erfanden« die Geografie, Philosophie, Redekunst, Naturwissenschaft (Mathematik, Physik), Medizin, Dichtkunst, Geschichtsschreibung, das Theater und den Sport. Philosophische und literarische Autoren dieser Zeit sind noch heute von Bedeutung. In der Renaissance ließen europäische Künstler die griechische Kunst wieder aufleben und erhoben sie zum Maß aller Dinge. 1896 wurden die Olympischen Spiele zu neuem Leben erweckt und unsere Sportler tragen das olympische Feuer von Griechenland aus ins jeweilige Gastland. Europa wäre ohne das Erbe Griechenlands nicht das, was es heute ist.**

# DAS RÖMISCHE REICH

***Wer war Romulus?***
*Romulus und sein Zwillingsbruder Remus wurden von ihrem Onkel, einem Thronräuber, als Kleinkinder ausgesetzt. Eine Wölfin, so die Legende, zog die Kinder groß. Die Brüder rächten sich an ihrem Verwandten. Als sie eine neue Stadt gründen wollten, gerieten sie in Streit und Romulus erschlug Remus.*

***Was sind die Punischen Kriege?***
*Die drei Kriege gegen Karthago sind nach den Phöniziern (lat.* Poeni*) benannt, die die Stadt in Nordafrika gegründet haben. Im dritten Krieg 146 v. Chr. wurde Karthago endgültig zerstört.*

***Wie sahen die römischen Thermen aus?***
*In den Badehäusern der Römer gab es prunkvoll ausgestattete Kaltwasser-, Warmwasser- und Dampfbäder, Sport-, Ruhe- und Leseräume. Noch heute gehen viele Menschen gerne in Saunen, die oft den römischen Thermen gleichen.*

Rom wurde der Legende nach 753 v. Chr. von **Romulus** gegründet und entwickelte sich zu einer mächtigen Stadt. Nach dem Sieg über König Pyrrhus beherrschten die Römer ganz Italien und nach den **Punischen Kriegen** gegen den Feldherrn Hannibal und seine Elefanten aus Karthago (Nordafrika) den westlichen Mittelmeerraum.
Die Römer hatten sehr gute Baumeister, die gepflasterte Straßen wie die Via Appia anlegten, auf denen das Heer, Kaufleute und Kuriere reisten. Außerdem errichteten sie bedeutende Gebäude wie das große Amphitheater in Rom, das Kolosseum, prunkvolle **Thermen** und imposante Triumphbögen wie den Konstantinsbogen. Erstaunlich waren auch die Aquädukte, über große Strecken geführte oberirdische, steinerne Wasserleitungen, die das Wasser von den Bergen in die Städte leiteten.

Von Italien aus expandierten die Römer und schufen im Laufe der Zeit ein riesiges Reich. Das Römische Reich bestand aus vielen Provinzen, die von römischen Amtsträgern verwaltet wurden. Die besiegten Völker zahlten Steuern und mussten Truppen stellen, aber die Römer beließen ihnen eine lokale Selbstverwaltung und sie durften auch ihre Religionen frei ausüben. Viele nahmen den römischen Lebensstil an, doch das römische Bürgerrecht besaßen nur wenige Menschen. Erst 212 n. Chr. wurde es von Kaiser Caracalla (186–217) an alle freien Reichsbewohner verliehen. Die Grundlage des römischen **Rechtssystems** war das »Zwölftafelgesetz« (Mitte des fünften Jahrhunderts), das auf zwölf bronzenen Tafeln schriftlich festgehaltene Gewohnheitsrecht.

Die römische Staatsordnung beruhte auf der Volksversammlung, dem Senat und den Magistraten. Doch der Senat, in dem die erfahrensten Politiker saßen, bestimmte die Richtlinien der Politik. Es gab immer wieder politische Machtkämpfe. An diesen beteiligte sich auch der charismatische Politiker und Feldherr Gaius Julius Caesar (100–44 v. Chr.). Nachdem er seinen Konkurrenten Pompeius geschlagen hatte, erhob er sich zum Alleinherrscher über Rom. Caesar eroberte Gallien (Frankreich), Teile Spaniens und das linksrheinische Germanien.
Sein Adoptivsohn Octavian, der später den Ehrennamen Augustus erhielt, war der größte Eroberer der römischen Geschichte. Er vervollständigte die Besetzung Spaniens und fügte die Alpenländer, Süddeutschland, den nördlichen Balkan, große Teile Kleinasiens und Ägypten in das Römische Reich ein, brachte diesem aber auch

eine lange Zeit des Friedens (*Pax Romana* – »römischer Friede«). Augustus ordnete das Reich neu und wurde 27 v. Chr. erster römischer Kaiser.

Die Nachfolger des Augustus waren zum Teil schwache Regenten und so kam es zu politischen Unruhen. Als besonders unberechenbarer Herrscher erwies sich Nero (54–68 n. Chr.). Als in Rom ein großer Brand ausbrach, gab er den Christen die Schuld daran und ließ sie verfolgen und hinrichten.

Im zweiten Jahrhundert n. Chr. wurde der Limes, ein steinerner Grenzwall mit Verteidigungstürmen, errichtet, um Anstürme der *Barbaren* (lat., bedeutet »die Fremden«), insbesondere der Germanen, abzuwehren. Doch im dritten Jahrhundert drohte das Reich unter den Angriffen fremder Völker und unter Bürgerkriegen zu zerbrechen. Kaiser Diokletian (284–305) gelang es, durch eine Heeresreform, die Straffung der Verwaltung und die Einrichtung eines Kollegiums von vier Kaisern, der **Tetrarchie**, das Reich zu erneuern.

***Wie wichtig ist das römische Recht für uns?***

*Die theoretische Rechtsbetrachtung und das Rechtsverständnis (Personen-, Sach- und Vertragsrecht) der Römer ist die Grundlage aller Rechtsordnungen in Europa. Nach Auffassung der römischen Rechtsgelehrten bestand ihre Aufgabe darin, nach praktischen Lösungen für typische Einzelfälle zu suchen. Ein Geschädigter musste sich selbst darum kümmern, sein Recht zu bekommen.*

***Was ist eine Tetrarchie?***

*Tetrarchie kommt von griechisch* tetra *– »vier« und* archós *– »Anführer«. Es regierten zwei Kaiser und zwei Unterkaiser. Sie verwalteten jeweils einen Reichsteil, aber die Einheit des Reiches blieb gewahrt, weil die gleichen Gesetze und Verwaltungsprinzipien galten und Diokletian die höchste Autorität ausübte.*

**BEMERKENSWERTES**

**Was ist ein Pyrrhussieg?**

**König Pyrrhus von Epirus (319–272 v. Chr.) kam der Stadt Tarent gegen die Römer zur Hilfe. Er siegte in den Schlachten von Heraclea und Ausculum, jedoch unter furchtbaren Verlusten. Sein Friedensangebot wurde von den Römern abgelehnt. Heute wird solch ein Sieg, bei dem man sehr viel verliert, »Pyrrhussieg« genannt.**

***Wie setzte sich das Christentum durch?***
*Nach Nero wurden die Christen noch nicht systematisch verfolgt. Erst Mitte des dritten Jahrhunderts ermöglichte ein Gesetz die offizielle Verfolgung. Aber es gab auch danach noch Zeiten der Toleranz und die Christen gewannen immer mehr Anhänger. Nach dem Mailänder Edikt entwickelte sich das Christentum erstaunlich schnell zur Staatsreligion.*

***Wer war Kaiser Konstantin?***
*Konstantin (280–337) wurde nach dem Tod seines Vaters Constantius Chlorus, der an der Tetrarchie beteiligt war, Kaiser. Er ließ sich erst in Trier nieder, bekämpfte aber bald den in Rom regierenden Kaiser Maxentius und schlug ihn 312 an der Milvischen Brücke. Seit 324 war Konstantin Alleinherrscher.*

Mit dem Begriff »Spätantike« bezeichnet man den Übergang von der römischen Kaiserzeit zum Frühmittelalter. In dieser Zeit fanden große Veränderungen statt. Während Kaiser Diokletian die **Christen** noch heftig verfolgt hatte, begann sein Nachfolger **Kaiser Konstantin** sie zu tolerieren. Vor einer Schlacht gegen den ehemaligen Unterkaiser Maxentius hatte er im Traum die Vision, er würde unter dem Zeichen des Kreuzes siegen. Das geschah tatsächlich. Mit dem Mailänder Edikt von 313 erlaubte Konstantin den Christen ihre Religion frei auszuüben. Er privilegierte zunehmend die kirchlichen Organisationen und das katholische Glaubensbekenntnis. Das Christentum wurde Staatsreligion.

Konstantin machte die Stadt Byzanz (heute Istanbul) im Osten zu seinem Herrschersitz und nannte sie Konstantinopel. Als nach 395 der griechisch und lateinisch sprechende Reichsteil sich unter je einem Kaiser allmählich auseinander entwickelten, wurde Konstantinopel Hauptstadt des Oströmischen Reiches (bis 1153), während diese Rolle im Westen Ravenna übernahm. Im Oströmischen Reich entwickelte sich später die griechisch-orthodoxe und im Weströmischen Reich die katholische Kirche.

Um einem Ansturm der **Hunnen** zu entkommen, flüchtete der westgotische Stamm der **Germanen** ins Römische Reich und durfte sich dort ansiedeln. Doch bald gerieten die Westgoten in Streit mit den Römern. Daraufhin zogen sie unter ihrem König Alarich (310–410) nach Athen, kehrten dann aber ins Römische Reich zurück und eroberten im Jahr 410 Rom. Anschließend ließen sie sich in Südfrankreich und Spanien nieder. Ihnen folgten andere germanische Stämme. Damit brach die Zeit der **Völkerwanderung** an. Die Germanen plünderten und zerstörten die römischen Städte und siedelten sich als Bauern an. In Nordafrika gründeten die Wandalen sogar ein eigenes Königreich.

Die Hunnen schufen ein Großreich in Südrussland und auf dem Balkan und drangen sogar bis nach Frankreich vor. Nach einer unentschiedenen Schlacht auf den Katalaunischen Feldern (zwischen Troyes und Châlons, Nordfrankreich) 451, in der alle Truppen des Römischen Reiches und auch germanische gegen die Hunnen und ihren König Attila (gest. 453) kämpften, zog das wilde Reitervolk bis vor Rom. Papst Leo (gest. 461) schaltete sich als Vermittler ein und wie durch ein Wunder zog Attila unverrichteter Dinge wieder ab.

Doch das Weströmische Reich war stark geschwächt. Sein letzter römischer Kaiser Romulus Augustulus (geb. 462) wurde 476 von dem Germanen Odoaker (433–493) entmachtet.

Im Oströmischen Reich (Byzantinisches Reich) waren indessen die Ostgoten unter König Theoderich eingefallen. Doch der oströmische König überredete sie nach Westen abzuziehen und sich in Italien niederzulassen, was sie dann auch taten. Theoderich (453–526) entmachtete Odoaker und wählte Ravenna zu seiner Hauptstadt. In Konstantinopel kam 527 Kaiser Justinian (482–565) an die Macht. Er ließ alle Gesetzestexte sammeln und in dem Gesetzesbuch *Corpus juris civilis Justiniani* zusammenfassen. Noch heute sind sie die Grundlage der Rechtsprechung. Er hatte auch die Vision, das Römische Reich wieder zu vereinen, und schaffte es auch, Theoderich und die Ostgoten zu besiegen. Doch 568 fiel der germanische Stamm der Langobarden in Italien ein und übernahm dort die Herrschaft.

***Woher kamen die Hunnen?***

*Die Hunnen waren ein asiatisches Reitervolk. Sie waren sehr gefürchtet und wegen ihrer schnellen Pferde und Bogenschießtechnik fast unbesiegbar. Sie fielen wie ein Sturm über die Europäer her. Besonders ihr Herrscher Attila galt als überaus grausam.*

***Wer waren die Germanen?***

*Es gab viele germanische Stämme, deren Namen zum Teil heute noch existieren: Friesen, Burgunden, Sachsen, Schwaben, Franken, Alemannen. Sie betrieben meist Ackerbau.*

***Wohin ging die Völkerwanderung?***

*Vom dritten bis sechsten Jahrhundert wanderten die Germanen aus den Gebieten rechts des Rheins und dem nordöstlichen Europa bis nach Frankreich, Italien, Spanien, Afrika und auf den Balkan, siedelten sich dort an und begründeten sogar eigene Staaten. Die Hunnen zogen zur gleichen Zeit von Asien nach Europa. In der Menschheitsgeschichte gab es viele solcher Völkerwanderungen.*

## BEMERKENSWERTES

### Wandalismus

**Die Wandalen siedelten zeitweilig im heutigen Polen. Im Jahr 406 überquerten sie den Rhein und zogen plündernd nach Spanien, wo sie sich niederließen. Ein Teil zog nach Nordafrika weiter und gründete auf römischem Boden einen eigenen Staat mit Karthago als Herrschersitz.**

**Von dem Namen der Wandalen (auch Vandalen) leitet sich der Begriff Wandalismus (auch Vandalismus) ab, obwohl die Wandalen keineswegs mehr zerstörten und plünderten als andere Stämme. Aber sie eroberten und plünderten im Jahr 455 Rom und dies brachte ihnen ihren schlechten Ruf ein.**

# EROBERUNGEN DURCH DEN ISLAM

***Welche Bedeutung hat die Flucht Mohammeds für den Islam?***
*Die Flucht Mohammeds (arab. hedjra – »Flucht«) hat für die Moslems eine große Bedeutung: Mit dem Tag der Flucht, dem 16. Juni 622, beginnt ihre Zeitrechnung.*

***Was brachten die Muslime den Spaniern?***
*Die Muslime fielen unter ihrem Feldherrn Tarek in Spanien ein. Sie begründeten dort eine reiche maurische Kultur, die 700 Jahre währte und aus der heute noch viele Stilelemente in der Kunst erhalten sind.*

***Warum unterlagen die Araber in Frankreich?***
*Karl Martell hatte sein Heer aus Bauernkriegern mit Panzerreitern (später Ritter) verstärkt und schlug das arabische Heer 732 bei Tours und Poitiers in Südfrankreich zurück.*

Am Ende des sechsten Jahrhunderts lebte in Arabien in der Stadt Mekka ein Mann namens Mohammed (geb. 570). Er war ein belesener Kaufmann und pflegte viele Kontakte zu Juden und Christen. Mohammed war sehr beeindruckt von deren Glauben an einen einzigen und allmächtigen Gott. Sein eigenes Volk betete die Gestirne an und einen heiligen Stein, der im Heiligtum Kaaba in Mekka lag. Eines Tages, so heißt es, sei der Erzengel Gabriel erschienen und habe ihm befohlen den Koran zu schreiben und die Lehre Allahs (arab. »Gott«) zu verkünden.

Mohammed predigte von dieser Erscheinung, aber nur einige wenige Pilger, die durch Juden in ihrer Heimatstadt bereits von dem Glauben an nur einen Gott gehört hatten, wurden aufmerksam auf seine Lehren. Besonders erzürnt waren die Wächter der Kaaba und verurteilten Mohammed als Hochverräter zum Tod. Als sie in sein Haus eindrangen, gelang ihm rechtzeitig die **Flucht** durch ein Hinterfenster.

Mohammed folgte den Pilgern in ihre Stadt (heute Medina). Dort begann er zu predigen und Anhänger um sich zu sammeln. Er verhieß den Gläubigen das Paradies nach dem Tod, sollten sie heldenhaft im Kampf um ihren Glauben sterben. Bald zog er mit seinen Anhängern zurück nach Mekka und eroberte die Stadt.

Nach Mohammeds Tod 632 folgten seine Nachfolger Abu Bakr und Omar dem Aufruf im Koran »Bekämpfet die Ungläubigen, bis jeder Widerstand gebrochen ist« und fielen in Palästina, Persien und Ägypten ein, wo sie unter anderem die Bibliothek von Alexandria mit ihren 700.000 Bücherrollen zerstörten. Das muslimische Heer setzte seinen Eroberungsfeldzug nach Indien, über ganz Nordafrika und bis nach **Spanien** fort. Sogar Sizilien wurde besetzt. Von Spanien aus zogen die Muslime nach **Frankreich**, doch ein großes Heer unter dem fränkischen Reichsverwalter Karl Martell (676–741) konnte sie zurückschlagen.

In den besiegten Ländern ließen sich die Araber nieder und übernahmen Teile der einheimischen Kultur. Von den Persern erlernten sie zum Beispiel die Teppichknüpfkunst und die Architektur. Die Muslime fingen an prachtvolle Moscheen und Paläste zu bauen. Da ihnen ihr Glaube das Abbilden von Tieren und Menschen verbot, schufen sie kunstvolle **Muster**.

Der Kontakt mit der griechischen Kultur des Vorderen Orients regte die Araber an sich mit den Wissenschaften zu beschäftigen. Sie zerstörten keine Bibliotheken mehr, sondern sammelten alle erdenklichen Schriften und entwickelten eine beachtliche **Gelehrsamkeit**.

Wir verdanken ihnen die Algebra und die arabischen Ziffern, mit denen wir heute rechnen.

Am Ende des achten Jahrhunderts beherrschten die Muslime ein riesiges Reich. Der Islam war zu einer neuen Weltreligion geworden und das arabische Wissen führte zu tief greifenden Entwicklungen und Veränderungen in der damals bekannten Welt.

Im zehnten Jahrhundert gewannen die Seldschuken, ein Turkvolk östlich des Kaspischen Meeres, an Macht und Einfluss. Sie eroberten zunächst Bagdad und fielen dann in Syrien, Armenien und Anatolien ein. 1071 besiegten die Seldschuken die Byzantiner in der Schlacht bei Mantzikert. Damit wurde der Grundstein für die Herrschaft der Türken in Anatolien gelegt.

*Arabische Ornamente (Alhambra, Granada)*

***Wie sehen die arabischen Muster aus?***
*Die arabischen Muster bestehen aus kunstvoll verschlungenen Blumenranken oder geometrischen Formen. Vorbild waren hellenistisch-römische Rankenornamente. Man nennt die Muster auch Arabesken. Im 16. Jahrhundert wurden sie in Europa Mode.*

***Welche Spuren hinterließ die Gelehrsamkeit der Araber?***
*Die Araber sammelten wichtige Schriften der von ihnen besiegten Völker (Perser, Griechen) und entwickelten deren Wissen weiter. So bauten sie die Medizin, Astronomie, Alchemie und Mathematik weiter aus. Manche Disziplinen begründeten sie neu, wie etwa die Algebra, Trigonometrie und Experimentalphysik.*

**BEMERKENSWERTES**

**Arabische Ziffern**

**Die arabischen Zahlen haben im Unterschied zu den römischen Buchstaben, mit denen man vorher rechnete, einen »Stellenwert«: Tausender, Hunderter, Zehner und Einer. Mit ihnen lässt es sich wesentlich einfacher multiplizieren oder dividieren. Das Zahlensystem stammt ursprünglich aus Indien, so sind die Zahlen Vier bis Neun vermutlich Reste der Anfangsbuchstaben der indischen Zahlen. Der Begriff »Ziffer« kommt aus dem Arabischen.**

***Warum war Karl der Große so bedeutend?***

*Das karolingische Reich war das erste europäische christliche Großreich. Karl der Große vermischte die antiken Traditionen mit christlichem und germanischem Gedankengut und legte so den Grundstein für die europäische Kultur. Nach seinem Tod zerfiel das Reich in die späteren Länder Frankreich, Italien und Deutschland.*

***Wieso heißt es »Heiliges Römisches Reich«?***

*Das Heilige Römische Reich wurde als Fortsetzung des römischen Imperiums gesehen. Den Zusatz »Heilig« erhielt es allerdings erst im zwölften Jahrhundert. Im 15. Jahrhundert bekam der Begriff den Zusatz »Deutscher Nation«. Das betont den deutschen Anteil und später den deutschen Anspruch auf das Reich.*

***Wer war Otto der Große?***

*Otto der Große wurde 936 König (ottonische Dynastie) und erwies sich als großer Förderer der Künste, vor allem der Literatur. Er vergab viele Ländereien und Privilegien als*

Früher galt das Mittelalter als »finsteres Zeitalter«, da die Menschen scheinbar vieles, was sie bisher erlernt hatten, wieder vergessen hatten. Doch diese Sichtweise ist zu einseitig.

Zunächst entwickelte sich die Kirche zu einer einflussreichen Macht. Vor allem irische Mönche missionierten auf dem europäischen Festland. Der merowingische Frankenkönig Chlodwig (um 466–511) ließ sich und sein Volk 496 taufen. Er herrschte über große Teile des heutigen Deutschland, Belgiens und Frankreichs. Doch das Reich war in seiner Einheit gefährdet, da seine Nachfolger in ständiger Fehde lagen.

Erst der Karolinger Pippin III. (714–768), der erst Reichsverwalter und dann König war, und sein Sohn **Karl der Große** ( 747–814) stellten die Einheit und Macht des Reiches wieder her. Karl baute eine Reichsverwaltung auf, erließ Gesetze und richtete Schulen ein. Er ernannte Richter und Bischöfe und holte bedeutende Gelehrte an seinen Hof nach Aachen. An Weihnachten des Jahres 800 wurde Karl vom Papst in Rom zum Kaiser über das **Heilige Römische Reich** gekrönt. Mit der Krönung Karls zum Kaiser (von lat. *ceasar*) wurde das abendländische Kaisertum begründet. Die Kaiserwürde erhielt ein Herrscher nur durch die Salbung und Krönung durch den Papst. Damit wurde er zum Beauftragten Gottes, zum Schirmherr der Christenheit und der römischen Kirche.

*Kaiser Karl der Große*

Die Wikinger fielen in den Nordwesten Frankreichs ein, das asiatische Reitervolk der Magyaren drang von Ungarn bis nach Süddeutschland vor. Mehrere Reichsteilungen führten schließlich zur Entstehung eines west- und ostfränkischen Reiches. Letzteres wurde das Reich der »Deutschen«. Deren König **Otto der Große** (912–973) schlug die Magyaren 955 zurück und zog nach Italien. Er unterwarf die zerstrittenen langobardischen Fürsten und wurde vom Papst zum Kaiser gekrönt. Das Heilige Römische Reich gewann wieder an Macht und Stärke.

Der Kaiser hatte als deutscher König das Recht, in Deutschland zu bestimmen, wer Bischof wurde. Doch der Papst beanspruchte dieses Recht für sich alleine. Damit begann der **Investiturstreit** und spitzte sich zwischen Papst Gregor VII. (um 1021–1085) und König Heinrich IV. (1056–1106), der aus dem Geschlecht der Salier stammte, zu. Der Papst schloss Heinrich aus der Kirche aus. Damit wurde jedoch die Herrscherwürde des Königs in Frage gestellt. Heinrich musste nachgeben, reiste zum Papst nach Canossa und bat um Vergebung.

Als der Papst zur Befreiung Jerusalems von den Muslimen aufrief, folgten die Ritter Europas diesem sofort. Insgesamt fanden sieben Kreuzzüge (1092–1215) statt. Die Kreuzritter eroberten schließlich Jerusalem, doch der Sieg währte nicht lange.

Auf einem dieser Kreuzzüge starb Kaiser Friedrich Barbarossa (ital. »Rotbart«; 1122–1190), der aus dem Geschlecht der Staufer stammte und 1125 deutscher König geworden war. Er hatte die Herrschaft in Italien zu festigen versucht, denn dort gab es reiche Städte und wichtige Seehäfen. Sein Nachfolger Friedrich II. (1194–1250) war ein sehr gebildeter Herrscher. Er schaffte in Italien die Lehnsherrschaft ab und richtete ein Beamtentum ein. Mit seinem Tod 1250 endete die Macht der staufischen Kaiser. Nach einer Zeit politischer Unruhen wurde im Jahr 1273 Rudolf von Habsburg (1218–1291) deutscher König.

Die französischen Könige bauten inzwischen Frankreichs Machtstellung aus. Sie zwangen sogar den Papst sich in Avignon anzusiedeln, um ihn besser zu kontrollieren. Dann brachen zwischen Frankreich und England Streitigkeiten um Landbesitz und den Thronanspruch aus. Das führte 1339 zum **Hundertjährigen Krieg**.

*Lehen an Bischöfe und Äbte und schuf damit zunächst eine Machtgrundlage für sein Königshaus, aber auf lange Sicht das Fundament für die spätere Macht der Kirchenfürsten.*

***Worum ging es im Investiturstreit?***
*Dieser Streit fand in der Zeit von 1075 bis 1122 statt. Es ging darum, wer im deutschen Königreich Bischöfe und Äbte in ihre Ämter einsetzen durfte. Mit dem Wormser Konkordat 1122 endete der Streit zu Gunsten des Papsttums.*

***Wer gewann den Hundertjährigen Krieg?***
*Die Engländer hatten schon fast ganz Frankreich unter Kontrolle. Da erschien die 17-jährige Johanna von Orleans (Jeanne d'Arc; 1410/12–1431) und verhalf dem französischen König Karl VII. (1403–1461) zu weiteren Siegen. Sie wurde von den Engländern gefangen und als Hexe verbrannt. Doch sie hatte in den Franzosen ein starkes Nationalgefühl geweckt. Karl VII. siegte schließlich 1453 bei Libourne über die Engländer.*

**BEMERKENSWERTES**

**Der Gang nach Canossa**

**Als Heinrich IV. von Papst Gregor VII. aus der Kirche ausgeschlossen wurde, nutzten das viele Fürsten, um sich von ihm loszusagen. Der König erkannte seine schwierige Lage und gab nach. Er reiste zum Papst nach Canossa, wo dieser sich mit den Gegnern Heinrichs treffen wollte. Drei Tage ließ der Papst Heinrich im Schnee warten, bis er ihm schließlich vergab und den Bann aufhob. Heute nennt man das öffentliche Nachgeben einen »Gang nach Canossa«.**

Der Alltag im Mittelalter war sehr stark von der Religion geprägt. Die Klöster waren für die Bildung, das Krankenwesen und die Seelsorge zuständig. Die **Mönche** konnten fast als Einzige lesen und schreiben. Sie kopierten alte Texte von Hand und verzierten sie kunstvoll (Buchmalerei). Dadurch sind uns viele Schriften aus der Antike erhalten geblieben. Die Klöster wurden vor allem durch Erbschenkungen sehr reich. Herrscher holten sich Mönche als Schreiber und Berater an den Hof. Dadurch gewann die katholische Kirche auch politisch immer mehr an Macht.

***Wie entstand das Mönchtum?***
*Die erste Einsiedelei entstand 270 in Ägypten. In Europa gründete im Jahr 529 der hl. Benedikt von Nursia (um 480–547?) das erste Kloster in Monte Cassino, Italien, und stellte strenge Regeln für die Mönche auf, unter anderem:* Ora et labora *(lat. »Bete und arbeite!«). Weitere Orden folgten: Zisterzienser, Franziskaner, Dominikaner.*

Das Volk hingegen stand in Abhängigkeit von den Adligen. Die Bauern waren Leibeigene, d. h., sie »gehörten« einem Herrn, auf dessen Grund sie hart arbeiten und dem sie den größten Teil der Ernte abgeben mussten. Dies nennt man Grundherrschaft. Die Grundherrschaft, das so genannte Lehenswesen (auch Feudalsystem von lat. ***fandum*** – »Lehen«) war die Basis der mittelalterlichen Gesellschaftsordnung: An der Spitze der Gesellschaftspyramide stand der König. Danach kamen der hohe Adel und die hohen kirchlichen Würdenträger. Auch die Adligen waren in gewisser Weise abhängig, nämlich von ihrem König. Sie bekamen vom König Land »geliehen« – also ein Lehen – sowie politische und gesellschaftliche Vorrechte, mussten aber dafür im königlichen Heer dienen und Steuern zahlen.

***Wie wurde man Ritter?***
*Mit sieben Jahren kamen die Söhne adliger Familien auf die Burg eines anderen Ritters, um dort erst als Page und dann als Knappe zu dienen. Sie mussten Reiten und Kampfestechniken erlernen. Mit 21 Jahren wurden sie zum Ritter geschlagen.*

Die bewaffneten Reiter, **Ritter** genannt, entwickelten sich bald zu einem eigenen, dem dritten Stand. Sie erhielten ebenfalls meist vom hohen Adel ein Lehen. Infolge der Kreuzzüge bildeten sie mächtige Ritterorden und gründeten im Orient eigene Staaten. Strenge Regeln und hohe Ideale formten die ehemals wilden Soldaten zu Edelmännern. Auch Bildung wurde in diesen Kreisen immer wichtiger; es entwickelte sich eine höfische Liebesdichtung, der Minnesang.
Ganz unten in der Gesellschaftspyramide standen die Bauern. Sie waren für die Ernährung der gesamten Bevölkerung zuständig, hatten aber keinerlei Rechte.

***Worin bestehen Markt- und Münzrechte?***
*Vom König privilegierte Städte oder Siedlungen durften innerhalb ihrer Stadtmauern Märkte abhalten und hatten eine eigene »Marktgerichtsbarkeit«. Manche erhielten auch das Recht, eine Münze einzurichten, d. h. Geld zu prägen.*

Im Frühmittelalter war die Wirtschaft in Deutschland vom Tauschhandel bestimmt. Es gab noch keine großen Handelszentren und kaum Geld als Zahlungsmittel. Erst im zwölften Jahrhundert erlangten immer mehr Städte das **Markt- und Münzrecht** sowie Selbstverwaltung und nahmen am Fernhandel über Italien und Frankreich teil. Handelsmessen wurden nun in Leipzig und Frankfurt am Main abgehalten. Die Handwerker schlossen sich in **Zünften** zusammen

und erlangten politischen Einfluss. Münzgeld wurde ein gängiges Zahlungsmittel und ein Bankwesen wurde gegründet.
Das Geldverleihen gegen Zinsen übernahmen vor allem die Juden, denen man unter anderem im neunten Jahrhundert den Landbesitz und den Militärdienst verboten hatte. Sie wurden deshalb Handwerker, Ärzte und Pfandleiher. Als Letztere erlangten sie großen Einfluss, da sich bei ihnen Adlige und Herrscher verschuldeten. Doch es brachte ihnen auch viel Missgunst ein. Sie hatten im Mittelalter öfter unter grausamen Verfolgungen (Pogromen) zu leiden.
Reiche Kaufmannsfamilien gründeten zum Schutz gegen Wegelagerer so genannte Handelsgesellschaften. Besonders reiche und mächtige Kaufleute und Adelsfamilien waren die Fugger in Augsburg und die Medici in Florenz. Außerdem schlossen sich zahlreiche im Seehandel tätige Städte zu einem Bund zusammen, der **Deutschen Hanse**.

***Welche Funktion hatten die Zünfte?***

*Die Handwerker schlossen sich in Zünften (Gilden) zusammen, um sich besser zu organisieren. Es gab Zunftordnungen für die Ausbildung von Lehrlingen und Gesellen, für die Arbeitszeiten und die Warenpreise. Die Zünfte gewährleisteten auch eine soziale Absicherung, zum Beispiel für Witwen und Waisen.*

Mitte des 14. Jahrhunderts brach neben dem Hundertjährigen Krieg eine weitere Katastrophe über Europa herein: die Pest. Fast ein Drittel der europäischen Bevölkerung starb. Die Wirtschaft brach zusammen und viele Menschen zogen vom Land in die Stadt, um Arbeit zu finden.

***Was war die Deutsche Hanse?***

*Die Deutsche Hanse wurde im 13. Jahrhundert ins Leben gerufen und stellte ein politisch-wirtschaftliches Bündnis zahlreicher Städte in der Nordhälfte Deutschlands und im Ostseeraum dar. Heute kennen wir noch die Hansestädte Hamburg, Bremen, Lübeck und Rostock.*

**BEMERKENSWERTES**

**Die Spuren der Ritterorden**

**In Verbindung mit den Kreuzzügen legten viele Ritter Keuschheits- und Armutsgelübde ab und traten Ritterorden bei: den Templern, Johannitern oder dem Deutschen Ritterorden. Die Johanniter widmeten sich im Mittelalter unter anderem der Pflege der Kranken und errichteten in Jerusalem ein Krankenhaus und eine Kirche für den heiligen Johannes. Zuletzt hatten sie ihren Hauptsitz auf Malta, daher nannte man sie später auch Malteser. Der Orden existiert heute als gemeinnütziger Verein. Die Johanniter und Malteser führen Krankenhäuser und widmen sich der Altenpflege.**

# ENTDECKER IM MITTELALTER

**Warum überfielen die Wikinger gerade irische Klöster?**
*Die irischen Mönche waren die ersten Missionare und hatten in ihren Klöstern viele Schätze angesammelt. In die Geschichte ging der blutige Überfall auf das Kloster Lindisfarne an der Ostküste Englands ein, welches als besonders heiliger Ort galt.*

**Wie sahen die Wikingerschiffe aus?**
*Die Wikingerschiffe hatten Kiele mit stabilen Rippen. Sie konnten gerudert, gesegelt und sogar über Land gezogen werden. Am Bug waren Drachenköpfe angebracht, um böse Geister abzuschrecken und dem Gegner Furcht einzuflößen.*

**Wer war Marco Polo?**
*Marco Polo (1254–1324) war ein venezianischer Kaufmann, der lange Zeit Asien bereiste. 1298 wurde er bei einer Seeschlacht zwischen Venedig und Genua von den Genuesern gefangen genommen. Seine in der Kriegsgefangenschaft verfassten Reiseberichte waren eine wichtige Quelle für die Historiker seiner Zeit.*

Als die ersten europäischen Entdecker im Mittelalter gelten die Wikinger (umfassende Bezeichnung für die Bewohner Skandinaviens). Im achten Jahrhundert fielen sie mehrfach in Irland ein, plünderten die **Klöster** und eroberten und besiedelten schließlich die Insel. Danach überfielen sie England. 1016 bestieg sogar ein Wikinger den englischen Thron: Knut der Große (um 995–1035) errichtete ein dänisch-norwegisch-englisches Wikingerreich.

Dänische Wikinger segelten bis nach Frankreich und ließen sich in der heutigen Normandie nieder (daher nannte man sie später auch Normannen). Unter Herzog Wilhelm eroberten die Normannen 1066 England.

Die norwegischen Wikinger entdeckten Island und Grönland und segelten bis an die nordamerikanische Küste. Die schwedischen Wikinger hingegen orientierten sich nach Osten. Sie fuhren mit ihren **Schiffen** die russischen Flüsse entlang bis zum Schwarzen und zum Kaspischen Meer. Einige Wikingerstämme zogen plündernd bis ins heutige Italien, Nordafrika und Spanien. Die Wikinger erbeuteten viele Reichtümer und brachten Schrecken und Unruhe über Europa.

*Wikingerschiff*

Die Italiener waren wie ihre römischen Vorfahren sehr reisefreudig. Der junge Venezianer **Marco Polo** brach im Jahr 1271 nach Asien auf. Er kam dort an den Hof des Mongolen **Kubilai Khan**, wo er mehrere Jahre verbrachte. Im Auftrag des Mongolenfürsten unternahm er viele Reisen, unter anderem bis an die chinesisch-tibetische Grenze. Sein Reisebericht *Von Venedig nach China* ist heute noch eine faszinierende Lektüre.

Auch die Spanier, an deren Küste ja die Phönizier, das bekannteste Seefahrervolk der Antike, Kolonien gegründet hatten, waren neugierig auf unbekanntes Land. Ein Sohn des Königs von Portugal, Heinrich, war in Marokko auf Schätze aus Westafrika gestoßen, die seine Neugierde weckten. 1424 schickte er seine Seemänner die westafrikanische Küste hinunter, sie sollten das Land erforschen. Um diese nicht einfachen Entdeckerreisen zu ermöglichen, ließ Heinrich einen neuen leichten Schiffstyp, die Karavelle, und neue Navigationsinstrumente entwickeln sowie präzise angelegte Karten erstellen. Kompasse aus magnetisiertem Metall und Stein hatten bereits die Chinesen erfunden. In Sagres, Portugal, gründete Heinrich die erste Seefahrerschule der Welt. Man gab ihm später auch den Beinamen »der Seefahrer« oder »der Navigator«.
Auch die Chinesen und die Araber schickten ihre Männer auf die Suche nach neuen Handelsrouten in die Welt. Der Ming-Kaiser Yong Le entsandte seinen Admiral Zheng He mit seiner sorgfältig ausgerüsteten Flotte von 62 Schiffen auf sieben Expeditionen (zwischen 1405 und 1433) nach Indonesien, Persien und Ostafrika. Der marokkanische Anwalt **Ibn Battuta** erforschte Russland, Zentralasien, Indien, Südchina und ebenfalls Afrika. Überhaupt reisten die Muslime mit ihren Handelskarawanen unermüdlich durch die Gegenden Afrikas und erforschten neue Routen.

***Wer war Kubilai Khan?***
*Kubilai Khan (1260–1294) war der Enkel Dschingis Khans (um 1155/67–1227) und errichtete ein mongolisch-chinesisches Reich. Als Hauptstadt wählte er Peking. Kubilai Khan dehnte die Grenzen seines Reiches bis nach Hinterindien (die Halbinsel umfasst heute Birma, Thailand, Laos, Kambodscha, Vietnam und Teile von Malaysia) aus.*

***Welche Rolle spielte Ibn Battuta?***
*Der Marokkaner Ibn Battuta (1304–1368) verschrieb sein Leben bereits als 21-Jähriger dem Reisen und erforschte 25 Jahre lang Asien und Afrika. Seine ausführlichen Reiseberichte sind die am sorgfältigsten ausgearbeiteten unter denen der mittelalterlichen Entdecker.*

**BEMERKENSWERTES**

**Heinrich von Portugal – der Seefahrer**

**Heinrich der Seefahrer (1394–1460) segelte nie selbst in die unbekannten Länder, die seine Männer entdeckten. Er war nur ein Theoretiker. Doch unter seiner Anleitung vollbrachten seine Seeleute Erstaunliches. Sie umsegelten Kap Bojador, Kap Blanc und Kap Verde (Westafrika) und entdeckten am Nachthimmel das Kreuz des Südens als wichtigen Navigationspunkt. Ihre Entdeckungen bildeten die Grundlage für die spätere Seeherrschaft der Portugiesen und für die neuzeitliche Seefahrt.**

**Was hat die Antike mit der Renaissance gemein?**
*Die Kultur und das »Wissen« des Altertums bekamen einen neuen Stellenwert. Auch Nicht-Geistliche lernten Latein und Griechisch und studierten die antiken Schriften, die immer noch aktuell waren. Die Antike erlebte eine »Wiedergeburt« (frz.* renaissance, *der Begriff wurde aber erst 1860 fest eingeführt)!*

**Welche Rolle spielten die Habsburger?**
*Die Habsburger wurden durch politisch geschickte Heiratsstrategien mächtig und stellten ab 1438 fast alle deutschen Kaiser. Sie herrschten zeitweise über Österreich, Böhmen, Frankreich, die Niederlande, Spanien und Neapel.*

**Warum kämpfte Karl V. gegen die Engländer?**
*Karl V. unterstützte den Papst gegen seine Gegner. Dazu gehörte der englische König Heinrich VIII. (1491–1547), der sich von seiner Frau scheiden lassen wollte, doch der Papst ließ es nicht zu. Heinrich trat aus der katholischen Kirche aus und gründete in England die*

Die Renaissance nahm ihren Ausgang in Norditalien. Besonders in den reichen Städten verlangte die Bevölkerung verstärkt nach Freiheit und Selbstständigkeit. Gefördert wurde dieses Bestreben durch eine immer breitere Bildung. Man hatte die **Antike** und ihre Ideen wieder entdeckt. So wurden zum Beispiel Häuser und Kirchen im antiken Stil erbaut, die antiken Philosophen und Schriftsteller gelesen und studiert. Neben den Lehren der Kirche gewannen erstmals die Naturwissenschaften an Bedeutung. Natur und Umwelt wurden nicht mehr bloß als gegeben hingenommen, sondern von Künstlern und Gelehrten wie Leonardo da Vinci (1452–1519) untersucht und hinterfragt.

Diese Periode markiert auch das Ende der Ritterzeit. Man hatte inzwischen das Schießpulver erfunden. Dadurch mussten die Ritter so schwere Rüstungen tragen, dass sie sich kaum noch bewegen konnten. Mit dem **Habsburger** Kaiser Maximilian I. (1459–1519) starb 1519 der letzte »Ritter-Kaiser«.

Maximilians Enkel und Nachfolger Karl V. (1500–1558) war der erste Kaiser in der »neuen Zeit«. Sein großes Reich umfasste das spätere Deutschland, Belgien, Holland, Spanien und das neu entdeckte Amerika. Karl V. herrschte damit über ein Gebiet, »in dem die Sonne nie unterging«.

Als erste große politische Herausforderung musste sich Karl V. mit dem Mönch Martin Luther (1483–1546) auseinander setzen, der mit seinem Widerstand vor allem gegen die Ablassgesetze (Freikauf von Sündenstrafen) den Papst furchtbar erzürnt hatte. Er lud Luther 1521 vor den Reichstag in Worms, damit dieser seine Lehre widerrufen sollte, doch dies tat Luther nicht. Die religiösen Streitigkeiten nahmen zu. Karl V. musste sich immer wieder mit den deutschen Fürsten, den Anhängern Luthers, auseinander setzen. Außerdem führte er Krieg gegen den französischen König Franz I. (1494–1547) und die **Engländer** und 1529 sogar gegen die **Osmanen** vor Wien. Er-

*Martin Luther*

müdet vom Regieren, setzte Karl V. seinen Bruder Ferdinand (1503–1564) als Herrscher von Österreich und Deutschland ein, seinem Sohn Philipp (1527–1598) gab er Spanien und die Niederlande. Seinen Lebensabend verbrachte er im Kloster.

Philipp II. erwies sich als sehr strenger und gläubiger Herrscher. Neue Ideen und frei denkende Menschen lehnte er ab. 1571 schlug er die Osmanen bei Lepanto auf See. Danach verfolgte er in Spanien und anderen Teilen seines Reichs die Protestanten. Doch im Norden der Niederlande stieß er auf heftigen Widerstand. Als sein Herzog Alba versuchte dort mit grausamen Hinrichtungen durchzugreifen, erhob sich das Volk und befreite sich 1579 von den spanischen Truppen, die dort unter Philipp II. einmarschiert waren.

Eine weitere Niederlage musste Philipp II. durch die Engländer und Elisabeth I. (1533–1603), Tochter Heinrichs VIII., erfahren. Die englische Königin hatte ihre Widersacherin, die katholische Königin Maria Stuart, köpfen lassen und den Niederlanden im Kampf gegen Spanien geholfen. Daraufhin schickte Philipp II. eine große spanische Flotte (Armada) nach England. Doch die Engländer überraschten die Spanier aus dem Hinterhalt und vernichteten deren Schiffe. Auch vor Indien und Amerika griffen englische Handelsschiffe immer wieder die spanischen an und verdrängten damit Spanien als Kolonialmacht. Niederländische und englische Kaufleute gründeten **Handelsniederlassungen**, die sehr schnell an politischem Einfluss gewannen und große Machtbereiche besaßen.

*anglikanische Kirche, die die Scheidung bewilligte.*

***Wer sind die Osmanen?***

*Die Osmanen waren ein islamischer Volksstamm aus Kleinasien, der sich unter Osman I. (1290–1326) zu einer Großmacht entwickelte. Ende des 15. Jahrhunderts hatten sie Byzanz eingenommen und wollten ihren Machtbereich weiter nach Westen ausdehnen.*

***Welche Funktionen hatten die Handelsniederlassungen?***

*Für die Erforschung neuer Handelswege nach Indien und Asien und zum Schutz gegen Übergriffe bildeten sich Handelsgesellschaften, die Ostindischen Kompanien (1602 die niederländische und 1611 die englische). Sie wurden politisch sehr einflussreich, die englische Ostindische Kompanie regierte sogar Indien.*

## BEMERKENSWERTES

### Luther und das Deutsche

**Luther wollte die Bibel übersetzen, damit das ganze deutsche Volk sie lesen konnte. Es gab allerdings nur eine Vielzahl von Dialekten in Deutschland und keine richtige Hochsprache. Luther wählte dann einen Dialekt, der allen verständlich war, und schuf damit das »Deutsche«, das dem unsrigen bereits sehr ähnlich war.**

***Wie stellte man sich das All und die Erde vor?***

*Die Menschen glaubten damals, die Erde sei im Weltall fest installiert, umkreist von Sonne, Mond und Sternen. So stand es angeblich in der Bibel. Thesen, wie die Galileo Galileis (1564–1642), dass die Erde sich um die Sonne drehe, wurden als ketzerisch verurteilt.*

***Was bewirkten Isabella und Ferdinand von Spanien?***

*Isabella (1451–1504) und Ferdinand (1452–1516) vereinigten das Königreich Spanien und vertrieben die Mauren. Sie führten die Inquisition (das im Mittelalter begründete kirchliche Gericht gegen Ketzer) wieder ein, die sich nun auch gegen Mauren und Juden wandte. Das Herrscherpaar unterstützte viele Entdeckungsreisen, so auch die erste Erdumsegelung (1519–1522) durch Fernão de Magalhães und J. S. del Cano. Nach Ersterem ist die Magellanstraße benannt.*

***Wie fand Vasco da Gama den Seeweg nach Indien?***

*Der Seefahrer Bartholomëu Diaz hatte 1487/88 den Seeweg um das Kap der Guten Hoffnung (Südafrika) entdeckt. Diesem folgte Gama,*

Es gibt wohl kaum einen Entdecker, über den die Meinungen der Nachwelt so unterschiedlich sind, wie über Christoph Kolumbus (1451–1506). Die einen bezeichnen ihn als Hochstapler und Größenwahnsinnigen, der nur auf Profit aus war. Die anderen sehen in ihm den wahren Entdecker der Neuen Welt, der damit eine entscheidende Wende im Lauf der Menschheitsgeschichte einleitete. Wahrscheinlich steckt in beiden Ansichten ein Körnchen Wahrheit. Kolumbus wollte einen kürzeren Seeweg nach Indien finden. Indien war für ihn das Land des Goldes, von dort erhoffte er sich unermessliche Reichtümer.

Die Erkenntnis, dass **die Erde** rund war, wurde allmählich als richtig anerkannt, man hatte jedoch noch keine Vorstellung davon, wie weit die einzelnen bekannten Kontinente auseinander lagen. Kolumbus und auch viele andere entdeckungsfreudige Menschen waren der Meinung, dass man statt nach Osten über Land Indien viel schneller Richtung Westen über das Meer erreichen könnte. Denn seines Wissens nach gab es zwischen den Kontinenten Europa und Asien nur Wasser. Das sollte sich als großer Irrtum herausstellen.

Kolumbus wandte sich an das portugiesische Königshaus, um Geld und Schiffe für seine Reise zu bekommen. König Johann II. von Portugal (1455–1495) reagierte sehr zurückhaltend auf die Forderungen von Kolumbus, da er eventuellen Ruhm und Reichtum für sich beanspruchen wollte. Seine königlichen Kosmografen (mittelalterliche Geografen) prüften Kolumbus' Pläne, taten sie aber offiziell als Unsinn ab. Der König ließ zwei seiner Seefahrer die Route des Kolumbus erforschen, aber wegen Sturms mussten sie aufgeben.

Einige Jahre später stellte das Herrscherpaar **Isabella und Ferdinand von Spanien** trotz hoher Forderungen von Kolumbus (u. a. den Rang eines Admirals, das Anrecht auf Steuereinnahmen und den Titel des Vizekönigs von Indien) zwei Schiffe und finanzielle Mittel bereit. Ein drittes Schiff mietete Kolumbus sich selbst.

Am 3. August 1492 segelte er von Spanien aus los. Wochenlang war kein Land in Sicht, die Mannschaften wurden immer unruhiger. Doch plötzlich tauchten Inseln am Horizont auf. Wer sie nun tatsächlich zuerst gesichtet hat, ist bis heute nicht gesichert, aber Kolumbus erhob selbst Anspruch darauf. Diese Inseln erhielten seiner »falschen« Entdeckung zu Ehren den Namen »Westindische Inseln« (auch »Westindien«), den sie heute noch tragen. Was Kolumbus noch nicht wusste: Er hatte nicht Indien, sondern einen neuen Kontinent entdeckt.

**Vasco da Gama** (um 1460–1524) erreichte schließlich 1497 Indien mit dem Schiff.

Kolumbus folgten viele weitere europäische Entdecker wie **Hernando Cortez**, Bastidas und Juan de la Cosa, Ponce de León oder John Cabot. Die meisten Entdecker und ihre Mannschaften brachten großes Unheil über die Ureinwohner, sowohl in Nord-, als auch in Mittel- und Südamerika.

Mit den Europäern kamen Krankheiten ins Land, gegen die die Einheimischen keine Abwehrkräfte hatten. Ganze Dörfer starben aus. Hinzu kam das rücksichtslose Morden, das die Entdecker unter den Indianern betrieben, sowie die Ausbeutung des Landes an wertvollen Rohstoffen. Das und auch der **Handel mit Sklaven** aus Afrika und deren Einsatz auf den Plantagen oder in den Minen zerstörte nach und nach hoch entwickelte Kulturen wie die der Azteken, Maya und Inka. Bis heute sind die indianischen Ureinwohner Minderheiten geblieben, die hart um ihre Anerkennung kämpfen müssen.

*segelte entlang der Ostküste Afrikas und erreichte die Westküste Vorderasiens. Später erkämpfte er für Portugal die Oberhoheit in den Städten an der indischen Westküste, 1524 wurde er Vizekönig von Indien.*

***Wer war Hernando Cortez?***

*Der Spanier Hernando Cortez (1485–1547) segelte 1519 von Kuba aus nach Mexiko. Er stieß auf die Aztekenstadt Tenochtitlán und wurde von dem Herrscher Moctezuma zunächst freundlich empfangen. Cortez zwang Moctezuma die spanische Herrschaft anzuerkennen, doch dessen Volk rebellierte. Bei dem Aufstand starben der König und viele von Cortez' Männern. Schließlich vernichteten die Spanier das Aztekenreich.*

## BEMERKENSWERTES

**Warum heißt die »Neue Welt« Amerika?**

**Kolumbus war bis zu seinem Tod der festen Überzeugung, dass es sich bei dem »neuen« Kontinent um Indien handelte. Aus dieser Vorstellung leitet sich die Bezeichnung »Indianer« für die ehemaligen Ureinwohner ab. Erst der Entdecker Amerigo Vespucci (1451–1512) erkannte, dass es wohl um einen neuen, bislang unerforschten Kontinent ging. Die Mitglieder der Vogesen-Akademie, unter ihnen der deutsche Geograf Martin Waldseemüller, erhoben Amerigo Vespucci im Jahr 1507 zum offiziellen Entdecker des neuen Kontinents und benannten diesen nach ihm: Amerika. Interessanterweise waren die Spanier während der dritten Reise des Kolumbus auf einen Indianerstamm in Nicaragua gestoßen, der seine Hochebenen »Amerigo« nannte!**

***Wie sah der Sklavenhandel aus?***

*Die Portugiesen begannen den Sklavenhandel nach Westindien. Sie schlossen meist mit afrikanischen Häuptlingen Handelsbündnisse. England, Holland und Spanien folgten, zeitweise auch Deutschland. Die deutsche Kaufmannsfamilie Ehinger besaß von 1528 bis 1532 ein Monopol für den Sklavenhandel nach Westindien.*

***Wie reagierte die Obrigkeit auf die fremde »Wissensmacht«?***

*Zu allen Zeiten versuchten Herrscher ihr Volk durch die Verbrennung von Schriften politisch zu unterdrücken. Vor allem die Kirche stand der Erfindung Gutenbergs äußerst skeptisch gegenüber und verurteilte sie sogar als Werkzeug des Teufels. Viele Bücher wurden im Laufe der Jahrhunderte aus diesem Grund öffentlich verbrannt.*

*»Wo Bücher brennen, da brennen bald Menschen«, lautet ein Ausspruch Heinrich Heines. In Deutschland ließ zuletzt Adolf Hitler 1939 das »zerstörerische Gedankengut« in einer öffentlichen Aktion verbrennen.*

***War Johannes Gutenberg der alleinige Erfinder der neuen Drucktechniken?***

*Heute ist man sich relativ sicher, dass es vorwiegend Gutenberg war, der die »beweglichen Lettern« erfand. Beteiligt daran waren aber auch sein Geldgeber und Teilhaber Johann Fust, dessen Schwiegersohn Peter Schöffer und der holländische Drucker Laurens Coster, der vermutlich die Anregung zu der Idee gab.*

Die Erfindung der Schrift ist ein wesentlicher Bestandteil aller entwickelten Zivilisationen. Im Buch ist das Kulturgut eines Volkes, seine Geschichte, seine Religion und seine Philosophie festgehalten – darin wird es für die Nachwelt aufbewahrt. In schriftlicher Form geschieht dies in einem viel größeren und genaueren Umfang als durch die mündliche Überlieferung.

**»Wissen ist Macht!«** – das beweist die Menschheitsgeschichte. Völker mit hoch entwickelten Kulturen hinterließen stets auch eine Fülle schriftlicher Zeugnisse, von denen einige wie die griechischen und römischen Werke sogar heute noch aktuell sind!

Die Schrift war schon immer eng mit der technischen Herstellung der Schriftmedien verbunden: Bereits im antiken Ägypten stellte man »Bücher« in Form von Papyrusrollen her. In China wurden im elften Jahrhundert n. Chr. einzelne Buchstaben (Lettern) aus Ton gebrannt. Sie wurden in einem Wachsblock zusammengefügt, eingeschwärzt und auf Papier gepresst. Damit war der erste Text gedruckt! Später verwendete man statt der Blöcke aus Wachs solche aus Holz.

Im mittelalterlichen Europa wurden die meisten Bücher in den Klöstern von Hand geschrieben. Doch die Herstellung eines solchen Werkes dauerte oft viele Jahre und war für die meisten Menschen unerschwinglich. Manchmal schnitzte man ganze Texte in Holzblöcke. Als Druckerpresse dienten Maschinen, die einer Weinpresse ähnelten. Doch auch dieses Verfahren war sehr aufwändig und wurde meist nur für Überschriften oder zur Dekoration der Buchseiten verwendet, den restlichen Text schrieb man weiterhin mit der Hand.

Die Erfindung der Druckmaschine mit beweglichen Lettern, die **Johannes Gutenberg** (um 1400–1468) zugeschrieben wird, stellt eine technische Revolution dar, die enorme Auswirkungen auf die Gesellschaft hatte. Viele Historiker setzen mit der – für diese Zeit – ungeheuerlichen Vervielfältigung des Schrifttums das Ende des Mittelalters gleich.

Gutenberg fertigte einzelne Lettern aus einer Mischung aus Blei und Zinn. In einer von ihm entwickelten »Schiene« konnte er die Lettern immer wieder zu neuen Wörtern, Zeilen und Texten zusammensetzen. Gepresst wurde allerdings noch von Hand.

Gutenbergs erstes Werk war die bekannte Gutenberg-Bibel, wovon etwa 200 Exemplare gedruckt wurden. Viele weitere Werke sowie Flugschriften und auch **Landkarten** folgten.

Auch das Universalgenie Leonardo da Vinci (1452–1519) beschäftigte sich mit der Drucktechnik. Er schlug vor, das Papier horizontal und die Presse vertikal zu bewegen. Damit konnte das Drucken fort-

laufend vonstatten gehen. Wieder war ein revolutionärer Schritt in diese Richtung getan.
Von nun an konnten Bücher in sehr großen Mengen gedruckt werden. Das bedeutete eine bis dahin nie erreichte Verbreitung von Informationen und Wissen unter viel größeren Bevölkerungsschichten. Diese Entwicklung wiederum regte viele Menschen verstärkt zum Lesen und Schreiben an. Bücher und Schriften waren nicht mehr ausschließlich ein Instrument des Adels und der Kirche:
Mit den rasanten Entwicklungen in der »Schwarzen Kunst« – wie die Buchdruckerei wegen der Druckerschwärze genannt wurde – verbreiteten sich neues politisches Gedankengut und religiöse Ideen viel schneller als zuvor. Für Kirche und Obrigkeit wurde es dagegen immer schwieriger, das revolutionäre Ideengut zu unterdrücken. Ein Großteil der Bevölkerung konnte sich das neue Wissen selbstständig aneignen. Das bewirkte einen generellen Anstieg des Bildungsniveaus. Die Menschen begannen die Lehren der Kirche und ihres Staates zu hinterfragen und Reformer wie Martin Luther und seine Mitstreiter Ulrich von Hutten (1488–1523) und **Hans Sachs** (1494–1576) nutzten das Buch bzw. die **Flugschrift**, um ihre Ideen schnell zu verbreiten.
Luther führte diese Entwicklung mit seiner Übersetzung der Bibel ins Deutsche fort. Sein Anliegen war es, die Bibel für jeden zugänglich zu machen. Nicht nur der Klerus sollte die bislang in lateinischer oder griechischer Sprache verfasste Heilige Schrift lesen und auslegen können, sondern jeder einzelne Mensch.

## BEMERKENSWERTES

### Das Instrument der Macht

**Während die Kirche die neue Entwicklung im Buchwesen verurteilte, erkannte beispielsweise Kaiser Maximilian I. (1459–1519) den besonderen Wert des neuen Mediums für seine machtpolitischen Zwecke. Er nutzte die Flugschriften unter anderem, um Einfluss auf sein Volk zu gewinnen.**
**Auch im Krieg gegen den Stadtstaat Venedig bediente er sich der Flugschriften, um die Venezianer gegen ihre Herrscher aufzuwiegeln: Seine Flugschriften wurden bei günstigem Wind an Ballons gehängt. Sobald die Ballons die feindlichen Linien passiert hatten, wurden sie abgeschossen und so das Propagandamaterial über dem feindlichen Gebiet verteilt.**

***Welche Arten von Landkarten wurden gedruckt?***
*Gegen Ende des 15. Jahrhunderts wurden die ersten Deutschland- und Weltkarten (als Einzelblätter) gedruckt. Als der Papst das Jahr 1500 zum Heiligen Jahr erklärte, löste das eine Flut gedruckter Karten zu den Pilgerwegen aus. Besonders berühmt wurde damit der deutsche Drucker Erhard Etzlaub (um 1455–1532). Auch Luther verwendete eine von Etzlaubs Karten für seine Romreise.*

***Wer war Hans Sachs?***
*Hans Sachs war ein Nürnberger Schuhmachermeister und Dichter, der seine Gedichte, Theaterstücke und Lieder nutzte, um Gesellschaftskritik zu üben und um sich für die Reformation einzusetzen. Der Komponist Richard Wagner verewigte ihn in seiner Oper* Der Meistersinger von Nürnberg.

***Was bewirkten die Flugschriften außerdem?***
*Eine Flugschrift war ein einzelnes Blatt, auf dem Neuigkeiten standen wie politische Ereignisse, besondere Geschehnisse und Berichte über das Herrscherhaus. Die Überschrift lautete »Newe Zeytungen«. Das mittelhochdeutsche Wort Zeytung bedeutet »Nachricht«. Der Begriff entwickelte sich rasch zu einem Namen für eine neue Mediengattung: Damit war die Zeitung geboren!*

***Wie reagierten die Ordnungsmächte auf die neuen Entwicklungen?***

*Die Umwälzungen der Neuzeit führten selbstverständlich auch zu starken Irritationen und Verunsicherungen unter den Menschen – und vor allem unter der Obrigkeit. Auch der Aberglaube der Menschen stand im Gegensatz zu den neuen Erkenntnissen: Die schlimmsten Hexen- und Ketzerverbrennungen fanden nicht im »finsteren« Mittelalter statt, sondern in einer Zeit, in der die festgefügte mittelalterliche Weltordnung langsam anfing aufzubrechen.*

***Woher kommt der Name »Globus«?***

*Globus kommt aus dem Lateinischen und heißt »Kugel«. Es gibt Himmels- oder Erdgloben. Erstere tauchten bereits im ersten Jahrhundert v. Chr. auf. Mit »global« bezeichnet man heute etwas, das die ganze Erde betrifft, wie z. B. der Begriff »Globalisierung«.*

Die wissenschaftlichen Entdeckungen zu Beginn der Neuzeit waren ein Antrieb für viele bahnbrechende wirtschaftliche und technische Entwicklungen in der Menschheitsgeschichte. Mit ihnen werden die Anfänge der modernen Naturwissenschaften, der Physik, der Chemie und Medizin begründet.

Die Erforschung und Entdeckung der Natur, das neu erwachte Interesse für die Gesetze der Natur, die nicht mehr bloß als gottgegeben hingenommen wurden, gaben dem Menschen ein völlig neues Verständnis von sich selbst und seiner Umwelt. Das hatte unter anderem auch immense Auswirkungen auf die bisher sehr starre politische und gesellschaftliche **Ordnung** in Europa.

Abgesehen von der Erfindung des Buchdrucks durch Johannes Gutenberg war vor allem die Entwicklung zahlreicher Navigationsgeräte in der Schifffahrt von enormer Bedeutung. Die Funktionsweise des Kompasses und die astronomische Navigation durch den Sextanten wurden verbessert. Damit war die Bestimmung des Kurses (Kompass) und der Position eines Schiffs (Sextant) möglich. Mit diesen Entdeckungen entwickelte sich die Küstenschifffahrt zur Schifffahrt auf hoher See und die Entdeckungsreisen konnten wesentlich präziser geplant werden. Europa war erfüllt von der Aufbruchstimmung in neue Welten – von der buchstäblichen Erweiterung neuer Horizonte.

Nachdem die »Kugelgestalt« der Erde wissenschaftlich anerkannt war, entwarf der Deutsche Martin von Behaim 1492 den ersten **Globus**. Zu dieser Zeit machte sich Christoph Kolumbus auf den »Seeweg« nach Indien. Selbstverständlich waren auf dem Globus nicht alle Kontinente, geschweige denn alle heute bekannten Länder abgebildet. Doch die Menschen erhielten durch den Globus eine viel anschaulichere Vorstellung von der Erde.

Das Interesse galt jedoch nicht nur der Erde. Auch am Himmel konnten die Menschen auf Grund von speziellen Erfindungen neue Entdeckungen machen. In Holland hatte man bereits um 1600 die ersten Fernrohre gebaut, mit denen man bestimmte Objekte um ein Vielfaches vergrößert sah.

Der Italiener Galileo Galilei (1564–1642) entwickelte diese Erfindung weiter und baute ein leistungsfähiges Teleskop, mit dem er am Himmel erstaunliche Beobachtungen machen konnte.

Bis zu diesem Zeitpunkt galt die Lehre des griechischen Naturforschers Klaudios Ptolemaios (um 100 bis nach 160) als unangefochten. Das ptolemäische Weltbild erklärte die Erde als Scheibe, die sich im Mittelpunkt des Universums befindet. Doch der polnische Astronom **Nikolaus Kopernikus** (1473–1543) untersuchte die Bewegung der Planeten und kam zu dem spektakulären Ergebnis, dass die Erde um die Sonne kreist und nicht umgekehrt, wie bislang angenommen.

Der Italiener Giordano Bruno (1548–1600) wagte sich noch einen Schritt weiter als Kopernikus. Er erklärte, dass das Universum keinen Mittelpunkt habe, sondern unendlich sei. Mit der Vorstellung der Unendlichkeit des Weltalls, in dem die Erde ein kleine zufällige Rolle spielt, wurde die bisherige kirchliche Vorstellung der göttlichen Ordnung bis in die Grundfeste erschüttert. Giordano Bruno wurde als Ketzer verbrannt.

**Leonardo da Vinci** (1452–1519) beschäftigte sich im naturwissenschaftlichen Bereich unter anderem mit dem menschlichen Körper: Er sezierte Leichen – was zuvor strikt verboten war – und schrieb über den Aufbau des menschlichen Körpers (Anatomie).

Der Arzt, Naturforscher und Philosoph Paracelsus (1493–1541) begründete unter anderem die pharmazeutische Chemie, mit deren Hilfe wirksame Medikamente entwickelt werden konnten.

Mit den Errungenschaften der Technik wurde die Geschichte der Menschheit auch in einer anderen Hinsicht entscheidend verändert: durch die Erfindung des Schießpulvers. Die Chinesen hatten es bereits um das Jahr 1000 n. Chr. entdeckt und hauptsächlich für harmlose Feuerwerke verwendet. Erst im ausgehenden Mittelalter stießen europäische Kaufleute in China auf das Pulver und führten es in Europa ein. Die Europäer hatten jedoch weniger Interesse an Feuerwerkskörpern, sondern konzentrierten sich auf die Entwicklung von **Waffen**. Dadurch entstand ein neuer Wirtschaftszweig, die Rüstungsindustrie.

***Warum veröffentlichte Kopernikus seine Lehre nicht?***

*Kopernikus war Domherr und musste mit seiner wissenschaftlichen Arbeit sehr vorsichtig sein, denn seine Erkenntnisse widersprachen der Lehre der katholischen Kirche. Alle Erfinder seiner Zeit hatten eines gemeinsam: Sie waren nicht zu sehr bemüht, ihre Entdeckungen zu veröffentlichen, da sie in Konflikt mit der Kirche gerieten.*

***Was entdeckte der »Techniker« Leonardo?***

*Leonardo da Vinci entwickelte auf dem Papier die ersten Flugmaschinen. Seine Zeichnungen lagen den späteren Erfindern zu Grunde.*

***Welche Auswirkungen hatten die Waffen auf die Menschheit?***

*Die neuen Waffen erleichterten den Europäern die Eroberung neuer Länder und Kontinente. Die Kriege verursachten nun wesentlich größere Zerstörungen und forderten weit mehr Menschenleben als zuvor.*

**BEMERKENSWERTES**

**Die Erfindung des Teleskops**

**Das Teleskop ist ein Symbol dafür, dass die Menschen jener Zeit über den »Tellerrand« ihrer Welt hinausblicken wollten. Die Erfindung dieses Instruments ermöglichte es schon damals, vieles über das Universum zu erfahren, das die Erde umgibt. Denn Planeten, Weltraumnebel, Milchstraßen, Kometen wurden mit dem Teleskop entdeckt, lange bevor die erste Rakete in den Weltraum flog.**

# DER DREISSIGJÄHRIGE KRIEG

Der Dreißigjährige Krieg war ein religiöser und machtpolitischer Konflikt zwischen mehreren europäischen Staaten, der von 1618 bis 1648 auf deutschem Boden ausgetragen wurde und das Land in einem völlig desolaten Zustand hinterließ.
Seinen Ursprung fand der Krieg in Böhmen. Dort hatte in Prag mit Rudolf II. (1522–1612) ein streng gläubiger Katholik den Kaiserthron bestiegen. Er wollte die protestantischen Gebiete wieder zum katholischen Glauben zurückführen, stieß bei den betroffenen Reichsfürsten aber auf Widerstand. Schließlich ließ er Donauwörth zwangsweise rekatholisieren. Die protestantischen Abgeordneten verließen den Reichstag und machten ihn so regierungsunfähig. Zwei gegnerische Konfessionsbündnisse entstanden.

Der Konflikt fand seinen Höhepunkt im »Prager Fenstersturz«: Mittlerweile war Kaiser Ferdinand II. (1578–1637), ein entschiedener Gegner der Reformation, an der Macht. Protestanten und Vertreter des Kaisers hatten sich 1618 zu Verhandlungen in Prag getroffen. Infolge von Streitigkeiten warfen einige Protestanten kurz entschlossen zwei kaiserliche Vertreter buchstäblich aus dem Fenster. Dann erklärten die Böhmen Kaiser Ferdinand für abgesetzt und ernannten den Kurfürsten Friedrich zum Kaiser (Winterkaiser). Damit kam es zum Krieg in Europa.
Fürst **Wallenstein** (1583–1634) stellte aus eigenen Mitteln ein Heer für den Kaiser auf und kam damit bis nach Norddeutschland. Dort stieß er jedoch auf die mächtigen protestantischen Schweden unter König Gustav Adolf (1594–1632), die Norddeutschland einnahmen und nach 1632 bis nach Wien vorrückten. In der Schlacht bei Lützen siegten die Schweden, aber der schwedische König fiel. Reichskanzler Oxenstierna (1583–1654) übernahm die Regierungsleitung, unterlag Wallensteins Heer aber 1634 bei Nördlingen. Schweden verlor Süddeutschland.
Im Prager Frieden 1635 schlossen sich die protestantischen Reichsstände zusammen. Eine Reichsarmee sollte alle fremden Mächte aus Mitteleuropa vertreiben. Daraufhin verbündeten sich Schweden und Frankreich gegen Deutschland und auch Dänemark griff in den Krieg ein, um sich in Norddeutschland neben Schwaben eine Machtbasis zu schaffen.
1644 setzten sich die Großmächte schließlich zusammen und erarbeiteten den **Westfälischen Frieden.** Mit seiner Unterzeichnung am 24.10.1648 endete der Dreißigjährige Krieg. Schweden behielt einige Gebiete in Norddeutschland und an der Ostsee, **Frankreich** be-

***Wer war Wallenstein?***
*Albrecht Eusebius Wenzel Wallenstein war zum Katholizismus übergetreten und kämpfte für den Habsburger Kaiser. Seine Gegner bewirkten seine Absetzung, doch als die Schweden kamen, holte der König ihn zurück. Wallensteins eigenmächtiges Handeln bei Friedensabschlüssen und Eroberungszügen führte zu einer erneuten Absetzung und zu seiner Ermordung.*

***Was stand im Westfälischen Frieden?***
*Im Westfälischen Frieden wurde der Augsburger Religionsfriede (1555) erneut anerkannt, die Reichsstände (Kurfürstenkollegium, Reichsfürstenrat und Städtekollegium) erhielten ihre Souveränität und die Rechte des Kaisers wurden an die Zustimmung des Reichstags gebunden.*

***Wieso gehörte Frankreich zu den Siegern?***
*In Frankreich lenkte Kardinal Richelieu (1624–61) das politische Geschehen. Er hatte den Adligen ihren Einfluss entzogen und es geschafft, durch geschickte Politik Frankreich zur stärksten europäischen*

kam viele deutsche Festungen und Städte entlang des Rheins zugesprochen. Deutschland war vollkommen verwüstet. Fast die Hälfte der Einwohner war gestorben, der Rest lebte in großer Not oder wanderte aus nach Amerika.

*Macht zu machen. Auch sein Eingreifen in den Dreißigjährigen Krieg geschah aus machtpolitischen Interessen.*

England hatte sich nicht am Dreißigjährigen Krieg beteiligt. Stattdessen erlebte es eine heftige Auseinandersetzung zwischen Volk und König. Seit der **Magna Charta** von 1215 musste der König seine Entscheidungen mit dem Oberhaus im Parlament abstimmen. Doch König Karl I., Enkel Maria Stuarts, setzte sich darüber hinweg. Das englische Volk war erbost. Angeführt von dem **Puritaner** Oliver Cromwell (1599–1658) nahm es den König gefangen und ließ ihn 1649 köpfen. Cromwell regierte weiter und machte England wieder zu einer Weltmacht. Nach seinem Tod wurde England erneut von Königen regiert, die sich jedoch stets an die Magna Charta hielten. Das Volk in Europa war durch die Kriegsschrecken sehr verunsichert und abergläubisch geworden. Jeder, der sich anders verhielt, als die Gesellschaft vorschrieb, oder seinem Nachbarn verdächtig erschien, wurde bezichtigt mit dem Teufel im Bunde zu sein. Viele Menschen wurden als Hexen verfolgt und verloren ihr Leben auf dem Scheiterhaufen.

***Was war die Magna Charta?***

*Die* Magna Charta *(lat. »der große Freibrief«) war das wichtigste englische Grundgesetz. Sie schützte die Freiheit der katholischen Kirche und die Rechte der Barone vor Übergriffen der Krone. Ihre 62 Artikel betrafen unter anderem das Lehnsgesetz, Bauernschutz, Freigabe des Handels mit fremden Kaufleuten und Standardisierung für Maße und Gewichte.*

***Wer waren die Puritaner?***

*Die Puritaner vertraten eine sehr streng protestantische und asketische Glaubensrichtung in England. Seit 1620 wanderten viele nach Amerika aus, man bezeichnet sie dort auch als die* Pilgrimfathers *(»Pilgerväter«).*

**BEMERKENSWERTES**

**Der Hexenschuss**

**Im Mittelalter waren die Menschen sehr abergläubisch. Sie hatten furchtbare Angst vor dem Teufel. Das führte dazu, dass sie alles, was anders oder unerklärlich war, wie seltene Krankheiten, als »Teufelswerk« ansahen. Bekam man plötzlich heftige Rückenschmerzen, war man wahrscheinlich gerade von dem Fluch einer Hexe getroffen worden. Daher kommt der Begriff »Hexenschuss«! Vor allem Frauen wurden als Hexen verfolgt und zum Tod auf dem Scheiterhaufen verurteilt. Erst Ende des 18. Jahrhunderts nahmen die Hexenverbrennungen ein Ende.**

***Warum hieß Ludwig XIV. der »Sonnenkönig«?***
*Der König war sehr eitel und setzte sich gerne in Szene. Einmal spielte er in einem zwölfstündigen Ballettstück den Sonnengott Apollo. Dieser Auftritt gab ihm den Namen »Sonnenkönig«.*

***Wie reagierte der Adel auf die Entmachtung durch Richelieu?***
*Der Adel bildete die* Fronde *(1648–1653), der sich sogar das Pariser Parlament anschloss, und erhob sich in mehreren Aufständen. Doch Kardinal Mazarin (1602–1661), der Nachfolger Richelieus, schaffte es wieder, den Hochadel politisch auszuschalten.*

***Wie sahen die Zeremonien am Hof des Sonnenkönigs aus?***
*Nichts geschah zufällig, jede Bewegung des Königs war genau einstudiert – war es beim An- oder Ausziehen, beim Essen oder beim Regieren. Abends »durften« sich auserwählte Personen vor dem Bett des Königs verneigen. Selbst in den heute noch berühmten Gärten von Versailles durfte keine Pflanze wachsen, wie sie wollte.*

Das 17. und das 18. Jahrhundert waren – im politischen Sinne – die Blütezeit des »Absolutismus«. Der Herrscher hatte die uneingeschränkte (absolute!) Macht inne, war aber an religiöse und staatliche Gesetze gebunden. Den Inbegriff des absolutistischen Herrschers stellt der französische König Ludwig XIV. (1638–1715) – genannt **»Der Sonnenkönig«** – dar. Der Kanzelredner Ludwigs XIV. Jacques Bossuet prägte die Formel »Ein König, ein Glaube, ein Gesetz« und betonte damit das Gottesgnadentum. Der König herrschte als Stellvertreter Gottes und war weder dem Volk noch der Kirche Rechenschaft schuldig.

*»Sonnenkönig« Ludwig XIV.*

Während in Deutschland nach dem Dreißigjährigen Krieg die kaiserliche Zentralgewalt zu Ende ging, da sich das Deutsche Reich in einen Staatenbund auflöste, fand der Absolutismus in anderen Teilen Europas neue Anhänger. In Frankreich wurde der Absolutismus von dem ehrgeizigen Kardinal Richelieu (1585–1642) durchgesetzt. Er entmachtete den **Adel** und setzte statt der adligen Gouverneure königliche Beamte als Verwalter der Provinzen ein. Sonnenkönig Ludwig XIV. machte das Herrschen zu einer bis ins Kleinste durchorganisierten **Zeremonie**. Ludwig XIV. war ein absoluter Monarch. Er regierte nach dem Motto »Der Staat, das bin ich!« und ließ sich nur von einem geheimen Staatsrat und ausgewählten Staatsmännern (Kabinett) beraten. Willkürlich ausgestellte Haftbefehle (frz. *lettre de cachet*), eine Geheimpolizei und die Einrichtung eines königlichen Gefängnisses (Bastille), in dem Menschen für immer verschwanden, sorgten für die nötige Einschüchterung von Adel und Volk. Ludwig XIV. stellte übrigens einen Weltrekord im Regieren auf: 72 Jahre lang war er an der Macht!

Das uneingeschränkte Herrschen und die Lebensart am Hofe des französischen Königs fand viele Nachahmer unter den europäischen Herrschern. An den Königshöfen in Österreich, Deutschland, Russland und auch England sprach man Französisch, kleidete sich nach der französischen Mode und baute Schlösser im Stile von Versailles – in Deutschland etwa das Schloss Sanssouci in Potsdam. Das Volk hingegen lebte in Armut und musste schwer arbeiten, damit seine Herren das Geld für all diese Verschwendungen aufbringen konnten.

In Russland kam 1689 **Peter der Große** an die Macht. Der Zar wollte seinem Land nach dem europäischen Vorbild zu Macht und Reichtum verhelfen und reiste sogar inkognito nach England, Holland und Deutschland, um die Sitten und Gebräuche dort kennen zu lernen. Nach seiner Rückkehr verbot der Zar seinen Untertanen die einheimische Tracht zu tragen und schrieb ihnen die europäische Mode vor. Peter der Große hatte sogar in Holland den Schiffsbau erlernt und ließ nun die Stadt Sankt Petersburg als Hafenstadt ausbauen, wofür extra Sümpfe trockengelegt werden mussten. Russland dehnte seine Grenzen gegen Europa, die Türkei, Persien und Asien weiter aus und beteiligte sich von nun an am europäischen Machtspiel.

Mit den aufklärerischen Gedanken, die sich im 18. Jahrhundert verbreiteten, entwickelte sich auch ein »aufklärerischer Absolutismus«. Der Herrscher sah sich nun mehr als »Diener des Staates«, verantwortlich für das Wohl seines Volkes. Beispielhaft dafür waren der Preußenkönig Friedrich der Große und die österreichischen Herrscher.

***Wie sah die französische Mode aus?***

*Bei den Herren waren bunte Seidenstrümpfe und Kniebundhosen Pflicht. Die Damen trugen rauschende Gewänder, Spitzenkragen und viel Schmuck. Alle hatten große Perücken auf. Die Kleidung war ein wichtiges Repräsentationsmittel.*

***Wer war Peter der Große?***

*1682 wurden der zehnjährige Peter und sein geistig behinderter Halbbruder Iwan V. Zaren. Die ältere Halbschwester Sophia Alexejewna regierte für die Kinder. 1689 übernahm Peter die Alleinherrschaft. Er galt als sehr streng und ehrgeizig, aber auch als hilfsbereit und mitfühlend. Sein Tod (1725) ist bezeichnend für ihn: Er starb, nachdem er im Winter ertrinkende Matrosen aus einem Fluss gerettet hatte.*

## BEMERKENSWERTES

**Wichtige »Kabinett-Sitzungen«**

**Im Absolutismus ließen sich die Herrscher von einem ausgewählten Kreis an Vertrauten beraten, einem Geheimen Kabinett (zuerst 1706 in Kursachsen). Sie zogen sich dafür in ein Privatzimmer (frz. *cabinet* – »Kabinett«) zurück. Später wurde mit dem Begriff »Kabinett« alles versehen, was als vertraulich und persönlich galt: das Kabinett-Schreiben oder der Kabinett-Minister. Eine Kabinett-Frage ist eine Vertrauensfrage. Freiherr von Stein versuchte in Preußen das Kabinett-System zu beseitigen (1807/8), doch es setzte sich in vielen Teilbereichen fort und ist auch heute noch weitgehend gültig, wie es etwa das »Bundeskabinett« zeigt.**

***Wie sah die »Vernunft« aus?***
*In den Ideen der Vernunft wie Freiheit und Gleichheit, sahen viele eine Möglichkeit, die Missstände zu überwinden. Durch selbstständiges und »vernünftiges« (beispielsweise von jeglichem Aberglauben befreites) Handeln und Denken sollten die Menschen sich eigenverantwortlich ein menschenwürdiges Leben schaffen.*

***Was bewirkte Friedrich der Große außerdem?***
*Friedrich der Große (1712–1786), später auch »Alter Fritz« genannt, löste durch die Einnahme Sachsens und dann Schlesiens den Siebenjährigen Krieg (1756–1763) aus. Frankreich hatte sich mit Österreich und Russland verbündet, den Gegnern Preußens. Daraufhin begann Friedrich einen Krieg.*

***Inwiefern war Preußen ein Musterstaat?***
*Preußens ständische Ordnung und Wirtschaft waren straff organisiert, das Schulwesen wurde weiter verbessert. Der Militär- und Beamtenstaat wurde eine europäische Großmacht.*

Zu Beginn des 18. Jahrhunderts lebten Adlige und Herrscher noch in Saus und Braus und schufen sich Scheinwelten, während das Volk an furchtbarer Armut und Abhängigkeit litt. Doch die schrecklichen Glaubenskriege in dieser Zeit brachten einen Wandel mit sich. Immer mehr Philosophen, Schriftsteller und Politiker plädierten für Toleranz und vor allem **Vernunft**. Die Erkenntnis, dass alle Menschen gleich sind, sollte im Gesetz verankert werden. Es war nicht einfach, die Herrscher und Adligen zum Umdenken zu bewegen, aber es gab auch Machthaber, die den Wandel förderten, zum Beispiel **Friedrich der Große**, der König von Preußen.

König Friedrich war ein sehr gebildeter Mann und verfasste selbst Schriften, in denen er sich mit den Gedanken der Aufklärung auseinander setzte. Er wollte seinen militärisch straff organisierten Staat zu einem **Musterstaat** machen. Als Erstes schaffte er die Folterstrafe ab und sorgte dafür, dass alle Menschen – egal, ob Arme oder Reiche – vor dem Gesetz (und dem Gericht!) gleich waren.

*Friedrich der Große*

Dann erleichterte er die harten Bedingungen, unter denen die Bauern für ihre Grundherren arbeiteten. Natürlich war Friedrich der Große, wie jeder andere Herrscher auch, daran interessiert, sein Reich zu vergrößern. Er hatte es besonders auf Österreich abgesehen, dessen Eroberung er sich sehr einfach vorstellte. Doch an der dortigen Herrscherin scheiterte sein Vorhaben und er konnte schließlich nur Sachsen und Schlesien einnehmen.

In Österreich herrschte seit 1740 die junge Kaiserin **Maria Theresia**, eine sehr fromme und weise Frau, die versuchte die neuen Gedanken der Aufklärung zu verwirklichen. Ihr preußischer Gegner war sogar zunächst ein Vorbild für sie! Auch sie schaffte die Folter ab, erleichterte das Leben für die Bauern und verbesserte das Schulwesen. Die Kaiserin besaß großes diplomatisches Geschick und verstand es, ihre

Kinder politisch geschickt zu verheiraten. So gab sie ihre Tochter Marie-Antoinette dem französischen König zur Frau. Sie sollte während der Französischen Revolution eine große Rolle spielen.
Maria Theresias Sohn und Erbe Joseph II. (1741–1790) setzte sich noch stärker für die neuen Ideen ein. Er schaffte die Todesstrafe und die Leibeigenschaft ab, garantierte den Protestanten freie Religionsausübung und nahm der katholischen Kirche, obwohl er selbst Katholik war, einiges an Besitz ab. Für das Volk in Europa wurde vieles einfacher, denn die Gedanken der Vernunft hatten Einzug gehalten. Dennoch blieb die Lage immer noch angespannt.
In Nordamerika indessen hatten die neuen Ideen ein regelrechtes Feuer entfacht. Die Amerikaner waren nicht mehr bereit die britische Herrschaft zu erdulden. Die Wortführer Benjamin Franklin (1706–1790) und Thomas Jefferson (1743–1826) setzten eine Unabhängigkeitserklärung auf, in der die Menschenrechte fest verankert waren. Unter General George Washington, dem späteren ersten Präsidenten der Vereinigten Staaten von Amerika (1789–1797), trieben die Amerikaner die Briten aus dem Land und erklärten sich 1776 für unabhängig. Für die auf den Plantagen der Südstaaten arbeitenden Sklaven galten die neuen Menschenrechte allerdings noch nicht. Die **amerikanische Revolution** (1776–1865) sollte große Auswirkungen auf Europa haben.

***Was war das Besondere an Maria Theresia?***
*Maria Theresia (1717–1780) sah sich als Mutter ihres Reiches. Sie selbst hatte 16 Kinder! Maria Theresia nahm sogar dem Adel und Klerus die Steuerfreiheit und vertrat eine eigene Haltung gegenüber der katholischen Kirche.*

***Wie begann die amerikanische Revolution?***
*Die 13 amerikanischen Kolonien wehrten sich immer mehr gegen die britische Herrschaft, gegen die hohen Steuern und die Bevormundung in der Politik. Ein Beispiel für die Auflehnung war die »Boston Tea Party« (1773): Als Indianer verkleidete Kolonisten versenkten die Teeladung britischer Schiffe im Bostoner Hafen. Nach der Unabhängigkeitserklärung brach der Krieg mit England aus.*

**BEMERKENSWERTES**

**Der Begriff »Aufklärung«**

**Unter »Aufklärung« verstand man die Menschen mit Hilfe der Vernunft zu einem besseren Verständnis ihrer Umwelt zu verhelfen, sie aus ihrer Abhängigkeit und ihrem Aberglauben zu befreien. Ziel war ein freiheitliches, menschenwürdiges, glückliches Dasein in einer neuen Gesellschaft, die von der Vernunft regiert wurde und in der vor allem die Menschenrechte gewahrt wurden, die die Herrscher bislang missachtet hatten. Die Aufklärung ging Ende des 17. Jahrhunderts von England und Frankreich aus und wirkte bis ins 19. Jahrhundert hinein.**

***Was waren die Generalstände?***
*Das war eine Versammlung der Vertreter der Stände – Adlige, Klerus und Dritter Stand (meist Bürger) – aus allen französischen Provinzen. Sie wurde nicht regelmäßig einberufen, 1789 das erste Mal wieder nach 175 Jahren.*

***Wer saß in der Nationalversammlung?***
*In der Nationalversammlung war hauptsächlich das Bildungs- und Besitzbürgertum vertreten. Die Jakobiner, zu denen Robespierre gehörte und die die strengsten Verfechter der Französischen Revolution waren, verdrängten nach und nach die gemäßigteren Girondisten.*

***Was bewirkte Georges Danton?***
*Der Rechtsanwalt Georges Danton (1759–1794) war ein leidenschaftlicher Redner, der das Volk in seinen Bann schlug. Er war mitverantwortlich für die »Septembermorde«, rief die Schreckensherrschaft 1792 ins Leben und gründete das Revolutionstribunal.*

Der Lebensstil am Hof des französischen Königs Ludwig XVI. (1754–1793) und seiner Gattin Marie-Antoinette (1755–1793), der Tochter der österreichischen Kaiserin Maria Theresia, wurde immer aufwändiger. Schließlich geriet der König in Geldnot. Er berief die **Generalstände** ein und befahl ihnen ihm mehr Geld zu verschaffen. Die Mitglieder der Versammlung begannen darüber nachzudenken, wie man die Missstände in Frankreich allgemein lindern oder gar beseitigen konnte, doch das war nicht im Sinne des Königs. Sein Zeremonienmeister sollte die Versammlung wieder auflösen, doch die Mitglieder des Dritten Standes, die Bürger, ließen sich das nicht gefallen. Sie begründeten die **Nationalversammlung** und schworen, nicht vor der Vollendung einer Verfassung auseinander zu gehen (Ballhausschwur). Als der König seine Soldaten schickte, erstürmte das Volk 1789 die Bastille und befreite alle Gefangenen. Dieses Ereignis markiert den Beginn der Französischen Revolution.

Die Versammlung beschloss Reformen im Sinne der Aufklärung durchzusetzen. Für alle Menschen in Frankreich sollten die gleichen Pflichten und Rechte gelten und die gleichen Ämter offen stehen.

Als der König sich immer noch nicht in die neuen Verhältnisse fügen wollte, zog das Volk nach Versailles und brachte ihn und seine Familie nach Paris. Die Nationalversammlung nahm der katholischen Kirche und allen ins Ausland geflohenen Adligen per Gesetz ihren Grundbesitz. 1791 wurde die neue Verfassung ausgerufen, der König jedoch nicht abgesetzt. Man hatte ihm nur seine absolutistische Machtstellung genommen.

Die anderen europäischen Mächte sahen sich nun gezwungen einzugreifen, um dem französischen König beizustehen, doch sie taten es halbherzig und wurden von den französischen Truppen geschlagen.

Die Verfolgungen der Royalisten (Königstreuen) nahm daraufhin zu. Ein eigens dafür eingerichtetes Revolutionstribunal verurteilte Menschen zur Hinrichtung durch die Guillotine, die ebenfalls extra dafür erfunden worden war. Alles, was an das *Ancien régime* (»alte Herrschaft«) erinnerte, wurde abgeschafft – auch die Mode: Statt Perücken und Kniebundhosen trug man nun rote Zipfelmützen und Hosenröhren. Letztere tragen wir heute noch – es ist die uns bekannte Hosenform.

Die Anführer der Volksmassen, **Georges Danton** und **Maximilien de Robespierre**, waren fanatische Männer. Sie verurteilten auch König Ludwig XVI. und seine Frau Marie Antoinette zum Tod durch die

Guillotine. Das entsetzte Ausland schickte wieder seine Truppen nach Paris, doch diese wurden erneut geschlagen.
Nun hatte eine Schreckensherrschaft die Monarchie abgelöst. Robespierre ließ sogar seinen Weggefährten Danton köpfen, der ihn zu mehr Milde ermahnt hatte. Schließlich hatte das Volk genug vom Morden und Robespierre wurde selbst Opfer der Guillotine. 1795 wurde ein **Direktorium** gewählt, das Frankreich im Auftrag des Volkes regieren sollte.
Die Französische Revolution hatte ungeheure politische und kulturelle Veränderungen bewirkt, die auch auf das restliche Europa übergriffen. In Belgien und der Schweiz bildeten sich als Erstes Republiken, die auf den Grundsätzen der neu formulierten Menschenrechte aufgebaut wurden.

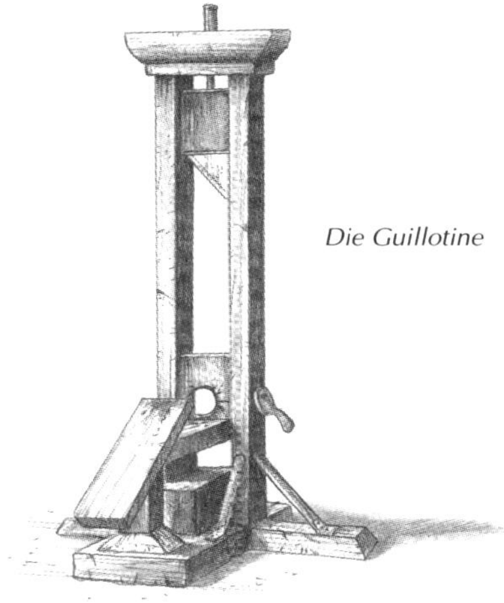

*Die Guillotine*

***Wer war Maximilien de Robespierre?***
*Der Advokat Maximilien de Robespierre (1758–1794) war als Vertreter des Dritten Standes Mitglied der Generalstände gewesen. Er war in seiner Wesensart eher zurückhaltend und schulmeisterlich, strebte aber mit der Ermordung seiner Gegner die Alleinherrschaft in dem Schreckensregime an.*

***Wie bildete sich das Direktorium?***
*Das Direktorium war die oberste Regierungsbehörde nach der neuen Verfassung von 1795. Seine fünf Mitglieder wurden vom Rat der Alten und vom Rat der 500 (gewählt durch die Bürger über Wahlmänner) bestimmt. Deazzas, Carnot und Sieyès waren die bekanntesten Direktoren.*

**BEMERKENSWERTES**

**Der Sturm auf die Bastille**

**Am 14.7.1789 ging das Volk in Frankreich auf die Straße und rief nach »Freiheit, Gleichheit, Brüderlichkeit!« (*Liberté, Egalité, Fraternité*). Es stürmte die Bastille und brachte damit die Französische Revolution ins Rollen. In Frankreich ist der 14. Juli heute noch ein Nationalfeiertag. Doch auch für das restliche Europa läutete der Tag eine Wende ein. Die Menschenrechte wurden ein zunehmend wichtiger Grundsatz für Verfassungen, kaum ein Herrscher konnte sich gegen deren Einführung mehr wehren.**

# NAPOLEON UND EUROPA

***Wer war Napoleon Bonaparte?***
*Napoleon Bonaparte (1769–1821) war der Sohn eines armen korsischen Anwalts. Er wurde schon mit zehn Jahren nach Frankreich auf die Militärschule geschickt. Sehr ehrgeizig und diszipliniert, machte er als glänzender Stratege schnell Karriere.*

***Was bewirkte der Rheinbund?***
*Napoleon schloss mit 16 süddeutschen Staaten ein Bündnis, obwohl diese dazu staatsrechtlich nicht befugt waren. Daraufhin legte Franz II. die Kaiserkrone nieder, was zum Ende des Heiligen Römischen Reiches Deutscher Nation führte.*

***Wer war Fürst von Metternich?***
*Klemens Wenzel Fürst von Metternich (1773–1859) wurde 1809 österreichischer Außenminister. Er vertrat eine sehr diplomatische Politik, mit der er die Position seines Landes stärkte. 1814 sicherte er auf dem Wiener Kongress Österreichs Vormachtstellung.*

Das erste Direktorium, die Regierung Frankreichs nach der Französischen Revolution, wurde 1799 von einem zweiten gestürzt. Erster Konsul wurde ein besonders machthungriger Mensch: General **Napoleon Bonaparte**. Dieser ordnete das Reich neu und schuf den *Code civile*. Napoleon wurde Konsul auf Lebenszeit und 1804 sogar vom Papst zum Kaiser gesalbt.
Sein Ziel war das französische Reich zu vergrößern. England, Deutschland, Österreich, Russland und Schweden erklärten Napoleon daraufhin 1805 den Krieg. Der englische Admiral Nelson (1758–1805) schlug die Franzosen in der Schlacht bei Trafalgar, wo er selbst fiel, damit aber die Seeherrschaft Großbritanniens sicherte. Doch Russland und Österreich unterlagen Napoleon in der Schlacht bei Austerlitz. Napoleon herrschte nun über fast ganz Europa und verschenkte großzügig Herzogtümer und Königreiche an seine Familienmitglieder.

1806 schloss Napoleon mit 16 süddeutschen Staaten den **Rheinbund**. Dann besiegte er Preußen und zog in Berlin ein. Er verbot allen europäischen Ländern den Handel mit England (Kontinentalsperre), um die Briten so in die Knie zu zwingen. Anschließend eroberte er Spanien. Aber dort und auch anderswo regte sich immer mehr Widerstand gegen die französische Herrschaft. 1809 unterlag Napoleon mit seinen Truppen dem österreichischen Heer bei Aspern. Daraufhin erhoben sich die Tiroler Bauern, angeführt von Andreas Hofer (1767–1810), denn Napoleon hatte ihr Land an Bayern verkauft. Doch Napoleon fügte Österreich bei Wagram eine große Niederlage zu und ließ Hofer hinrichten. Auf Anraten seines Kanzlers **Fürst von Metternich** verheiratete der deutsche Kaiser Franz II. (1768–1835) seine Tochter Marie Louise mit Napoleon.

Russland litt wirtschaftlich sehr unter den Folgen der Kontinentalsperre. Als Napoleon den russischen Bauern gestattete Getreide an England zu liefern, öffnete Zar Alexander I. (1777–1825) seine Häfen und verbündete sich mit Schweden. Daraufhin marschierte Napoleon 1812 mit 611.000 Mann gegen Russland. Erst vor Moskau trafen beide Heere aufeinander. Das war von den Russen so geplant, denn Napoleon steckte nun tief im Landesinnern und der russische Winter nahte. Moskau wurde von den Franzosen eingenommen, doch kurz darauf fing die Stadt an zu brennen. Die französischen Truppen mussten sich unter unvorstellbaren Verlusten zurückziehen, nur 20 Prozent erreichten die Heimat.

Napoleon zog mit den letzten jungen Männern Frankreichs gegen seine europäischen Gegner und schlug Preußen und Russland in zwei Schlachten. Doch gemeinsam mit Österreich, Schweden und England konnten die Besiegten Napoleon bei **Leipzig** vernichten. Die Franzosen schickten ihren Kaiser daraufhin ins Exil auf Elba.

***Was passierte in der Schlacht von Leipzig?***
*In der »Völkerschlacht von Leipzig« verbündeten sich alle europäischen Großmächte gegen Napoleon. Nach deren Sieg brach das französische Imperium zusammen. Alle Rheinbundfürsten – außer Sachsen – wandten sich von Napoleon ab.*

Nach Napoleons Fall bestieg Ludwig XVIII. (1755–1824) den französischen Thron und führte die Herrschaft im Stil seines während der Französischen Revolution hingerichteten Bruders Ludwig XVI. fort. Dies erregte den Widerstand des französischen Volkes. Die Gegner Napoleons waren auf dem **Wiener Kongress** mit der Neuordnung Europas beschäftigt. Napoleon sah deshalb seine zweite Chance gekommen und landete 1815 mit ein paar Getreuen in Frankreich. Das gesamte Heer lief zu ihm über. Doch bei Waterloo, Belgien, schlugen die europäischen Verbündeten unter dem englischen Herzog von Wellington (1769–1852) und dem preußischen General Blücher (1742–1819) Napoleon endgültig. Wieder wurde er verbannt, diesmal auf die Insel St. Helena, wo er bis zu seinem Tod lebte.

***Welche Bedeutung hatte der Wiener Kongress?***
*Die europäischen Mächte berieten fast ein Jahr über die Machtverteilung in Europa. Dabei sollte die vorrevolutionäre Ordnung wiederhergestellt und für ein Gleichgewicht der Mächte gesorgt werden.*

## BEMERKENSWERTES

### Der Code civile

**Im Code civile (auch Code Napoléon) ließ Napoleon alle bürgerlichen Rechtsverhältnisse zusammenfassen. Zum Beispiel wurde den Bürgern die Gewissens- und Arbeitsfreiheit zugesichert und die Juden erhielten das Bürgerrecht. Außerdem wurde die zivile Eheschließung begründet. Die Ehe galt von nun an als weltlicher Vertrag! Der Code civile wurde zum »revolutionären Exportartikel« in ganz Europa. Auf diesem Werk beruht ein großer Teil der Justizkultur in zahlreichen Ländern der Erde.**

***Was bedeutet »industrielle Revolution«?***
*Mit diesem Begriff bezeichnet man den Umbruch in der Güterproduktion und in den Lebens- und Arbeitsverhältnissen der Menschen durch eine unglaubliche Anhäufung bahnbrechender Entwicklungen ab dem späten 18. Jahrhundert.*

***Warum wurde England die erste Industriegroßmacht?***
*England hatte eine starke Wirtschaft und war politisch stabil. Durch den Kolonialhandel gelangte viel Kapital ins Land. Günstige Bedingungen waren auch der Binnenmarkt ohne Zollschranken, die geografische Lage und reiche Erz- und Kohlevorkommen.*

***Welche Auswirkungen hatte die agrarische Revolution?***
*Angelockt von den Gewinn versprechenden Erträgen erwarben Kaufleute aus der Stadt große Anbauflächen und legten große Gutshöfe an. Sie verdrängten die Kleinbauern, die nun in die Städte abwanderten.*

Eine weitere Revolution bewirkte ab Mitte des 18. Jahrhunderts große Umwälzungen in Europa: die **industrielle Revolution**. Sie begann in der Textilindustrie Großbritanniens, in der Erfindungen wie die Dampfmaschine (1769) von James Watt und der mechanische Webstuhl (1785) von Edmund Cartwright die Produktion enorm steigerten. Eine bessere Entwässerung der Bergwerke durch Dampfpumpen förderte den Kohleabbau und damit die Eisenverarbeitung. Bahnbrechend war Richard Terevithicks Lokomotive (1803) auf Schienen. Kurze Zeit später eröffnete man die erste britische Eisenbahnlinie zwischen Stockton und Darlington. Mit der Eisenbahn konnte man Güter nun schneller und in größeren Mengen transportieren. Großbritannien entwickelte sich zu einer **Industriegroßmacht.**

In dieser Zeit nahm die Bevölkerungszahl rasant zu, besonders auf dem Land. Parallel zur industriellen fand eine **agrarische Revolution** statt. Mit der Bevölkerungszahl stieg die Nachfrage an Lebensmitteln und damit auch die Preise für Agrarprodukte. Neue Erkenntnisse in der Düngung, beim Fruchtwechsel und neue Landmaschinen halfen die Erträge zu erhöhen.

Belgien folgte dem englischen Vorbild. Es baute sein Eisenbahn- und Kanalnetz aus, förderte viel Kohle und produzierte große Mengen von Eisen, Maschinen und Metallerzeugnissen. In Frankreich kurbelte Kaiser Napoleon III. (1808–1873) wesentlich später die Wirtschaft an. Der Kaiser organisierte 1855 in Paris eine **Weltausstellung** nach dem Vorbild Londons (1851).

In Deutschland blockierten bis in die erste Hälfte des 19. Jahrhunderts vor allem unzählige Zollschranken im Land das Wirtschaftswachstum. Preußen wagte als Erstes den Schritt nach vorne, indem es einen Zollverein gründete. Dem schlossen sich viele deutsche Staaten an und der »Deutsche Zollverein« entstand. 1835 nahm die erste deutsche Eisenbahn zwischen Nürnberg und Fürth ihren Betrieb auf und das Schienennetz wuchs. Dadurch blühten besonders die Eisenerzeugung und die **Maschinenbauindustrie.** Deutschland machte Großbritannien nun Konkurrenz.

Auf der Suche nach Arbeit zogen die Menschen in Massen vom Land in die Stadt. Dort entstanden Elends- und Arbeiterviertel. An den Arbeitsplätzen herrschten menschenunwürdige Verhältnisse: Die Arbeitszeiten lagen bei zwölf bis 13 Stunden am Tag, Sonntag eingerechnet. Schutzvorrichtungen in Fabriken gab es bis 1850 kaum, Kinderarbeit war an der Tagesordnung. Viele prangerten die sozialen Verhältnisse an, unter ihnen der Kaufmann Friedrich Engels

(1820–1895) und der Philosoph und Nationalökonom Karl Marx (1818–1883). Der Mensch war, so Marx, mittlerweile zu einem »Zubehör der Maschine« geworden. Nach und nach schränkte man die Frauen- und Kinderarbeit per Gesetz ein, letztere wurde schließlich verboten. Immer mehr Vereinigungen, Parteien und Gewerkschaften gründeten sich, um die Arbeitsbedingungen zu verbessern.
Von 1873 bis 1896 erlebte die Wirtschaft weltweit eine Talfahrt (große Depression). Doch dann folgte bis zum ersten Weltkrieg ein erneuter wirtschaftlicher Aufschwung.

*Die Kehrseite der industriellen Revolution: enge, ungesunde Wohnbedingungen für die Arbeiter*

***Was ist eine Weltausstellung?***
*Auf einer Weltausstellung präsentieren sich alle Nationen mit ihren neuesten technischen Errungenschaften. Seit 1851 finden sie alle ein bis drei Jahre in verschiedenen Städten statt. Die erste war in London, die letzte fand 2000 in Hannover (die Expo) statt.*

***Was förderte die Maschinenbauindustrie noch?***
*Polytechnische Schulen (später Technische Universitäten) sowie Gewerbe- und Handelsschulen wurden gegründet und die Ausbildung von Meistern, Ingenieuren und Wissenschaftlern verbessert, wovon natürlich auch die entsprechenden Industrien profitierten.*

**BEMERKENSWERTES**

**Deutschland und England in Konkurrenz**

**Großbritannien wollte verhindern, dass Deutschland ihm langsam, aber sicher den Rang der ersten Industriemacht in der Welt ablief. Durch ein Gesetz versuchte es, sich davor zu schützen: Alle Produkte aus Deutschland mussten mit dem Vermerk »Made in Germany« versehen werden, um eine Verwechslung mit den britischen zu vermeiden. Doch die ursprünglich abwertende Bezeichnung wandelte sich mit den Jahren zu einem Merkmal höchster Qualität!**

**_Was ist ein »Nationalstaat«?_**
*Ein Nationalstaat ist ein Staat, in dem die Mehrheit der Bürger zu einer Nation gehören. Die frühen Vertreter des Nationalismus strebten nach Freiheit und Gleichheit für alle Nationen, später wurde verstärkt die eigene Nation über die anderen gestellt.*

**_Wer war Graf Camillo Benso di Cavour?_**
*Der liberale Politiker hatte 1847 die Zeitschrift* Il Risorgimento *(»Die Wiederauferstehung«) gegründet, in der er für die Unabhängigkeit ganz Italiens eintrat.*

**_Worum ging es in der Revolution von 1848/49?_**
*In der Märzrevolution von 1848/49 erhob sich das deutsche Volk, um seine Forderungen nach einer nationalen Einheit durchzusetzen. Ein deutsches Parlament (Frankfurter Nationalversammlung in der Paulskirche) arbeitete eine Verfassung aus und wählte den preußischen König zum Kaiser. Der lehnte jedoch ab!*

Nach der Französischen Revolution regte sich unter den europäischen Völkern ein verstärktes nationales Bewusstsein. Sie verlangten nach Unabhängigkeit und Selbstbestimmung. Diese Ideen wurden von den Herrschern zunächst unterdrückt, allein in England fanden deren Vertreter einen Zufluchtsort.

Russland wollte seine Vormachtstellung in Europa ausbauen und den Bosporus und die Dardanellen erobern. 1853 besetzte es die Donaufürstentümer Moldau und Walachei und versenkte die türkische Schwarzmeerflotte. Die Westmächte erklärten dem Zaren den Krieg und landeten auf der Krim. Sie belagerten ein Jahr lang die Festung Sewastopol, bis Stadt und Hafen erobert waren. Auf Grund vielfältiger nationaler Strömungen war der Balkan von nun an bis 1918 ein Krisenherd. Im Pariser Frieden (1856) musste Russland viele Zugeständnisse machen. Das Hauptergebnis des Pariser Friedens war das Ende der alten Ordnung in Europa (Wiener Kongress).
Europa veränderte sich grundlegend. Das neue nationale Bewusstsein war dabei ausschlaggebend. Besonders Frankreichs Kaiser Napoleon III. förderte die nationale Idee und strebte nun seinerseits in Europa eine Vormachtstellung an.
Auch in Italien wollte das Volk einen eigenen **Nationalstaat**. Dazu sollte ihm **Graf Camillo Benso di Cavour** (1810–1861) verhelfen, der 1852 Ministerpräsident von Piemont-Sardinien wurde. Cavour schloss mit Napoleon III. ein Bündnis, um Österreich aus Norditalien zu vertreiben, was 1859 in den Schlachten bei Magenta und Solferino gelang. Doch dann vereinbarte Napoleon einen Waffenstillstand mit Österreich. Das italienische Volk erhob sich, um die Fremdmächte aus dem Land zu treiben. Unter dem Freiheitskämpfer Giuseppe Garibaldi (1807–1882) konnte es 1860 Süditalien gewinnen, 1870 wurde der Vatikanstaat eingegliedert.
In Deutschland war trotz der gescheiterten **Revolution von 1848/49** die Forderung nach einem deutschen Nationalstaat noch aktuell. Die antiösterreichische Politik Preußens verschärfte sich unter Reichskanzler **Otto von Bismarck**. Nach Kriegen mit Dänemark, Österreich und Frankreich gelang es den deutschen Staaten schließlich, sich gegen ihre Nachbarn abzugrenzen, und sie gründeten 1871 das Deutsche Reich.
Aus dem nationalen Bewusstsein der Staaten erwuchs das Bedürfnis, den eigenen Machtbereich vor allem in kolonialen Regionen auszudehnen. England hatte bereits Hongkong erworben (1842) und kontrollierte Indien mit seiner Handelsgesellschaft. Die euro-

päischen Mächte konzentrierten sich mit ihrer **imperialistischen** Politik ab 1880 zunächst auf Afrika und teilten den Kontinent ohne Rücksicht auf bestehende Grenzen unter sich auf. Deutschland erhielt Deutsch-Südwestafrika (heute Namibia) und Deutsch-Ostafrika (heute Tansania), Togo und Kamerun.

Dann erschienen zwei neue imperialistische Mächte auf der Bildfläche: die USA und Japan. Die USA hatten ihre Grenzen weiter nach Westen und Süden verschoben und 1865 ihren Bürgerkrieg beendet, aus dem der Norden als Sieger hervorgegangen war. Nach dem spanisch-amerikanischen Krieg 1898 fielen Puerto Rico, Guam und die Philippinen an die USA, etwas später auch Hawaii. Kuba kam unter amerikanische Schutzherrschaft.

Japan erfuhr eine sehr rasche Technisierung und Modernisierung und konnte sich daher in Kriegen gegen China und Russland behaupten und seine Machtstellung ausbauen.

***Welche Ziele verfolgte Otto von Bismarck?***

*Otto von Bismarck (1815–1898) vertrat die Krone gegen das liberale Parlament. Er wollte zwar auch einen deutschen Nationalstaat, aber durch eine Revolution »von oben«. Seine Innenpolitik war von Dauerkrisen geprägt, seine Außenpolitik nach Entstehen des Deutschen Reiches eher defensiv. Der mächtige Reichskanzler wurde 1890 wegen vermehrter Unstimmigkeiten von Kaiser Wilhelm II. (1859–1941) entlassen.*

***Was ist Imperialismus?***

*Imperialismus bezeichnet die »Ausdehnungspolitik« eines Staates, die den Erwerb »unterentwickelter« Staaten außerhalb seiner Grenzen, meist in Übersee, zum Ziel hat.*

**BEMERKENSWERTES**

**Die Schlacht von Solferino**

**Der grauenvolle Anblick des Schlachtfeldes bei Solferino hatte unter anderem einen jungen Genfer schockiert: Henri Dunant (1828–1910). Dunant entschied sich daraufhin, sich für das Schicksal der Kriegsverletzten und -gefangenen weltweit einzusetzen. Seine Bemühungen führten 1863 zur Gründung des Internationalen Roten Kreuzes und 1864 zum Abschluss der ersten Genfer Konvention (Abkommen zum Schutz der verwundeten Soldaten der Armeen im Feld).**

**Das internationale Kennzeichen des Roten Kreuzes ist ein rotes Kreuz auf weißem Grund. In den islamischen Ländern ist es ein roter Halbmond (Türkei u. a.) oder ein roter Löwe und eine Sonne (Iran), in Israel ein roter Davidstern auf weißem Grund.**

# DAS DEUTSCHE KAISERREICH

***Wie wurde der deutsche Bundesstaat regiert?***
*Dem deutschen Kaiser (zugleich König von Preußen) unterstand der Reichskanzler, der die Reichsregierung (zehn Staatssekretäre) leitete und dem Bundesrat (Vertreter der 25 Bundesstaaten) vorsaß. Ein vom Volk gewählter Reichstag beschloss die Gesetze und verwaltete den Haushalt.*

***Was kennzeichnete die Sozialdemokratische Partei?***
*Die Sozialdemokratie vertrat hauptsächlich die Arbeiterbevölkerung und entwickelte sich schon bald zur Massenpartei. Ab 1890 hieß sie Sozialdemokratische Partei Deutschlands (SPD) und wurde stärkste Partei im Deutschen Reich.*

***Was wurde auf dem europäischen Kongress verhandelt?***
*Bei den Verhandlungen gab Bismarck Österreich als Gegengewicht ein Mandat zur Besetzung Bosniens und der Herzegowina und schwächte damit Russlands Machtstellung auf dem Balkan.*

Ein »Kleindeutschland« gab es bereits vor der Reichsgründung, nämlich in Form eines recht einheitlichen Wirtschaftsraumes durch den Deutschen Zollverein. Zur Gründung des Deutschen Reiches führten dann die Verfassung des »Norddeutschen Bundes« von 1867 und deren Übernahme mit nur wenigen Änderungen als Reichsverfassung 1871. Anders als in Italien blieben die Einzelstaaten allerdings bestehen und bildeten einen **Bundesstaat.**

Nach der Einführung des allgemeinen, gleichen, geheimen und direkten Wahlrechts 1867 (allerdings nur für Männer!) bildeten sich Parteien wie die Nationalliberalen und die Freikonservative Partei. 1896 begründeten Wilhelm Liebknecht (1826–1900) und August Bebel (1840–1913) die Sozialdemokratische Arbeiterpartei. Der Sprecher der Deutschen Zentrumspartei Ludwig Windthorst (1812–1891) wurde später zum Gegenspieler Bismarcks.

Die **Sozialdemokraten** wurden von Bismarck mit großem Misstrauen bedacht und schließlich 1878 sogar verboten. Bismarck stützte sich bei seiner Innenpolitik hauptsächlich auf die Liberalen, mit denen er die Vereinheitlichung des Reiches wirtschaftlich und rechtspolitisch weiter vorantrieb.

Die europäischen Mächte standen dem Deutschen Reich eher ablehnend gegenüber. Frankreich entwickelte sich wiederum zur Militärmacht, was in Deutschland große Unruhe hervorrief. Es kündigte einen Präventivkrieg gegen Frankreich an und brachte damit England und Russland gegen sich auf. Bismarck sah sich zwischen den Fronten und lenkte ein. Als 1876 auf dem Balkan zwischen Serben und Türken sowie zwischen Russen und Türken Krieg ausbrach und auch Österreich-Ungarn sich bedroht sah, ergriff der Reichskanzler die Chance, als Vermittler zu dienen. Schließlich wandte er sich sogar öffentlich gegen jeglichen Krieg in Europa und berief 1878 einen **europäischen Kongress** dazu ein.

*Reichskanzler Otto von Bismarck*

Bismarck baute in seiner

Außenpolitik nun auf **Bündnisse** und betrieb damit eine Sicherheitspolitik. Frankreich allerdings sollte politisch isoliert werden. 1887 drohte erneut Krieg: Frankreich wollte sich mit Russland gegen das Deutsche Reich verbünden und auf dem Balkan bekämpften sich Serben und Bulgaren, was Österreich und Russland zu Gegnern machte. Bismarck setzte sich für eine friedliche Lösung ein, stieß dabei aber im Deutschen Reich auf heftige Kritik vor allem wegen seiner Beziehung zu Russland. Schließlich schloss er mit Russland sogar einen **»Rückversicherungsvertrag«**. Bismarck unterstützte jedoch auch den Orientdreibund (Österreich-Ungarn, England, Italien), der auf Seiten der Türkei stand. So wollte Bismarck die Mächte unter Kontrolle halten.
Dem jungen Kaiser Wilhelm II. gefielen Bismarcks eigenmächtige Handlungsweisen nicht, was zu Bismarcks Entlassung führte. Da Wilhelm II. den Bund mit Russland nicht erneuerte, näherte sich der Zar Frankreich an. Damit war die Gefahr eines Zweifrontenkriegs für das Deutsche Reich wieder in nächste Nähe gerückt.

***Welches Ziel verfolgte Bismarck mit den Bündnissen?***
*Die Bündnisse der europäischen Länder untereinander sollten einen Krieg – vor allem gegen das Deutsche Reich – verhindern. Das »Dreikaiserbündnis« mit Österreich-Ungarn und Russland (1881) sicherte Russlands Neutralität bei einem deutsch-französischen und die der anderen Partner bei einem russisch-englischen Krieg.*

***Was beinhaltete der Rückversicherungsvertrag?***
*Er schützte das Deutsche Reich vor einem russisch-französischen Bündnis. Wichtig war die Zusatzklausel: Das Deutsche Reich würde Russland bei einer Verteidigung des Zugangs zum Schwarzen Meer helfen.*

**BEMERKENSWERTES**

**Große Reformen**

**Zur Vereinheitlichung des Reiches führte Bismarck 1871 zunächst die Mark als Währungseinheit ein, 1875 entstand die Reichsbank. Dann schuf er in den 80er-Jahren die Grundlagen des Sozialstaates – Krankenversicherung, Unfallversicherung und einen Schutz bei Arbeitsunfähigkeit und Alter – und machte das Deutsche Reich diesbezüglich zum europäischen Vorbild. Vieles aus unserem heutigen deutschen Sozialwesen basiert noch auf Bismarcks Reformen.**

Der Ursprung des Ersten Weltkriegs lag in der schwierigen und komplizierten Lage auf dem Balkan. Bulgarien erklärte sich unabhängig von der türkischen Herrschaft und schloss 1911 mit Serbien, Griechenland und Montenegro den »Balkanbund« gegen die Türkei. Im Ersten Balkankrieg von 1912 unterlag die Türkei und verlor ihre europäischen Gebiete (bis auf einen Teil um Istanbul). Dann jedoch gerieten die Verbündeten in Streit um die Aufteilung der Beute und im Zweiten Balkankrieg unterlag Bulgarien seinen ehemaligen Bundesgenossen, denen sich Rumänien angeschlossen hatte.
Durch Vermittlung Österreich-Ungarns kam es zum Frieden von Bukarest, aber die Lage blieb gespannt. Es entstand eine **Pazifistenbewegung**, die weltweit für Abrüstung und Frieden warb.

***Wer ermordete das Thronfolgerehepaar?***
*Franz Ferdinand von Österreich und seine Frau wurden von einem Mitglied der serbischen Geheimorganisation »Schwarze Hand« aus nationalistischen Motiven erschossen.*

Doch plötzlich erschütterte ein Ereignis die Welt: die **Ermordung** des österreichischen Thronfolgers Franz Ferdinand (1863–1914) und seiner Gemahlin in Sarajewo. Wien verlangte die sofortige Einstellung feindlicher Propaganda gegen Österreich-Ungarn und eine gerichtliche Untersuchung, aber Serbien ging nicht auf alle Forderungen ein. Daraufhin erklärte Österreich-Ungarn dem Land am 28.7.1914 den Krieg, der durch die Bündnisse mit anderen Ländern zum europäischen Krieg wurde. Die »Mittelmächte« Österreich-Ungarn und das Deutsche Reich, denen sich Bulgarien und die Türkei anschlossen, standen Serbien, Frankreich, England und Russland gegenüber. Letzteren schloss sich später Italien an, dem nach Kriegsende dafür Südtirol zugesprochen wurde. Rumänien beteiligte sich 1916 an der Auseinandersetzung.
Die Völker Europas zogen begeistert in den Krieg, da sie ihre jeweilige Nation, ihre Freiheit gefährdet sahen und schützen wollten.

***Was sah der »Schlieffenplan« vor?***
*Die deutschen Armeen sollte an der Westfront durch Luxemburg und Belgien schnell nach Frankreich vorstoßen und den Gegner in einer Umfassungsschlacht vernichten. Die Ostfront sollte nur schwach besetzt werden.*

Der deutsche Generalstabschef **Alfred von Schlieffen** (1833–1913) hatte bereits 1905 einen Plan für den Fall eines Zweifrontenkrieges ausgearbeitet, doch schon nach der Schlacht an der Marne im September 1914 erstarrten die Fronten zu einem furchtbaren Stellungs- und Grabenkrieg. Beispielhaft dafür ist die Schlacht um die Festung Verdun, in der fast 700.000 französische und deutsche Soldaten ihr Leben verloren. In Europa wütete ein **totaler Krieg**, vernichtender als alle bisherigen Kriege.

***Was ist mit einem »totalen Krieg« gemeint?***
*Zu einem totalen Krieg gehören die Mobilisierung der gesamten Bevölkerung zu Kriegsdienst und Kriegsproduktion und ein enormer Einsatz von Kriegsmaterial. Diesmal wurden neues Kriegsgerät und neue Waffen wie U-Boote und Zeppeline sowie Maschinengewehre und Giftgas eingesetzt. Die Zahl der Opfer war so hoch wie noch nie zuvor.*

Ende 1917 suchte die neue russische Regierung der Bolschewiki, die aus der **Oktoberrevolution** hervorgegangen war, nach einem Ende der Kämpfe. Am 6. April 1917 waren die USA in den Krieg gegen die Mittelmächte eingetreten und lösten Europa als »Lenker der

Weltpolitik« ab. Der europäische Krieg wurde damit zu einem Weltkrieg. Die Mittelmächte und ihre Verbündeten erlagen der Übermacht. Schließlich erklärten sich das Deutsche Reich und Österreich-Ungarn gegenüber den USA zum **Waffenstillstand** bereit, der am 11. November 1918 in Kraft trat.

Mit dem Ersten Weltkrieg ging auch das deutsche Kaiserreich zu Ende. Im Oktober 1918 hatten Matrosen deutscher Kriegsschiffe gemeutert. Sie widersetzten sich dem sinnlosen Befehl in dem bereits verlorenen Krieg als »Kanonenfutter« mit ihren Schiffen auszulaufen. Die Protestbewegung griff rasch auf die Großstädte über, viele Arbeiter traten in Streik.
Die Mehrheitsparteien (Sozialdemokraten, Zentrum, Deutsche Demokratische Partei und Fortschrittliche Volkspartei) stellten einen Führungsanspruch im Reichstag. Unter ihrem Druck dankte der deutsche Kaiser ab und Friedrich Ebert (SPD; 1871–1925) wurde Reichskanzler. Am selben Tag, dem 9. November 1918, rief der Sozialdemokrat und Mitglied des Rates der Volksbeauftragten Philipp Scheidemann (1865–1939) in Berlin die deutsche Republik aus.

**BEMERKENSWERTES**

**Die Pazifistenbewegung**

**Besonders durch die österreichische Schriftstellerin Bertha von Suttner (1843–1914) und den französischen Sozialisten Jean Jaurès (1859–1914) erhielt die Pazifistenbewegung große Bedeutung. Bertha von Suttner war mit Alfred Nobel (1833–1896) befreundet und konnte diesen zur Stiftung des Friedensnobelpreises bewegen, den sie schließlich selbst erhielt. Das Engagement der Pazifisten führte zu den Haager Friedenskonferenzen, die versuchten völkerrechtlich verbindliche Regeln für die Kriegsführung festzulegen und in deren Folge der Internationale Schiedsgerichtshof in Den Haag eingerichtet wurde.**

***Was löste die Oktoberrevolution aus?***
*Das russische Volk litt schwer unter den Kriegsfolgen und erhob sich gegen den Zaren Nikolaus II., der am 15. März 1917 abdankte. Die neue provisorische Regierung unter dem Demokraten Kerenskij setzte den Krieg jedoch fort. Sie wurde durch die Oktoberrevolution der Bolschewiki von Lenin, Trotzki und Stalin entmachtet.*

***Welche Bedingungen stellten die USA nach dem Waffenstillstand?***
*Die USA unter Präsident Woodrow Wilson (1856–1924) forderten unter anderem die Rückgabe von Elsaß-Lothringen an Frankreich, die nationale Selbstbestimmung aller Völker der Donaumonarchie und des Osmanischen Reiches und die Schaffung eines Völkerbundes, um die Unabhängigkeit und Unverletzlichkeit aller Staaten zu sichern.*

Am 28. Juni 1919 unterschrieb eine deutsche Delegation im Schloss von Versailles einen **Friedensvertrag**, der Deutschland für allein schuldig am Ausbruch des Ersten Weltkriegs erklärte und ihm schwere Bedingungen auferlegte.

***Was enthielt der Friedensvertrag von Versailles?***
*Mit dem »Versailler Vertrag« wurde das Saarland für 15 Jahre an Frankreich abgetreten, rheinische Gebiete entmilitarisiert, Städte wie Köln und Mainz durch alliierte Truppen besetzt und hohe Kriegsentschädigungen von Deutschland gefordert. Verloren gingen die Gebiete Elsaß-Lothringen, Eupen-Malmedy, Nordschleswig, das Memelgebiet, Posen-Westpreußen, Ost-Oberschlesien und alle Kolonien. Besonders die Kriegsschuldbestimmung löste in der deutschen Bevölkerung sehr große Empörung aus.*

Im Dezember 1922 gründete sich aus der russischen Föderativen Sozialistischen Sowjetrepublik, der Ukraine, Weißrussland und dem Transkaukasus die Union der Sozialistischen Sowjetrepubliken (UdSSR). Nach Lenins Tod 1924 riss Stalin (1879–1953) die Macht in Partei (KPdSU) und Staat gewaltsam an sich.
Auch in Italien und Spanien kamen Diktatoren an die Macht: Benito Mussolini (1883–1945) setzte sich in Italien als »Duce« an die Spitze einer **faschistischen** Bewegung, verfolgte seine Gegner und verbot alle Parteien. Der Diktator strebte die Wiedergeburt eines »römischen Imperiums« an. In Spanien behauptete Francisco Franco (1892–1975) seine Alleinherrschaft bis zu seinem Tod 1975.

Am 19. Januar 1919 fanden in Deutschland Wahlen zur Nationalversammlung statt, an denen erstmals auch Frauen teilnehmen durften. Die Befürworter der Republik erhielten die Mehrheit und arbeiteten eine Verfassung für die neue Weimarer Republik aus. Schwierige Zeiten standen bevor. Die Deutschen konnten sich nicht mit dem Versailler Vertrag abfinden. Nach zähen Verhandlungen wurden wenigstens die horrenden Reparationszahlungen verringert. Das sind die so genannten Wiedergutmachungen der Kriegsverlierer an die Gewinner des Krieges.
Dann schloss Deutschland mit der UdSSR den Vertrag von Rapallo, in dem Moskau u. a. auf Kriegsentschädigungen verzichtete. Die Westmächte und die USA waren zunächst dagegen. Doch der deutsche Politiker Gustav Stresemann (1878–1929) und sein französischer Kollege Aristide Briand (1862–1932) schafften eine Annäherung ihrer beiden Staaten. Im Vertrag von Locarno wurde Deutschland sogar der Beitritt zum Völkerbund erlaubt.

***Woher kommt der Begriff »Faschismus«?***
*Mussolini hatte Kampftruppen gebildet, deren Kennzeichen Rutenbündel (lat.* fasces, *ital.* »fasci«*) waren – ursprünglich Zeichen höchster Amtsgewalt im antiken Rom. Diese gaben der faschistischen Bewegung ihren Namen.*

Die Kriegsfolgen belasteten die deutsche Bevölkerung sehr. Heftige Auseinandersetzungen zwischen linken und rechten Parteien und die zunehmende **Inflation** schufen große Verunsicherung in der Bevölkerung und kosteten den Anhängern der Republik viele Wählerstimmen. Die Krise gipfelte im Münchner »Hitler-Putsch«. Der Wortführer der antisemitischen Partei NSDAP, Adolf Hitler (1889–1945), und der ehemalige Generalstabschef Erich Ludendorff

(1865–1937) riefen zum »Sturm auf Berlin« auf. Am 8. November 1923 erklärte Hitler die Regierungen in Berlin und München für abgesetzt und ernannte sich zum Reichskanzler. Der Putsch wurde zwar niedergeschlagen und Hitler inhaftiert, aber die NSDAP blieb bestehen.

In den **20er-Jahren** blühten in Europa und in den USA Wirtschaft und kulturelles Leben, doch dann kam es 1929 zum **Schwarzen Freitag**, dem Börsenkrach in New York. In Deutschland stieg die Arbeitslosenzahl rapide. Nationalistische Stimmen, die Sicherheit und Ordnung versprachen, wurden laut. In den letzten Jahren der Reichspräsidentschaft Paul von Hindenburgs (1847–1934) und unter Reichskanzler Heinrich Brüning (1885–1970) verschlechterten sich die Verhältnisse weiter. Brünings Nachfolger Franz von Papen (1879–1969) schlug eine autoritäre Linie ein, verbesserte die Lage aber nicht. Die NSDAP gewann stetig Anhänger. Die Ernennung Hitlers am 30. Januar 1933 zum Reichskanzler bedeutete das Ende der Weimarer Republik.

**BEMERKENSWERTES**

**Der Name »Weimarer Republik«**

**Die Begründer der Republik entschieden sich für Weimar als Sitz der verfassungsgebenden Reichsversammlung, da ihnen die Reichshauptstadt Berlin zu »unruhig« war. Die Weimarer Republik, die auf der Weimarer Verfassung beruhte, wurde zunächst von einer Koalition aus Zentrum, Deutscher Demokratischer Partei und mehrheitssozialdemokratischer Partei regiert. Reichspräsident war Friedrich Ebert (1871–1925). Die Weimarer Republik war von Beginn an geschwächt, da die Lage des Reiches nach dem verlorenen Krieg besonders schwierig war und die Deutschen bis dahin wenig Erfahrungen mit der Demokratie gemacht hatten. Der notwendige Lernprozess, den andere Länder wie Frankreich durchgemacht hatten, fehlte.**

***Was ist eine Inflation?***
*Eine Inflation ist eine extreme Geldentwertung. Das geschieht, wenn viel mehr Geld im Umlauf ist, als es dem Wert von Waren und Dienstleistungen entspricht. Im November 1923 entsprachen zehn Millionen Mark dem Wert eines Cent.*

***Wieso waren die 20er-Jahre »golden«?***
*In den Zwanzigern erfolgte ein großer kultureller Aufschwung, auch wenn es noch viel Armut und soziale Ungerechtigkeit gab. Theater, Literatur und Kunst erlebten eine Blüte. Es war die Zeit der Revuegirls und ausgelassenen Partys. Rundfunk, Tonfilm und die Massenpresse traten auf die Weltbühne.*

***Was passierte am Schwarzen Freitag?***
*Wichtige Industriezweige in den USA waren plötzlich in Schwierigkeiten geraten. Daraufhin sanken am 25. Oktober 1929 schlagartig die Aktienkurse an der New Yorker Börse. Der Börsenkrach löste eine Weltwirtschaftskrise aus.*

Adolf Hitlers (1889–1945) Ernennung zum Reichskanzler am 30. Januar 1933 hatte Folgen, die nur wenige vorausgesehen hatten. Die NSDAP (Nationalsozialistische Deutsche Arbeiterpartei) war vielfach nicht ernst genommen worden, viele dachten, dass Hitler bald wieder aus dem politischen Geschehen verschwinden werde.

Doch Hitler hatte sich im Grunde zwei Ziele gesetzt – die in seinem Werk *Mein Kampf* nachzulesen waren – und verfolgte sie rigoros: die Vernichtung der Juden und die Eroberung von »Lebensraum«, im Osten. Etappen auf diesem Weg waren die Aufhebung des Versailler Vertrages, der Zusammenschluss aller Deutschen in einem »Dritten Reich« und die Ausgliederung aller »Nicht-Deutschen« aus dem Staat.

Sein Propagandaminister Joseph Goebbels (1897–1945) sorgte für entsprechende Beeinflussung der Massen. Seine Sturmabteilung (SA) und die **Schutzstaffel** (SS) unter der Leitung von Heinrich Himmler (1900–1945) schüchterten die politischen Gegner ein. Hitler hob durch das »Ermächtigungsgesetz« mit der Verfassung die Versammlungs- und Pressefreiheit auf und riss, obwohl er bei den Reichstagswahlen am 5. März 1933 nicht die Mehrheit erreicht hatte, die Macht an sich.

Parteien und Gewerkschaften wurden verboten, »zersetzende« Bücher öffentlich verbrannt. Vor allem systemfeindliche **Künstler und Wissenschaftler** wurden ausgebürgert oder mit Berufsverbot belegt, politische Feinde in Konzentrationslager (KZ) verschleppt.

Das totalitäre Regime Hitlers erfasste die Bürger in allen Lebensbereichen: von der **Jugenderziehung** über Berufsgruppen bis hin zur Überwachung durch Blockwarte in den Wohnvierteln.

***Was war die Schutzstaffel?***
*Ursprünglich Hitlers Leibgarde, wurde die SS zu einer mächtigen NS-Organisation. Ihr unterstellt war die Gestapo (Geheime Staatspolizei), der Sicherheitsdienst und alle Konzentrationslager. Am Ende gründete sie sogar Wirtschaftsbetriebe zur Ausbeutung der Gefangenen.*

***Welche Folgen hatte die Emigration von Künstlern und Wissenschaftlern?***
*Unter den Emigranten befanden sich Persönlichkeiten wie Albert Einstein, Bertolt Brecht und Thomas Mann. Ihre Flucht bedeutete einen großen Verlust für die deutsche Wissenschaft und Kultur, der noch lange Zeit nach dem Krieg spürbar war.*

Als Hindenburg am 2. August 1934 starb, wurde Hitler auch Reichspräsident. Er schuf Arbeitsplätze durch den Bau von Wohnungen, Autobahnen und Befestigungsanlagen an der französischen Grenze (Westwall), was die Bevölkerung für sich einnahm und ihn zum Idol machte. Dann führte Hitler die allgemeine Wehrpflicht wieder ein und ließ militärisch aufrüsten. Diese Maßnahmen wurden durch die Ausgabe von Wechseln einer »Metallforschungsgesellschaft« finanziert, die zu diesem Zweck gegründet wurde. Auf diese Weise verheimlichte man das Anwachsen der Staatsschulden.

***Wie wurde die Jugend beeinflusst?***
*Die Kinder wurden in der Schule und in der Freizeit vom NS-Staat kontrolliert. Sie waren automatisch in Verbände der »Staatsjugend« (Deutsche Jungmädel, Hitlerjugend) eingegliedert. Widersetzten sich Kinder, wurden sie ausgegrenzt. Gelockt wurde mit Freizeitaktivitäten und Kameradschaftsgeist.*

Im Mittelpunkt der NS-Politik stand die Rassenlehre, die sich vor allem gegen die Juden richtete. Durch ungezählte Gesetze wurden sie in ihren öffentlichen und privaten Rechten immer mehr eingeschränkt. Die Nationalsozialisten erklärten sie durch die **Nürnberger Gesetze** zu »Staatsangehörigen minderen Rechts«. Einen ersten Höhepunkt erreichte die Verfolgung mit der **Reichskristallnacht**, in der jüdische Geschäfte und Häuser zerstört und zehntausende Juden ins KZ gebracht wurden.

Viele fragen heute: Wie konnte das passieren? Warum haben die Deutschen nicht genügend Widerstand geleistet? Die Kommunisten und Sozialisten hatten vor 1933 versucht die Machenschaften der NSDAP bloßzustellen, doch ihre Gruppen, die sich zudem untereinander bekämpften, wurden nach Hitlers Machtantritt von der SA und SS schnell zerschlagen. Auch Teile der Kirchen wehrten sich gegen den NS-Staat, etwa die evangelische »Bekennende Kirche« und viele katholische Pfarrer. Berühmt wurde die von Studenten gegründete Widerstandsgruppe »Weiße Rose«.

***Was stand in den Nürnberger Gesetzen?***

*Das »Gesetz zum Schutz des deutschen Blutes und der deutschen Ehre« verbot Ehen zwischen Juden und »Ariern«. Mit dem »Reichsbürgergesetz«, wurde den Juden die deutsche Staatsbürgerschaft genommen.*

***Was löste die Reichskristallnacht aus?***

*Anfang November 1938 erschoss der jüdische Herschel Grynszpan in Paris den deutschen Botschaftssekretär E. vom Rath. Das nahm Hitler zum Anlass der »Reichskristallnacht« (Nacht vom 9. auf den 10. November).*

## BEMERKENSWERTES

### Der Widerstand

**Widerstand in einem totalitären Staat ist sehr schwierig, da jeder einzelne Bürger genau überwacht wird. Leider fügte sich der Großteil der Bevölkerung in dieses System. Dennoch wagten etliche Deutsche ihr Leben und versteckten jüdische Mitbürger in ihren Häusern. Auch sind nicht alle NS-Gegner unter den Wissenschaftlern, Künstlern und Schriftstellern ins Ausland geflohen, sondern blieben wie Erich Kästner (1899–1974), um, wie er einmal sagte, »eines Tages schriftlich Zeugnis ablegen zu können«. Auf dem Gut Kreisau des Grafen H. J. von Moltke (1907–1945) trafen sich politisch Gleichgesinnte (Kreisauer Kreis), die das nationalsozialistische Regierungssystem beseitigen wollten. Doch der Umsturzversuch am 20. Juli 1944 scheiterte und viele Mitglieder dieser Gruppe wurden zum Tode verurteilt.**

# DER ZWEITE WELTKRIEG

Bei seinem Regierungsantritt hatte Adolf Hitler (1889–1945) noch einen europäischen Frieden befürwortet, sodass viele Staatsmänner nicht rechtzeitig erkannten, wohin seine politischen Schritte führten. Besonders der britische Premierminister Arthur Chamberlain (1869–1940) bestand stets auf einer friedlichen Lösung. Ohne großen Widerstand konnte Hitler das Rheinland besetzen, ein Bündnis mit Italien und einen gegen die UdSSR gerichteten **Antikominternpakt** mit Japan schließen. 1938 wurden zunächst Österreich und mit dem »Münchener Abkommen« das Sudetengebiet Teil des Deutschen Reiches. 1939 besetzte Deutschland die »Rest-Tschechoslowakei«. Ende August 1939 schloss Hitler mit Stalin einen Nichtangriffspakt, worin beide Partner Polen, die baltischen Staaten und weitere Ostgebiete untereinander aufteilten. Schließlich marschierte Hitler am 1. September 1939 in Polen ein und entfesselte damit den Zweiten Weltkrieg. Nach einem schnellen Sieg in Polen startete er seinen Westfeldzug. Am 17. Juni 1940 unterzeichnete die französische Regierung den Waffenstillstand.

Nun folgten weitere ganz erstaunliche militärische Erfolge der deutschen Wehrmacht: Deutsche und italienische Truppen kämpften zusammen in Nordafrika. Hitler eroberte die ganze Balkanhalbinsel und gewann Rumänien, Ungarn, die Slowakei und Bulgarien als Verbündete. Hitler hatte in Europa ein riesiges Gebiet besetzt. Nur England konnte sich gegen die Angriffe der deutschen Luftwaffe und U-Boote behaupten. Doch dann stellten sich erste Misserfolge ein. Am 22. Juni 1941 marschierte die **Wehrmacht** in die Sowjetunion ein. Hitler wollte mit dem Krieg gegen die UdSSR den Kommunismus und das europäische **Judentum** ausrotten und sein »Ostimperium« begründen. Stalin rief daraufhin sein Volk zum **»Großen Vaterländischen Krieg«** auf. Der harte russische Winter überraschte die deutschen Truppen vor Moskau und vor Leningrad, das zwei Jahre belagert wurde. Im Winter 1942/43 erlitten die Deutschen bei **Stalingrad** eine furchtbare Niederlage.

Dies bedeutete eine entscheidende Wende des bisherigen Kriegsgeschehens, die auch durch den japanischen Angriff auf den amerikanischen Marinestützpunkt Pearl Harbour am 7. Dezember 1941 ausgelöst wurde. Die USA erklärten Japan daraufhin den Krieg. Die Verbündeten Japans, Deutschland und Italien, erklärten daraufhin den USA den Krieg, der somit von einem europäischen zu einem Weltkrieg wurde.

Amerikanische, englische und französische Truppen zwangen zunächst die deutschen und italienischen Kräfte in Nordafrika zur Ka-

***Welche Bedeutung hatte der Antikominternpakt?***

*Der Pakt wurde 1936 zwischen Deutschland und Japan geschlossen. Ein Jahr später trat auch Italien bei. Er richtete sich gegen die kommunistischen Staaten weltweit und unterstützte Japan beim Krieg gegen China.*
*Die »Komintern« (Kommunistische Internationale, gegr. 1912 von Lenin) war der Zusammenschluss aller kommunistischen Parteien und hatte die Weltrevolution zum Endziel.*

***Woraus bestand die Wehrmacht?***

*Die deutsche Wehrmacht umfasste das Heer, die Luftwaffe und die Marine. Später traten zahlreiche Divisionen der Waffen-SS hinzu.*

***Wieso nannte Stalin den Krieg »Großen Vaterländischen Krieg«?***

*Stalin wollte mit dieser Bezeichnung das Nationalbewusstsein der Bevölkerung anstacheln. Außerdem spielte er auf den »Vaterländischen Krieg Russlands« (1812) gegen Napoleon an und erinnerte damit an den Sieg Russlands über einen so berühmten Staatsmann und Strategen.*

***Was verstand Hitler unter der »Endlösung« der Judenfrage?***

*Hitler verfolgte schon seit Beginn seines Machtantritts den Plan, die europäischen Juden*

pitulation. 1943 landeten sie auf Sizilien und dann auf dem Festland. Mussolini wurde gestürzt.

1944 eroberte die Sowjetunion die von den Deutschen besetzten Ostgebiete zurück, die Amerikaner und Briten landeten unter General Eisenhower in der Normandie und in Südfrankreich.

Unterdessen starteten die Alliierten unentwegt Luftangriffe gegen deutsche Städte. Spätestens im Frühjahr 1945 war deutlich abzusehen, dass das Deutsche Reich kurz vor dem Zusammenbruch stand. Ende April 1945 beging Hitler im Führerbunker in Berlin Selbstmord und Anfang Mai unterschrieben deutsche militärische Führer die bedingungslose Kapitulation. Erst nachdem Japan von zwei **Atombomben** der USA getroffen wurde, war auch dieses Land am 2. September 1945 zur Kapitulation bereit.

Im Zweiten Weltkrieg starben 50 Millionen Menschen, 40 Millionen wurden verwundet, drei Millionen gelten heute noch als vermisst.

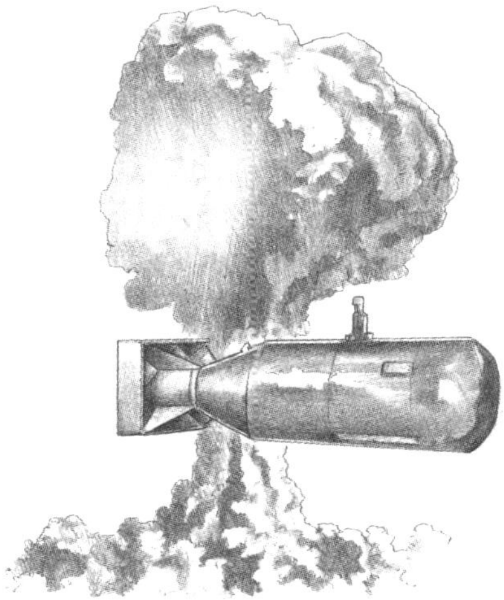

*Die Bombe »Little Boy« und der Atompilz über Hiroshima*

## BEMERKENSWERTES

### Wer sucht die Vermissten?

**Kaum eine Familie in Europa blieb vom Krieg verschont, viele hatten Tote zu betrauern oder suchten nach Vermissten. An den Haustüren zerbombter Häuser flatterten Zettel mit Adressen oder Suchanzeigen. Nach dem Krieg halfen Organisationen wie das Rote Kreuz den Betroffenen weiter. Soldatenfriedhöfe wurden nach namenlosen Gräbern abgesucht, Anzeigen in Zeitungen aufgesetzt, Einwohnermeldeämter durchsucht. Die letzten Kriegsgefangenen kehrten erst im Oktober 1955 aus Russland nach Deutschland zurück. Noch heute wissen viele Familien nicht, was aus ihren vermissten Angehörigen geworden ist.**

*zwangsweise in bestimmten Gebieten zu konzentrieren bzw. in so genannten Konzentrationslagern einzusperren. In der Wannseekonferenz im Jahr 1941 wurde die »Endlösung« beschlossen, nämlich die totale Vernichtung der Juden. Bis zum Kriegsende wurden durch eine komplett rationalisierte Todesmaschinerie ca. sechs Millionen Juden, Zigeuner, Homosexuelle, »Asoziale« und andere Menschen, die nicht in die nationalsozialistische Ideologie passten, ermordet. Dies war der bisher größte Völkermord in der Geschichte.*

***Was passierte in Stalingrad?***

*Im Winter 1942/43 wurde eine deutsche Armee von sowjetischen Truppen in Stalingrad eingekesselt (deshalb auch »Kessel von Stalingrad«). Hitler hatte jeglichen Ausbruch verboten. Hunderttausende deutscher Soldaten kamen bis zur Kapitulation Ende Januar/Anfang Februar 1943 und in der Gefangenschaft ums Leben.*

***Wo wurden die Atombomben abgeworfen?***

*Die USA warfen je eine Atombombe auf die japanischen Städte Hiroshima und Nagasaki. Etwa 200.000 Menschen kamen ums Leben. In Sekundenschnelle waren beide Städte zerstört, die furchtbaren Auswirkungen sind heute noch sichtbar, zum Beispiel an körperlichen Behinderungen der Nachkommen von Strahlenopfern.*

***Wie sah der Marshall-Plan aus?***

*Im Juni 1947 erstellte der amerikanische Außenminister George C. Marshall (1880–1959) ein Hilfsprogramm für den wirtschaftlichen Wiederaufbau Europas. Hauptsächlich England und Frankreich erhielten Geld für Fabriken und den Straßenbau. In die deutschen Westzonen konnten zumindest devisenfreie Lebensmittel und Investitionsgüter eingeführt werden.*

***Was ist die Aufgabe der NATO?***

*Die NATO verpflichtete sich, einen Angriff gegen einen Mitgliedstaat als Angriff gegen die gesamte NATO anzusehen, wobei jedes einzelne Mitglied seinen Einsatz selbst bestimmt. 1955 trat Deutschland bei.*

***Wie entstand die DDR?***

*Die Sowjetunion zwang die Parteien KPD (Kommunistische Partei Deutschland) und SPD (Sozialdemokratische Partei Deutschlands) in ihrer Zone zu einem Zusammenschluss – zur SED (Sozialistische Einheitspartei Deutschlands). Ein nicht demokratisch gewählter Volksrat beschloss eine Verfas-*

Am Ende des Zweiten Weltkriegs gab es zwei konkurrierende Weltmächte: die USA und die UdSSR. Solange der Krieg gegen Deutschland und Japan andauerte, versuchten beide durch Vereinbarungen ihre Konflikte zu beseitigen. So erkannten die Amerikaner auf der Jalta-Konferenz im Februar 1945 die sowjetischen Ansprüche in Ostmittel- und Südosteuropa an. Stalin setzte daraufhin in der Tschechoslowakei, in Ungarn, Rumänien und Bulgarien sowjetfreundliche Regierungen ein.
In Bezug auf Deutschland waren sich die Siegermächte einig: Diese Nation durfte nie wieder mächtig werden und war nur wirtschaftlich als Einheit zu sehen. Der »Alliierte Kontrollrat« sollte für die vier Besatzungszonen (die englische, französische, amerikanische und sowjetische Besatzungszone) eine einheitliche Verwaltung sicherstellen. Im Juni 1945 gründete man noch gemeinsam mit der Sowjetunion die Vereinten Nationen (UNO), aber schon im März 1947 sicherten die USA allen freien Völkern Beistand gegen eine »gewaltsame sowjetische bzw. kommunistische Bedrohung« zu.

Nun musste die Wirtschaft in Europa wieder in Schwung gebracht werden. Hierfür sollte der **Marshall-Plan** angewandt werden. Doch die Sowjetunion verhinderte in ihrem Einflussbereich die Teilnahme. In ihrer Besatzungszone wurde die Industrie in »Volkseigene Betriebe« (VEB) überführt und die Landwirtschaft enteignet. Die Spannungen zwischen den beiden Weltmächten verstärkten sich. Der »Kalte Krieg« begann.

Deutschland war nun in eine östliche und drei westliche Besatzungszonen geteilt. Letztere schlossen sich 1948 zu einem »Wirtschaftsgebiet« zusammen. Daraufhin kündigte die Sowjetunion ihre Mitgliedschaft im Alliierten Kontrollrat auf und verhängte am 24. Juni 1948 die Blockade Berlins, um die Westmächte zum Abzug aus der Stadt zu zwingen. Die Westmächte boten alle Kräfte auf (Luftbrücke), um ihre Teile der Stadt zu halten. Am 12. Mai 1949 musste die UdSSR die Blockade wieder aufheben, da sie keinen neuen Krieg provozieren wollte. Zudem hatte sie das Durchhaltevermögen der Berliner unterschätzt!

Die Westmächte hatten jedoch bereits reagiert: Im April 1949 schlossen zehn europäische Staaten, die USA und Kanada den **Nordatlantikpakt (NATO)**. Am 23. Mai 1949 wurde die Bundesrepublik Deutschland gegründet.

Die Sowjetunion antwortete am 7. Oktober mit der Gründung der **Deutschen Demokratischen Republik (DDR)**. Deutschland war geteilt – und Europa auch. Als Gegenpol zur NATO entstand der Warschauer Pakt.

*sung und wählte die Regierung.*

Im März 1953 starb Stalin. Seine Nachfolger führten den Kampf der Ideologien weiter. Am **17. Juni 1953** schlugen sowjetische Panzer einen Aufstand in der DDR blutig nieder. 1956 geschah das Gleiche in Ungarn. Die USA griffen nicht ein.
Dann schoss die UdSSR die erste Weltraumrakete – Sputnik – ins All. Damit wuchs das Selbstbewusstsein der Sowjetunion. Im November 1958 forderte der sowjetische Staats- und Parteiführer Nikita Chruschtschow (1894–1971) den Abzug der Alliierten aus Berlin. Diese widersetzten sich zwar, konnten allerdings nicht den Bau der Berliner Mauer am 13. August 1961 verhindern.
Die **Kuba-Krise** 1962 und der Vietnamkrieg (1964–1973) waren die Höhepunkte des Kalten Kriegs. Danach begann sowohl auf der Erde als auch im Weltraum ein Rüstungswettlauf beider Supermächte.

***Was geschah am 17. Juni 1953?***
*Um den Staat aus der wirtschaftlichen Krise zu befreien, wollte die SED-Regierung u. a. die Arbeitsleistung um über zehn Prozent steigern. Dagegen protestierten als Erste die Bauarbeiter in Ost-Berlin. Der Protest wurde zu einem landesweiten Aufstand für Freiheit und deutsche Einheit, den das sowjetische Militär niederschlug.*

***Was war die Kuba-Krise?***
*Als die USA 1962 entdeckten, dass die Sowjetunion Abschussrampen für Mittelstreckenraketen auf Kuba baute, verhängte der amerikanische Präsident John F. Kennedy (1917–1963) eine Seeblockade und bereitete die Invasion vor. Die Sowjetunion lenkte jedoch ein.*

**BEMERKENSWERTES**

**Die Aufgaben der UNO**

**Die Vereinten Nationen (UNO) haben sich den Frieden in der Welt zum Ziel gesetzt. Dabei sollen in erster Linie Hunger und Armut als wichtigste Ursachen von Krieg beseitigt werden. Die Großmächte sorgen als »Weltpolizisten« für die Sicherung des Weltfriedens, wobei wirtschaftliche, politische und militärische Mittel gegen eine drohende Gefahr eingesetzt werden dürfen. Dem Sicherheitsrat gehören fünf ständige (USA, UdSSR – heute Russland –, Großbritannien, Frankreich und China) und zehn weitere für jeweils zwei Jahre gewählte Mitglieder an.**

***Was war der Prager Frühling?***
*Von Januar bis August 1968 fanden in Prag (Tschechoslowakei) Demonstrationen, bei denen staatliche Reformen gefordert wurden, statt. So sollte u. a. die Herrschaft des Parteiapparats abgebaut und die Grundrechte des einzelnen Bürgers gewahrt werden. Die Protestbewegung wurde vom sowjetischen Militär mit Panzern niedergeschlagen. Die Westmächte griffen nicht ein.*

***Wie sah die Entspannungspolitik aus?***
*Die Entspannungspolitik sollte weltweit die Konflikte zwischen Ost und West verringern. Angesichts der Gefahren eines atomaren Krieges und der Kosten für den Rüstungswettlauf setzte man zunehmend auf politische Vereinbarungen, gemeinsames »Krisenmanagement« und einen friedlichen wirtschaftlichen Wettbewerb.*

***Wie wurde die Bevölkerung in der DDR kontrolliert?***
*Die Staatssicherheit (Stasi) beobachtete die Bürger in allen Lebensbereichen. Telefone wurden abgehört und die Wohnungen »ver-*

Das angespannte Verhältnis der Supermächte, USA und Sowjetunion, und das gewaltsame Ende des **Prager Frühlings** von 1968 zerstörten die Hoffnungen der Menschen in der DDR auf eine Verbesserung ihrer Lebensverhältnisse. Doch Anfang der 70er-Jahre konnte, auch durch die neue Ostpolitik des SPD-Bundeskanzlers Willy Brandt (1913–1992), der damit der Entwicklung der amerikanischen Politik folgte, das Verhältnis zwischen DDR und Bundesrepublik verbessert werden. Mit dem »Viermächte-Abkommen« 1971 garantierte die Sowjetunion einen ungehinderten Transitverkehr zwischen der Bundesrepublik und West-Berlin. Die DDR hatte mittlerweile großes Interesse an internationaler Anerkennung und ging bereitwilliger als bisher auf westdeutsche Initiativen ein. Im Grundlagenvertrag von 1972 bekräftigten beide deutsche Staaten unter anderem ihren Willen zu einer »normalen gut nachbarlichen« Beziehung.

Durch die neuerliche **Entspannung** blühte der Ost-West-Handel, dennoch verbesserte sich die schlechte wirtschaftliche Lage in den Ostblockländern nicht. Die Unzufriedenheit wuchs. Bis ins Private hinein unterlag die Bevölkerung der DDR staatlicher **Kontrolle**. Immer mehr Menschen schlossen sich in Friedens-, Demokratie- und Umweltgruppen zusammen, um sich gegen den SED-Staat zu wehren. Vorbild für die Bürgerrechtsbewegungen waren die in der Tschechoslowakei 1977 gegründete »Charta 77« und die Anfang der 80er-Jahre in Polen entstandene Gewerkschaftsbewegung »Solidarnosc«.

Eine unerwartete Wende trat ein, als Michail Gorbatschow (geb. 1931) 1985 Generalsekretär der KPdSU und 1990 sowjetischer Staatspräsident wurde. Auf den Gipfelkonferenzen in Genf 1985 und Reykjavik 1986 vereinbarten die USA und die UdSSR eine effektive Abrüstung. Die politischen Leitideen Gorbatschows lauteten »Glasnost« (Offenheit) und »Perestroika« (Umgestaltung).

Obwohl die Wirtschaft der DDR zusammenbrach, hielt die SED an ihrer starren Linie fest. Im Juni 1989 gestand Gorbatschow in einer »Gemeinsamen Erklärung« mit der Bundesrepublik jedem Staat das Recht zu, sein eigenes politisches und soziales System selbst zu wählen. Dies und der immer weiter ansteigende Flüchtlingsstrom aus der DDR führten zu unerwarteten Entwicklungen.

Am 2. Mai 1989 öffneten ungarische Soldaten die Grenze zu Österreich für tausende DDR-Flüchtlinge. In der DDR fanden wöchentliche **Friedensgebete** statt und die System-Gegner mehrten sich. Dennoch feierte die SED-Führung scheinbar ungerührt am 7. Oktober den 40. Jahrestag der DDR. Michail Gorbatschow forderte in seiner Rede die SED-Regierung zu Reformen auf und löste damit die Demonstrationen aus, die zur friedlichen Revolution und zum Mauerfall führten.

Am **9. Oktober 1989** demonstrierten viele tausend Menschen in Leipzig auf den Straßen. Die Sicherheitskräfte griffen nicht ein. Ermutigt folgten mit jedem Tag mehr Demonstranten. Am 18. Oktober legte der Staatsratsvorsitzende Erich Honecker (1912–1994) sein Amt nieder. Doch die Proteste, vor allem gegen seinen Nachfolger Egon Krenz, gingen weiter.

Am 9. November gab Günter Schabowski, Mitglied des Politbüros, alle Grenzübergangsstellen der DDR zur Bundesrepublik frei. Noch in der Nacht fuhren tausende Menschen über die Grenzen. Zunächst wurde in der DDR eine Übergangsregierung gebildet, am 3. Oktober 1990 erfolgte dann die offizielle Wiedervereinigung beider deutschen Staaten.

*»Mauerspechte« nach dem Fall der Berliner Mauer*

## BEMERKENSWERTES

**Die Friedens-, Demokratie- und Umweltgruppen der DDR**

**Systemgegner der DDR wurden gnadenlos von der Stasi verfolgt. Viele Künstler und Wissenschaftler wie Wolf Biermann (geb. 1936) oder Robert Havemann (1910–1982) erhielten Berufsverbot oder wurden ausgebürgert. Der Theologe Oskar Brüsewitz beging 1976 öffentlich Selbstmord durch Verbrennen. Die evangelischen Kirchengemeinden boten eine Nische für die Friedens-, Demokratie- und Umweltgruppen, die unter anderem mit Fastenaktionen auf sich und ihre Kritik am System aufmerksam machten.**

*wanzt«. Die Jugend musste der FDJ (Freie Deutsche Jugend) beitreten und beruflich Karriere machen konnte man nur als Mitglied der Partei. »Verdächtige« Bürger ließ die Stasi durch andere Mitbürger bespitzeln.*

***Was waren die Friedensgebete?***

*Tausende von Menschen versammelten sich in den Kirchen, unter anderem in der Nikolai-Kirche in Leipzig, zu Gebeten und friedlichen Demonstrationen, mit denen sie staatliche Reformen innerhalb der DDR forderten.*

***Was geschah am 9. Oktober 1989?***

*Am Montag, dem 9. Oktober 1989, gingen in Berlin über 70.000 Menschen auf die Straße, um zu demonstrieren. Ihre Rufe waren: »Wir sind das Volk!«, »Keine Gewalt!« und »Gorbi, Gorbi!«. Die SED-Führung hatte starke Verbände der NVA, der Polizei und der Kampfgruppen um die Stadt zusammengezogen. Doch der Einsatzbefehl blieb aus. Auch die sowjetischen Streitkräfte verharrten in ihren Kasernen.*

# PHILOSOPHIE

***Woher kommt der Name »Vorsokratiker«?***
*Mit Sokrates trat einer der bedeutendsten Denker auf die Bühne der Philosophie. Vor ihm hatten die Philosophen – von Thales bis Heraklit – unterschiedliche Inhalte und Methoden. Deshalb hat man sie der Einfachheit halber unter dem Sammelbegriff Vorsokratiker zusammengefasst.*

***Wie lautet der Satz des Thales?***
*Thales stellte fest, dass jeder Umfangswinkel eines Halbkreises (Thaleskreis) 90 Grad beträgt.*

***Wie lautet der Satz des Pythagoras?***
*Dieser heute noch gültige Satz besagt, dass das Quadrat über der längsten Seite eines rechtwinkligen Dreiecks gleich groß ist wie die Summe der Quadrate über den beiden anderen Dreiecksseiten. Die Formel dafür lautet: $a^2 + b^2 = c^2$. Möglicherweise beschäftigten Pythagoras die Dreiecke deswegen so sehr, weil er bei seinen zahlreichen Reisen auch durch Ägypten gekommen sein soll. Dort könnten ihn die Pyramiden zu seinen mathematischen Überlegungen inspiriert haben.*

Als Begründer der abendländischen Philosophie gilt **Thales von Milet**. Er lebte im 6. Jahrhundert v. Chr. in Griechenland, war als Kaufmann viel gereist und beschäftigte sich vor allem mit Astronomie und Mathematik. Thales suchte natürliche Erklärungen für die Welt und ihre Phänomene. Das war neu. Denn zuvor gingen die Menschen davon aus, dass alles – ihr eigenes Schicksal sowie das der Natur und Geschichte – von Göttern gelenkt wurde. Nach Thales war der Mensch selbst für sein Leben verantwortlich und nicht von höheren Mächten abhängig. Auch die Natur war nicht göttlichen Launen unterworfen. Vielmehr lagen ihr Gesetze zu Grunde, die man herausfinden, verstehen und nutzen konnte. Dabei ging Thales vom Wasser als dem Urstoff allen Lebens aus.
Anaximandros und Anaximenes waren ebenfalls Verfechter der Urstofftheorie, nach der alles entsteht und vergeht. Naturerscheinungen versuchten sie logisch zu begründen. So auch die Veränderungen am Sternenhimmel. Anaximandros dachte, dass ursprünglich ein Feuerkreis die Erde umgeben habe. Dieser sei irgendwann zersprungen und kreise nun, Funken sprühend, um die Erde herum. Dies ist aus heutiger Sicht eine naive Erklärung. Doch allein der Entwurf von möglichen Naturgesetzen stellte zu Anaximandros' Zeiten einen großen Fortschritt im Denken der Menschheit dar.
Alle drei – Thales, Anaximandros und Anaximenes – werden auf Grund ihrer ersten naturgesetzlichen Theorien als Naturphilosophen bezeichnet.

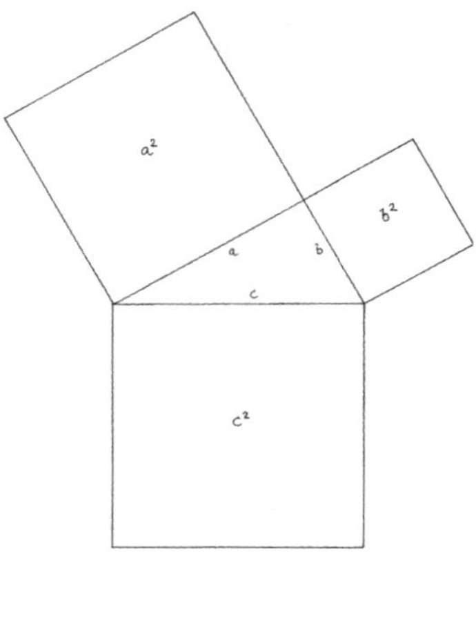

*Der Satz des Pythagoras: $a^2+b^2=c^2$*

Die Gesetze der Logik faszinierten auch den Mathematiker **Pythagoras**. Er glaubte, dass in den Zahlen das Geheimnis der Welt verborgen lag. In den nummerischen Prinzipien, wie gerade–ungerade oder begrenzt–unbegrenzt, sah Pythagoras auch die Eigenschaften der Dinge und des gesamten **Kosmos**. Dabei hatte die Zehn einen ganz besonderen Stellenwert. Sie stand für die göttliche Einheit. Pythagoras versuchte mit seiner Lehre orien-

talische Mystik und rationales Denken zu versöhnen.
Seine Anhänger schlossen sich zu einer Art religiösem Bund zusammen, den Pythagoreern. Sie suchten ihr Heil in einer asketischen Lebensweise, welche die unsterbliche Seele des Menschen Gott nahe bringen sollte.
Nicht nur in Milet, auch in Elea begann man sich philosophische Fragen zu stellen. Hier lebte der Liedermacher und Denker Xenophanes. Er gründete die Schule der Eleaten. Sein Leitgedanke war: »Das Eine ist Alles.« Jedes Ding ist göttlich und die Gesamtheit aller Dinge bildet eine vollkommene Einheit, das göttliche Ganze. Deshalb könne es auch nicht verschiedene Götter geben, wovon man zu seiner Zeit noch ausging. Der Zorn oder das Wohlwollen der Götter konnten auch nicht der Grund für natürliche Phänomene wie Unwetter, Sonnenfinsternis oder Krankheiten sein.
Ebenfalls wichtige Denker in Elea waren Parmenides, Zenon und Melissos. Sie alle betonten die Einheit und Ewigkeit der Natur und allen Seins. Jede Vielfalt, jedes Werden und Vergehen wurde von ihnen bestritten.
Heraklit, der ca. 540 v. Chr. in Kleinasien geboren wurde, war da anderer Überzeugung: »Alles fließt, nichts besteht.« Ob Lebewesen oder Ding – alles verändert sich stetig, ist in Bewegung und setzt sich immer wieder unterschiedlich zusammen. Sein Ausspruch »Wir können nicht zweimal in denselben Fluss steigen« sollte dies verdeutlichen: Beim zweiten Mal steigt man in neues Wasser, das inzwischen herangeströmt ist, und auch man selbst ist in der Zwischenzeit gealtert, also nicht mehr derselbe. Dennoch glaubte auch Heraklit daran, dass diese Veränderungen nach einem für alle gültigen Gesetz stattfinden.

***Woher kommt eigentlich der Begriff »Kosmos«?***
*Pythagoras war der Erste, der die Welt einen Kosmos nannte. Damit meinte er die sinnvoll gegliederte Ordnung aller Dinge. Das Gegenteil des Kosmos ist die Unordnung oder – das Chaos.*

***Was war das Besondere an Milet?***
*Milet war im sechsten Jahrhundert v. Chr. ein bedeutender Handelshafen und eine der reichsten Städte der damaligen griechischen Welt. Hier trafen sich Menschen aller Länder, Sprachen und Religionen – ideale Voraussetzung für neue Ideen und Erfindungen. Jeder konnte berichten, was er in fernen Ländern Neues und Interessantes gesehen hatte.*

**BEMERKENSWERTES**

**Wie das Wissen bewahrt wurde**

**Es ist erstaunlich, dass wir heute von den Vorsokratikern so viel wissen. Denn von diesen frühen Philosophen sind keine Schriftstücke mehr erhalten – entweder haben sie nichts niedergeschrieben oder ihre Werke sind im Laufe der Jahrtausende verloren gegangen. Was wir wissen, verdanken wir neben den damaligen Geschichtsschreibern vor allem den Philosophen, die ein wenig später lebten. Denn diese erläuterten zunächst einmal die Standpunkte ihrer Vorgänger, um sie dann mit ihren eigenen Erkenntnissen zu widerlegen.**

Sokrates zählt zu den einflussreichsten Gestalten der Philosophie überhaupt. Geboren wurde er 470 v. Chr. in Athen, wo er 400 v. Chr. zum Tode durch den **Schierlingsbecher** verurteilt wurde. In seinen ärmlichen Kleidern entsprach er so gar nicht dem typischen Bild eines bedeutenden Denkers. Statt in Schulen zu unterrichten, bewegte er sich täglich auf den Straßen und Plätzen seiner Stadt und verwickelte fremde Menschen in ein Gespräch. Diese Unterhaltungen hatten immer dasselbe Schema: **Sokrates** stellte Fragen, der andere antwortete – so lange, bis das Gegenüber zugeben musste, keine Antwort mehr zu kennen. Das war es, worauf Sokrates hinauswollte: »Ich weiß, dass ich nichts weiß« war einer seiner berühmtesten Aussprüche.

***Was hatte es mit dem Schierlingsbecher auf sich?***
*Sokrates beschäftigte sich unter anderem auch mit der Politik und dem Staatswesen. In Athen herrschte zu dieser Zeit die Demokratie – wobei die Hälfte der Bevölkerung aus rechtlosen Sklaven bestand. Gegner der Demokratie war die aristokratische Partei, deren Anhänger auch Sokrates war. Das wurde ihm schließlich zum Verhängnis. Denn nach dem endgültigen Sieg der Demokraten wurde Sokrates wegen »Gottlosigkeit« zum Tode verurteilt und starb, im Alter von 70 Jahren, durch den giftigen Inhalt des Schierlingsbechers. Fluchtangebote verschmähte er, weil er von der Unsterblichkeit der Seele überzeugt war.*

Sokrates hinterließ keine schriftlichen Werke. Alles, was man heute von ihm weiß, geht auf Rückschlüsse zurück, die man aus den Werken der ihm folgenden Denker wie Platon und Aristoteles ziehen kann. Das Interesse des Sokrates galt in erster Linie dem einzelnen Menschen. Von seinem Scheinwissen befreit und über die wahre Tugend belehrt, würde er sich selbst prüfen und schließlich Einsicht in das tugendhafte Denken und Handeln gewinnen. »Erkenne dich selbst!«, lautete deshalb Sokrates' Botschaft an seine Mitmenschen.

Sokrates' Denken lebte weiter in den Dialogen seines Schülers **Platon**, der ebenfalls in Athen geboren wurde. Platon gründete die erste Universität Europas, die Akademie. Besonders der ideale Staat und dessen Führung bestimmten seine Überlegungen. Der einzelne Mensch bestand für ihn aus drei Komponenten – Begierde, Wille und Vernunft –, wobei die Vernunft immer die Herrschaft haben musste. Auch der Staat und seine Aufgaben waren dreigeteilt: in Ernährung sowie Erwerb als Grundlage, die Verteidigung nach außen und schließlich die Leitung durch die Vernunft. Damit die besten Köpfe die Herrschaft über einen Staat erlangen konnten, musste man sie herausfiltern, wobei allen Kindern die gleichen Bildungsmöglichkeiten zur Verfügung stehen sollten. Irgendwann würden dann die Philosophenkönige Macht und Weisheit auf sich vereinen.

***Sokrates als Hebamme?***
*Die Mutter des berühmten Denkers war Hebamme gewesen. Dies diente Sokrates als Bild für seine eigene Arbeit: Er selbst gebäre nicht die Weisheit. Vielmehr helfe er durch seine Fragen anderen bei der Geburt neuer Ideen.*

Obwohl Platons Theorien auf geistigen Idealen aufbauten, wurde ausgerechnet sein berühmtester Schüler zu einem strengen Wissenschaftler: Nachdem Aristoteles ( geb. 384 v. Chr.) 20 Jahre lang bei ihm gelernt hatte, entwickelte er sich zum größten Gegenspieler Platons. Die Physik, die Theorie der veränderlichen Einzeldinge, spielte bei seinem Verständnis der Natur eine entscheidende Rolle. Aber auch über das Naturwissen hinaus machte sich Aristoteles in seinen so genannten metaphysischen Schriften Gedanken. Anders

als später der christliche Glaube sah er Gott nicht als Schöpfer der Welt, sondern als unabhängiges geistiges Bewegungsprinzip, das dem ewigen Zyklus der Natur zu Grunde lag.
Bei diesen Überlegungen half ihm die Logik, die Lehre vom richtigen Denken – von der richtigen Form und Methode des Denkens –, die er als eigenständige Wissenschaft begründete. Die Logik zeigt nicht, was man denken *sollte*, sondern vielmehr wie man denken *muss*, um zu den richtigen Ergebnissen zu kommen. Und das vollzieht sich in mehreren, immer gleichen Schritten.
Zunächst müssen die Begriffe geklärt werden. Dies geschieht, indem man sie definiert. Die Definition bekommt man, wenn man den Gegenstand einordnet in übereinstimmende und nicht übereinstimmende Merkmale im Vergleich zu anderen bekannten Gegenständen. Außerdem kann man den Gegenstand mit Hilfe verschiedener Kategorien – etwa Menge, Beschaffenheit, Ort oder Wirkung – einordnen. Schließlich bildet man Urteile, indem man zutreffende Begriffe miteinander verknüpft. Verbindet man dann die einzelnen Urteile, gelangt man zu einem Schluss. Ein solcher Schluss könnte beispielsweise so aussehen: Aristoteles ist ein Mensch. Alle Menschen sind sterblich. Also ist auch Aristoteles sterblich. Aus solchen Schlüssen lassen sich schließlich Beweise gewinnen – also Erkenntnisse über die wahre Natur eines Gegenstandes.

***Was ist platonische Liebe?***
*Unter »platonischer Liebe« versteht man eine rein geistige, freundschaftliche Liebe zwischen Mann und Frau. Doch eigentlich beruht dieser Begriff auf einem Missverständnis. Platon war zwar der Meinung, dass es nicht gut sei, wenn jemand den Leib des anderen mehr liebe als dessen Seele. Doch die körperliche Liebe schloss er deshalb nicht aus.*

**BEMERKENSWERTES**

**Platons Ideenlehre – das Höhlengleichnis**

**In den göttlichen Ideen sah Platon das wahre Maß für jedes Denken und Handeln. Doch alles, was die Sinne des Menschen wahrnehmen, sei nur ein verzerrtes Abbild der wahren ursprünglichen Idee. An sie gelte es, sich zurückzuerinnern. Am besten veranschaulicht wird diese Theorie durch Platons berühmtes Höhlengleichnis: In einer unterirdischen Höhle sitzen Menschen seit ihrer Kindheit gefesselt mit dem Blick zur Wand. Den Eingang, der über ihnen liegt, können sie nicht sehen, aber ein Feuer, das draußen brennt, spendet ihnen Licht. Zwischen dem Eingang und dem Feuer verläuft ein Weg. Die Menschen, die dort vorbeigehen, und die Gefäße, die sie tragen, werfen wunderliche Schatten auf die Höhlenwand, die die Gefesselten sehen können. So ähnlich nehmen die Menschen laut Platon die Wirklichkeit wahr: Die Sinne erkennen lediglich »Schatten«. Die Ideen, die hinter diesen Eindrücken liegen, erfassen nur diejenigen, die sich von den Fesseln lösen und – denkend – den Blick erheben können.**

***Woher kommt der Ausdruck »stoische Ruhe«?***
*Der Begriff Stoiker geht auf ein öffentliches Gebäude in Athen zurück. Es hieß* Stoa poikile *– »bunte Säulenhalle«. Hier gründete Zenon aus Zypern seine Philosophenschule (um 300 v. Chr.), an der die stoische Lehre unterrichtet wurde. Die viel beschworene Ruhe erreichten die Stoiker durch ihr enthaltsames, tugendhaftes Leben.*

***Was bedeutet Skeptiker?***
*Skeptiker bedeutet Zweifler. Er glaubt nicht daran, dass es irgendeine einzige, unumstößliche Wahrheit gibt, und stellt grundsätzlich alles in Frage. Besonders die Skeptiker starben mit dem Hellenismus nicht aus – Vertreter dieser Denkrichtung gibt es bis heute.*

Das Zeitalter, in dem sich die griechische Kultur weit über die Grenzen Griechenlands hinaus bis tief in den Orient hinein verbreitete, wird Hellenismus genannt. Es begann um 320 v. Chr. und ging mit der Zeitenwende zu Ende. Zentren des geistigen Lebens dieser Epoche waren vor allem Athen und Alexandria.

Aber auch in Rom hatten griechische Bildung und Philosophie einen hohen Stellenwert. Hier knüpfte man in erster Linie an Sokrates und Platon an, denn was die Römer zu dieser Zeit am meisten beschäftigte, war die Entwicklung ihres Rechtssystems und eines möglichst vollkommenen Staates. Die philosophischen Überlegungen kreisten um die sittliche Einzelperson und ihre Einordnung in Staat und Gesellschaft.

Die bedeutendste Gruppe des Hellenismus waren die so genannten Stoiker. Zu ihren größten Vertretern gehören Seneca (4 v. Chr.–65 n. Chr.), Epiktet (50–138) und der Kaiser Marc Aurel (121–180). Schon als Kind hatte sich der Kaiser der stoischen Philosophie verschrieben. Deren Tugenden – allen voran Mut und Pflichtbewusstsein –, sowohl im privaten Bereich als auch als Staatsmann, versuchte er so gut wie möglich in die Praxis umzusetzen.

Die Theorie der Stoiker basierte auf den drei Grundelementen Logik, Physik und Ethik, wobei Logik und Physik die Vorstufen zur Ethik darstellten. Einen Gott im religiösen Sinne gab es für sie nicht. Vielmehr war in ihren Augen die Natur das ewig herrschende, göttliche Gesetz selbst.

Der Mensch hat durch seine Vernunft an dieser göttlichen Weltordnung teil. So kann er Gut von Böse unterscheiden und seine Affekte – seine Begierden – im Zaum halten. Darin bestand das Ideal, die höchste Tugend, der Stoiker: nur das zu tun, was die Vernunft gebietet. Alles andere, was einem Menschen im Laufe seines Lebens dagegen widerfährt – Verlust, Armut, Krankheit aber auch Besitz und Erfolg –, galt es, **»stoisch«** zu »ertragen«. Wer das erkannt hat, lebt völlig leidenschaftslos – und ist nach Ansicht der Stoiker glückselig und weise.

In Bezug auf das gesellschaftliche Zusammenleben forderten die Stoiker absolute Gerechtigkeit und Nächstenliebe, wobei Ehe und Familie wichtige Bestandteile des Staates waren. Auch Sklaven – in der römischen Gesellschaft Rechtlose – sollten ihrer Meinung nach dieselbe Rechte bekommen wie jeder andere Römer auch.

Mit ihren Forderungen nach sozialer Gerechtigkeit bereiteten die Stoiker dem Christentum den geistigen Boden – selbst wenn gerade Kaiser Marc Aurel das Christentum stark bekämpfte.

Neben den Stoikern bildeten die **Skeptiker** eine wichtige Strömung der hellenistischen Philosophie. Charakteristisch für ihre Denkweise war: der generelle Zweifel an allem. Das war vor allem darin begründet, dass in dieser Zeit so viele verschiedene philosophische Theorien miteinander wetteiferten. Für die Skeptiker war deshalb die »Enthaltung vom Urteil« eine der wichtigsten Voraussetzungen, inneren Frieden und Seelenruhe zu erlangen.

Zur gleichen Zeit waren die **Epikureer**, die auf den lebensfrohen Philosophen Epikur (341–270 v. Chr.) zurückgehen, der Auffassung, das Ziel eines jeden Menschen müsse die Glückseligkeit sein. Die erreiche man nur, indem man alles, was man nicht mag, vermeidet und sich stattdessen dem widmet, was Lust bereitet. Die eigene Vernunft sollte das Handeln dabei leiten, um Zügellosigkeit zu vermeiden. Denn die wahre Glückseligkeit war nach Meinung der Epikureer nur mit ausgeglichener innerer Ruhe möglich.

Eine weitere Denkrichtung entwickelten die Eklektiker wie Cicero (106–43 v. Chr.) aus Rom. Sie prüften die verschiedenen philosophischen Theorien ihrer Zeit und zogen daraus das jeweils Passende für sich heraus. Daher stammt auch der Name dieser Gruppierung, denn Eklektiker bedeutet wörtlich übersetzt »Auswähler«.

***Was versteht man heute unter einem Epikureer?***

*Ein Epikureer ist auch nach heutigem Begriff ein Mensch, der in erster Linie nach Bequemlichkeit strebt. Ein sorgloses und genussreiches Leben geht ihm über alles.*

**BEMERKENSWERTES**

**Die Neuplatoniker**

**Die Neuplatoniker machten gegen Ende der Antike einen letzten Versuch, ein umfassendes philosophisches Denksystem durchzusetzen. Sie schlossen sich eng an die Lehren Platons an. Doch sie entwickelten diese auch weiter. Die Neuplatoniker gingen davon aus, dass alles stufenweise aus einem einzigen göttlichen Urgrund abgeleitet werden kann, in den es auch irgendwann wieder zurückkehren wird. Diese mystische Auffassung findet sich heute noch in der indischen Philosophie wieder, die von einem Kastensystem ausgeht, durch das man sich Stufe für Stufe in mehreren Leben hocharbeiten muss.**

**Was heißt Scholastik?**
Scholastik *bedeutet »Schullehre«. Die gleichnamige Epoche wird deshalb so genannt, weil die christliche Religion – und schließlich auch die Philosophie – zu dieser Zeit vor allem in den Klosterschulen unterrichtet wurde.*

***Was ist der Ursprung des »Pro und Kontra«?***
*Pro und contra – Für und Wider – lautete die Methode, mit der sich die Scholastiker der Wahrheit zu nähern versuchten. Sie stellten einer These eine Antithese (die gegenteilige Ansicht) gegenüber und kamen schließlich zu einer Synthese, also einem Ergebnis, in dem idealerweise eine Einigung zwischen beiden Ansichten erzielt wurde.*

Die mittelalterliche Philosophie war eng verbunden mit dem christlichen Glauben, der sich ab dem ersten Jahrhundert n. Chr. zu verbreiten begann. Seit dem vierten Jahrhundert gehörte die christliche Religion – ebenso wie das römische Recht und die griechische Bildung – zu den Kernelementen der mittelalterlichen Kultur und war somit eine der Grundlagen philosophischer Betrachtungen dieser Zeit.
Die Gelehrten verschmolzen den Glauben mit den Ideen der antiken Philosophie, und zwar in zwei aufeinander folgenden Perioden, der Paristik und der **Scholastik**.
Die Paristik reichte von der apostolischen Zeit nach dem Tod Christi bis zum neunten Jahrhundert. Sie ging von einem Gott als dem allmächtigen Schöpfer aus, der die Welt aus dem Nichts geschaffen habe. Die Menschen lebten von Natur aus in Sünde und konnten nur durch die Gnade Gottes erlöst werden. Diese Erlösung mussten sie sich allerdings durch ein Leben in Demut und Nächstenliebe verdienen. Das individuelle Streben des Menschen wurde einer bedingungslosen Gottesfurcht untergeordnet.
Einer der wichtigsten Vertreter des Erlösungsdenkens war Augustinus. Er wurde 354 n. Chr. in Nordafrika geboren und fand, nachdem er sich verschiedenen Lehren angeschlossen und diese wieder verworfen hatte, schließlich zum Christentum. In seinen Werken befasste er sich hauptsächlich damit, Irrlehren zu bekämpfen und die Seele des Menschen zu ergründen. Die Krisen seiner Jugend hat er in den *Bekenntnissen* niedergeschrieben, eine der ersten Autobiografien der Weltliteratur. Der Ursprung aller Gewissheit war für Augustinus das Denken selbst: Indem der Mensch zweifelt, weiß er, dass er denkt. »Ich denke, also bin ich« – ein Satz, der später auch für Descartes das Fundament aller weiteren Überlegungen bildete.
Allerdings war in Augustinus' Augen dieser sich selbst bewusste Mensch ein Nichts gegen den allmächtigen Gott. Nur durch dessen Erleuchtung (= Illumination) komme die Wahrheit in das menschliche Erkennen. Großen Stellenwert maß er deshalb auch der Kirche bei. Ihr Ziel sei der Gottesstaat, der die zum Heil Berufenen in sich versammele. Die göttliche Offenbarung weist jetzt einen geradlinigen Weg, im Gegensatz zum kreisförmigen, naturhaften Denken der Antike. Geschichte wird nun zur Heilsgeschichte.
Der christliche Glaube, auf dem alle philosophischen Gedanken aufbauten, sollte auch dem einfachen Volk verständlich gemacht werden. Diese Aufgabe übernahmen die Scholastiker. Ihre Vertreter wollten die allgemeinen Glaubenssätze mit Hilfe der Vernunft begründen und Einwände widerlegen. Dafür gebrauchte man die fest-

stehende Methode des **»Pro und Kontra«.** Dabei kam es zu großen Auseinandersetzungen, wie dem so genannten **Universalienstreit** über die Frage nach dem Allgemeinen, dem Universalen. Während die eine These lautete, dass es ein großes Ganzes gibt, das dem Einzelnen übergeordnet ist, war die Gegenseite überzeugt, dass es nur das Einzelne wirklich gibt und das Universale lediglich im abstrakten Denken existiert. Einen ersten Kompromiss entwickelte Petrus Abälard (1079–1142 n. Chr.): Er meinte, das Universale sei in den einzelnen Dingen enthalten, man könne nicht das Universale vor das Einzelne stellen oder umgekehrt.

Ihren Höhepunkt erreichte die Scholastik zur Zeit der Kreuzzüge (1096–1270), in der der christliche Glaube auf den islamischen und jüdischen traf. Ziel war es nun, altes und neues Wissen zu sammeln und in einer Enzyklopädie zusammenzufassen. Albertus Magnus (um 1200–1280) und Thomas von Aquin (um 1225–1274) gehörten zu den bedeutenden Vertretern dieser Epoche. Letzterem war es wichtig, Glauben und Wissen voneinander abzugrenzen und das philosophische Denken in den Dienst der Religion zu stellen. Thomas von Aquin war überzeugt, die Existenz Gottes durch vernünftiges Nachdenken beweisen zu können. Sein Werk widmete sich besonders intensiv dem Sammeln und Ordnen des Wissens. Dementgegen steht die **Mystik** des Meister Eckhart (1260–1327), der den Menschen durch Hingabe und »Versenkung« zu einer persönlichen Vereinigung mit Gott leiten will.

Mit der Spätscholastik ging die mittelalterliche Philosophie schließlich ihrem Ende entgegen. Kennzeichnend für diese Zeit ist die scharfe Kritik – beispielsweise durch Roger Bacon (1214–1266) – an ihren Vorgängern. Man forderte eine größere Bedeutung von Grammatik, Logik und Mathematik als Grundlagen aller weiteren Überlegungen. Die Erkenntnisse sollten vor allem auf der Beobachtung und Erforschung der Natur fußen. Damit wurde der Grundstein für die moderne Naturwissenschaft gelegt.

**BEMERKENSWERTES**

**Die Heiden**

**Auf dem Land – jenseits der kulturellen Zentren – breitete sich das Christentum erst relativ spät aus. Die Landbevölkerung nannte man auch Heidebewohner, daher waren die Nichtchristen im späteren Sprachgebrauch »Heiden«.**

***Was verstand man unter einem Realisten im Universalienstreit?***

*Heute versteht man unter Realisten Menschen, die das, was man sehen, am Körper fühlen und in Raum und Zeit einordnen kann, für das Reale – das Wirkliche – halten. Im Universalienstreit der Scholastik bezeichnete man als Realisten jedoch die Denker, die den universellen Ideen den Vorrang vor den Einzeldingen einräumten. Ihnen gegenüber standen die Nominalisten, für die nur die einzelnen, sinnlich erfassbaren Dinge zählten.*

***Was ist die »Mystik«?***

*Ausgerechnet in der Zeit der Scholastik, die der Vernunft den höchsten Stellenwert einräumte, entwickelte Meister Eckhart seine Mystik, die vor allem um Gott und die menschliche Seele kreist. Naturwissenschaftliche Betrachtungen finden in seinem Werk kaum Platz. Stattdessen widmet er sich der Frage, wie die Seele mit Gott – dem Guten schlechthin – eins werden kann. Dann wird die menschliche Seele Gott gleich – ein Zustand, der schon zu Lebzeiten erreichbar sei. Solche Gedanken brachten ihn in Konflikt mit der Kirche.*

***Was versteht man unter einem Humanisten?***
*Ein Humanist, von lat. humanus »menschlich«, ist nicht nur jemand, der auf einem altsprachlichen Gymnasium war, sondern auch einer, der in klassischer Weise gebildet ist. Heute wie damals lebt der Humanismus von diesem Bildungsideal im Geiste der griechisch-römischen Kultur.*

***Wer war der erste Völkerrechtler?***
*Hugo Grotius vertrat die Ansicht, dass es ein von Gott gewolltes natürliches Menschenrecht gibt – als Grundlage für eine friedliche Staatsordnung. Dieses Recht bezog er nicht nur auf Personen, sondern auch auf die einzelnen Staaten untereinander. Deshalb gilt Grotius als der Vater des heutigen Völkerrechts.*

Der Dominanz der mittelalterlichen Kirche – auch im alltäglichen Leben jedes einzelnen Menschen – trat die Renaissance mit revolutionären neuen Denkansätzen entgegen. Renaissance bedeutet Wiedergeburt: Der Mensch sollte neugeboren werden und individuelle Freiheit erlangen aus der Kraft der Wissenschaft und dem ursprünglichen Geist der Antike. Auch die politischen Theorien jener Zeit forderten eine Neuordnung des Staates. Kirche und Staat sollten klar getrennt sein. Säkularisierung, Verweltlichung, nennt man dieses Phänomen, das heute für uns selbstverständlich ist.
Als erster moderner Denker überhaupt setzte sich Nikolaus von Kues (1401–1464) vom Mittelalter ab. Gegenüber der scholastischen Methode, die von bloßen Begriffen ausging, setzte von Kues auf konkrete Erkenntnisse. Schließlich war es sein Ziel, den unbegreiflichen Gott zu beweisen. Alle Unterschiede und Gegensätze fielen für ihn in der »Unendlichkeit Gottes« zusammen. Das Universum spiegele sich dabei in jedem einzelnen Denken verschieden wider. So sei jeder Mensch einzigartig.
Fast hundert Jahre später formulierte Giordano Bruno (1548–1600), Gott sei gleichbedeutend mit der »Unendlichkeit der Natur«. Damit steht Gott nicht außerhalb der Welt, sondern wirkt in jedem einzelnen Teil in ihr fort. Dies steht im Gegensatz zu einem einmaligen Schöpfungsakt, wie ihn der christliche Glaube propagiert.
Um das Wohl des einzelnen Menschen waren vor allem die **Humanisten** bemüht. Als bedeutendster europäischer Humanist gilt der holländische Theologe und Philologe Erasmus von Rotterdam (1466 oder 1469–1536). Im Streit um die Willensfreiheit des Menschen mit Martin Luther hält Erasmus den Menschen für selbstständig genug, sein Leben nach einem Ideal zu gestalten. Der Mensch ist nicht mehr abhängig von der Gnade Gottes.
Martin Luther (1483–1546) konzentriert seine Kritik auf die Kirche. Er stellt sich gegen die Praxis des Ablasshandels, den Freikauf von Sünden und die Kirche als einzige Interpretin eines rechtmäßigen Glaubens. Der Glaube lag für ihn allein im Wort Gottes, dem sich jeder Mensch eigenständig zu verantworten hätte. Die Folge seiner Überzeugung war die Verbannung aus der katholischen Gemeinschaft und die Gründung einer reformierten Glaubenslehre, des Protestantismus. Die Philosophie im eigentlichen Sinne lehnte Luther allerdings ab und akzeptierte sie nur als Mittel zum Zweck, um die gebildeten Bevölkerungsschichten für den neuen Glauben zu gewinnen.
Ein Humanist, der seine Überlegungen auf das Gemeinwohl konzentrierte, war Thomas Morus (1478–1535). Der Engländer träumte

von einer Idealgesellschaft, die er Utopia nannte (griechisch: *outopos* = »nirgendwo«). Die Bewohner dieses Staates besäßen alles gemeinsam und würden weder Neid noch Eitelkeit kennen.
Niccolo Machiavelli (1469–1527) erkannte dagegen die Macht des Staates als eine Notwendigkeit an. Kirche und Religion waren für ihn nur noch bloße Mittel zum Zweck, um ein politisches System zu erhalten. Oberstes Ziel war für ihn eine vernunftbestimmte, gerechte und stabile Staatsform, die es mit allen Mitteln – auch mit Gewalt – zu erringen galt.
Nicht auf die Organisation nur einzelner Staaten, sondern auf das geregelte Zusammenleben aller **Völker** richteten sich die philosophischen Überlegungen des Hugo Grotius (1583–1645).
Zur Individualisierung des Menschen in der Renaissance trugen vor allem die Wissenschaftler mit ihrer unbefangenen Naturbeobachtung bei. Bezeichnend ist ihr universaler Erklärungsanspruch: »Das große Buch der Natur liegt aufgeschlagen vor uns. Um es lesen zu können, bedürfen wir der Mathematik« (Galileo Galilei). Die theologische Glaubenslehre geriet auch hier ins Wanken.
Einen systematischen und methodischen Ansatz zur Erforschung der Natur entwickelte **Francis Bacon** (1561–1626). Mit seinem Diktum »Wissen ist Macht« wird er zu einem entscheidenden Mitbegründer der modernen Naturwissenschaften. Die Erkenntnis über die Natur sollte in den Dienst des Menschen gestellt werden. Eine rein logische Ableitung genügte ihm dafür nicht. Bacon bestand auf Beobachtung und Experimenten. Außerdem bemühte er sich um den Aufbau einer systematischen Lehre der verschiedenen Wissenschaften und eine angemessene Vermittlung der wissenschaftlichen Forschung.

***Was war für Francis Bacon ein »Idol«?***
*Wenn man heute von einem Idol spricht, ist meist die Rede von einem Popstar oder Filmschauspieler. Für Francis Bacon waren Idole jedoch Trugschlüsse. Darunter fielen für ihn alle Vorurteile und überlieferten Irrtümer, von denen man das Denken reinigen müsse, bevor man die Natur wissenschaftlich erforschte.*

**BEMERKENSWERTES**

**Martin Luther und seine Bedeutung für die Philosophie**

**Das Studieren der Philosophen – insbesondere Aristoteles – sah Luther als reine Zeitverschwendung an. Wenn man Gottes Wort kenne, brauche man es auch nicht mit der Vernunft zu hinterfragen. Umso bemerkenswerter, dass gerade der Protestantismus und dessen geforderte Eigenverantwortung des einzelnen Menschen einen so großen Einfluss auf nachfolgende Denker – beispielsweise Immanuel Kant (1724–1804) – ausübte.**

***Descartes und das Koordinatensystem***
*Descartes war nicht nur Philosoph, sondern auch ein großer Mathematiker. So erfand er beispielsweise das Koordinatensystem, wie man es heute noch verwendet. Auch Leibniz prägte die Mathematik. Er erfand eine der ersten Rechenmaschinen und vor allem die Differenzial- und Integralrechnung.*

***Was ist Dualismus?***
*Descartes wollte die Welt streng nach physikalisch-mechanischen Gesetzen erklären. War der freie Wille dann überhaupt noch möglich? Z. B. die Absicht, den Arm zu heben, wenn die Armbewegung maschinengleich von selbst ablief? Hier ersann Descartes theoretische Tricks: So sollte die Zirbeldrüse im Gehirn der Ort im Menschen sein, wo Willensregungen auf den eigenen Leib übertragen werden.*

Besonders drei große Denker prägten die Philosophie in der Epoche des Barock: Descartes, Spinoza und Leibniz. Bezeichnend ist, dass alle ihre Theorien auf den klaren Vorgaben mathematischer oder geometrischer Systeme aufbauten. So sollte ein unangreifbares Denkgebäude entstehen.
**René Descartes** (1596–1650) fand dieses allgemein gültige Fundament in dem Grundsatz »*cogito ergo sum*« – »ich denke, also bin ich«. Dorthin führt der Zweifel. Denn: Wer zweifelt, weiß, dass er denkt. Alles andere kann angezweifelt werden – die Sinneseindrücke oder auch, ob es richtig ist, was man denkt. Doch die Tatsache des Denkens an sich, lässt sich nicht anzweifeln – für Descartes ist also das Selbstbewusstsein des Menschen der sichere Ausgangspunkt allen weiteren Denkens. Danach teilt sich die Welt in zwei Bereiche auf: Körper und Geist. Über den Körper kann man sich prinzipiell täuschen, über den Geist herrscht absolute Gewissheit. Körper und Geist stehen beziehungslos nebeneinander (= **Dualismus**).
**Benedictus de Spinoza** (1632–1677) betrachtete die gesamte Natur als von Gott beseelt. Für dieses Denken von Allheit benutzte er den Begriff *Substanz*. Sie allein war unbedingt, alles andere bedingt. Das Bedingte nannte Spinoza *Modus*. Unendlich und aus sich selbst schöpfend, stand die Substanz der Welt der endlichen Dinge gegenüber. Doch für Spinoza waren Körper und Geist nicht verschieden, sondern nur zwei Seiten ein und desselben Wesens. Sowohl Gott als auch dem Menschen kamen die »Attribute« des grenzenlosen Denkens als auch der endlichen materiellen Ausdehnung zu. Das Dualismusproblem löste Spinoza mit der Annahme, dass es zwischen Körper und Geist keine Wechselwirkung gäbe, sondern einen parallelen Gleichlauf. Damit konnten die physikalischen Gesetze ungebrochen in der Welt der Erscheinungen regieren und zugleich der göttlichen Ordnung der Natur der Dinge entsprechen. Spinozas Folgerung: Der Mensch hat keinen freien Willen (Determinismus). Sein Tun ist göttlich bestimmt. In der Beherrschung seiner Affekte und der Einsicht seiner vernünftigen Natur könne er tugendhaft handeln. Das ewig Gute zu finden bedeutete die ursprüngliche Einheit von Körper und Geist wiederherzustellen.
Besonderen Einfluss auf die deutsche Philosophie hatte der Universalgelehrte **Gottfried Wilhelm Leibniz** (1646–1716). Der Kernbegriff seiner Lehre war die metaphysische Vorstellung von der *Monade*, vom griechischen *monas* »Einheit«. Eine Monade dachte er sich als absolut einfach, unteilbar, nicht ausgedehnt und ohne Gestalt, so

als wenn man die unendliche Substanz Spinozas in unzählige, punktförmige Einzelsubstanzen zerlegen würde. Als individuelle Kraftzentren besäßen die Monaden unterschiedliche Grade der Beseelung, von träumend betäubt, wie in der Natur, über das Bewusstsein des Menschen bis hin zur Allwissenheit Gottes. In hierarchischer Abstufung bildeten sie das harmonische Ganze der Welt und die Grundlagen für die Phänomene, welche die raumzeitlichen Erfahrungen auszeichnen. Dabei spiegelten sie das Universum aus ihrem eigenen Blickwinkel wider. Das Zusammenwirken ihrer einzelnen Kräfte käme dem gottgewollten Streben nach Vollkommenheit gleich. So wird für Leibniz die reale Welt die »beste aller möglichen Welten«. Doch wie kann in einer solchen Welt, in der alles aus göttlicher Harmonie entstanden ist, überhaupt das Böse existieren? Leibniz lehnt den Determinismus ab. Der geschaffene Mensch ist ein freies Wesen. Notwendigerweise muss er unvollkommen sein und deshalb auch Fehler und Sünden begehen.
Für den Engländer Thomas Hobbes (1588–1679) führte diese Freiheit den Menschen nicht zu Gott, sondern zu seinem Egoismus. In seinen Augen befand sich der Mensch ständig im »Krieg aller gegen alle«, um seine Macht und seinen Besitz auszubauen. Der Staat diene als Schutz, dem sich alle freiwillig unterwerfen. Dafür stünde der Staat aber über dem Gesetz und habe uneingeschränkte Macht über den einzelnen Menschen.

***Was hat Anthropologie mit Spinoza zu tun?***
*Für Spinoza bestand der Mensch aus zwei Aspekten – dem Körper und der Seele. Allerdings war er der Meinung, dass man beides nicht getrennt voneinander betrachten kann. Vielmehr sah Spinoza darin zwei Seiten desselben Wesens. Diese Ansicht vertritt noch heute die Anthropologie – die Wissenschaft vom Menschen.*

***Welche Wirkung hatten die Gedanken Spinozas?***
*Spinozas Theorien stießen bei seinen Zeitgenossen auf sehr harte Kritik. So wurde er aus der jüdischen Gemeinschaft ausgeschlossen. Auch die katholische Kirche setzte seine Werke auf den Index der verbotenen Bücher. Erst nach seinem Tod wurde Spinoza zum Beispiel von Lessing und Goethe nachdrücklich gewürdigt.*

**BEMERKENSWERTES**

**Das Schicksal des Philosophen Leibniz**

**Leibniz war einer der letzten großen Denker, der alle Wissensgebiete – von der Natur- bis zur Geisteswissenschaft – beherrschte und auch in allen Bereichen Großes leistete. Diese Tatsache wurde von seinen Zeitgenossen allerdings kaum gewürdigt, denn als er starb, wurde er ohne große Aufmerksamkeit beerdigt. Wahrscheinlich wäre auch sein Werk nie so bekannt geworden, wenn Christian Wolff (1679–1745) es nicht geordnet und einer breiten Öffentlichkeit zugänglich gemacht hätte.**

*Die Philosophie der Aufklärung wendet sich gegen jede Form von Autoritätsgläubigkeit und Traditionsgebundenheit. Ihr Ziel ist das Glück des Individuums und seine persönliche Selbstentfaltung. Der aufgeklärte Mensch kann die Natur voll und ganz erkennen, doch er muss lernen selbstständig zu denken und sich von seinen Vorurteilen zu befreien. *Sapere aude!* »Habe Mut, dich deines eigenen Verstandes zu bedienen«, ruft Immanuel Kant (1724–1804) den Menschen zu. Damit erwarte sie ein Goldenes Zeitalter der Toleranz, des Friedens und der Harmonie.*

Die Philosophie der Aufklärung wendet sich gegen jede Form von Autoritätsgläubigkeit und Traditionsgebundenheit. Ihr Ziel ist das Glück des Individuums und seine persönliche Selbstentfaltung. Der aufgeklärte Mensch kann die Natur voll und ganz erkennen, doch er muss lernen selbstständig zu denken und sich von seinen Vorurteilen zu befreien. *Sapere aude!* »Habe Mut, dich deines eigenen Verstandes zu bedienen«, ruft Immanuel Kant (1724–1804) den Menschen zu. Damit erwarte sie ein Goldenes Zeitalter der Toleranz, des Friedens und der Harmonie.

Der Ursprung dieser breiten geistigen Bewegung liegt in England. Mit John Lockes (1632–1704) *Two Treaties of Government* wurden die Grundlagen der bürgerlichen Demokratie gelegt: politische Selbstbestimmung, Gewaltenteilung, Meinungs- und Pressefreiheit, Anerkennung naturgegebener Menschenrechte, Glaubensfreiheit und Toleranz gegen Andersdenkende. Lockes Staatstheorie hat die amerikanische Unabhängigkeitserklärung (1776) entscheidend geprägt.

Ihre radikalste Ausprägung hatte die Aufklärung mit der Französischen Revolution (1789).

Die Aufklärung ist aber vor allem mit einem Namen verbunden: Immanuel Kant. Kant stand zwischen dem Rationalismus und dem **Positivismus**. Den Rationalisten genügte allein die Vernunft, um sich ein wahres Bild von der Welt zu machen, während die Positivisten wie z. B. **Auguste Comte** nur auf ihre Erfahrung vertrauten. Aus dieser Spannung heraus entwickelte Kant seine drei **Kritiken**: *Was kann ich wissen? Was soll ich tun? Was darf ich hoffen?* Nach Antworten auf diese Fragen suchte er erst einmal in der menschlichen Denkstruktur, in dem Fundament einer gesicherten, »reinen« Erkenntnis, die aller Erfahrung vorausgeht (a priori). Die findet der Verstand nur, wenn er auf sich selbst reflektiert. Dabei stößt er auf die bloßen Formen der Sinnlichkeit, »Raum und Zeit«, und des Verstandes, die »Kategorien«. Damit lassen sich die Gegenstände wahrnehmen und einordnen. Etwas ist zum Beispiel möglich oder unmöglich, notwendig oder zufällig. Über logische Verknüpfung und Urteilskraft werden dann allgemeingültige Aussagen gebildet (z. B. »Alle Kugeln sind rund«). So bleibt der Mensch letztendlich der Gesetzgeber der Natur. Er trägt die Erkenntnisbedingungen mit in die Welt hinein. Auch die Naturgesetze entstammen seiner Vorstellung. Die Erfahrung des Menschen bleibt also immer subjektiv. Der Verstand kann die Erscheinungen der Dinge zwar ordnen, aber dahinter reicht er nicht. »Über die Dinge an sich« können wir nichts wissen.

***Was ist Positivismus?***
*Im philosophischen Sinn versteht man unter »positiver« Sicht weniger eine »freudestrahlende«, als eine kritische Haltung gegenüber der Wirklichkeit. Für den Positivisten zählt nur das, was er mit eigenen Augen sehen und einwandfrei bestimmen kann: Tatsachen. Als einer der ersten Positivisten gilt der Schotte David Hume (1711–1776). Sein aufklärerisches Denken öffnete auch Kant die Augen. Hume führt alle Vorstellungen auf sinnliche Wahrnehmungen zurück, die sich als Eindrücke ins menschliche Bewusstsein einprägen* (impressions). *Die geistigen Ideen* (ideas) *seien davon nur noch blasse Abbilder. Auch das Denken wird entzaubert. Kausalität gründet sich auf nichts anderem als »wiederholter Erfahrung«, während die Seele gar zu einem »bloßen Bündel« von Vorstellungen zusammengeschrumpft. Humes Denken war demnach schon viel radikaler als die kantische Kritik, die wieder Raum für metaphysische Überlegungen schuf.*

Ausgehend von seiner Erkenntnistheorie, beschäftigte sich Kant damit, wie der Mensch handeln soll. Auch dafür suchte er nach dem höchsten Prinzip in der Vernunft des Menschen. Und das fand er in einem allgemein verbindlichen Grundsatz, dem »kategorischen Imperativ«. Dieser lautet: »Handle so, dass die Maxime deines Willens jederzeit zugleich als Prinzip einer allgemeinen Gesetzgebung gelten könne.« Dieses Gesetz ließ sich auf jeden Inhalt anwenden und bedeutet: Bevor man etwas tut, sollte man sich überlegen, wie es wäre, wenn alle das Gleiche tun würden. Gesetzt den Fall, man stiehlt – was wäre, wenn alle Menschen stehlen würden?
Mit der Betrachtung der Urteilskraft rundete Kant seine *Kritiken* ab. Sie stellte für ihn das Bindeglied zwischen theoretischer und praktischer Vernunft dar. Zentral ist hier die Frage, ob es auch für Gefühle, die wie Denken und Handeln Bestandteil des Menschen sind, einen allgemein gültigen Maßstab gibt. Kants Antwort lautete, dass alle Gefühle Bedürfnissen entspringen. Bedürfnisse wiederum kann man gleichsetzen mit Zweckmäßigkeit – beispielsweise ist das Bedürfnis nach Essen zweckmäßig, denn das Essen dient dazu, den Hunger zu stillen und so das eigene Leben zu erhalten. Dagegen finden wir gerade dann etwas schön, wenn wir keinen bestimmten Zweck damit verfolgen. Zwar ist unser Geschmack immer subjektiv und gefühlsbetont, doch Kant geht davon aus, dass gerade auch der Verstand eines jeden Menschen mit angesprochen wird, wenn ein formvollendeter, harmonischer Gegenstand auf uns einwirkt.

***Was bewirkte Auguste Comte?***
*Eine richtige Schule positivistischen Denkens gründete der französische Mathematiker Auguste Comte (1798–1857). Zu seinen Forschungsgebieten zählte auch das Leben in der Gesellschaft. Das neue Fachgebiet nannte er Soziologie.*

***Wie ist der Ausdruck Kritik zu verstehen?***
*Wenn Kant von der Kritik der reinen Vernunft, der praktischen Vernunft oder der Urteilskraft spricht, meint er nicht – wie im heutigen Sinne –, dass er Vernunft oder Urteilskraft kritisiert. Vielmehr versteht er unter Kritik eine Überprüfung und Grenzbestimmung dieser Begriffe.*

**BEMERKENSWERTES**

**Kants Leben – ein Leben nach Plan**

**Immanuel Kant hat nicht nur ein sehr umfassendes Denkgebäude erschaffen, er konnte, seinen Schülern zufolge, auch sehr gut und anschaulich unterrichten. Deshalb könnte man meinen, Kant sei sehr viel herumgekommen in seinem Leben und habe viele verschiedene Eindrücke gesammelt und in seinem Werk verarbeitet. Doch in seinem langen Leben ist er nie aus der Umgebung seines Geburtsortes Königsberg herausgekommen. Dort lebte er nach einem exakt festgelegten Tagesplan. Grund für dieses stete Leben war wohl Kants von Geburt an schwacher Gesundheitszustand, den er mit dieser Disziplin bis ins hohe Alter stabil halten konnte.**

***Wie wurde Fichte berühmt?***
*Für Fichte war das Studium Kants eine geistige Offenbarung. Um den berühmten Philosophen auf sich aufmerksam zu machen, schrieb er die Abhandlung* Versuch einer Kritik aller Offenbarung, *deren Veröffentlichung Kant schließlich auch unterstützte. Zunächst erschien es jedoch anonym – weshalb es auch viele für ein Werk Kants hielten. Als der jedoch den wahren Autor nannte, wurde Fichte mit einem Schlag bekannt.*

***Philosophie und Kunst?***
*Die romantische Philosophie ist als Reaktion auf die Aufklärung und ihre Überbewertung des theoretischen Verstandes zu werten. Das schöpferische Ich nimmt eine zentrale Stellung ein (Fichte). Die Romantik betont das Gefühl und drängt auf eine Versöhnung von Natur und Freiheit, auf eine ursprüngliche Einheit hinter der Geschichte, die im ästhetischen Blick der Kunst symbolhaft zum Ausdruck kommt (Schelling).*

In Deutschland brachte Immanuel Kants Philosophie eine weitere Blüte der Denkkultur hervor. So entwickelte **Johann Gottlieb Fichte** (1762–1814) die Rolle der Vernunft entscheidend weiter. Neben der theoretischen kam ihr jetzt auch eine praktische Dimension zu. Fichte nahm an, dass sich alle Dinge vom Denken herleiten ließen (Idealismus). Ein philosophisches System musste vom »Ich« ausgehen. Damit war die Philosophie eine Wissenschaft vor allen anderen Wissenschaften. Das Ich sah Fichte als formendes, tätiges Wesen. Jedes Ich erschafft, indem es denkt, sein eigenes Sein. Fichtes Motto lautete deshalb: *Denke dich selbst!* Das bedeutete Freiheit im Handeln.

Friedrich Wilhelm Joseph von Schelling (1775–1854) kritisierte dagegen die Übermacht des Ich. Die Natur sei dem Ich als fremd gegenübergestellt. Sie werde zum bloßen Material für sein Handeln. Dabei gehe das Ich aus der Natur selber hervor, sowie die Natur wiederum als unbewusste Tätigkeit des Geistes zu verstehen sei. Natur und Geist seien ursprünglich identisch. Schelling sieht die **Kunst** und nicht die Philosophie als den Höhepunkt der menschlichen Tätigkeit, weil sie Natur und Freiheit wiedervereint.

Für Schellings Freund **Georg Friedrich Wilhelm Hegel** (1770–1831) wird das »Absolute« zum Dreh- und Angelpunkt seines Denkens. Hegel sieht die Geschichte und das Denken selbst aus der Perspektive dieses Absoluten (= Idee, Weltvernunft, Gott). Seine Philosophie handelt von einer Bewusstwerdung der Weltvernunft durch den menschlichen Geist. Subjektiv verwirklicht sich der Geist im einzelnen Menschen, objektiv in seinen Gemeinschaftsformen wie im Staat und absolut in der Kunst, Religion und Philosophie.

Die berühmteste Auseinandersetzung mit Hegel hat Karl Marx (1818–1883) geliefert. Er stellt den Idealismus seines Vorgängers vom »Kopf auf die Füße«. Nicht die Idee begründet und bewegt die Wirklichkeit, sondern die Materie. Der Mensch und sein Denken sind von seiner Umgebung geprägt. Entscheidend für die marxsche Gesellschaftsanalyse sind dabei die Produktionsbedingungen des Industriezeitalters. In seinem ökonomischen Hauptwerk *Das Kapital* (1867) geht er davon aus, dass der Proletarier von seiner Arbeit entfremdet wird. Er ist besitzlos und arbeitet nur noch für einen Tauschwert, d. h. für Geld und nicht mehr direkt für die Güter, die er zum Leben braucht. Das hindert ihn an seiner wahren Bestimmung, der Freiheit.

Das Absolute im religiösen Sinne spielte bei Marx keine Rolle mehr. Er sah in der Religion nur das »Opium des Volkes«. Einen Gedanken, den er von dem Materialisten Ludwig Feuerbach (1804 – 1872) übernommen hat. Auch Feuerbach hatte Hegel kritisiert. Der absolute Geist sei nichts weiter als eine verkappte Theologie. Religion war für ihn nur eine Erfindung des Menschen, Gott eine Projektionsfläche seiner Wünsche nach Schutz und Glück.

Ein pessimistisches Bild der Welt entwarf Arthur Schopenhauer (1788–1860). Er trennt die sinnlichen Erscheinungen von dem »Ding« an sich, das er mit dem »reinen Willen« besetzt. Dieser Wille ist die Kraft hinter allen Erscheinungen. Er drängt den Menschen zum Leben und verschafft ihm Leiden. Denn die ständige Sehnsucht nach der Erfüllung seiner Wünsche kann nur zeitweise befriedigt werden. Der Mensch ist rastlos: Nach einer Befriedigung muss die nächste folgen, sonst bleibt nur Leere. Sein Leben ist wie ein Pendel zwischen Schmerz und Langeweile. Da bleibt nur eine momenthafte Auslöschung des subjektiven Willens durch die Flucht in die Kunst oder die Meditation in der Askese.

Als Schüler Schopenhauers entwarf auch **Friedrich Nietzsche** (1844–1900) eine Willensphilosophie. Das Wesen der Welt sah er im Willen zur Macht. Daneben gab es für ihn keinen Platz für eine zweite, ideale Welt. »Gott ist tot«, war Nietzsches Schlussfolgerung. Er versuchte die in seinen Augen falschen Wertvorstellungen von Moral und Christentum zu zertrümmern und alle bisherigen Werte umzuwerten. Nietzsche beschwor eine »Herrenmoral« des »kriegerischen Übermenschen«. Dieser Verlust der tradierten Sinngebung wird auch als Nihilismus bezeichnet.

***Hat Hegel sich geirrt?***
*In einem Punkt hat sich Hegel auf jeden Fall geirrt: Er hielt die Entwicklung der Geschichte für abgeschlossen. Und auch die Philosophie stand nicht still. Sie wurde – ganz nach den Prinzipien seiner Dialektik – immer weiterentwickelt.*

***War Nietzsche Denker oder Dichter?***
*Er war beides, denn er verzichtete ganz auf ein ausgearbeitetes philosophisches System. Nietzsche verfasste seine Gedanken in Aphorismen, knappen Formulierungen von Urteilen und Lebensweisheiten, wie in seinem Werk* Also sprach Zarathustra.

**BEMERKENSWERTES**

**Der Charakter des Arthur Schopenhauer**

**Schopenhauer war kein einfacher Mensch. Zeit seines Lebens kämpfte er mit sich selbst. Sein Verlangen nach Ruhm und Anerkennung stand im krassen Gegensatz zu seiner Menschenverachtung, die er offen zur Schau trug. Gerade auf Frauen war er schlecht zu sprechen. Jahrzehntelang blieben seine Werke unbeachtet, sodass der Verleger Schopenhauers Hauptwerk *Die Welt als Wille und Vorstellung* bereits zu Altpapier verarbeiten wollte.**

# FREUD

Sigmund Freud (1856–1939) war kein Philosoph im eigentlichen Sinne. Vielmehr arbeitete er als Neurologe und Psychiater. Seine Theorien über die menschliche Psyche haben die Sicht der Menschen von sich selbst jedoch nachhaltig verändert. Ihre Wirkung ist bis heute ungebrochen.

Im 16. und 17. Jahrhundert wurden die von Körpersäften gesteuerten Gefühle und Leidenschaften noch in der unsterblichen Seele verortet. Waren die Emotionen aus dem Lot, jemand beispielsweise dauernd niedergeschlagen oder aggressiv, brachte man ihn zum Arzt, der seine Körpersäfte wieder regulieren sollte.

Später, etwa ab dem 18. Jahrhundert, glaubte man nicht mehr an die Säftelehre. Stattdessen wurde den Gefühlen neben der unsterblichen Seele und dem sterblichen Körper ein eigener Platz im Menschen eingeräumt. Im 19. Jahrhundert schließlich teilte man die Seele in Intellekt und Charakter auf – der Mensch war also selbst dafür verantwortlich, was er tat und was er dachte.

Freuds Studien psychischer Krankheiten führten ihn dagegen zu dem Schluss, dass der Mensch sich selbst nicht vollkommen kontrollieren kann. Auch das beste moralische Gewissen helfe ihm da nicht weiter. Dagegen wird der Mensch, ohne sich darüber bewusst zu sein, von einer psychischen Instanz gelenkt, dem »Es« oder **Unbewussten**. Nach Freud ist dieses Unbewusste der zentrale Bestimmungsgrund unseres Bewusstseins. Damit stellt er einen Großteil der philosophischen Tradition auf den Kopf, die das Bewusstsein zum Ausgang von gesicherter Erkenntnis nimmt.

*Sigmund Freud*

Das Unbewusste ist alles, was der Mensch nicht ertragen kann oder was ihm nicht erlaubt ist – elterliche Verbote, unerfüllte Wünsche – und was das Bewusstsein – das »Ich« – deshalb abgespalten hat. Das Ich repräsentiert die Rationalität. Alles, was hier keinen Platz findet, wird, so Freud, verdrängt. Nur wenn das Bewusstsein keine Kontrolle

***Bewusst oder unbewusst?***

*Eines der Probleme, die Sigmund Freuds Lehre aufwirft, ist, dass es nie ganz ersichtlich ist, ob eine bestimmte Reaktion nun dem Bewussten oder dem Unbewussten entspringt. Verwechselt beispielsweise jemand bestimmte Worte beim Sprechen, kann dies völlig unbedeutend sein – es kann sich dabei aber auch um einen Freud'schen Versprecher und damit um eine verborgene Wahrheit handeln.*

***Was ist ein Freud'scher Versprecher?***

*Wenn ein Mensch kurzfristig die Kontrolle lockert, kann laut Freud das Unbewusste, das »Es«, zu Tage treten. Das tut es beispielsweise, indem derjenige dann Wahrheiten sagt, die er eigentlich gar nicht sagen will – und bewusst vielleicht noch nicht einmal kennt. Dann spricht man auch heute noch von einem Freud'schen Versprecher.*

mehr ausüben kann, tritt das Es zu Tage – beispielsweise bei einem so genannten **Freud'schen Versprecher** oder im Schlaf. Dann offenbart es sich im Traum, allerdings in verschlüsselter Form.
Damit das Bewusstsein weiß, welche Dinge es abspalten muss, gibt es das »Über-Ich«. Diese Instanz verkörpert gesellschaftliche Normen, Vorschriften und Ideale, also das, was der Mensch sein soll und selbst gerne wäre.
Abgespalten werden vor allem Wünsche, Lüste und Triebe wie der **Ödipus-Komplex**, die die Gesellschaft nicht gutheißt – beispielsweise hemmungsloser Egoismus oder das Herausschreien von Wut. Bei Kleinkindern sind diese ursprünglichen Emotionen und Urtriebe noch zu finden, beim Erwachsenen sind sie dagegen verbannt, nachdem sie mit der Zeit nach und nach unterdrückt worden sind.
Gelegentlich kann es vorkommen, dass Impulse nur unvollständig verdrängt werden, wie starke Ängste und Aggressionen, die bei schrecklichen Erlebnissen in der Kindheit entwickelt werden. Die Psyche reagiert mit Ersatzbefriedigungen, die als bestimmte Symptome auftauchen: Angstreaktionen, Zwangsverhalten oder sexuelle Perversionen, von Freud **Neurosen** genannt.
Diese seelischen Verletzungen versucht der Psychoanalytiker zu heilen, indem er in Gesprächen und Traumdeutungen die Botschaften des Es entschlüsselt und dem Patienten bewusst macht: »Wo Es war, soll Ich werden.« – Freuds Wahlspruch zeugt vom rationalen Standpunkt seines Denkens. Letztlich führt der Weg zur individuellen Freiheit und Glückseligkeit wieder über den Verstand.

***Was versteht Freud unter dem Ödipus-Komplex?***
*Laut Freud haben kleine Jungen den Urtrieb in sich, den eigenen Vater zu töten und mit der eigenen Mutter zu schlafen. Den Namen für dieses Phänomen entlieh Freud der griechischen Mythologie. Ihr zufolge hat König Ödipus nämlich genau das getan: Er tötete seinen Vater und nahm seine eigene Mutter zur Frau – allerdings ohne zu wissen, um wen es sich in Wirklichkeit handelte.*

***Welche Schlüsse zieht Freud aus seiner Neurosenlehre?***
*Freud versuchte seine Erkenntnisse aus der Neurosenlehre auf die Gesellschaft und Kultur zu übertragen. Er analysierte Werke der Kunst und Literatur und äußerte sich skeptisch über den Werdegang der Menschheit.*

## BEMERKENSWERTES

### Erikson und die Identität

**Der Begriff »Identität« geht auf einen Schüler Freuds zurück. Erik Erikson (1902–1994) ging davon aus, dass sich das eigene Selbstbild durch eine Folge von Krisen aufbaut. Mit dem Eintritt in das Erwachsenenalter wird es selbst in Frage gestellt. Der junge Mensch experimentiert nun so lange, bis er seine wahre Identität gefunden hat. Dann hat er seine Psyche mit den Erwartungen der Gesellschaft in Einklang gebracht und seine Rolle in ihr gefunden. Hierbei gibt es natürlich verschiedene Rollen, in die ein und derselbe Mensch immer wieder schlüpfen muss – z. B. als Vater, Angestellter oder Vereinsmitglied. Die Identität der Person bleibt dabei gleich.**

***Warum ist Heidegger als Person umstritten?***
*Nach Hitlers Machtübernahme 1933 wurde aus dem Philosophen mit Weltruf ein ordentliches Mitglied der Nationalsozialistischen Partei. Er stellte sich in den Dienst ihrer Ideale von Blut, Rasse und Unterwürfigkeit. Zwar brach Heidegger später mit der Partei, aber der Schatten dieser Zeit fällt noch immer auf seine Philosophie.*

***Wer unterstützte Sartre in seinen Ideen?***
*An der Seite Sartres – und oft in einem Atemzug mit dem Philosophen genannt – war Zeit seines Lebens Simone de Beauvoir (1908–1986). Selbst Existenzphilosophin und Schriftstellerin, war sie sowohl bei seinem politischen Engagement als auch bei seinen Reisen seine Gefährtin. Beauvoir wurde vor allem durch das Buch* Das andere Geschlecht *berühmt, das die Existenzphilosophie auf die Geschlechterrollen anwendet und mit dem Rollenverständnis der Frau in der Gesellschaft gründlich aufräumt. Das machte sie zur Symbolfigur der Frauenbewegung.*

Ausgangs- und Mittelpunkt aller Existenzphilosophie ist die eigentliche Existenz des einzelnen Menschen. Diese wird jedoch nicht isoliert betrachtet, sondern in Bezug auf seine Umwelt und seine Mitmenschen. In dieser Umgebung muss sich der Mensch erst zu dem machen, was er ist. Dabei ist die Existenz nicht unveränderlich, sondern sie entwickelt sich permanent und ist dabei an Raum und Zeit gebunden.

Als Vater der Existenzphilosophie gilt Sören Kierkegaard (1813–1855). Der Däne verspottete die romantische Lebensanschauung als Flucht vor der Wirklichkeit in eine ästhetische Scheinwelt. Auch die idealistische Lehre Hegels wurde Gegenstand seiner Kritik. Kierkegaard ging es um eine »Wahrheit je für mich«, um den einzelnen Menschen in seiner konkreten Lebenssituation, und nicht mehr um den absoluten Geist in der Menschheitsgeschichte. Das Wichtigste im Leben des Menschen ist die Entscheidung. In jedem Augenblick geht es um ein »Entweder – Oder« seines Handelns. Egal, wie er entscheidet – die Richtigkeit seines Handelns kann er nicht vorausplanen. Die Angst vor der Entscheidung und der Freiheit reiner Möglichkeiten treibt ihn in die Verzweiflung. Doch da hilft ihm der Glaube den entscheidenden Schritt zu tun. Im gelebten Glauben des Christentums sieht Kierkegaard den Menschen gerettet.

Die grundlegendste Auseinandersetzung mit der Existenzweise des Menschen hat **Martin Heidegger** (1889–1976) geleistet. Dabei geht er von der Frage nach dem »Sinn des Seins« aus. Er kritisiert die philosophische Tradition, weil sie bislang das Besondere der menschlichen Seinsweise unterschlagen habe. In seinem berühmtesten Werk, *Sein und Zeit*, wird der Mensch nicht mehr primär als erkennendes Subjekt, sondern als sorgende Existenz angesehen. Der Mensch *ist* nicht einfach so, sondern er ist *da*, er existiert, indem er versucht die Dinge um sich herum und sich selbst zu verstehen. Dabei steht er nicht allein, sondern immer in Bezug zu anderen Menschen in einer vorgefertigten Welt. Der Mensch ist in sein »Dasein geworfen«. Im Gegensatz zu anderem Seienden erschließt nur er sich die Welt in Bezug auf seine Vergangenheit und Zukunft. Darin besteht das Besondere der menschlichen Seinsweise: in der »Zeitlichkeit«. Die Welt erschließt sich der Mensch dabei immer aus einer Befindlichkeit heraus. Die alles umfassende Befindlichkeit nennt Heidegger »Angst«, denn der Mensch – ähnlich wie bei Kierkegaard – ängstigt sich vor der Wahl seiner unbegrenzten Möglichkeiten, die noch nicht sind. Diese Angst vor dem »Nichts« kennzeichnet seine wahre metaphysische Erfahrung. Doch die Angst wird vom Tod begrenzt. Er ist das entscheidende Kriterium – denn angesichts seiner begrenzten Zeit ist der Mensch zu Entscheidungen gezwungen und schafft sich so konkrete Möglichkeiten des Handelns.

Noch radikaler betrachtet **Jean-Paul Sartre** (1905–1980) die Existenz des Menschen, und zwar nicht mehr in der Spannung von »Sein und Zeit«, wie bei Heidegger, sondern als gegensätzliche Bewegung zwischen dem Sein und dem Nichts (*L'être et le néant*). Im Gegensatz zu Kierkegaard verwirft er den Glauben. Existieren heißt für Sartre sich aus dem Nichts heraus frei zu entwerfen. Allerdings ist der Mensch »zur Freiheit verurteilt«. Denn bis zu seinem Tod muss er sich unablässig selbst entwerfen und wählen, ohne Abschluss und ohne dass sich sein Handeln mit seinen Wünschen jemals deckt. Die Folge dieser Ungewissheit ist die Angst und Verlassenheit. Doch wenn sein Wille dies durchsteht, er selbstständig entscheidet und lernt dafür Verantwortung zu tragen, kommt der Mensch zu seiner eigentlichen Bestimmung. Dadurch, dass das, was der Einzelne tut, immer auch Auswirkungen auf andere hat, trägt er auch soziale Verantwortung in politischer Hinsicht. Diese Konsequenz äußerte sich in Sartres politischem Engagement für den Marxismus und für den Frieden.

***Warum lehnte Sartre den Nobelpreis ab?***

*1964 erhielt Sartre den Nobelpreis für Literatur, den er jedoch ablehnte. Seine Begründung: Ein Schriftsteller dürfe sich durch solche Auszeichnungen nicht institutionalisieren lassen. Zudem sah er im Nobelpreis einen Preis, der den Schriftstellern des Westens und den Rebellen des Ostens vorbehalten war – was ihm als Sympathisanten des Sozialismus nicht gefiel.*

**BEMERKENSWERTES**

**Der französische Existenzialimus**

**Sartres Hauptwerk *Das Sein und das Nichts* war stark vom Zweiten Weltkrieg beeinflusst, als Frankreich von den Nationalsozialisten besetzt war. Der Krieg hatte den Glauben an die Zivilisation erschüttert und es war unklar, wie es danach überhaupt weitergehen sollte. Aus dieser Spannung heraus entstand der eigentliche Existenzialismus, der in den 50er- und 60er-Jahren zur Modephilosophie wurde. Popularität erreichte er vor allem durch Sartres schriftstellerische Tätigkeit, durch Romane wie *Der Ekel* oder Theaterstücke wie *Geschlossene Gesellschaft*. Ein weiterer Schriftsteller, der zum Existenzialismus gerechnet wird, ist Albert Camus (1913–1960). In Essays wie *Der Mythos von Sisyphos* oder Romanen wie *Die Pest* sieht sich der Mensch mit einer sinnlosen Welt konfrontiert. Der Mensch revoltiert gegen das Absurde. In der Revolte erfährt er die Möglichkeit der Solidarität im Kampf für ein besseres Dasein.**

***Wer wollte noch die Philosophie im 20. Jahrhundert neu erfinden?***
*Auch Edmund Husserl (1859–1938) versuchte die Philosophie als strenge Wissenschaft neu zu begründen. Seine Lehre, die er »Phänomenologie« nannte, stellt die subjektive Erfahrung an den Anfang allen Denkens. Damit wollte sich Husserl abheben von abstrakter Erkenntnis und wissenschaftlicher Erklärung. Es ging darum, die Lebenswelt so zu erfahren, wie sie wirklich ist. Dies sei möglich, weil das Bewusstsein schon immer untrennbar mit der Welt verbunden ist.*

***Warum wurde Wittgenstein so spät bekannt?***
*Lange bevor Wittgenstein in Deutschland als einer der bedeutendsten Denker des Jahrhunderts anerkannt wurde, war er in anderen Ländern längst berühmt. Das lag zum Teil daran, dass Wittgenstein die Öffentlichkeit regelrecht mied. Zum anderen arbeitete er hauptsächlich in England, wo sich seine sprachanalytische Philosophie als eigener Forschungsbereich etablierte. Ein Teil seiner Werke wurde erst nach seinem Tod bekannt.*

D**ie Philosophie des 20. Jahrhunderts** ist maßgeblich von der Umwälzung der gesellschaftlichen Verhältnisse und den wachsenden Erkenntnissen der Wissenschaften geprägt.
Eine der bekanntesten Gesellschaftsanalysen geht auf Max Horkheimer (1895–1973) und Theodor W. Adorno (1903–1969) zurück. Wie viele ihrer Vorgänger hegten sie große Zweifel am Fortschritt der Zivilisation. In ihrem Buch *Die Dialektik der Aufklärung*, beklagen sie, dass die Aufklärung den menschlichen Geist und die Natur unter die Herrschaft des Verstandes (= instrumentelle Vernunft) gezwungen habe. Unter dem Eindruck des Zweiten Weltkriegs behaupteten die Philosophen, dass diese Unterwerfung schließlich in »Barbarei«, in der Herrschaft der unbändigen Natur, gipfele.
Herbert Marcuse (1898–1979) kritisiert in *Triebstruktur und Gesellschaft* die moderne Industriegesellschaft. Unter der Herrschaft von Rationalität, Technik und Bürokratie bringe sie nur noch Menschen hervor, die nach oberflächlichem Glück strebten. Die wirkliche Freiheit gehe dabei verloren.
Als wichtigster Erbe der »kritischen Theorie« gilt Jürgen Habermas (geb. 1929). Er fordert, dass jede Theorie über ihre normativen Gehalte Rechenschaft ablegen muss. Die Wissenschaften dürfen nicht einfach vor sich hin forschen, sondern müssen auch ihre Aufgaben in der Gesellschaft und ihr soziales Selbstverständnis klären. Denn nach Habermas ist jedes »Erkennen« von einem bestimmten »Interesse« geleitet, welches in einer Demokratie möglichst transparent zu sein hat. Die gesellschaftliche Diskussion um Kritik und Verständigung beruht dabei auf der Sprachkompetenz des Menschen. In seiner *Theorie des kommunikativen Handelns* forscht Habermas nach den universellen Bedingungen des Verstehens in und durch die Sprache. Das Gespräch wird dabei als Handlung betrachtet: Wenn wir einen »Sprechakt« vollziehen, erheben wir bestimmte Geltungsansprüche wie Wahrheit oder Richtigkeit, die der Hörer bestätigen muss. Habermas fragt nun, welche Regeln eine ideale Verständigung ermöglichen.
Besonders intensiv befasste sich auch der Wiener Philosoph **Ludwig Wittgenstein** (1889–1951) mit der Sprache. In seinem »Tractatus logico-philosophicus« stellte er folgende Thesen zur Logik der Sprache auf: »Unter Welt versteht man alles, was eine Tatsache darstellt, das logische Bild, das man sich von diesen Tatsachen macht, ist der Gedanke und dieser Gedanke ist ein sinnvoller Satz.« Das bedeutet, dass sich unsere gesamte Welt durch die Sprache erschließt. Ein neues Selbstverständnis der Philosophie ist geboren: »Alle Philoso-

phie ist Sprachkritik«, sagt Wittgenstein. Die Philosophie als Lehre vom Seienden kann es nicht mehr geben, weil die Analyse der Sprache den Weltbezug schon ganz beinhaltet.
Mit seinem Werk glaubte Wittgenstein zunächst alle Probleme gelöst zu haben. Später widerlegte er jedoch seine eigenen Thesen mit den *Philosophischen Untersuchungen.* Ging er vorher davon aus, dass Wörter und Sätze unbedingt einen klaren Sinn ergeben müssen, war er später der Meinung, dass man, um die Bedeutung eines Wortes erfassen zu können, immer auch wissen muss, wie es gebraucht wird. So verwenden wir ein und dasselbe Wort in verschiedenen Situationen auf unterschiedliche Weise. Die verschiedenen Gebrauchsweisen von Wörtern und Sätzen, die Wittgenstein untersuchte, nannte er »Sprachspiele«. Sein Ziel war es, das menschliche Denken von den ständigen Irreführungen der Sprache zu befreien.
Die logischen Untersuchungen von Wittgensteins Frühwerk wurden für den Wiener Kreis bedeutsam. Seine Mitglieder empfanden eine tiefe Unzufriedenheit mit der traditionellen Philosophie. Denn wenn die Philosophie nicht in der Lage war, echte Erkenntnis zu erlangen und mehr Fragen als Lösungen hervorbrachte, lag das am falschen Denkansatz. Sie müsse vielmehr Aussagen über die reale Welt machen und sich hierzu der Wissenschaft bedienen.

***Was sind Wittgensteins Notizbücher?***

*Während des Ersten Weltkriegs war Wittgenstein Soldat der österreichisch-ungarischen Armee. Diese ganze Zeit über schrieb er seine philosophischen Gedanken in Notizbücher und hatte zu Kriegsende das komplette Manuskript des Buches* Logisch-Philosophische Abhandlung *fertig. Es gelang ihm sogar, diese Schrift aus dem Gefangenenlager herauszuschmuggeln.*

**BEMERKENSWERTES**

**Die Frankfurter Schule**

**1923 wurde in Frankfurt a. M. das *Institut für Sozialforschung* gegründet. Hier entstand die so genannte »kritische Theorie« mit dem Anspruch, eine möglichst umfassende Gesellschaftsanalyse aus soziologischer, philosophischer und psychologischer Perspektive zu entwerfen. Gegenstand der Analyse war die ökonomische Basis der Gesellschaft, die psychische Entwicklung des Individuums und der kulturelle Bereich. Neben den Hauptvertretern jener Zeit, dem Professor für Sozialphilosophie Max Horkheimer und seinem Freund Theodor W. Adorno zählten auch der Psychologe Erich Fromm, der Kulturtheoretiker Walter Benjamin und Herbert Marcuse dazu. Wegen der Machtübernahme der Nationalsozialisten musste das Institut ins Ausland verlegt werden, erst nach Genf, dann nach New York und Los Angeles. Dadurch wurde die Frankfurter Schule auch international bekannt.**

# MYTHOLOGIE

# NORDISCHE MYTHOLOGIE

***Was ist ein Mythos?***
*In Geschichten von Göttern und Helden wurde erzählt, wie die Gegebenheiten in der Gegenwart in der Urzeit begründet worden sind. So wurde in den Mythen die Entstehung der Götter, des Kosmos, der Menschen oder eines bestimmten Volkes, bestimmter Riten aber auch verschiedener Kultplätze erklärt.*

***Wie sieht die Walhalla aus?***
*Die Walhalla ist in der Vorstellungswelt der nordischen Mythologie eine prächtige aus Speeren und Schildern erbaute Halle, die Odin gehört. Hier halten sich die Kämpfer auf, die in den Schlachten heldenhaft gestorben sind. Sie werden von den Walküren als Gäste des Allvaters Odin bestens bewirtet.*

Die nordische Mythologie ist die Religion der Germanen, die zur Zeit der Völkerwanderung vom Norden her Europa überfluteten und als seefahrende Wikinger sogar Island und Nordamerika erreichten. Die nordischen **Mythen** finden ihren Niederschlag in den Aufzeichnungen der Edda, einer altisländischen Liedersammlung, die zwischen dem achten und zwölften Jahrhundert zusammengetragen und aufgezeichnet wurde. Es gibt eine ältere Edda, die aus Götter- und Heldenliedern besteht, und eine jüngere Edda, die in Prosa verfasst ist und die nordischen Mythen erläutert. Die Edda gilt heute für Forscher als wichtige Quelle der nordischen Mythen.

Geprägt ist die nordische Mythologie vor allem durch das raue und lebensfeindliche Klima, dem die Menschen ausgesetzt waren. So sind auch die beschriebenen Götter hart und unduldsam. Gewalt, Brutalität und Tod stehen auf der Tagesordnung. Wie ein roter Faden zieht sich der Glaube an die Unausweichlichkeit des Schicksals durch die Geschehnisse. Und genauso wenig, wie sich in der Mythologie des Nordens strahlende Helden finden lassen, gibt es so etwas wie eine Vergebung von Schuld. Stattdessen zieht Schuld hier immer nur neue Schuld nach sich. Vergebung wird nicht als eine Tugend angesehen, sondern vielmehr als Schwäche. Dennoch handeln die Helden stets edel. Denn sie wollen sich ihren Platz im Götterhimmel sichern – der **Walhalla.**

Auch die Entstehungsgeschichte der Welt ist nach der nordischen Mythologie auf Kampf und Tod zurückzuführen. So gab es ihr zufolge vor der Schöpfung drei Welten: Niflheim, die kalte Welt aus Eis, Muspelheim, die heiße Welt aus Glut und Feuer sowie Ginnungagap, das Nichts, das zwischen den beiden anderen Welten lag. Aus dem Zusammentreffen von Eis und Feuer entstand schließlich das erste Lebewesen, der Frostriese Ymir. Dieser ließ aus seinem Schweiß noch einen Mann und eine Frau entstehen, darüber hinaus zeugte ein Fuß mit dem anderen einen Sohn.

Nahrung erhielt er von der Kuh Audumla, die aus dem Eis einen weiteren Mann herausleckte, nämlich Buri. Der wiederum zeugte mit einer Riesin einen Sohn, der Bör hieß und selbst Vater dreier Söhne wurde: Odin, Wili und We. Diese drei waren die ersten Asen, also die nordischen Götter. Sie erschlugen schließlich den Riesen Ymir. Aus den Überresten seines Körpers bildeten sie die Welt, aus seinem Blut wurde das Weltmeer und aus der großen Hirnschale der Himmel.

Aus zwei Bäumen wurden die ersten beiden Menschen erschaffen: die Frau Embla sowie der Mann Ask. Ihr Zuhause wurde Midgard, während die Asen in der Burg Asgard wohnten und von dort die Geschicke der Menschen aktiv beeinflussten. Dort lebten auch die Wanen, die Götter, die die Fruchtbarkeit beherrschten, wie z. B. Freyja. Der Ase Odin war der oberste aller Götter. Er wird in der nordischen Mythologie auch als Allvater bezeichnet, denn er zeugte nicht nur das Geschlecht der Asen, sondern schuf auch die Menschen. Odin wird auch Wodan oder Wotan genannt. Er ist laut Sage mit der Liebesgöttin Frigg verheiratet, hat aber nebenher noch viele andere Frauen, mit denen er zahlreiche Nachkommen zeugt, beispielsweise die Söhne Thor und Baldur. Odin reitet auf seinem Hengst Sleipnir durch die Welt und stiftet Kriege an. Dabei beobachtet er alles durch die Augen seiner beiden Raben Hugin (Gedanke) und Munin (Erinnerung). Außerdem schickt er seine **Walküren** zu den Schlachtfeldern (Walstätten) aus, um die gefallenen Helden zu bergen und nach Walhalla zu bringen. Hier sollen sie sich mit ihm auf die letzte große Schlacht vorbereiten.

*Walküre*

Im Zuge der Christianisierung wurde die nordische Mythologie immer mehr zurückgedrängt. Da Island relativ spät zum Christentum bekehrt wurde, konnte sie sich dort jedoch bis ins zwölften Jahrhundert halten. Relikte davon finden sich auch im wohl bedeutendsten mittelalterlichen deutschen Heldenepos, dem Nibelungenlied. Es wurde um das Jahr 1200 abgefasst und erzählt die Sage von Siegfried und dem Untergang der Burgunden. Hier finden sich amazonenhafte Frauen mit Walkürenvergangenheit wie Brunhild sowie ein durchgängiger Rachegedanke, der auf archaische Motive zurückgeht.

***Wer sind die Walküren?***
*Als Walküren werden in den Mythen des Nordens die Heldenjungfrauen bezeichnet. Sie werden von Odin persönlich gesandt, um den Kämpfenden in der Schlacht beizustehen und den Gefallenen den Weg nach Walhalla zu zeigen.*

**BEMERKENSWERTES**

**Mündliche Überlieferung**

**Die Sagen der nordischen Mythologie sind ebenso wie viele andere in Versform verfasst. Dies kommt unter anderem daher, dass diese Geschichten vor Erfindung des Buchdrucks nur mündlich an die nächste Generation überliefert werden konnten. Die Verse, die sich reimten, ließen sich dabei am einfachsten merken.**
**Nach Erfindung des Buchdrucks löste die Prosa das gereimte Versmaß für längere Erzählungen ab.**

***Was ist der Olymp?***
*Der Olymp ist ein Gebirgsmassiv mit dem höchsten Berg Griechenlands (2.911 m). Für die Griechen des Altertums galt er als Hauptsitz der Götter. Göttervater Zeus thronte dort oben. Da Zeus auch als Wettergott angesehen wurde, stellten sich die Griechen vor, er schmettere von dort Blitze und Donnerkeile auf die Erde.*

***Wie hießen die griechischen Götter bei den Römern?***
- ▲ *Aphrodite, Liebesgöttin, röm.: Venus*
- ▲ *Apollo, Gott der Kunst/Medizin, röm.: Apollo*
- ▲ *Ares, Kriegsgott, röm.: Mars*
- ▲ *Artemis, Jagdgöttin, röm.: Diana*
- ▲ *Athene, Göttin der Weisheit, röm.: Minerva*
- ▲ *Demeter, Göttin der Ernte, röm.: Ceres*
- ▲ *Dionysos, Gott des Weines, röm.: Bacchus*
- ▲ *Hephaistos, Gott des Feuers, röm.: Vulkan*
- ▲ *Hera, Göttin der Ehe und Geburt, röm.: Juno*
- ▲ *Hermes, Gott des Handels, röm.: Merkur*
- ▲ *Hestia, Göttin des Heimes und des Herdes, röm.: Vesta*

Die griechische Mythologie geht davon aus, dass vor der Entstehung der Welt überall das Chaos beziehungsweise das Nichts herrschte. Alles bestand aus finsterem Nebel, der jedoch schon die Grundelemente enthielt, die später die Welt ausmachen sollten: Erde, Wasser, Feuer und Luft.
Aus diesem Chaos erhoben sich schließlich die Finsternis (Erebos) und die Nacht (Nyx). Beide vereinigten sich und gebaren den Äther (Aither) und den Tag (Hemera).
Die erste unter allen Göttern war für die Griechen die Erdenmutter Gaia. Sie gebar aus sich selbst heraus ihre drei ersten Kinder: Uranos, den Himmel, Pontos, das Meer, und Tartaros, die Unterwelt. Mit Uranos brachte Gaia dann weitere Nachkommen hervor – zuerst Okeanos und Tethys, dann viele weitere Kinder. Sie nennt man die Titanen, da sie mit gewaltigen Kräften ausgestattet waren. Auch sie vermehrten sich. Beispielsweise gebar Theia von Hyperion die Sonne (Helios), den Mond (Selene) und die Morgenröte (Eos).
Schließlich bevölkerte ein ganzes Göttergeschlecht in den unterschiedlichsten Erscheinungsformen die Welt – Titanen, einäugige Zyklopen und hundertarmige Riesen. Unter all diesen Wesen war Uranos ein herrschsüchtiger Gott, der darauf achtete, dass ihm keiner seine Macht streitig machte. Selbst seine Söhne stellten für ihn eine Gefahr dar und so sperrte er sie gegen den Willen Gaias im Erdinneren ein. Gaia formte deshalb aus dem Erz der Erde eine Sichel, gab sie ihrem Sohn Kronos und brachte ihn dazu, gegen seinen Vater zu kämpfen. Im Verlauf dieses Kampfes wurde Uranos entmannt. Kronos warf das Geschlecht ins Meer und Aphrodite, die Göttin der Liebe wurde daraus geboren. Aus dem Blut des Uranos, das auf Gaia niederströmte, entsprangen die Rachegöttinnen, die Erinnyen, und die mächtigen Giganten. Kronos trat an die Stelle des Uranos, vermählte sich mit seiner Schwester Rheia und zeugte die fünf Kinder Hestia, Demeter, Hera, Hades und Poseidon. Aber auch Kronos war um seine Macht besorgt und verschlang seine Kinder.
Deshalb ging Rheia heimlich nach Kreta und gebar dort ihr sechstes Kind, den Zeus. Sie verbarg ihn in einer Grotte. Als Zeus zum Jüngling herangewachsen war, besiegte er seinen Vater Kronos in einem harten Kampf. Er zwang ihn die Geschwister wieder auszuspeien. Er löste auch die Fesseln der Geschwister seines Vaters. Als Dank schenkten sie ihm Donner und Blitz. Nachdem er auch noch die Herrschaft der Titanen und Giganten besiegt hatte, wurde er schließlich zum höchsten der Götter, zum Herr über die Sterblichen und Unsterblichen. Zeus war Herrscher über den Himmel, während

Poseidon das Meer und Hades die Unterwelt beherrschten. Erde und **Olymp** gehörten ihnen gemeinsam. Zeus wurde in ganz Griechenland verehrt. Er galt als »Vater der Götter und Menschen«, obwohl er weder der Schöpfer der Welt noch der Menschen war. Zeus wurde als »Gewissensgott« gesehen – als höchster Beschützer des Rechts sowie des Hauses und der Gastfreundschaft.

Die zahlreichen Göttergeschichten der Griechen wurden später von den **Römern** übernommen, da die Griechen in der Antike die geistige Führungsmacht im Mittelmeerraum darstellten. Im Gegensatz zu den Griechen verstanden die Römer jedoch den Mythos als Geschichte, also als pragmatische Realität und nicht als Metaphysik. Die römischen **Sagen** legten demnach Wert darauf, die Frühgeschichte des römischen Volkes darzustellen. So erzählt eine römische Legende von König Numitor, der von seinem Bruder Amulius abgesetzt wurde. Doch die Tochter des vertriebenen Königs wurde vom Kriegsgott Mars schwanger und gebar die Zwillinge Romulus und Remus. Die Säuglinge wurden von Amulius ausgesetzt. Eine Wölfin fand die hilflosen Kinder und säugte sie. Als sie erwachsen waren, brachten sie Amulius um und gaben Numitor den Thron zurück. Sie selbst gründeten am Ort ihrer Kindheit die Stadt Rom. Eine andere Sage schreibt die Gründung Roms den Nachfahren des **Aeneas** zu.

Zwar übernahmen die Römer die Götter der Griechen im Großen und Ganzen, doch sie gaben ihnen andere Namen. Der Göttervater Zeus beispielsweise hieß bei den Römern Jupiter, der Kriegsgott Ares wurde zu Mars, Kronos hieß in Rom Saturnus und der Meeresgott Poseidon wurde zu Neptun.

## BEMERKENSWERTES

### Wunderliche Wesen

**Die griechische Mythologie kennt unzählige sagenhafte Gestalten und Ungeheuer. So stützt einer Sage nach der Riese Atlas den Himmel. Zentauren sind Geschöpfe mit einem Pferdekörper und einem menschlichen Kopf. Gorgonen wie die Medusa sind böse Schwestern mit Flügeln, Klauen und Schlangen als Haar. Ihr Blick lässt den Gegner zu Stein erstarren. Der heldenhafte Herakles, der Inbegriff unbesiegbarer Körperkraft, ist der einzige unsterbliche Mensch.**

- ▲ *Poseidon, Meeresgott, röm.: Neptun*
- ▲ *Zeus, oberster Gott, röm.: Jupiter*
- ▲ *Hades, Gott der Unterwelt, röm.: Pluto*

***Welche griechischen Sagen gibt es noch?***

*Es gibt zahlreiche griechische Sagen. Sehr berühmt ist die vom Trojanischen Krieg. Der Dichter Homer (8. Jh. v. Chr.) beschrieb ihn in seiner »Ilias«. Auch die »Odyssee« wird Homer zugeschrieben. Sie erzählt von den Irrfahrten des Königs Odysseus. Berühmte Sagengestalten sind auch Herakles oder Jason, der das Goldene Vlies eroberte.*

***Wer war Aeneas?***

*Aeneas ist ein Held des trojanischen Sagenkreises. Als Sohn des Anchises und der Aphrodite wurde er in der »Aeneis« des Dichters Vergil (70–19 v. Chr.) zum Nationalhelden Roms, weil er das brennende Troja verließ und über Karthago nach Italien kam. Dort gründeten seine Nachkommen die Stadt Rom.*

# DIE LITERATUR

***Was bedeutet das Wort Literatur?***
*Literatur kommt vom lateinischen* litera. *Das bedeutet »Buchstabe«. Literatur ist also zunächst alles Geschriebene. Literatur meint jedoch im engeren Sinn die so genannte schöne Literatur, also die erzählenden Sprachkunstwerke Drama, Lyrik und Roman.*

***Woher stammt das europäische Drama?***
*Es hat seinen Ursprung in der Antike. Aristoteles stellte vor 2.500 Jahren Regeln für das Drama auf, die lange befolgt wurden. Heute haben diese Regeln zwar an Bedeutung verloren, sind aber immer noch ein wichtiger Bezugspunkt für die Dramatheorien.*
*Die wichtigsten Regeln des Aristoteles:*
*1. Das Drama soll in fünf Akte und einzelne Szenen gegliedert sein.*
*2. Ort, Zeit und Handlung sollen einheitlich sein.*
*3. Der Text soll in Versen, in Gedichtform stehen.*
*Shakespeare brach als Erster diese starre Ordnung auf.*

Es gibt drei Grundformen der **Literatur**: das Drama, die Lyrik und den Roman. Goethe nannte sie die »drei Grundformen der Poesie«. »Blutiges Ehedrama«, lesen wir in der Zeitung oder: »Dramatische Wendung im Entführungs-Prozess«. *Drama* ist griechisch und bedeutet »Handlung«. Gemeint ist die Handlung auf der Theaterbühne. Dramen sind somit eher für Zuschauer geschrieben, weniger für Leser. Im Trauerspiel (Tragödie) werden die handelnden Personen von Gewissenskonflikten »zerrissen«. Wie sie auch handeln, es gibt keine Ideallösung. Trauerspiele enden also immer traurig. Das Lustspiel (Komödie) endet immer fröhlich, die kleinen Sorgen des Tages lösen sich im Lachen auf. Dazwischen steht das Schauspiel mit einer ernsten Handlung. Nicht jedes Drama ist also immer »hoch dramatisch«.

*Griechische Theatermaske (Piräus, 96 v. Chr.)*

Mit Shakespeare (1564–1616) und Molière (1622–1673) wurde dem Drama vor 400 Jahren große kulturelle Bedeutung zugeschrieben. Stücke von Lessing (1729–1781), Schiller (1759–1805), Goethe (1749–1832) und Kleist (1777–1811) stehen seit 200 Jahren auf dem Spielplan der Schauspielhäuser. Und in den vergangenen 100 Jahren entwickelten Gerhard Hauptmann (1862–1946) und Bertolt Brecht (1898–1956) auch in Deutschland neue Formen des Dramas.
Das Wort Lyrik stammt ebenfalls aus dem griechischen Altertum vor 2.500 Jahren. Damals wurden die Gedichte mit Musikbegleitung vorgetragen, mit der Lyra. Im Mittelalter wurde die Lyrik von den Barden im Minnesang übernommen und auch heute werden Gedichte noch in musikalischer Form präsentiert.
Die Verse der Gedichte (Zeilen) haben einen Reim: *Not* reimt sich auf *tot, Herzen* auf *Schmerzen*. Gedichte haben außerdem ein Versmaß. Man kann beim Rezitieren die Hand im Takt heben und senken wie bei der Musik. Genau wie in der Musik hebt und senkt sich auch die Stimme, wenn ein Gedicht vorgetragen wird. Gedichte zwingen uns ihren Rhythmus auf. Wer sie ohne Betonung liest, der *leiert*. Die moderne Lyrik hat sich zwar von Versmaß und Rhythmus befreit, eines haben die »alte« und die moderne Lyrik aber gemeinsam: Im Gedicht lassen sich Gefühle besonders gut ausdrücken, ob

es Gebete sind, Beschwörungsformeln, ob Trauer oder Verliebtheit. Gedichte gehören zu den ältesten Zeugnissen der Literatur, sie haben die Menschen zu allen Zeiten in ihren Bann geschlagen.
Im Frankreich des zwölften Jahrhunderts wurde jede Erzählung **Roman** genannt, die in *Romanisch* (= »Französisch«) geschrieben war. So konnte sie jeder verstehen. Romane richteten sich an das Volk, das kein Latein lesen konnte. Die Gelehrten verfassten ihre Schriften in lateinischer Sprache und diskreditierten die volkssprachliche Lektüre. Nur lehrhafte Romane, die den Leser bilden wollten, ließ man über lange Zeit gelten.
Ein Roman ist – den Umfang betreffend – die Großform der Erzählkunst. Er unterscheidet sich nicht nur in der Länge, sondern auch in der Vielschichtigkeit der Handlung von den kürzeren Erzählformen wie der Novelle oder der Kurzgeschichte. Der Erzählstil des Romans ist die Prosa, eine freie, nicht durch Versmaß gebundene Erzählweise. Es gibt viele Romanformen wie beispielsweise Abenteuer-, Liebes- oder Reiseromane. Was die Qualität betrifft, liegt auch hier ein breites Spektrum zwischen dem Trivial- und dem Kunstroman. Im Roman unterscheidet man zwischen drei grundlegenden Erzählperspektiven: der Ich-Erzählung, dem personalen Erzähler und dem auktorialen Erzähler. Der auktoriale Erzähler berichtet das Geschehen als allwissender Außenstehender, der die Handlung frei kommentiert. Der personale Erzähler berichtet das Geschehen zwar in der dritten Person Singular, aber aus der Perspektive des jeweiligen Protagonisten. So vielfältig die Romanformen sind, so vielfältig sind auch die Sujets. Es gibt zeitkritische, parodistische oder satirische Romane und vieles mehr.

***Wie soll ein Roman aufgebaut sein?***

*Im Roman* Der abenteuerliche Simplizissimus *hat Grimmelshausen (1621–1676) vor über 300 Jahren die Handlung der zeitlichen Reihenfolge nacherzählt. Der große Berliner Romancier Alfred Döblin (1878–1957) schrieb vor 100 Jahren: »Wenn ein Roman nicht wie ein Regenwurm in zehn Stücke geschnitten werden kann und jeder Teil bewegt sich selbst, dann taugt er nichts.«*

**BEMERKENSWERTES**

**Der Geist der Zeit**

**Wie die bildende Kunst und die Musik hat sich auch die Literatur zu Beginn des 20. Jahrhunderts fast von allen traditionellen Formen und Konventionen befreit. In allen drei Bereichen gibt es innerhalb vieler Stilepochen oft ganz erstaunliche Parallelen.**

***Was bedeutet »Antike«?***
*Antike bezeichnet den Zeitraum von 2000 v. Chr. bis zum Ende des Weströmischen Reiches 476 n. Chr. Den literarischen Anfang machte die bunte Welt der Götter- und Heldensagen, ihre Bedeutung ist bis heute ungebrochen.*

***Was ist charakteristisch für die Literatur des Mittelalters?***
*Die Literatur des Mittelalters teilt sich in zwei Hauptströmungen mit vielen Mischformen. Auf der einen Seite steht das Heldenepos. Es wurde handschriftlich festgehalten oder von einem Sänger vorgetragen. Die mittelalterlichen Epen sind in Versform verfasst und handeln meist vom Leben und den Tugenden der Ritter. Der* Arme Heinrich *etwa erringt als Ritter Gottes Gnade durch das geduldige Tragen seines schweren Schicksals.* Parzival *muss auf der Suche nach dem »Heiligen Gral« – einem mythischen Kelch der Erkenntnis – einige Entbehrungen auf sich nehmen, bevor er den ritterlichen Tugenden gerecht wird. Neben dem Epos steht der Minnesang, der das Leben an den Fürstenhöfen widerspiegelt. In der unerfüllten Liebe zur Frau seines Herrn, in der schmachtenden Entsagung sollte ein Ritter sein Ideal sehen. Daher bleibt die Liebe, die in den Minneliedern besungen wird, immer platonisch.*

Die ältesten Werke der abendländischen Literatur entstanden in der **Antike**. Es sind die *Ilias* und die *Odyssee*. Sie sind die Urform des Epos, aus dem sich später der Roman entwickelte. Diese Epen aus dem achten Jahrhundert v. Chr. wirken bis in die heutige Zeit nach.

Homers (8. Jh. v. Chr.) *Ilias* schildert den Kampf um Troja. Weil der Trojanerprinz Paris die schöne Griechenfürstin Helena nach Troja entführt, ziehen die Griechen vor die uneinnehmbaren Mauern Trojas. Zehn Jahre wogt der Trojanische Krieg und endet erst durch eine List: Ein Teil der Griechen segelt davon. Nur ein riesiges hölzernes Pferd, in dem sich die tapfersten griechischen Helden versteckt halten, bleibt vor den Mauern Trojas zurück. Die Trojaner schlagen selbst eine Bresche in ihre Stadtmauer, um die Trophäe einzuholen. Nachts steigen die Griechen aus dem Bauch des Pferdes, überwältigen die Trojaner und zerstören die Stadt.
»Singe mir, Muse, den Zorn des Peleussohnes Achilleus«, beginnen die 16.000 Verse. Homer greift in der Dichtung die entscheidenden 51 Tage der Belagerung heraus: Griechische Helden wie Achill und Odysseus treten auf sowie die Trojaner Hektor und Aeneas. Über allen aber thronen die Götter, streiten ganz »menschlich«, unterstützen mal diese, mal jene Seite. Kriegsglück und Tod, Griechen und Trojaner sind noch Spielball der Götter.

Die *Odyssee* schließt an die *Ilias* an und besingt die Irrfahrt des Odysseus auf dem Weg von Troja zurück nach Hause. »Singe mir, Muse, die Taten des weit gereisten Mannes«, ist der erste von 12.000 Versen. Der listenreiche Odysseus hat den Meeresgott Poseidon zum Feind und wird auf See ständig in Abenteuer verwickelt. Als er endlich nach Ithaka heimkehrt, haben sich Freier in seinem Palast breit gemacht, verprassen sein Vermögen und drängen seine Frau Penelope zur Heirat – Odysseus gilt schließlich als tot. Odysseus nimmt grausame Rache, tötet alle Freier und ungetreuen Sklaven und kehrt in die Arme seiner treuen Frau zurück.
Suchen und Wiederfinden ist das Thema und zeigt ein gewandeltes Weltbild. Odysseus ist kein grobschlächtiger Haudegen mehr wie Achilleus, sondern ein vielschichtiger Charakter mit Vorzügen und Schwächen. Auch die Götter sind verändert, sie haben zwar noch sehr menschliche Eigenschaften, aber sie belohnen oder bestrafen menschliches Handeln unter dem Gesichtspunkt der Moral.

Im **Mittelalter**, etwa um 1200 n. Chr. entstand das *Nibelungenlied* im Raum zwischen Passau und Wien. Es ist das Werk vieler Dichter, eine gültige Handschrift gibt es nicht, sondern 24 verschiedene. Es war nicht zum Lesen gedacht, sondern zum Vortrag in geselliger Runde. Die Vortragenden waren **fahrende Sänger**, die sich nicht verpflichtet fühlten sich strikt an die **Quellen** zu halten.

»Uns ist in alten mæren wunders vil geseit
von helden lobebæren, von groszer arebeit«,

beginnen die zweitausend Strophen zu vier Zeilen. Sie erzählen von den Abenteuern des jungen Siegfried, der den Schatz der Nibelungen erbeutet. Mit Hilfe einer Tarnkappe erlegt er den Drachen, in dessen Blut er badet und dadurch bis auf eine kleine Stelle unverwundbar wird. Das Lied berichtet außerdem von der betrogenen Brunhild, die den Helden Siegfried ermorden lässt und von Siegfrieds Frau Kriemhild, die aus Rache das Hunnenheer unter König Etzel (Attila) gegen die burgundischen Ritter hetzt. In einem kolossalen Blutbad fallen die feindlichen Heere übereinander her. Den Schatz der Nibelungen allerdings hat Hagen, Siegfrieds Mörder, im Rhein versenkt.
Die Wurzeln des *Nibelungenlieds* reichen in vorchristliche Zeit zurück. Das Ende des Textes schildert voll dunkler Schicksalhaftigkeit auch das Ende des Rittertums. Selbst wenn es nicht zu den Ritterromanen wie *Parzival* oder *Tristan und Isolde* zählt, wirkt es dennoch stark auf die mittelalterliche Aventuren-Dichtung, die ein Vorläufer der Abenteuerromane ist.

***Warum brauchte man bei Hof fahrende Sänger?***

*Sie fuhren (wanderten) von Fürstenhof zu Fürstenhof und trugen ihre Dichtung vor. Neben Kampf und Jagd waren Musik und Literatur oft die einzige Unterhaltung bei Hof. Daher waren die Sänger hochwillkommen, zumal sie oft Neuigkeiten von anderen Burgen mitbrachten. Die fahrenden Sänger des Mittelalters waren nicht nur Dichter, sondern auch wichtige Informationsträger. Als Autoren hatten sie allerdings bei weitem keinen so hohen Stellenwert, wie das bei den Autoren seit der Aufklärung der Fall ist. Deshalb ist es heute oft so schwierig, ein mittelalterliches Werk einem bestimmtem Autor zuzuschreiben. Selten hat der Dichter seinen Namen genannt, das erschien zu dieser Zeit ohne Bedeutung.*

***Zitat und Quellen***

*Dichtung wurde früher von fahrenden Sängern vorgetragen, kaum jemand konnte schließlich lesen. Für einen flüssigen Vortrag war es nötig, im Text ständig Versatzstücke zu verwenden. So entstanden stereotype Beschreibungen von Personen und Orten: Frauenlippen waren immer rot wie Blut, Haare schwarz wie Ebenholz und Burgen stolz und kühn. Dichter zitierten immer wieder andere Werke: Abschreiben und Zitieren waren erwünscht.*

## BEMERKENSWERTES

### Die Stadt Troja

**Lange Zeit war es ungewiss, ob sich die *Ilias* und die *Odyssee* überhaupt um einen wahren Kern ranken. Bis der Archäologe aus Leidenschaft, Heinrich Schliemann (1822–1890), die *Ilias* beim Wort nahm. Von nicht geringem Spott der Fachwissenschaftler begleitet, machte er sich in der heutigen Türkei auf die Suche nach jenem Ort, den das über 2.500 Jahre alte Epos als Schauplatz angibt – und fand 1870 eine verschüttete Stadt. Alle Zweifler schwiegen, als Schliemann sie ausgegraben hatte: Es war Troja, das antike Ilion. Die bisher für sagenhaft gehaltene Stadt hatte es wirklich einmal gegeben.**

***Was bedeuten die Begriffe Renaissance und Humanismus?***
*Seit dem 15. Jahrhundert wandte sich die Kunst den Ideen und Idealen der Antike zu: Die Renaissance fand ihren Anfang in Norditalien. Das Ideengut verbreitete sich auch nördlich der Alpen und schlug sich hier im Humanismus nieder. Erasmus von Rotterdam (1466 oder 1469–1536) war ein führender Vertreter des Humanismus.*
*Sein* Lob der Torheit, *ein Welterfolg, und sein* Handbüchlein eines christlichen Ritters *riefen erzieherisch zur Erneuerung der Kirche auf.*

***Wie heißt der bekannteste Barockroman?***
*Das 17. Jahrhundert ist nicht nur bekannt für die prunküberladenen Kirchen und Schlösser. Die Menschen lebten im Zwiespalt zwischen Hoffen auf Erlösung im Jenseits und Freude am Leben im Diesseits. Im 30-jährigen Krieg brach die Kirche in zwei Konfessionen auseinander und genau an diesem Brennpunkt spielt der Roman Der abenteuerliche Simplizissimus von Grimmelshausen (1621–1676).*

Nach dem Mittelalter erhielt die Literatur in den folgenden Epochen der **Renaissance**, des **Barock** und der Klassik immer wieder neue Ausrichtungen.
Die Regeln, Ideale und Bilder des klassischen Altertums wurden in der Epoche der Klassik wieder aufgenommen und zu einer neuen Größe geführt. Klassik bedeutet genau das, was wir heute als »klassisch, zeitlos, beständig und vorbildlich« bezeichnen.
In Deutschland erreichte die literarische Klassik ihren Höhepunkt mit den Werken von Johann Wolfgang von Goethe (1749–1832) und Friedrich Schiller (1759–1805). Da die beiden befreundeten Dichter lange Zeit in Weimar lebten und wirkten, nennt man diese Epoche die Weimarer Klassik.
Beide hatten sich zuvor im *Sturm und Drang* revolutionären Ideen verschrieben, Schiller im *Wilhelm Tell*, Goethe im *Götz von Berlichingen*. Doch nun wurden beide durch den Altertumsforscher Johann Joachim Winckelmann (1717–1768) an die klassischen Ideale herangeführt. Als »edle Einfalt, stille Größe« charakterisierte Winckelmann die Harmonie und Beherrschtheit der Antike und bestimmte damit das Schönheitsideal der deutschen Klassik. Homers *Ilias* und *Odyssee*, die mittlerweile von Johann Heinrich Voß (1751–1826) ins Deutsche übersetzt worden waren, gehörten zur Standardlektüre dieser Zeit.
Goethe fasste das Menschenbild der Klassik zusammen im Satz »Edel sei der Mensch, hilfreich und gut«. Er glaubte an die freie Selbstbestimmung der Menschen und an die ausgleichende Harmonie von Gefühl und Verstand. Ein sinnerfülltes Leben ist für die Klassik das Streben nach dem »Guten, Wahren und Schönen«.
Die Zahl der Werke ist gewaltig, besonders eindrucksvoll sind die in Weimar entstandenen Ideendramen der beiden großen Dichter.

Ganz anders sind die Ideale der Romantik. »Ach, ist das romantisch«, heißt heute die umgangssprachliche Formel, wenn eine besondere Empfindsamkeit ausgedrückt werden soll. Romantik bedeutet die Abkehr von der Vernunftgläubigkeit der **Aufklärung**, hin zur Phantasie, zur Welt der Träume ohne reale Beschränkung. Romantische Dichter entwickelten ein neues Naturverständnis, sie wanderten in der Natur und »schwärmten« etwa für »Waldeinsamkeit«, Stille und den Blick in die Seele. Novalis (1772–1801) schrieb vom Traumbild der »blauen Blume« als Inbegriff unerreichbarer Seligkeit.
Romantische Dichterkreise bildeten sich in Jena um August Wilhelm von Schlegel (1767–1845) und **Ludwig Tieck (1773–1853)**,

*Novalis*

die neben eigenen Werken auch wichtige Übersetzungen der Shakespeare-Dramen und des *Don Quijote* von Cervantes anfertigten. Der Heidelberger Kreis der Hoch-Romantik entdeckte ein neues Nationalgefühl: Um den verfolgten Journalisten Joseph Görres (1776–1848) scharten sich der junge Clemens Brentano (1778–1842), Achim von Arnim (1781–1831) und Joseph von Eichendorff (1788–1857), der mit seiner Erzählung *Aus dem Leben eines Taugenichts* das Lebensgefühl der Romantik besonders deutlich darstellt.

Man besann sich auf Volkslieder und die so genannten Volksbücher. Die Brüder Grimm (Jacob 1785–1863, Wilhelm 1786–1859) gaben die *Kinder- und Hausmärchen* heraus sowie die *Deutschen Sagen.*

Im Berliner Salon der Rahel Varnhagen (1771–1833) trafen sich Künstler wie Adelbert von Chamisso (1781–1838) und E.T.A. Hoffmann (1776–1822), der durch seine Gespenstergeschichten bekannt wurde.

Zur schwäbischen Romantik zählen Wilhelm Hauff (1802–1827) mit dem Roman *Liechtenstein* und seinen Kunstmärchen wie *Kalif Storch* oder *Zwerg Nase, sowie Gustav Schwab (1792–1850) mit den Schönsten Sagen des klassischen Altertums.*

***Was bedeutet »Aufklärung«?***

*So heißt die geistige Hauptströmung im 18. Jahrhundert. Sich abkehrend vom Aberglauben des Mittelalters definierte die Aufklärung den Menschen als durch die Vernunft und den Verstand bestimmtes Wesen. Die Literatur hatte daher den Auftrag, den Verstand zu bilden.*

***Ludwig Tieck und die »mondbeglänzte Zaubernacht«?***

*Dies ist ein Losungswort der Romantik, geschrieben von Ludwig Tieck 1804, das auch Gegner der Romantik gern als typisches Beispiel zitierten:*
*Mondbeglänzte Zaubernacht,*
*die den Sinn gefangen hält,*
*wundervolle Märchenwelt,*
*steig auf in der alten Pracht!*

**BEMERKENSWERTES**

**Schreckliches und Romantisches**

**Die Romantik ist eine Reaktion auf politische Umstände jener Zeit. Die Schreckensnachrichten der blutigen Pariser Schauprozesse 1793 während der Französischen Revolution verbreiteten sich in ganz Europa. Napoleon zerschlug 1806 das »Römische Reich Deutscher Nation«. Die Menschen zogen sich in sich selbst zurück, hatten aber zur gleichen Zeit unstillbare Sehnsucht nach der Ferne, die sie mit der Literatur befriedigen konnten.**

# JOHANN WOLFGANG VON GOETHE

**Hat das Leben Einfluss auf die Literatur?**
*In Goethes Leben ist das der Fall. Besonders was seine Liebesbeziehungen in jungen Jahren angeht. Als Kätchen Schönkopf die Beziehung mit dem jungen Goethe 1768 in Leipzig beendete, bekam er einen Blutsturz und lag anderthalb Jahre krank. Für Friederike Brion, Pfarrerstochter in Seesenheim, schrieb er unter vielen anderen das Liebesgedicht* Heideröslein. *Den tragischen Abschied von der verheirateten Charlotte Buff in Wetzlar schreibt er sich von der Seele. Er bekundet selbst, dass das Schreiben ihn vor dem Freitod gerettet habe, das Geschriebene,* Die Leiden des jungen Werther, *löst jedoch unter seinen jungen Lesern eine Selbstmordwelle aus. Und die unerfüllte Liebe des greisen Dichters zur blutjungen Ulrike von Levetzow schenkte der Literatur die* Marienbader Elegien.

**Was ist ein »Entwicklungsroman«?**
*Ein Paradebeispiel ist Goethes* Wilhelm Meisters Lehrjahre, *der die Entwicklung eines meist jungen Menschen beschreibt. Konflikte sind dabei notwendige Stationen auf dem Weg zur Reife.*

Johann Wolfgang von Goethe gilt als der größte deutsche Dichter. Im Jahr 1749 wurde er in Frankfurt am Main geboren. Sein Vater war ein vermögender kaiserlicher Rat. Seine Mutter hat ihrem »Hätschelhans« die Begabung vererbt. Goethes Kinderjahre waren sehr behütet, er lernte Klavier spielen, reiten und fechten und zog mit 16 Jahren nach Leipzig zum Studium der Rechte. 1770 reiste er nach Straßburg, um sein Studium zu beenden. Dort lernte er durch Johann Gottfried Herder (1744–1803) die Dramen Shakespeares und Homers Epen kennen. In Frankfurt arbeitete er ab 1771 als Rechtsanwalt und schrieb die *Geschichte Gottfriedens von Berlichingen mit der Eisernen Hand*. 1772 ging er ans Reichskammergericht nach Wetzlar, wo er die *Leiden des jungen Werther* verfasste, die ein romantisches Werther-Fieber in Europa auslösten. Es folgten der *Prometheus, Egmont* und er begann die Arbeit am *Faust*, einem Stoff, der ihn sein **Leben** lang begleiten würde.

Als Wortführer des *Sturm und Drang* lud ihn 1775 der junge Herzog Karl August von Sachsen-Weimar ein und schenkte ihm das berühmte Gartenhaus, fünf Jahre später das Haus am Weimarer Frauenplan. Goethe verliebte sich in Charlotte von Stein, Ehefrau des herzoglichen Stallmeisters und Mutter von sieben Kindern.

Am Weimarer Hof wurde er Minister, Kriegskommissar, Wegebauchef und schrieb den **Entwicklungsroman** *Wilhelm Meister*. Von Kaiser Joseph II. wurde er in Wien mit dem Erbadel geehrt.

Seine **Italienreise** bedeutete den Wendepunkt seines literarischen Schaffens. Landschaft, Baukunst und Literatur beeindruckten ihn tief. Alles strahlte ihm in Italien die klassischen Ideale aus und nahm ihn endgültig für die Klassik ein. Von der Reise brachte er das klassische **Ideendrama** *Iphigenie* mit. 1788 wurde er Leiter des Hoftheaters.

Friedrich Schiller (1759–1805) zog ebenfalls nach Weimar. Es brauchte allerdings seine Zeit, bis die beiden »Dichterfürsten« sich anfreundeten. Goethe lebte mit Christiane Vulpius, einer Frau aus einfachen Kreisen, in einer unehelichen Verbindung. Mit ihr hatte er einen Sohn. Das löste einen Skandal in Weimar aus, doch Goethe war darüber erhaben.

Er widmete sich auch seinen naturwissenschaftlichen Studien wie seiner in Teilen bis heute gültigen *Farbenlehre*. 1792 folgte er seinem Herzog auf den Frankreich-Feldzug und glaubte an eine »neue Epoche der Weltgeschichte«.

Von Schiller gedrängt, vollendete er *Wilhelm Meisters Lehrjahre* und schrieb weiter am *Faust*. Als Schiller 1805 starb, erkrankte auch Goethe schwer. Ein Jahr später, Preußen hatte die Schlacht bei Jena verloren, wurde Weimar von französischen Truppen besetzt. Christiane Vulpius rettete ihn vor marodierenden französischen Soldaten. Vier Tage später heiratete er sie nach achtzehn unehelichen Jahren. Und er beendete nach fast dreißig Jahren sein großes Werk, den *Faust I.*

Goethe entwickelt den Faust-Stoff als großes Menschheitsdrama universellen Glücksstrebens: Faust verwettet seine Seele an den teuflischen Mephistopheles, um im Gegenzug Erkenntnis, Liebe und Selbstverwirklichung zu erhalten. Nach vielfältigen Lebenserfahrungen verliert Faust seine Wette, indem er im Wahn gesteht den Augenblick höchsten Glücks zu genießen: »Ach Augenblick, verweile doch, du bist so schön!« Doch Fausts Unsterbliches fällt nicht Mephistopheles anheim, sondern wird in den Himmel entführt: »Wer immer strebend sich bemüht, den können wir erlösen.«

1816 starb Goethes Frau Christiane. In den folgenden Jahren wechselte er wieder zu wissenschaftlichen Studien, beendete die *Wahlverwandtschaften* und begann *Dichtung und Wahrheit*, seinen Lebensrückblick.
Er begegnete Napoleon und dem Universalgenie Wilhelm von Humboldt, Clemens Brentano und Bettina von Arnim.
Goethes Sohn August starb 1830. Goethe selbst arbeitete unermüdlich weiter an seinen literarischen Werken. Er vollendete *Dichtung und Wahrheit.* Und es entstanden die *Gespräche mit Eckermann*, wie sie sein Sekretär aufgezeichnet hat.
1832 starb Goethe im Alter von 82 Jahren. Er liegt in der Fürstengruft in Weimar begraben.

**BEMERKENSWERTES**

**Goethes Einsicht über das Alter**

**Auch einem überragenden Geist wie Goethe blieb es nicht erspart, im Alter seine Zeit zu überleben. Die Generation, die aus den napoleonischen Freiheitskriegen heimkehrte, verstand seine Dichtung nicht mehr. Goethe erkannte das genau und schrieb im *Faust II:***

**Das Alter ist ein kaltes Fieber,**
**ein Frost von greisenhafter Not!**
**Hat einer erst mal dreißig Jahr vorüber,**
**so wär's am besten, man schlüg ihn tot!**

**Dreißig Jahre? Da hatte er seine Italienische Reise, die größten Erfolge und viele Liebschaften noch vor sich.**

***Was ist die »Italienische Reise«?***
*Goethe unternahm mit der Kutsche seine Reisen nach Italien. Besonders die erste Reise 1786–1788 inspirierte ihn mit dem Gedankengut der Klassik zu reger Produktivität. Er zeichnete und malte, schrieb Tagebuch und arbeitete an seinen Schriften. Die Klassik zog ihn drei Jahre lang (1786–88) ganz in ihren Bann.*

***Was ist ein »Ideendrama«?***
*Nach dem griechischen Philosophen Platon (427–348 v. Chr.) bedeutet »Idee« so viel wie »Weltanschauung«. Wenn ein Drama die klassischen Ideen des »Guten, Wahren, Schönen« zu vermitteln versucht, zählt es zu den klassischen Ideendramen. Hierzu zählen Gotthold Ephraim Lessings* Nathan der Weise *(Idee der Toleranz), Goethes* Iphigenie *(Idee der Humanität) und Schillers* Don Carlos, *das die Idee in dem Satz erfasst: »Geben Sie Gedankenfreiheit.«*

***Welche Einflüsse wirkten auf den Naturalismus?***
*Der Naturalismus in Deutschland ist kaum denkbar ohne die Anregungen französischer, russischer oder skandinavischer Literatur. Die französischen und russischen Einflüsse stammen vorwiegend aus dem psychologischen Roman (Emile Zola, Iwan Sergejewitsch Turgenjew, Leo Tolstoi, Fjodor Dostojewski), die skandinavischen insbesondere aus den gesellschaftskritischen Dramen von Henrik Ibsen und August Strindberg. Die deutsche Uraufführung von Ibsens* Gespenster *(1889) markiert den Einzug des naturalistischen Dramas in Deutschland.*

In der Julirevolution von 1830 erhob sich das französische Bürgertum gegen die Monarchie. Auch in Deutschland war das Bürgertum unzufrieden mit der Herrschaft des Adels. Es wünschte sich territoriale Einheit und verfassungsmäßige Freiheit. Der bisherige Staat und seine Gesellschaftsform, der Adel und die Kirche sowie soziale und nationale Schranken wurden abgelehnt. In der bürgerlichen Gesellschaft fasste liberales Gedankengut immer deutlicher Fuß. Die Liberalen glaubten daran, ihre Ziele durch geistige Beeinflussung – z. B. durch die Literatur – erreichen zu können. Und so setzte sich Ende der 20er-Jahre des 19. Jahrhunderts bei einem Teil der jungen Generation die Ansicht durch, dass die Literatur sich gegen politische und soziale Missstände richten müsse. »Jetzt gilt es die höchsten Interessen des Lebens selbst, die Revolution tritt in die Literatur!«, sagte Heinrich Heine (1797–1856), ursprünglich ein Vertreter der Romantik. Diese neue, politische Richtung wird »Dichtung des Vormärz« genannt. Der Name bezieht sich auf die deutsche Revolution im März 1848, die auf die politische Machtergreifung des Bürgertums abzielte. Als diese scheiterte, fand auch die Vormärz-Dichtung ihr Ende.
Einer der berühmtesten Vertreter des Vormärz ist Georg Büchner (1813–37). Er leistete in seinen Dramen und Erzählungen radikalen Widerstand gegen die politische Reaktion. Die Veröffentlichung seiner Werke war deshalb bis lange über seinen Tod hinaus verboten. Neu waren aber nicht nur die Inhalte, sondern auch die Formen seiner Dichtung. So kehrte er sich in *Dantons Tod* völlig ab vom klassischen Drama, verzichtete auf die traditionelle Handlung oder Gestaltung der Personen und Sprache. Erstmals trat der unfreie, passive Held auf die Bühne. Das war radikal realistisch und richtungsweisend für spätere Literaturepochen. Scharfe Sozial- und Bewusstseinskritik übte er auch in seiner Erzählung *Lenz* (1835) sowie in den Dramen *Leonce und Lena* (1836) und *Woyzeck* (1879). Weitere Autoren des Vormärz waren Christian Dietrich Grabbe (1801–1836), Karl Gutzkow (1811–1878) oder Heinrich Heine, der besonders durch Reiseberichte in Zeitungen der Beweglichkeit der Zeit entgegenkam und das Interesse für gesellschaftliche Zustände widerspiegelte.
In der Mitte des Jahrhunderts begann die Epoche des »bürgerlichen« oder »poetischen Realismus«. Ihre berühmtesten Vertreter sind Theodor Fontane (1819–98) und Theodor Storm (1817–88). Die Realisten wollten gegebene Tatsachen und natürliche Erscheinungen klar erkennen und sie – anders als die Romantiker – frei von

mystischen Aspekten deuten. Der »bürgerliche Realismus« war zwar noch weit entfernt von einer politischen Auseinandersetzung im Sinne der Arbeiterbewegung. Die Romane und Novellen Storms und Fontanes (*Frau Jenny Treibel*, 1892; *Effi Briest*, 1894/95) zeichneten jedoch schon ein kritisches Bild der bürgerlichen Gesellschaft. Realistische Romane, die dem Bauerntum und Dorfleben gewidmet waren und eine antizivilisatorische Grundhaltung hatten, verfassten Marie von Ebner-Eschenbach (*Das Gemeindekind*, 1887) oder Peter Rosegger (*Schriften des Waldschulmeisters*, 1875).
Eine radikale Zuspitzung der realistischen Ansätze bedeutete im ausgehenden Jahrhundert der **Naturalismus**. Seine Autoren führten den so genannten **Sekundenstil** ein. Überdies hielten jetzt soziale Außenseiter wie Alkoholiker, Dirnen, Geistesgestörte als Handlungsträger Einzug in Romane und vor allem ins Drama. Zwar waren diese Personen auch schon in der Literatur des Realismus aufgetaucht, doch nun standen sie im Mittelpunkt und anhand der Schilderung ihres Schicksals wurden die herrschenden Gesellschaftsstrukturen angegriffen und entlarvt. Neu waren auch die stilistischen Mittel: Die Personen sprachen nicht mehr in Versen, sondern umgangssprachlich, sogar im Dialekt. Klassische Mittel wie das Beiseite-Sprechen oder der Monolog entfielen. Bahnbrechend waren die Dramen von Gerhart Hauptmann (*Vor Sonnenaufgang*, 1889; *Die Weber, 1892)*. Berühmte Naturalisten waren auch *Arno Holz (1863–1929)* und *Johannes Schlaf (1862–1941)* oder *Ludwig Anzengruber (1839–1889)*.

***Was war der Sekundenstil?***

*Der Sekundenstil war ein Stilmittel der Naturalisten, um die Wirklichkeit naturgetreu widerzuspiegeln. Dabei wurde versucht in präziser Nachzeichnung kleinster Vorgänge die Wirklichkeit getreu zu kopieren. Diese reportagenahe Form der Darstellung wurde als besonders wirklichkeitsgerechte Aussageform gesehen.*

**BEMERKENSWERTES**

**Skandal im Theater**

**Die Dramen Gerhart Hauptmanns sorgten an den Theaterbühnen der Jahrhundertwende für handfeste Skandale. So kündigte Kaiser Wilhelm II. aus Protest gegen das Drama *Die Weber* (1892) seine königliche Loge im Deutschen Theater.**

***Was war der Dadaismus?***
*Unter dem schrecklichen Eindruck des Ersten Weltkriegs steigerte sich der expressionistische Gefühlskult in der Literatur zum so genannten Dadaismus. Dies war eine Stilrichtung, die jegliche natürliche Sprachlogik aufhob. Die Anhänger dieser Richtung waren entschiedene Pazifisten. Durch Stammellaute (»Dada«) wollten sie die bürgerliche Kultur lächerlich machen. Der Dadaismus entstand um 1916 in Zürich und dauerte bis etwa 1922. Für viele Künstler war er eine Durchgangsphase zur Neuen Sachlichkeit oder zum Surrealismus.*

Zu Beginn des 20. Jahrhunderts präsentiert die Literaturszene unterschiedlichste Strömungen. Realismus, Impressionismus und Expressionismus stehen dicht nebeneinander. *Impression* bedeutet »Sinneseindruck«. Der Impressionismus ist ein Stil, für den alles Gegenständliche nur Anreiz für Sinnesempfindung und seelische Regung ist. Rainer Maria Rilke (1875–1926) greift diese Geisteshaltung in seinem *Buch der Bilder* (1902) und den *Frühen Gedichten* (1909) auf. Jahrzehnte später finden sich auch Spuren davon in Hermann Hesses (1877–1962) psychoanalytischem Roman *Der Steppenwolf (1927)*.

Ganz anders präsentiert sich die Protestbewegung der Expressionisten. *Expression* bedeutet »Ausdruck«. Die Expressionisten reagieren auf die innere Krise der Gesellschaft, die den Beginn des Jahrhunderts bestimmt, sowie auf den Ersten Weltkrieg mit einem – auch politisch gemeinten und verfochtenen – Anspruch auf die Erneuerung des Menschen. Sie sehen in der herkömmlichen Ästhetik einen Zwang, von dem man sich zu befreien habe – ebenso wie von den gesellschaftlichen Zwängen. Dieser Anspruch schlägt sich in expressiven Formen der Sprache und Textgestalt nieder: Dazu zählen Worthäufungen, groteske Satzgestaltungen, kühne Wortbildungen, stammelnde Rede, ekstatischer Schrei oder extreme Versfreiheit. Eine Steigerung erfährt dieser neue Gefühlskult im so genannten **Dadaismus**. Am reinsten setzt sich der Expressionismus in der **Lyrik** durch. Berühmte Vertreter sind Gottfried Benn (1886–1956), Georg Trakl (1887–1914) oder Georg Heym (1887–1912).

Die expressionistische Richtung der Literatur wird ab 1920 allmählich abgelöst durch eine nüchterne Haltung vieler Autoren, die versuchen die Wirklichkeit in einem sachlichen, um Exaktheit bemühten Stil »objektiv« zu schildern. Diese Strömung wird zusammengefasst als »Neue Sachlichkeit«. Allerdings bezeichnet sie nur eine vage Gemeinsamkeit verschiedener nachexpressionistischer Autoren. Bertolt Brecht (1898–1956), Lion Feuchtwanger (1884–1958), Erich Kästner (1899–1974), Franz Werfel (1890–1945) oder Carl Zuckmayer (1896–1977) gehören dazu. Alfred Döblin (1878–1957) beispielsweise beschreibt in seinem Roman *Berlin Alexanderplatz* (1929) das Schicksal eines Arbeiters in der Großstadt. Neu sind an seiner Erzählstruktur die Montagetechnik, die Übernahme von Reportageformen oder die Verwendung von Dokumenten.

Auch der Naturalismus, die gesamteuropäische literarische Strömung des ausgehenden 19. Jahrhunderts, hat weiterhin Anhänger. Gerhart Hauptmann (1862–1946), um die Jahrhundertwende führender deutscher Bühnendichter, thematisiert in seinen Schauspielen *Rose Bernd* (1904) oder *Die Ratten* (1911) die Schicksale sozialer Außenseiter. Mit sozialkritischem Impetus bringt er das Milieu und die Sprache der kleinen Leute auf die Bühne. Nur schwer einordnen lässt sich Franz Kafka (1883–1924). In seinen Erzählungen wie *Die Verwandlung* (1906) und Romanen wie z. B. *Der Prozess (1925) und Das Schloss* (1926) steht hinter dem Alltäglichen das Ungeheuerliche und Groteske.

Die Machtergreifung der Nationalsozialisten 1933 bedeutet einen tief greifenden Einschnitt ins literarische Schaffen: Wer sich nicht mit den Machthabern arrangiert, muss schweigen oder auswandern. Bücher, die nicht der herrschenden Ideologie entsprechen, werden verboten und verbrannt. Die deutsche Literatur existiert ab 1933 zu entscheidenden Teilen nur noch als Exilliteratur im Ausland – und dies sogar über das Kriegsende hinaus.

*Franz Kafka*

***Was ist expressionistische Lyrik?***

*Ein berühmtes Gedicht des Expressionismus ist die* Kleine Aster *von Gottfried Benn:*

*Ein ersoffener Bierfahrer wurde auf den Tisch gestemmt.*
*Irgendeiner hatte ihm eine dunkelhelllila Aster*
*zwischen die Zähne geklemmt.*
*Als ich von der Brust aus*
*unter der Haut*
*mit einem langen Messer*
*Zunge und Gaumen herausschnitt,*
*muss ich sie angestoßen haben,*
*denn sie glitt*
*in das nebenliegende Gehirn.*
*Ich packte sie ihm in die Brusthöhle*
*zwischen die Holzwolle,*
*als man zunähte.*
*Trink dich satt in deiner Vase!*
*Ruhe sanft,*
*kleine Aster!*

**BEMERKENSWERTES**

**Zensur in der Weimarer Republik**

**Nicht erst unter den Nationalsozialisten wurden Schriftsteller verboten und verfolgt. So war zwar in der Verfassung der Weimarer Republik vermerkt: »Eine Zensur findet nicht statt.« Die Realität aber sah anders aus. Beispielsweise wurden dem ehemaligen Expressionisten Johannes R. Becher, der sich der Arbeiterbewegung angenähert hatte, 1927 ein Prozess wegen Hochverrats gemacht, welcher sich alleine auf seine Schriften stützte. Unter dem Druck der empörten Öffentlichkeit wurde das Verfahren zwar eingestellt. Die Verfolgung anderer kritischer Intellektueller ging jedoch weiter.**

***Von welchen Strömungen wird die Literatur nach dem Zweiten Weltkrieg beeinflusst?***
*Die Literatur nach dem Zweiten Weltkrieg orientiert sich weniger an der Klassik als an Strömungen wie dem Naturalismus, dem Expressionismus oder der Neuen Sachlichkeit. Was sich in der ersten Hälfte des 20. Jahrhunderts oftmals als geradezu skandalöse Neuerung präsentierte, hat sich nun etabliert.*

Die Spaltung Deutschlands durch die Siegermächte nach dem **Zweiten Weltkrieg** bot für viele Emigranten keinen Anreiz zur Rückkehr. So bekamen speziell die Schweiz, in die viele Literaten geflohen sind, sowie die Republik Österreich ein neues Gewicht bei der Weiterentwicklung einer gesamtdeutschen Literatur.
Ein weiterer Schwerpunkt einer politisch noch nicht geteilten deutschen Literatur lag in den ersten Jahren nach dem Krieg auch in der sowjetisch besetzten Zone (SBZ). Für diejenigen Emigranten, die schon vor 1945 für eine politische Erneuerung Deutschlands eingetreten sind, war eine Rückkehr in die SBZ selbstverständlich. Bertolt Brecht beispielsweise gehört dazu. 1949 verschaffte er mit der Gründung des »Berliner Ensembles« dem Theaterleben Ostberlins wieder Weltgeltung. Berühmte DDR-Autoren sind außerdem in späteren Jahren Stefan Heym (1913–2001), Ulrich Plenzdorf (geb. 1934) oder Christa Wolf (geb. 1929).
Im Westen etablierte sich die Gruppe 47. Zu ihr gehören Heinrich Böll (1917–1985), Günter Grass (geb. 1927) und Martin Walser (geb. 1927). Die Literatur der Gruppe 47 unternimmt den Versuch der Vergangenheitsbewältigung. Die Verzweiflung der Heimkehrergeneration beschreibt Wolfgang Borchert (1921–1947) in seinem Hörspiel *Draußen vor der Tür*, das erstmals 1947 im **Rundfunk** gesendet wurde.
Der literarische Blick in die Zukunft ist in den 50er-Jahren trotz des Wirtschaftswunders pessimistisch. Beispielhaft dafür ist Friedrich Dürrenmatts (1921–1990) Stück *Die Physiker* (1962). Heinrich Böll beschäftigt sich nach Krieg und Gefangenschaft vor allem mit dem Problem, wie der Einzelne sich gegen den Staat und seine Willkür behaupten kann. 1972 erhielt er als erster in Deutschland schreibender Nachkriegsautor den Literaturnobelpreis.
In den 60er-Jahren setzt eine starke Politisierung der Literatur ein. Viele namhafte Autoren stellen sich in die Reihen der 68er-Bewegung, so auch Heinrich Böll mit seinem *Gruppenbild mit Dame*. Im Kabarett und in Wahlkampfinitiativen zu Gunsten der SPD traten Böll und auch Günter Grass für die sozial-liberale Koalition ein. Es entstanden viele Bühnenstücke mit politischer Thematik. Den Autoren ging es dabei nicht nur um die bloße Abbildung der Realität, sondern um ihre Veränderung.
Herbe Kritik an Staat und Gesellschaft üben beispielsweise die Romane von Günter Grass. Sein Bestseller *Die Blechtrommel* (1959) ist eine groteske Rückerinnerung an die deutsche, speziell die NS-Vergangenheit seiner Danziger Heimat. Scharfe Zeitkritik äußert er

auch in seinen weiteren derb-realistischen Romanen wie *Der Butt* (1977) und *Die Rättin* (1986). In *Mein Jahrhundert* (1999) zieht er eine persönliche historische Bilanz. 1999 wurde ihm der Nobelpreis für Literatur verliehen.

Günter Grass

Anfang der 70er-Jahre setzt eine Rückkehr zur Subjektivität in der Literatur ein. Sie stellt eine Besinnung auf die eigene Individualität dar und wird als eine Reaktion auf die Politisierung in der Literatur der 60er-Jahre gewertet. Allerdings darf sie nicht als Entpolitisierung missverstanden werden. Vielmehr geht es den Autoren darum, durch die Mitteilung des Privaten zu zeigen, dass besonders das Private der Raum ist, in dem gesellschaftliche Zwänge deutlich werden. So entstehen zahlreiche autobiografische Romane wie z. B. Walter Kempowskis (geb. 1929) *Tadellöser & Wolff* (1971) oder *Uns geht´s ja noch gold* (1972) oder Max Frischs Liebesgeschichte *Montauk* (1975).

***Welchen Einfluss hatte der Rundfunk auf die Literatur?***

*Durch die Technik des 20. Jhs. veränderten sich die literarischen Medien entscheidend. Hörfunk, Film, Fernsehen und Video boten völlig neue Möglichkeiten, Literatur zu verbreiten. Neue Formen wie das Hörspiel oder die Kurzgeschichte entstanden. Eine weitere Ausweitung der Wirkungsmöglichkeiten von Literatur ergab sich durch die Einführung des Taschenbuchs im Jahr 1950. Literatur wurde dadurch für breite Bevölkerungsteile erschwinglich.*

**BEMERKENSWERTES**

**Literatur in der DDR**

**Noch bis zu Beginn der 50er-Jahre trug ihre literarische Produktion der DDR internationales Ansehen ein. Dank ihrer Abgrenzungspolitik gegenüber dem Westen gelang es der DDR jedoch, sich offiziell von den wichtigen Strömungen, die die westdeutsche Literatur prägten, freizuhalten. Dies bedeutete schließlich aber auch literarische Stagnation, wenn nicht sogar Rückschritt. Selbst Bertolt Brecht litt unter der politischen Vereinnahmung durch die SED und dem von ihr propagierten »sozialistischen Realismus«. So verkündete der erste Ministerpräsident der DDR, Otto Grotewohl, 1951: ». . . die Idee der Kunst muss der Marschrichtung des politischen Kampfes folgen.« Autoren, die kritische Gedanken zum sozialistischen Alltag äußerten, wurden mit einem Veröffentlichungsverbot belegt. Viele veröffentlichten deshalb ihre Werke in Westdeutschland oder wanderten – besonders in den 70er-Jahren – in den Westen aus bzw. wurden wie Wolf Biermann »ausgebürgert«.**

**Was ist eine Parodie?**
*So nennt man die satirisch-komische Nachahmung einer ernst gemeinten Dichtung. Thomas Mann schrieb über sein Alterswerk: »Ich kenne im Stilistischen eigentlich nur noch die Parodie.« So schrieb er auch den Felix Krull sozusagen gar nicht mehr »selbst«, sondern ließ ihn von seinem erfundenen Helden schreiben.*

**Was ist eine Satire?**
*Eine Satire ist eine literarische Gattung, die in heiterer, spöttischer, bissiger oder höhnischer Weise mit geistreicher Sprache die Laster und Torheiten der Welt kritisiert. Erich Kästner schrieb: »Dem Satiriker ist es verhasst, erwachsenen Menschen Zucker in die Augen und auf die Windeln zu streuen. Dann schon lieber Pfeffer!«*

Thomas Mann (1875–1955) war einer der bedeutendsten Schriftsteller der deutschen Literatur. Mit 26 Jahren brachte der Sohn eines Lübecker Konsuls und Getreidehändlers seinen ersten Roman heraus: *Buddenbrooks. Verfall einer Familie.* Darin beschreibt er in realistisch psychologischer Darstellungsweise die Mitglieder einer Lübecker Kaufmannsfamilie über vier Generationen. Wie so oft ist auch hier die Parallele zur eigenen Herkunft und Biografie in seinem Werk nicht zu übersehen.

1905 heiratete er die reiche Professorentochter Katia Pringsheim. Bis sich der wirtschaftliche Erfolg seiner Bücher einstellte, sicherte ihr Geld der schnell wachsenden Familie einen großzügigen Lebensstil.

1913 erschien *Tonio Kröger.* In dieser Erzählung greift er eines der Schlüsselmotive seiner frühen Werke auf: den Zwiespalt zwischen Bürgertum und Künstlerleben.

Seine großen kulturanalytischen und kritischen Romane sind der *Zauberberg* (1924) und *Doktor Faustus* (1947). Im *Zauberberg* dient ein Schweizer Lungensanatorium – der Zauberberg – als Zufluchtsort für weltentrückte und entwurzelte Mitglieder der »besseren« Gesellschaft. Mit seiner ihm eigenen Sprachgewalt und dem ironisch distanzierten Stil zeichnet er hier ein überspitztes Bild des Bürgertums vor der Zeit des Ersten Weltkriegs.

*Doktor Faustus* ist sein bedeutendstes Spätwerk. Hier greift er den auch schon von Goethe behandelten Faust-Stoff auf und schafft einen »Künstlerroman, Zeitroman und Faustroman in einem« (Hans Mayer).

Zu seinen großen Werken gehören unter anderem die ans Alte Testament angelehnte Romantrilogie *Joseph und seine Brüder* (1948) und der Goethe-Roman *Lotte in Weimar* (1939).

In einem seiner letzten Werke, dem ironisch heiteren Roman *Bekenntnisse des Hochstaplers Felix Krull* (1954) nimmt Thomas Mann seine Lebensthematik – die Spannung zwischen Leben und Kunst – wieder auf und spitzt sie **parodistisch** zu.

1929 wurde Thomas Mann für seine Leistungen mit dem Nobelpreis für Literatur ausgezeichnet.

Den Ersten Weltkrieg empfand Thomas Mann als »grundanständigen«, ja »feierlichen« Volkskrieg. Mit dieser Auffassung stand er im Gegensatz zu seinem Bruder Heinrich Mann. Darüber kam es zum Bruch zwischen den Brüdern.

Heinrich Mann (1871–1950) hatte schon mehrere äußerst kritische **Satiren** über das wilhelminische Bürgertum verfasst: *Professor Unrat*

(1905), später glänzend verfilmt mit Marlene Dietrich (Filmtitel: *Der Blaue Engel*). Heinrich Manns wichtigstes Werk ist der 1914 erschienene *Untertan*, der das deutsche Nationalgefühl und die Kaisertreue bis ins Absurde verzerrt.
1933 floh Heinrich Mann in seine geistige Heimat Frankreich und schrieb *Jugend und Vollendung des König Heinrich IV.* Für ihn war Heinrich IV. der Inbegriff eines vorbildlichen Herrschers, ganz im Gegensatz zu den Machthabern der Kaiserzeit, der Weimarer Republik oder des Nationalsozialismus. In Deutschland wurden seine Bücher 1933 öffentlich verbrannt. 1940 floh Heinrich Mann vor den einrückenden deutschen Truppen von Paris in die USA.
Auch Thomas Mann stellte sich gegen den Nationalsozialismus. Nach den Stationen Frankreich und Schweiz emigrierte er mit seiner Familie – wie sein Bruder Heinrich – in die USA. Viele der in Deutschland verfolgten Künstler kamen nach Kalifornien. Hier entstand die so genannte **Emigrantenliteratur**. Während des Zweiten Weltkriegs übertrug das Deutsche Programm der BBC Thomas Manns Reden *Deutsche Hörer!*, in denen er die Deutschen vor dem nationalsozialistischen Regime warnte.
Auch nach dem Krieg kehrten die Brüder Mann nicht mehr nach Deutschland zurück. Heinrich Mann starb 1950, kurz vor einer Reise nach Ostberlin, wo man ihn zum Präsidenten der Deutschen Akademie der Künste gewählt hatte.
Thomas Mann reiste zwar zum 200. Todestag Goethes nach Deutschland, um dort Festvorträge zu halten. 1952 übersiedelte er jedoch in die Schweiz. Er starb 1955 in Kilchberg bei Zürich.

***Was bedeutet Emigrantenliteratur?***

*Emigrantenliteratur ist die im Ausland von politisch Verfolgten verfasste Literatur (von lat. emigrieren = »auswandern«). Die meisten deutschen Schriftsteller sind während des Naziregimes nicht freiwillig ausgewandert, sondern aus Angst vor Verfolgung und Gefängnis geflohen. Bertolt Brecht und Carl Zuckmayer gehörten zu den emigrierten Schriftstellern sowie Oskar Maria Graf und Stefan Zweig.*

**BEMERKENSWERTES**

**Thomas Manns Tagebücher**

**Den Zwiespalt zwischen Bürgertum und Künstlerleben versucht Thomas Mann mit präziser Lebensführung und minutiösem Tagesablauf auszugleichen. Er beherrschte mit fast despotischem Verhalten seine Familie. Seine »Lieblingstochter« Elisabeth berichtet, sie habe sich nur ein Mal mit ihrem Vater unterhalten. Erst in den *Tagebüchern* – veröffentlicht Jahrzehnte nach seinem Tod – lesen wir von den Gefühlen dieses Mannes, seinen Ängsten, Neigungen und Hoffnungen.**

# DIE EUROPÄISCHEN KLASSIKER

Heute erscheinen jedes Jahr 80.000 Bücher allein in deutscher Sprache. Längst nicht alle wollen Literatur sein. Es gibt wissenschaftliche Bücher, Sachbücher, Krimis oder »Lesefutter« wie die Bestsellerromane. Nur wenige Bücher können sich langfristig durchsetzen. Klassiker im engen Wortsinn sind die Vertreter der europäischen Klassik. Doch die wenigen Bücher, die auch nach langer Zeit ihre Leser noch faszinieren, nennen wir ebenfalls »Klassiker«. Hier ist eine kleine Auswahl der europäischen Klassiker genannt, die längst von der **Literaturkritik** anerkannt sind. Alle diese Romane und Theaterstücke werden bei uns als deutsche **Übersetzungen** in Buchform, viele auch schon in **Hörbuchform** angeboten.

***Klassiker und die Kritik?***
*»Schriftsteller sind wie Aktien, sie steigen oder fallen in der Gunst des Publikums«, sagte der Literaturkritiker Marcel Reich-Ranicki. »Um einen aber kommt man nicht herum, um Shakespeare, auch wenn die modernen Theater sich alle Mühe geben, seine Dramen zu verhunzen.«*

England

Als 1066 die Normannen England eroberten, begann auf der Insel die Blütezeit der Ritterballaden des Widerstandes. Die bekannteste ist *Robin Hood*, in unzähligen Fassungen verfilmt.

Unter Königin Elisabeth I., sie regierte von 1558 bis 1603, hatte das Theater mit den Dramen William Shakespeares einen unerhörten Aufschwung. *Macbeth, König Lear* und *Hamlet* gehören zu den Königsdramen. Die Stücke *Sommernachtstraum* und *Der Kaufmann von Venedig* zählen zu seinen erfolgreichsten Komödien. Viele Kritiker halten seine Stücke für unübertroffen.

Daniel Defoe schrieb die Geschichte des auf eine einsame Insel verschlagenen *Robinson Crusoe*. Jonathan Swift verfasste mit *Gullivers Reisen* eine beißende Satire auf das England seiner Zeit.

Im 19. Jahrhundert erregten die Fortsetzungsromane *Oliver Twist* und *David Copperfield* von Charles Dickens großes Aufsehen. Auch die *Schatzinsel* von Robert Louis Stevenson, die *Dschungelbücher* von Rudyard Kipling und die Sherlock-Holmes-Krimis von Arthur Conan Doyle oder *Tod auf dem Nil* von Agatha Christie sind aus keinem Bücherregal wegzudenken.

***Wer sind »Übersetzer«?***
*Übersetzer übertragen Texte von einer Sprache in die andere. Einer der bekanntesten ist Martin Luther, der auf der Wartburg die Bibel aus dem Lateinischen ins Deutsche übersetzte, damit nicht nur Priester und Gelehrte, sondern auch das Volk sie lesen kann. Die meisten Bücher, die bei uns erscheinen, sind Übersetzungen, aus dem Englischen, Amerikanischen und Französischen. Schriftsteller wetteifern darum, wessen Werke in die meisten Sprachen übersetzt werden.*

Spanien

Im Spanien des 16. Jahrhunderts erschien das vielleicht bekannteste Buch der Weltliteratur: Miguel de Cervantes schrieb den *Don Quijote von la Mancha*. Don Quijote war ein Büchernarr, der seine Ländereien gegen Ritterromane eintauschte und »sich so tief in seine Bücher versenkte«, dass ihm Literatur und Wirklichkeit durcheinander gerieten. Als er den Verstand verlor, ritt er hinaus, um »ritterliche Abenteuer« zu bestehen. Die Leute verspotten ihn zwar, aber wir Leser fühlen mit ihm.

Russland

In Russland schrieb Fjodor Dostojewski im 19. Jahrhundert mit *Schuld und Sühne* Weltliteratur. Schuld ist sein beherrschendes Thema, die Schuld jedes Einzelnen, die Schuld aller.
Leo Tolstoi beschreibt in seinem vierbändigen Roman *Krieg und Frieden* den Russlandfeldzug Napoleons im Jahr 1812.

Frankreich

Frankreich steuert zur Weltliteratur die Komödien Molières bei: *Der eingebildete Kranke* etwa oder den Heuchler *Tartuffe.* Alexandre Dumas schrieb die Abenteuerromane *Die drei Musketiere* und *Der Graf von Monte Christo.* Victor Hugo verfasste den *Glöckner von Notre-Dame.* Diese Romane sind heute vor allem durch ihre Verfilmungen bekannt. Ebenso wie die phantastischen Romane *Reise in 80 Tagen um die Welt* oder 20.000 Meilen unter dem Meer von Jules Verne.
*Der kleine Prinz* des Fliegers Antoine de Saint-Exupérie ist bis heute ein Bestseller.

Skandinavien

Aus Skandinavien kommen die Gesellschaftsdramen von Henrik Ibsen und August Strindberg. Sehr bekannt sind auch die Märchen von Hans Christian Andersen. Außerdem entstanden hier die bedeutenden Kinderbücher z. B. *Die wunderbare Reise des Nils Holgersson mit den Wildgänsen* von Selma Lagerlöf und die Romane von Astrid Lindgren wie *Pippi Langstrumpf*, die *Brüder Löwenherz* oder *Mio, mein Mio.*

***Klassik zum Hören – wie geht das?***

*Es fing mit Lesungen im Radio an. Entweder liest der Schriftsteller seinen eigenen Text oder ein Schauspieler oder Sprecher trägt ihn vor. Sei es der Originaltext oder eine Interpretation, das kann jeder selbst entscheiden. Ähnlich ist es mit den Hörbüchern als MC oder CD, die in den letzten Jahren verstärkt auf den Markt drängen: Sie sind ein sinnvoller Zugang zur Literatur z. B. beim Autofahren und eine sinnvolle Unterstützung für Leseanfänger.*

**BEMERKENSWERTES**

**Hoch gelobte Klassiker**

**Zum Thema »hoch gelobte Klassiker« schrieb schon Gotthold Ephraim Lessing (1729–1781) das Sinngedicht:**

**Wer wird nicht einen Klopstock loben**
**Doch wird ihn jeder lesen? – Nein.**
**Wir wollen weniger erhoben**
**und fleißiger gelesen sein.**

# MEDIEN

***Was ist ein Alphabet?***
*Das Alphabet ist die festgelegte Reihenfolge der Schriftzeichen einer Sprache. Da alle unsere modernen europäischen Schriften auf die griechische Lautschrift zurückgehen, werden unsere Schriftzeichen nach den ersten beiden Buchstaben des griechischen Alphabets »alpha« und »beta« noch heute so genannt.*

***Was ist ein Analphabet?***
*Ein Analphabet ist ein Leseunkundiger. Allein in Deutschland leben trotz Schulpflicht und Hilfsprogrammen vier Millionen Menschen, die nicht lesen können. Das ist jeder Zwanzigste.*

Solange es Menschen gibt, wollen sie sich mitteilen, also miteinander kommunizieren. Mit Sprache und Gesang, Schrift und Malerei wollen sie Nachrichten weitergeben, Gedanken und Gefühle ausdrücken oder Absichten durchsetzen.
Die Felsenmalerei ist mit etwa 10.000 Jahren das älteste bekannte Kommunikationsmittel. Auf allen Erdteilen haben Menschen Felsen und Höhlen bemalt. Mit Finger oder Pinsel trugen sie farbige Mineralien auf den Stein auf oder ritzten Bilder hinein. Die Bilder hatten für sie magische Bedeutung, sollten Jagdglück und Fruchtbarkeit beschwören oder als Abwehrzauber Feinde und Unglück fern halten. Seit der Eisenzeit (1.000 Jahre v. Chr.) wurden die Zeichnungen abstrakt und bildeten erste Gottheiten ab.

Sprache lässt sich beim Menschen erst 3.000 bis 4.000 Jahre v. Chr. nachweisen. Was anfangs nur (indogermanische oder semitische) Grundsprachen waren, verästelte sich in verschiedene Sprachfamilien.
Zwischen dem ersten und vierten Lebensjahr beginnen Kinder die Laute ihrer Muttersprache nachzuahmen und mit bestimmten Bedeutungen in Beziehung zu setzen. Alle Kinder sind für diesen Spracherwerb »vorprogrammiert«, was darauf deutet, dass alle Sprachen eine gemeinsame Grundlage haben.
Gegenstands-Schriften wie Knoten in Schnüren oder Kerben auf Stäben waren kaum mehr als Erinnerungszeichen. Die früheste Form der Bilderschrift entwickelten die Sumerer 3100 v. Chr.: Das Bild einer Sonne bedeutet »Sonne«. Im übertragenen Sinne kann »Sonne« auch »Tag« bedeuten, »Auge« auch »sehen«. Mit Bilderschrift lassen sich Sätze und Gedanken ausdrücken.
Später wurden die einzelnen Silben der Wörter durch Schriftzeichen dargestellt wie bei den Hieroglyphen der Ägypter oder der japanischen Schrift.
Erst den Griechen gelang es mit der Lautschrift, jedem Laut einer Sprache ein eigenes Zeichen zuzuordnen. Alle modernen europäischen Sprachen gehen auf dieses griechische **Alphabet** von 2500 v. Chr. zurück.

Weil eine Schrift die Zeit überwindet, weil ihre Mitteilungen sich lange bewahren lassen, braucht sie dauerhaftes Schreibmaterial. Die Sumerer drückten schon 3100 v. Chr. die Zeichen ihrer Keilschrift mit Griffeln in weiche Tontafeln, die getrocknet wurden. Die Ägypter machten es lange Zeit ebenso, bevor sie den Papyrus erfanden. Dabei legten sie Stücke vom Mark der Papyrus-Staude kreuzweise übereinander und schlugen darauf ein, bis sich die Pflanzenfasern verbanden. Aus Papyrus ließen sich lange Bahnen herstellen und auf Holzstäben aufrollen. Bis ins zwölfte Jahrhundert waren sie ein Exportschlager.

Die Chinesen stellten aus Pflanzenfasern und Stofffetzen im Jahr 106 n. Chr. das erste Papier her. In Europa schrieben die Mönche auf Pergament, das sind enthaarte, gereinigte und mit Bimsstein glatt geschliffene Häute von Ziegen und Kälbern. Pergament ist bis heute das edelste und teuerste Schreibmaterial.
Zur Zeit des Buchdrucks war der Bedarf an Schreibmaterial durch Pergament nicht mehr zu befriedigen. Papiermühlen breiteten sich in Europa schlagartig aus. Anfangs wurden in Papiermühlen Pflanzenfasern so lange mit wasserbetriebenen Hammerwerken geschlagen, bis sich eine dünnflüssige Masse ergab, die auf flachen Sieben aufgefangen, getrocknet und zu **Bütten-Papier** geglättet wurde. **Heute** liefern riesige Maschinen zehn Meter breite Papierbänder, hunderte von Metern in der Minute, als tonnenschwere Rollen versandfertig in alle Welt.

***Was ist handgeschöpftes Bütten?***
*Bütten ist eine besonders wertvolle Art von Papier. Dazu werden Pflanzenfasern zerschlagen und mit Wasser und Leim zu dünnem Brei gerührt. Mit einem feinen Sieb in hölzernem Rahmen wird aus der Bütte voller Papierbrei mit der Hand ein wenig Brei herausgeschöpft. Auf dem Sieb bildet sich eine dünne Schicht, die abgezogen, getrocknet und geglättet wird. So wurde das allererste Papier hergestellt. Und so wird es bis heute gemacht, wenn feinstes Papier für wichtige Dokumente gebraucht wird.*

***Aus was wird Papier heute gewonnen?***
*Die Grundlage zur Herstellung von Papier ist Zellstoff, ein lockerer Stoff aus chemisch reiner Cellulose. Er wird auf chemischem Weg meistens aus Holz gewonnen. Große Erntemaschinen fällen, entasten und sägen preiswert und schnell wachsende Nadelbäume in einem Arbeitsgang auf Normlänge. Hauptlieferanten für die Zellstoffindustrie sind vor allem Skandinavien und Kanada.*

**BEMERKENSWERTES**

**Buchkunst in alter Zeit**

**Bis ins 15. Jahrhundert mussten alle Bücher mit der Hand abgeschrieben (kopiert) werden, jedes Wort, jede Zeile, jede Seite. Je kunstvoller sie geschrieben wurden, desto kostbarer waren sie. Für eine sauber kopierte Bibel war gut und gern ein Bauerngut einzutauschen. Ein Schreiber in einer solchen Schreiberstube, häufig ein Mönch im Kloster, schrieb monate-, manchmal jahrelang an einem einzigen Buch.**

***Was ist der Vorteil von Papier?***
*Gutenberg brauchte für seine Bibel mit 42 Zeilen pro Seite rund 340 Bogen Pergament. Eine Kalbshaut ergibt zwei Bogen Pergament der benötigten Größe. Für ein Exemplar seiner Bibel waren 170 Kalbshäute nötig. Gutenberg brauchte somit 5000 Kalbshäute, um seine 30 Pergament-Bibeln darauf zu drucken. Ohne das Papier als billiges Schreibmaterial hätte seine Erfindung sich niemals durchgesetzt.*

***Was ist der Sinn von Wasserzeichen?***
*Auf den Sieben zum Schöpfen des Büttenbreis sind dünne Zeichen und Buchstaben aus Draht aufgelegt. An dieser Stelle wird das Papier dünner als sonst. Dieses Wasserzeichen ist – gegen das Licht gehalten – gut zu sehen und gibt Auskunft, wer das Papier wann gefertigt hat. So lässt sich bei historischen Schriften oft durch das Wasserzeichen bestimmen, wie alt sie sind.*

Wer bis ins 15. Jahrhundert ein Buch drucken wollte, der musste für jede Buchseite aus einer Holztafel den Text spiegelverkehrt wie bei einem Stempel herausschneiden und konnte dann erst die Seite drucken. Die freien Rückseiten der Blätter wurden zusammengeklebt. Aus vielen solcher Doppelseiten entstanden Bücher, häufig die so genannten billigen »Armenbibeln«.

*Johannes Gutenberg*

Johannes Gutenberg (um 1400–1468) erfand um 1450 n. Chr. den Buchdruck mit beweglichen Lettern (Buchstaben). Er goss aus Blei für jeden Buchstaben des Alphabets viele kleine Stempel. Diese beweglichen Lettern ließen sich zu Worten und Zeilen zu kleinen und großen Seiten zu jedem beliebigen Text zusammensetzen und drucken. Gutenberg musste viel Geld leihen, kaufte Metall für tausende von Lettern, eine Druckerpresse und Werkzeug, schließlich Pergament und **Papier** für den Druck. Er wollte eine Bibel drucken. Sie würde seine Erfindung schlagartig berühmt machen. Kaum war seine Erfindung »druckreif«, verlangte sein Gläubiger Geld und Zinsen zurück. Damit stand Gutenbergs Druckerwerkstatt vor dem Bankrott. Doch der Nachruhm, die erste Bibel mit beweglichen Lettern gedruckt zu haben, ist Gutenberg geblieben.
Das 15. Jahrhundert wird als Beginn der Neuzeit angesehen. Das ist neben der Entdeckung Amerikas durch Christoph Kolumbus (1451–1506) auch Johannes Gutenberg und seiner Erfindung des Buchdrucks zuzuschreiben.
Überall gründeten sich Papiermühlen, die ihr Papier jeweils mit einem eigenen **Wasserzeichen** versahen, und Druckereien. Druckergesellen konnten mit einem Satz Druckbuchstaben im Rucksack von Ort zu Ort ziehen und sich selbstständig machen. Eine Druckerpresse konnte leicht in jeder Tischlerei nachgebaut werden. Mit Hilfe von Holzschnitt , Kupfer- oder Stahlstich konnten auch **Illustrationen** problemlos in die Bücher eingefügt werden.
Der Buchdruck wurde wegen der Druckerschwärze bald die »schwarze Kunst« genannt. Sie verbreitete sich in Windeseile über ganz Europa.

Gutenbergs Erfindung war so genial, dass sie gleich einen zweiten Wirtschaftszweig aus der Taufe hob: die Zeitung. Vorher wurden Nachrichten meist durch Boten mündlich oder im handschriftlichen Brief überbracht. Mit dem Letterndruck ließen sich schnell und in großer Zahl Einblattdrucke herstellen. Im Jahr 1609 erschienen in Wolfenbüttel und Straßburg die ersten Wochenzeitungen, 1650 in Leipzig die erste Tageszeitung.
Zeitungen unterscheiden sich von anderen Druckerzeugnissen durch vier Eigenschaften: Sie sind – wie Bücher – öffentlich zugänglich (z. B. am Kiosk), zeitnah (aktuell), erscheinen regelmäßig (periodisch) und ihr Inhalt ist vielfältig (universal).
Daraufhin zog auch die Drucktechnik nach. 1812 entstand die erste dampfbetriebene Schnellpresse. 1886 ging die erste »Linotype« in Betrieb: Der Schriftsetzer musste nicht mehr jeden einzelnen Buchstaben aus dem Setzkasten nehmen und so Wörter und Sätze für den Druck zusammensetzen. Er saß jetzt vor einer großen »Schreibmaschine« und tippte den Text ein, den Rest erledigte die Maschine.
Heute werden alle Zeitungen am Computer entworfen. Im Lasersatz belichtet ein Laserstrahl einen Film, der dann als Druckvorlage dient. Und in mehr als 100 Meter langen Rotationspressen läuft das Papier auf der einen Seite ein. Am anderen Ende kommen die vollständigen Zeitungen fertig geschnitten, gefaltet und nach den Themen Zeitgeschehen, Politik, Feuilleton (Kulturnachrichten), Sport, Wirtschaft, Auto und Freizeit sortiert wieder heraus.

***Was ist eine Illustration?***
*Das Wort kommt aus dem Lateinischen und bedeutet »erhellen«. Ursprünglich waren damit Blattvergoldungen gemeint, die leuchtend und groß die Buchseite »erhellten«. Später hießen alle Zeichnungen so, die den Text auflockern und sprichwörtlich »untermalen« – auch schwarz-weiße Bilder.*

## BEMERKENSWERTES

### Zensur und Pressefreiheit

**Weil durch frühe Zeitungsdrucke die Ideen des Humanismus verhältnismäßig schnell verbreitet wurden, reagierte die Kirche mit der Einführung der Zensur: der Prüfung und gegebenenfalls dem Verbot von Druckschriften. Seit 1630 hatten die Landesfürsten die Pflicht, »nichts Neues in Sachen des Glaubens« verbreiten zu lassen. Als erster Staat garantierte England seit 1695 die »Pressefreiheit«. 1776 erschien sie in der amerikanischen Unabhängigkeitserklärung und 1789 in der französischen Erklärung der Menschen- und Bürgerrechte. Die Weimarer Reichsverfassung garantierte in Deutschland die Pressefreiheit, die heute im Artikel 5 des Grundgesetzes gesichert ist.**

***Woher kommt beim Film der Ton?***
*Kinofilme auf Celluloidstreifen haben neben dem belichteten Bild eine Magnetspur, auf die der Ton synchron (gleichzeitig) gespeichert und auch wiedergegeben wird. Mehrkanalton Stereo ist Standard. Bei Breitbandfilmen steigt die Zahl der Tonspuren mit dem Aufwand für den Film. Üblich ist das Lichttonverfahren, eine Art Strichkode, der von einer Fotozelle abgetastet wird. Häufig wird der Ton nicht am Drehort aufgenommen, sondern im Studio gesprochen und mit Geräuschen versehen.*

***Was ist ein Filmschnitt oder Cut?***
*Von jeder Filmszene macht der Kameramann mehrere Aufnahmen, manchmal 30 oder mehr. Diese Aufnahmen werden am Schneidetisch vom Cutter und Regisseur begutachtet und die besten dann zu einer Arbeitskopie zusammengeschnitten und vertont.*

*Movie* heißt der Film auf Englisch, das bedeutet nichts anderes als »bewegte Bilder«. Das Prinzip ist einfach: Auf einem Rollfilm werden viele fortlaufende Einzelbilder belichtet, die bei der Wiedergabe das menschliche Auge überlisten: Es nimmt nicht 24 Einzelbilder in der Sekunde wahr, sondern eine fortlaufende Bewegung. 1895 führten die Brüder Lumière ihren *Cinématograph* vor, das sind Kamera und Projektor in einem.
Aus den ersten belanglosen Filmchen, die auf Jahrmärkten vorgeführt wurden, entwickelte sich seit 1900 schnell eine ganze Industrie. Aus dem Stummfilm mit Musikbegleitung am Klavier wurde 1927 der **Tonfilm,** aus dem Schwarz-Weiß-Film der Farbfilm in Technicolor (zwei Farben seit 1922, drei Farben seit 1932). Auf der einen Seite der Filmindustrie steht bis heute die Filmproduktion mit Schauspielern, Kamera, Regisseur und Produzent. Auf der anderen Seite steht der Verleih, der Kopien des Films von kleinen Programm-Kinos bis hin zu großen Multiplex-Palästen verleiht.

Zwei Arten von **Filmen** lassen sich grob unterteilen: Der Dokumentarfilm zeigt die Ereignisse möglichst wirklichkeitsnah; der Spielfilm dagegen lässt seine Handlung von Schauspielern darstellen. Unübersehbar ist die Bandbreite der Spielfilme, vom Slapstickfilm wie *Der Tramp* mit Charlie Chaplin (1889–1977) über Horrorfilme wie *King Kong* oder *Jurassic Park*, vom Geschichtsfilm wie *Ben Hur bis zu Western wie High Noon*, Serienfilme wie *James Bond* und viele weitere Genres. Dazu kommen Zeichentrickfilme und computeranimierte (belebte) Filme, in denen der Filmtrick direkt am Computer erzeugt wird.

**Fernsehen** ist *das* Massenmedium unserer Tage. Was beim Film als großer Erfolg gefeiert wird, erreichen Fernsehsender täglich: Millionen von Zuschauern. Kein anderes Medium dringt auch nur annähernd so tief in den Alltag der Menschen ein.
Die Technik des Fernsehens begann vor 100 Jahren. Ein Bild wird elektronisch in einzelne Helligkeits- oder Farbpunkte zerlegt und dann gespeichert oder direkt (live) vom Fernsehsender ausgestrahlt. Über Antenne oder Kabel erreicht das zerlegte Bild den Fernsehapparat und wird dort in 625 Bildzeilen und diese in 625 Bildpunkte wieder zu einem Bild zusammengesetzt. Dies geschieht 25-mal in der Sekunde, das menschliche Auge hält wie beim Film die starren Einzelbilder für »bewegt«.
1936 wurden von den Olympischen Spielen in Berlin die ersten re-

gelmäßigen Fernsehsendungen ausgestrahlt. 1952 sendete der erste deutsche Fernsehsender ARD. Seit 1954 gibt es Farbfernsehen in den USA.

Es ist teuer, ein Fernsehprogramm zu »machen«. Fernsehanstalten unterscheiden sich durch die Finanzierung ihrer Sendungen. Die öffentlich-rechtlichen Sender ARD, ZDF und die Dritten ziehen Fernsehgebühren ein, andere Sender finanzieren sich ausschließlich durch Werbeeinnahmen (etwa RTL oder SAT 1).

Ein Fernsehprogramm setzt sich aus Information und Unterhaltung zusammen. Information bieten Nachrichten und politische oder kulturelle Magazinsendungen. Unübersehbar ist die Flut der Unterhaltung: Spielfilme, Talkshows, Serien. So genannte Spartensender bieten spezielle Programme wie Sport, Musik oder Kindersendungen.

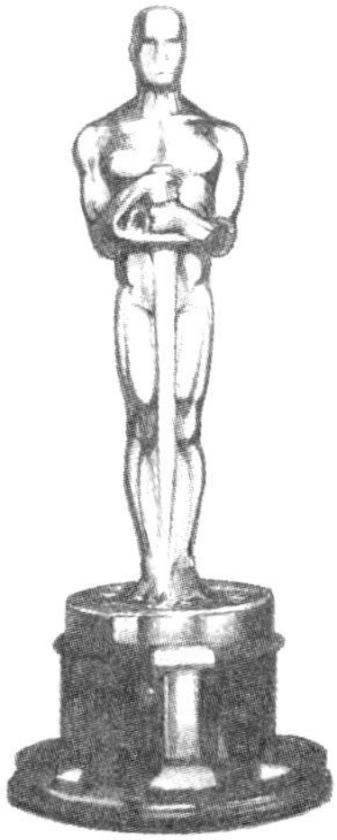

*Academy Award »Oscar«*

***Welche Filmpreise gibt es?***

*Es gibt:*

- ▲ *den Deutschen Filmpreis, verliehen in Berlin;*
- ▲ *die Berlinale, Internationales Filmfestival von Deutschland;*
- ▲ *den Bayerischen Filmpreis, München; die Biennale, Venedig;*
- ▲ *die Internationalen Filmfestspiele in Cannes, Frankreich;*
- ▲ *den Europäischen Filmpreis, verliehen in Rom, Italien;*
- ▲ *den Oscar, 24-mal verliehen in Hollywood, der begehrteste aller Filmpreise;*
- ▲ *den Golden Globe, der »kleine Bruder des Oscar«;*
- ▲ *die Goldene Himbeere, der Anti-Oscar für die schlimmsten Flops des Jahres.*

## BEMERKENSWERTES

### Der Kampf um die Quote

**Weite Teile der Film- und Fernsehlandschaft werden durch Medienkonzerne beherrscht. Während beim Film die Eintrittskarte den Film bezahlt machen soll (Einspielergebnis), sind im Fernsehen die Einnahmen aus Werbeeinblendungen die Messlatte des Erfolges. Je höher die Einschaltquote eines Films oder einer Sendung ist, desto teurer sind die Werbespots in den Werbeblöcken. Das führt zu einem Kampf um Einschaltquoten, um die Zahl der Zuschauer. Der ruft wiederum die Medienkritiker auf den Plan, die allen Programmmachern ein »Schielen nach den Quoten« vorwerfen.**

***Welche Fernsehpreise gibt es in Deutschland?***

- ▲ *Der Bambi, ein jährlicher Filmpreis, wird durch Publikumsbefragung ermittelt.*
- ▲ *Der Adolf-Grimme-Preis zeichnet jährlich ausgewählte deutsche Fernsehproduktionen aus.*

Das Wort **Computer** leitet sich vom lateinischen Wort *computare* ab für »berechnen«. Konrad Zuse (1910–1995) vollendete 1941 den ersten programmgesteuerten Rechner Z3. Alle Informationen wurden dazu in Ziffernfolgen aus 0 und 1 zerlegt. Man bezeichnet das als Binärsystem oder auch Dualsystem. Zuses Fernmelderelais wurden 1946 durch Röhren, 1955 durch Transistoren und Dioden und 1965 durch integrierte Schaltkreise ersetzt. 1978 brachte die Firma Apple den ersten einsatzfähigen Bürocomputer auf den Markt. 1981 erschien mit dem Apple Macintosh die erste grafische Benutzeroberfläche auf dem Bildschirm: Der Benutzer konnte seine Befehle bequem per Mausklick eingeben, statt umständlich Befehle in Computersprache zu tippen.

***Was unterscheidet Computer früher und heute?***
*Zuses Z3 war noch so groß wie ein Einfamilienhaus und benötigte für eine Multiplikation vier bis fünf Sekunden. Ein Prozessor in einem vergleichsweise winzigen Notebook erledigt bei einer Taktfrequenz von zwei Gigaherz heute zwei Milliarden Rechenoperationen in einer Sekunde.*

Ein Computer wird über ein Eingabegerät mit Daten und Anweisungen versorgt, die im Rechner verarbeitet und im Ausgabegerät weitergegeben werden. Die Verarbeitung der Daten steuert das jeweilige Programm. Im Speicher (Festplatte) werden die Daten abgelegt. Heute gibt es eine ganze Reihe von **Peripheriegeräten,** die entweder Daten ein- oder ausgeben.

***Wozu gibt es Peripheriegeräte?***
*Während die Rechner immer kleiner und leistungsfähiger werden, nimmt die Zahl der Peripheriegeräte zu. Drucker bringen Texte, Grafiken und Bilder aufs Papier. Scanner (Abtaster) »lesen« Texte, Grafiken und Bilder in den Computer ein. Laufwerke lesen außerhalb des Computers gespeicherte Daten von Diskette, CD und DVD und verbinden sie interaktiv mit dem Programm, etwa für Lernprogramme und Spiele. Modems verbinden Computer mit dem Internet. Brenner beschriften CDs und DVDs mit benutzereigenen Inhalten.*

Noch vor dreißig Jahren meinten führende Computerspezialisten: »Es gibt keine Notwendigkeit für einen Computer im Privathaushalt.« Doch schon nach ein paar Jahren war dies eine Selbstverständlichkeit. Im Laufe der letzten Jahre schrumpften die Computer in der Größe und wuchsen in der Rechenleistung so unerwartet schnell, dass sich heute jeder einen Computer leisten kann. Die Computer-Industrie ist längst zu einem wichtigen Wirtschaftsfaktor geworden und Namen wie IBM (ein Computerhersteller) und **Microsoft** sind aus dem Wirtschaftsleben nicht mehr wegzudenken.
Der Personal Computer PC (Hardware) war ursprünglich für Büroarbeit gedacht. Doch seine Anwendungsgebiete sind fast unbegrenzt und nur abhängig vom passenden Rechenprogramm (Software). Heute versucht die Forschung Prozessoren und Programme dem menschlichen Gehirn immer ähnlicher zu gestalten (neuronale Netze), denn so vernetzt wie unser Gehirn arbeitet ein Computer noch nicht. Auch fehlt ihm die (virtuelle) Intelligenz, die nicht eigens programmierte Denkleistung. Der Hemmschuh ist das Dualsystem, das nur zwischen 0 und 1, zwischen *Ja und Nein* entscheiden kann; nicht aber, wie unser Gehirn, ein »vielleicht« kennt oder ein »Ja, aber«.

1969 verbanden zwei Wissenschaftler der Universität in Los Angeles in Kalifornien ihre Computer mit einem Telefonkabel. Daraufhin erkannte das US-Militär als Erstes die enormen Möglichkeiten und baute ein Netzwerk zur geheimen Datenübermittlung (HTTP) auf. Erst mit den Browser-Programmen Anfang der 90er-Jahre bekam jedermann Zugang zum **W**orld **W**ide **W**eb: Der Siegeszug des Internets begann.
In nur einem Jahrzehnt hat sich ein völlig neues Medium etabliert, so schnell und so umfassend wie keines vor ihm. Wer sich über einen Anbieter (Provider) ins Internet einwählt, hat weltweiten Zugang zu Daten aller Art. Es stehen Wörter- und Telefonbücher zur Verfügung, Warenhauskataloge und wissenschaftliche Arbeiten. Wer dazu noch einen E-Mail-Anschluss besitzt, kann Musik, Bücher und Spiele aus dem Internet auf seine Festplatte laden, einkaufen, Menschen auf der ganzen Welt Briefe schreiben und Bilder oder Filme verschicken.

Multimedia ist das Schlagwort der letzten **Computermessen**. Dazu werden Handys (Mobiltelefone) und Organizer mit dem Internet vernetzt: telefonieren, fotografieren und filmen, Bilder verschicken, Kurznachrichten (SMS) versenden und im Internet surfen lässt sich mit einem einzigen Gerät im Taschenformat.

**BEMERKENSWERTES**

**Input = Output**

**Dieses Schlagwort bezeichnet von Anfang an die Möglichkeiten eines Computers und bedeutet nur, dass nichts aus einem Computer »herauskommen« kann, was vorher nicht eingegeben wurde. Alle Ängste der Computergegner vor Arbeitslosigkeit und Vereinsamung, Bedenken der Datenschützer angesichts des »gläsernen Bürgers« sind unbegründet, solange der Mensch vor dem Computer »Mensch bleibt«. Ausgefuchste Simulationen für Flugschüler oder Auto-Crashs am Computer können den Wirklichkeits-Test und damit den Menschen »noch« nicht ersetzen.**

***Wer besitzt die Firma Microsoft?***
*Bill Gates ist der Inhaber des etablierten Software-Multikonzerns Microsoft und einer der reichsten Menschen der Erde. Mit 25 Jahren machte er seine erste Dollar-Million. Sein Unternehmen ist der weltgrößte Anbieter von Internet-Zugängen und der Betriebsprogramme Windows.*

***Was unterscheidet die Nano-Technologie vom Dualsystem?***
*Während integrierte Schaltkreise (engl.: Integrated Circuit, abgekürzt IC) nur zwischen 1 und 0 unterscheiden können, werden in etwa zehn bis 15 Jahren Elektronen miteinander kommunizieren, die die Rechengeschwindigkeit vertausendfachen und obendrein interpolieren, also Zwischenwerte von 0 und 1 unterscheiden können.*

***Wo findet die größte Computermesse statt?***
*Die weltgrößte Computermesse, die CeBIT, findet jeden März in Hannover statt. Hier werden neueste Entwicklungen und Trends vorgestellt.*

# MUSIK

***Gibt es heute bessere Violinen als früher?***
*Nein. Bis heute zählen die Instrumente der Geigenbaufamilien Amati und Guarneri (16.–18. Jahrhundert) und die des berühmten Antonio Stradivari (1644?–1737) als unübertroffen. Und man weiß noch nicht einmal genau, woran das liegt. Am Holz? Am Lack?*

***Wer war der »Teufelsgeiger«?***
*Das war Niccolò Paganini (1782–1840). Er entlockte seiner Geige hinreißende Töne und dies in einem solch wahnwitzigen Tempo, dass seine Auftritte das Publikum an den Rand der Ekstase gebracht haben sollen. »Dämonisch« war nur ein Begriff, mit dem man sein Geigenspiel zu beschreiben versuchte. Einmal behauptete ein Zuhörer sogar, er habe den Satan neben Paganini stehen und seinen Bogen führen sehen!*

Ein Kind stellt fest, dass es besser klingt, den Bauklotz gegen die Kommode zu schlagen als auf den Boden: Damit ist der Resonanzkörper erfunden. Viele solcher Erfindungen führten zu unseren heutigen Instrumenten.

Bei den *Saiteninstrumenten* denkt man vor allem an die Streichinstrumente: Die meist vier Saiten werden mit einem Bogen in Schwingung versetzt, diese Schwingungen übertragen sich auf den Resonanzkörper aus Holz. Der wieder verstärkt die Schwingungen und gibt sie als Töne weiter. Die linke Hand des Spielers drückt die Saiten auf dem Griffbrett herunter und erzeugt so verschiedene Tonhöhen.

Die **Violine**, auch *Geige* genannt, wird unter dem Kinn gehalten. Ihre Klangfarbe reicht von schmelzend bis brillant. Sie ist ein hervorragendes Soloinstrument – das weiß man nicht erst seit dem **»Teufelsgeiger«**. Die *Viola* oder *Bratsche* klingt tiefer als die Violine, ihr Resonanzkörper ist größer. Das *Violoncello* ist so groß, dass man es zwischen den Knien halten muss. Der *Kontrabass* schließlich ist das größte Streichinstrument. Der Spieler steht oder sitzt auf einem Basshocker (ähnlich einem Barhocker) und muss Saiten drücken, die zehnmal so dick sind wie die einer Violine!

*Geige*

Zupfinstrumente wie die *Gitarre* funktionieren ähnlich wie die Streichinstrumente, nur dass die Saiten mit den Fingern gezupft oder mit einem Plektrum geschlagen werden. Die Gitarre hat zumeist sechs Saiten. Die *Harfe* dagegen hat bis zu 48 Saiten, den großen, geschwungenen Resonanzboden und die Pedale, mit denen die Saiten verlängert oder verkürzt werden.

Auch Tasteninstrumente gehören zu den Saiteninstrumenten. Beim *Klavier* oder *Flügel* werden die Saiten durch kleine Hämmerchen, die durch Hebel mit den Tasten verbunden sind, zum Schwingen gebracht, beim *Cembalo* durch Anreißen der Saiten mit Federkielen (heute auch aus Kunststoff).

*Blasinstrumente* erzeugen Töne, indem eine Luftsäule in einer Röhre

in Schwingung versetzt wird. Die Formen, Materialien, Mundstücke und die verschiedenen **Ansätze** beim Blasen bewirken, dass die Instrumente so verschieden klingen. Unter die Holzbläser fallen die *Block-* und die *Querflöte*, die *Oboe*, die *Klarinette* und das *Fagott*. Blechbläser sind das *Horn*, die *Trompete*, die *Posaune* und die *Tuba*.
Und auch die **Orgel** ist ein Blasinstrument! Gut, dass man schon im dritten Jahrhundert v. Chr. eine Wasserdruckvorrichtung erfand, sodass man die Pfeifen nicht selbst anblasen musste. Heute funktionieren Orgelgebläse elektrisch.
Unter *Schlagzeug* versteht man *Schlaginstrumente*. Es gibt zwei Arten von Schlaginstrumenten: solche, bei denen man die Tonhöhen genau bestimmen kann wie z. B. beim *Xylofon* oder beim *Vibrafon*, und solche, bei denen nur eine einzige Tonhöhe möglich ist, wie bei *Trommeln*, *Becken* oder *Gongs*.
Die *Pauken* sind wohl die ältesten Schlaginstrumente.
Mitte des letzten Jahrhunderts traten vermehrt die *elektronischen Instrumente* hinzu. Dies sind nicht nur beispielsweise *elektrische Klaviere* oder *E-Gitarren*, sondern auch Synthesizer. Bei elektrischen Instrumenten wird der Klang nur elektrisch verstärkt (und evtl. verändert, z.B. E-Gitarre); bei elektronischen Instrumenten *künstlich (also elektronisch) erzeugt (z. B. Synthesizer)*.
Außerdem hat sich die neuere Musik allen möglichen Klängen geöffnet und sie salonfähig gemacht: Motorenlärm oder Hupen sind nichts Außergewöhnliches mehr im Konzertsaal. Ein Höhepunkt dieser Entwicklung dürfte wohl das *Helikopter-Quartett* von Karlheinz Stockhausen (*1928) sein, bei dem vier Hubschrauber mit Piloten zum Instrumentarium gehören.

***Was versteht man unter »Ansatz«?***
*Beim Blasinstrumentenspiel ist das die Stellung der Lippen beim Anblasen. Ein Hornist muss zum Beispiel einen »Schmollmund« für die tiefen Töne machen, für die hohen Töne einen Mund, als ob er in eine Zitrone gebissen hätte. Am Ansatz zeigt sich – so sagt man – das wahre bläserische Können.*

***Wann wurde die Orgel zu einem Kircheninstrument?***
*Erst ab dem siebten Jahrhundert nach Christus wurde die Orgel nach und nach zu einem wesentlichen Teil des Gottesdienste. Vorher stand sie eher in der Arena oder im Theater! Sie wird oft als die Königin der Instrumente bezeichnet, weil sie sehr viele Klangmöglichkeiten in sich vereint.*

**BEMERKENSWERTES**

**Von stattlichem Alter**

**Die Harfe hat es nicht nur geschafft, sich einen festen Platz im Orchester zu erobern, sondern sie hat es Frauen ermöglicht, einen Fuß in die (in Deutschland) von Männern dominierte Orchesterwelt zu setzen; die Harfe wurde und wird überwiegend von Frauen gespielt. Seit dem dritten Jahrtausend v. Chr. sind Harfen bekannt – in einfachen Formen mit drei bis sieben Saiten. Ihr Alter ist der Grund dafür, dass die Harfe eines der am häufigsten dargestellten Instrumente in der Kunst ist.**

Seit der griechische Gott Apollon (Gott der Ordnung, des Friedens, der Weisheit und der Reinheit) auf seiner **Lyra** gespielt und dazu gesungen, der griechische Gott Dionysos (Gott der Trunkenheit, der Besessenheit und der Ekstase) hingegen auf seinem **Aulos** geblasen hat, wird unterschieden: *Jene* Musik ist gut, weil moralisch, und *diese* Musik ist schlecht, weil unmoralisch.

***Waren Lyra und Aulos die ersten Instrumente?***

*Nein, natürlich nicht. Lange bevor die Griechen auf der* Lyra *(bestehend aus einem Schallkörper, Seitenarmen und meist sieben Saiten) spielten oder den* Aulos *(Blasinstrument aus zwei einzelnen Rohren, meist paarweise gespielt, d. h., jede Hand bedient ein Rohr) bliesen, gab es die verschiedensten Instrumente: Schilfrohrflöten, Schlaginstrumente, Rasseln, Winkelharfen . . . Man kann sagen: Seit der Gründung der sumerischen Stadtstaaten um 3500 v. Chr. arbeiteten die Menschen ernsthaft daran, sich mittels Musik auszudrücken.*

Damals war die »gute« Musik die des Apollon, weil er zur Lyra sang, also Worte benutzte. Das spricht den Verstand an. Musik konnte folglich, so eine gebräuchliche Ansicht in der Antike (besonders bei Platon), als Erziehungsinstrument genutzt werden; einige Leute gingen sogar davon aus, dass mit einer bestimmten Musik bestimmte Laster geheilt werden könnten.

Dionysos dagegen spielte reine Instrumentalmusik, die eng mit dem Tanz verbunden war und die Leute deshalb vom Denken abhielt. Das war die »schlechte« Musik (die natürlich genauso praktiziert wurde wie die »gute«).

In den ersten Jahrhunderten nach Christus sah sich dann die entstehende Kirche vor die Aufgabe gestellt, mit dieser musikalischen Tradition umzugehen – denn die Christen erfanden die Musik ja nicht neu. Die Anschauung von der »guten« und »schlechten« Musik wurde in andere Worte gekleidet: Musik war, wenn sie »gut« war, ein Mittel der geistigen Erhöhung, wenn sie »schlecht« war, ein Werkzeug des Teufels. Vorsichtshalber wurden alle Instrumente – bis auf die Orgel – in der Kirche verboten. Also sangen die Mönche Psalmen oder die so genannten **gregorianischen Gesänge.** „Auch hier diente die Musik ausschließlich dazu, den (biblischen) Text zu untermalen!“ Die Instrumentalmusik und der Tanz fanden außerhalb der Kirche statt.

***Gregorianischer Gesang? Was heißt das?***

*Bei gregorianischen Gesängen singen die Mönche einstimmige Melodien zu lateinischen Texten. Man sagt, dass Papst Gregor I. (um 600 n. Chr.) Melodien gesammelt habe, deshalb seien sie nach ihm benannt.*

Als ein paar Jahrhunderte später (ca.10.–12. Jh. n. Chr.) der Gesang in der Kirche doch kunstvoller und mehrstimmiger wurde, standen die Kritiker wieder bereit: Musik solle Askese sein, Mittel zur Hinwendung zu Gott, und kein wohlgefälliger Klang, der die Ohren betöre und die Seelen der Menschen verwirre.

Wie schon in der Antike ließen sich neugierige Komponisten nicht davon abhalten, mit Klängen zu experimentieren. **Leonin** und **Perotin** waren zwei solche Meister aus der zweiten Hälfte des zwölften Jahrhunderts.

Ende des Mittelalters schwand das Interesse an diesem Streit. Die Musik-Fachleute begannen die Musik selbst zu untersuchen, sich nach ihrer Schönheit zu fragen und nicht nur danach, was sie ausrichtet.

Spätmittelalterlicher Musikant

***Wer sind Leonin und Perotin?***

*Beide sind die Ersten, die in der abendländischen Musikgeschichte als Komponisten mehrstimmiger Werke namentlich genannt werden. Sie waren also die musikalische Avantgarde des ausgehenden zwölften Jahrhunderts!*

Allerdings ist die uralte Ansicht, dass Musik Schlechtes bewirken kann, bis heute zu finden. Neue, fremd klingende Musik ist für viele Leute immer zunächst verdächtig. So war es beim Jazz und beim Rock 'n' Roll. Und die Leute wiederum, die früher Anstoß erregten, weil sie wie wild den Rock 'n' Roll tanzten, empfinden heute die Techno-Musik als gefährlich.

**BEMERKENSWERTES**

**Die weltliche Musik**

**Trotz der Strenge und des Eifers der Kirche bezüglich »guter« Musik entwickelte sich auch die weltliche Musik, vor allem ab dem zwölften Jahrhundert: Beispielsweise wanderten Straßensänger durch die Lande (so genannte Vaganten) und sangen. Sie trugen ihre Lieder nicht zum Gotteslob, sondern zum Lobe der Frauen und des Weines vor. Oder sie sangen satirische Lieder, die sich gegen die Geistlichkeit richteten!**
**In höheren Kreisen sangen zum Beispiel die Troubadours in Frankreich von höfischer Liebe.**

***Was heißt »ernste Musik«?***
*Ernste Musik oder E-Musik meint »ernst zu nehmende«, im Sinne von kulturell wertvolle Musik. Das Gegenteil ist die U-Musik oder Unterhaltungsmusik. Die Unterscheidung gibt es schon seit Beginn des letzten Jahrhunderts – sie hat heute keine große Bedeutung mehr, da die Grenzen zwischen U-Musik und E-Musik fließend geworden sind. Vieles, das heute zur »E-Musik« gezählt wird, wurde zur Zeit seiner Entstehung zur puren Unterhaltung gespielt!*

***Wie kann man Empfindungen musikalisch ausdrücken?***
*Im Barock entstand die Lehre, dass leidenschaftliche Erregungszustände und Empfindungen musikalisch genau ausgedrückt werden können. Zum Beispiel: Die Musik spielt schnell, das bedeutet Freude; die Musik spielt langsam, das bedeutet Trauer.*

***Was bedeutet »Monodie«?***
*Das ist Sologesang, der instrumental begleitet wird.*

Klassisch? Heute werden Dinge schon als klassisch bezeichnet, die länger als eine Saison überleben! In der Musikgeschichte denkt man noch etwas langfristiger: »Klassische Musik« meint – zumindest in diesem Kapitel – die **»ernste Musik«** von der Renaissance (Mitte 14. Jahrhundert bis Ende 16. Jahrhundert) bis heute.

Die Kirchenmusik, das heißt die mehrstimmigen Gesänge, entwickelten sich in der Renaissance weiter, sie wurden kunstvoller. Außerdem bekam die Kirchenmusik ernsthafte Konkurrenz: Auf weltlicher Seite konnten Musiker durch die Erfindung des Notendrucks (um 1500) das Musizieren viel besser erlernen und Musikmachen wurde zu einer beliebten Beschäftigung, der man gerne in der Gruppe nachging. An den königlichen und fürstlichen Höfen entdeckte man die reine Instrumentalmusik als Tanzmusik. Doch letztlich dominierte noch immer die mehrstimmige Vokalmusik, also gesungene Musik.

Das änderte sich im *Barock* (Ende 16. Jahrhundert bis Mitte 18. Jahrhundert) recht schnell. Denn jetzt ging es um den musikalischen Ausdruck von **Empfindungen.** Dazu bedurfte es anderer Mittel als der »einförmigen« Mehrstimmigkeit – nun mussten Kontraste her: hoch/tief, schnell/langsam, einer/alle.
Am allerneuesten war die **Monodie**, die sich im Zusammenhang mit der gerade entstehenden Gattung der Oper entwickelte.
Die reine Instrumentalmusik diente den immer bombastischer werdenden Festen an den Höfen zur Untermalung – bevor sie sich in der *Klassik* (Mitte des 18. Jahrhunderts bis 1827, dem Tode Beethovens) verselbstständigte und in die Konzertsäle abwanderte: Kultur war nun kein Vorrecht für Fürsten mehr.
»Klassisch« meint – nach einer Abkehr vom barocken Pomp – schlicht, ebenmäßig und mustergültig. Diejenigen musikalischen Gattungen bildeten sich bis zur Vollendung heraus, die bis heute das Konzertrepertoir bestimmen: **Sinfonie,** Kammermusik (z. B. Streichquartett, das sind immer zwei Violinen, eine Viola und ein Violoncello) und **Sonate.** Die Komponisten Joseph Haydn (1732–1809), Wolfgang Amadeus Mozart (1756–1791) und Ludwig van Beethoven (1770–1827) bildeten das klassische Dreigestirn. In der Klassik, so sagt man, haben alle Komponisten irgendwie »an einem Strang gezogen« und in eine ähnliche Richtung gearbeitet. Das kann man von den anderen Zeiträumen bzw. Epochen nicht sagen. Vielleicht fasziniert uns die Klassik deshalb auch heute noch so.

In der *Romantik* lag der Schwerpunkt nicht mehr auf der Ebenmäßigkeit. Priorität hatte der Gefühlsgehalt der Musik (deshalb kann man bei romantischen Stücken meistens so schön »schwelgen«). Dass dabei die musikalischen Formen gesprengt wurden, nahm man gerne und oft mit Absicht in Kauf.

Zu Beginn des 20. Jahrhunderts standen die Komponisten vor den »Trümmern der Tradition«; bewusst zerstörten sie dann noch die letzten Reste. Weil aber für unsere Ohren diese Traditionen sehr harmonisch klingen, empfinden wir die Musik unseres Jahrhunderts oft als schräg oder unharmonisch. Dabei ist sie hochinteressant und entspricht möglicherweise eher unserer jetzigen Lebenswelt als die Musik früherer Zeiten.

***Woher kommt das Wort »Sinfonie«?***
Sinfonie *oder* Symphonie *kommt aus dem Griechischen und bedeutet »Übereinstimmung«, »Harmonie«, und »Zusammenklang«.*

***Was ist eine Sonate?***
*Es kommt von lateinisch* sonare *(klingen), heißt also eigentlich »Klingstück«. Eine Sonate hat meist mehrere Sätze und wird von wenigen, oft sogar nur einem Instrument gespielt (Solosonate).*

**BEMERKENSWERTES**

**Musik im Kleinformat**

**Kammermusik ist früher ganz und gar nicht für den großen Konzertsaal komponiert worden: Ursprünglicher »Aufführungsort« (im 17. Jahrhundert) war die höfische Kammer, also das Zimmer, in dem man sich zum Musizieren traf. Viele Werke dieser Gattung sind auch im 18. Jahrhundert, als die Kammermusik ihre erste Blütezeit hatte, nur dazu geschrieben worden, um musizierenden Menschen Freude zu bereiten, und nicht, um ein Publikum zu begeistern.**

# OPER UND OPERETTE

***Welchen Platz hat die Ouvertüre?***
*Die Ouvertüre ist das instrumentale Eröffnungsstück einer Oper. Häufig kann man in der Ouvertüre schon die musikalischen Hauptthemen der Oper heraushören: Die Ouvertüre führt in die Oper ein.*

***Was ist eine Arie?***
*Die Arie ist ein Sologesangsstück mit Instrumentalbegleitung.*

***Was heißt »Repertoire«?***
*Das Wort kommt aus dem Französischen und heißt »Verzeichnis« oder »Fundstätte«. Es wird in mehreren Bedeutungen gebraucht: Einerseits meint es die Gesamtheit der Musikstücke, die ein einzelner Musiker beherrscht. Andererseits ist ein »Repertoirestück« eines, das sich lange auf dem Spielplan eines Opernhauses hält und deshalb zum Repertoire, also zu dessen Vorrat gehört.*

Der Kabarettist Hans Liberg meint: »Oper, das ist, wenn einer mit dem Messer gestochen wird, dass er anfängt zu singen, statt die Polizei zu rufen.« Das ist Oper, aber Oper ist mehr!
In der Oper passiert unglaublich viel: Da wird gesungen, und zwar allein oder zu mehreren, gesprochen, geschauspielert, da spielt das Orchester – bisweilen allein, vor allem bei der **Ouvertüre**, meistens aber zusammen mit den Sängern. Es gibt die Kostüme, die Kulissen, die Bühne . . .
Zumindest ist das so in der Blütezeit der Oper, die wir hier mit Wolfgang Amadeus Mozart (1756–1791) beginnen lassen. Mozart hat unsterbliche Opern geschaffen wie beispielsweise *Figaros Hochzeit:* Ein Fürst möchte vor der Hochzeit zweier Untergebener noch schnell die junge Frau verführen, doch seine Untertanen sind schlau und gewitzt und wissen sich zu wehren.
In *Don Giovanni* muss der erfolgreiche Verführer am Schluss seinen Lebenswandel büßen, indem er von der Hölle verschlungen wird. Diese Oper hat eine der hinreißendsten »Nebenrollen« der Operngeschichte: die des Dieners Leporello, der Don Giovannis Abenteuer begleitet, kommentiert und dokumentiert.
Die *Zauberflöte* ist vor allem wegen der **Arie** der Königin der Nacht bekannt, die Handlung ist märchenhafter als die der anderen Mozart-Opern. Auch hier siegt das Gute.

Der Italiener Giuseppe Verdi (1813–1901) hat eher die dramatischen Stoffe bevorzugt. So legte er unter anderem bei den Opern *Macbeth* und *Otello* Dramen von William Shakespeare zu Grunde, bei denen es in der Tat um Leben und Tod geht. Zwei weitere sehr bekannte Opern von Verdi sind *Rigoletto* und *La Traviata.* Verdis Opern gehören heute noch an vielen Opernhäusern zum **Repertoire**.

**Richard Wagner** (1813–1883) hingegen schrieb seine Texte selbst. Einige seiner Opern (*Der Ring des Nibelungen,* bestehend aus *Das Rheingold, Die Walküre, Siegfried, Götterdämmerung)* gründen auf der nordischen Mythologie, weshalb Wagner sich in den **Libretti** des Stabreims bediente. Das klingt so: »**W**interstürme **w**ichen dem **W**onnemond . . .« Wagner war ein großer Neuerer der Operngeschichte, er ging von der Oper als **Gesamtkunstwerk** aus. Seine Opern haben an deutschen Opernhäusern zurzeit wieder Hochkonjunktur.

Die Oper *Salome* von Richard Strauss (1864–1949) gründet sich auf die Biblische Geschichte: Salome verlangt auf Anraten ihrer Mutter zum Dank für ihren Tanz von ihrem Stiefvater Herodes den Kopf von Johannes dem Täufer. Diese Oper war eine musikalische Sensation (und deshalb auch gleich ein Riesenskandal). Strauss verfolgte seine moderne Tonsprache aber nur kurz weiter und schwenkte wieder ein auf weniger skandalträchtige Bahnen wie zum Beispiel beim *Rosenkavalier.*

***Was versteht Wagner unter »Gesamtkunstwerk«?***
*Wagner war der Meinung, dass Worte und Musik in der Oper schlichtweg verschmolzen sein müssen und deshalb der Komponist auch selbst der Dichter sein muss.*

Die Operette ist, was ihre Berühmtheit anbelangt, nie richtig aus dem Schatten ihrer großen Schwester, der Oper, herausgetreten. Am bekanntesten dürfte wohl *Die Fledermaus* von Johann Strauss (1825–1899) sein, ein heiteres Bühnenstück mit zahlreichen Verwechslungen, viel Champagner (weshalb die Operette gerne zu Silvester aufgeführt wird) und der groß angelegten Versöhnung am Schluss.

***Was versteht man unter »Libretto«?***
*Ein Libretto ist das (kleinformatige) Textbuch einer Oper, deshalb natürlich auch der Text an sich. »Libretto« ist die Verkleinerungsform von* Libro *– auf italienisch »Buch« –, heißt also »Büchlein«.*

**BEMERKENSWERTES**

**Don Giovannis Diener**

**»Leporello«, so heißen kleine, harmonikaartig zusammengefaltete Bilderbücher oder Broschüren. Diesen Namen haben sie vom Diener Don Giovannis, der in seiner berühmten »Registerarie« dem erstaunten Publikum vorliest, wie viele Frauen Don Giovanni in vielen Ländern verführt hat. Leporello hat dies alles sorgfältig auf Papier vermerkt, musste sich aber auf Grund der immensen Anzahl an Frauennamen dieser Falttechnik bedienen . . .**

***Was ist ein »Thomaskantor«?***
*Zu Bachs Zeiten war ein Kantor der Schulgesangslehrer, der für die protestantische Schulmusik verantwortlich war. Die Thomaner sind noch heute der berühmte Chor der Thomaskirche in Leipzig.*

***Was ist ein Requiem?***
*Ein Requiem ist eine Totenmesse. Der Name leitet sich von den Worten ab, die eine solche Messe immer einleiten:* »Requiem aeternam« *– das ist Lateinisch und heißt »ewige Ruhe«. Die Legende sagt, dass Mozart das Requiem wirklich auf dem Sterbebett komponierte, und zwar für einen unbekannten Auftraggeber . . .*

***Ist ein Liederzyklus eine Aneinanderreihung mehrerer Lieder?***
*Im Prinzip ja – die Lieder eines Zyklus gehören auch inhaltlich zusammen.*

Johann Sebastian Bach (1685–1750) halten viele für den größten Komponisten. Er hat nicht nur Musik für verschiedene Instrumente geschrieben (z. B. *Das Wohltemperierte Klavier* oder *Toccata und Fuge in d-moll* für die Orgel), sondern auch Chorwerke, die den Zuhörern heute noch Tränen in die Augen treiben (z. B. die *Matthäus-Passion*). Er muss auch ein Genie an der Orgel gewesen sein. Bach wurde von mehreren Fürstenhöfen beschäftigt; den wichtigsten Teil seines Lebens verbrachte er als **Thomaskantor** in Leipzig. Bach war zweimal verheiratet. Einige seiner zahlreichen Kinder wurden selbst berühmte Musiker.

Wolfgang Amadeus Mozart (1756–1791) hingegen bezeichnen viele als »Wunder«, als »göttlich«. Mozart hatte vermutlich kein besonders glückliches Leben. Er starb jung und verarmt in Wien. Doch er komponierte Werke von unglaublicher Herrlichkeit (Klavierkonzerte, Streichquartette, Messen . . .). Dies tat er meist in so kurzer Zeit – beispielsweise drei Sinfonien in zwei Monaten –, dass man es kaum glauben kann. Mozarts letztes Werk ist das berühmte **Requiem**; er konnte es nicht mehr selbst vollenden.

Ludwig van Beethoven (1770–1827) sagt man nach, dass er selbstbewusst, ja ungebärdig war – wie seine Musik. Beethoven lebte, im Gegensatz zur Musikergeneration vor ihm, nicht in Abhängigkeit von Fürsten. Er hatte zwar Gönner, die ihn bezahlten und unterstützten, aber nach deren Geschmacksvorstellungen er sich nicht richtete. Beethoven hat u. a. die berühmten neun Sinfonien geschrieben, fünf Klavierkonzerte, Klaviersonaten (z. B. die *Mond-*

*Ludwig van Beethoven*

*scheinsonate*), Streichquartette, kleinere Klavierwerke (z. B. *Für Elise)* und Chorwerke wie die *Missa solemnis.*
Franz Schubert ( 1797–1828) lebte zur gleichen Zeit wie Beethoven in Wien. Er komponierte neben wunderschöner Klaviermusik Sinfonien, Kammermusik (z. B. das Streichquartett *Der Tod und das Mädchen*) und vor allem über 600 Lieder – darunter so unsterbliche **Liederzyklen** wie *Die schöne Müllerin und Die Winterreise,* oder einzelne Lieder wie *Die Forelle* oder *Der Erlkönig.* Franz Schubert starb sehr früh.
Fryderyk (Frédéric) Chopin (1810–1849) komponierte ausschließlich reine Klavierwerke oder Werke mit Klavierbegleitung. Der gebürtige Pole ging als junger Mann nach Paris, wo er nicht nur schnell als Pianist und Komponist bekannt, sondern auch ein gefragter Lehrer wurde. Chopin erkrankte an Tuberkulose. In Begleitung der französischen Schriftstellerin George Sand reiste er nach Mallorca, um sich einer Kur zu unterziehen. Leider war die Kur nur von vorübergehendem Erfolg. Auch Chopin verstarb wie viele seiner Berufsgenossen »zu früh«.
Spätestens mit Arnold Schönberg (1874–1951) war die musikalische Tradition an ihrem Ende angelangt. »Musik«, so sagte Schönberg, »soll nicht schmücken, sie soll wahr sein.« Der Verzicht auf die Regeln, die in der Musik im Laufe der Zeit entstanden sind, ließ Schönbergs Musik für ungeübte Hörer zunächst nur **»disharmonisch«** klingen; es dauerte lange, bis man Schönberg verstand. Seine **Zwölftonmusik** war Ausgangspunkt für viele weitere musikalische Entwicklungen im 20. Jahrhundert.

***Was bedeutet »Zwölftonmusik«?***
*In einer Tonfolge, einer »Reihe«, muss jeder der zwölf in der westlichen Musik existierenden Töne einmal vorkommen. Dann kann die Reihe verarbeitet werden. Das hat zur Folge, dass jeder Ton gleichberechtigt ist und keiner über den anderen dominiert, wie es bisher der Fall war.*

***Was ist »harmonisch« und »disharmonisch«?***
*Auch heute noch gründen sich unsere Hörgewohnheiten auf die europäische Harmonielehre, die sich von etwa 1600 an entwickelt hat und von den Klangbeziehungen der Töne handelt. Die Kombination bestimmter Töne (= Akkorde) werden als harmonisch, also zusammenpassend empfunden, andere dagegen als disharmonisch, also unpassend oder zumindest spannungsvoll!*

### BEMERKENSWERTES

**Der taube Komponist**

**Bereits mit 30 Jahren war sich Beethoven darüber bewusst, dass sein Gehör nachließ, ja, dass er vermutlich taub werden würde. Da er auch als Pianist und Klavierlehrer tätig war, war das zumindest finanziell und gesellschaftlich eine Katastrophe für ihn. Beethoven ließ sich trotzdem nicht daran hindern, weiterhin phantastische Werke zu komponieren. Die neunte Sinfonie schrieb er zum Beispiel so gut wie taub. Bei der Uraufführung musste ihn ein Freund am Ärmel zupfen, weil er in sich versunken auf einem Stuhl saß und gar nicht gemerkt hatte, dass die Sinfonie zu Ende war und das Publikum tosend applaudierte.**

***Woher kommt das Wort »Blues«?***
*Der Begriff kommt aus der englischen Umgangssprache, in der das Wort* blue *so viel wie »traurig« »schwermütig« oder »melancholisch« bedeutet.*

***Was bedeutet »improvisieren«?***
*Beim Improvisieren erfindet ein Musiker Musik und spielt sie im selben Augenblick auch schon. Letzteres ist der Unterschied zum Komponieren: Da wird die Erfindung erst schriftlich fixiert, um später vom Interpreten zum Klingen gebracht zu werden. Das Improvisieren spielt im Jazz eine große Rolle. Doch schon in der Barockmusik bis hin zur Klassik ist viel improvisiert worden.*

***Wann wurde das Saxofon erfunden?***
*Das Saxofon wurde Mitte des 19. Jahrhunderts erfunden, und zwar von Adolphe Sax – daher sein Name. Es fand zunächst in der Militärmusik Verwendung und trat ab ca. 1920 seinen Siegeszug im Jazz an. In klassischen Orchestern taucht es eher selten auf.*

Als zu Beginn des 19. Jahrhunderts schwarze Sklaven von Afrika nach Amerika verschleppt wurden, um auf den Baumwollplantagen zu arbeiten, brachten sie auch ihre Lieder und ihre Rhythmen mit. Diese verbanden sie mit den traditionellen Liedern der weißen Sklavenhalter und es entstand der **Blues.** Blues wird meist gesungen und klingt eher traurig. Die Sklaven hatten schließlich ein schweres Los zu tragen.
Nun könnte es so gewesen sein, dass die Menschen zu den fröhlicheren Anlässen, die es wohl auch gegeben hat, die Musik schneller spielten und mehr ausschmückten. Bekannte Melodien wurden von Instrumentalisten aufgenommen und darüber **improvisiert** – so ist vermutlich der Jazz entstanden. Einer der bedeutendsten Jazztrompeter war Louis Armstrong (1900–1971), dessen Interpretationen noch heute gerne gehört werden. John Coltrane (1926–1967) hingegen war ein Meister am **Saxofon** – Saxofon und Jazz werden vielerorts in einem Atemzug genannt.

Der Jazz hat sich heute musikalisch sehr weit von der restlichen populären Musik getrennt, trotz gemeinsamer Wurzel, dem Blues:
In den 50er-Jahren tanzten die Teenager schon hauptsächlich zum Rock 'n' Roll. Hierfür wurde ein »King« gekrönt, Elvis Presley, der das Sexsymbol für die überwiegend weißen Jugendlichen darstellte. Der Rock 'n' Roll verbreitete sich in atemberaubender Geschwindigkeit auf der ganzen Welt.

Nach Elvis' schwingenden Hüften waren es dann in den 60ern vor allem die Beatles, die die Teenager entweder aufmüpfig werden oder in Ohnmacht fallen ließen. Die vier Liverpooler waren musikalisch lange tonangebend und sie komponierten so unterschiedliche Songs wie *Yellow Submarine* und *Revolution Number 9.* Manche Menschen zählen die Beatles zu den vier großen »B« der Musikgeschichte: **B**ach, **B**eethoven, **B**rahms, **B**eatles . . .

Der wahre Elternschreck der 60er wurden aber schnell die Rolling Stones: aggressiver, härter und rockiger. Mick Jaggers berühmt gewordener Griff zwischen seine Beine ließ nun auch die Elterngeneration in Ohnmacht sinken, vermutlich nicht aus Begeisterung.

Alle weiteren Richtungen – Psychedelic, Funk, Polit-Rock, Punk, Disco, New Wave und, und, und – hatten eins gemeinsam: Sie waren zunächst Ausdruck eines Lebensgefühls von zumeist jungen

Die Beatles

***Was meint der Begriff »Mainstream?«***

*Mainstream bedeutet die »Hauptrichtung«, also das, was von den meisten Leuten gehört und für gut befunden wird, was die größten Konzertsäle füllt und am häufigsten in den Medien zu hören und zu sehen ist.*

Leuten. Sie wurden »entdeckt«, kommerzialisiert und dienten dann – auch – wirtschaftlichen Zwecken. Ein immer noch aktuelles Beispiel ist der Rap: erst politisches Sprachrohr der schwarzen Jugend, mittlerweile ein weltweiter Stil und ein großes Geschäft.

Noch kalkulierter lässt sich im Zeitalter von MTV durch bloße Inszenierung Geld verdienen: Entweder setzt man sich selbst in Szene (wie Madonna) oder man wird in Szene gesetzt (wie manche Boy- oder Girlgroups). Die Qualität der Musik spielt vielerorts eine weniger große Rolle. Das bezeichnet man als **Mainstream**. Nebenher gab und gibt es immer eine fruchtbare und aufregende Vielfalt in der Pop- und Rockmusik – und das schon lange nicht mehr nur von und für Jugendliche.

## BEMERKENSWERTES

### Pop und Rock

**»Pop« lediglich als Abkürzung von »populär« zu sehen, wäre zu wenig. *To pop* heißt im Englischen auch »zerstoßen, zerplatzen«, hat also einen radikalen Unterton: Die Zerstörung von eingefahrenen Traditionen und Lebensweisen ist damit gemeint. Meist wird Popmusik von Rockmusik unterschieden, doch das eher intuitiv, indem man z. B. die Beatles dem Pop, die Rolling Stones hingegen dem Rock zuordnet. Eine exakte Definition finden zu wollen, würde schwierig werden, aber das spricht für die Vielfalt der Popmusik.**

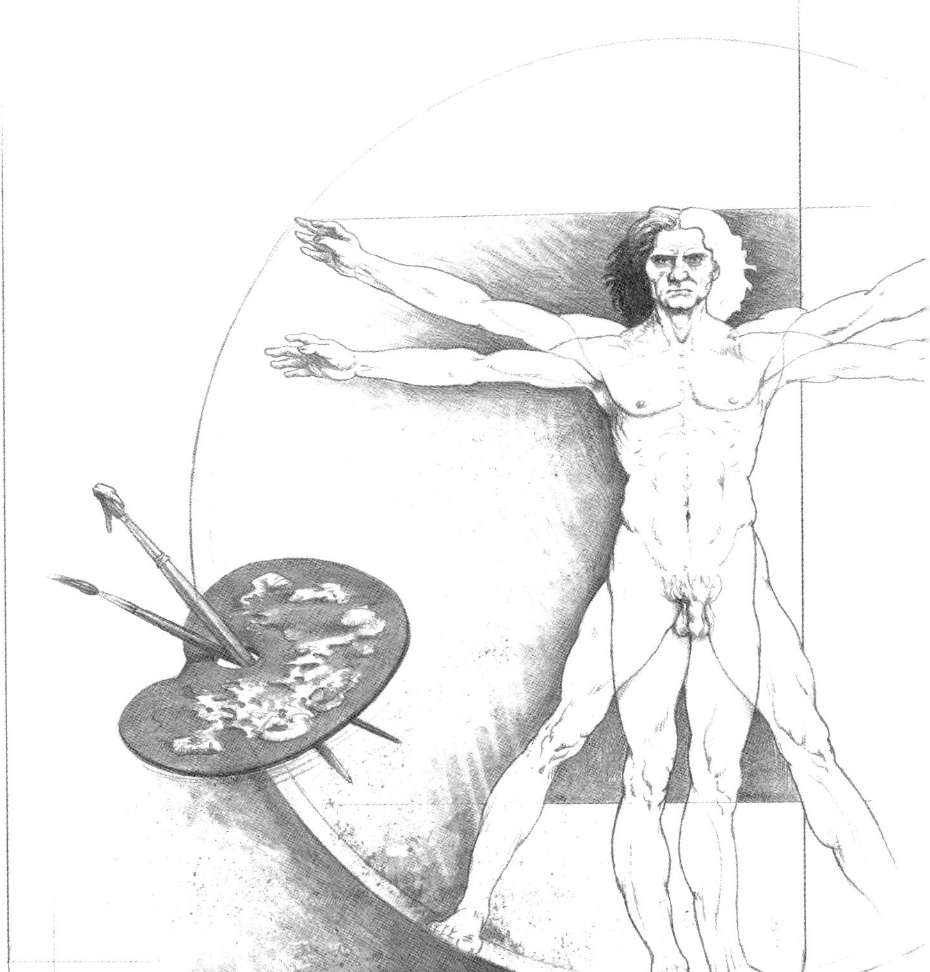

# KUNST

## Die Höhlenmalerei

***Wie wurde die Höhle von Lascaux entdeckt?***
*Durch das Missgeschick eines Hundes. 1940 gingen zwei Jungen in Südwestfrankreich mit ihrem Hund spazieren, als dieser plötzlich in einem Erdloch verschwand. Bei seiner Bergung entdeckte man den Zugang zu der prähistorischen Höhle.*

***Warum sind die Tierbilder in Lascaux und Altamira so naturgetreu?***
*Man vermutet, dass die Tierbilder in den genannten Höhlen möglicherweise nicht nur einem Tötungskult dienten, sondern dass mit der möglichst lebensechten Darstellung der Tiere diese auch »erschaffen« werden sollten. Diese Höhlenbilder – so vermuten Wissenschaftler – stammen nämlich aus einer Epoche, in der die Tierherden auf Grund veränderter Klimabedingungen nach Nordeuropa zogen und die Jagdbeute somit immer spärlicher ausfiel.*

Die ältesten bekannten künstlerischen Zeugnisse des Menschen stammen aus der Altsteinzeit (Paläolithikum) und sind etwa 35.000 Jahre alt.
Zu jener Zeit waren die Menschen bereits in der Lage, einfache Werkzeuge und Waffen aus Stein herzustellen. Sie wohnten in Höhlen oder unter Felsüberhängen und jagten die damals in großen Herden durch Europa ziehenden Rentiere, Bisons und Urrinder.
Die eindrucksvollsten Kunstwerke der Altsteinzeit fand man in Höhlen in Altamira in Spanien und in **Lascaux** in Südwestfrankreich. Sie zeigen erstaunlich lebendige und naturgetreue Tierdarstellungen. Der Steinzeitkünstler ritzte oder malte die Tierumrisse in die Höhlenwand und malte sie mit Erdfarben aus. Manchmal nutzte er auch die natürlichen Wölbungen der Höhlenwand, um ein Motiv plastisch zu gestalten.
Doch warum sind viele der **Tierbilder** übereinander gemalt, was bedeuten die Striche, die oftmals auf das Tier gerichtet sind, und warum befinden sich die Malereien meist tief im Innern der Höhle an schwer zugänglichen Orten?
All das spricht dafür, dass die Tierbilder Bestandteil eines magischen Rituals, eines Jagdzaubers waren. Der steinzeitliche Jäger machte scheinbar keinen Unterschied zwischen dem realen Tier und dessen Abbildung. Indem er das Abbild in der Höhle »erlegte«, glaubte er den Geist des echten Tieres zu töten (siehe Abb. im Farbteil). Diese magische »Jagd« wurde oft durch aufgemalte Pfeile oder Speere symbolisiert. Wurde ein Tier auf diese Weise erlegt, war seine Darstellung nutzlos geworden und konnte übermalt werden.

## Ägyptische Kunst

Der Unterschied zwischen dem Leben der Steinzeitmenschen und dem der alten Ägypter ist gewaltig: Die Ägypter bauten Städte und lebten in einer fest gefügten Gesellschaftsordnung. Sie dokumentierten ihr Leben und ihre Religion nicht nur mit zahlreichen in Stein gemeißelten Bildern und Statuen, sondern entwickelten auch eine eigene Schrift: die **Hieroglyphen**.
In der Vorstellungswelt der Ägypter war der oberste Herrscher, der

Pharao, zugleich ein Gott, dessen Geist »Ka« nach dem Tod weiterlebte. Als Behausung für diesen Geist sollten die prächtig ausgeschmückten Grabmäler und der einbalsamierte Leichnam dienen. In den Grabmälern fand man zahlreiche Darstellungen des Pharaos und anderer Gottheiten verbunden mit Schilderungen des Alltagslebens (siehe Abb. im Farbteil). Die Kunst der Ägypter war somit eine höfische und religiöse Kunst. Ihre Ausführung war eine kultische Handlung, für die strenge Regeln und Formeln galten, die teilweise über 1.800 Jahre unverändert blieben.

Dem ägyptischen Künstler ging es in erster Linie um Klarheit der Aussage und um eine strenge Ordnung des Dargestellten. Bei den **Reliefs** ist das Bild durch so genannte Standlinien in mehrere waagerechte Ebenen unterteilt, auf denen sich parallel verschiedene Szenen abspielen. Ein Pharao oder eine andere wichtige Persönlichkeit wird dabei meist größer dargestellt als alle anderen Personen, denen weniger Bedeutung zugemessen wird. Man nennt das Bedeutungsmaßstab.

Eine weitere Besonderheit des ägyptischen Stils ist die merkwürdige Anatomie des menschlichen Körpers: Während Kopf, Unterleib und Beine im Profil gezeigt werden, ist der Oberkörper dem Betrachter frontal zugewandt. Diese Kombination zweier verschiedener Ansichten wurde wohl in dem Wunsch entwickelt, eine wichtige Person möglichst vollständig darzustellen. Zudem gewinnt die Figur durch diese Art der Darstellung einen Ausdruck von Strenge und Erhabenheit (siehe Abb. im Farbteil).

***Um was für eine Schrift handelte es sich bei den Hieroglyphen?***

*Die Hieroglyphenschrift besteht aus zumeist gegenständlichen Bildzeichen (z. B. Arm, Auge, Falke), die senkrecht übereinander angeordnet sind. Es handelte sich um eine heilige und geheime Schrift, deren Ausführung nur bestimmten Personen vorbehalten war: den Schreibern. Oft bekleideten Verwandte des Pharaos dieses hohe Amt.*

***Was ist ein versenktes Relief?***

*Bei einem versenkten Relief ist die oberste Ebene eine glatte Fläche. Die gewölbten Formen der Körper befinden sich quasi eine »Etage« tiefer; sie sind in die Grundfläche »versenkt«.*

**BEMERKENSWERTES**

**Der Fluch des Pharaos**

**Gab es wirklich einen Fluch des Pharaos, der auch nach über 3.000 Jahren die heilige Grabstätte des ägyptischen Königs vor Eindringlingen schützte? 1923/24, als man das bis dahin unberührte Grab des Pharaos Tutenchamun entdeckte und öffnete, starben mehrere Forscher kurz nach dem Besuch des Grabes aus ungeklärten Gründen. Spätere Forschungen ergaben, dass die mysteriösen Erkrankungen wahrscheinlich durch Schimmelpilzsporen ausgelöst wurden, die sich bei der Zersetzung der Grabbeigaben (Holz, Leder, Öle) gebildet hatten.**

**Wie heißen die griechischen Stilepochen, die auf die Archaik folgen?**
*Auf den archaischen Stil (8.–5. Jh. v. Chr.) folgte der klassische Stil (5.–4. Jh. v. Chr.) und schließlich der hellenistische Stil (4.–1. Jh. v. Chr.).*

**Wen stellen die Figurentypen Kouros und Kore dar?**
*Diese Figuren stellen keine bestimmte Gottheit oder reale Persönlichkeit dar. Die griechischen Bezeichnungen bedeuten übersetzt Jüngling und Jungfrau. Die Skulpturen dienten verschiedenen Zwecken, als Schmuck auf Gräbern oder als Weihgaben für die Götter zum Dank für militärische oder sportliche Erfolge.*

Der nachhaltige Einfluss, den die griechische Kultur auf die westliche Zivilisation bis heute ausübt, wird schon dadurch deutlich, wie selbstverständlich wir zahlreiche Begriffe griechischen Ursprungs in unsere Alltagssprache aufgenommen haben. Wir gehen in die Bibliothek, wir betreiben Gymnastik und studieren an Akademien. Man bezeichnet Menschen als zynisch, skeptisch oder stoisch, denkt dabei aber nicht zwangsläufig an die philosophischen Haltungen, die ursprünglich dahinter steckten.
Auch die Olympiade und unsere Demokratie sind Erfindungen der Griechen. Ebenso ist ihre Kunst in unsere Kultur eingeflossen. Bis heute findet man in unseren Städten an vielen Gebäuden die Formensprache der griechischen Tempelarchitektur. Jeder hat schon einmal eine Abbildung der berühmten klassischen Statuen gesehen und ist mit dem Schönheitsideal der Antike vertraut, das sich scheinbar gar nicht so sehr von unserem heutigen Ideal eines jugendlichen und sportlich trainierten Körpers unterscheidet (siehe Abb. im Farbteil).

Wie kam es zu dieser Auffassung der menschlichen Gestalt?
Die ältesten uns bekannten Großplastiken der Griechen, die eine menschliche Gestalt darstellen, stammen aus der ersten Blütezeit der griechischen Kultur, der **Archaik** (achtes bis fünftes Jahrhundert v. Chr.). Die zu jener Zeit aufkommenden Figurentypen **Kouros** und **Kore** zeigen aufrecht stehende, frontal ausgerichtete Gestalten, die mit ihrer typischen Körperhaltung (Schrittstellung, geballte Fäuste) und der stilisierten Darstellung der Frisur oder des Gewands die strenge Monumentalität der ägyptischen Plastik nachahmen.

Neu ist dagegen, dass diese Statuen erstmals in der Kunstgeschichte tatsächlich frei stehend sind. Die Figuren sind von allem »unnötigen« Material befreit: Es gibt Durchbrüche zwischen Arm und Körper und zwischen den Beinen, was für die Ägypter noch undenkbar war. Durch diese Befreiung des Körpers sowie durch einen neuen, offeneren Gesichtsausdruck der Figuren – den man als archaisches Lächeln bezeichnet – erscheint die ganze Gestalt nun lebensechter und menschlicher.

Der neue Figurentypus verbindet demnach das Erhabene mit dem Menschlichen. Diese Kombination von Eigenschaften spiegelt das Verhältnis der Griechen zu ihrer Götterwelt wider. Zwar galten die Götter als unsterblich und mächtig, doch man stellte sie sich in menschlicher Gestalt vor und schrieb ihnen durchaus menschliche Gefühle wie Hass, Neid und Liebe zu.

Das, was in der Archaik schon begonnen wurde, setzte sich in der klassischen Epoche (fünftes bis viertes Jahrhundert v. Chr.) fort. Die Darstellung des menschlichen Körpers wird dabei immer exakter und lebensechter. Im Mittelpunkt des Interesses steht der Körper des Athleten, denn der sportliche **Wettkampf** war für die Griechen kein Selbstzweck, sondern sollte dem Sieger die Anerkennung der Götter sichern. Es gelang den Bildhauern nun, die Bewegung des Körpers so wiederzugeben, dass sie für den Betrachter nachfühlbar wird. Bei aller Bewegtheit wird jedoch ein Ausdruck von Ausgewogenheit angestrebt. Das heißt, einer Bewegung der einen Körperseite wird eine entsprechende Gegenbewegung der anderen zugeordnet (siehe Abb. im Farbteil).

Berühmtes Beispiel für dieses Prinzip ist der **Kontrapost**: Der Wechsel zwischen Standbein und Spielbein, Belastung und Entspannung vermittelt den Eindruck eines bewegten Stehens.

Ausgeglichenheit spiegelt auch die Mimik wider. Das Lächeln ist einer ruhigen Nachdenklichkeit gewichen.

Die Römer waren große Bewunderer der griechischen Kultur. Deshalb holten sie Lehrer, Künstler und Baumeister aus Griechenland zu sich und importierten griechische Kunstwerke oder ließen sie detailgetreu nachbilden.

Die Ausstrahlung der klassischen Kunst ist es, die über Jahrhunderte hinweg immer wieder gepriesen und in der Kunstgeschichte zitiert und neu interpretiert wird.

***Welches waren die wichtigsten sportlichen Wettkämpfe der Antike?***

*Die wichtigsten Wettkämpfe waren die Olympischen Spiele. Belegt sind die ersten Spiele im Jahr 776 vor Christus. Sie wurden bis 393 nach Christus in vierjährigem Abstand wiederholt. Die Spiele galten als kultische Handlung und wurden in einem den Göttern Zeus und Hera geweihten Bezirk abgehalten.*

***Wieso spricht man beim Kontrapost von einem bewegten Stehen?***

*Obwohl die dargestellte Figur natürlich ruhig dasteht, entdeckt man doch eine Bewegung innerhalb des Körpers: Auf der Seite des Standbeins schiebt sich die Hüfte nach oben und die Schulter nach unten, während es sich auf der anderen Seite umgekehrt verhält. Die Körperachse beschreibt nun einen sanften S-Schwung.*

**BEMERKENSWERTES**

**Die Bezeichnung »Gymnasium«**

**Unser Gymnasium leitet sich von dem altgriechischen Begriff *Gymnasion* her. Das Gymnasion war ein Ort, an dem man nackt (gymnos = nackt) sportliche Übungen ausführte. Später kam zu der Erziehung des Körpers die geistige Bildung hinzu. An heutigen Schulen spielt dagegen das Körperliche eine eher untergeordnete Rolle.**

Lange hielt man die Zeit zwischen dem fünften und 15. Jahrhundert für eine »leere« Zeit. Diese Haltung kommt schon in der Bezeichnung dieser Epoche zum Ausdruck: Das Mittelalter wurde als eine Übergangsphase zwischen der Antike und dem Wiederaufleben klassischer Ideale in der Renaissance angesehen. Im Sinne der Antike ging tatsächlich vieles – zumindest vorübergehend – verloren. Während des Untergangs des Römischen Reiches und in den darauf folgenden Wirren der Völkerwanderungszeit büßte die antike Kunst und Gedankenwelt an Bedeutung ein.

Zur gleichen Zeit keimte jedoch eine neue Ideologie auf, die für das gesamte Abendland in den nächsten Jahrhunderten prägend werden sollte: die christliche Religion. Schon im Jahr 323 n. Chr. hatte der römische Kaiser Konstantin das Christentum zur Staatsreligion erklärt. Doch es dauerte noch über 700 Jahre, bis sich das Christentum in ganz Westeuropa fest etabliert hatte und erstmals einen überregionalen Kunststil hervorbrachte: die **Romanik**.

Die mittelalterliche Kunst hatte einen klar definierten Auftrag: Sie sollte den Gläubigen die Inhalte der christlichen Lehre anschaulich machen. Dabei leisteten sowohl die gemalten Buchillustrationen als auch die plastischen Darstellungen an den Kirchenportalen einen unverzichtbaren Beitrag. Das gemeine Volk konnte nicht lesen und verstand auch die in Lateinisch abgehaltene Messe nicht. Umso eindrucksvoller müssen für die Gläubigen die plastischen Darstellungen über den Kirchenportalen gewesen sein, die an vielen romanischen Kirchen angebracht sind. Im **Bogenfeld** über dem Eingang zur Abtei Sainte-Foy (siehe Abb. im Farbteil) werden dem Betrachter die Schrecken des Jüngsten Gerichts auf eindringliche Weise vor Augen geführt: Unheimliche **Monster** und **Fabelwesen** mit fratzenhaften Gesichtern bemächtigen sich der Seelen von verängstigten, nackten Menschlein.

Die romanischen Künstler sind hier weit davon entfernt, eine naturalistische Wiedergabe von Körpern oder Stoffen zu liefern. Doch sie verleihen dem Dargestellten trotz ihrer manchmal unbeholfenen Formensprache eine ungeheure Ausdruckskraft, die darauf hinzielte, so manchen Sünder wieder auf den rechten Weg zu bringen.

Die Kunst der Gotik stand zwar ebenfalls ganz im Auftrag christlicher Belehrung, bediente sich dabei jedoch völlig anderer Mittel. Die romanische Kunst führte dem Individuum seine Nichtigkeit gegenüber dem Allmächtigen vor Augen. Die Gotik dagegen forderte den Gläubigen dazu auf, seine Seele zu Gott zu erheben. Die **gotischen Kathedralen** mit ihren in die Höhe strebenden Formen sind Sinnbild dieser neuen Lebenseinstellung.

***Woher leitet sich der Begriff Romanik ab?***
*Die ersten Mittelalterforscher betrachteten die Gotik als Höhepunkt dieser Epoche. Alles Nicht-Gotische wurde zur Unterscheidung als »Romanisch« bezeichnet. Diesen Begriff wählte man, weil die Rundbögen der romanischen Architektur an die römische Bauweise erinnern.*

***Mit welchem Fremdwort griechischen Ursprungs bezeichnet man in der Kunstgeschichte ein Bogenfeld?***
*Tympanon: In der Antike krönt ein dreieckiges Giebelfeld mit figürlicher Plastik die Tempelfassade; im Kathedralbau ist es oft eine halbrunde, reliefgeschmückte Fläche über dem Portal.*

***Wodurch wurden die romanischen Künstler zu der Darstellung von Monster- und Fabelwesen inspiriert?***
*Hier machte sich der Einfluss der vorchristlich-germanischen und irisch-keltischen Kultur bemerkbar, die reich an Ornamenten und (Fabel-)Tierdarstellungen war.*

Durch die Kombination von **Kreuzrippengewölbe** und Spitzbogen war es den Baumeistern gelungen, die schweren Steinmauern weitgehend durch filigrane Fensterkonstruktionen zu ersetzen. Farbige Glasscheiben erhellten jetzt das Innere der Kirche und mögen die Gläubigen in Staunen versetzt haben. Nicht nur das Innere der Kirche wurde zu einem ästhetischen Erlebnis. Auch die Portalgestaltung sollte nicht mehr einschüchtern, sondern den Betrachter durch Schönheit und Anmut erbauen.
Die frühgotischen Portalfiguren erinnern an die Form einer Säule: Ihre Körper sind überlang und -schlank, doch die Gesichter strahlen bereits eine gewisse Individualität und Empfindsamkeit aus. Später weitet sich diese Tendenz zu mehr »Realismus« auch auf die Darstellung des Körpers und des Gewands aus: Die in schwungvoll-eleganter Haltung dastehenden Gestalten von Ecclesia und Synagoge (siehe Abb. im Farbteil) verdeutlichen das selbstbewusstere und freiere Menschenbild der Gotik.

*gotisches Fenster*

*romanisches Fenster*

***In welchem Land stehen die meisten berühmten gotischen Kathedralen?***
*Besonders viele von ihnen findet man in Frankreich, dem Ursprungsland der gotischen Architektur. Hier drei der Berühmtesten: Notre-Dame in Paris, die Kathedralen von Reims und Amiens.*

***Was ist das Besondere am gotischen Kirchengewölbe?***
*In der Gotik wurden die schweren Wandkonstruktionen der Romanik überflüssig. Grund für die veränderte Statik war das spitzbogige Kreuzrippengewölbe: Das Gewicht des Gewölbes konzentriert sich hierbei auf wenige Punkte und wird durch den Spitzbogen nicht mehr zur Seite, sondern nach unten abgeleitet. Die so entlasteten Seitenwände konnten nun mit großen Fenstern ausgestattet werden.*

## BEMERKENSWERTES

### Goten und Gotik

**Erfinder der Bezeichnung war der italienische Künstlerbiograf Giorgio Vasari. Ganz den künstlerischen Idealen seiner Zeit, der Renaissance, verpflichtet, bezeichnete er die mittelalterliche Kunst als *stile gotico*. Seinen Zeitgenossen signalisierte dieser Begriff, dass es sich um eine barbarische Kunst handeln müsse. Seit die Goten zu Völkerwanderungszeiten in Italien eingefallen waren, galten sie dort als Inbegriff unzivilisierten Verhaltens.**

Die **Renaissance** markiert einen Einschnitt in der Geschichte. Mit der Gotik endet das Mittelalter und eine neue Zeit – die Neuzeit – beginnt. Das Selbstverständnis des Menschen, das Bild der Welt und die Einstellung zur Kunst verändern sich in dieser Zeit maßgeblich.
Doch manche dieser Veränderungen haben ihre Wurzeln schon in der angeblich »finsteren« Zeit des Mittelalters. Wie schon erwähnt gibt es auch in der gotischen Kunst bereits ein Bestreben, den Menschen wirklichkeitsnäher und individueller darzustellen. Allerdings diente diese Kunst hauptsächlich dem Ziel, die christlichen Jenseitsvorstellungen eindringlicher zu gestalten. In der Renaissance dagegen rücken die Natur und der Mensch als Individuum ins Zentrum der Betrachtung. Mit dieser neuen Einstellung sah man sich in der Nachfolge der antiken Künstler und Philosophen. Im Gegensatz zur Gotik, die in den nördlichen Ländern ihre großartigsten Werke hervorbrachte, lag das Zentrum der Renaissance in Italien.
In der Wissenschaft wurde nun die Forderung nach Exaktheit und Überprüfbarkeit formuliert. Die hohe Bedeutung, die man den Naturwissenschaften beimaß, beeinflusste auch die Kunst: Indem die Künstler jetzt neue Erkenntnisse u. a. aus der Anatomie und der Mathematik in ihren Werken anwendeten, erhoben sie die Kunst vom »bloßen Handwerk« in den Stand einer Wissenschaft.
Eine der Neuentdeckungen war die **Zentralperspektive**. Mit ihrer Hilfe war man in der Lage, einen dreidimensionalen Raum anhand einer exakten Konstruktion von Linien auf eine zweidimensionale Fläche zu projizieren und so die Illusion eines echten Tiefenraumes zu vermitteln.

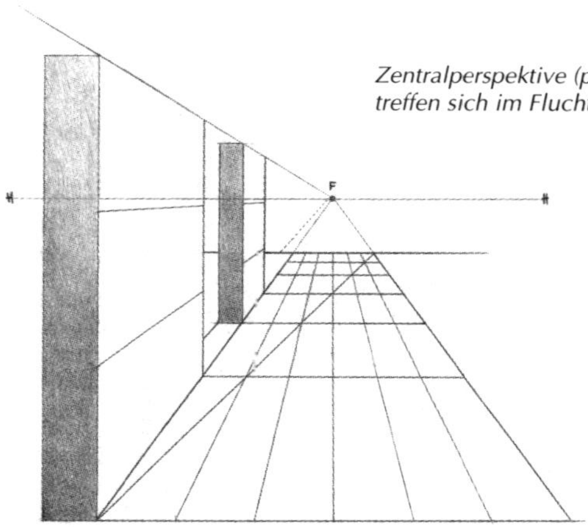


*Zentralperspektive (parallele Linien treffen sich im Fluchtpunkt F auf der*

***Was bedeutet der Begriff Renaissance wörtlich?***

*Renaissance bedeutet »Wiedergeburt«. Französische Historiker erwägten den Begriff im 19. Jahrhundert für die Epoche zwischen 1400 und 1600. Der Begriff bezieht sich auf die Wiedergeburt der antiken Ideale. Die Rückbesinnung auf die Antike zeigt sich auch in der Wahl der Bildthemen. Es werden nicht mehr ausschließlich religiöse Themen dargestellt, sondern auch viele Motive aus der griechischen und römischen Mythologie wie beispielsweise auf Sandro Botticellis berühmtem Gemälde* Die Geburt der Venus *(s. Abb. im Farbteil).*

***Wer war der Erfinder der Zentralperspektive?***

*Der Architekt Filippo Brunelleschi (1377–1446) gilt als Erfinder der Zentralperspektive. Wahrscheinlich entdeckte er das Verfahren, einen dreidimensionalen Raum auf der Bildfläche exakt darzustellen, während er die antiken Gebäude Roms in Zeichnungen festhielt.*

Einer der ersten Künstler, der dieses neue Verfahren in seinen Bildern anwandte, war Masaccio (1401–1429). Auf dem **Fresko** *Der Zinsgroschen* (siehe Abb. im Farbteil) steht Christus, umringt von seinen Jüngern, vor einer Landschaft. Durch die perspektivische Darstellung des Hauses, rechts, erhält der Bildraum optische Tiefe. Der Fluchtpunkt, in dem alle Linien zusammenlaufen, befindet sich hinter der Gestalt Jesu und betont die Wichtigkeit seiner Person.
Neben den wissenschaftlichen Erkenntnissen über die dingliche Welt, interessierte es die Künstler zunehmend, den Charakter einer Person im Bild darzustellen. Das individuelle Porträt ist eine Errungenschaft der Renaissance. Ein namhafter Meister dieser Disziplin war Albrecht Dürer (1471–1528, siehe Abb. im Farbteil). Sein Selbstporträt spiegelt sowohl Sensibilität als auch das große Selbstbewusstsein des erfolgreichen Künstlers wider.
Diese Haltung des Künstlers ist typisch für die Renaissance: Er hat sich nicht nur über den Handwerksstand erhoben, er gilt nun als das Idealbild des Menschen. Möglichst vielseitig gebildet und künstlerisch schöpferisch, wird er als göttlich inspiriertes Genie verehrt.
Beispielhaft für diesen Typus des **Uomo universale** war Leonardo da Vinci (1452–1519). Er betätigte sich gleichermaßen als Erfinder, Wissenschaftler, Musiker und Maler. Leonardos künstlerische Schaffenszeit fällt in die Hochrenaissance. Seine Bilder (siehe Abb. im Farbteil) wirken malerischer als die Werke der Frührenaissance. Ein Grund dafür ist das von ihm erfundene Stilmittel des *Sfumato,* bei dem die Konturen nicht scharf umrissen sind, sondern weich verschwimmen. Weich und mütterlich wirkt hier der Typus der Maria. Die Madonna der Hochrenaissance ist nicht entrückt und übernatürlich, sie erscheint vielmehr als eine lebendige Frau aus Fleisch und Blut.

***Was ist ein Fresko?***
*Ein Fresko ist ein Wandgemälde, bei dem die Farbe auf den feuchten Kalkputz aufgetragen wird. Beim Trocknen der Putzschicht verbinden sich die Farben mit dem Kalk und werden so dauerhaft gebunden. Durch das schnelle Trocknen des Putzes ist der Künstler zu einem zügigen Arbeiten gezwungen. Den Abschnitt, den er an einem Tag bewältigte, nennt man »Tagewerk«.*

***Warum galt der Uomo universale als Ideal?***
*In der Renaissance wurde der Mensch als Mittelpunkt des Universums gesehen. Es reichte nicht mehr – wie im Mittelalter –, den kirchlichen Lehren zu folgen. Der Mensch sollte alle Gaben und Talente, die ihm von Gott verliehen wurden, zu größtmöglicher Vollkommenheit entwickeln.*

## BEMERKENSWERTES

### Das Geheimnis der Mona Lisa

**Leonardos wohl berühmtestes Gemälde ist die »Mona Lisa«. Doch wen stellt die eigentümlich lächelnde Frau eigentlich dar? Bisher glaubte man, dass das Bild die Frau des reichen Kaufmanns Giocondo zeigt. Nach neueren Spekulationen wird vermutet, der Maler könnte sich selbst porträtiert haben: Projiziert man ein Altersporträt Leonardos und Mona Lisas Gesicht mit Hilfe moderner Computertechnik übereinander, sind tatsächlich verblüffende Übereinstimmungen der Physiognomie zu erkennen.**

***In welchen Zeitraum fällt die Epoche des Barock, und woher leitet sich der Begriff ab?***

*Der Barock beginnt etwa um 1600 und geht Anfang des 18. Jahrhunderts ins Rokoko über. Das portugiesische »barocco«, bedeutet »unregelmäßige Perle«. Ebenso »abnorm« sei die Kunst des Barock, fanden später die Klassizisten.*

***Worauf lässt sich die Entstehung des höfisch-katholischen und bürgerlich-protestantischen Barock zurückführen?***

*Der Barockstil entstand nach der langen Zeit der Glaubenskämpfe. Europa teilte sich nun in Gebiete auf, in denen die katholische Kirche zu neuem Einfluss gelangte und absolutistische Herrscher ihre Machtansprüche geltend machten. – Die Kunst ist hier zumeist repräsentativen Aufgaben verpflichtet. In den protestantischen Gebieten entsteht dagegen eine von Kirche und Adel unabhängige Kunst, die allerdings auch nicht auf die umfangreiche finanzielle Unterstützung von Kirche und Adel zurückgreifen kann.*

Der **Barock** setzt, wie keine Kunstrichtung vor ihm, auf das Beeindrucken der Sinne und auf die Faszination der malerischen Illusion. Was in der Renaissance als Bemühen um eine naturgemäße Darstellung begonnen hatte, wurde nun zu einem virtuosen Spiel der Verführung – fast zu einem Selbstzweck. Galt das Maßhalten und die Ausgewogenheit in der Renaissance als Ideal, so hatte sich der Barock nun Übersteigerung und Dramatik zum Ziel gesetzt.

Allerdings gibt es bei dieser Zielsetzung zwei unterschiedliche Spielarten, die mit dem Ort ihrer Entstehung und den dortigen gesellschaftlichen Umständen zusammenhängen.

Auf der einen Seite steht der **höfisch-katholische** Barock, der mit repräsentativen Aufträgen eine prunkvolle und oftmals großformatige Kunst hervorbrachte. Auf der anderen Seite steht die weniger pompöse, aber keineswegs uninteressantere Richtung des **bürgerlich-protestantischen** Barock.

Der flämische Maler Peter Paul Rubens (1577–1640) steht für die höfische Variante des Barock. In seiner großen Malerwerkstatt bewältigte er die umfangreichen Aufträge von Kirche, Hof und Privatleuten. Dabei handelte es sich um Bilder mit christlichem, mythologischem oder auch historischem Inhalt. Gleich welchen Inhalts diese Gemälde sind, sie erscheinen wie Momentaufnahmen einer gigantischen Theateraufführung (siehe Abb. im Farbteil). Die Menschen gebärden sich mit äußerstem Pathos, die üppigen Gewänder bauschen sich – kurzum: Alles befindet sich in einem Zustand höchster körperlicher und seelischer Bewegtheit und scheint in ebendiesem Augenblick vom Maler festgehalten.

Das Barockgemälde will nicht erklären oder erläutern – es will den Betrachter mit seiner Dramatik, seiner Bewegung und seiner üppigen Vielfalt an malerischen Details überwältigen. Bei aller Dramatik liegt jedoch über dem Ganzen immer eine Vitalität und Sinnenfreude, die jeder Szene, egal ob sie Schrecken oder Freude darstellt, eine feierliche Heiterkeit verleiht. Die Botschaft dieser Kunst vermittelt das Leben als Fest, als großartiges Schauspiel, das es im Hier und Jetzt und mit allen Sinnen zu genießen gilt.

Die rauschhafte, überschwängliche Diesseitigkeit des höfisch-katholischen Barock findet sich nicht in der gemäßigteren und subtileren Spielart des bürgerlich-protestantischen Barock, der sich in den Niederlanden entwickelte. In dieser von republikanischen und calvinistischen Gedanken geprägten Region gab es keinen Bedarf an

einer Kunst, die höfische Macht oder kirchliche Pracht repräsentiert. Dennoch entwickelte sich gerade hier ein ausgesprochen produktiver und einträglicher Kunstmarkt. Ein wichtiger Repräsentant des so genannten goldenen Zeitalters der holländischen Kunst ist **Rembrandt van Rijn** (1606–1669). Der Grund für den Erfolg der Malerei lag in dem großen allgemeinen Kunstinteresse der Niederländer. In jedem bürgerlichen Haushalt sollen Gemälde gehangen haben. Diesem Bedarf entsprechend war das kleinformatige Tafelbild besonders populär.
Aber nicht nur die Größe, auch der Inhalt der Bilder orientierte sich an der Lebenswirklichkeit ihrer Kunden: **Szenen aus dem Alltag**, die heimatliche Umgebung und **Stillleben** waren die bevorzugten Themen der niederländischen Tafelmalerei.

***Wie nennt man Szenen aus dem Alltag in der Kunstgeschichte?***
*Man nennt solche Bilder Genrebilder. Es geht in diesen Bildern darum, beliebige Menschen in typischen Situationen zu zeigen. Beispielsweise spielende Kinder auf der Straße, Wäscherinnen am Fluss, trinkende Gäste in einem Wirtshaus (siehe Abb. im Farbteil).*

Der Niederländer Jan Vermeer (1632–1675) zeigt oftmals (siehe Abb. im Farbteil) Menschen in häuslicher Umgebung bei scheinbar alltäglichen Handlungen. Dennoch wirken seine Bilder alles andere als banal. Vermeer setzt seine Personen in Szene: Sie tragen Stoffe und Schmuck in leuchtenden Farben und sie werden wie von einem Scheinwerfer akzentuiert beleuchtet, während der Rest des Bildes in Dämmerlicht getaucht ist. Diese »Inszenierung« verleiht dem Dargestellten eine Aura des Rätselhaften und Bedeutsamen.

***Welche Bedeutung hatten die im 17. Jahrhundert so beliebten Stillleben?***
*Abgesehen davon, dass man sie als kunstvolle Abbildungen alltäglicher Gegenstände schätzte, hatten die virtuos gemalten Blumensträuße und reich gedeckten Tische auch eine symbolische Bedeutung. Die Darstellung des Reifens und Blühens ist Ausdruck für das im Barock so typische Memento mori: Es sollte stets daran erinnern, dass alles, auch das menschliche Leben, vergänglich ist.*

**BEMERKENSWERTES**

**Die unbeständige Liebe**

**Die Betonung in Vermeers Gemälden liegt eindeutig mehr auf der atmosphärischen Wirkung als auf dem erzählerischen Inhalt. Dennoch findet man in seinen Bildern auch vereinzelt symbolische Hinweise auf moralische Weisheiten. In Vermeers Gemälde »Der Brief«, in dem eine Magd ihrer Herrin lächelnd einen offenbar delikaten Brief übergibt, ist im Hintergrund ein Gemälde zu sehen, das ein Schiff auf dem Meer zeigt (siehe Abb. im Farbteil). Dieses Motiv galt im Barock als Symbol für die Unwägbarkeiten der Liebe.**

***Wer war Rembrandt?***
*Rembrandt van Rijn ist einer der bekanntesten niederländischen Meister des 18. Jahrhunderts. Neben vielen bekannten Werken (*Die Anatomische Vorlesung des Dr. Tulp*, siehe Abb. im Farbteil,* Nachtwache*). schuf er über 100 Selbstbildnisse, in denen er stolz auf sein Selbstverständnis als Künstler verweist.*

***In welchen Zeitraum fällt die Epoche des Rokoko?***
*Die zeitliche Eingrenzung des Rokoko ist nicht ganz klar und je nach Region unterschiedlich. In Frankreich gab es schon um 1717, kurz nach dem Tod Ludwigs XIV., Gemälde, die dem Rokoko zuzuordnen sind. Mit der Französischen Revolution 1789 wird das Rokoko vom Klassizismus abgelöst.*

***Wo kann man eine arkadische Landschaft finden?***
*Das reale Arkadien ist eine ziemlich karge Landschaft auf der Peloponnes – also in Griechenland. Dass man mit dem Namen Arkadien jedoch ein idyllisches Naturparadies verbindet, geht auf eine Erfindung des römischen Dichters Vergil ca. 42 v. Chr. zurück. Er suchte für seine romantischen Hirtengedichte eine ideale, heitere Landschaft und siedelte diese kurzerhand in Griechenland an. Seither gilt Arkadien in der europäischen Kultur als Begriff für einen fiktiven Ort des Glücks und der Sorglosigkeit.*

Es scheint zunächst schwer, eine exakte Grenze zwischen Barock und **Rokoko** zu ziehen. Sinnlichkeit, Spontaneität und Lebensfreude sind Merkmale, die schon im Barock ausgeprägt waren und die auch in der Kunst des Rokoko nicht an Gültigkeit verlieren. Allerdings erfahren diese Merkmale im Rokoko eine Umdeutung.
Aus der vitalen, manchmal deftigen Sinnlichkeit des Barock wird nun eine verfeinerte, manchmal kokette Erotik. Spontaneität wird zu Flüchtigkeit und die Freude am Dasein wird durch Heiterkeit und Eleganz – nicht mehr durch expressive Leidenschaft – ausgedrückt.

In den Bildern des Rokoko präsentiert sich eine Gesellschaft, deren Lebensinhalt darin zu bestehen scheint, von einem Gartenfest zum nächsten zu eilen und sich amourösen Abenteuern hinzugeben. Die typischen Bildthemen dieser Zeit sind Boudoirbilder, in denen dem Betrachter intime Einblicke gewährt werden, Schäferszenen und Gesellschaftsstücke in **arkadischen** Traumlandschaften.
Ein berühmtes Beispiel für solch eine idyllische Szene unter freiem Himmel ist das Bild *Einschiffung nach Kythera* von Antoine Watteau (siehe Abb. im Farbteil). Man sieht hier eine Gruppe von elegant gekleideten Herrschaften, die sich paarweise auf den Weg machen, ein phantastisch geschmücktes Boot zu besteigen, das sie – laut Bildtitel – auf die sagenhafte Insel der Liebenden bringen soll. Anmutig und unschuldig-naiv gebärden sich die Damen, galant und anbetungsvoll agieren die Herren.

Mit dieser Szene zelebriert Watteau das Ideal der Weltabgewandtheit und der Versunkenheit in die privatesten Empfindungen. Diese Empfindungen dürfen jedoch einen gewissen Grad an Intensität nicht übersteigen. Höflichkeit, Galanterie und Unschuld sind die höchsten Tugenden des Rokoko und lassen allzu heftige Emotionen nicht zu.
Die harmlose Leichtigkeit, die dadurch entsteht, wird auch durch die Farbigkeit der Gemälde verdeutlicht: Scharfe Kontraste und kräftige Farben gibt es nicht. Stattdessen wird alles in pudrige Pastelltöne getaucht: Rosa, Hellblau und ein blasses Grün sind die Lieblingsfarben des Rokokozeitalters.
Die Frauengestalten wirken zart und zerbrechlich wie Porzellanfiguren. Interessanterweise wurde im 18. Jahrhundert das **Porzellan** für Europa erfunden und es entstanden die ersten Porzellanmanufakturen, die u. a. auch die im Rokoko so beliebten bemalten Statuetten anfertigten.

Welche Einflüsse haben diesen kapriziösen Kunststil geprägt, der uns aus heutiger Sicht möglicherweise geziert oder gar kitschig erscheint?

Der Barock war in den katholisch und feudal beherrschten Ländern (also auch in Frankreich) ein Ausdrucksmittel des Reichtums und der Macht von Kirche und König gewesen. Im 18. Jahrhundert begann sich der absolute Machtanspruch beider Instanzen zu verringern. Mit dem Tod Ludwigs XIV. in Frankreich war die dortige Adelsschicht von ihrer Bindung an den Königshof befreit.

Statt ständiger Repräsentation bei Hof konnte man sich nun einem aufwändigen und luxuriösen Privatleben widmen. Die **Fêtes galantes**, die Watteau in seinen Bildern verewigte, idealisieren dieses abgehobene, von allen materiellen Nöten unbeschwerte Leben der Oberschicht. Der vollkommene Rückzug in eine Welt der schönen Gefühle, in die kein ernster Gedanke eindringt, entspricht möglicherweise zum einen dem realen Leben der Adligen im späten Absolutismus, zum anderen lässt sich hier jedoch ein starkes Verlangen nach Flucht vor den sich ankündigenden gesellschaftlichen Veränderungen ablesen: Mit der Französischen Revolution ist auch die Zeit des Rokoko zu Ende.

***Wer erfand das Porzellan für Europa?***
*In China war die Herstellung von Porzellan schon seit dem 13. Jh. bekannt; ungefähr 500 Jahre später gelang dem Deutschen Johann Friedrich Böttger (1682–1719) die Erfindung der feinen Keramik für Europa. 1710 wurde dann die erste Porzellanmanufaktur eröffnet, die das berühmte Meißener Porzellan produzierte.*

***Was hat es mit den Fêtes galantes und Watteau auf sich?***
*Das Motiv der »galanten Feste« ist eine Erfindung des Rokoko, genauer gesagt Antoine Watteaus. Seine Meisterschaft auf diesem Gebiet wurde von der französischen Akademie mit einem eigens für ihn geschaffenen Titel »Maître des fêtes galantes« gewürdigt.*

## BEMERKENSWERTES

### Der Name »Rokoko«

**Die Bezeichnung Rokoko stammt – wie der Kunststil selbst – aus dem Französischen. Der Begriff *rococo* wurde zuerst in Pariser Ateliers geprägt und ist eine Verniedlichung des französischen Wortes *rocaille* »Geröll, Grotten- und Muschelwerk« (vergl. franz. *roc* = »Felsen«). Das Wort *rococo* bezieht sich auf die Verwendung von allerlei Grotten-, Muschel- und Steinwerk in den so typischen verspielten Verzierungen in der Kunst und Bauweise dieser Zeit.**

***Malte Goya seine Auftraggeber »schön«?***
*Trotz seiner wohl eher bürgerlichen politischen Einstellung porträtierte Goya sehr häufig Mitglieder des Adels und der Königshäuser. Dabei nahm er jedoch in seinem Malstil keine besondere Rücksicht auf seine Auftraggeber. Er beschönigte nichts, vielmehr stellte er die Menschen mit schonungsloser Offenheit dar.*

***Wie entstanden die Naturkompositionen C. D. Friedrichs?***
*C. D. Friedrich machte sehr detaillierte Skizzen und Studien von der Natur. Er übernahm jedoch immer nur einzelne Elemente und stellte sie später, im Atelier, zu Landschaftsszenen zusammen, die seiner religiös-poetischen Vorstellung der Natur entsprachen. Die melancholische Stimmung, die seine Bilder beim Betrachter hervorrufen, spiegelt die Vergänglichkeit des Irdischen im Gegensatz zur Unendlichkeit Gottes wider.*

Gegen Ende des 18. Jahrhunderts kündigte sich in Europa eine politische Zweitwende an. Die feudalen Herrschaftssysteme wurden von dem gebildeten und zunehmend selbstbewussten Bürgertum radikal in Frage gestellt. Der Wunsch nach politischer Mitbestimmung der Bürger drückte sich auch in einer neuen Kunstauffassung aus: Anstelle der plüschigen Traumwelten der Adeligen im Rokkoko zog nun mit dem Klassizismus ein kämpferischer Geist in die Kunst ein.
Als Begründer der strengen klassizistischen Malerei wird Jacques-Louis David (1748–1825) angesehen. Er beendete nach der Französischen Revolution die Verspieltheit des Rokoko. Doch Davids Engagement beschränkte sich nicht nur auf die Kunst: So war er beispielsweise mit Robespierre befreundet und wurde für einen Monat Präsident der Jakobiner. Das Hauptwerk der Revolutionsjahre ist *Der tote Marat* von 1793. In den Jahren 1805 bis 1807 schuf er das Bild *Krönung Napoleons und Josephines in Notre-Dame* – das monumentale Hauptwerk der napoleonischen Zeit.
Ein ebenfalls politischer Maler war der Spanier **Francisco de Goya** (1746–1828). Mit zunehmendem Alter bannte er – ein Novum in der damaligen Malerei – düstere Visionen und Stimmungen auf die Leinwand. Er hatte viele Auftraggeber, vor allem arbeitete er ab 1786 für die spanischen Bourbonenkönige als Hofmaler. Goyas Malstil war vielfältig. Er schuf etwa religiöse Fresken und Bildnisse, Radierungen sowie großformatige Ölbilder. Diese hatten vor allem die Greuel des Krieges zum Inhalt wie *Die Erschießung der Aufständischen am 3. Mai 1808* (siehe Abb. im Farbteil). Hier wird zum einen der Bezug zu Goyas großen Vorbildern Rembrandt und Velázquez deutlich, zum anderen begründet er eine farblich kühne, zeitgenössische Historienmalerei ohne jede gekünstelte Klassizität. Diese Gemälde waren Edouard Manet ein Vorbild für sein Werk *Erschießung Kaiser Maximilians.*
Zu Beginn des 19. Jahrhunderts kam eine weitere neue Kunstrichtung auf: die **Romantik**. Während sich die Klassizisten mit ihrer Kunst nach außen wendeten, malten die Künstler der Romantik das Gegenteil: Sie zogen sich ganz ins Individuelle, Persönliche, Subjektive zurück. Den Begriff der Romantik prägte 1798 erstmals Friedrich Schlegel (1772–1829). Er bezeichnet eine kulturelle Strömung, die sich nicht nur auf die Kunst, sondern auch auf die Literatur, Architektur und Musik bezieht. Das Unvollendete, Angedeutete, Mystische, Religiöse, Zauber- und Sagenhafte wird zum Thema dieser Epoche. Hinzu kommt die Neigung zum Pittoresken, die ihren Ausdruck etwa in der lieblichen Darstellung der Landschaft findet. Dennoch gab es kei-

ne einheitliche romantische Stilrichtung, denn die Ideen und Darstellungsformen der Romantik waren äußerst vielgestaltig.
In Deutschland stellten die Werke **Caspar David Friedrichs** (1774–1840) den Höhepunkt der Romantik dar. Auch wenn viele seiner Kollegen ins Ausland – besonders nach Rom – zogen, wohnte und arbeitete er zeit seines Lebens zwischen Dresden und Greifswald. In seinen Bildern ging es Friedrich in erster Linie nicht um die naturgetreue Darstellung einer Landschaft, sondern vielmehr um die Empfindung, die das Gemälde beim Betrachter hervorruft. Nicht zuletzt deshalb zeigen seine Arbeiten oft Menschen, die eine Landschaft betrachten. Malen war für Caspar David Friedrich »nur ein anderes Wort für Fühlen«. Das einzige Gesetz, dem seiner Meinung nach ein Künstler unterworfen war, waren seine eigenen Gefühle (siehe Abb. im Farbteil).
In England widmete sich **William Turner** (1775–1851) dem Malen von Landschaften. Das zentrale Thema war für ihn die Wechselwirkung zwischen dem Bewusstsein des Menschen und der wilden **Natur.** Diese Empfindung versuchte Turner einzufangen, indem er klare Linien aufhob und die Stimmungen stattdessen mit Hilfe von Licht und intensiven Farben wiedergab.
Der Engländer John Constable (1776–1837) wollte in erster Linie ein »natürlicher Maler« sein. Hierzu verwendete er als einer der ersten »natürliche«, d.h. frische grüne und blaue Farbtöne, während die Landschaften zuvor mehr oder weniger in Abstufung von bräunlichen Tönen gehalten waren. Die zweite Neuerung war , dass sich Constable nicht die klassische römische Landschaft zum Vorbild nahm, sondern seine heimatliche Umgebung, die englische Landschaft, für bildwürdig befand. In seinen Bildern versuchte er eine Vision von der Harmonie der Natur in ihrer unschuldigen Reinheit einzufangen.

***Was ist das Besondere an William Turners Werken?***
*Mehrere Italienreisen regten William Turner in seinen späteren Werken zu einer neuen Auseinandersetzung mit Licht und Farbe an. Umrisse und Formen löst er fast völlig in einer atmosphärischen Farbmalerei auf. Seine Darstellungsweise des Lichts, das die Dinge verändert, wurde später von den Impressionisten aufgenommen und weitergeführt.*

***Welche Bedeutung hat die Natur für die Romantik?***
*Die Natur ist ein wichtiges Motiv in der Malerei der Romantik. Wesentlich dabei ist nicht die realistische Wiedergabe der Landschaft, sondern die Darstellung einer beseelten Natur, in der das Göttliche erkannt wird.*

### BEMERKENSWERTES

**Frauen in der Romantik**

**In der Epoche der Romantik gab es zahlreiche Künstlerinnen – beispielsweise die Französin Marie Guillemine Benoist (1768–1826). Doch vor allem in Frankreich wurden den Malerinnen zahlreiche Steine in den Weg gelegt. So durften sie bis zum Ende des 19. Jahrhunderts weder die offiziellen Kunstschulen noch die Modellklassen besuchen. Dennoch gelang es Benoist und einigen ihrer Kolleginnen bereits im späten 18. Jahrhundert, eigene Werke vorzustellen und in der Öffentlichkeit bekannt zu machen.**

***Die Kunst wird frei?***
*Mit dem Impressionismus vollzog die Malerei endgültig einen Bruch mit der Tradition: Sie war frei von einem Auftraggeber, frei von Themen und Konventionen eines vorgegebenen Stils. Kunst durfte nun ganz für sich stehen, durfte Selbstzweck sein. Das Bild war ein eigenständiges Kunstwerk geworden, und als Motiv war den Künstlern kein Thema unwürdig. Während die einen Szenen aus der Großstadt wählten, bevorzugten andere die Idylle des Landlebens.*

***Wie reagierten die Impressionisten auf den Salon?***
*Da der offizielle Salon, die meinungsbildende Pariser Gesellschaft, sich weigerte, Werke der Impressionisten auszustellen, gründeten diese schließlich ein eigenes Forum: 1863 wurde der »Salon des Refusés« eröffnet – ein erster Versuch, sich dem Zwang der öffentlichen Kunstwelt des Salons zu entziehen. Denn dieser entschied zu jener Zeit alleine über Anerkennung und Erfolg eines Malers. Natürlich hatte die »Gegenbewegung« der Impressionisten erneute Anfeindungen zur Folge.*

Um 1870 entstand eine völlig neue, für die Verhältnisse jener Zeit geradezu revolutionäre Stilrichtung – der **Impressionismus**. Das Zentrum dieses Stils war vor allem Paris, wenn auch einige seiner Vertreter der Stadt schließlich den Rücken kehrten und aufs Land zogen.
Zu den berühmtesten Vertretern dieser Stilrichtung gehörten Renoir, Manet, Monet, Degas, Cézanne und van Gogh: Sie entwickelten einen ganz neuen und vorher nie da gewesenen Umgang mit Formen, Flächen und Farben. Die gesamte Bildfläche wird von vielen Farbtupfern eingenommen, die alle klaren Umrisse auflösen. Dies erzeugt ein Spiel von Licht und Schatten, das sich dem Betrachter erst aus einiger Entfernung erschließt. Die Dramaturgie des Lichts hat im Impressionismus oft Vorrang vor dem dargestellten Motiv. Und so konzentriert sich die Schaffenskraft des Künstlers auf die Ausarbeitung der Lichtwirkung.
Seine Motive wählt er frei aus seinem alltäglichen Umfeld. Spätestens hier wird deutlich, dass die Kunst nicht mehr Auftragsarbeit für repräsentative Zwecke ist, sondern vielmehr als Selbstzweck verstanden wird. Im Zeitalter des Barock oder gar im Mittelalter hätte sich niemand an die Darstellung des Schlafzimmers des Künstlers gewagt, das sich jetzt van Gogh als Motiv wählte.
Ihr Vorgehen brachte den Impressionisten die empörte Kritik des zeitgenössischen Publikums ein. Die erste Ausstellung impressionistischer Werke löste einen regelrechten Skandal aus. Die federführenden Kunstkritiker fällten vernichtende Urteile und niemand wollte solche Bilder in den öffentlichen **Salons** ausstellen.
Die neue Stilrichtung wurde nach einem Bild von Claude Monet (1840–1926) benannt: *Impression, soleil levant* (Impression, Sonnenaufgang), das 1872 entstand (siehe Abb. im Farbteil). Der Maler stellt hier eine morgendliche Szene im Hafen dar; nicht realistisch sondern den flüchtigen Eindruck – Impression – des Sonnenaufgangs. Die Flüchtigkeit des Augenblicks faszinierte Monet vor allem anderen: So malte er an ganzen Serien eines Motivs gleichzeitig. Je nach der Veränderung des Farbenlichts und der Stimmung wechselte er von einem Gemälde zum anderen und schuf so parallel völlig unterschiedliche Darstellungen von ein und demselben Motiv. Weltruhm erlangte er durch sein zahlreich variiertes Motiv des Seerosenteiches in seinem Garten in Giverny.
Auf das Malen von menschlichen Figuren und insbesondere weiblichen hatte sich Pierre Auguste Renoir (1841–1919) festgelegt. *Die großen Badenden,* die zwischen 1884 und 1887 entstanden, sind ein gutes Beispiel für seinen Stil.

Schamane als Ziegenbock verkleidet und Tierdarstellungen; Felsritzungen um 15.000 - 10.000 v.Chr.; Trois-Frères bei Montesquieu (Frankreich). Vgl. S. 146.

Nefertari, Gemahlin des ägyptischen Königs Ramses II., beim Senet-Spiel (Neues Reich, 19. Dynastie), 1290-1224 v.Chr.; Wandmalerei aus dem Grab der Nefertari, Tal der Königinnen, Deir el-Medina. Vgl. S. 147.

*Myron (griechischer Bildhauer): Diskobol (Diskuswerfer), um 450 v.Chr.;*
*Marmor – Römische Kopie nach dem Bronzestandbild des Myron. Vgl. S. 148, 149.*

*Conques (Frankreich), Abtei Sainte-Foy - Westportal; Tympanon: Das Jüngste Gericht; Ausschnitt: Teufel und Höllenstrafen. Relief, um 1140/1150. Vgl. S. 150.*

*Ecclesia und Synagoge Strassburg, Münster – Cathedrale de Notre-Dame; Figurengruppe der Ecclesia (links) und Synagoge (rechts) am Südportal (Portail de l'Horloge), nach 1230. Vgl. S. 151.*

*Die allegorische Darstellung der beiden Figuren zeigt den Triumph der christlichen Kirche (Ecclesia) über das Judentum (Synagoge, hier mit verbundenen Augen).*

Masaccio: Der Zinsgroschen, 1425. Vgl. S. 153.

Sandro Botticelli: Die Geburt der Venus, um 1482. Vgl. S. 152.

*Leonardo da Vinci: Die Heilige Anna selbdritt, 1501-07. Vgl. S. 153. Abgebildet sind die hl. Anna, die Mutter Marias, die Jungfrau Maria und das Jesuskind.*

*Albrecht Dürer: Selbstbildnis, 1493. Vgl. S. 153.*
*In der Hand hält Dürer ein Eryngium = Mannestreu, daher wird das Gemälde als Brautwerbungsgabe um Agnes Frey gedeutet. Bez.: »My sach die gat / als oben schtat«*

*Oben:*

*Peter Paul Rubens: Der Raub der Sabinerinnen, um 1635. Vgl. S. 154.*
*Römische Sage: Während eines Festes, zu dem die Römer unter Romulus die benachbarten Sabiner eingeladen hatten, rauben sie deren Töchter, um sie zu ihren Gattinnen zu machen.*

*Links:*

*Jan Vermeer: Der Liebesbrief, um 1669/70. Vgl. S. 155.*
*Auf dem Gemälde hinter den beiden Frauen ist ein Schiff auf dem Meer abgebildet. Dieses Motiv galt zur Zeit des Barock als Symbol für die Unwägbarkeit der Liebe.*

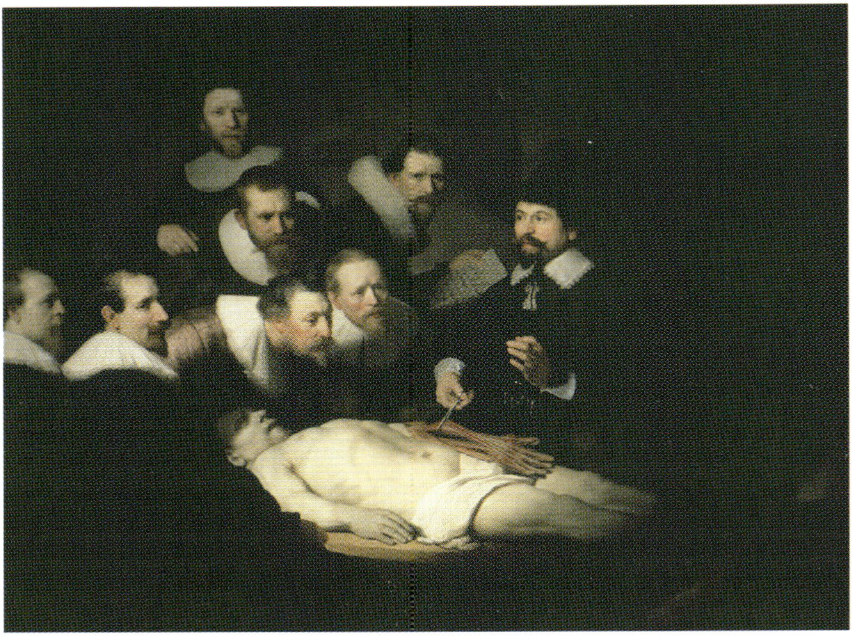

*Rembrandt van Rijn: Anatomische Vorlesung des Dr. Nicolaes Tulp, 1632. Vgl. S. 155.*

*Jan Steen: Die verkehrte Welt, 1663(?). Vgl. S. 155.*

Rokoko

Antoine Watteau: Einschiffung nach Kythera, 1717. Vgl. S. 156.

Klassizismus

Francisco Goya: Der 3. Mai 1808 (Hinrichtung der Aufständischen auf der Montana del Principe Pio), 1814. Vgl. S. 158.

*Caspar David Friedrich: Kreidefelsen auf Rügen, nach 1818. Vgl. S. 159.*
*Der Mensch erkennt seine Bedeutungslosigkeit vor de- überwältigenden Natur.*

*Vincent van Gogh: Selbstbildnis mit Pelzmütze, verbundenem Ohr und Tabakspfeife, 1889.*
*Vgl. S. 177.*

Claude Monet: Impression, Sonnenaufgang, 1872. Vgl. S 160.

Edouard Manet: Das Frühstück im Freien, 1863. Vgl. S. 177.

ustav Klimt: Der Kuss, 1908. Vgl. S. 178.

*Karl Schmidt-Rottluff: Du und ich, 1919. (Selbstbildnis des Künstlers mit seiner Frau). Vgl. S. 179. Schmidt-Rottluff gehörte der Künstlervereinigur »Die Brücke« an.*

*Franz Marc: Die großen blauen Pferde, 1911. Vgl. S. 179.*
*Franz Marc gehörte der Künstlergruppe »Der blaue Reiter« an.*

Pablo Picasso: Die Fräulein von Avignon, 1907. Vgl. S. 180.

## Surrealismus

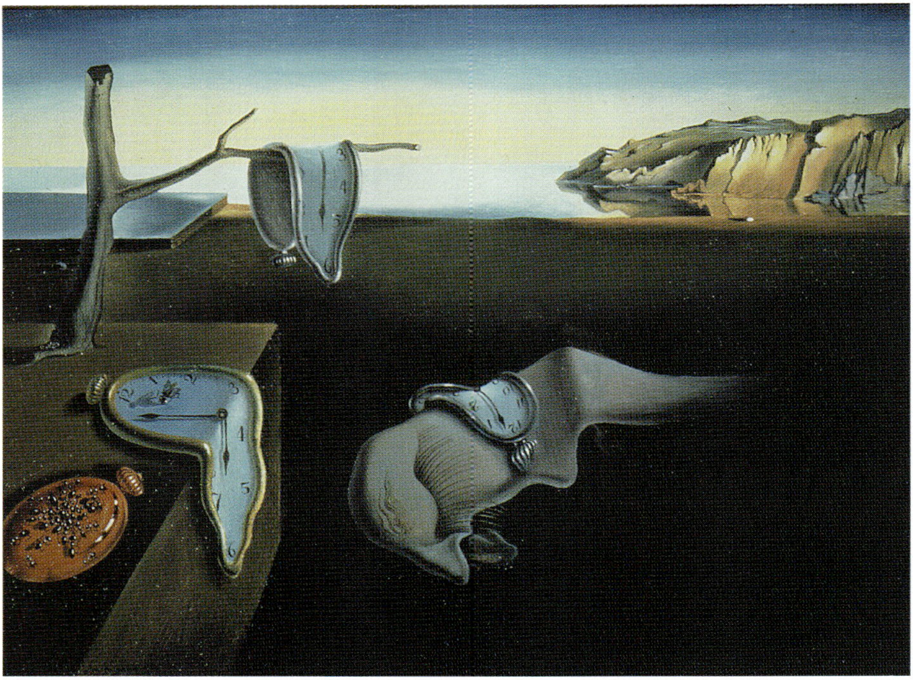

*Salvador Dali: Die Beständigkeit der Erinnerung (auch: Die weichen Uhren, oder: Die zerrinnende Zeit), 1931. Vgl. S. 182.*

## Abstrakte Kunst

*Jackson Pollock (1912-1956): Alchemie. Vgl. S. 184.*

Sein Kollege **Edouard Manet** (1832–1883) identifizierte sich zwar nicht mit den Impressionisten, wurde auf Grund seiner Technik aber dennoch von ihnen als Vorbild angesehen. In seinen Bildern schaffte er einen Ausgleich zwischen betonten Linien und dominierenden Farben und verteilte die Farben mit breitem Pinselstrich zu großen, leuchtenden Flächen. Eines von Manets Gemälden erregte beim Publikum besonderen Anstoß: Auf seinem berühmten Bild *Frühstück im Freien* (siehe Abb. im Farbteil) sitzt eine nackte Frau zwischen bekleideten Männern.

Die Welt der Cafés, des Theaters und der Tänzerinnen faszinierte Edgar Degas (1834–1917). Nachdem er eine klassische akademische Ausbildung genossen und verschiedene Historienbilder gemalt hatte, wählte er für seine Werke oft Szenen aus diesem Milieu. Dabei ist weniger sein Malstil typisch impressionistisch, vielmehr sind es die ungewöhnlichen Bildausschnitte, die seinen Balletszenen Dynamik und Spontanität verleihen.

Ein Außenseiter unter den Impressionisten war der holländische Maler Vincent van Gogh (1853–1890), ein Autodidakt, der erst auf Umwegen zur Kunst gelangte. Van Goghs Kunst stellte eine Ausnahme in der an sich schon vielfältigen Stilrichtung des Impressionismus dar. Zwar sind seine Landschaften ebenfalls aus deutlich erkennbaren, nebeneinander stehenden Farbflecken zusammengesetzt, doch ergibt sich bei van Gogh eine ganz andere Grundstimmung als beispielsweise bei den poetisch zarten Landschaften Monets. Im Gegensatz zu anderen Impressionisten wählt van Gogh kräftige, fast grelle Farben und setzt sie nicht tüpfchenweise mit kräftigen Pinselhieben auf die Leinwand (siehe Abb. im Farbteil). Dadurch entsteht eine zusätzliche Dynamik. Die emotionale Bewegtheit, die aus solchen Bildern spricht, ist nicht mehr rein malerisch, hier wird ein existentielles, expressives Aussagebedürfnis deutlich.

**BEMERKENSWERTES**

**Das Ohr des Vincent van Gogh**

**Die Bilder von van Gogh gehören heute zu den teuersten und begehrtesten der Welt. Doch der Maler selbst hat diesen Ruhm zu seinen Lebzeiten nicht erfahren. Im Gegenteil: Er lebte in Armut und war auf die Unterstützung seines Bruders angewiesen. Sein künstlerisches Schaffen blieb weitgehend unbeachtet – von all seinen Gemälden verkaufte er zu Lebzeiten nur ein einziges. Nach einer fortschreitenden Geisteskrankheit, in deren Verlauf er sich selbst ein Ohr abschnitt, beging van Gogh 1890 Selbstmord.**

***Wie erfolgreich war Manet zu Lebzeiten?***

*Manet sehnte sich nach gesellschaftlicher Anerkennung – doch gerade er war nach seinen provokant erotischen Bildern als Bürgerschreck verschrien. Die jungen Impressionisten bewunderten ihn als Wegbereiter, obwohl er selbst immer eine gewisse Distanz zu dieser Stilrichtung hielt und nie an einer impressionistischen Ausstellung teilnahm. Erst 1881 wurde Manet ein Preis im offiziellen Salon verliehen, was ihm endlich die erhoffte Anerkennung brachte.*

***Wie kam es, dass immer mehr Künstler außerhalb ihres Ateliers arbeiteten?***

*Eine Entwicklung, die den Impressionisten zugute kam, waren bereits fertig gemischte Ölfarben in Zinktuben. Sie ermöglichten es, vom Atelier ins Freie zu ziehen, um zu malen. Vorher mussten die Farben in langwierigen Prozeduren selbst angerührt werden – was das Arbeiten unter freiem Himmel äußerst schwierig gestaltete.*

***Was unterscheidet den Sezessionsstil vom Jugendstil?***
*Der Jugendstil war eine internationale Kunstrichtung, die in jedem Land einen anderen Namen hatte. Was in Deutschland der Jugendstil war, wurde in Frankreich Art nouveau, in England Modern Style oder Arts and Crafts und in Österreich schließlich Sezessionsstil genannt. »Sezession«, bedeutet inhaltlich nichts anderes als eine »Abspaltung« der Künstler von der übrigen Künstlergemeinde.*

*Malweise des Jugendstil*

Der **Jugendstil** war eine internationale kulturelle Strömung, die sich um die Wende vom 19. zum 20. Jahrhundert in verschiedenen Ländern entwickelte. In diesem historisch brisanten Zeitraum, in dem die Industrialisierung, die Entwicklung der Großstädte und damit das Phänomen der Masse mit Macht voranschritt, entstanden in der Kunst verschiedene, durchaus widersprüchliche Tendenzen, die als Reaktion auf das neue, entwurzelte Lebensgefühl des Individuums zu verstehen sind.

Während man im **Expressionismus** die inneren Spannungen des Menschen zum Ausdruck bringen wollte, setzte der Jugendstil auf die gegensätzliche Strategie: Der Kälte und Technik des modernen Zeitalters wollte man eine neue, wieder belebte Sinnlichkeit, Naturverbundenheit und Harmonie entgegensetzen. Eine Antithese der Schönheit und des Handwerklichen gegen die nackte Funktionalität des Maschinenzeitalters, das ist die Essenz der Jugendstilbewegung. Der Jugendstil wollte auf das gesamte Leben des Menschen Einfluss nehmen. So beschränkten sich die Künstler nicht auf die traditionellen Gebiete der Kunst, sie verstanden sich vielmehr als »Designer«, aller Lebensbereiche. Architektur, Stoffgestaltung, Möbel, Schmuck, Alltagsgegenstände jeder Art – nichts wurde aus dem großen Gesamtkonzept ausgeschlossen. Um sich von den gängigen klassizistischen Strömungen abzugrenzen, die immer wieder die bewährten Formen der Antike aufnahmen, entwarf der Jugendstil ein absolut neues, floral-geschwungenes, lineares Design bzw. Ornament, das alle Kunst- und Handwerksobjekte einheitlich umfasste.

In Österreich beherrschte vor allem ein Künstler den Stil von edler Ornamentik und betörend schönen Frauenkörpern: Gustav Klimt.

Wie schlafend oder in Trance erscheinen seine oft nackten, jugendlichen Modelle, die mit ihrer reich dekorierten Umgebung oder Kleidung zu einer glitzernden, sinnlichen Oberfläche verschmelzen (siehe Abb. im Farbteil). So harmonisch und gefällig uns diese Bilder heute erscheinen mögen, waren sie doch zu ihrer Entstehungszeit durchaus revolutionär. Klimts freizügige, genießerische Akte galten bei konservativen Zeitgenossen als skandalös.

Obwohl Klimt zeit seines Lebens nicht von seinem harmonischen, idealisierenden Menschenbild abgewichen ist, hat er doch indirekt dazu beigetragen, dass ausgehend von seiner Kunst, andere, radikalere Kunstauffassungen entstanden.

Der junge Egon Schiele war ein großer Bewunderer von Klimts Kunst. Klimts elegante Linienführung und harmonische Gestalten waren Schiele zunächst Vorbild. Bald aber schon veränderte sich

der Ausdruck seiner Motive: Aus den zarten Frauen wurden magere Mädchen, statt athletischer Modelle zeichnete Schiele seinen eigenen Körper in eckiger Linienführung und mit überlangen Gliedmaßen, sodass er einem ausgemergelten Häftling glich.
Gleichzeitig hatten sich die Gestaltungsmittel Schieles entscheidend geändert: Statt einer geschwungenen, nun eine brüchige Linie, die Farben waren nicht mehr leuchtend, sondern grell, die Verzierung hatte sich auf ein Minimum reduziert.
Schiele war demnach ein Grenzgänger zwischen Jugendstil und Expressionismus. In seiner Formensprache ursprünglich dekorativ, hatte er sich einer Ausdruckswelt zugewandt, die sich eigentlich gegensätzlich zum harmlos Dekorativen verhält.
Von ähnlicher zeichnerischer Genialität war der Franzose Henri Toulouse-Lautrec. Nach einer klassischen Ausbildung wandte er sich von konventionellen Themen ab und zeichnete in der schillernden und anrüchigen Welt des Pariser »Rotlichtmilieus«, seine Lieblingsmodelle: Tänzerinnen, Bardamen und Prostituierte. Bei aller Direktheit, mit der er alternde, überschminkte und groteske Gestalten darstellte, behält die Darstellung durch die Eleganz seines Stils stets eine gewisse Heiterkeit und Leichtigkeit.
Der Expressionismus geht sowohl in der Formsprache als auch seiner Bedeutungsschwere oft radikalere Wege. Die deutschen Expressionisten, die sich in zwei Künstlergruppen zusammenfanden (»Die Brücke«, in Dresden, siehe Abb. im Farbteil; »Der Blaue Reiter«, in München, siehe Abb. im Farbteil), wollten mit ihren Werken elementare, leidenschaftliche Gefühle des Menschen zum Ausdruck bringen. Als Mittel dienten ihnen dazu meist kontrastreiche, *pastos* (= dick) aufgetragene Ölfarben, die in deutlich sichtbaren Pinselhieben auf der Leinwand stehen blieben.

**Warum wurde im Expressionismus der Holzschnitt wieder populär?**
*In ihrer Begeisterung für alles Elementare und Ungezähmte kamen den Expressionisten die formalen Eigenheiten des Holzdrucks besonders entgegen. Durch den scharfen Kontrast von weißen und schwarzen Flächen und durch die splitternde Struktur des Holzes ergaben sich drastische Effekte, die den erwünschten Eindruck von Rohheit und Wildheit lieferten.*

**Welches Anliegen verfolgten die Künstler des Expressionismus mit ihrer Kunst?**
*Im Expressionismus wenden die Künstler ihr Interesse dem Innenleben des Menschen zu. Ungefähr zeitgleich zu Freuds Entdeckung des Unbewussten der menschlichen Seele, versuchen Künstler ihre unterdrücktesten, stärksten Gefühle in Bildern darzustellen. – Oftmals sind es bedrohliche Gefühle, die dabei im Vordergrund stehen: Die Einsamkeit des Menschen, die Gefangenheit in seinem Körper, Todesängste sind u. a. die Themen des Expressionismus.*

### BEMERKENSWERTES

**Der Schrei – scream**

**In Norwegen war Edvard Munch die zentrale Figur des Expressionismus. In schrillen Farben und mit fahrigen, schlingernden Linien malte er Bilder, die eine nicht greifbare, aber allgegenwärtige Gefährdung des Menschen spürbar machen. Berühmtestes Beispiel für dieses panische Lebensgefühl ist das Bild *Der Schrei* (1893). Dieses Bild ist das sprichwörtliche Vorbild zu der amerikanischen Kult-Horror-Trilogie *Scream*. Die Horrormaske im Film ist dem Kopf der Figur auf Munchs Bild genau nachempfunden.**

***Wieso ähneln viele Werke von Picasso und Braque einander?***
*Picasso und Braque arbeiteten so eng zusammen, dass sie sich selbst vorkamen »wie angeseilte Bergsteiger«. Das merkt man auch ihren Werken an. Denn ihre Bilder um 1911 kann man kaum voneinander unterscheiden. Und selbst die beiden Künstler waren sich später nicht mehr sicher, wer welches Bild gemalt hatte. 1914 wurde Braque in den Militärdienst einberufen. Als er 1917 verwundet aus dem Ersten Weltkrieg heimkehrte, nahm er die Zusammenarbeit mit Picasso nicht wieder auf.*

***Der Kubismus und die Farben?***
*Während Picasso und Braque sich meistens auf sehr wenige Farben beschränkten, experimentierten die Orphisten um Robert Delaunay mit leuchtenden Tönen. Delaunay war sogar der Meinung, dass die Konstruktion eines Bildes ganz allein von der Wirkung der Farben getragen werden kann.*

Der **Kubismus** hat zwei Urväter: **Pablo Picasso** (1881–1973) und Georges Braque (1882– 963). Picasso gab mit seinem revolutionären Gemälde *Les Demoiselles d'Avignon* (1906/07) den Anstoß für eine neue Bildauffassung, die die gesamte künstlerische Entwicklung der Moderne entscheidend prägen sollte. Fünf nackte Frauengestalten – dem Titel nach handelt es sich um Prostituierte – präsentieren sich offensiv dem Blick des Betrachters. Provokativ ist nicht nur das Sujet, geradezu schockierend war die Art und Weise, in der Picasso die Körperformen wiedergegeben hatte: Ohne die Illusion von Plastizität oder organischer Richtigkeit sind die Gestalten aus strengen geometrischen Formelementen zusammengesetzt. Innerhalb einer Gestalt oder eines Gesichts gibt es zahlreiche Brüche und Kanten, sodass jede Form nun zwei Aufgaben gleichzeitig erfüllt: Einerseits erinnert sie an vertraute Vorbilder aus der »realen« Welt, andererseits nimmt man sie auch als ein autonomes Gestaltungsmittel wahr. Dieses Prinzip überzieht das ganze Gemälde und verleiht ihm eine strenge formale Einheitlichkeit (siehe Abb. im Farbteil).

Kurze Zeit nachdem er das Werk fertig gestellt hatte, traf Picasso zum ersten Mal mit Braque zusammen. Dieser war zunächst von der absichtlichen »Hässlichkeit« des Bildes schockiert, doch nach und nach entwickelte er seinen eigenen Malstil in diese Richtung. Das führte zu einer zeitweilig sehr engen Arbeitsbeziehung der beiden. Die Künstler orientierten sich bei ihren Werken zwar weiterhin an Objekten der wirklichen Welt, »zerlegten« und »zersplitterten« – also abstrahierten diese jedoch so stark, dass fast gegenstandslose Kompositionen entstanden. Als Vorlagen dienten ihnen die klassischen Bildthemen, also Porträts, Landschaften und Stillleben. Charakteristisch für den Kubismus ist das vorrangige Interesse an der Form – die **Farbe** spielte eine untergeordnete Rolle. So dominieren in Picassos und Braques Werken fast ausschließlich ockerfarbene und graue Töne.

Der Kubismus entwickelte sich weiter. Nach der ersten, analytischen Phase, in der die Bildfläche malerisch »aufgebrochen« und die Raumillusion zerstört wurde, folgte nun die synthetische Phase, bei der das Gemälde um neue, aufgeklebte Bildebenen erweitert wurde: Die Collage war erfunden.
Eine weitere Neuerung schufen die beiden Künstler mit einer völlig anderen Art der Skulptur. Auch auf diesem Gebiet spielten sie eine Vorreiterrolle. Die erste kubistische Skulptur stellte Picasso 1912

fertig: Seine »Gitarre« bestand aus Blech und Draht – aus ganz anderen Materialien als sie Künstler sonst für Skulpturen verwendet hatten. Üblich waren bis dahin Holz, Stein, Ton oder Bronze gewesen. Picasso jedoch experimentierte mit Holz, Zinn, Karton, Papier und anderen Dingen, die er zum Teil am Straßenrand oder auf dem Müll gefunden hatte. Wie bei seinen Collagen, fügte er auch diese unterschiedlichen Einzelstücke zu einer Skulptur zusammen und gab ihnen damit einen ganz neuen Sinn.

Auch andere Künstler arbeiteten mit den stilistischen Mitteln des Kubismus. Einige wichen jedoch von den Grundzügen der beiden Erfinder ab. So entstand in Italien der **Futurismus** und 1914 in Frankreich der so genannte orphistische Kubismus, dessen Hauptvertreter Robert Delaunay (1885–1941), Sonia Delaunay-Terk (1885–1979), **Fernand Léger** (1881–1955), Marcel Duchamp (1887–1968) und Francis Picabia (1879–1953) waren. Robert und Sonia Delaunay experimentierten mit den Farben, die bei den Werken Picassos und Braques fehlten. Sie arbeiteten mit prismatischen Farben und Komplementärkontrasten, wobei die Werke insgesamt die kubistische Struktur beibehielten.

***Was versteht man unter Futurismus?***

*In Italien entwickelte sich eine Stilrichtung, die dem Kubismus nahe stand, sich in ihrer Aussage jedoch von ihm absetzte. Die Futuristen – unter ihnen beispielsweise Umberto Boccioni (1882–1916), Gino Severini (1883–1966), Carlo Carrà (1881–1966) und Giacomo Balla (1871–1958) – propagierten den auf technischen Neuerungen basierenden Fortschritt der Menschheit. Geschwindigkeit, Dynamik und Simultaneität waren die Inhalte, die sie in ihren Bildern zum Ausdruck bringen wollten. Die an sich statische Formsprache des Kubismus war die Ausgangsbasis für die allerdings wesentlich bewegter wirkenden Bilder der Futuristen.*

***Wie äußerte Léger seine Begeisterung für die Technik?***

*Léger begann bereits 1910 strenge geometrische Formen in seinen Bildern hervorzuheben. Er reduzierte die Figuren immer mehr zu röhrenförmigen Strukturen. Dies war in seiner Leidenschaft für alles Moderne und Technische begründet. Léger wurde vor allem nach 1917 zu einem Künstler des Maschinenzeitalters schlechthin.*

**BEMERKENSWERTES**

**Picasso und die Friedenstaube**

**Die Taube ist als Symbol für den Frieden weltweit berühmt geworden. Das hat sie Pablo Picasso zu verdanken. 1949 bekam er den Auftrag, ein Motiv für den Pariser Weltfriedenskongress zu gestalten. Als Motiv wählte Picasso auf den Vorschlag Louis Aragons die Taube. Sie war für ihn seit seiner Kindheit das Symbol seiner Wünsche – und wurde so zum Symbol für den Frieden.**

***Woher kommt der Begriff »Dada«?***
*Um die Entstehung des Begriffs »Dadaismus« ranken sich Legenden. Möglicherweise wurde der Name per Zufallsprinzip aus einem Wörterbuch herausgesucht. Ebenfalls plausibel klingt die Erklärung, der kindliche Stammellaut »Dada« sei einfach die ideale Bezeichnung für eine Kunstrichtung gewesen, die alles Pathetische und Vernünftige kategorisch ablehnte.*

***Welche Kunstauffassungen gab es parallel zu Dadaismus und Surrealismus?***
*Neben der Protesthaltung der Dadaisten und dem Interesse für die menschliche Psyche der Surrealisten gab es auch Maler, die unabhängig von diesen Strömungen eine sehr persönliche, poetische Ästhtetik in ihren Bildern entwickelten. Maler wie Paul Klee (1879–1940) oder Marc Chagall (1887–1985) verarbeiteten ihre Erinnerungen und subjektiven Gefühle in märchenhaften Bildkompositionen von mehr oder weniger starker Abstraktion.*

Die Stilrichtungen des **Dada** und des **Surrealismus** beherrschten die künstlerische Szene zwischen den beiden Weltkriegen. Die Tötungsmaschinerie des Ersten Weltkrieges, die es in solchem Ausmaß vorher nicht gegeben hatte, stürzte viele Intellektuelle und Künstler in Europa in eine tiefe Sinnkrise. Wie konnten die angeblich humanen und fortschrittlichen Zivilisationen des 20. Jahrhunderts Millionen junger Männer einem sinnlosen Gemetzel opfern, in dem es allein um die Durchsetzung nationalistischer Interessen ging?
Als Ausdruck ihrer Fassungslosigkeit und ihrer Ablehnung gegen die bürgerliche Gesellschaft formierten sich mehrere Künstler zu einer Art künstlerischen Protestbewegung, die nun – analog zum Wahnsinn des Krieges – eine Kunst des Absurden, Irrationalen und »Barbarischen« propagierte.

Als erstes Zentrum des europäischen Dadaismus ist das »Cabaret Voltaire« anzusehen, eine Kleinkunstbühne, die der Schriftsteller Hugo Ball (1886–1927)1916 in Zürich eröffnete. Hier stellten die Dadaisten ihre künstlerischen Werke aus und hier proklamierten sie ihre avantgardistischen Lautgedichte und -gesänge, bei denen sie mit getragenem Ernst und in grotesker Verkleidung absurde Lautfolgen vortrugen.
In der bildenden Kunst experimentierte der Schweizer Lyriker und Künstler Hans (Jean) Arp (1887–1966) mit dem Prinzip des Zufalls: Er ließ Papierschnipsel auf eine Unterlage fallen und fixierte die abstrakten Muster, die sich daraus ergaben. Einen konservativen Betrachter, der die Demonstration von meisterlichem Handwerk und »ernsthaften« Inhalten von einem Kunstwerk erwartete, musste die Leichtigkeit und »Schelmerei«, von Arps »Meisterwerken des Zufalls« provozieren.
Eine andere Form des Angriffs auf den bürgerlichen Kunstgeschmack erfand der Franzose Marcel Duchamp (1887–1968) 1913 mit seinen »ready-mades«: Eigentlich alltägliche, meist industriell gefertigte Gebrauchsgegenstände (z. B. ein Flaschenständer, ein Urinoir) wurden in einem künstlerischen Zusammenhang präsentiert und zu Kunstobjekten erklärt.
Einen ganz anderen Weg, um ihre Kritik anzubringen, fanden die Vertreter der **Neuen Sachlichkeit,** indem sie ihre Umwelt mit schonungslosem Blick karikierten.
Während diese und die Dadaisten mit ihren künstlerischen Werken in erster Linie auf die Geschehnisse in ihrer Umwelt reagieren wollten, richteten die Surrealisten ihre Aufmerksamkeit nun in die entge-

gengesetzte Richtung: Ihr Interesse galt dem Innenleben des Einzelnen, der menschlichen Psyche. Angeregt von den Erkenntnissen der von Sigmund Freud begründeten Psychoanalyse, berief sich der Surrealismus auf die Bedeutung des Unbewussten und des Traumes, in dem die Gesetze des Rationalen außer Kraft gesetzt werden und eine andere Wirklichkeit (*Surrealismus* = »Überwirklichkeit«) existiert. Innerhalb des Surrealismus gab es verschiedene Ansätze, diese zweite, verborgene Wirklichkeit zum Ausdruck zu bringen. So kreierten beispielsweise René Magritte (1898–1967) und Salvador Dalí (1904–1989) in ihren Bildern Traumwelten aus deformierten Körpern und absurden Landschaften, die durch ihre bestechend klare, naturalistische Malweise Realität suggerieren (siehe Abb. im Farbteil).

***Was wurde aus den Surrealisten?***
*Als 1939 der Zweite Weltkrieg ausbrach, flohen die meisten Surrealisten nach New York. Dort arbeiteten sie weiter, organisierten Ausstellungen und bereiteten den Boden für die amerikanischen Nachkriegsbewegungen, beispielsweise den abstrakten Expressionismus.*

Neben diesem Konzept des »bewusst Traumhaften« gab es Techniken, mit deren Hilfe die Kontrolle des Verstandes schon beim Gestalten umgangen werden sollte. Max Ernst (1891–1976) ließ viele seiner Bilder mit Hilfe der »Frottage« entstehen. Bei dieser Methode werden Gegenstände unter das Papier gelegt, deren Struktur dann durch Abreiben mit Grafit auf der Oberfläche erscheint.
Bei der »automatischen« Malerei (Automatismus) entsteht das Werk in einem spontanen und schnellen Malvorgang, bei dem keine Zeit zum Reflektieren bleibt. Aus dieser Technik entwickelte sich später der abstrakte Expressionismus.

***Was ist die »Neue Sachlichkeit«?***
*Als »Neue Sachlichkeit« wird ein Malstil bezeichnet, mit dem Künstler wie Otto Dix (1891–1969) und George Grosz (1893–1959) die Großstadtgesellschaft der Weimarer Republik kritisch unter die Lupe nahmen. Mit ihren pointierten, manchmal karikaturhaften Darstellungen von Prostituierten, Industriellen und Intellektuellen wollten sie einer von sozialer Ungerechtigkeit zerrissenen Gesellschaft den Spiegel vorhalten.*

## BEMERKENSWERTES

### Formen dadaistischen Protests

**Zwar hielten die Dadaisten Abstand zur Politik, nichtsdestotrotz haben viele ihrer Werke und Aktionen ein indirektes politisches Anliegen. So konnte eine Ausstellung von Max Ernst 1920 in Köln nur durch eine öffentliche Toilette betreten werden. Die Besucher der Eröffnung mussten an einem jungen Mädchen im Kommunionskleid vorbeigehen, das pausenlos unanständige Gedichte aufsagte. Außerdem wurden die Gäste aufgefordert, die Objekte der Ausstellung mit einem Beil zu zertrümmern. Mit solchen Provokationen wollten die Dadaisten gegen die bürgerliche Gesellschaft und alles, was als kulturell ehrwürdig galt, protestieren.**

***Warum wurde New York zur Kunstmetropole?***

*Bereits in den 30er-Jahren des 20. Jahrhunderts wanderten unter der Drohung des Krieges viele Europäer nach Amerika aus. Unter ihnen auch die bedeutendsten Künstler, Intellektuellen und Wissenschaftler. Viele der bekanntesten Maler dieser Zeit kamen nach New York, setzten ihre Arbeit hier fort und schufen so ein neues Zentrum der Kunst.*

***Welche Entwicklung nahm die Kunst in Europa zur Zeit des Abstrakten Expressionismus?***

*Nach dem Zweiten Weltkrieg herrschte auch in Europa die Tendenz zu einer abstrakten, von der Farbe dominierten Kunstrichtung vor. Hier nannte man diesen Stil informelle Kunst oder (auf französisch) Informel. Sie entsprang der Empfindung, dass eine an traditionellen Formvorstellungen gebundene Kunst nicht mehr zeitgemäß sei.*

Nach dem Zweiten Weltkrieg verlagerte sich das Zentrum der Kunst von Paris nach **New York.** Hier arbeiteten Maler wie Arshile Gorky (1904–1948), Jackson Pollock (1912–1956), Barnett Newman (1905–1970), Mark Rothko (1903–1970) und Willem de Kooning (1904–1997). Ihre Kunst wurde unter dem Begriff **Abstrakter Expressionismus** zusammengefasst.

Innerhalb dieser Strömung gab es jedoch sehr starke Unterschiede, was die Arbeitsweise und die Kunst- und Lebensauffassung der einzelnen Künstler betraf.

Gemeinsam war allen »Abstrakten« der Vorrang der Farbe gegenüber der Form und das Wissen um ihre emotionale Wirkung. Künstler wie Gorky und de Kooning trugen kräftige Farben mit gestischen und impulsiven Pinselstrichen auf. Diese expressiven Farbgeflechte sind jedoch nicht gänzlich abstrakt. Beide Maler arbeiteten »menschliche«, tier- und pflanzenähnliche Formen in ihre Bilder ein.

Sowohl bei de Koonings als auch bei Gorkys Bildern erlebt der Betrachter die Farbe als ein vibrierendes, lebendiges Element, das die intensiven Emotionen des Malers während des Malvorgangs widerspiegelt. Mit seinen legendären *drip-paintings* (»Tropfbilder«) greift Jackson Pollock das Bestreben dieser Kunstrichtung auf und treibt es auf die Spitze. Er legte riesige Untergründe auf den Boden seines Ateliers und schleuderte die Farbe in einer ekstatischen und schweißtreibenden Aktion auf die Bildfläche. So entstand eine Bildstruktur, die den energiegeladenen Malvorgang unmittelbar widerspiegelt (siehe Abb. im Farbteil). Diese Malmethode wurde unter dem Namen *Action-Painting* bekannt. Eine andere neue künstlerische Ausdrucksform war das **Happening.**

Fast zur gleichen Zeit entwickelten einige Maler eine entgegengesetzte Deutung der Farbe.

Mark Rothko beschränkte sich in seinen Gemälden auf wenige ruhige Farbflächen, die dem Betrachter durch ihre weichen Konturen und den »wolkigen« Farbauftrag ein Gefühl der Schwerelosigkeit und Ruhe vermitteln.

Auch Barnett Newman und andere Maler der *Colour-Field-Malerei* (Farbfeldmalerei) stellten die meditative Wirkung der Farbe in den Vordergrund: Newman bedeckte große Leinwände mit monochromen (einfarbigen), klar abgegrenzten Farbflächen und durchzog diese mit andersfarbigen Farbbändern, den so genannten *zips.* So wurden die leuchtenden Felder in rhythmische Bewegung versetzt. Trotz ihrer augenfälligen Verschiedenheit waren *Colour-field-Male-*

*rei* und *Action-Painting* letztlich zwei Spielarten derselben Idee, die seit Beginn der Moderne die Kunst beherrschte: Bildfläche und Farbe sollen dem Betrachter keinen »Abklatsch« der Realität präsentieren, sondern sind als autonome Mittel zu verstehen, die sich immer auch selbst darstellen.

Während sich die Kunst der Abwendung von Gegenstand und Abbild verschrieben hatte, bot die Alltagskultur der boomenden Industriegesellschaft der 50er-Jahre mit Comics, Werbegrafik und Fernsehen dagegen eine bunte, üppige Bilderflut auf. Inspiriert durch diese Bilder war Jasper Johns (1930) einer der Ersten, die sich dem gegenständlichen wieder zuwandten. Als Motiv seiner Gemälde wählte er Dinge aus dem Alltag. Der Betrachter hatte nun zu entscheiden, ob es sich bei diesen Darstellungen um das Abbild eines realen Gegenstandes handelt, oder ob das so genannte Abbild nicht eventuell mit dem Gegenstand identisch ist.

Andy Warhol (1928–1987) war ein Meister darin, das angeblich Banal-Gegenständliche zu idealisieren: Der Tomatensuppe der Firma Campbell setzte er ein Denkmal, indem er »Serienporträts« von ihren Suppendosen anfertigte. Auf vielfältige Weise gelang es den *Pop-Art*-Künstlern so, die Grenzen zwischen »Hoch-« und Alltagskultur zu verwischen.

Mit dem Ende der Moderne ging die letzte Kunstepoche zu Ende, die allgemein verbindliche Gesetze für die Kunst festlegen wollte – mit der Postmoderne nahm die pluralistische Kunstauffassung ihren Anfang, die grundlegend ist für die zeitgenössische Kunst.

***Was ist ein »Happening«?***

*Bei einem Happening ist das Kunstwerk kein fertiger Gegenstand, sondern eine Aktion. Die Grenze zwischen Kunst und täglichem Leben wird damit aufgehoben. Damit soll die Intensität des Erlebens gesteigert werden. Der Begriff des Happenings wurde 1958 zum ersten Mal gebraucht, führt aber eigentlich auf Ideen des Dadaismus zurück.*

**BEMERKENSWERTES**

**Pop-Art und Kommerz**

**Der Pop-Art-Künstler Claes Oldenburg (*1929), der durch Plastiken bekannt wurde, die Alltagsgegenstände absurd verfremdet wiedergeben, wollte – ähnlich wie Warhol – Kunst und Alltagswelt einander annähern. Als Ausdruck dieser Haltung ging er dazu über, seine Werke in scheinbar ganz gewöhnlichen Läden anzubieten, in denen auch Dinge des täglichen Lebens verkauft wurden.**

# WELTRELIGIONEN

# DAS CHRISTENTUM

***Worauf geht der Brauch der heiligen Kommunion oder des Abendmahls zurück?***
*Beim letzten Abendmahl vor seiner Kreuzigung verteilte Jesus Brot und Wein an seine Jünger. Er erklärte, das Brot sei sein Leib und der Wein sein Blut. Dieser Brauch wird noch heute in der Kirche als Kommunion (katholische Kirche) oder als Abendmahl (protestantische Kirche) praktiziert.*

***Wer waren die zwölf Jünger?***
*Jesus hatte zwölf Jünger. Ihre Namen sind: Simon Petrus, Jakobus der Ältere, Johannes, Andreas, Philippus, Bartholomäus, , Mätthäus, Thomas, Jakobus der Jüngere, Thaddäus, Simon Kananäus und Judas Iskariot. Für Judas kam Matthias hinzu. Als Jünger bezeichnete man später alle Anhänger Jesus, unter ihnen auch Paulus.*

***Was war die Reformation?***
*Im 16. Jahrhundert kam es zu einer Bewegung, die die Kirche erneuern und an ihre Quelle, die Bibel, heranführen wollte. Diese Bewegung ging als Reformation in die Geschichte ein. Der bekannteste deutsche Reformator war Martin Luther (1483–1546), ein Augustinermönch. Er leitete den Bruch mit dem Papsttum ein. Die Anhänger der aus der Reformation hervorgegangenen evangelischen Kirchen werden Protestanten genannt.*

Das Christentum ist die Religion mit den weltweit meisten Anhängern. Rund 1.966.000.000 Christen leben vor allem in Europa, Amerika, Australien und Afrika. Zum Christentum zählen Anhänger einzelner Kirchen und Konfessionen. Das sind z. B. Katholiken, Protestanten, Orthodoxe oder die Freikirchen.

Der zentrale Inhalt des Christentums ist der Glaube an den einen Gott, der die Welt und alles Leben erschaffen hat. Die Christen halten Jesus Christus für Gottes Sohn, dem menschliche Gestalt verliehen wurde, als seine Mutter, die Jungfrau Maria, ihn gebar. Jesus Christus ist erschienen, um die Menschen mit Gott zu versöhnen und die Botschaft von Gottes Liebe in die Welt zu tragen. Durch den Tod Jesu am Kreuz brach Gott die Macht des Bösen. Der Glaube an die Auferstehung Jesu bedeutet, dass sein Tod nicht als Scheitern, sondern als ein Anfang gewertet wird. Sein Tod hat allen etwas gebracht, die an ihn glauben. Seit der Auferstehung gibt es Hoffnung und ein neues Leben über menschliche Grenzen hinaus. Jesus erhielt den Beinamen Christus, von griechisch *christos,* der »Erlöser«.

Die Ursprünge des Christentums liegen in den Jahren 6 bis 4 v. Chr., als Jesus von Nazareth in Bethlehem/Palästina geboren wurde. Um das Jahr 27 n. Chr. wurde Jesus von Johannes dem Täufer getauft und predigte und heilte nun drei Jahre lang. Er scharte viele Anhänger um sich. Um das Jahr 30 n. Chr. wurde er von den römischen Besatzern des Landes gekreuzigt. Kurz zuvor hielt er mit seinen Anhängern das **letzte Abendmahl**. Drei Tage später soll er von den Toten auferstanden sein.
In den folgenden Jahrzehnten begaben sich die **Jünger** Jesu auf Reisen und verkündeten die christlichen Lehren. Das Christentum breitete sich im römischen Weltreich immer weiter aus, bis es um das Jahr 380 n. Chr. offizielle Religion der Römer wurde.

Der christliche Glaube richtet sich weniger auf das Historische als auf die Bedeutung der Person Jesu, in der Gottes Offenbarung geschichtlich greifbar wurde. Sie wird der Heiligen Schrift (Bibel) entnommen. In dieser wird Christus als die Wende im Ablauf der Weltgeschichte dargestellt. Das Christentum gründet auf der jüdischen Religion des Alten Testaments und sieht sich als Erfüllung der dort gegebenen Weissagungen und zugleich als Überwindung der an das Volk Israel gebundenen Gesetzlichkeit.
Im Laufe der Jahrhunderte erfuhr die christliche Lehre viele Verän-

derungen. Die Einheit der Kirche zerbrach im Jahr 1054 durch die Spaltung in die katholische Kirche und die orthodoxe Kirche. Die Einheit der katholischen Kirche zerfiel während der **Reformation** im 16. Jahrhundert. Als deren Folge entstanden eigenständige evangelische Kirchen und die anglikanische Kirche in England. Besonders seit dem 18. Jahrhundert bildeten sich viele Freikirchen und Sondergemeinschaften.

Heute gehören rund 53 Prozent der Christen der **katholischen** Kirche an, ca. 20 Prozent der **evangelischen** Kirche, rund zwölf Prozent der **orthodoxen** Kirche und den orientalischen Nationalkirchen. Rund vier Prozent gehören zur anglikanischen Kirche. Die übrigen Gläubigen verteilen sich besonders in Afrika auf eine Vielzahl von unabhängigen Kirchen.

**BEMERKENSWERTES**

**Die Sakramente**

**Die katholische Kirche kennt sieben Sakramente: Taufe, Firmung, Buße, Kommunion, Ehe, Priesterweihe und letzte Ölung.**
**Die evangelische Kirche kennt zwei Sakramente: Taufe und Abendmahl.**

***Was bedeuten die Begriffe katholisch, evangelisch und orthodox?***

*Der Begriff »katholisch« stammt aus dem Griechischen und bedeutet »das Ganze betreffend«. Katholisch bezeichnet demnach das, was »das allen Gemeine bewahrt«. Die katholische Kirche verstand sich als »weltweite Kirche«, die die ganze Welt, alle Menschen und Zeiten umspannt und sich nicht an eine bestimmte Rasse, soziale Klasse oder Nation bindet. Nach der Kirchenspaltung im 16. Jahrhundert wurde der Begriff zum Etikett für die Konfession der römischen Kirche. Der Begriff »evangelisch« bezeichnet heute eine bestimmte Glaubensrichtung – die der Anhänger Luthers. Das ursprüngliche griechische Wort* Evangelium *bedeutet »gute Nachricht« und bezeichnet zusammenfassnd die Botschaft Jes. Evangelisch sein bedeutet demnach, in der Nachfolge Jesu Christi, dem Evangelium entsprechend, zu leben. Orthodox ist die Bezeichnung für eine Lehre, die mit dem überlieferten kirchlichen Dogma übereinstimmt. Heute versteht man unter orthodox alle Ostkirchen, die aus der byzantinischen Kirche hervorgegangen sind und sich als Folge der Kirchentrennung zwischen Rom und Konstantinopel im Jahr 1054 von der römischen Kirche des Westens getrennt haben. Die orthodoxe Kirche versteht sich selbst als »rechtgläubig« und »Gott auf rechte Art die Ehre gebend«.*

**Hat die Bibel Einfluss auf unseren Alltag?**
*Viele Zitate und Gleichnisse aus der Bibel prägen unser Verhalten und Moralgefühl. Berühmte Zitate sind z. B.: Auge um Auge, Zahn um Zahn (2 Mose 21,24). Wer andern eine Grube gräbt, fällt selbst hinein (Sprüche 26,27). Seid fruchtbar und mehret euch (1 Mose 1,28). Wolf im Schafspelz (Matthäus 7,15). Sein Licht unter den Scheffel stellen (Matthäus 5,15). Berühmte Gleichnisse sind »der gute Hirte« (Matthäus 18: Ein Hirte hütet eine Herde mit 100 Schafen. Wenn eines verloren geht, verlässt er die Herde, um es zu suchen.) oder »der barmherzige Samariter« (Lukas 10: Ein jüdischer Mann liegt verletzt am Wegesrand. Während zwei jüdische Geistliche ihn ignorieren, hilft ihm ein Samariter, obwohl Samariter und Juden erbitterte Feinde sind.)*

**Was geschah am siebten Tag der Schöpfungsgeschichte?**
*In der Schöpfungsgeschichte wird beschrieben, wie Gott in sechs Tagen die Welt erschuf. Am siebten Tag ruhte er sich aus. Nach seinem Vorbild ruhen auch die Christen am siebten Wochentag aus und ehren Gott.*

Das zu Grunde liegende griechische Wort für **Bibel** bedeutet »Bücher«. Die Bibel ist eine Sammlung von insgesamt 66 Schriften. Sie ist für alle christlichen Kirchen die Grundlage für Glauben, Lehre und Handeln und wird dehsalb als »Heilige Schrift« oder »Wort Gottes« bezeichnet. Sie setzt sich aus dem Alten und dem Neuen Testament zusammen.

Das Alte Testament wurde ursprünglich in hebräischer Sprache verfasst. Seine Geschichten, Gebete und religiösen Betrachtungen stammen aus vorchristlicher Zeit. Auf sie bezieht sich auch der jüdische Glaube.
Die Handschriften des Alten Testaments entstanden innerhalb eines Jahrtausends und wurden mehrfach überarbeitet. Sie bestehen aus drei verschiedenen Gruppen: 1. die geschichtlichen Bücher , 2. die prophetischen Schriften und 3. die lehrhaften und liturgischen Schriften. Sie handeln, beginnend mit der **Schöpfungsgeschichte**, von der Geschichte des Volkes Israel vor Jesu Geburt. In ihnen sind auch viele Anweisungen für ein gottgefälliges Leben wie beispielsweise die **Zehn Gebote** enthalten.

Das Neue Testament entstand nach dem Tod Jesu. Es handelt vom Leben des Messias (des Erlösers) und der Entstehung der christlichen Kirche. Die ältesten Texte sind die Briefe des Apostels Paulus, die ca. um das Jahr 50 n. Chr. verfasst wurden. Im Laufe der folgenden Jahrhunderte kamen weitere Texte hinzu.

Innerhalb der christlichen Kirche wurde lange debattiert, welche der Texte des Alten und des Neuen Testaments als Offenbarung Gottes anerkannt und welche gestrichen werden sollten. Diesen Prozess nennt man Kanonisierung. Sie wurde im vierten Jahrhundert nach Christus abgeschlossen.
Das Neue Testament besteht seitdem aus der Apostelgeschichte, 21 Briefen an christliche Gemeinden, der Offenbarung des Johannes, einem apokalyptischen Buch und vor allem den vier Evangelien. Das Wort *Evangelium* bedeutet übersetzt »gute Nachricht«. Die Christen verstehen darunter die Heilsbotschaft Jesu. Der Evangelist Markus verwendete als Erster den Begriff Evangelium als Überschrift seines Berichts über Jesu Leben und Wirken. Dadurch entstand eine neue Form religiöser Schriften, die Evangelien. Jeder der vier Evangelisten Matthäus, Markus, Lukas und Johannes schrieb darin aus seiner Sicht die Lebensgeschichte Jesu auf. Die Texte des Neuen

Testaments sind in einer sehr viel kürzeren Zeit als die des alten Testaments niedergeschrieben worden. Bereits im zweiten Jahrhundert n. Chr. waren sie abgeschlossen.

Die ursprüngliche Fassung des Neuen Testaments wurde in griechischer Sprache geschrieben. Gleich nach ihrer Entstehung wurde sie vielfach abgeschrieben. Die berühmtesten neutestamentlichen Handschriften sind der Codex Sinaiticus (viertes Jahrhundert, in London), der Codex Vaticanus (viertes Jahrhundert, in Rom), der Codex Alexandrinus (fünftes Jahrhundert, in London) und der Codex Ephraemi Syri rescriptus (fünftes Jahrhundert, in Paris).
Sowohl das Alte als auch das Neue Testament wurden im Laufe der Jahrhunderte nicht nur abgeschrieben, sondern auch übersetzt. Dabei unterlagen die Texte vielfachen Veränderungen. Beim Abschreiben der Texte schlich sich so mancher Fehler ein. Die Suche nach dem authentischen Text trug zum Entstehen der Bibelwissenschaften bei. Sie hat u. a. die Aufgabe, die in die Entstehungs- und Überlieferungsgeschichte eingedrungenen Textveränderungen der Bibel zu erkennen und zu streichen, um den ursprünglichen Wortlaut zu erhalten.

Heute ist für die katholische Kirche die älteste lateinische Übersetzung der Bibel maßgebend, die »Vulgata« (um 405 n. Chr.). Für die evangelische Kirche dagegen ist Martin Luthers Übersetzung ins Deutsche maßgebend, die zwischen 1522 und 1534 entstand und 1984 von Bibelwissenschaftlern revidiert wurde.

**BEMERKENSWERTES**

**Ein Bestseller**

**Im 15. Jahrhundert konnten viele Menschen nicht lesen. Damals wurden die Bibelgeschichten auf Glasfenstern und Kirchenwänden dargestellt, damit jeder sie sehen konnte. Das erste je gedruckte Buch war eine lateinische Ausgabe der Bibel. Sie entstand im Jahr 1455 in der Werkstatt Johannes Gutenbergs in Mainz.**
**Die Bibel ist mittlerweile in rund 2.000 Sprachen und Dialekte übersetzt worden. Bisher wurden mehr als sechs Mrd. Exemplare gedruckt. Dies entspricht ungefähr einem Buch pro Erdbewohner. Die Bibel ist damit das meistverkaufte und -gelesene Buch der Welt.**

***Welches sind die Zehn Gebote?***

*Die Zehn Gebote sind Bestandteil des Alten Testaments (2. Buch Mose). Sie zeigen den Menschen, wie sie in Harmonie zusammenleben sollen.*

**1** *Ich bin der Herr, dein Gott. Du sollst keine anderen Götter neben mir haben.*
**2** *Du sollst dir kein Gottesbild machen, das du anbetest und dem du dienst.*
**3** *Du sollst den Namen des Herrn, deines Gottes, nicht missbrauchen.*
**4** *Du sollst den Feiertag heiligen.*
**5** *Du sollst deinen Vater und deine Mutter ehren.*
**6** *Du sollst nicht töten.*
**7** *Du sollst nicht Ehebrechen.*
**8** *Du sollst nicht stehlen.*
**9** *Du sollst nicht falsch Zeugnis reden wider deinem Nächsten.*
**10** *Du sollst nicht begehren, was deinem Nächsten gehört.*

Das christliche Kirchenjahr beginnt am ersten Adventssonntag. Das ist der vierte Sonntag vor Weihnachten. *Advent* bedeutet »Ankunft« und bezeichnet die Zeit der Vorbereitung auf Weihnachten. Mit **Adventskalendern** und **-kränzen** zählen die Christen die Tage bis zum Weihnachtsfest.

***Seit wann gibt es einen Adventskalender?***
*Der erste Adventskalender wurde 1903 in München von Gerhard Lang gedruckt. Solche Kalender wurden schnell populär. Nach 1920 fanden sie bereits internationale Anerkennung.*

Das erste Fest im Kirchenjahr ist das des heiligen Nikolaus am 6. Dezember. Es geht zurück auf Nikolaus, den Bischof von Myra, der im vierten Jahrhundert in Kleinasien lebte. Ihm schrieb man viele gute Taten zu. Schon im sechsten bis neunten Jahrhundert wurde der 6. Dezember als sein Todes- oder Begräbnistag gefeiert.

***Woher kommt der Adventskranz?***
*Um die Mitte des 19. Jahrhunderts wurde es in der Erziehungsanstalt »Raues Haus« in Hamburg üblich, einen Kranz mit vielen Lichtern aufzustellen. Er sollte die andächtige Erwartung des Herrn fördern. Diese Idee verbreitete sich zunächst in den evangelischen Städten, vor allem in Gemeindehäusern, Schulen und Kinderheimen. Der Brauch erlebte in den 20er-Jahren des 20. Jahrhunderts seine erste große Verbreitung. Doch erst nach dem Zweiten Weltkrieg wurde er in den katholischen Teilen Deutschlands, in Österreich und der Schweiz akzeptiert. Mit der Festlegung auf vier Kerzen für die Adventssonntage ging seine Verbreitung im Familienkreis einher.*

*Der heilige Nikolaus von Myra*

Im elften Jahrhundert breitete sich der Brauch weiter aus: Die Adventszeit wurde zum religiösen Unterricht der Kinder genutzt. Am Vorabend des 6. Dezember ließen die Erwachsenen den Nikolaus im Bischofsgewand auftreten, um das erworbene Wissen der Kinder zu überprüfen. Danach belohnte oder bestrafte er. Dieser Brauch erfuhr im Laufe der Jahrhunderte viele Abwandlungen. Die berühmteste Figur am Ende des Verwandlungsprozesses ist der Weihnachtsmann, der mit Pelzmütze, Wanderstab und Gabensack ausgerüstet am Heiligabend die Kinder beschert.

Das **Weihnachtsfest** ist das erste große Fest im Kirchenjahr. Es erinnert an die Geburt Jesu Christi. Seit dem Jahr 354 wird es am 25. Dezember gefeiert. Historiker vermuten, dass es an das Fest des *Sol invictus* (»unbesiegte Sonne«) anknüpft, den der römische Kaiser Aurelian im Jahre 274 als Reichsgott eingesetzt hatte. In Deutschland wird der Heilige Abend am 24. Dezember groß gefeiert. Diese Sitte geht auf römisches und germanisches Brauchtum zurück. Andere Länder feiern vor allem den 25. Dezember, den ersten Weihnachtsfeiertag. Die häusliche Bescherung der Kinder durch das Christkind bildete sich im 16. Jahrhundert in evangelischen Gebieten aus. Sie war eine Reaktion auf den Nikolauskult der Katholiken. Die Protestanten lehnten die Anbetung von Heiligen ab, so auch die Verehrung des heiligen Nikolaus, der die katholischen Kinder am Vorabend des 6. Dezember bestrafte oder belohnte. Dem protestantischen Verständnis nach kam allein Gott diese Position zu, weshalb von ihnen der Brauch eingeführt wurde, am Heiligen Abend ein erwachsenes Christkind zu schicken.

Zum Weihnachtsfestkreis gehören auch das Fest zu Ehren der Heiligen Drei Könige am 6. Januar sowie als Abschluss Mariä Lichtmess am 2. Februar. Dieses Fest erinnert an die Weihung des kleinen Jesu im Tempel. Der wichtigste Brauch ist die Kerzenweihe. Das Licht der geweihten Kerze symbolisiert das Licht des Heiligen Geistes, das die Herzen der Menschen erleuchten und sie vor den Lastern bewahren soll.

***Warum stellen wir einen Weihnachtsbaum auf?***

*Der Brauch stammt aus Deutschland. Er wurde hier seit dem 16. Jahrhundert praktiziert und griff allmählich auch auf andere Länder über. Er geht zurück auf die mittelalterlichen Weihnachts- oder Paradiesspiele, die den Sündenfall im Paradies zum Thema hatten. Bei diesen Spielen wurde ein Baum in die Mitte der Szene getragen. Er stellte den Baum der Erkenntnis dar. Auf der einen Seite war er mit Äpfeln geschmückt, die für das Böse standen, auf der anderen Seite mit den Leidenswerkzeugen wie Dornenkrone, Kreuznägel und Kreuz. Später hielt der geschmückte Baum Einzug in die Wohnstuben und wurde mit Kerzen versehen. Damit verwies er auf die Lichtsymbolik, die in Johannes 1,5 ff. zum Ausdruck kommt: »Das Licht leuchtet in der Finsternis.«*

**BEMERKENSWERTES**

**Nikolaus' Kleider**

**Heutzutage tritt der Nikolaus meist in einem roten Anzug mit weißem Rauschebart auf. Dieses Aussehen hat er allerdings erst seit einer Werbekampagne der Firma Coca Cola in den 30er-Jahren des 20. Jahrhunderts.**

***Warum bringt der Osterhase die Eier?***
*Seit Beginn des 19. Jahrhunderts setzte sich die Vorstellung durch, dass ein Hase die Ostereier bringt. Die Idee stammt aus bürgerlichen evangelischen Kreisen. Die Protestanten vollzogen weder das Fasten noch die Eierweihe nach, da dies katholische Bräuche waren. Eiergeschenke wurden aber weiter ausgeteilt. Zur Verschleierung ihrer Herkunft wurden sie jedoch versteckt. Da sich nun die Frage erhob, woher sie kamen, griff man auf überlieferte Vorstellungen zurück: Auf alten Schöpfungsbildern ist der Hase ein Symbol für Gott oder die Fruchtbarkeit. In der mittelalterlichen Darstellung ist er ein Symbol des Lichtes, ein Christussymbol und vor allem auch ein Symbol der Auferstehung.*

Das älteste und wichtigste Fest der Christen ist das Osterfest. Seit dem Jahr 325 n. Chr. wird es am ersten Sonntag nach dem ersten Frühjahrsvollmond gefeiert. Das Osterfest erinnert an die Auferstehung Jesu. Am Karfreitag gedenkt man seiner Kreuzigung. Zwei Tage danach, am Ostersonntag, wird seine Auferstehung von den Toten gefeiert.

Im Laufe der Jahrhunderte haben sich viele Osterbräuche ausgebreitet. Das **Osterei** gehört zu den ältesten Requisiten der Osterfeier. Infolge der sechswöchigen Fastenzeit, die früher zwischen Aschermittwoch und Ostern vorgeschrieben war und in der auf Fleisch, Milchprodukte und Eier verzichtet werden musste, gab es einen Überschuss an Eiern. Diesen galt es rasch abzubauen. Seit dem zwölften Jahrhundert wurden die Eier in die kirchliche Speisenweihe am Ostersonntag einbezogen. Das Ei galt als Sinnbild entstehenden Lebens und damit auch als Zeichen für die Auferstehung Christi. Seit Beginn des 13. Jahrhunderts sind gefärbte Ostereier bekannt. Die Einfärbung verfolgte den Zweck, die an Ostern geweihten Eier von den ungeweihten zu unterscheiden.
In der Osternacht, der Nacht von Samstag auf Ostersonntag, wird Osterwasser geschöpft. Es soll Gesundheit bringen. Ebenso werden Osterfeuer entzündet, die die Felder und das Haus schützen sollen. Zahlreiche Kirchengemeinden veranstalten zudem Passionsspiele, in denen der Leidensweg Jesu nachgespielt wird.

Der vorösterlichen Fastenzeit ging eine ursprünglich sechstägige Zeitspanne voraus, die als Fastnacht, Karneval oder Fasching bezeichnet wird. Sie wurde als böse Gegenwelt zu einer freiwilligen Umkehr zum Guten am Aschermittwoch verstanden. In der Fastnacht sollte alles zur Darstellung kommen, was »des Teufels ist«. Deshalb wurden schreckliche Masken getragen. Dieser Brauch ist seit Beginn des 13. Jahrhunderts belegt. Auch er hat seine Wurzeln jedoch in **vorchristlicher Zeit**.
Zum Osterfestkreis gehört auch der Palmsonntag. Das ist der Sonntag vor Ostern, mit dem die Karwoche, auch heilige Woche genannt, eingeleitet wird. Der Palmsonntag erinnert an den Einzug Jesu in Jerusalem. Ihm zu Ehren stand das jüdische Volk mit Palmzweigen winkend am Straßenrand. Noch heute feiern die katholischen Gemeinden diesen Tag mit der Palmweihe und Prozessionen.

Vierzig Tage nach Ostern gedenkt die römische Kirche mit dem Fest Christi Himmelfahrt der Auffahrt des auferstandenen Jesus in den Himmel. Zehn Tage danach wird das Pfingstfest gefeiert. Es erinnert an den Heiligen Geist, der am zehnten Tag nach der Himmelfahrt Jesu den Aposteln von Gott gesandt wurde. Am ersten Donnerstag nach Abschluss der Osterperiode feiern die Katholiken Fronleichnam, die Einsetzung der Eucharistie. Sie greift das letzte Abendmahl auf.

Zwischen Ostern und Weihnachten reihen sich mehrere katholische Feiertage aneinander, so z. B. das Johannisfest am 24. Juni, das Johannes den Täufer ehrt und gleichzeitig dem germanischen Fest der Sonnwendfeier eine neue Bedeutung gab. Es folgen Mariä Himmelfahrt – die Aufnahme der Mutter Jesu in den Himmel –, das Kirchweihfest zu Ehren der Gotteshäuser und der Gemeinschaft der Gläubigen. Mit dem Erntedankfest danken die Christen Gott für die eingebrachte Ernte. Am 1. und 2. November werden Allerheiligen und Allerseelen gefeiert. Dabei werden die Heiligen bzw. die Toten geehrt.
Ein populäres Fest ist das des heiligen Martin, der der Legende nach seinen Mantel mit einem Bettler teilte. Zu seinem Gedenken marschieren die Christen am 11. November in Martinszügen mit Fackeln und Laternen durch die Straßen. Ebenfalls im November wird der Buß- und Bettag gefeiert. Er geht auf vorchristliches Brauchtum zurück, in dem das Volk an festgesetzten Tagen Buße tun sollte, um das Land vor Not zu bewahren. Dieser Brauch wurde auch von der mittelalterlichen Kirche aufgegriffen. Seit 1892 wurde der Versuch gemacht, für ganz Deutschland einen einheitlichen Bußtag einzuführen. Er wird seitdem jeweils am Mittwoch vor dem letzten Sonntag im Kirchenjahr begangen.

***Warum sind in viele christliche Feste vorchristliche Bräuche eingeflossen?***
*Als das Christentum eingeführt wurde, erschien es unklug, das einfache Volk mit völlig neuen Bräuchen zu konfrontieren und ihnen die althergebrachten zu nehmen. Der neue Glaube hätte sich so schwerlich durchsetzen können. Deshalb übernahm man alte Bräuche wie z. B. das Fest des* Sol invictus *»unbesiegte Sonne«, den der römische Kaiser Aurelian als Reichsgott eingesetzt hatte, oder das germanische Austreiben des Winters und gab ihnen eine neue, christliche Deutung: Weihnachten oder Fasching.*

## BEMERKENSWERTES

### Zeichen und Symbole

**Ein Symbol für Pfingsten ist die weiße Taube. In mittelalterlichen Abbildungen steht sie für den Heiligen Geist, der an Pfingsten von Gott gesandt wurde. In manchen Kirchen ließ man deshalb im Mittelalter an Pfingsten Tauben fliegen. In anderen Gemeinden streute man als Zeichen des Heiligen Geistes während des Gottesdienstes Rosenblätter auf die Gläubigen herab.**

***Was ist der Unterschied zwischen Sunniten und Schiiten?***
*Der Islam spaltet sich in die Anhänger zweier Gruppierungen. Die Schiiten sind die Anhänger des Ali, Mohammeds Schwiegersohn. Sie glauben, dass die religiöse und weltliche Führerschaft des Islam den Nachkommen des Propheten zukomme. Die Sunniten dagegen, die in der Mehrheit sind, lehnen die Rechtsansprüche Alis ab. Sie suchen die Lösungen für Probleme in der »Sunna« Mohammeds. Als* Sunna *werden die im Koran ursprünglich aufgestellten Verhaltensregeln bezeichnet. Später wird der Begriff jedoch im Zusammenhang mit den überlieferten Taten und Handlungsmaximen Mohammeds verwendet.*

***Wie wurde Mohammed zum Propheten?***
*Mohammed lebte von 569 bis 632 n. Chr. Er wurde in Mekka geboren. Im Alter von ungefähr 40 Jahren erlebte Mohammed seine Berufung zum Propheten. Träume wiesen ihn auf zukünftige religiöse Erlebnisse hin. Daraufhin zog er sich einmal im Jahr für einen Monat in eine Höhle des Berges Hira zurück. Dort empfing er seine erste Offenbarung: Der Engel Gabriel trat zu ihm und verkündete ihm das wahre Wort Gottes. In den folgenden Jahren empfing er immer wieder neue Offenbarungen.*

Der Islam ist die jüngste der großen Weltreligionen. Sie hat zur Zeit rund 1,18 Milliarden Anhänger und ist somit die zweitgrößte Glaubensgemeinschaft nach dem Christentum. Innerhalb dieser Gemeinschaft gibt es zwei Hauptrichtungen: die **Sunniten** und die **Schiiten**. Vor allem in Asien und Afrika findet der Islam seine Verbreitung. Das arabische Wort *Islam* heißt übersetzt »Hingabe«. Die Anhänger dieser Religion, die Muslime, wollen sich dem einen Gott hingeben. Sie glauben, dass dieser Gott – genannt Allah – die Welt erschaffen hat, allmächtig ist und sich um die Menschen sorgt. Diese schulden ihm dafür absoluten Gehorsam.

Religionsstifter ist der Prophet **Mohammed**. Ihm hat Allah im siebten Jahrhundert n. Chr. den **Koran** offenbart. Der Koran ist die Heilige Schrift des Islam, die Aussagen über den Glauben, Anweisungen für den Gottesdienst sowie Gesetze, Geschichten und Gebete enthält. Für die Muslime ist der Koran das ewige Wort Gottes und somit göttlich.

Das Glaubensbekenntnis des Islam lautet: »Es gibt keine Gottheit außer Allah und Mohammed ist sein Gesandter.« Abraham, Mose, Jesus und andere biblische Personen werden zwar auch als Propheten anerkannt und im Koran erwähnt. Die Muslime glauben jedoch, dass ihre Offenbarungen von den christlichen Anhängern verfälscht worden sind. Mohammed gilt als der letzte Prophet, der als einziger das Wort Gottes richtig übermittelt.

Muslime haben fünf grundlegende religiöse Pflichten zu beachten:

*Schahada:* das Sprechen des Glaubensbekenntnisses,
*Salat:* das fünfmal am Tag stattfindende Gebet nach Mekka
*Saum:* das tägliche Fasten zwischen Sonnenauf- und -untergang im Monat Ramadan
*Sakat:* das Almosengeben
die *Hadsch:* die Pilgerfahrt nach Mekka im zwölften islamischen Monat, die alle gesunden Muslime mindestens einmal im Leben ausführen sollen.

Hinzu kommt Dschihad, die persönliche Anstrengung zur Verbreitung und Anstrengung des Islams, wofür in Ausnahmefällen auch militärische Mittel verwendet werden dürfen. Ferner gibt es Vorschriften wie das Verbot des Weins und des Glückspiels oder des Essens von Schweinefleisch, das als unrein gilt. Die Muslime glauben wie die Christen an ein Leben im Paradies nach dem Tod, wenn sie die Regeln ihrer Religion befolgen.

Sowohl die Geschwindigkeit, mit der sich der Islam ab dem siebten

Jahrhundert ausbreitete, als auch die geografische Ausdehnung stellen ein welthistorisches Phänomen dar. Zu Lebzeiten Mohammeds waren seine Anhänger auf arabisches Gebiet beschränkt. Nach seinem Tod wurden rasch viele Städte im nahen Osten von muslimischen Armeen eingenommen. Sie drangen bis nach China, Afrika und Europa vor. Im Jahr 732 wurden sie bei Tours in Frankreich gestoppt. Doch Jahrhunderte später, in den Jahren 1529 und 1683, drängten abermals türkisch-islamische Heere bis an die Tore der Stadt Wien. In der Zwischenzeit hatte sich die Religion auf dem Balkan, in Indien und Indonesien ausgebreitet.
Erklären lässt sich dieses Phänomen mit der politischen Doktrin des Islam, die nur eine Zweiteilung der Menschheit in »Islamgebiet« und »Kriegsgebiet« kannte. Letzteres galt es zu erobern und zu bekehren. Neuzeitliche Ausbreitungstendenzen verfolgt die Religion allerdings mit friedlichen Mitteln. So tritt sie besonders in Afrika südlich der Sahara als schärfster Konkurrent des Christentums auf.
Der Islam macht keinen Unterschied zwischen dem religiösen und dem zivilen Gesetz, also dem, was die Christen in »Kirche und Staat« trennen. Das ganze Leben wird im Islam durch das religiöse Gesetz regiert, das auf dem Koran beruht. Seit Anfang des 20. Jahrhunderts haben einige muslimische Länder wie z. B. die Türkei versucht, Kirche und Staat zu trennen. Im Zuge dieser Entwicklung schaffte die Türkei die Regierung durch einen **Kalifen** ab. Solche Versuche werden von orthodoxen Muslimen abgelehnt und führen innerhalb der Glaubensgemeinschaft zu Kontroversen. Die Auslegung des Rechts ist deshalb heutzutage eines der größten Anliegen des Islam, über das die Gelehrten debattieren.

**BEMERKENSWERTES**

**Ehe im Islam**

**Das Ehegesetz des Islam hat eine Besonderheit: Mohammed gestand dem Mann den gleichzeitigen Besitz von vier Frauen und freie Verfügung über seine Sklavinnen zu. Trotz allem setzte der Prophet eine Veränderung der Sitten Altarabiens durch. Er wandte sich nämlich entschieden gegen den Brauch, neugeborene Mädchen zu töten. Mohammed selbst war seiner ersten, 15 Jahre älteren Frau bis zu ihrem Tod treu. Erst später nahm er sich mehrere Ehefrauen.**

***Wie entstand der Koran?***
*Die Muslime glauben, dass Allah seinen Willen durch Mohammed offenbart hat. Mohammed beauftragte verschiedene Schreiber mit der schriftlichen Abfassung.* Koran *bedeutet »das, was gelesen« oder »rezitiert« wird. Im Unterschied zu den Christen, die glauben, dass ihre Bibel zwar von Gott inspiriert, aber von Menschen geschrieben worden ist, lehnen die Muslime jeden Gedanken an menschliche Mitwirkung bei der Entstehung des Koran ab. Sie glauben, dass der Koran direkt von Allah stammt.*

***Wer waren die Kalifen?***
*Das arabische Wort* chalifa *bedeutet »Stellvertreter« Mohammeds. Da das islamische Reich nach dem Tod Mohammeds eine Führungsspitze benötigte, wurde das Amt des Kalifen geschaffen. Die Aufgabe des Kalifen war es, die islamische Gemeinschaft so zu regieren, dass die Ordnung, die Mohammed ihr gegeben hatte, erhalten blieb. Als erster Kalif regierte von 632 bis 634 Mohammeds Schwiegervater Abu Bakr. Am 3. März 1924 beschloss die türkische Nationalversammlung die Aufhebung des Kalifats.*

**_Was ist der Talmud?_**
*Das hebräische Wort* Talmud *bedeutet »Lehre«, »Unterweisung«. Der Talmud ist eine Sammlung rabbinischer Kommentare, Lehrgespräche und Gesetzesauslegungen der Thora. Zunächst trat er als »mündliche Thora« neben die Thora. In der Zeit nach der Zerstörung des Tempels der Juden (70 n. Chr.) durch die Babylonier wurde er schriftlich niedergelegt und bis zum Ende des 5. Jhs. ständig erweitert. Aber auch in jüngerer Zeit ging der Auslegungsprozess des Talmuds weiter und gedruckte Ausgaben enthalten viele Ergänzungen. Aus der Sicht des traditionellen Judentums hat der Talmud als mündliche Lehre den gleichen Grad der Heiligkeit wie für die Christen die Bibel.*

Das Judentum ist die älteste der drei Weltreligionen, die einen einzigen Gott verehren. Seine Ursprünge liegen ungefähr 2.000 Jahre vor unserer Zeitrechnung. Rund 15 Millionen Juden leben heute vornehmlich in Nordamerika und Asien. Der Begriff Judentum meint zum einen die Zugehörigkeit zu einem Volk, zum anderen die Zugehörigkeit zu einer Religion. Diese Zugehörigkeit verstand man ursprünglich als Einheit. Die jüdische Religion hat ihren Ursprung in der Geschichte des Volkes Israel. Nach der mündlichen und schriftlichen Überlieferung wurde das jüdische Volk von Gott auserwählt, um nach einem Bundesschluss mit ihm unter seinem Schutz und nach seinem Gesetz zu leben. Gott hat sie aus der Sklaverei in Ägypten herausgeführt in das Land Kanaan (Palästina). Die Erinnerung an diese Geschichte hat für die Juden eine große Bedeutung.

Grundlage der jüdischen Religion ist das Bekenntnis zu dem einzigen Gott Jahwe, der die Welt und alles Leben erschaffen hat. Seinen Willen hat er in seinem Gesetz, der Thora, niedergelegt. Die Thora ist der jüdische Name für die fünf Bücher Mose, mit denen das Alte Testament beginnt. Gott gab den Menschen die Thora, damit sie auch seinen Willen leben können. Gott hat zwar alle Völker der Welt in seinen Dienst gerufen, dem Volk der Juden aber übertrug er die besondere Verantwortung, die Thora zu erfüllen. Das zentrale Gebot der Thora ist die Nächstenliebe.

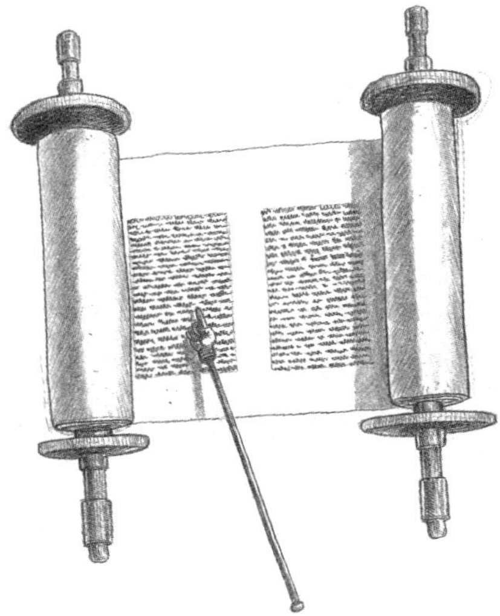

*Thorarolle mit Zeigestock*

Die Juden glauben, dass am Ende der Zeiten aus dem Geschlecht Davids der Messias als Erlöser erscheinen und auf der Erde das Reich Gottes als ein Reich des Friedens für die Juden und »die Gerechten aus allen Völkern« aufrichten wird.
Eine Dogmatik wie das Christentum kennt die jüdische Religion nicht. Vielmehr wird seit Jahrhunderten in den rabbinischen Schulen über die Tradition, die in Thora und **Talmud** vorgegeben wird, diskutiert. Diese Diskussion und Interpretation sind kennzeichnend für das jüdische theologische Denken.
Dabei haben sich zwei Richtungen ausgebildet: Die orthodoxen Juden sehen neben der Thora als wörtliche Offenbarung Gottes auch den Talmud als von Gott offenbart. Damit sind die Gesetze des Talmud für sie unveränderlich. Das Reformjudentum sieht dagegen im Talmud nur ein historisches Zeugnis und unterscheidet zwischen seinen einzelnen Teilen hinsichtlich ihrer religiösen Gültigkeit.
Das jüdische religiöse Leben ist geprägt von bestimmten **Regeln** und **Ritualen**. Dazu gehören Gebete, der Besuch der Synagoge (des jüdischen Gotteshauses), Fasten-, Reinheits- und Speisengesetze sowie die Heiligung des Sabbaths, des allwöchentlichen Ruhetags, der nicht durch Arbeit entehrt werden darf. Ferner gibt es zahlreiche Feste, die an biblische Ereignisse erinnern. So erinnert das Pessachfest an den Auszug der Israeliten aus Ägypten, das Wochenfest (Sabuoth) an die Gesetzgebung vom Sinai oder das Laubhüttenfest (Sukkoth) an die Wüstenwanderung des Volkes Israel.
Höchster Feiertag ist der Versöhnungstag Jom Kippur. Er wird im September oder Oktober gefeiert zur Erinnerung an den Tag im alten Israel, an dem der Hohepriester das Volk und sich selbst entsühnte, indem er die Sünden des Volkes symbolisch auf einen Bock übertrug. Diesen »Sündenbock«, schickte er dann, mit allen Sünden beladen, in die Wüste. Das Volk war somit von seiner Schuld befreit.

***Welche jüdischen Rituale und Regeln gibt es?***

Beschneidung: *Männliche Säuglinge werden acht Tage nach der Geburt beschnitten.*
Sabbath: *Der wöchentliche Ruhetag dauert von Freitag, Sonnenuntergang, bis zum Einbruch der Dunkelheit am Samstag. Er soll daran erinnern, wie Gott am siebten Tage ruhte.*
Essen: *Die Juden essen nur »koschere« Speisen, d. h., die Tiere müssen nach bestimmten Vorschriften geschlachtet worden sein.*
Erwachsen werden: *Im Alter von 13 Jahren werden Jungen erwachsene Mitglieder der Gemeinde.*
*Besuch der Synagoge: Am Samstag besuchen die Juden die Synagoge, um zu beten.*

**BEMERKENSWERTES**

**Abraham als Urvater**

**Abraham hat ca. 2000 Jahre vor Christus gelebt. Er ist nicht nur der Stammvater des jüdischen Volkes, sondern durch die Gestalt von Jesus Christus auch geistiger Vater des Christentums. Auch der Glaube des Islams sieht seinen Anfang bei Abraham.**

Der Buddhismus ist die von **Buddha** im fünften oder sechsten Jahrhundert vor Christus gestiftete Religion. Heute ist die Lehre besonders in Ostasien verbreitet und hat rund 357 Millionen Anhänger. Buddha ist der Ehrenname des indischen Religionsstifters Siddhartha Gautama (geb. um 560 v. Chr., gest. um 480 v. Chr.) und bedeutet »der Erleuchtete«. Wie wichtig im Buddhismus das Ereignis seiner Erleuchtung ist, zeigt sich daran, dass ihm ein ganzes **Fest** gewidmet ist.
Gautama stammte aus einem wohlhabenden Adelsgeschlecht. Der Fürstensohn verließ mit 29 Jahren seine Familie und suchte Erleuchtung. Allmählich wurde ihm bewusst, wie wichtig der Ausgleich, der so genannte **»Mittlere Weg«**, für ein gelungenes Dasein ist. Auf seiner Wanderschaft sammelte er eine Gemeinde und gründete den buddhistischen Mönchsorden.

***Wer war Buddha?***
*Buddha – »der Erleuchtete« – ist der Ehrenname für Siddhartha Gautama. Er wurde um das Jahr 560 v. Chr. in Indien geboren. Mit 29 Jahren gab er seine Reichtümer auf, um sein Leben mit Meditation und Beten zu verbringen. Im heutigen Bodhgaya, das im nordindischen Bundesstaat Bihar liegt, kam ihm unter einem Bodhi-Baum die Erleuchtung. Gautama erwachte zum »Buddha«. In Sarnath bei Benares begann Buddha anschließend zu lehren. Er scharte viele Anhänger um sich, baute einen eigenen Mönchsorden auf und gewann hohes Ansehen und politischen Einfluss.*

Der Ausgangspunkt der Lehre des Buddha ist der von ihm in Benares verkündete Grundsatz der »vier edlen Wahrheiten«:

1. Alles Leben ist unablässigem Leiden unterworfen.
2. Die Ursache des Leidens sind die Leidenschaften (die Begierde nach Lust, Erfolg, Reichtum, Anerkennung usw.).
3. Die Befreiung von den Leidenschaften, vom Willen zum Leben, hebt das Leiden auf.
4. Der Weg zu dieser Aufhebung ist der »heilige achtfache Pfad«.

Unter dem achtfachen Pfad (Achtweg) verstand Buddha:

1. Rechte Ansicht
2. Rechter Entschluss
3. Rechte Rede
4. Rechtes Verhalten
5. Rechte Lebensführung
6. Rechte Anstrengung
7. Rechte Achtsamkeit
8. Rechte Meditation

***Welche Feste feiern die Buddhisten?***
Sakyamuni (oder Wesak): *die Geburt von Siddhartha Gautama*
Bodhi-Tag: *Buddhas Erleuchtung*
Parinirvana: *Buddhas Aufstieg von der Erde*
Phagguna: *Ursprung des Lebenszyklus*

Buddha ging demnach davon aus, dass der Lebensdurst, die Affekte und der Egoismus des Menschen die Ursachen seiner Leiden sind: »Die fünf Formen des Anhaltens an das Irdische (den Körper, die Empfindungen, die Wahrnehmungen, die Triebkräfte, das Bewusstsein) ist Leiden.« Als Ergebnis dieses egoistischen Festhaltens am Dasein sah Buddha den leidvollen Kreislauf der Wiedergeburten an: Der Mensch wird immer wieder geboren und muss erneut leiden.

Durch den achtfachen Pfad, der zur völligen Selbstentäußerung führt, soll dieser leidvolle Kreislauf überwunden werden, sodass der Mensch in die endgültige Erlösung eingehen kann.

Der Zustand der endgültigen Erlösung ist nach Buddha das *Nirvana*. Das Wort heißt übersetzt »Verwehen« und kann beispielsweise auch auf das Erlöschen eines Feuers angewendet werden. Nirvana ist dementsprechend das Verlöschen der Lebensgier. Wenn jemand diese Gier mit der Wurzel ausgerissen hat, hat er Zufriedenheit und somit das vollkommene Nirvana erreicht.

Die Frage nach Gott hat Buddha nie eindeutig beantwortet. Er hielt sie für unbedeutend im Bezug auf den Erlösungsweg des Menschen. Seine Lehre kennt keine ewigen, unvergänglichen Substanzen: weder Seele noch Materie, ebenso wenig einen persönlichen Weltenherrn oder ein unpersönliches Absolutes.

***Was bedeutet der »Mittlere Weg«?***

*Buddha verbrachte bei Yoga-Meistern viel Zeit mit Meditation und Askese. Er erkannte jedoch, dass weder ein ausschweifendes Leben noch hartes Asketentum zum Ziel führt, sondern nur der »Mittlere Weg« zwischen beiden. Aus dieser Einsicht entstanden die Verhaltensregeln für buddhistische Mönche und Laien.*

Im dritten Jahrhundert vor Christus wurde der Buddhismus in Indien vom damaligen König besonders unterstützt. Die Anhänger begannen von da an eine ausgedehnte Missionstätigkeit. Der Buddhismus erfuhr dabei viele Veränderungen. Heute unterscheidet man den südlichen Buddhismus (*Hinayana:* »kleines Fahrzeug«) und den nördlichen Buddhismus (*Mahayana:* »großes Fahrzeug«). Das Hinayana verspricht die Erlösung nur wenigen Gläubigen. Das Mahayana will alle Wesen erlösen.

Der Buddhismus verbreitete sich über Ostasien, wurde in Indien aber durch den Hinduismus verdrängt und ist dort seit dem siebten Jahrhundert erloschen. Nur in Hinterindien und Sri Lanka konnte er sich in der Form des Hinayana halten. Sonderformen der Lehre sind die des Lamaismus in Tibet und die des Zen in Japan. Seit etwa 100 Jahren gewinnt die Lehre auch viele Anhänger in Europa und Amerika.

**BEMERKENSWERTES**

**Verehrung Buddhas**

**Die sterblichen Überreste Buddhas wurden verbrannt und die Asche sowie Knochen und Zähne als Reliquien an verschiedene Orte verteilt.**
**So wird z. B. beim Esala-Perihara-Fest in Sri Lanka ein Zahn Buddhas auf einem Elefanten durch die Straßen getragen.**

# DER HINDUISMUS

Der Hinduismus ist die Religion Indiens. Ihm gehören rund 811 Millionen Menschen an. Damit ist der Hinduismus nach dem Christentum und dem Islam die drittgrößte Glaubensgemeinschaft. Allerdings handelt es sich dabei nicht um einen fest organisierten und geregelten Glauben. Innerhalb des Hinduismus gibt es eine Vielzahl religiöser Vorstellungen und Praktiken. Die wichtigsten hinduistischen Götter sind Brahma (der Schöpfergott), Vishnu (der Erhalter des Lebens) und Shiva (der Zerstörer).

***Wer ist Krishna?***
*Krishna ist der Mensch gewordene Gott Vishnu, der Erhalter des Lebens. Der Gott Vishnu ist neunmal aus seinem Himmel zu den Menschen herabgestiegen. Einmal als Fisch, einmal als Zwerg, Eber oder als Schildkröte. Zuletzt kam er als Gott Krishna. In dieser Form wird er in Indien von vielen Menschen verehrt. Wenn Vishnu das zehnte Mal kommt, wird nach dem Glauben der Hindus ein neues Zeitalter anbrechen.*

*Gott Shiva*

***Wie entstanden die Veden?***
*Die Veden sind heilige indische Texte. Das Wort* Veda *heißt übersetzt »Leben«. In diesen Texten fand die Religion der Sanskrit sprechenden Indogermanen, die sich ca. Mitte des 2. Jahrtausend vor Christus in Nordindien ansiedelten, ihren Ausdruck. Diese ursprüngliche indische Religion kannte weder Tempel noch Götterbilder, auch keine Wiedergeburt. Sie praktizierte aber schon das Opferritual und den Ahnenkult. Auf diese Lehre bauen die Hindureligionen auf.*

Gemeinsam ist allen Hindureligionen der Glaube an die Wiedergeburt: Etwas vom Menschen lebt nach seinem Tod weiter, gleichgültig, in welcher Form. Er kann auch als Tier oder Pflanze wiedergeboren werden. Dies nennt man das *Samsara*. Jeder Mensch muss so häufig wiedergeboren werden, bis er *Moksha* erreicht hat – die Erlösung aus dem Kreislauf der Wiedergeburten. Um dahin zu kommen, muss er sich um ein gutes *Karma* bemühen, das durch gute Taten erworben werden kann.

Ein gutes Karma erreicht der Hindu z. B. durch Meditation und Yoga. Das sind Praktiken, bei denen man still in bestimmten Positionen sitzt und sich von allen Gedanken befreit. Ein weiteres Mittel ist der Verzicht. Dazu gehört vor allem das Akzeptieren des *Varna*. Das

Varna ist die gesellschaftliche Gruppe, zu der der Mensch gehört. Ein anderes Wort dafür lautet »Kaste«. In Indien zählen zur ersten Kaste die Priester, zur zweiten die Krieger, zur dritten gehören die Bauern und Händler und zur vierten Kaste die dienenden Volksschichten. Die Hindus sind davon überzeugt, dass jeder an seinen Platz in der Gesellschaft geboren wird und daher seine spezifischen Pflichten hat.
Es ist den Menschen deshalb nicht möglich, im Laufe ihres Lebens in eine andere Kaste zu wechseln. Auch Heiraten müssen in der Regel innerhalb einer Kaste vollzogen werden. Der Wechsel kann nur durch die Wiedergeburt in eine andere Kaste vonstatten gehen. Bezeichnend dafür ist auch der Ausspruch **Krishnas:** »Es ist besser, seine eigenen Pflichten unvollkommen, als die Pflichten eines anderen vollkommen zu erfüllen. Wenn man die durch die eigene Natur gesetzte Pflicht erfüllt, zieht man sich keine Sünde zu.«
Gemeinsam sind den meisten Hindureligionen außerdem die Verehrung der **Veden,** der altindischen heiligen Texte, die vom 15. bis zum neunten Jahrhundert v. Chr. entstanden sind. Zu den heiligen Schriften gehört auch die Erzählung **Bhagavadgita.** Wichtig sind der Glaube an Gott in irgendeiner persönlichen oder unpersönlichen Form, die Einhaltung bestimmter Rituale sowie das Vertrauen zu einem *Guru*, einem Seelenführer.
In jüngster Zeit sind in Indien Veränderungen innerhalb des Kastensystems zu beobachten. Sie sind bedingt durch Modernisierungen wie z. B. die Herausbildung neuer Berufe oder durch die Landflucht. Heute ist die Diskriminierung niederer Kasten gesetzlich verboten. So werden inzwischen die Tempel auch für die niederen Kasten geöffnet. Angehörige niedriger Kasten werden gesetzlich privilegiert, z. B. durch Quoten bei Stellenausschreibungen.

**BEMERKENSWERTES**

**Die heilige Kuh**

**Hindus respektieren alle Tiere, besonders die Kuh gilt ihnen als heilig. In den Tieren könnten die Ahnen der Hindus wiedergeboren worden sein. Eine Kuh zu füttern ist ein Akt der Verehrung. Aus diesem Grund sind auch die meisten Hindus Vegetarier.**

***Was ist die Bhagavadgita?***

*Die* Bhagavadgita *ist eine der berühmtesten und verbreitetsten heiligen Schriften der Inder. Übersetzt heißt sie der »Gesang des Erhabenen«. Sie ist ein Bestandteil des Mahabharata. Dies ist ein riesiges Epos mit ca. 90.000 Versen, das zwischen dem 5. Jahrhundert v. Chr. und dem 5. Jahrhundert n. Chr. entstand. Darin geht es um die Streitigkeiten über die dynastische Nachfolge zwischen zwei eng verwandten Gruppen. Die eine Gruppe ist im Recht, die andere im Unrecht. Es kommt zum Krieg, in dem der gute General Arjuna plötzlich seinen Verwandten und Freunden in den gegnerischen Reihen gegenübersteht. Er will nicht gegen sie kämpfen. Der Gott Vishnu wird daraufhin Mensch und überzeugt in der Gestalt des Wagenlenkers Krishna den General davon, dass er seinem Schicksal Folge leisten muss. Als Angehöriger der Kriegerkaste muss er den Gegner bekämpfen, da dieser im Unrecht ist. Für die Hindus liegt die moralische Botschaft des Werks im Sieg der Rechtschaffenheit und Tugend über die Ungerechtigkeit und Boshaftigkeit, indem man seine Pflicht befolgt.*

# POLITIK

***Was versteht man unter System im politischen Sinn?***

*Unter System versteht man ein Ganzes, in dem Teile oder Elemente in einem wechselseitigen Zusammenhang stehen. So bestimmen alle Teile des Systems die anderen Elemente und werden gleichzeitig von diesen bestimmt. Dies trifft auch auf ein politisches Regierungssystem zu. Auch hier erfüllt jedes Einzelelement spezielle Aufgaben, die wiederum Auswirkungen auf die anderen Bestandteile des Systems nach sich ziehen. Dieses Zusammenwirken dient dazu, das jeweilige Regierungssystem am Leben zu erhalten.*

***Was sagte Rousseau zum Kampf aller gegen alle?***

*Jean-Jacques Rousseau (1712–1778) war gänzlich anderer Meinung als Thomas Hobbes. Er glaubte, die Theorie, im Naturzustand befände sich der Mensch im Kampf aller gegen alle, sei lediglich eine Rechtfertigung der bürgerlichen Gesellschaft. Rousseau lehnte daher eine staatliche Gemeinschaft nach dem Modell von Hobbes ab und forderte stattdessen eine Gesellschaftsordnung, die die natürliche Freiheit des Menschen auch im politischen Leben bewahrt und erweitert.*

Bereits in der Antike machten sich die Menschen Gedanken darüber, warum es Staaten gibt und wie diese am besten beschaffen sein sollten. Alle Erklärungsversuche wollten dabei allgemein gültige Normen setzen – wobei fast jeder der jeweiligen Denker dabei auf der gesellschaftlichen, politischen und auch wirtschaftlichen Situation seiner Zeit aufbaute. Das heißt, die Erfahrungen der Vergangenheit flossen in die Überlegungen der Gegenwart mit ein. So entstanden mit der Zeit aus recht einfachen Strukturen schließlich sehr differenzierte, vielschichtige politische **Systeme**.

Die griechische Antike prägte bereits das klassische Politikverständnis: Das Politische, die Gesamtheit der Bürger eines Staates, kennzeichnete den öffentlichen Bereich der Gesellschaft. Dem gegenüber stand der »Oikos«, das Haus, das dem Hausherren selbst gehörte und in dem er über Untergeordnete herrschte. Es gab also zwei Bereiche in der Gesellschaft: den öffentlichen und den privaten, wobei der einzelne Mensch in die öffentlichen Abläufe eingreifen konnte.

Platon (427–348/347 v. Chr.) band diese Theorie in seine Philosophie ein und betonte, dass das Gute das Handlungsziel aller Menschen – auch für den politischen Bereich – sein müsse. Allerdings gab es für das Mitwirken an der Politik eine gravierende Einschränkung: Es war lediglich jenen vorbehalten, die nicht mit Arbeit für das bloße Überleben beschäftigt waren. So war also das gemeine Volk von vornherein vom politischen Leben ausgeschlossen.

Die politischen Theorien der Antike hielten sich bis ins Mittelalter hinein. Mit der Auflösung der feudalen und hierarchisch gegliederten Strukturen der mittelalterlichen Gesellschaft wurde schließlich auch deren politisches System in Frage gestellt. Dies wurde vor allem durch die Tatsache beschleunigt, dass sich mit zunehmendem Handel und Gewerbe ein immer stärkeres Bürgertum entwickelte. Und das pochte auf seine eigenen Rechte, wollte sich nicht länger der Aristokratie unterordnen: Der Mensch als Individuum sei nicht von vornherein Gott gegebenen Gesetzen unterworfen. Vielmehr könne und solle er sich seine Welt – und damit natürlich auch die Politik – selbst gestalten.

Thomas Hobbes (1588–1679) erklärte das Bestreben der Menschen nach der Gründung einer bürgerlichen Gesellschaft folgendermaßen: Die Menschen lebten ursprünglich im Naturzustand ohne soziale oder moralische Werte in einem **Kampf aller gegen alle.** Aus Furcht und aus Vernunftgründen bildeten sie schließlich staatliche Gemeinschaften. Denn hier schloss jeder mit jedem die Vereinbarung, ihn und sein Eigentum zu respektieren. Um diese Vereinbarung durchzusetzen, übertrugen die Bürger des Staates die Herrschaft an einen Dritten. Zwar gaben sie auf diese Weise viele politische Rechte ab. Dafür wurden ihnen aber Frieden und Schutz garantiert.

Damit jedoch niemand die Herrschaft über den Staat missbrauchen konnte, wurde schließlich die **Gewaltenteilung** eingeführt. Ihr Ziel: die Ausübung der politischen Gewalt zu teilen. Nämlich in Legislative (Gesetzgebung), Exekutive (Ausführung von Gesetzen und Anordnungen) und Judikative (Rechtsprechung). Dieser Grundsatz der Gewaltenteilung hat auch einen prägenden Einfluss auf die heutige Verfassung der Bundesrepublik Deutschland.

Neuzeitliche Ideen versuchten vor allem Konzepte zu entwickeln, die die Herrschaftsansprüche des Bürgertums begründeten. Das Problem bestand vor allem darin, einen Ausgleich zu finden zwischen der Unabhängigkeit der einzelnen Bürger und der politischen **Ordnungsform** – also dem Staat. Um diesen Konflikt zu lösen, wurden verschiedene Modelle entwickelt: beispielsweise die Übertragung der Regierung an einen Beauftragten außerhalb der Gemeinschaft der Bürger, Gewaltenteilung und die damit verbundene gesellschaftliche Kontrolle, repräsentative Beteiligung der Bürger durch das Parlament sowie die politische Selbstbestimmung der Bürger. All diese Ansätze entwickelten sich im Wechselspiel und finden sich heute in mehr oder weniger großer Ausprägung in den westlichen politischen Systemen wieder.

***Gibt es überall Gewaltenteilung?***

*Sozialistische Staaten kennen keine Gewaltenteilung. Hier liegt die gesamte Gewalt über Gesetzgebung, Rechtsprechung und die Ausführung der Gesetze bei der kommunistischen Partei. Sie beherrscht alle staatlichen Institutionen – also beispielsweise auch die Gerichte – und spielt somit eine führende Rolle in der Politik dieser Staaten.*

***Welche Ordnungsform hat ein Nachtwächterstaat?***

*Der frühe Liberalismus sah die Aufgabe des Staates lediglich darin, die äußere polizeiliche Ordnung aufrechtzuerhalten. Aus allen anderen Bereichen des Lebens solle er sich so weit wie möglich heraushalten. Ein solches System nennt man »Nachtwächterstaat«. Sein Gegenteil ist der alles regelnde totalitäre Wohlfahrtsstaat.*

**BEMERKENSWERTES**

**Das Wahlrecht**

**Von besonderer Bedeutung ist vor allem bei Parlamentswahlen die Unterscheidung zwischen Mehrheits- und Verhältniswahl. Die Mehrheitswahl ist das ältere System, da es ursprünglich darum ging, Städte oder Bezirke im Parlament zu vertreten. Mit dem Aufkommen der politischen Parteien im 19. Jahrhundert wurde die Verhältniswahl propagiert und durchgesetzt. Sie ist im Gegensatz zur Mehrheitswahl keine Persönlichkeitswahl, sondern vereint die Kandidaten, die sich zur Wahl stellen, auf Wahllisten.**

# DIE VERSCHIEDENEN STAATSFORMEN

***Was ist ein Tyrann?***
*Unter einem Tyrannen versteht man eine Person, die sich – oft durch Gewalt und gegen die herrschenden Gesetze – die Macht über den Staat angeeignet hat und diese uneingeschränkt ausübt. Im alltäglichen Sprachgebrauch bezeichnet man deshalb auch herrschsüchtige Menschen als Tyrannen und meint damit, dass sie andere gewaltsam unterdrücken.*

***Wann spricht man von Diktatur?***
*Wenn ein Mensch oder eine einzelne Partei dauerhaft unbeschränkte Macht über einen Staat ausüben kann, spricht man von einer Diktatur. Meist gibt es keine Handhabe des Volkes gegen den Missbrauch staatlicher Gewalt, wie etwa den freien Wettbewerb verschiedener Parteien.*

***Pluralismus und Wettbewerb?***
*In einer pluralistischen Gesellschaftsform gibt es eine Vielzahl freier politischer, wirtschaftlicher, religiöser und anderer Interessengruppen, die alle in Konkurrenz zueinander stehen. Diese Konkurrenz schlägt sich jedoch nicht in einem Kampf nieder, sondern in einem Wettbewerb*

Seit Menschen in Staaten zusammenleben, haben sich die unterschiedlichsten Staatsformen entwickelt. Wenn man diese nach der Anzahl der Herrschenden unterscheidet, ergeben sich vier verschiedene Systeme: Monarchie, Aristokratie, Oligarchie und Demokratie. Eine weitere Einteilung bietet die Unterscheidung zwischen Monarchie und Republik. Wichtig ist vor allem, ob die Staatsgewalt letztendlich vom Volk selbst ausgeht (hier spricht man von Volkssouveränität) oder ob die Obrigkeit über dem Volk thront und von oben herab regiert (eine solche Konstellation nennt man Obrigkeitsstaat. Hierzu kann man im weitesten Sinne auch die **Tyrannei** und die **Diktatur** zählen.).

Die Monarchie war lange Zeit die gängigste Staatsform in Europa. Sie beruht auf der Vorstellung, dass eine bestimmte Person die besondere Fähigkeit besitzt, einen Staat zu führen – beispielsweise durch die Gnade Gottes. Doch auch der Monarch durfte keine vom Recht losgelöste Willkürherrschaft ausüben. Vielmehr musste er sich nach allgemeinen Rechtsüberzeugungen richten. In der so genannten konstitutionellen Monarchie hatte das Parlament laut Verfassung (Konstitution) ein Mitspracherecht, beispielsweise bei der Gesetzgebung und bei der Verteilung der staatlichen Finanzen. In einer parlamentarischen Monarchie hat der jeweilige Herrscher nicht einmal mehr das Recht, die Mitglieder der Regierung selbst zu bestimmen. Deshalb haben die Monarchen, die es heute in Europa noch gibt, in erster Linie nur symbolische und repräsentative Funktionen.

In der Oligarchie dagegen liegt die Staatsgewalt in der Hand einer Minderheit, die nicht auf Grund ihres besonderen Könnens oder Wissens an die Macht gekommen ist, sondern lediglich deshalb, weil sie einer bestimmten Bevölkerungsgruppe angehört. Eine solche Minderheit stellte in der Aristokratie der Adel dar. Das Wort *Aristokratie* bedeutet aus dem Griechischen übersetzt »Herrschaft der Besten«. Und so begründete der Adel auch seinen Herrschaftsanspruch: Er sei durch seine vornehme Geburt, Reichtum sowie kriegerische und politische Tüchtigkeit dazu bestimmt, die Geschicke des Staates zu lenken.

Das Wort *Demokratie* bedeutet aus dem Griechischen übersetzt »Volksherrschaft«. Das heißt, in dieser Staatsform nehmen die Bürger eines Staates am politischen Leben teil und bestimmen dieses mit. Auch die demokratische Staatsform machte einige Entwicklungen durch. So war beispielsweise in der antiken Vorstellung von Demokratie nicht vorgesehen, dass Frauen oder Sklaven an Wahlen

teilnehmen dürfen. Die moderne Demokratie allerdings basiert auf dem allgemeinen Wahlrecht – so sind etwa in Deutschland alle Bürger, die mindestens 18 Jahre alt sind und die deutsche Staatsangehörigkeit besitzen, wahlberechtigt (im Kommunalwahlrecht gelten zum Teil andere Bestimmungen). Das Volk wählt seine Repräsentanten – also die Abgeordneten – in das Parlament. Können die Bürger nur das Parlament wählen – wie in Deutschland – spricht man von einem parlamentarischen Regierungssystem; kann auch der Regierungschef direkt gewählt werden, nennt man dies Präsidialsystem. Ein solches System wird beispielsweise in den USA praktiziert.
Wesentlicher Bestandteil einer parlamentarischen Demokratie sind die verschiedenen Parteien, die die Verbindung zwischen Wählern und den Abgeordneten des Parlamentes darstellen. Alle Parteien stehen in einem ständigen **Wettbewerb** zueinander.
Eine völlige Abschaffung von Herrschaftsverhältnissen und die Gleichstellung aller Menschen fordert der **Kommunismus**. Wesentlich sind in ihm die Gütergemeinschaft und gemeinschaftliche Lebensführung aller Mitglieder eines Staates. Eine solche Staatsform kann nach Überzeugung der Kommunisten nur durch eine Revolution herbeigeführt werden.
In der Realität – beispielsweise in Russland nach der Oktoberrevolution 1918 – entstand auf diese Weise jedoch nicht die Herrschaft des Volkes. Vielmehr übernahm die kommunistische Partei die alleinige Führung des Staates.

**BEMERKENSWERTES**

**Wie sich Sozialismus und Kommunismus unterscheiden**

**Auf den ersten Blick gibt es zwischen dem sozialistischen und dem kommunistischen System kaum einen Unterschied: Beide fordern beispielsweise den gemeinschaftlichen Besitz der Produktionsmittel durch das Volk. Dennoch war der Sozialismus immer mehr eine ethische, zum Teil auch religiöse Forderung nach Solidarität und Gerechtigkeit, während der Kommunismus eine durch Marx wissenschaftlich hergeleitete Staatsform darstellte. Der Sozialismus wird von Marxisten als Übergangsperiode vom Zusammenbruch des Kapitalismus zum Kommunismus bezeichnet.**

*um Wähler und schließlich in gemeinsam erzielten Kompromissen. Der Staat hat hierbei die Aufgabe, dieses System immer wieder zu regulieren, wenn es nötig wird – beispielsweise wenn eine besonders schwache Gruppe unterstützt werden muss.*

***Worin unterscheiden sich Kommunismus und Anarchie?***

*Als Anarchie bezeichnet man einen herrschaftslosen oder gesetzlosen Zustand. Nach diesem Denkmodell leben die Menschen in Gleichheit miteinander. Auch der Marxismus enthält anarchistische Elemente. Jedoch wollen die Anarchisten den Staat schon mit der Revolution abschaffen, während Marx (1818–1883) eine Phase nach der Revolution vorsah, die er die Diktatur des Proletariats nannte. Erst dann würde der Staat sozusagen absterben, da er überflüssig werde.*

***Kann das Parlament den Kanzler entlassen?***
*Findet sich im Parlament eine Mehrheit, die einem bestimmten Regierungsmitglied das Vertrauen entzieht, führt dies zu dessen Rücktritt. Eine solche Abstimmung im Bundestag nennt man Misstrauensvotum. Mit einem konstruktiven Misstrauensvotum kann die Mehrheit des Parlamentes die Entlassung des Bundeskanzlers erzwingen. Dafür muss sie einen Nachfolger wählen und den Bundespräsidenten ersuchen den Kanzler zu entlassen. Gelingt ein solches Vorhaben, führt dies zum Rücktritt der gesamten Regierung.*

***Was bedeutet Sozialstaat?***
*Ein Sozialstaat hat selbst soziale Aufgaben zu erfüllen. Beispielsweise den Ausbau des Gesundheitswesens, die Versorgung von Arbeitslosen und Rentnern, die Existenzsicherung eines jeden Bürgers durch Sozialhilfe und vieles mehr. Um all das auch finanziell ermöglichen zu können, müssen die Bürger durch Steuern und Sozialabgaben ihren eigenen Teil beitragen.*

Die Bundesrepublik Deutschland entstand 1949 mit der Verkündung des Grundgesetzes als allgemeingültige Verfassung. Diese war zunächst nur als provisorisches Statut bis zur Wiedervereinigung mit der damaligen DDR gedacht. Doch nach dem tatsächlich erfolgten Zusammenschluss 1990 wurde das Grundgesetz bis auf wenige Änderungen beibehalten und ist seitdem für Gesamtdeutschland gültig.

Das parlamentarische Regierungssystem ist das politische Fundament der Bundesrepublik. Es beruht auf einer engen Verbindung von Parlament und Regierung. Grundgedanke des Parlamentarismus ist, dass die politische Willensbildung durch Parteien als gewählte Volksvertreter kontrolliert wird. Das bedeutet, die Mitglieder verschiedener Parteien werden bei freien und geheimen Bundestagswahlen – an denen jeder deutsche Bundesbürger ab dem 18. Lebensjahr teilnehmen kann – für vier Jahre gewählt. In dieser Zeit besitzen sie als Abgeordnete eine besondere Rechtsstellung und repräsentieren das gesamte Volk. Im Parlament werden politische Streitfragen von Regierung und Opposition öffentlich diskutiert. Deshalb besitzen sie unter anderem auch eine wichtige Funktion als Informationsvermittler.

Die Regierung allerdings bleibt in ihrem Handeln weitgehend selbstständig – selbst wenn sie vom Vertrauen der Parlamentsmehrheit abhängig ist. Eine parlamentarische Regierung ist immer auch eine Parteienregierung. Das zwingt die Parteien in der Regel zur Bildung einer Koalition, wenn sie – wie im deutschen Mehrparteiensystem – eine mehrheitsfähige Regierung bilden wollen.

Die Bundesregierung in Deutschland besteht aus dem Bundeskanzler und den Bundesministern. Der Bundeskanzler wird auf Vorschlag des Bundespräsidenten vom Bundestag gewählt und dann vom Bundespräsidenten offiziell ernannt. Er ernennt auch die einzelnen Bundesminister – die wiederum vom Kanzler vorgeschlagen werden. Dieser legt fest, wie viele Minister ernannt werden sollen und welches ihre jeweiligen Geschäftsbereiche sind. Der Bundeskanzler wird in der Regel von der Partei gestellt, die im Bundestag am stärksten vertreten ist.

Die Bundesregierung leitet die gesamte Staatstätigkeit auf Bundesebene und ist für die Erledigung der Staatsaufgaben verantwortlich. Beispielsweise arbeitet sie Gesetze aus und trägt die außenpolitische Verantwortung. Hierbei legt der Kanzler die Richtlinien der Politik fest, wobei er in aller Regel an das Regierungsprogramm seiner Koalition gebunden ist. Für die Ausführung der politischen Richtli-

nien sind die jeweiligen Minister zuständig, die ihre Geschäftsbereiche selbstständig leiten. In den Ministerien wiederum arbeiten eine Reihe von Fachleuten – an der Spitze jeweils ein Staatssekretär, der unterstützt wird durch verschiedene parlamentarische Staatssekretäre. Diese sollen auch die Verbindung des Ministeriums zum Bundestag gewährleisten.
Für ihre Politik sowie die Haushaltsführung ist die Regierung sowohl dem Bundestag als auch dem Bundesrat verantwortlich. Zwar hat der Bundestag nur begrenzte Möglichkeiten, gegen die Regierung vorzugehen, er kann jedoch dem Kanzler das Misstrauen aussprechen und damit dessen **Entlassung** erzwingen. Die führt dann zum Rücktritt der gesamten Bundesregierung.
Deutschland versteht sich außerdem als demokratischer und **sozialer Bundesstaat**, der sich aus den 16 Bundesländern zusammensetzt. Ein solches System nennt man kooperativen Föderalismus: Die einzelnen Länder werden im Bund durch Mitglieder ihrer jeweiligen Regierungen vertreten. So haben beispielsweise die einzelnen Bundesländer durch den Bundesrat ein Mitspracherecht bei der **Gesetzgebung** und anderen wichtigen Entscheidungen des Bundes.
Beschließt etwa der Bundestag ein neues Gesetz, muss er es unverzüglich an den Bundesrat weiterleiten, der dann seine Zustimmung erteilt oder nicht. Stimmt der Bundesrat einem Gesetz nicht zu, wird ein **Vermittlungsausschuss** einberufen. Kann dieser auch keine Einigung erzielen, kann der Bundesrat das neue Gesetz schließlich ablehnen oder – wenn seine Zustimmung nicht erforderlich ist – wenigstens Einspruch dagegen einlegen.

**BEMERKENSWERTES**

**Der Bundespräsident**

**Auch wenn viel häufiger vom Bundeskanzler die Rede ist – der Bundespräsident ist das eigentliche Staatsoberhaupt der Bundesrepublik Deutschland. Er wird für fünf Jahre gewählt und kann nur einmal wieder gewählt werden. In erster Linie muss der Bundespräsident sein Land repräsentieren. Außerdem verpflichtet er den Kanzler sowie dessen Minister und verkündet die Gesetze. In bestimmten Fällen kann er den Bundestag auflösen oder auch den Gesetzgebungsnotstand erklären.**

***Gibt es eine Gesetzgebung über den Volksentscheid?***
*Ja, wenn das Volk – also alle Wahlberechtigten – über Gesetzgebungsfragen, etwa eine Verfassungsänderung, selbst entscheiden soll, nennt man das einen Volksentscheid oder auch Volksabstimmung. Auch eine vom Parlament überstimmte Regierung oder eine überstimmte Minderheit im Parlament kann unter bestimmten Voraussetzungen einen Volksentscheid herbeiführen. In Deutschland gibt es solche Situationen jedoch fast ausschließlich auf Länderebene.*

***Wie arbeitet ein Vermittlungsausschuss?***
*Ein solcher Ausschuss soll Meinungsverschiedenheiten zwischen Bundestag und Bundesrat über Gesetzesvorlagen beilegen. Will der Bundesrat gegen ein Gesetz Einspruch einlegen, muss er zuvor den Vermittlungsausschuss anrufen. Schlägt dieser eine Gesetzesänderung vor, muss der Bundestag die Vorlage erneut beschließen.*

Unter Parteien versteht man Vereinigungen von Bürgern, die auf das politische Leben in einem Staat Einfluss nehmen und als Vertreter des Volkes im Parlament mitwirken wollen. Die ersten Parteien bildeten sich bereits im 18. und 19. Jahrhundert mit dem Entstehen der westlichen Demokratien in Europa und den USA. Nach Einführung des allgemeinen Wahlrechts entwickelten sich einige Parteien zu regelrechten Großorganisationen mit zum Teil hunderttausenden von Mitgliedern und einer Führungsriege aus Berufspolitikern. Diese Organisationen finanzieren sich aus drei Einnahmequellen: den Mitgliedsbeiträgen, staatlichen Wahlkampfmitteln und Spenden.

***Welche Parteiensysteme gibt es?***
*Im Wesentlichen gibt es drei Parteiensysteme: das Zweiparteiensystem, in dem es eine Regierung und eine Opposition gibt. Außerdem kennt man das Mehrparteiensystem, in dem zur Regierungsbildung Koalitionen gebildet werden müssen, sowie das Einparteiensystem, in dem eine Partei ohne Konkurrenz regiert.*

Alle Parteien lassen sich in drei Hauptgruppen aufteilen: Die Interessenparteien mit einem relativ eng gefassten Spektrum an Inhalten; Weltanschauungs- oder Integrationsparteien, die ihren Anhängern eine allgemeine Weltanschauung vermitteln möchten; und schließlich die Volksparteien, die durch ihre sehr breit gestreuten Programme eine möglichst große Anzahl von Wählern erreichen wollen. Das **Parteiensystem** eines Staates wird in erster Linie durch die Anzahl der Parteien bestimmt, die auf das politische Geschehen Einfluss nehmen.

***Kann eine Partei alles Beliebige zum Ziel haben?***
*Nein. Denn wenn die Ziele oder das Verhalten der Anhänger einer Partei die freiheitliche demokratische Grundordnung beeinträchtigen können oder den Bestand der Bundesrepublik Deutschland gefährden, dann ist die Partei verfassungswidrig. Die Entscheidung hierüber kann nur das Bundesverfassungsgericht treffen und zwar auf Antrag der Bundesregierung, des Bundesrates oder des Bundestages.*

Die Parteien in der Bundesrepublik müssen sich selbst eine Satzung geben, in der u. a. festgelegt wird, welche grundsätzlichen **Ziele** verfolgt werden und wann ein Mitglied aus der Partei **ausgeschlossen** werden muss.

Die beiden größten Volksparteien in Deutschland stellen SPD (Sozialdemokratische Partei Deutschlands) und CDU (Christlich-Demokratische Union) dar. Außerdem relevant sind die FDP (Freie Demokratische Partei), *Die Grünen* und schließlich auch die CSU (Christlich-Soziale Union), die als bayrische Partei im Bundestag gemeinsam mit der CDU eine Fraktion bildet.

Die SPD ist die älteste unter den deutschen Parteien. Ursprünglich verstand sie sich eindeutig als Arbeiterpartei und bekannte sich zu den marxistischen Ideen des Klassenkampfes. Heute tritt die SPD für eine gesellschaftliche Ordnung ein, in der jeder Mensch seine persönliche Freiheit voll entfalten kann und als Teil der Gemeinschaft verantwortlich am politischen, gesellschaftlichen und kulturellen Leben teilnimmt.

Die CDU entstand nach dem 2. Weltkrieg aus ehemaligen Politikern des Zentrums, nationalkonservativen Parteien und christlichen Gewerkschaftern. Sie tritt vor allem für die freie Marktwirtschaft, Ehe und Familie und eher konservative Werte ein. Ihre bayrische Schwesterpartei CSU stimmt sowohl innen- wie außenpolitisch weitgehend mit der CDU überein.

Die FDP ist ebenfalls nach dem 2. Weltkrieg entstanden und zwar aus dem Zusammenschluss nationalliberaler und liberal-demokratischer Gruppen. Von Anfang an propagierten die Freidemokraten die liberale Marktwirtschaft, in die der Staat so wenig wie möglich eingreift. Außerdem steht die Erhaltung der Freiheit des Einzelnen gegenüber staatlicher Bürokratie und den verschiedenen sozialen Verbänden im Vordergrund ihrer Innenpolitik.

Die Grünen wurden 1980 gegründet, indem sich Bürgerinitiativen der Umweltschutzbewegung, der alternativen Bewegung sowie der Frauenbewegung zusammenschlossen. Kernelemente grüner Politik waren von Anfang an der Umweltschutz und die Friedenspolitik. Nach dem Zusammenbruch der DDR vereinigten sich die Grünen mit einem Teil der Bürgerrechtsbewegung. Seit 1993 heißt die Partei bundesweit offiziell Bündnis 90/Die Grünen. 1998 bildete sie erstmals als Koalitionspartner der SPD eine Bundesregierung mit.

Als Zusammenschluss verschiedener linker Kräfte versteht sich die »Partei des Demokratischen Sozialismus« (PDS). Sie ging im Dezember 1989 aus der DDR-Einheitspartei SED hervor und knüpft an kommunistische wie sozialdemokratische Traditionen an. Das Parteiprogramm nennt die Entwicklung umfassender gesellschaftlicher Veränderungen und die »Überwindung der Herrschaft des Kapitals« als wichtigste Ziele. Die PDS ist seit 1990 im Bundestag vertreten.

***Wer kann aus einer Partei ausgeschlossen werden?***

*Ein Mitglied kann aus einer Partei ausgeschlossen werden, wenn es vorsätzlich gegen die Satzung oder gegen die Grundsätze beziehungsweise die Ordnung der betreffenden Partei verstößt. Notwendig ist dazu ein so genanntes Parteiordnungsverfahren, das in der Satzung der Partei geregelt sein muss und unter anderem die Gründe benennt, aus denen ein Mitglied ausgeschlossen oder seiner Ämter enthoben werden kann.*

## BEMERKENSWERTES

### Die Fünf-Prozent-Klausel

**Nicht jede Partei, die bei einer Bundestagswahl gewählt werden kann und Stimmen erhält, ist anschließend auch im Parlament vertreten. Lediglich die Parteien, die mindestens fünf Prozent aller Zweitstimmen auf sich vereinen können, bekommen Sitze im Deutschen Bundestag. Damit wird verhindert, dass kleine Splitterparteien die Mehrheitsbildung im Parlament sowie die Bildung einer stabilen Regierung erschweren. Ausnahme: Erzielt eine Partei (wie die PDS 1990, 1994 und 1998) mindestens drei Direktmandate, dann entfällt die Fünf-Prozent-Klausel.**

Konrad Adenauer (1876–1967), der erste deutsche Bundeskanzler war bereits 73 Jahre alt, als er 1949 gewählt wurde, blieb jedoch bis 1963 im Amt. 1949 wurde er mit einer Stimme Mehrheit – seiner eigenen – zum Bundeskanzler gewählt.

***Kiesingers Vergangenheit***
*Kiesinger war ab 1943 stellvertretender Abteilungsleiter der Rundfunkabteilung des Reichsaußenministeriums. Das wurde ihm später oft zum Vorwurf gemacht. Entlastet wurde er jedoch durch ein Protokoll der SS. In diesem heißt es, Kiesinger habe während seiner Arbeit in der Abteilung anti-jüdische Aktionen gehemmt und verhindert.*

***Brandt und der Frieden***
*In seiner Regierungszeit engagierte sich Willy Brandt vor allem für die Aussöhnung mit dem Osten. Die Unterzeichnung der Verträge von Warschau und Moskau 1970 (Ostverträge) führten maßgeblich zur Entspannung in Europa. Für dieses Engagement wurde ihm 1971 als erstem Deutschen nach dem 2. Weltkrieg der Friedensnobelpreis verliehen.*

Adenauer war überzeugt von einer Bedrohung durch die Sowjetunion und trieb deshalb den Anschluss Deutschlands an die westlichen europäischen Staaten sowie an die USA voran. Kernelemente seiner Regierungszeit waren daher auch die Aussöhnung mit Frankreich, die NATO-Mitgliedschaft Deutschlands, der Aufbau einer eigenen Bundeswehr sowie die Wiedergutmachung an Israel.

1963 trat Adenauer auf Drängen seiner eigenen Partei zurück.

Sein Nachfolger wurde Ludwig Erhard (1897–1977), seit 1949 Wirtschaftsminister im Kabinett unter Adenauer. 1963 kürte ihn die CDU/CSU-Bundestagsfraktion zum Kanzlerkandidaten und bereits einige Monate später wurde er nach dem Rücktritt Adenauers vom Bundestag zum neuen Kanzler gewählt.

1966 kam es auf Grund von Haushaltsentscheidungen Erhards zum Bruch mit dem Koalitionspartner FDP. Als kurz darauf **Kurt Georg Kiesinger** (1904–1988) zum Kanzlerkandidaten der CDU/CSU nominiert wurde, trat Erhard zurück.

Sein Nachfolger bildete nach der Wahl eine große Koalition mit der SPD. Vor allem die wirtschaftliche Rezession sowie die Misere der Bundesfinanzen prägten Kiesingers Amtszeit. So wurden beispielsweise gemeinsam mit der SPD die Stabilitätsgesetze und das umstrittene Notstandsgesetz verabschiedet. Dennoch gab es innerhalb der Koalition immer wieder Streit, was bei den Wahlen 1969 schließlich zu einem Machtwechsel führte.

Von nun an regierte eine Koalition aus SPD und FDP, geführt von Bundeskanzler **Willy Brandt** (1913–1992). Dieser war in der Regierung der großen Koalition Außenminister und Vizekanzler gewesen. Schon in dieser Zeit hatte der Sozialdemokrat eine neue Ostpolitik unter dem Motto »Wandel durch Annäherung« eingeleitet, die er als Kanzler intensivierte. 1974 trat Brandt zurück. Hintergrund war die Entdeckung des DDR-Spions Günter Guillaume. Ihm war es gelungen, als persönlicher Referent Brandts Einblick in wichtige Dokumente zu erhalten.

Helmut Schmidt (geb. 1918) wurde kurz darauf zu seinem Nachfolger gewählt. Seine Amtszeit war von Beginn an von der Rezession überschattet. Deshalb waren besonders Stabilität und Vollbeschäftigung die zentralen Themen seiner Politik. Hinzu kamen die Bekämpfung der Rote Armee Fraktion (RAF), die 1977 die Republik mit einer Serie von Attentaten erschütterte, sowie der umstrittene NATO-Doppelbeschluss. Als 1982 die Koalition mit der FDP zerbrach, wurde der Sozialdemokrat Schmidt mit einem konstruktiven Misstrauensvotum abgewählt.

Das Amt des Kanzlers übernahm **Helmut Kohl** (geb. 1930), die Regierung bildeten CDU/CSU und FDP. Auch Kohl sah sich während seiner 16-jährigen Amtszeit immer größeren wirtschaftlichen Problemen gegenübergestellt. Einen Schwerpunkt seiner Politik bildete aber das Zusammenwachsen Europas, was 1992 im Vertrag über die Europäische Union (Maastrichter Verträge) gipfelte. Auch die Wiedervereinigung Deutschlands trieb Kohl gemeinsam mit Außenminister Hans-Dietrich Genscher (geb. 1927) maßgeblich voran, indem er die Gunst der Stunde nutzte: Der russische Staatschef Michail Gorbatschow (geb. 1931) machte das Angebot, Zeit und Weg einer Vereinigung Deutschlands selbst zu bestimmen.

1998 wurde die Regierung Kohl schließlich durch eine Koalition aus SPD und Grünen abgelöst. Der neue SPD-Bundeskanzler hieß **Gerhard Schröder** (geb. 1944), zuvor Ministerpräsident in Niedersachsen. Vor allem der Abbau der Arbeitslosigkeit, der Ausstieg aus der Atomenergie, Steuer- und Rentenreformen sowie ein neues Staatsbürgerrecht gehören zu den zentralen Themen der Regierung unter Schröder.

*Helmut Kohl*

***Kohl und die Spendenaffäre***

*Helmut Kohl trat 2000 vom Ehrenvorsitz der CDU zurück. Der Grund: Er hatte im Schwarzgeld-Skandal der Partei eine Schlüsselrolle gespielt, weigerte sich jedoch, die Spender der auf schwarze CDU-Konten geflossenen Gelder zu nennen. Im Ermittlungsverfahren war er sich keiner Schuld bewusst, was ihm auch viele Parteifreunde übel nahmen.*

## BEMERKENSWERTES

**Die »Spiegel-Affäre«**

**Im Oktober 1962 veröffentlichte das Nachrichtenmagazin »Der Spiegel« einen kritischen Bericht über die Herbstübung der NATO. Daraufhin wurden die Redaktionsräume der Zeitschrift wochenlang durchsucht und besetzt, außerdem wurden Herausgeber Rudolf Augstein, führende Mitarbeiter sowie vermeintliche Informanten festgenommen. Der Vorwurf: Verdacht auf Landesverrat. Dieses Verhalten, das vor allem auf den damaligen Bundesverteidigungsminister Franz Josef Strauß zurückging, wurde im In- und Ausland heftig kritisiert und führte schließlich zu einer Regierungskrise, in deren Verlauf alle FDP-Minister zurücktraten. Strauß musste schließlich sein Amt aufgeben. Alle Verfahren gegen den »Spiegel« wurden bis 1966 eingestellt – der Verdacht des Landesverrats konnte nicht bestätigt werden.**

***Schröders Wille zur Macht***

*Schröder gilt als Machtmensch, nicht zuletzt durch Aussagen wie »Macht ist nötig, um gestalten zu können«. Schon früh soll der künftige Kanzler gewusst haben, wo er diese Macht finden kann. So sagt man, er habe bereits als junger Abgeordneter an den Gittern des Bundeskanzleramtes gerüttelt und gesagt: »Da will ich rein«.*

***Wofür gibt es Subventionen?***
*Eine Subvention ist eine Unterstützung, die der Staat einem privatwirtschaftlichen Unternehmen ohne Gegenleistung gewährt. Entweder erfolgt diese direkt als Geldzahlung oder indirekt durch Steuerermäßigung oder Kredithilfe. Ziel einer Subvention kann es beispielsweise sein, einem Unternehmen oder einem gefährdeten Wirtschaftszweig über eine schwierige Phase hinwegzuhelfen. Auch technische Neuerungen können auf diese Weise gefördert werden.*

***Was versteht man unter einer Handelsbilanz?***
*Unter der Handelsbilanz eines Landes versteht man die Gegenüberstellung seiner Warenausfuhr (Export) und der Einfuhr (Import). Ist der Export größer als der Import, spricht man von einer aktiven oder positiven Handelsbilanz. Im umgekehrten Fall nennt man die Bilanz passiv oder negativ. Ist die Handelsbilanz stark unausgeglichen, kann eine Regierung zu verschiedenen Mitteln greifen – beispielsweise die Auf- oder Abwertung der Währung, Beschränkung der Einfuhr oder Förderung der Ausfuhr.*

Das wirtschaftliche Leben in der Bundesrepublik Deutschland basiert auf dem Grundgedanken der sozialen Marktwirtschaft. Das bedeutet, dass der freien Entwicklung des Marktes – also dem Zusammentreffen von Angebot und Nachfrage – eine besondere Bedeutung beigemessen wird. Die Eigentumsverhältnisse sind kapitalistisch, Eigentum ist privater Besitz. Alle, die am Wirtschaftssystem beteiligt sind, handeln als Käufer und Verkäufer, als Arbeitnehmer und Arbeitgeber – und das mit dem eigennützigen Ziel, den größtmöglichen Gewinn zu erzielen.

Nach dem Prinzip der Marktwirtschaft regelt das Wechselspiel von Angebot und Nachfrage zu einem großen Teil auch die Preisbildung: Bei einem gleich bleibenden Angebot (beispielsweise eines bestimmten Produktes) führt eine steigende Nachfrage zu steigenden Preisen, sinkt die Nachfrage, sinken auch die Preise. Steigen jedoch Nachfrage und Preis, führt das zu einer erhöhten Produktion – Angebot und Nachfrage gleichen sich also auf Dauer wieder aus.

Ähnliche Gesetze gelten für den Arbeitsmarkt eines freien marktwirtschaftlichen Systems. Auch hier gibt es Angebot (an freien Arbeitsplätzen beziehungsweise an Arbeitskräften) und Nachfrage (nach Arbeitsplätzen aber auch nach Arbeitskräften).

In einer freien Marktwirtschaft beschränkt sich der Staat auf die Rolle des Ordnungshüters und überlässt die Wirtschaft völlig dem freien Wettbewerb. Dies birgt jedoch einige Gefahren und Nachteile. So führt ein gänzlich freier Arbeitsmarkt ohne das Eingreifen der Politik über kurz oder lang zu einer wesentlich stärkeren Position der Arbeitgeber – nicht zuletzt durch die Tatsache, dass in immer mehr Produktionsbereichen die Menschen durch Technik ersetzt werden können. Zudem bringt ein unkontrollierter Markt Kartelle und Monopole hervor – was auch wiederum den Mechanismus der Marktwirtschaft außer Kraft setzt. Denn wenn es beispielsweise – wie beim Monopol – nur noch einen Anbieter eines bestimmten Produktes gibt, kann dieser den Preis selbst bestimmen. Kein Mitwettbewerber zwingt ihn mehr, den Preis zu senken, um Käufer anzulocken.

Deshalb behält sich der Staat in einer so genannten sozialen Marktwirtschaft vor, korrigierend in das Geschehen einzugreifen. Mit dem Gesetz zur Förderung der Stabilität und des Wachstums der Wirtschaft (kurz Stabilitätsgesetz genannt) von 1967 haben sich beispielsweise Bund und Länder dazu verpflichtet, die Konjunktur finanziell zu **subventionieren** und politisch zu unterstützen. Die Ziele sind klar definiert: ein hoher Beschäftigungsstand, ein stabiles

Preisniveau, stetiges und angemessenes Wirtschaftswachstum sowie ein außenwirtschaftliches Gleichgewicht **(ausgeglichene Handelsbilanz).**

Unter Konjunktur versteht man die regelmäßig wiederkehrenden (zyklischen) Schwankungen, denen eine Volkswirtschaft unterworfen ist. Innerhalb eines so genannten Konjunkturzyklus gibt es vier Phasen, deren Übergänge fließend sind: Aufschwung, Hochkonjunktur (Boom), Abschwung (Rezession) und Krise (Depression). Durch die Beobachtung verschiedener Merkmale – **Bruttosozialprodukt**, Auftragseingang, die Auslastung der wirtschaftlichen Kapazitäten, Investitionen, Arbeitslosenzahl, Löhne und Preise – lässt sich ermitteln, in welcher Konjunkturphase sich die Wirtschaft eines Landes zur Zeit befindet.

In einer Aufschwungphase beispielsweise gehen verstärkt Aufträge bei den Unternehmen ein, die Produktion steigt und die Kapazitäten sind stärker ausgelastet. Die Zahl der Beschäftigten nimmt ebenso zu wie die Gewinne. In einer Boom-Phase steigen auch Preise und Löhne an – die Unternehmen sind ausgelastet. Ein Abschwung ist gekennzeichnet durch sinkende Aufträge, damit verbunden auch durch geringer werdende Produktion. Investitionen nehmen ab, die **Preise steigen** langsamer und die Zahl der Arbeitslosen nimmt wieder zu. Ein noch stärkerer Rückgang von Aufträgen und Produktion sowie hohe Arbeitslosigkeit und Konkurse von Unternehmen schließlich sind Anzeichen für eine konjunkturelle Krise, der nach einer Weile wieder eine Phase des Aufschwungs folgt.

**BEMERKENSWERTES**

**Die Arbeitsmarktpolitik**

**Ziel der Arbeitsmarktpolitik des Staates ist es, möglichst vielen Arbeitnehmern eine vollwertige Beschäftigung zu sichern. Hierzu wurden eine Reihe von Instrumenten geschaffen. So kann der Staat zum einen versuchen die Konjunkturschwankungen möglichst gering zu halten. Außerdem kann er so genannte Arbeitsbeschaffungsmaßnahmen einleiten, indem er beispielsweise Unternehmen finanziell für die Einstellung neuer Mitarbeiter belohnt. Weitere Möglichkeiten bieten unter anderem die Verkürzung der Arbeitszeiten oder die staatliche Arbeitsvermittlung durch die Arbeitsämter. Da all diese Instrumente nur bedingt greifen, stellt die Arbeitsmarktpolitik eine der größten Herausforderungen einer jeden Regierung dar.**

***Was ist das Bruttosozialprodukt?***
*Den Geldwert aller Leistungen, die ein Staat und seine Einwohner innerhalb eines Jahres erbracht haben, nennt man Bruttosozialprodukt. Man kann es nach seiner Verwendung berechnen, dann setzt es sich aus dem Konsum, den Investitionen sowie den Exporten – von denen man die Importe abzieht – zusammen.*

***Was bedeutet es, wenn die Preise steigen?***
*Steigen die Preise über einen längeren Zeitraum immer weiter an, beziehungsweise verliert das Geld ständig an Wert und Kaufkraft, spricht man von Inflation. Der Staat kann versuchen einen Anstieg des Preisniveaus zu verhindern, indem er Höchstpreise festsetzt und Subventionen vergibt. Dies nennt man eine zurückgestaute Inflation.*

# LÄNDERKUNDE

## Deutschland

Die **Bundesrepublik** Deutschland liegt im Herzen Europas. Sie ist 357.042 Quadratkilometer groß und hat rund 81,82 Millionen Einwohner. Die Hauptstadt ist Berlin.

Die Großlandschaften Deutschlands lassen sich in drei Zonen einteilen. An die Küsten von Nord- und Ostsee schließt sich 200 bis 400 km landeinwärts das flache Norddeutsche Tiefland an. Südwärts folgt, ebenfalls 200 bis 400 km breit, die stark gegliederte Mittelgebirgszone. Im Süden findet sich eine jäh aufsteigende Gebirgszone, die Alpen. Deutschland liegt in der Zone der sommergrünen Laubwälder. Wichtige Flüsse sind Rhein, Donau, Weser und Elbe. Das Klima ist feucht-gemäßigt. Der Westen des Landes unterliegt stärkeren ozeanischen Einflüssen. Der ostdeutsche Raum weist kontinentale Züge auf.

Deutschland ist eine der führenden Industrienationen der Erde. Wichtige Industriezweige sind Maschinen- und Kfz-Bau, Nahrungs- und Genussmittelindustrie, chemische und elektrotechnische Industrie, Mineralölverarbeitung sowie Textilindustrie. Land- und Forstwirtschaft sowie Fischerei spielen nur noch eine untergeordnete Rolle. Angebaut werden Getreide, Zucker- und Futterrüben, Kartoffeln, Gemüse, Obst und Wein. Unter den EU-Staaten steht Deutschland in der Fleisch- und Milchproduktion an zweiter Stelle.

***Wie heißen die deutschen Bundesländer und ihre Hauptstädte?***

*Die 16 deutschen Bundesländer und ihre Hauptstädte sind: Baden-Württemberg (Stuttgart), Bayern (München), Berlin (Berlin), Brandenburg (Potsdam), Bremen (Bremen), Hamburg (Hamburg), Hessen (Wiesbaden), Mecklenburg-Vorpommern (Schwerin), Niedersachsen (Hannover), Nordrhein-Westfalen (Düsseldorf), Rheinland-Pfalz (Mainz), Saarland (Saarbrücken), Sachsen (Dresden), Sachsen-Anhalt (Magdeburg), Schleswig-Holstein (Kiel), Thüringen (Erfurt).*

## Österreich

Die Bundesrepublik Österreich liegt im Südosten Mitteleuropas. Die über 2.600 km langen Grenzen umschließen ein Gebiet von insgesamt 83.858 Quadratkilometern. In den neun Bundesstaaten leben rund 8,086 Millionen Menschen. Die Hauptstadt ist Wien.

Österreich ist vorwiegend ein Alpenland. Zwei Drittel der Fläche liegen in den Ostalpen. Es hat aber auch Anteil an den Nördlichen Kalkalpen, den Zentralalpen und den Südlichen Kalkalpen. Im Nordosten schließt sich das Alpenvorland an, nördlich der Donau das Mühl-, Wald- und Weinviertel, östlich der Alpen das Wiener Becken und das Burgenland. Hauptflüsse sind Donau, Inn, Salzach, Traun, Enns, Mur und Drau. Außerdem gibt es im Salzkammergut und in Kärnten viele Seen sowie den Neusiedler See südöstlich von Wien.

Auf wirtschaftlichem Sektor hat die Industrie steigenden Anteil am Sozialprodukt. Wichtige Zweige sind Eisen-, Stahl-, Maschinen-, Holz-, Papier- und Textilindustrie. Ackerbau wird dagegen nur noch auf 24 Prozent der Fläche betrieben. Hier herrschen Getreide-, Kartoffel- und Zuckerrüben- sowie der Weinanbau vor. Ein wichtiger Wirtschaftsfaktor ist der Fremdenverkehr. Drei Viertel der Urlauber kommen aus Deutschland.

Schweiz

Die Schweizerische Eidgenossenschaft ist ein Bundesstaat in Mitteleuropa, der sich über eine Fläche von 41.285 Quadratkilometer erstreckt und 7,12 Millionen Einwohner hat. Die Hauptstadt ist Bern. Die Amtssprachen sind **Deutsch,** Französisch, Italienisch und **Rätoromanisch.** Der Staat besteht aus 20 Kantonen und sechs Halbkantonen.

Die Schweiz umfasst den mittleren Teil der Alpen und misst an ihrem höchsten Punkt 4.637 Meter (Monte Rosa). Nach Nordwesten schließen die Hügelregion des dicht besiedelten Mittellandes und der Schweizer Jura an. Im Südosten hat die Schweiz einen Anteil am oberen Inntal. Im Schweizer Gotthardmassiv entspringen die Flüsse Rhein, Reuss, Aare, Rhone und Tessin. Ferner gibt es viele große Seen wie den Genfer, Luganer oder den Zürichsee. Das Klima ist gemäßigt warm bis rau, vielerorts sonnenreich.

Auf wirtschaftlichem Sektor herrscht die Industrie vor (Stickereien, Textilien, feinmechanische und optische Industrie, Maschinen- und Fahrzeugbau, elektrische, elektronische, chemische und pharmazeutische Industrie sowie Nahrungs- und Genussmittel). In der Landwirtschaft arbeiten nur noch vier Prozent der Erwerbstätigen. Hier werden Weizen, Gerste, Mais, Zuckerrüben und Kartoffeln sowie Wein angebaut. Ein wichtiger Sektor ist die Milchviehzucht mit Käserei und Milchverarbeitung. Einnahmen erzielt das Land auch mit dem Fremdenverkehr, besonders in den Wintersport- und Luftkurorten.

***Wieso spricht man in Österreich und der Schweiz deutsch?***

*Gegen Ende der Völkerwanderung (3.–8. Jh. n. Chr.) siedelte im westlichen Teil des heutigen Österreichs der Volksstamm der Bajuwaren (Bayern). Im 10. Jh. wurde die deutsche Besiedelung verstärkt fortgesetzt und das Gebiet »Ostmark« genannt. Im Jahr 996 hieß es zum ersten Mal »Ostarrichi«. Das deutsche Sprachgebiet in der Schweiz entstand im Zuge der Völkerwanderung durch den Einfall der Alemannen. Zeitweise gehörte das Land auch zum Deutschen Reich.*

***Was ist Rätoromanisch?***

*0,8 Prozent der Schweizer sprechen diese Sprache, die 1938 als vierte Landessprache anerkannt wurde. Sie ist eine Reliktform aus dem Vulgärlatein des Mittelalters und gilt im Kanton Graubünden neben Deutsch als Amstssprache.*

**BEMERKENSWERTES**

**Demokratie für Frauen**

**Die direkte Demokratie per Volksabstimmung hat der Schweiz den Ruf des demokratischen Musterlandes eingebracht. Dennoch haben die Schweizer Frauen erst seit 1971 auf Bundesebene Wahl- und Stimmrecht. In allen Kantonen sogar erst seit 1990.**

***Welche Staaten gehören zu Europa und wie heißen ihre Hauptstädte?***
*Zu Europa gehören: Albanien (Tirana), Andorra (Andorra la Vella), Belgien (Brüssel), Bosnien und Herzegowina (Sarajevo), Bulgarien (Sofia), Dänemark (Kopenhagen), Deutschland (Berlin), Estland (Tallinn), Finnland (Helsinki), Frankreich (Paris), Griechenland (Athen), Großbritannien und Nordirland (London), Irland (Dublin), Island (Reykjavík), Italien (Rom), Montenegro (Pódgorica), Kasachstan, europ. Teil (Astana), Kosovo* (Priština), Kroatien (Zagreb), Lettland (Riga), Liechtenstein (Vaduz), Litauen (Wilna), Luxemburg (Luxemburg), Makedonien (Skopje), Malta (Valletta), Moldawien (Chisinau), Monaco (Monaco), Niederlande (Amsterdam), Norwegen (Oslo), Österreich (Wien), Polen (Warschau), Portugal (Lissabon), Rumänien (Bukarest), Russland, europ. Teil (Moskau), San Marino (San Marino), Schweden (Stockholm), Schweiz (Bern), Slowakische Republik (Bratislava), Serbien (Belgrad), Slowenien (Ljubljana), Spanien (Madrid), Tschechische Republik (Prag), Türkei, europ. Teil (Ankara), Ukraine (Kiew), Ungarn (Budapest), Vatikanstadt (–), Weißrussland (Minsk).*
** völkerrechtlich umstritten*

**Europa** ist mit 10,5 Millionen Quadratkilometern der viertgrößte Erdteil. Gemessen an der Bevölkerungsdichte mit rund 706 Millionen Einwohnern ist Europa sogar der zweitgrößte Kontinent. Die beiden zusammenhängenden Erdteile Europa und Asien bilden die riesige eurasische Landmasse. Nur aus geschichtlichen Gründen werden Asien und Europa als zwei Erdteile betrachtet. Als natürliche Grenze zu Asien gelten das Uralgebirge, der Uralfluss, das Kaspische Meer und die Manytschniederung. Zu Europa gehören große Halbinseln wie Skandinavien und Finnland, die Iberische, die Balkan- und die Appeninhalbinsel.

Vom Uralgebirge reicht ein breites Tiefland bis zur Nord- und Ostsee. Skandinavien und die Britischen Inseln werden von einem alten, hohen Gebirgsrumpf durchzogen. Mittel- und Westeuropa sind durch Mittelgebirge, Beckenlandschaften und Hügelländer gekennzeichnet. Im Süden schließt sich ein Zug junger Faltengebirge vom Atlantischen Ozean bis zum Schwarzen Meer an: die Pyrenäen, die Alpen, die Karpaten und der Balkan. In Südeuropa finden sich jungvulkanische Bildungen wie der Vesuv, der Ätna oder Santorin, außerdem Tieflandbecken wie die Po-Ebene und Hochflächen wie das Hochland von Kastillien. Der Erdteil ist durchzogen von großen Flüssen und hat im Norden und im Alpengebiet zahlreiche Seen.
In Europa gibt es verschiedene Klimazonen. So ist das Wetter im Westen mild und feucht. In Richtung Osteuropa steigern sich landeinwärts die jahreszeitlichen Gegensätze zwischen warmem Sommer und kaltem Winter. Im äußersten Norden herrscht Polarklima, an der unteren Wolga das Steppen- und in den südlichen Ländern das Mittelmeerklima.

Unterschiedlich wie das Klima ist auch die Vegetation. Sie reicht von der baumlosen Moos- und Flechtentundra im hohen Norden über breite Nadel-, Laub- und Mischwaldgürtel bis zu immergrünen Hartlaubgewächsen und Sträuchern im Süden. Im Südosten gibt es Wiesen- und Wüstensteppen.

In Europa werden rund 70 Sprachen gesprochen. Die Völker des Erdteils gehören fast alle zur indogermanischen Sprachfamilie, besonders zu den großen Gruppen der Germanen, Romanen und Slawen. Die am weitesten verbreitete Religion ist das Christentum.
Auf wirtschaftlichem Sektor ist neben der Industrie auch die Landwirtschaft erwähnenswert. So kommt ein großer Teil der Welterzeu-

gung an Getreide, Kartoffeln, Wein, Milch und Eiern aus Europa. Nördliche Staaten liefern Holz. Europa hat viele Bodenschätze wie Steinkohle, Braunkohle, Eisenerz, Erdöl (in der Nordsee), Erdgas und vieles mehr.

Neben den USA ist Europa das wichtigste Industriezentrum der Erde. Alle Industriezweige sind hoch entwickelt. Besonders in den Ländern Spanien, Portugal, Österreich, Italien, Frankreich, Griechenland und der Schweiz ist zudem der Fremdenverkehr von großer Bedeutung.

*Nichtselbstständige Gebiete sind Färöer (Tórshavn), das zu Dänemark gehört, sowie Gibraltar (–), die Kanalinseln (Saint Hélier bzw. Saint Peter Port) und die Isle of Man (Douglas), die zu Großbritannien gehören.*

*Europa und der Stier*

***Woher kommt der Name Europa?***

*In der griechischen Sage ist Europa eine Prinzessin, die der Göttervater Zeus in Gestalt eines Stieres von der Küste Asiens auf die Insel Kreta entführte. Vermutlich wurde der Erdteil Europa nach ihr benannt.*

**BEMERKENSWERTES**

**Der Miniaturstaat**

**Der kleinste europäische Staat ist die Vatikanstadt, ein selbstständiger Stadtstaat im Nordwesten Roms. Er ist 0,44 Quadratkilometer groß und hat etwa 850 Einwohner. Staatsoberhaupt ist der Papst. Die Vatikanstadt umfasst den Vatikan, den Petersplatz, die Peterskirche und die päpstlichen Gärten. Die Vatikanstadt hat einen eigenen Bahnhof und einen eigenen Rundfunksender. 1929 hat Italien die volle Souveränität des Ministaates anerkannt.**

**Welche Völker leben in Amerika?**
*Die Bevölkerung Nordamerikas ist bunt gemischt. Sie setzt sich zusammen aus den Nachfahren der indianischen Ureinwohner und der afrikanischen Sklaven sowie Zuwanderern aus allen Erdteilen, vor allem Europa. Oftmals haben sich die verschiedenen Völker vermischt. Auch die Bevölkerung Südamerikas setzt sich aus unterschiedlichen Gruppen zusammen. Indianer finden sich vornehmlich im mittleren und nördlichen Andenhochland, zum Teil noch im Amazonasgebiet und im Gran Chaco. In Argentinien, Uruguay und Süd-Brasilien leben viele Weiße, in Nordost-Brasilien Schwarze. In Guayana haben sich zahlreiche Asiaten niedergelassen. In den übrigen Gebieten finden sich überwiegend Mischlinge.*

**Wieso wird in Nordamerika englisch und in Südamerika spanisch und portugiesisch gesprochen?**
*Bald nach der Entdeckung der »neuen Welt« setzte die Gründung von Kolonien ein. Im 16. Jh. war der Kontinent spanisches und portugiesisches Kolonialgebiet. Im 17. Jh. folgten andere westeuropäische Mächte, die sich vor allem in Nordamerika ansiedelten. Nach langem*

**Amerika** ist der zweitgrößte Kontinent der Erde. Er setzt sich aus den beiden Teilen **Nord-** und **Südamerika** zusammen, die durch einen doppelten Bogen miteinander verbunden sind: im Westen die mittelamerikanische Landbrücke, im Osten die westindische Inselkette. Der Kontinent liegt zwischen dem Atlantischen und dem Pazifischen Ozean und reicht vom äußersten Norden der Erdkugel bis zum äußersten Süden. Damit erstreckt er sich über alle Klimazonen der Erde, mit Ausnahme der antarktischen.
Amerika ist 14.500 km lang, rechnet man die vorgelagerten Inseln dazu, sogar 15.500 km. Es hat eine Fläche von mehr als 42 Millionen Quadratkilometern. Nord- und Südamerika haben fast die gleiche Breite von 5.000 km. Auf dem Kontinent leben rund 831 Millionen Menschen (rund 482 Millionen im Norden, ca. 349 Millionen im Süden).
Die beiden Teile des Doppelkontinents unterscheiden sich nicht allein durch das Klima voneinander. Südamerika liegt zum Großteil in den Tropen, während Nordamerika nur bis zum 15. Breitengrad an die heiße Zone heranreicht.
Auch historisch und kulturgeschichtlich haben die beiden Landmassen sich weit auseinander entwickelt. So wird Nordamerika von der Weltmacht und führenden Industrienation USA geprägt, während die Länder im lateinamerikanischen Süden zu den Schwellen- oder Drittländern, also den ärmsten Ländern zählen.
Dennoch weisen zahlreiche Merkmale die beiden Teile als einen zusammengehörigen Kontinent aus. Davon zeugen zum einen ein auf der Westseite verlaufender Zug junger Faltengebirge (Rocky Mountains, Kordilleren, Anden), zum anderen auf der Ostseite alte Rumpfgebirge, während sich in der Mitte beider Teile große Tafel- und Stromtiefländer befinden. Diese entwässern sich fast ausnahmslos zum Atlantik oder seinen Nebenmeeren hin.
Nordamerika besteht aus den Ländern Kanada, USA und großen Teilen Mexikos.
Zu Mittelamerika gehören die Länder Guatemala, Belize, El Salvador, Honduras, Nicaragua, Costa Rica und Panama sowie die Staaten der Karibischen und Westindischen Inseln. Die Großregion Mittelamerikas ist von Gebirgen geprägt und zählt zu den aktivsten vulkanischen Zonen. Die Temperaturen sind trotz der Tropenlage eher von der Höhe als von den Breitengraden abhängig.
Südamerika erstreckt sich vom Karibischen Meer im Norden bis zum Kap Hoorn im Süden. Zu Südamerika zählen die Länder Argentinien, Bolivien, Brasilien, Chile, Ecuador, Französisch-Guayana,

Kolumbien, Paraguay, Peru, Surinam, Uruguay und Venezuela. Am nördlichen und westlichen Rand Südamerikas finden sich die Anden, das zweithöchste Gebirge der Welt. Die Tieflandfläche Südamerikas wird zum großen Teil durch das Amazonasbecken gebildet, in dem der Amazonas verläuft, der wasserreichste Fluss der Erde. Hier findet sich auch das größte Urwaldgebiet der Erde, der **tropische Regenwald.**

In Südamerika herrscht die Landwirtschaft vor. Hier werden vor allem Kaffee, Getreide und Zuckerrohr angebaut. Auch die Viehzucht und die Wollproduktion sind wichtige Wirtschaftsfaktoren. Der Erdteil hat bedeutende Bodenschätze wie Erdöl, Kupfer, Zinn, Wolfram, Eisen, Mangan, Blei und Salpeter. Viele Länder entwickeln zudem eigene Industrien.

*Ringen um die Vorherrschaft setzten sich 1763 die Engländer gegen die Franzosen durch. Durch den amerikanischen Unabhängigkeitskampf (1775–1783) verloren sie jedoch außer Kanada alle Kolonien, die sich daraufhin zu den Vereinigten Staaten von Amerika zusammenschlossen. Als Landessprache wurde Englisch gewählt. Im 19. Jh. lösten sich auch die spanischen und portugiesischen Kolonien in Mittel- und Südamerika von ihren Mutterländern. Die Sprachen der Kolonialherren wurden jedoch beibehalten.*

*Die Köpfe von vier Präsidenten der Vereinigten Staaten am Mt. Rushmore, Keystone, South Dakota*

***Wozu brauchen die Menschen den tropischen Regenwald?***

*Der tropische Regenwald in Südamerika wird oft die »grüne Lunge«unseres Planeten genannt. Die Pflanzen dort produzieren einen Großteil des Sauerstoffbedarfs aller Menschen. Der Regenwald ist zudem die artenreichste Lebensgemeinschaft der Erde. Dort finden sich unzählige Tierarten sowie Heilpflanzen, die zum Teil noch unerforscht sind. Durch Abholzung und Brandrodung ist der Regenwald stark bedroht. Der weltweite Schwund der Regenwälder bewirkt eine lokale Versteppung und führt langfristig zu globalen klimatischen Veränderungen, die zur so genannten Klimakatastrophe beitragen.*

## BEMERKENSWERTES

### Ein Name für die Neue Welt

**Der Kontinent Amerika wurde nach dem italienischen Seefahrer Amerigo Vespucci (1451–1512) benannt. Dieser unternahm zwischen 1497 und 1504 Entdeckungsfahrten längs der Küste Südamerikas und gab erste Beschreibungen der entdeckten Länder.**

***Welche Völker leben in Asien?***
*In Asien leben viele Völker indogermanischen Ursprungs wie die Afghanen, Belutschen, Hindus, Perser und Russen sowie semitische Völker wie die Araber. Verwandt mit ihnen sind die Altsibirier und die Ainu (aus Japan). Ferner gibt es Mongolide (Mongolen, Tibeter), ostasiatische Völker wie die Chinesen, Japaner und Koreaner, außerdem die nordostasiatischen Tungusen und südostasiatische Völker wie die Thai und Vietnamesen. Zwischenformen bilden die Turkvölker und Malaien. Im Süden Asiens gibt es noch Reste älterer Besiedlungsschichten wie die kleinwüchsigen Wedda und Zwergvölker.*

***Welche Tiere leben in Asien?***
*Die Tierwelt Asiens ist vielseitig wie seine Klimazonen. So leben im hohen Norden arktische Arten wie das Rentier, Lemminge oder der Polarfuchs. In Nord- und Zentralasien leben dieselben Tiere wie in Europa. In Vorderasien leben Tiere aus dem Mittelmeerraum. Die Tierwelt im Süden und Südosten ist tropisch mit Tieren wie Elefanten und Löwen.*

Asien ist der größte Erdteil. Einschließlich seiner Binnenmeere umfasst er 44,4 Millionen Quadratkilometer Fläche. Das sind 33 Prozent der Landfläche der Erde. Asien ist mit Afrika durch die Landenge von Suez verbunden, nach Australien führt die Inselbrücke des Malaiischen Archipels hinüber, nach Amerika die Aleuten, eine gebirgige Inselgruppe zwischen Beringmeer und Pazifischem Ozean. In Asien leben rund 3,5 Milliarden Menschen. Diese gehören einer ganzen Reihe verschiedener **Völker** an.

Die asiatische Festlandmasse ist nur wenig gegliedert. Wichtige Halbinseln sind Kleinasien, die Arabische Halbinsel, Vorderindien, Hinterindien, Korea, Kamtschatka und die Tschuktschen-Halbinsel. Im Osten und Südosten sind Inselketten (Japan, Philippinen und Indonesien) vorgelagert. Zentralasien besteht aus verschiedenen Hochländern wie z. B. Tibet. Dessen Randgebirge tragen die höchsten Gipfel der Erde wie den Mount Everest mit 8.846 m.

Das Klima in Asien ist vorherrschend kontinental. Während im Norden die Winter extrem kalt und die Sommer nur gemäßigt sind, werden auf der Arabischen Halbinsel und in Zentralasien die Sommer sehr heiß und trocken. In Vorderasien herrscht zum Teil Mittelmeerklima. Süd- und Ostasien zeichnen sich durch Monsunklima mit einem Wechsel von Regen- und Trockenzeit aus. Im äußersten Süden findet sich zum Teil Tropenklima.

Unterschiedlich wie das Klima ist auch die Pflanzenwelt mit polarer Steppe im Norden, daran anschließend sibirischem Nadelwald (Taiga), Steppen, Salzsteppen und Wüsten, in Süd- und Ostasien Laub- und Mischwäldern, in den Tropengebieten Regenwald. Ebenso vielfältig zeigt sich auch die asiatische **Tierwelt.**

Auf wirtschaftlichem Sektor sticht der Unterschied zwischen Arm und Reich ins Auge. Auf der einen Seite stehen hoch industrialisierte Länder wie Japan, das eine deutliche Vormachtstellung einnimmt. Auf der anderen Seite finden sich Länder mit einem sehr niedrigen Pro-Kopf-Einkommen wie Vietnam. Der Anteil Asiens am Weltsozialprodukt beträgt deshalb auch nur ca. 25 Prozent. Die Stärke des Erdteils liegt in der Landwirtschaft. Angebaut werden Reis, Kautschuk, Jute, Tee, Baumwollsamen, Sojabohnen. In Japan, Russland und China ist der Fischfang von Bedeutung. An Bodenschätzen werden u. a. Zinn, Wolfram, Steinkohle, Erdöl, Antimon und Eisenerz abgebaut. Ausgeführt werden Reis, Tee, Tabak, Gummi, Baumwolle, Jute, Zucker, Ölfrüchte, Erdöl und Zinn sowie industrielle Massenerzeugnisse aus Japan. In einigen Ländern wie Malaysia ist die Industrialisierung auf dem Vormarsch.

Die am besten ausgebauten Straßennetze haben die Länder Japan, Indien, Pakistan und Indonesien. Japan, Sibirien, Indien, Pakistan, einige Republiken der GUS, Indonesien und das östliche China verfügen über ein ausgedehntes Schienennetz. Aber auch der Luftverkehr gewinnt an Bedeutung.

Ab der Kolonialzeit wurden die Länder Asiens stark von fremden Herrschern beeinflusst. Dieser Einfluss ist heute noch zu spüren und wirkt sich beispielsweise auf die **politischen Systeme** sowie teilweise auch auf die **Religion** der ehemaligen Kolonien aus.

*Mount Everest, der höchste Berg der Welt*

**BEMERKENSWERTES**

**Die ersten Hochkulturen**

**Asien ist der Kontinent mit den ältesten Staatengründungen. In Mesopotamien lebten seit dem dritten Jahrtausend v. Chr. die Sumerer und Babylonier, in Kleinasien die Phöniker. Frühe Staaten entwickelten sich auch in Indien und China. In Asien entstanden zudem alle Hochreligionen und sind auch heute noch dort vertreten.**

***Welche politischen Systeme gibt es in Asien?***

*Um 1500 begann der koloniale Zugriff der Europäer auf Asien. Die Engländer herrschten in Indien, die Niederländer in Indonesien, die Franzosen in Indochina und die Spanier – später die Amerikaner – auf den Philippinen. Russland erweiterte sein Herrschaftsgebiet um Sibirien und Zentralasien. All diese Kolonialherren prägten die von ihnen besetzten Länder auf vielfältige Art. Nach 1945 erlangten die meisten asiatischen Staaten ihre Unabhängigkeit. Der Kommunismus setzte sich in China, der Äußeren Mongolei, Nordkorea, Vietnam, Laos und Kambodscha durch. Nach der islamischen Revolution im Iran 1979 begann in vielen arabischen Ländern die Reislamisierung und griff auch auf andere asiatische Länder über. Der Zerfall der UdSSR in unabhängige Staaten und die Bildung der GUS 1991 sowie politisch und religiös bedingte Auseinandersetzungen haben das politische Gefüge Asiens grundlegend verändert.*

***Gibt es in Asien christliche Länder?***

*Das einzige christliche Land Asiens sind die Philippinen. Der Großteil der Bevölkerung ist katholisch. Sie hat den Glauben der spanischen Kolonialherren beibehalten.*

Der Kontinent Afrika liegt südlich von Europa, von dem er durch das Mittelmeer getrennt ist, und westlich von Asien, mit dem er durch die etwa 150 km breite Landenge von Suez verbunden ist. Afrika hat mit seinen Inseln eine Fläche von 30 Millionen Quadratkilometern und ist damit etwa dreimal so groß wie Europa. Rund 780 Millionen Menschen verschiedener **Völkergruppen** leben dort. Ihre **Sprachen** weisen eine ungeheure Vielfalt auf.

***Welche Völkergruppen leben in Afrika?***
*In den Gebieten südlich der Sahara, genannt Schwarzafrika, leben viele Menschen mit dunkler Hautfarbe (Bantu- und Sudanvölker). Nördlich davon, im so genannten Weißafrika, leben Völker mit hellerer Hautfarbe wie Araber, Berber, hamitische oder semitische Völker. Asiatische Einwanderer haben sich im Osten und Südosten niedergelassen. Die ältesten einheimischen Völker sind die Hottentotten und die Buschleute im Süden sowie Zwergvölker wie die Pygmäen in der tropischen Region. Besonders in Südafrika leben viele Weiße mit europäischen Vorfahren.*

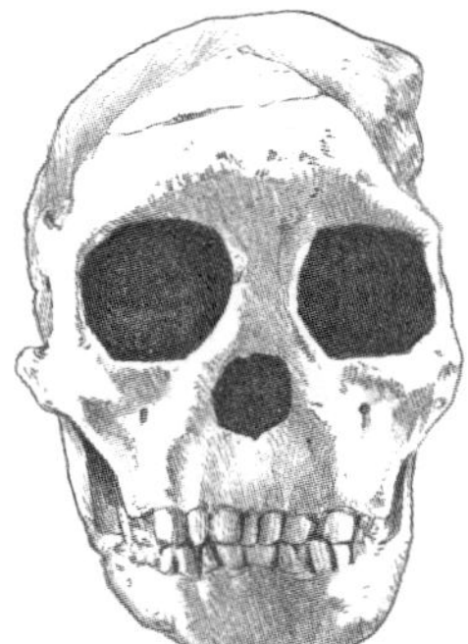

*Afrika – Wiege der Menschheit.*

*Einer der ältesten menschlichen Schädel: »Kind von Taung« – Australopithecus africanus, 1924 in Südafrika gefunden*

Kein Festland, außer Südamerika, ist geografisch so wenig gegliedert wie Afrika. Große Halbinseln und tiefe Buchten fehlen. Die wichtigsten Flüsse sind der Nil, der Sambesi, der Limpopo, der Oranje, der Kongo, der Niger, der Volta, der Gambia und der Senegal. Der größte See ist der Victoriasee im Osten.

Afrika liegt beiderseits des Äquators. Die Zone am Äquator weist tropisches Klima mit Regen zu allen Jahreszeiten bei geringen Temperaturschwankungen auf. Im Norden und Süden grenzen Zonen mit abwechselnden Regen- und Trockenzeiten an. Kaum oder wenig Niederschläge gibt es in den Wüsten Sahara, Kalahari und Namib an der Westküste von Südafrika. Am Nordrand und in Südafrika zeigen sich subtropische Einflüsse. Schnee fällt nur in den **Hochgebirgen.**

Die Pflanzenwelt zeichnet sich aus durch den immergrünen Regenwald im Kongobecken und in Guinea. Nördlich und südlich davon schließen sich Feucht-, Trocken- und Dornsavannen an. Im Gegensatz zu den reinen Wüsten Sahara und Namib gibt es im Nordwesten und Süden immergrünen Pflanzenwuchs.

In Afrika herrscht die Agrarwirtschaft vor. Haupterzeugnisse sind Erdnüsse, Kakao, Bananen, Palmöl, Sisal, Kaffee und Baumwolle.

Der Kontinent ist reich an Bodenschätzen. So werden z. B. Gold, Diamanten, Platinmetalle, Antimon, Kupfer, Mangan und Chrom abgebaut. In Nigeria, Algerien und Libyen wird Erdöl gefördert. Außer den landwirtschaftlichen und Bergbauerzeugnissen werden auch Edelhölzer ausgeführt. Handelspartner sind die EU-Staaten und die USA.

Die Infrastruktur Afrikas ist noch kaum entwickelt. Eisenbahnnetze finden sich nur in Nord- und Südafrika. Das Straßennetz wird erst ausgebaut. Von Bedeutung sind der Luftverkehr sowie die Binnenschifffahrt.

In Afrika gibt es heute 53 unabhängige Staaten sowie das von Marokko besetzte Westsaharagebiet. Nicht selbstständig sind das britische Sankt Helena, die Kanarischen Inseln, außerdem Ceuta und Melilla, die zu Spanien gehören, sowie Réunion und Mayotte (französisch), Sokotra (zum Jemen gehörend) und Madeira (portugiesisch).

Seit Mitte des 19. Jahrhunderts erfolgte die Aufteilung Afrikas unter die europäischen Kolonialmächte. Anfang des 20. Jahrhunderts wurde mit Ausnahme Äthiopiens und Liberias ganz Afrika von Weißen beherrscht. Nach dem Zweiten Weltkrieg erlangten die afrikanischen Völker ihre Unabhängigkeit im Rahmen ihrer ehemaligen Kolonialgrenzen. Oft wandelten sich diese Staaten jedoch zu Einparteienherrschaften und Präsidialdiktaturen. Erst seit Beginn der 90er-Jahre gibt es demokratische Tendenzen. Allerdings gewinnt auch der islamische Fundamentalismus an Einfluss.

Hauptprobleme des Kontinents sind momentan ethnische und soziale Konflikte. Die Ausbreitung von Krankheiten wie Aids, von Armut und Unterernährung tragen zur Problematik bei. Die afrikanischen Staaten versuchen diese Missstände in der Organisation für Afrikanische Einheit (OAU) zu bekämpfen.

***Gibt es eine gesamtafrikanische Sprache?***
*Afrika ist der Kontinent mit den meisten Sprachen. Forscher schätzen, dass dort bis zu 900 verschiedene Sprachen gesprochen werden. Sie klingen sehr unterschiedlich, sodass bisher keine umfassende afrikanische Sprachgruppe nachgewiesen werden konnte. Dennoch gibt es einige typische Merkmale wie z. B. Schnalzlaute. Bezeichnend sind auch Tonsprachen, in denen gleichlautende Wörter eine verschiedene Bedeutung haben können, wenn sie mit unterschiedlicher Tonhöhe gesprochen werden.*

***Gibt es in Afrika Berge?***
*Afrika besteht nicht nur aus Wüsten- und Beckenlandschaften. Es gibt auch Berge, die oftmals Vulkane sind. Der höchste ist der Kilimandscharo mit 5.892 m.*

**BEMERKENSWERTES**

**Die Wiege der Menschheit**

**Forscher gehen davon aus, dass das menschliche Leben seinen Ursprung in Afrika hat. In Olduvai, Tansania und Algerien wurden die ältesten Zeugnisse für das Auftreten des Menschen gefunden. Sie stammen aus der Zeit von vor 2,5 Millionen Jahren.**

***Welche Völker leben in Australien?***
*Mittlerweile leben auf dem Kontinent vorwiegend Weiße, meist britischer Abstammung. Die Zahl der Ureinwohner (Aborigines) ging durch eingeschleppte Seuchen und besonders auf Grund der Ausrottung durch die Siedler auf rund 30.000 Reinblütige und 270.000 Mischlinge zurück. Die Aborigines sind eine relativ hoch gewachsene, schlanke Rasse mit dunkler Haut. Die Bevölkerung Australiens lebt fast nur in den Randbezirken, besonders im Südosten und Osten. Die Religion ist christlich, vorwiegend katholisch und anglikanisch.*

***Was ist das Besondere an der Südostküste?***
*Der Südosten Australiens liegt in der gemäßigten Klimazone. Dort gibt es zum Teil sehr kalte Winter mit Frost und Schnee. Hier liegen die Snowy Mountains, das höchste Gebirge des Kontinents. Es ist Australiens einziges Wintersportgebiet. Erst in den 50er-Jahren wurde es erschlossen.*

Australien ist der kleinste Erdteil. Mit den Inseln Tasmanien, Neuguinea, Neuseeland und der Inselwelt Ozeaniens wird er zu »Australien und Ozeanien« zusammengefasst. Insgesamt erstreckt sich dieser Kontinent über eine Fläche von 8,937 Millionen Quadratkilometer und hat rund 32 Millionen Einwohner. Den überwiegenden Teil der **Bevölkerung** stellen die Nachkommen der europäischen Einwanderer.

Das eigentliche Australien und Tasmanien bilden zusammen Festlandaustralien. Dieses liegt beiderseits des südlichen Wendekreises. Es hat eine Fläche von 7,68 Millionen Quadratkilometern und 18,3 Millionen Einwohner. Die größte West-Ost-Ausdehnung beträgt rund 4.000 km, die größte Nord-Süd-Erstreckung mehr als 3.700 km. Festlandaustralien ist der einzige Kontinent, der aus nur einem Land besteht. Die Hauptstadt ist Canberra.

Der massige Kontinent hat wenig gegliederte Küsten. Nur an der Südwest- und **Südost-Küste** gibt es geeignete Hafenbuchten. Hier verteilen sich die Haupthäfen Sydney, Melbourne, Fremantle, Newcastle und Geelong. Am nördlichen Ostküstenabschnitt, der durch offene Buchten mit weiten Sandstränden geprägt wird, ist das *Große Barriereriff* vorgelagert. Es zieht sich rund 2.000 km an der Küste entlang, ragt zum Teil 300 km weit in die Korallensee hinaus, weshalb kein einziger größerer Hafen entstehen konnte.

Der geografische Aufbau des Kontinents ist relativ einfach. Im Westen befindet sich ein trockenes, zum Teil wüstenartiges Tafelland. Im Osten, der genügend bewässert ist, findet sich teils Gebirge, teils Hügelland. Hier sind die australischen Kordilleren mit Höhen bis zu 2.230 m, das Neu-England-Gebirge und die Blauen Berge sowie ganz im Süden die Snowy Mountains, das Gebirge mit der höchsten Erhebung Australiens, dem 2.234 m hohen Mount Kosciusko. Das Landesinnere ist durch Wüsten und Buschland gekennzeichnet. Sehr zentral liegt der Ayers Rock, ein berühmter Berg, der zu den **Wahrzeichen Australiens** zählt. Der Kontinent hat nur ein einziges größeres Flusssystem, den Murray-Darling. Die übrigen Flüsse (Creeks) führen meist nur zeitweise Wasser. Im Süden finden sich Seen ohne Abfluss zum Meer, wie der Eyre- und der Torrens-See sowie viele Salzsümpfe.

Klimatisch gesehen gehört der Norden Australiens zu den Tropen, der Süden zur gemäßigten Zone. Das Landesinnere zählt zum subtropischen Trockengürtel. In der Pflanzenwelt sind Eukalyptus-, Akazien-, Flaschen- und Grasbäume bestimmend, im Nordosten der Urwald. Vorherrschend sind Tierarten wie Beuteltiere (Känguru oder Koala), das Schnabeltier, der Dingo und Vögel wie der Emu und der Leierschwanz.

Auf wirtschaftlichem Gebiet sind der Agrarsektor und die Viehzucht erwähnenswert. Im Osten und Südwesten bauen die Einwohner Weizen an, im Osten und Westen sowie in großen Teilen des Inneren züchten sie Vieh, besonders Schafe. Australien steht in der Welterzeugung von Wolle an erster Stelle. Im Bergbauverfahren werden Stein- und Braunkohle, Bauxit, Uran und Erze gewonnen. Die Bedeutung des Goldschürfens oder -abbaus, wodurch Australien berühmt wurde, ist geringer geworden. Gut entwickelt ist die Industrie in den Sektoren Eisen, Stahl, Zement, Elektronik und Chemie. Das Land führt Wolle, Weizen und Bergbauprodukte aus. Die Haupthandelspartner sind Japan und die EU-Staaten, vor allem Deutschland und Großbritannien.

***Was sind die Wahrzeichen Australiens?***

*Berühmt ist der Kontinent für das neue, eigenwillig geformte Opernhaus im Hafen von Sydney, der größten Stadt Australiens. Ein Wahrzeichen ist auch der Ayers Rock, ein großer Inselberg aus rotem Sandstein in Zentralaustralien. Er ist das Heiligtum der Eingeborenen und beliebtes Touristenziel. Bei Sonnenuntergang erstrahlt er in flammendem Farbspiel.*

*Ayers Rock: Der heilige Berg der Aborigines*

**BEMERKENSWERTES**

**Wenig Einwohner**

**Australien ist nur wenig kleiner als Europa. In Europa leben jedoch 706 Millionen Menschen, auf dem australischen Festland dagegen nur rund 18 Millionen. Selbst wenn man Australien mit der Inselwelt Ozeaniens zusammenfasst, ergibt sich nur eine Zahl von 32 Millionen Einwohnern. Dies ist ebenfalls nur ein Bruchteil der Bevölkerungszahl Europas.**

# KOSMOLOGIE

# UNERMESSLICHES UNIVERSUM

Wer in einer klaren Nacht den Himmel beobachtet, entdeckt neben glitzernden **Sternen** ein breites helles Band, die Milchstraße. Früher glaubten die Menschen, das sei die Milch, die das Baby Herkules an der Brust der Göttin Hera verschüttet habe.
Betrachtet man die Milchstraße durch ein Fernrohr, löst sie sich in unzählige einzelne Sterne auf. Die Milchstraße ist also ein riesiges Sternenband. Es besteht aus mehr als 100 Milliarden Sternen.
**Galaxien** nennt man solche unermesslich großen Ansammlungen von Himmelskörpern.
Noch mindestens hundert Milliarden ähnlicher Sterneninseln befinden sich im **Weltraum**. Zwischen ihnen ist nichts als tiefschwarze Leere.

Unsere Erde, der Mond, die Sterne, die Galaxien, dazu noch alles, was es nur irgendwo gibt, bilden das Universum. Die Schwerkraft oder Gravitation hält es zusammen.

***Wieso kann man die Sterne sehen?***
*Sterne sind Sonnen. Sie bestehen aus Wasserstoffgas, das in ihrem Innern verbrennt. Das dabei entstehende Licht gelangt durch das All bis zu uns. Die Sterne haben entsprechend ihrer unterschiedlichen Verbrennungstemperaturen verschiedene Farben. Manche leuchten rötlich, die meisten gelb, einige weiß, andere bläulich.*

***Wie groß sind die meisten Galaxien?***
*Unsere Galaxie, die Milchstraße, hat einen Durchmesser von etwa 100.000 Lichtjahren. Ein Lichtjahr ist ein Entfernungsmaß, nämlich die Strecke, die das Licht in einem Jahr zurücklegt: 9,5 Billionen Kilometer. Die Milchstraße hat die Form eines Windrades. Wir können nur einen kleinen Teil von ihm sehen. Die Milchstraße braucht 230 Millionen Jahre, um sich einmal um sich selbst zu drehen. Bisher hat sie das schon 52-mal geschafft.*

Das Universum hat keine Grenzen. Es dehnt sich immer weiter und hört nie auf.

Noch vor wenigen Jahren glaubten viele **Astronomen**, dass das Universum schon immer existierte. Heute dagegen nimmt man an, dass es in einer gigantischen Explosion entstanden ist. Sie wird von den Wissenschaftlern als Urknall bezeichnet. Das soll vor 17 bis 20 Milliarden Jahren gewesen sein.
Die Astronomen können nicht bestimmen, was vor dieser Explosion existiert hat.

***Was ist der Weltraum?***
*Das ist der Raum zwischen den Galaxien, den Sternen und den Planeten. Der Weltraum ist nahezu leer. Er enthält lediglich ein paar gasförmige Atome und ein wenig Staub. Im Weltraum gibt es nicht einmal Luft.*

Nach seiner Geburt in dem gewaltigen Urknall ist das Universum heute voller Galaxien. Die Abermillionen Sternenhaufen bewegen sich gleichmäßig voneinander weg. Hat ihnen der Urknall genügend Schubkraft verliehen, werden sie vielleicht für alle Ewigkeit im All verschwinden und schließlich verlöschen.
Lässt die Schubkraft jedoch nach, ziehen sich die Galaxien möglicherweise so lange wieder zusammen, bis sie alle aufeinander prallen und in einem gewaltigen Feuerball verglühen. Vielleicht kommt es danach zur Geburt eines neuen Universums.

***Womit beschäftigen sich Astronomen?***
*Die Astronomie (griech. »Sternkunde«) ist die Lehre von den Himmelskörpern. Die Astronomen befassen sich mit der Erforschung des Weltalls. Viele von ihnen arbeiten in Observatorien, das sind Sternwarten zur Beobachtung von Himmelskörpern. Die Astronomie hat nichts mit der Astrologie, der Sterndeutung, zu tun.*

**BEMERKENSWERTES**

**Unser Nachbar**

**Der nächste galaktische Nachbar unserer Milchstraße ist der Andromeda-Nebel. Obwohl diese Galaxie mehr als zwei Millionen Lichtjahre von der Erde entfernt ist, kann man sie mit bloßem Auge sehen. Schon durch ein kleines Fernrohr erscheint sie uns als heller Fleck.**

# UNSER SONNENSYSTEM

***Wie groß ist die Sonne?***
*Die Sonnenkugel hat einen Durchmesser von 1.395.000 Kilometern, das ist 109-mal mehr als der Durchmesser der Erde. Sie wiegt 330.000-mal mehr als unser Planet und in ihren gewaltigen Gasleib passen nicht weniger als 1.300.000 Erdkugeln hinein. Wäre die Erde so groß wie ein Stecknadelkopf, dann hätte die Sonne die Ausmaße eines Globus. Dennoch ist sie nur ein durchschnittlich großer Stern. Es gibt 100-mal größere Sonnen.*

***Ist ein Mond immer kleiner als ein Planet?***
*Ja! Unser Mond hat z. B. einen Durchmesser von noch nicht einmal 3.500 Kilometern – das entspricht etwa der Ausdehnung Australiens. Er ist also sehr viel kleiner als die Erde. Erde und Mond drehen sich um ihren gemeinsamen Massenschwerpunkt. Weil die Erde um so vieles schwerer ist als der Mond, liegt dieser Schwerpunkt in der Nähe des Erdmittelpunktes. Leichte Körper drehen sich immer um den größeren Körper.*

Der Teil der Milchstraße, in dem wir leben, besteht aus einem Stern – nämlich der **Sonne** –, neun Planeten und deren **Monden**. Darüber hinaus gibt es in unserem Sonnensystem noch unzählige kleinerer Himmelskörper. Es sind **Asteroiden**, **Kometen** und **Meteoriten**.
Die Planeten ziehen in kreisähnlichen Bahnen um die Sonne. Sie strahlen kein eigenes Licht aus, denn Planeten sind dunkle, erkaltete Himmelskörper, die nur im Schein der Sonne leuchten. Deren Licht und deren Wärme strahlen sie wie ein Spiegel in den Weltraum zurück.
Die Zeit, die ein Planet für einen Umlauf um die Sonne braucht, nennt man ein Jahr. Je näher seine Umlaufbahn zur Sonne verläuft, desto kürzer ist sein »Jahr«. Der Sonne am nächsten zieht Merkur seine Bahn. In 88 Erdentagen umkreist er sie ein Mal. Weil der Merkur der Sonne so nahe kommt, kann es auf dem Planeten über 350 Grad Celsius heiß werden.
Der Sonne am fernsten ist Pluto. 650 Jahre müsste ein Flugzeug vom Pluto aus fliegen, um sie zu erreichen. Pluto ist der kleinste der Planeten. Für einen Umlauf um die Sonne braucht er 248 Erdenjahre. Seit seiner Entdeckung 1930 bis heute hat er erst etwa ein Viertel seiner Bahn durchlaufen. Auf Pluto herrschen eisige Temperaturen.
Die vier der Sonne nächsten Planeten sind relativ kleine, felsige Gebilde. Die so genannten inneren Planeten heißen, nach außen hin geordnet: Merkur, Venus, Erde, Mars. Die äußeren Planeten sind Gasriesen mit Ringsystemen aus Staub, Gestein und Eis. Wir kennen sie, wieder nach außen hin geordnet, unter diesen Namen: Jupiter, Saturn, Uranus, Neptun, Pluto. Wer sich diese Reihenfolge schlecht merken kann, dem hilft vielleicht dieser Satz:

| | | |
|---|---|---|
| **M**ein | - | **M**erkur |
| **V**ater | - | **V**enus |
| **Er**klärt | - | **Er**de |
| **M**ir | - | **M**ars |
| **J**eden | - | **J**upiter |
| **S**onntag | - | **S**aturn |
| **U**nsere | - | **U**ranus |
| **N**eun | - | **N**eptun |
| **P**laneten. | - | **P**luto |

Unser Sonnensystem hat sich vermutlich vor rund 4,6 Milliarden Jahren aus einer langsam rotierenden Gas- und Staubwolke entwickelt. Die Urwolke zog sich zusammen, drehte sich immer schneller um sich selbst und plattete sich zu einer Scheibe ab.
Aus dem Zentrum dieser Scheibe entstand schließlich die Sonne, die

anderen Teile formten sich nach und nach zu den verschiedenen Planeten. Sie alle und auch die weiteren Gestirne unseres Sonnensystems hält die Sonne mit ihrer Schwerkraft zusammen.
Niemand weiß, wo unser Sonnensystem wirklich endet. Obwohl Pluto, der entfernteste Planet, an seinem Rand vermutet wird, nimmt man von einigen Kometen an, dass sie bis auf halbem Wege zum nächstliegenden Stern wandern. Stimmt dies, dann hat unser Sonnensystem einen Durchmesser von nahezu 40 Billionen Kilometern.

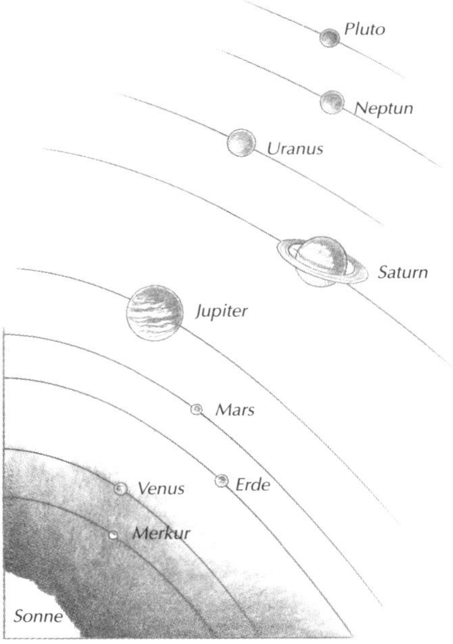


***Worin unterscheiden sich Asteroiden, Kometen und Meteoriten?***
*Asteroide sind Kleinplaneten. Der so genannte Asteroidengürtel umkreist die Sonne zwischen Mars und Jupiter. Der größte Asteroid, Ceres, hat 1.000 Kilometer Durchmesser. Kometen sind riesige Bälle aus Eis und Gestein. Die meisten rasen auf lang gestreckten Bahnen um die Sonne. Oft verschwinden sie für hunderte von Jahren im All. Meteoriten sind Gesteinsteile aus dem Weltraum, die in die Erdoberfläche einschlagen. Wenn sie groß sind, können sie bei ihrem Aufprall tiefe Krater erzeugen. Meistens sind sie jedoch so klein, dass sie beim Eintritt in die Erdatmosphäre verglühen. Wir sehen sie dann als Sternschnuppen am Nordhimmel.*

**BEMERKENSWERTES**

**Ein schwimmender Planet**

**Was würde passieren, wenn die Planeten unseres Sonnensystems in einen riesigen Ozean stürzten? Natürlich – sie würden sinken. Das ist aber nur in acht von neun Fällen richtig. Denn der Saturn, der zweitgrößte Planet in unserer Planetenfamilie, würde nicht untergehen. Er besteht überwiegend aus Gas und Flüssigkeit, hat weniger Dichte und ist leichter als Wasser. Der Saturn würde also schwimmen!**

***Was sind Sternbilder?***
*Schon im Altertum beobachteten die Menschen die Sterne. Sie entdeckten, dass mehrere Sterne miteinander Formen am Himmel bilden, und gaben jedem Bild den Namen eines Tiers, eines Gegenstandes oder einer Person. Ptolemäus unterschied 48 Sternbilder. Sie sind alle noch in unseren modernen Sternkarten enthalten. Vor allem am südlichen Sternhimmel, den der in Ägypten lebende Forscher nicht sehen konnte, sind seitdem weitere Sternbilder hinzugekommen. Heute kennen wir 88 Sternbilder.*

***Wer erfand das Fernrohr?***
*1608 fand der holländische Optiker Hans Lippershey heraus, dass Dinge näher erscheinen, wenn man sie durch zwei Linsen betrachtete. Er montierte die Linsen an eine Röhre und schuf so das erste Fernrohr. Weitaus besser war allerdings das von Galileo Galilei konstruierte. Es ließ entfernte Gegenstände 33-mal größer erscheinen.*

***Warum kam Galilei vor ein Kirchengericht?***
*Die kopernikanische Lehre wurde von der katholischen Kirche nicht anerkannt. Für sie war die Erde das Zentrum der Welt, um das sich alles zu drehen hatte – auch die Gestirne. Galileis gegenteilige Erkenntnis erzürnte die Kirche so, dass er 1616 in Rom der Lehre des*

Die ersten Menschen, die sich ernsthaft mit dem Universum beschäftigten, waren die Griechen. Im frühen Altertum glaubten sie, die Erde sei eine flache Scheibe, die sich im Mittelpunkt des Universums befinde. Aber schon Pythagoras (ca. 570–497 v. Chr.), später auch Aristoteles (384–322 v. Chr.) waren von der Kugelgestalt unseres Planeten überzeugt. Allerdings versuchte Aristoteles zu beweisen, dass sich die Sonne und die Planeten um die Erde bewegen.

Das erste vollständige Bild des Kosmos mit der Erde im Mittelpunkt entwickelte Ptolemäus (um 100–160 n. Chr.). Der in Alexandria lebende Forscher nahm – wie die meisten Menschen seiner Zeit – an, dass Sonne, Mond, Planeten und Sterne auf verschiedenen Umlaufbahnen um die Erde kreisen. Ptolemäus identifizierte mit dem bloßen Auge 1.080 Sterne, die er in 48 getrennte Gruppen einteilte. Heute sind sie als **Sternbilder** bekannt.

Über 1300 Jahre später stellte der polnische Priester Nikolaus Kopernikus (1473–1543) in seinem Buch »Über die Bewegungen der Himmelskörper« das »ptolemäische Universum« in Frage. Er erkannte, dass sich die Planeten nicht um die Erde, sondern um die Sonne drehen.

Die christliche Kirche verurteilte diese Theorie zunächst. Doch 1609 wurde sie bestätigt. Mittels mathematischer Methoden bewies der deutsche Astronom Johannes Kepler (1571–1630), dass die Planeten auf elliptischen Bahnen um die Sonne kreisen.

Im selben Jahr erfuhr der italienische Physiker Galileo Galilei (1564–1642) von der Erfindung des **Fernrohrs**. Er konstruierte sich ein eigenes und machte kurz darauf überraschende Beobachtungen. Als Galilei entdeckte, dass sich die Venus – ähnlich wie der Mond – in Phasen von einer schmalen Sichel in eine volle Scheibe verwandelt, wusste er: Die Venus umkreiste die Sonne und nicht die Erde.

Nach weiteren ähnlichen Beobachtungen erklärte Galilei öffentlich, dass die Anschauungen des Kopernikus von den Bewegungen der Himmelskörper richtig seien und er mit ihnen übereinstimme. Später zwang ihn ein **Kirchengericht** dieser Überzeugung abzuschwören.

Noch im selben Jahrhundert veröffentlichte der britische Mathematiker Isaac Newton (1643-1727) seine Theorien von der Gravitation, der Anziehungskraft der Himmelskörper untereinander. Die Stärke der Schwerkraft konnte er mit Hilfe einer Formel ermitteln. Nun waren die Astronomen in der Lage, das Gewicht der Sonne und der Planeten und ihre Bahnen genau zu berechnen. 1688 baute Isaac Newton das erste **Reflektor-Teleskop**.

Der größte Astronom seiner Zeit war Sir William Herschel (1738–1822). Der englische Forscher deutscher Herkunft entdeckte mit seinem riesigen Teleskop den Planeten Uranus, hunderte von Zwillingssternen und tausende von Sterngruppen. Auch fand er heraus, dass unsere Sonne nur einer von vielen Sternen ist, die alle zu einer unermesslich großen »Sternenstadt« gehören – der Milchstraße. Eineinhalb Jahrhunderte später schließlich erkannte Edwin Hubble (1889–1953), dass die Milchstraße nur eine Galaxie unter vielen ist. Nach dem amerikanischen Astronomen wurde ein 1990 in eine Umlaufbahn um die Erde gebrachtes **Weltraumteleskop** benannt.

*Historisches Teleskop*

## BEMERKENSWERTES

**Botschaften für ferne Welten**

**Botschaften von und über die Erde und ihre Lebewesen führen die beiden 1977 zur Erforschung des Alls gestarteten amerikanischen »Voyager«-Raumsonden mit sich. Die Plaketten aus Gold zeigen einen Mann, eine Frau und ein Kind, die Flugbahn der Sonde und die Stellung der Erde im Sonnensystem.**

*Kopernikus abschwören musste. Nachdem er 1632 diesen Schwur gebrochen hatte, verbot man ihm erneut, seine Erkenntnisse zu formulieren. Galilei fügte sich unter Androhung von Folter und Kerkerhaft, soll danach aber trotzig gemurmelt haben: »Und sie bewegt sich doch!« Erst 1992 erkannte die katholische Kirche Galileis Forschungsergebnisse offiziell an.*

***Was sind Reflektor-Teleskope?***

*Isaac Newton benutzte in seinem Fernrohr an Stelle einer Linse einen Spiegel. Der Wissenschaftler hatte herausgefunden, dass ein leicht nach innen gewölbter Spiegel (Reflektor) im Gegensatz zur Linse keine unerwünschten Farbeffekte erzeugte. Heute werden für große Teleskope mächtige Hohlspiegel verwendet. Das größte Spiegelteleskop steht auf Hawaii. Es hat einen Durchmesser von zehn Metern.*

***Was ist ein Weltraumteleskop?***

*Das Hubble-Teleskop ist ein 13 Meter langes Spiegelteleskop. Die Raumfähre »Discovery« brachte es 1990 auf eine Umlaufbahn um die Erde. Weil der Spiegel und auch eines der Sonnensegel nicht optimal funktionierten, wurde das Riesenfernrohr 1993 und 1994 repariert. Seither liefert es ungewöhnlich scharfe Bilder, da es nicht durch die Atmosphäre und das Licht auf der Erde irritiert wird.*

# DIE ERDE

***Ist die Erde wirklich kugelrund?***
*Unsere Erde keine perfekte Kugel. An den Polen abgeflacht und am Äquator etwas verdickt, ähnelt sie eher einer Apfelsine. Ursache ist die durch die Erddrehung entstandene Zentrifugalkraft. Wer sich schnell um sich selbst dreht, kann diese Kraft spüren. Dann fliegen die Haare und die Arme nach außen.*

***Was hat die geneigte Erdachse mit den Jahreszeiten zu tun?***
*Die Erdachse ist gegenüber ihrer Bahn um die Sonne geneigt. Der Winkel zur Senkrechten beträgt zwar nur 23,5 Grad. Dennoch wird bei jedem Umlauf um die Sonne einmal die nördliche und einmal die südliche Erdhälfte mehr von der Sonne bestrahlt und stärker erwärmt. Etwa ein Vierteljahr lang ist die Nordhalbkugel stärker der Sonne zugekehrt – dann ist Sommer und auf der Südhälfte Winter. Nach einem Vierteljahr der Übergangszeit ist die Südhalbkugel der Sonne zugewandt, dann bricht dort die Sommerzeit an, im Norden wird es Winter.*

Die Erde ist vor etwa 4,6 Milliarden Jahren zusammen mit der Sonne und den anderen Planeten aus einer riesigen Staub- und Gaswolke entstanden. Anfangs war sie noch sehr klein, kochend heiß und flüssig.
Stellt man sich den neuen Himmelskörper heute so groß wie einen Apfel vor, dann war er damals nicht viel größer als ein Tischtennisball. Weil seine Masse aber immer mehr Teilchen anzog, begann er stetig zu wachsen. Die Schwerkraft bewirkte, dass sich seine Bestandteile nach ihrem Gewicht sortierten: Schweres sank in die Tiefe und wurde zum Kern, Leichtes sammelte sich an der Oberfläche und bildete die Kruste.
Später kühlte sich die junge Erde langsam ab. Das Gestein an der Erdoberfläche erstarrte und der aufsteigende Wasserdampf verdichtete sich zu flüssigem Wasser. Es stürzte als Millionen von Jahren währender Dauerregen zur Erde. Das Wasser füllte die Becken und Senken und bildete die großen Ozeane.

Unser Planet hat nur eine annähernde **Kugelgestalt**. Er rotiert um eine Achse, die gegenüber seiner Bahn um die Sonne leicht geneigt ist. Diese Schräglage bewirkt etwas sehr Überraschendes: Sie ist die Ursache für unsere **Jahreszeiten**.

Über das Erdinnere wissen die Forscher noch recht wenig. Es ist mehr als 2.000 Grad Celsius heiß und steht unter einem unvorstellbaren Druck. Seine Dichte ist doppelt bis dreifach so hoch wie die der Erdkruste. Aus all diesen Gründen ist bis jetzt noch kein Mensch **tiefer** als 4.000 Meter in die Erde vorgedrungen. Durch Untersuchungen von Erdbebenwellen können sich die Wissenschaftler dennoch ein Bild vom Innern unseres Planeten machen.
Die Erde setzt sich aus drei deutlich voneinander getrennten Hauptschichten zusammen: Kern, Mantel und Kruste. Die äußere Kruste ist eine harte Gesteinsschicht. Auf ihr leben wir. Die Erdkruste ist durchschnittlich 100 Kilometer dick. Unter ihr liegt der obere Erdmantel mit seinem zähflüssigen Gestein. Der untere Erdmantel reicht bis in 2.900 Kilometer Tiefe. Er macht die Hauptmasse der Erde aus. Der feste innere Kern hat einen Durchmesser von 2.700 Kilometern. Er besteht aus Eisen und Nickel und ist über 5.000 Grad Celsius heiß. Der Druck von außen sorgt dafür, dass er trotz dieser Temperaturen nicht schmilzt. Den Erdkern umgibt eine flüssige Außenschicht.

Die Gestalt unserer Erde ist im Laufe vieler Jahre entstanden und sie verändert sich noch immer. Ihre heutige Form hat sie erst in den letzten 100 Millionen Jahren ausgebildet. Für die bisherige Lebenszeit unseres Planeten haben die Geologen, die Gesteinsforscher, eine **Zeittafel** aufgestellt. Sie gleicht einem Kalender der Erdgeschichte.

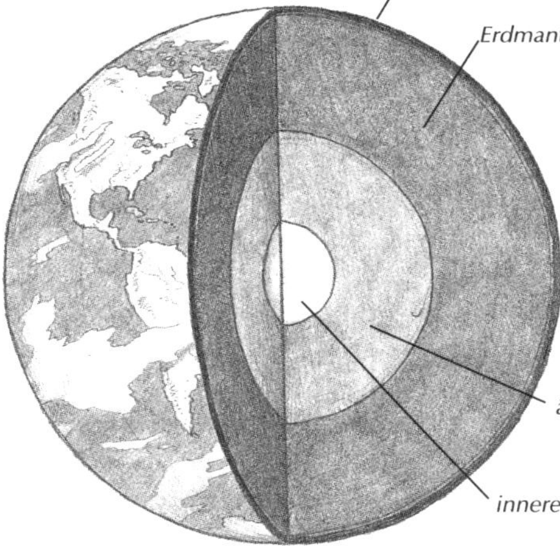


*Die Erde im Querschnitt*

## BEMERKENSWERTES

### Die Geschwindigkeit der Erdumdrehung

**Vor 400 Millionen Jahren hatte ein Erdenjahr 35 Tage mehr als heute. Damals drehte sich unser Planet schneller um sich selbst, deshalb waren die Tage kürzer. Die langsamere Drehung der Erde heute hat ihre Ursache in der Reibung der Gezeiten, die das Wasser auf der Oberfläche der Meere und Ozeane bewegen.**

***Wo ist das tiefste Bohrloch in der Erde?***

*Das bis heute am tiefsten in die Erde geführte Bohrloch befindet sich unter der Halbinsel Kola in Russland. Es ist zwölf Kilometer tief und wurde 1990 gebohrt. Eigentlich sollte die Bohrung bis auf 15 Kilometer vorangetrieben werden, aber die Schwierigkeiten wurden zu groß. In zwölf Kilometer Tiefe ist die Erde schon 200 Grad Celsius heiß. Von der Oberfläche bis zum Erdmittelpunkt sind es 6.400 Kilometer.*

***Wie sieht die Zeittafel der Erde aus?***

*Die Erdgeschichte gliedert sich in Erdzeitalter. Jedes hat seinen eigenen Namen. Der erste Abschnitt ist das Präkambrium, die Erdfrühzeit. Sie umfasst sieben Achtel der Erdgeschichte. Dann begannen das Paläozoikum (Erdaltertum, vor 590 Millionen Jahren), das Mesozoikum (Erdmittelalter, vor 215 Millionen Jahren) und das Känozoikum (Erdneuzeit, vor 60 Millionen Jahren). Jeder dieser Abschnitte ist noch in so genannte Formationen unterteilt. Im Mesozoikum beispielsweise heißen sie Trias, Jura und Kreide.*

# WANDERNDE KONTINENTE

Noch vor wenigen Jahrzehnten glaubte man, die Erdkruste sei eine völlig feste und unbewegliche Schale. Heute wissen wir, dass sie in sieben große und über 20 kleinere, bis zu 150 Kilometer dicke Platten zerbrochen ist. Sie tragen die Ozeanböden und die Kontinente. Tektonik (*tekton* ist das griechische Wort für »bauen«) nennt man die Lehre vom Bau der Platten, aus denen die Erdkruste besteht.

Die Erdplatten treiben Jahr für Jahr bis zu zehn Zentimeter auf dem zähflüssigen Gestein des oberen Erdmantels dahin. Angetrieben werden sie von Fließbewegungen im glühend heißen unteren Mantel. Natürlich machen auch die Kontinente die Bewegungen der Erdplatten mit.

Der Erste, der dies erkannte, war der deutsche Geophysiker und Meteorologe **Alfred Wegener** (1880–1930). Von ihm stammt die Theorie der Kontinentalverschiebung oder Plattentektonik.

Vor etwa 300 Millionen Jahren bildeten alle Landmassen zusammen einen einzigen Riesenkontinent. Wegener taufte ihn Pangäa, das ist Griechisch und bedeutet »alles Land«. Pflanzen und Tiere konnten sich damals über alle Teile der Welt verbreiten. Steine und **Fossilien** belegen dies.

Später, vor etwa 200 Millionen Jahren, zerriss Pangäa in zwei Teile: Im Norden entstand Laurasia und im Süden Gondwanaland.

Aber auch diese beiden Superkontinente brachen wieder auseinander. Die Bruchstücke trieben langsam auf dem Ozean dahin, bis sie nach und nach in ihre heutige Lage drifteten. Es sind unsere Kontinente. Auch die Landschaften unter den Ozeanen werden durch die Plattenbewegung in der Erdkruste gestaltet.

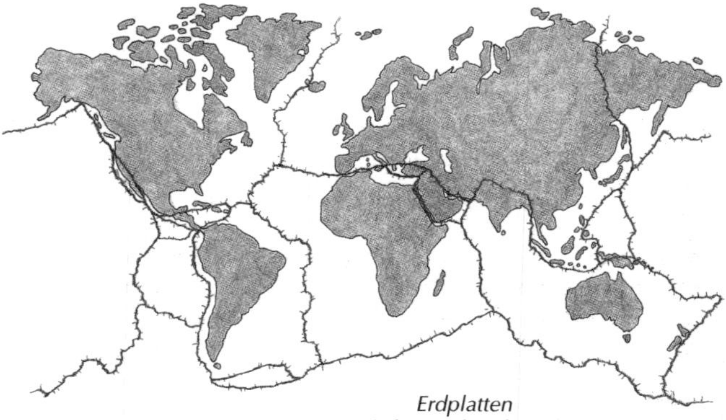

*Erdplatten (tektonische Platten)*

***Was war Alfred Wegener aufgefallen?***

*Den Forscher erinnerten die einander gegenüberliegenden Küsten von Afrika und Südamerika an die voneinander gelösten Teile eines Puzzles. Das war zwar keine neue Erkenntnis, aber Wegener dachte lange darüber nach und schlussfolgerte: Beide Erdteile müssen einst zusammengehangen haben; die Kontinente »wandern«. 18 Jahre lang sammelte der Wissenschaftler Beweise für seine Theorie, die aber erst in den 60er-Jahren des 20. Jahrhunderts bestätigt wurde.*

***Was sind Fossilien?***

*Fossilien sind Überreste von Pflanzen und Tieren aus vergangenen Zeiten. Man findet sie als Versteinerungen oder als Einschlüsse, z. B. in Bernstein. Unter sehr günstigen Bedingungen blieben selbst Fußabdrücke von Tieren erhalten. In Afrika und in der Antarktis gefundene Fossilien der farnähnlichen Pflanze Glossopteris und des Reptils Lystrosaurus lassen darauf schließen, dass beide Kontinente einst verbunden waren.*

Die Bewegung der Erdplatten auf ihrem flüssigen Untergrund hält noch immer an. Die Verschiebung der Kontinente ist also noch lange nicht beendet. Ein Globus der Zukunft sähe für uns ebenso fremd aus wie einer aus der Vergangenheit.
Die Drift der Erdplatten verändert aber nicht nur unsere Landkarte. Dort, wo die riesigen Bruchstücke zusammenstoßen, voneinander wegdriften oder aneinander reiben, liegen die geologischen Unruhezonen der Erde. Hier finden häufig **Erdbeben** statt oder es brechen **Vulkane** aus.

***Warum bebt die Erde?***
*Begegnen sich zwei wandernde Erdplatten, drücken sie mit ungeheurer Gewalt gegeneinander oder sie schrammen aneinander vorbei. Dabei verhaken sich ihre mit Zacken und Vorsprüngen versehenen Ränder. Unvorstellbare Spannungen entstehen. Urplötzlich entlädt sich die angestaute Kraft und die Erde bebt. Alle 30 Sekunden wackelt oder zittert irgendwo die Erde.*

*Der flüssige Untergrund bricht durch einen Vulkan an die Oberfläche der Erde*

***Wo gibt es die meisten Vulkane?***
*Vulkane entstehen, wenn geschmolzenes Gestein (Magma) durch Risse in der Erdkruste aufsteigt und an die Oberfläche geschleudert wird. Die meisten tätigen Vulkane liegen an den brüchigsten Stellen der Erdkruste, entlang der Küsten des Pazifischen Ozeans. Dort bilden sie einen viele tausend Kilometer langen Gürtel, den so genannten Feuerring.*

**BEMERKENSWERTES**

**Die Erde der Zukunft**

**In 100 Millionen Jahren wird das Mittelmeer verschwunden und Europa mit Afrika vereint sein. Ein Teil dieses Kontinents und die Insel Madagaskar werden in Richtung Australien driften und der Pazifik wird nicht mehr der größte Ozean der Erde sein. Das gehört zu einem Zukunftsbild, das Computer aus den gegenwärtigen Bewegungen der Erdplatten errechnet haben.**

**Haben auch andere Planeten eine Atmosphäre?**
*Auch andere Planeten haben eine Atmosphäre. Sie ist aber anders aufgebaut. Jupiter und Saturn zum Beispiel haben wolkige Gashüllen aus Wasserstoff und Helium. Die Venus hat eine giftige Atmosphäre aus Kohlendioxid. Sie ist so dicht, dass selbst tagsüber nur düsteres rötliches Zwielicht herrscht. Die Temperatur liegt bei 480 Grad Celsius. Die Marsatmosphäre ist hundertmal dünner als die der Erde. Sie besteht vor allem aus Kohlendioxid.*

**Wieso hat sich die Atmosphäre der Erde verändert?**
*Die Ur-Atmosphäre bestand vor allem aus Wasserdampf und Kohlendioxid. Der Wasserdampf verwandelte sich beim Abkühlen der Erde in Wasser und die Pflanzen, die sich nach und nach entwickelten, nahmen Kohlendioxid auf und gaben Sauerstoff ab. Auf diese Weise reicherte sich die Atmosphäre immer mehr mit Sauerstoff an. Das war die Grundlage für die Entwicklung höherer Lebewesen.*

Die Erde ist von einer unsichtbaren Hülle umgeben, der Atmosphäre. Dieser Begriff leitet sich von den griechischen Wörtern *atmos* = »Dampf« und *sphaira* = »Kugel« ab. Lange Zeit war die Lufthülle für die Menschen nur ein Nichts. Sie ahnten nicht, dass unser **Planet** ebenso öde und tot wäre wie der Mond, wenn es sie nicht gäbe.

Die Luft besteht aus verschiedenen Gasen. Zum größten Teil ist es Stickstoff (78%), der Anteil an Sauerstoff (21%) beträgt weniger als ein Viertel. Dabei verdanken wir gerade ihm das Leben auf der Erde. Ohne Sauerstoff würden wir ersticken. Außerdem sind in der Luft auch Wasserdampf, das ist der gasförmige Zustand des Wassers, sowie eine kleine, aber wichtige Menge Kohlendioxid und Edelgase enthalten. Die Atmosphäre, wie wir sie kennen, ist keineswegs so alt wie die Erde. Vor ihr gab es noch verschiedene **Ur-Atmosphären**. Sie setzten sich anders zusammen als unsere heutige.

Die Atmosphäre erstreckt sich über uns etwa 1.000 Kilometer in die Höhe. Stellt man sich unseren Planeten von der Größe eines Pfirsichs vor, so ist die Lufthülle nur so dick wie seine Schale. Die Erdanziehungskraft verhindert, dass sie in den Weltraum entweicht.

Wissenschaftler untergliedern die Atmosphäre in fünf verschiedene Schichten oder auch Stockwerke. Von unten nach oben sind das die Troposphäre, die Stratosphäre, die Mesosphäre, die Thermosphäre und die Exosphäre.

Für uns besonders interessant sind die ersten beiden Stockwerke. In der Troposphäre spielt sich nicht nur alles ab, was wir Wetter nennen. Dieses Stockwerk gibt uns auch eine Erklärung für die **blaue Farbe** des Himmels. Die Stratosphäre wiederum enthält die lebenswichtige **Ozonschicht**. Der Stratosphäre schließt sich die kalte und wolkenlose Mesosphäre an. An ihrer Obergrenze werden mit minus 90 Grad Celsius die niedrigsten Temperaturen der Erde gemessen. Die Thermosphäre wiederum ist die heißeste Schicht. Ganz oben, in einer Höhe von etwa 500 Kilometern, kann die Temperatur auf weit über 1.000 Grad Celsius steigen. In der Exosphäre geht die Atmosphäre allmählich in den luftleeren Weltraum über.

Wie alles auf der Erde hat auch die Lufthülle ein Gewicht. Sie drückt mit ungefähr einem Kilogramm auf jeden Quadratzentimeter der Erdoberfläche. Diesen Druck spürt der Mensch aber nicht. Er hat sich ihm angepasst. In den Geweben unseres Körpers befinden sich zahlreiche winzige Luftbläschen, die diesen Druck ausgleichen. 1654 wies der Magdeburger Physiker Otto von Guericke (1602–1686) nach, dass die Luft jedoch nicht nur nach unten, sondern gleich stark nach allen Seiten drückt.

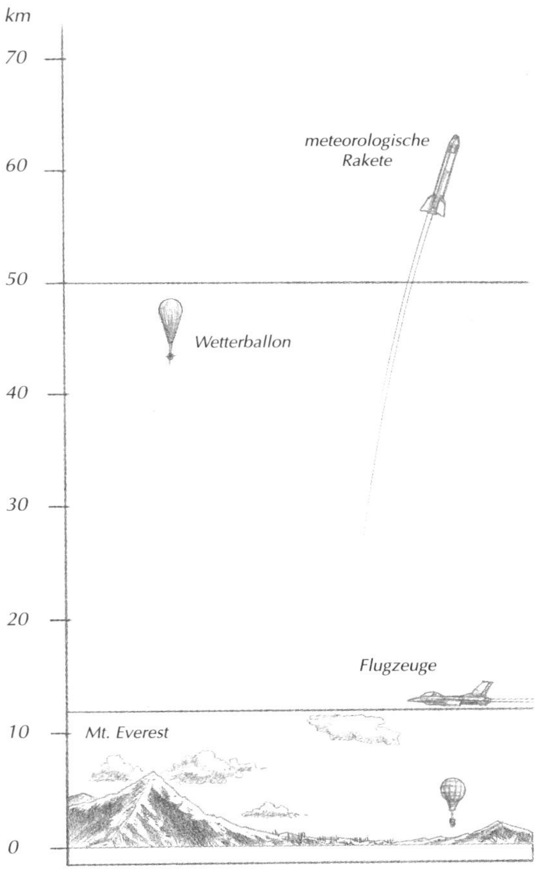


***Warum ist der Himmel blau?***

*Das weiße Sonnenlicht setzt sich bekanntlich aus allen Regenbogenfarben zusammen. Die Lichtwellen der verschiedenen Farben haben aber eine unterschiedliche Länge. Da sich das kurzwellige blaue Licht leichter durch die kleinen Staub- und Wasserteilchen in der Luft ablenken lässt als langwelliges grünes, gelbes oder rotes, macht das weit gestreute kurzwellige Licht die blaue Farbe des Himmels aus.*

***Wieso ist die Ozonschicht lebenswichtig?***

*Ozon, ein bläuliches Gas von stechendem Geruch, ist eine Form von Sauerstoff. Die Ozonschicht umhüllt unseren Planeten in 20 bis 30 Kilometer Höhe. Sie schützt uns, denn sie filtert einen Großteil der gefährlichen ultravioletten Strahlen aus dem Sonnenlicht. Ohne Ozonschicht gäbe es wahrscheinlich kein Leben auf der Erde.*

## BEMERKENSWERTES

### Der Treibhauseffekt

**Der Temperaturhaushalt der Atmosphäre ist heutzutage aus dem Gleichgewicht geraten. Seit der Mensch die Erde bewohnt, steigt immer mehr Kohlendioxid in die Luft auf. Es entsteht bei jeder Verbrennung von Holz, Kohle, Erdöl (also auch Benzin) und Erdgas. Die große Menge an Kohlendioxid in der Atmosphäre lässt die Sonnenwärme herein, aber nicht wieder hinaus. Wir leben wie in einem Treibhaus.**

# DIE MEERE UND OZEANE

***Was unterscheidet Meere von Ozeanen?***
*Meere sind kleiner als die riesigen, miteinander verbundenen Ozeane. Viele Meere gleichen großen Buchten eines Ozeans, andere sind zwischen Ländern eingeschlossen und von den Ozeanen abgetrennt. Es gibt ungefähr 80 Meere. Die größten sind das Mittelmeer, die Nordsee, das Rote und das Schwarze Meer. Das kleinste ist das Tote Meer.*

***Warum ist Meerwasser salzig?***
*Als der Jahrmillionen währende Regen die Erde in einen Wasserplaneten verwandelte, löste er auch ungeheure Mengen von Salzen aus der Erdkruste. Bäche und Ströme spülten sie ins Meer. Da aus dem Weltmeer jährlich eine Wasserschicht von über einem Meter Dicke zu Wolken verdampft, das Salz jedoch zurückbleibt, speicherten die Ozeane im Laufe der Zeit 48 Billiarden Tonnen Salz.*

***Wie tief ist der Marianengraben?***
*1957 stellten die Messgeräte eines Forschungsschiffes im Marianengraben im Pazifik westlich der Philippinen eine Tiefe von 11.022 Metern fest. Das ist die tiefste Stelle der Erde. Drei Jahre später erreichten zwei Forscher mit dem Tief-*

Eigentlich müsste die Erde »Meer« heißen. Fast drei Viertel ihrer Oberfläche sind von Wasser bedeckt. Das meiste hat sich in den **Meeren** und **Ozeanen** gesammelt, der Rest ist in Eis und Schnee, in Flüssen und Seen, aber auch versteckt in der Erde gespeichert.

Es gibt drei große und einen kleinen Ozean. Am größten ist der Pazifik oder Stille Ozean. Er ist fast so groß wie alle anderen zusammen. Dann folgen der Atlantische Ozean, der Indische Ozean und der Arktische Ozean. Darüber hinaus betrachten manche Wissenschaftler den Wassergürtel, zu dem sich die großen Ozeane im Süden der Erde vereinigen, als fünften Ozean. Es ist der Antarktische Ozean.

Unter dem **Salzwasser** der Meere und Ozeane hebt und senkt sich die Erdkruste genauso, wie wir es vom Festland kennen. Echolotungen haben ergeben, dass die Unterwasserlandschaft nicht nur aus riesigen Ebenen, sondern auch aus Hügeln, Bergen, Tälern, Schluchten und Bergketten besteht. Inmitten der Ozeane verläuft sogar der längste Gebirgszug der Welt, der Mittelozeanische Rücken. Er erstreckt sich über drei Ozeane und erreicht eine Gesamtlänge von mehr als 60.000 Kilometern.

An den meisten Stellen sind die Ozeane zwischen 3.000 und 4.000 Meter tief. Aber im Meeresboden öffnen sich auch steil abfallende Schluchten und Spalten. Die so genannten Tiefseegräben bilden sich vor allem dort, wo die Platten der Erdkruste zusammenstoßen. Sie sind rund zehn Kilometer tief, über 950 Kilometer breit und mehrere tausend Kilometer lang. Der tiefste aller ozeanischen Gräben ist der **Marianengraben** im Pazifik.

In den Meeren und Ozeanen gibt es unzählige Inseln. Die meisten von ihnen entstanden aus der Landmasse durch das Steigen des Meeresspiegels oder das Senken von Land. Einige Inseln sind auch Vulkanberge, die aus dem Meeresboden aufragen. Lagern sich an ihnen Korallenriffe an, entsteht ein Atoll.

Die Meere und Ozeane kommen nie zur Ruhe. Wellen, Gezeiten und Meeresströmungen halten sie ständig in Bewegung. Wellen werden meist vom Wind erzeugt. Andere entstehen durch unterseeische Vulkanausbrüche, starke Erdbeben oder durch die **Gezeiten**. Ihre Höhe hängt von der Stärke, der Dauer und der Anlaufgeschwindigkeit des Windes ab. Die vom Wind angeblasenen Meereswellen sind selten mehr als vier Meter hoch. Es gibt aber auch Wellenhöhen von 25 und mehr Metern. Sie werden von Erdstößen am Meeresgrund ausgelöst, wie die riesige Flutwelle »Tsunami«.

Im Meer winden sich gewaltige Ströme. Oberflächenströmungen werden von der Schubkraft beständig wehender Winde erzeugt.

Tiefenströmungen entstehen durch unterschiedliche Wasserdichten. Die Wasserdichte wird durch die Wassertemperatur bestimmt. In den großen Meeren der Erde kreisen fünf Strömungsringe. Vom Wind angetrieben, drehen sie sich auf der Nordhalbkugel im Uhrzeigersinn, auf der südlichen entgegengesetzt. Sie beeinflussen das Klima auf der Erde nachhaltig. Eine der mächtigsten Meeresströmungen ist der **Golfstrom**.

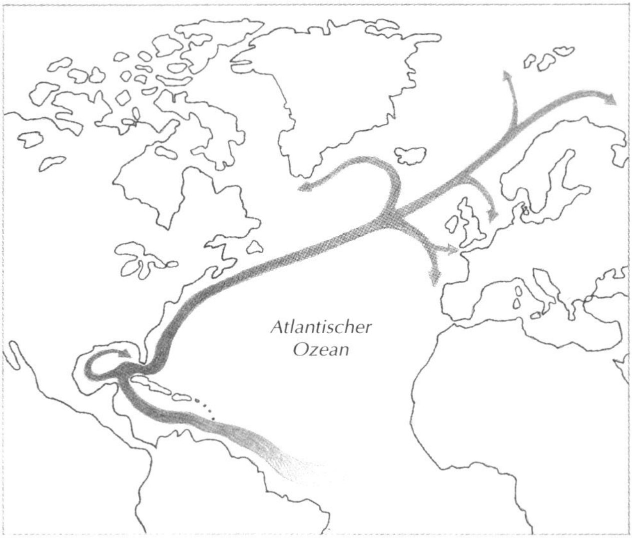


*Verlauf des Golfstroms*

**BEMERKENSWERTES**

**Wasser als Wärmespeicher**

**Wasser besitzt eine ungewöhnliche Eigenschaft: Es kann mehr Wärme speichern als jeder andere Stoff. Die obersten drei Meter der Wassermassen in den Weltmeeren enthalten etwa die gleiche Menge an Wärmeenergie wie die gesamte darüber liegende Atmosphäre. Diese Wärme geben sie nur sehr langsam wieder ab.**

*seetauchboot »Trieste II« im Marianengraben in 10.916 Meter Tiefe den Meeresboden. In eine größere Meerestiefe ist bislang kein Mensch vorgedrungen. Konstruiert hat das Tauchboot der Schweizer Wissenschaftler Auguste Piccard (1884–1962).*

***Was sind Gezeiten?***

*Zweimal täglich steigt der Meeresspiegel, zweimal fällt er. Das steigende Wasser heißt Flut, das fallende Ebbe. Die Gezeiten, wie man das regelmäßige Steigen und Fallen des Wasserstandes an den Meeresküsten nennt, entstehen durch die Anziehungskraft, die Mond und Sonne auf die Erde ausüben. Da der Mond der Erde dreihundertneunzigmal näher steht als die Sonne, ist seine Wirkung größer. Die höchsten Unterschiede zwischen Ebbe und Flut gibt es in Kanada mit 15 Metern.*

***Was bewirkt der Golfstrom?***

*Der Golfstrom entsteht im Golf von Mexiko. Er transportiert warmes Wasser bis in den Norden Europas. In Norwegen mildert er die Wintertemperaturen derart, dass die Häfen bis zum 71. Breitengrad eisfrei bleiben. An der englischen Kanalküste wachsen durch ihn sogar Palmen. Der Golfstrom strömt schneller als die großen Festlandsflüsse. Er ist über 100 Kilometer breit und bis 300 Meter tief.*

***Wie werden Gebirge abgetragen?***
*Fließendes Wasser schneidet steilwandige Schluchten in die Felsen, spült fruchtbare Erde ab und legt den nackten Fels bloß. Wasser dringt in Felsspalten ein – gefriert zu Eis – und sprengt Gesteinsbrocken ab. Das Gestein wird allmählich immer mehr zertrümmert, am Ende bleiben Sand und Staub übrig. Auch der Wind – vor allem wenn er Land mit sich trägt – hilft mit seiner nagenden und schleifenden Kraft bei der Verwitterung.*

***Was gibt es für Gesteinsarten?***
*Die Erdkruste besteht aus drei Gruppen von Gesteinen: magmatischem Gestein, metamorphem Gestein und Sedimentgestein. Diese Einteilung erfolgt nach der Art ihrer Entstehung. Magmatisches Gestein entsteht aus abgekühltem, fest gewordenem Magma. Metamorphe oder umgewandelte Gesteine entstehen durch chemische Veränderung anderer Gesteine und Sedimentgestein bildet sich aus den Verwitterungsprodukten von Gesteinen.*

***Besteht die Sahara nur aus Sand?***
*In der Sahara kommen alle Wüstenformen vor, von der Fels- und Ge-*

Von allen Landschaftsformen der Erde erscheinen uns die Gebirge am eindrucksvollsten. Die gewaltigsten, die Hochgebirge, erreichen über 8.000 Meter, Mittelgebirge bis 1.500 Meter Höhe über dem Meeresspiegel. Ihre abgerundeten Kuppen wurden im Laufe der Jahrmillionen durch die unermüdliche Bearbeitung von Sonne, Regen, Wind und Frost **abgetragen**. Diesen Vorgang nennt man Erosion.

Gebirge bilden sich durch die ständigen Bewegungen der Erdkrustenplatten. Die meisten sind durch Auffaltung entstanden. Das geschieht, wenn beispielsweise zwei Kontinente zusammenstoßen und sich dabei zu einem größeren Kontinent vereinen. Dann wird das **Gestein** der Ränder – wie ein Teppich, den man zusammenschiebt – zu Gebirgen aufgefaltet.
Gebirge heben sich aber auch, wenn durch Druck aus der Tiefe Spannungen in der Erdkruste entstehen. Oft zerbricht diese dann in Blöcke, die sich heben und senken. Grabenbrüche, so genannte Verwerfungen, sind die Folge. Die stehen gebliebenen Blöcke bilden Block- oder Schollengebirge.
Vulkanische Gebirge schließlich entstehen, wenn Magma, die glutflüssige Gesteinsschmelze aus dem Erdinnern, Vulkanberge aufschichtet.

Rund ein Drittel der Landmasse unseres Planeten ist von Wüsten bedeckt. Die größte von ihnen, die **Sahara** in Nordafrika, erreicht fast die Ausmaße der USA.
Trockenwüsten müssen nicht immer heiß und auch nicht unbedingt sandig sein. Auffälligstes Merkmal ist ihr Wassermangel. In solchen

*Wüstenlandschaft*

Regionen fallen meist weniger als zehn Zentimeter Niederschlag im Jahr – in Deutschland sind es durchschnittlich 600 Zentimeter! Wüsten entstehen vor allem in weit vom Meer entfernten Gebieten. Bevor die warmen, feuchten Seewinde die entlegenen Landstriche erreichen, haben sie ihre Wasserfracht bereits an vorgelagerten Höhenzügen abgeregnet.
Nur etwa 20 Prozent aller Wüsten bestehen aus Sand. Die meisten sind Landschaften aus Schotter, Kies und hohen, zerklüfteten Gebirgsmassiven. Jedes Jahr vergrößert sich die Wüstenfläche auf der Erde um die Größe der Schweiz.

*röllwüste bis zur Sand- und Dünenwüste. Das arabische Wort* Sahara *bedeutet »wüste Ebene«. Bei drei Viertel des Gesamtraumes handelt es sich tatsächlich um eine bis zu 500 Meter hoch liegende Landebene. Im Inneren aber erhebt sich eine Gruppe von Hochgebirgen mit Höhen von mehr als 3000 Metern.*

Auch fernab vom Meer ist die Erde noch sichtbar vom Wasser geprägt. Flüsse und Ströme schlängeln sich durch die Landschaft und Seen blinken – manche so groß wie Meere. Und die Küsten haben sich ohnehin den Bedingungen des Wassers unterworfen.
Flüsse sammeln die als Niederschläge auf die Erde gefallenen und in **Quellen** austretenden Wassermengen und führen sie dem Weltmeer zu. Dabei waschen sie das Gestein der Berge aus, transportieren die Trümmer in Ebenen und Niederungen und setzen sie an anderen Stellen wieder ab. Am häufigsten aber schwemmen sie das Geröll in die Meere.
Flüsse sind fließende, Seen dagegen meist stehende Gewässer. Sie bilden sich dort, wo sich eine Senke, ein Tal, ein unterirdischer Hohlraum oder eine Erdspalte mit Wasser füllt. Mitunter bilden sich auch Seen, wo fließendes Wasser durch ein natürliches Hindernis abgedämmt wird. Die meisten Seen sind mit Süßwasser gefüllt. Es gibt aber auch **Salzwasserseen**.
Am abwechslungsreichsten ist die Küstenlandschaft, der schmale Grenzsaum zwischen Festland und Meer. Jede Küste ist einzigartig und ständig wird sie verändert: durch die Brandung, die Strömungen, den Wind, die Gezeiten und die Ablagerungen der Flüsse.

***Wie entstehen Quellen?***
*Regenwasser sickert in den Erdboden ein, wird von einer wasserundurchlässigen Schicht gebremst und bildet das Grundwasser. An manchen Stellen, vor allem an Berghängen, kommt es als Überlaufquelle wieder zum Vorschein. Als kleiner Bach fließt das Quellwasser den Berg hinab, nimmt unterwegs immer mehr Rinnsale auf und wird schließlich zum Fluss.*

***Was sind Salzwasserseen?***
*Die Salzseen, wie man sie auch nennt, entstehen vor allem in den heißen Gegenden der Erde. Es sind abflusslose Seen, die durch Verdunstung viel Wasser verlieren. Da das Salz zurückbleibt, steigt der Salzgehalt dieser Gewässer ständig an. Der bekannteste Salzsee ist das Tote Meer zwischen Israel und Jordanien. Sein Wasser ist achtmal salziger als Meerwasser. Deshalb kann man im Toten Meer nicht untergehen.*

**BEMERKENSWERTES**

**Der Mensch siedelt am Wasser**

**Gegenwärtig leben etwa 60 Prozent der Weltbevölkerung nicht weiter als 60 Kilometer von der Küste entfernt. Über zwei Drittel der Millionenstädte der Welt liegen am Meer, oft in den trichterförmigen Mündungsgebieten der großen Flüsse.**

**_Wie wird Braunkohle abgebaut?_**
*Braunkohle ist erst vor 50 Millionen Jahren entstanden. Sie liegt deshalb nicht so tief in der Erde wie Steinkohle und kann im Tagebau gewonnen werden. Dabei werden die Sand- und Kiesschichten, die oft nur 20 bis 50 Meter über der Kohle lagern, mit riesigen Eimerkettenbaggern abgebaut. Die freigelegte Kohle wird mit Schaufelradbaggern gewonnen.*

**_Was sind Flöze?_**
*Kohle kommt nur in wenige Meter dicken Bändern oder Flözen vor. Steinkohleflöze liegen häufig in großer Tiefe. Dann muss man die Kohle im Untertagebau aus der Erde holen. Dazu teufen die Bergleute Schächte viele hundert Meter senkrecht hinab. Von ihnen aus treiben sie Stollen und Strecken in das Gestein vor.*

Der Boden unter unseren Füßen birgt zahlreiche Schätze: Bodenschätze. Seit uralten Zeiten werden sie abgebaut. Zu den wichtigsten gehören Kohle, Erdöl und Erdgas, die fossilen (lateinisch *fossil* = »ausgegraben«) Brennstoffe.

Die meisten unserer Kohlevorräte entstanden vor rund 350 Millionen Jahren, im Zeitalter des Karbon (das ist das lateinische Wort für Kohle). Damals waren große Teile der Erde von Sumpfwäldern bedeckt. Starben die Bäume, versanken sie in Wasser, Schlamm und Sand. Luftdicht eingeschlossen, konnten sie nicht verfaulen. Schicht um Schicht legte sich übereinander.
Druck und Wärme der Tiefe wandelten die Pflanzen nach und nach zunächst in Torf, dann in **Braunkohle,** schließlich in Steinkohle und in einigen Fällen in die harte tiefschwarze Anthrazitkohle um. Mit steigendem Alter nehmen Härte und Brennwert der Kohle zu. Torf hat den niedrigsten, Anthrazit den höchsten Brennwert.

Die größten Kohlelagerstätten der Erde befinden sich in Mitteleuropa, Nordamerika, Russland und in China. Die Steinkohle muss von den Bergleuten mühsam aus den **Flözen** herausgehämmert werden.

Eine andere Geschichte hat das Erdöl. Es entstand aus winzigen Algen und Tieren, die sich vor Millionen von Jahren auf dem Meeresgrund abgelagert und mit Schlamm und Sand vermischt haben. Ständig neu hinzukommende Lagen pressten die unteren Schichten zusammen. Dabei entstand Erdöl, eine schwarze, übel riechende schmierige Flüssigkeit, sowie in Hohlräumen darüber **Erdgas** als Nebenprodukt.

Das Erdöl sammelt sich, durch Druck emporgepresst, in so genanntem Speichergestein. Es wird von undurchlässigen Gesteinsschichten eingeschlossen. Speicherkammern befinden sich nicht nur unter dem Festland, sondern auch unter den Meeren. Von **Bohrinseln** aus lassen sie sich anbohren. Es ist recht aufwändig, Öllagerstätten aufzuspüren. Erdöl, das an Land gefunden wurde, lässt darauf schließen, dass sich dort einst der Meeresgrund befand.

Kohle, Öl und Erdgas entstehen auch heute neu. Dennoch werden diese Brennstoffe als nicht erneuerbar angesehen. Ihre Entstehung dauert mehrere hundert Millionen Jahre – zu lange, um unsere Vorräte zu ersetzen, bevor die Natur neue geschaffen hat. Wir sollten sehr sparsam mit diesen Energieträgern umgehen.

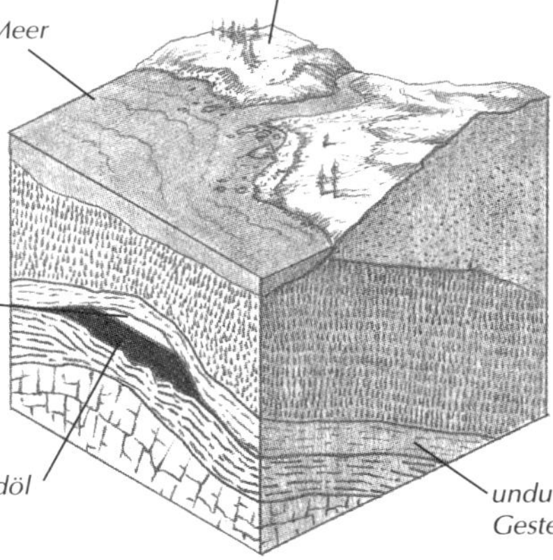


Bodenschätze der Erde

***Was ist Erdgas?***

*Als vor Jahrmillionen die abgestorbenen Meeres-Kleinlebewesen zu Boden sanken, entstand – gleichzeitig mit dem Erdöl auch Erdgas, das zum Großteil aus Methan besteht. Es kommt heute als Gemisch aus gasförmigen und flüssigen Bestandteilen vor und hat einen hohen Heizwert. In den 30er-Jahren des 20. Jahrhunderts ist es erstmals gelungen, Erdgas zu reinigen und als Heizgas zu verwenden. Große Erdgasvorkommen befinden sich in Russland und den USA.*

***Wie arbeitet eine Bohrinsel?***

*Im Meeresboden lagerndes Erdöl wird mit Förderplattformen gewonnen. Man bohrt die Lagerstätte an und pumpt das Öl hoch. In Pipelines, langen Rohrleitungen, oder mit Tankschiffen wird es zur Weiterverarbeitung transportiert. In flachem Wasser stehen die Plattformen mit langen Beinen auf dem Meeresboden. In tieferem Wasser schwimmen sie und in sehr tiefem Gewässer fördern Schiffe mit einem Bohrgestänge im Rumpf das Öl.*

**BEMERKENSWERTES**

**Kostbare Rohstoffe**

**Kohle, Öl und Gas sind viel zu kostbar, um sie zu verbrennen. Allein aus der Kohle werden mehr als 2.000 chemische Erzeugnisse hergestellt, darunter Arzneimittel, Farben und Dünger.**

# ERZE, GOLD UND EDELSTEINE

***Was sind Mineralien?***
*Alle Gesteine der Erde setzen sich aus chemischen Verbindungen zusammen, den Mineralien. Das sind feste Stoffe, die als Kristalle vorkommen. Jedes Mineral ist chemisch anders aufgebaut. Man unterscheidet etwa 2.000 verschiedene Minerale. Die Gesteine bestehen meist aus mehreren Mineralien. Es gibt aber auch Gesteine aus nur einer Mineralsorte.*

***Was machen Prospektoren?***
*Das Aufspüren nutzbarer Lagerstätten geschieht heute mit modernsten technischen Methoden. Eisenlager beispielsweise sind magnetisch. Also versucht man sie mit Magnetspürgeräten zu finden, die an tief fliegenden Flugzeugen befestigt sind. Den Erdöl-Prospektoren wiederum verraten durch den Boden geschickte elektrische Ströme die Ölvorkommen. Das gelingt auch durch die Untersuchung künstlich erzeugter Erdbebenwellen.*

Noch viele andere Rohstoffe lagern in den Tiefen der Erde: Metalle etwa wie Eisen oder Kupfer, Chrom, Nickel. Ohne sie gäbe es unsere modernen Errungenschaften nicht. Gold, Silber und Edelsteine sind Bodenschätze im wahrsten Sinne des Wortes.
Metalle werden vom Menschen schon länger genutzt als Kohle und Öl. Einige haben sogar zwei Abschnitten der Menschheitsgeschichte ihre Namen gegeben: der Bronzezeit (Beginn vor etwa 4.000 Jahren; Bronze ist eine Mischung aus Kupfer und Zinn) und der Eisenzeit (Beginn etwa 900 v. Chr.).

Leider kommen nur ganz wenige Metalle wie die Edelmetalle Gold und Silber in der Natur in reiner Form vor. Die meisten Metalle sind chemisch mit anderen Elementen verbunden. Erze nennt man solche metallhaltigen **Mineralien.** Sie müssen erst aufbereitet werden, »verhütten« sagt der Fachmann, um das reine Metall aus ihnen zu gewinnen. Der Abbau von Erzen lohnt sich nur, wenn der Anteil an »taubem«, also nicht erzhaltigem Gestein, zwei Drittel nicht übersteigt.
Viele, vor allem europäische Erzlagerstätten sind nach jahrhundertelanger Ausbeutung bereits abgebaut oder werden sich demnächst erschöpfen. Deshalb sind in anderen Gegenden der Erde viele Menschen damit beschäftigt, neue Lagerstätten zu erkunden. Man nennt sie **Prospektoren**.
Zusätzlich werden Verfahren entwickelt, um Metallverbindungen, die sich auf dem Meeresgrund gebildet haben, zu heben wie z. B. **Manganknollen**.

Das weltweit begehrteste Metall ist Gold. Es rostet nicht, bewahrt seinen Glanz und ist so formbar, dass sich daraus hauchdünne Folien, feinste Drähte und kunstvolle Schmuckstücke fertigen lassen. Es reagiert nicht mit anderen Chemikalien und ist elektrisch sehr leitfähig. Deshalb zählt es zu den Edelmetallen. Gold wird vor allem durch Auswaschen aus goldhaltigem Gestein und durch das Ausbeuten unterirdischer Goldminen gewonnen. Das meiste Gold wird in Südafrika und Russland abgebaut.
Das Edelmetall ist sogar im Meerwasser enthalten, allerdings nur in Konzentrationen von weniger als einem Milligramm je Kubikmeter Wasser. Dennoch, so schätzt man, könnten im Weltmeer rund sechs Millionen Tonnen Gold gelöst sein. Die Gewinnung wäre aber viel zu kostspielig.
Manche Mineralien zeichnen sich durch Seltenheit, edle Farbe und

große Härte aus. Das sind die Edelsteine. Zu den begehrtesten zählen Saphir (blau), Rubin (leuchtend rot), Smaragd (grün) und der wie mattes Glas aussehende Diamant. Dieser Edelstein, geschliffen heißt er Brillant, ist das härteste Material, das existiert. Der Diamant ist so hart, dass man mit ihm alle anderen Steine bearbeiten kann. Diamanten bilden sich unter sehr hohem Druck und großer Hitze in über 150 Kilometer Tiefe aus reinem Kohlensstoff. Der größte Diamantenlieferant ist Südafrika. Zwei Tonnen Gestein geben etwa ein Gramm Diamanten. Das Gewicht der Edelsteine wird in **Karat** angegeben.

***Was sind Manganknollen?***
*Manganknollen sind bis zu fünf Zentimeter große kartoffelförmige Gebilde. Sie enthalten das für die Stahlveredlung wichtige Mangan, außerdem Eisen, Nickel, Kobalt, Titan und anderes. Deshalb sagt man heute zutreffender »polymetallische« Knollen. Die gehaltvollsten Knollen finden sich in Tiefen von mehr als 4.000 Metern, die größten Vorkommen existieren im Pazifik. Für ihren schwierigen, aber nicht unmöglichen Abbau hat man mehrere Verfahren entwickelt.*

***Was ist ein Karat?***
*Das deutsche Wort Karat entstand aus* keration, *dem griechischen Wort für den Johannisbrotbaum. Die Samenkörner dieses im östlichen Mittelmeerraum heimischen Gewächses haben ein bemerkenswert konstantes Gewicht: Jedes Korn wiegt 0,2 Gramm. Deswegen nutzte man sie früher, um Edelsteine abzuwiegen. Später ersetzte man die Samenkörner durch Gewichte von 0,2 Gramm.*

**BEMERKENSWERTES**

**Der Goldrausch**

**Als Mitte des 19. Jahrhunderts in Kalifornien und Alaska Gold gefunden wurde, überschwemmten schon bald Riesenscharen von Glücksrittern den Westen Nordamerikas. Das Goldfieber war die Geburtsstunde des heute sagenhaften Wilden Westens.**

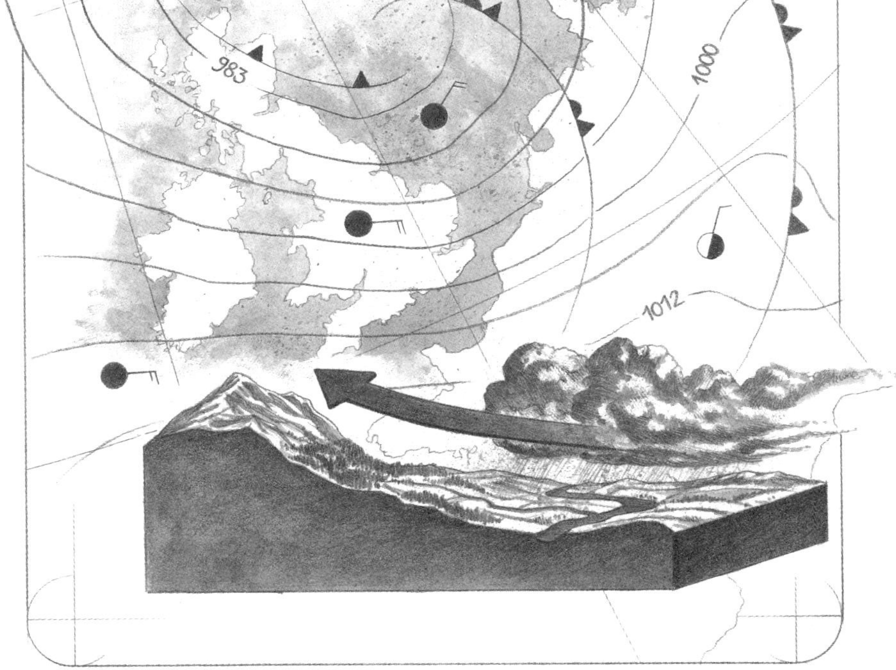


# DAS WETTER

# WIE DAS WETTER ENTSTEHT

***Hat der Mond auch ein Wetter?***

*Auch der Mond wird wie die Erde von der Sonne beschienen und erwärmt. Dennoch gibt es auf ihm keinen Regen und keinen Schnee, ja, nicht einmal Wolken. Das ist so, weil der Mond keine Atmosphäre wie die Erde besitzt. Ohne diese Lufthülle aber gibt es kein Wetter. So werden die Fußabdrücke der ersten Astronauten, die auf dem Mond gelandet sind, noch in 300 Jahren zu sehen sein. Auch der Merkur, der sonnennächste Planet, ist ein »Planet ohne Wetter«. Er hat ebenfalls keine Atmosphäre.*

***Was gibt es für Wettererscheinungen?***

*Das Wetter äußert sich durch unterschiedliche Erscheinungen wie Luftfeuchtigkeit und Temperatur, Niederschlag, Sonnenschein, Wolken, Luftdruck und Winde. Das Wetter spielt sich vor allem in der Troposphäre ab, dem untersten Stockwerk der Atmosphäre. Darüber liegt wie ein Deckel die Stratosphäre. Sie hält das Wetter nahe der Erdoberfläche. Die Wissenschaft, die sich mit dem Wetter beschäftigt, ist die Meteorologie.*

Das **Wetter** beeinflusst das Leben der meisten Menschen. Vom Wetter hängt schließlich auch vieles ab: wie wir uns kleiden, was wir in unserer Freizeit tun, wann wir am liebsten Urlaub machen oder ob unser Rasen wieder einmal gesprengt werden muss. Dem Wetter kann niemand und nichts entgehen.

Unter Wetter verstehen wir den Zustand der Atmosphäre an einem bestimmten Ort zu einer bestimmten Zeit. Meteorologen sagen: Wetter ist das Zusammenspiel aller Wettererscheinungen in der Luft während eines bestimmten Tages. Sprechen sie von Witterung, fassen sie das Wetter mehrerer Tage, einer Woche oder auch eines Monats zusammen. Die durchschnittlichen Wetterbedingungen, die hauptsächlich in einem bestimmten Gebiet herrschen, nennt man Klima.

Für die Wolken und den Wind, für Regen, Schnee und die anderen **Wettererscheinungen** gibt es drei Ursachen. Es sind die Sonne, die Luft und das Wasser. Sie alle machen gemeinsam das Wetter. Die Sonne spendet Licht, Wärme und Energie. Die Luft umgibt unseren Planeten wie eine schützende Hülle. Und Wasser für die lebensnotwendigen Niederschläge finden wir überreichlich auf der Erde.

Eine besondere Rolle im Wettergeschehen spielt die Sonne. Mehr noch – ohne sie und ihre Wärmestrahlung gäbe es auf der Erde überhaupt kein Wetter. Wenn sich die Erdoberfläche durch den Sonnenschein aufheizt, wird auch die Luft wärmer. Die warme Luft steigt nach oben und durch den entstehenden Sog strömt kühlere nach. Wind entsteht.

Sonnenwärme ist aber auch die Ursache dafür, dass über den Meeren und Ozeanen unaufhörlich Wasser **verdunstet** und als unsichtbarer Wasserdampf in die Luft aufsteigt. Hoch oben, wo es kälter ist, kann die Luft die gespeicherte Feuchtigkeit nicht mehr halten – Wassertröpfchen bilden sich. Wir können sie als Wolken sehen. Irgendwann fallen die Tröpfchen als Regen, Schnee oder Hagel auf die Erde zurück.

Das Wasser aus den Wolken füllt die Seen, speist Bäche und Flüsse und gelangt so wieder ins Meer. Dort verdunstet es erneut. Kreislauf des Wassers nennt man diesen ständigen Wasseraustausch zwischen Festland, Ozeanen und Atmosphäre.

Auf dem Atlantischen und dem Pazifischen Ozean verdunsten jährlich zwischen 1.200 und 1.300 Liter Wasser von jedem Quadratmeter der riesigen Wasserflächen. Würde das Wasser im ewigen Kreislauf nicht immer wieder durch Niederschläge und Flüsse nachströmen, wäre das Weltmeer in 4.000 Jahren leer.

In einigen Gebieten der Erde ist das Wetter fast immer gleich. In Mitteleuropa hingegen wechselt es ständig. Der Grund liegt darin, dass hier verschiedene Luftmassen aufeinander treffen: kühle und feuchte aus dem Atlantik, warme und trockene aus dem Mittelmeergebiet. Prallen kalte und warme Luftmassen aufeinander, ändert sich das Wetter dort, wo sie sich begegnen. Die Berührungsfläche zwischen zwei unterschiedlichen Luftmassen nennt man »Front«. **Wetterfronten** können sich über tausende von Kilometern erstrecken.

*Der Wasserkreislauf*

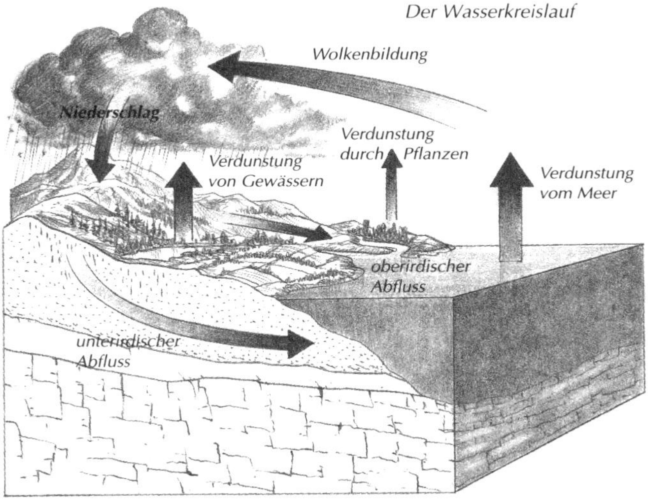


***Was passiert bei der Verdunstung?***

*Wenn Wasser verdunstet, werden die Wassermoleküle von den Luftmolekülen »mitgenommen« und steigen auf. Dabei geht es vom flüssigen in den gasförmigen Zustand über: Es wird zu unsichtbarem Wasserdampf. Den Wasserdampfgehalt der Luft nennt man Luftfeuchtigkeit. Sie ist nicht immer gleich groß und hängt von der Temperatur ab. Luft mit einer Temperatur von 20 Grad Celsius beispielsweise enthält viermal so viel Wasser wie Luft bei null Grad Celsius.*

***Was geschieht an den Wetterfronten?***

*Man unterscheidet Warmfronten und Kaltfronten. An einer Warmfront schiebt sich warme Luft über die kalte. Wolken bilden sich und es gibt oft lang anhaltenden Landregen. An einer Kaltfront schiebt sich kalte Luft unter die warme. Riesige Wolkentürme entstehen und es kommt zu heftigen Niederschlägen, begleitet von Windböen. Eine Front, die durch Vereinigung einer warmen und einer kalten Luftmasse entsteht, heißt Okklusion. Sie bringt Niederschläge und wechselhaftes, windiges Wetter.*

## BEMERKENSWERTES

### Die gefühlte Temperatur

**Nicht immer stimmt die am Thermometer abgelesene Lufttemperatur mit der so genannten »gefühlten Temperatur« überein. Diese hängt vor allem von der Windstärke und der Luftfeuchtigkeit ab. Viele Menschen finden beispielsweise eine Temperatur von null Grad Celsius bei Windstille durchaus noch als erträglich. Bei Windstärke drei wirkt die Nulltemperatur auf der Haut aber schon wie minus 6,9 Grad! *Windchill* (»Windfrösteln«) heißt dieser Effekt.**

***Wie zeigt sich das Seeklima?***
*Nicht sehr große, von Wasser umgebene Länder haben ein gleichmäßiges, vom Meer beeinflusstes Klima. Es wird bestimmt von einer hohen Luftfeuchtigkeit, vielen Niederschlägen, einer starken Bewölkung und wenig Temperaturunterschieden. Die Winter sind mild und die Sommer kühl. Im Gegensatz zum maritimen Klima zeigt das Klima im Innern der Kontinente starke Schwankungen zwischen den Jahreszeiten. Heiße trockene Sommer wechseln mit kalten Wintern.*

***Was ist ein Mikroklima?***
*In großen Städten ist es meist wärmer als auf dem Land. Gebäude und Straßen speichern die einfallende Sonnenenergie längere Zeit. Hinzu kommt die Wärme durch die Abgase der Autos, das Heizen der Gebäude und die Industriewärme. Bis zu sechs Grad Celsius kann es in großen Städten wärmer sein als im Umland. Mikroklima, das heißt Kleinklima, nennt man ein solches Stadtklima, für das auch höhere Niederschläge und eine verschmutzte Luft typisch sind. Beim so genannten Smog-Effekt (Smog ist die Zusammensetzung von Smoke und Fog) kann die Abluft der Großstadt nicht in höhere Luftschichten abziehen. Es bildet sich eine Dunstglocke.*

Das Wetter kann täglich wechseln. Das Klima nicht. Und doch beeinflusst es unser Leben noch mehr als ein paar Regentage oder ein plötzliches Gewitter: Unter Klima versteht man das allgemeine, durchschnittliche Wetter, das über einen bestimmten Zeitraum in einem bestimmten Gebiet beobachtet wird. Es schwankt erst im Laufe von vielen, vielen Jahren. Zum Klima zählen Sonneneinstrahlung, Temperatur, Feuchtigkeit, Wind, Niederschlag und Bewölkung.

Das Klima ist zuallererst von der Sonneneinstrahlung abhängig. So haben äquatornahe Regionen, in denen die Sonnenstrahlen fast senkrecht einfallen, ein heißes Klima und Gegenden, die weit vom Äquator entfernt liegen, ein kühles. Aber auch warme oder kalte Meeresströmungen, Windgürtel, die Entfernung vom Meer und die Höhe eines Ortes beeinflussen das Klima. So erklären sich beispielsweise die Eigenschaften von **Seeklima** und kontinentalem Klima. Darüber hinaus haben Großstädte oft ein eigenes, ein **»Mikroklima«.**

Rings um die Erde laufen weit reichende Gebiete, in denen das Klima einheitlich ist, die Klimazonen. Man unterscheidet fünf große Klimazonen. Es sind die beiden kalten Zonen in der Nähe des Nord- und Südpols, die beiden gemäßigten Zonen und beiderseits des Äquators die tropische Zone. Diese Zonen können aber noch weiter unterteilt werden: die gemäßigten Zonen beispielsweise in kalt-gemäßigte und warm-gemäßigte Zonen.

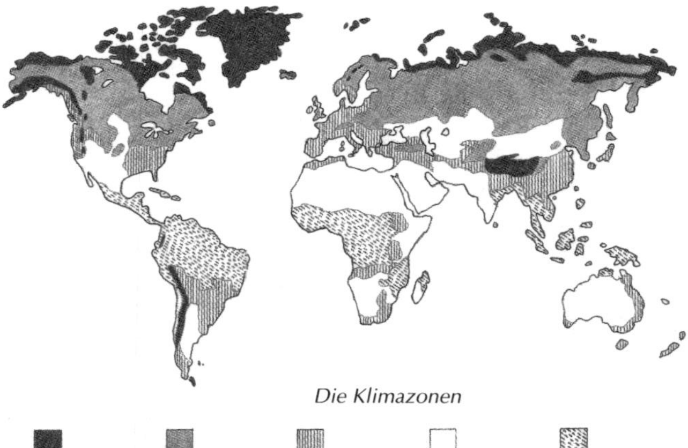

*Die Klimazonen*

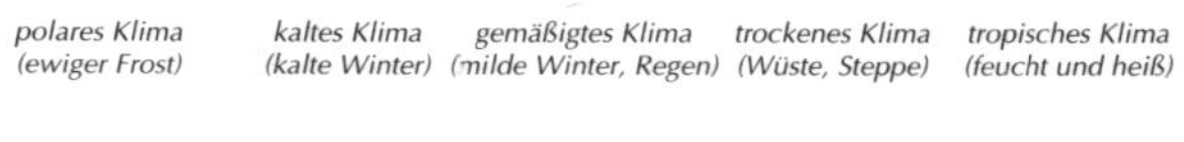

In jeder Klimazone der Erde finden sich immer wieder die gleichen oder doch einander sehr ähnliche Lebensräume. In den feuchten Tropen sind es Regenwälder, in der gemäßigten Zone sind es Laub- und Nadelwälder oder Steppen und in der Polarzone Tundren. Überall leben natürlich auch unterschiedliche Tiere und selbst die Menschen bauen ihre Häuser entsprechend des Klimas.

Das Klima auf der Erde war nicht immer so wie heute. Früher, vor 70 oder 80 Millionen Jahren, war es heiß und feucht. In großen Teilen Europas und Nordamerikas wuchsen Pflanzen, wie sie jetzt nur noch in den Tropen vorkommen. Später, in den **Eiszeiten**, bedeckte ein Panzer aus Eis weite Teile der Erde. Ursache dieser natürlichen **Klimaveränderungen** waren wahrscheinlich große **Vulkanausbrüche** und Schwankungen im Abstand zwischen Erde und Sonne.

Wie sich das Erdklima entwickeln wird, lässt sich noch nicht mit Sicherheit voraussagen. Möglich ist vieles; auch in Zukunft kann es wieder einmal zu einer Eiszeit oder zu einer weiteren wärmeren Periode kommen.

Aber auch der Mensch greift immer mehr in das Klimageschehen ein. Durch Industrie und Abgase von Autos gelangen mehr Abgase in die Luft, als die Natur abbauen kann. Dadurch erwärmt sich die Atmosphäre immer mehr.

**BEMERKENSWERTES**

**Die Temperatur steigt**

**In den letzten 100 Jahren ist die Durchschnittstemperatur auf der Erde um ein halbes Grad gestiegen. Setzt sich dies fort, schmelzen an den Polen große Eismassen und der Meeresspiegel steigt. Zahlreiche Küstengebiete werden überflutet.**

***Wann war die letzte Eiszeit?***

*Die letzte Eiszeit endete vor ungefähr 14.000 Jahren. Damals reichte das Eis vom Nordpol bis an die deutschen Mittelgebirge und in Nordamerika ging es bis zu den Großen Seen. Heute liegt noch etwa ein Zehntel der Erdoberfläche unter Gletschereis. Die Eiszeiten der Erde begannen vor etwa 2 Millionen Jahren. Es gab mehrere große Eiszeiten. Die Eismassen flachten das Land ab wie in der norddeutschen Tiefebene und ließen Flüsse und Seen entstehen.*

***Wieso verändern Vulkanausbrüche das Klima?***

*Bei großen Vulkanausbrüchen wird sehr viel vulkanisches Material in die Atmosphäre geschleudert und dort weitergetrieben. Als 1815 der Tambora in Indonesien ausbrach, wurden fast 100 Kubikkilometer aus dem Erdinnern geworfen – das wäre genug, um ganz Deutschland mit einer 60 Zentimeter dicken Schicht zu bedecken. Die Vulkanasche trieb um die Erde und verdunkelte die Sonne. Das führte zu Klimaschwankungen und Temperaturstürzen. In Teilen Europas herrschte mitten im Sommer plötzlich Frost.*

**Sind die Passatwinde schon lange bekannt?**
*Die Passatwinde blähten schon die Segel der Schiffe von Kolumbus, Magellan und anderen kühnen Seefahrern. »Überfahrtwinde« nannten sie die Spanier und* trade winds, *also »Handelswinde«, die Engländer. Die Passatwinde treffen entlang des Äquators aufeinander. In diesen Gebieten, den so genannten Kalmen, gibt es oft wenig Wind. Früher blieben hier die großen Segelschiffe häufig hängen.*

**Was ist der Monsun?**
*Im Sommer erhitzen sich die asiatischen Landmassen durch die starke Sonneneinstrahlung. Warme Luft steigt auf, der Luftdruck sinkt. Auf dem kühleren Meer dagegen herrscht hoher Luftdruck. So entsteht ein Wind, der vom Ozean zum Land weht. Er sorgt für außerordentlich kräftige Niederschläge.*

**Was versteht man unter Strahlströmen?**
*In etwa zehn Kilometer Höhe umkreisen kraftvolle Winde die Erde, die so genannten* jet streams *oder »Strahlströme«. Sie entstehen durch den Zusammenprall warmer mit kalter Luft. Die Strahlströme sind nur wenige*

Wind ist eine große, aber unsichtbare Naturkraft. Er entsteht, wenn Luft sich durch Sonneneinstrahlung erwärmt. Warme Luft ist leichter als kalte. Sie steigt stets nach oben. Dabei übt sie auf die Erde einen schwächeren Druck aus als kalte. Ein Gebiet niederen Drucks entsteht, ein Tiefdruckgebiet. Kalte, also schwerere Luft dagegen drückt auf den Erdboden. Ein Gebiet hohen Drucks entsteht, ein Hochdruckgebiet. Luft bewegt sich immer von Gebieten hohen zu Gebieten geringeren Drucks: Wind weht.

Nahe der Erdoberfläche gibt es mehrere große Windströme, die fast das ganze Jahr über gleichmäßig aus derselben Richtung wehen: die **Passatwinde** beiderseits des Äquators, die Westwinde und die polaren Ostwinde. Sie entstehen, weil am Äquator mehr Sonnenstrahlung einfällt als an den Polen. Warme Luft bewegt sich vom Äquator nach Norden und Süden und dort kühlt sie ab. Durch die Erddrehung werden alle Winde auf der Nordhalbkugel nach rechts, auf der Südhalbkugel nach links abgelenkt. Sie ist neben der Sonnenstrahlung der zweite große Antrieb der Winde.

In manchen Teilen der Erde gibt es regelmäßig auftretende Winde, die eigene Namen tragen. Am bekanntesten ist der **Monsun** in den Küstenländern der Tropen am Indischen Ozean. Andere berühmte Winde sind der kalte, trockene Mistral in Südfrankreich, die Bora, ein gefährlicher Fallwind an der Adriaküste Kroatiens, und der Schirokko, ein heißer, trockener Wind an der nordafrikanischen Küste. Zu den regelmäßig auftretenden Winden gehören auch die **Strahlströme** hoch oben am Himmel sowie die See- und Landwinde im Sommer am Meer.

Winde haben unterschiedliche Stärken. Sie werden mit der Beaufort-Skala gemessen. Schwerste Verwüstungen richtet der Orkan an. Er bezieht seine Energie aus den Temperaturgegensätzen sich vermischender warmer und kalter Luftmassen. Solche Luftmassen prallen vor allem über dem Atlantischen Ozean aufeinander. Orkanböen können Geschwindigkeiten von über 130 Stundenkilometern erreichen. Fast jeden Winter wird Europa von solchen Stürmen heimgesucht.

Noch gefährlicher sind die Wirbelstürme der Tropen. **Hurrikan** heißen sie in Amerika, Zyklon in Indien, Willy-Willy in Australien und Taifun im Westpazifik. Sie entstehen über mindestens 27 Grad Celsius warmen tropischen Meeren. Dann lässt die Sonnenhitze große Wassermassen über dem aufgeheizten Meer verdunsten. Sie steigen mit der warmen Luft rasch auf. Die von den Seiten nachströmende Luft beginnt sich spiralförmig zu drehen – ein riesiger trichterförmi-

ger Wirbel entsteht. Er dreht sich mit Geschwindigkeiten von bis zu 300 Kilometern in der Stunde und entwickelt eine gewaltige Zerstörungskraft. Hurrikans gehören zu den folgenschwersten Naturkatastrophen.
Nicht weniger gefährlich ist der **Tornado.** Im Gegensatz zum Hurrikan entsteht er über dem Festland. Sein Luftwirbel dreht sich mit 500 Stundenkilometern. Tornados dauern meist nur wenige Minuten. Aber sie hinterlassen eine kilometerlange Schneise der Verwüstung.

*Tornado*

BEMERKENSWERTES

**Die Sogwirkung**

**Der aufsteigende Luftstrom eines Wirbelsturms hebt von jedem Quadratmeter Wasseroberfläche bis zu 800.000 Tonnen Luft ab. Die Folge: Der Luftdruck sinkt und die See wölbt sich zu einer bis zu sechs Meter hohen Wasserkuppel auf.**

*hundert Kilometer breit, meist aber 200 Stundenkilometer schnell. Sie wurden 1940 von amerikanischen Flugzeugen entdeckt.*

***Haben Hurrikans Namen?***

*»Mitch« hieß der schreckliche Hurrikan, der 1998 in Mittelamerika über 12.000 Todesopfer forderte. »Mitch« deshalb, weil dieser Hurrikan der 13. des Jahres 1998 war und das »M« der 13. Buchstabe des Alphabets ist. Seit 1953 erhalten die Hurrikans in den USA Namen. Zunächst einigte man sich auf einfache, leicht verständliche weibliche Vornamen, alphabetisch geordnet und jedes Jahr von neuem mit A beginnend. Seit 1979 gibt es in Amerika aber auch »männliche« Hurrikans.*

***Gibt es auch bei uns Tornados?***

*Pro Jahr tauchen über Mittel- und Westeuropa etwa 100 Tornados auf. Nur durchschnittlich zehn von ihnen richten allerdings Schäden an. Die Wahrscheinlichkeit, dass dieser Wirbelsturm einen ganz bestimmten Ort in Deutschland trifft, besteht nur einmal in 10.000 bis 100.000 Jahren. Ein solches Pech hatte 1968 die Stadt Pforzheim.*

***Warum fallen Wolken nicht vom Himmel?***
*Wolken bestehen aus feinen Wassertröpfchen oder aus Eiskristallen. Der Auftrieb der warmen Luft sorgt dafür, dass sie am Himmel bleiben. Selbst bei unbewegter Luft fallen die Wassertröpfchen und Eiskristalle nur um etwa 1 Zentimeter pro Sekunde. Kommen nun noch aufwärts gerichtete Luftströmungen hinzu, so fallen sie überhaupt nicht, sondern schweben.*

***Wie groß sind Regentropfen?***
*Kleine Regentropfen, wie wir sie beim Sprühregen erleben, bestehen aus Tropfen von 0,1 bis 0,5 Millimeter Durchmesser. Große Regentropfen dagegen können fünf bis sechs Millimeter Durchmesser erreichen. Gäbe es keinen Luftwiderstand, dann würde ein großer Regentropfen mit der Mündungsgeschwindigkeit einer Luftgewehrkugel auf die Erde treffen.*

Regen fällt nie aus heiterem Himmel. Er entsteht immer in den **Wolken**. Je nachdem, in welchen Höhen sie sich bilden, unterscheidet man verschiedene Wolkenformen: Haufenwolken (Kumulus), Schichtwolken (Stratus) und Federwolken (Zirrus). Daneben gibt es noch Zwischenformen oder Abwandlungen dieser drei Typen. Die höchsten Wolken sind die Federwolken. Sie segeln in 12.000 Meter Höhe am Himmel.

Regen entsteht, wenn in den Wolken immer mehr winzige Wassertröpfchen zu größeren verschmelzen. Dann werden sie so schwer, dass sie nicht mehr schweben können, sinken ab und nehmen unterwegs weitere kleinere in sich auf. Schließlich fallen sie als **Regentropfen** zur Erde. Die Regenmenge wird in Millimetern gemessen.

Besonders stark regnet es in den Tropen. Dort verdunstet aus dem warmen Meer viel Wasser und Wolken bilden sich. Auch Gebirge sind meist sehr regenreich. Dort müssen die Wolken oft hohe Bergkämme überwinden, wobei sie sich abkühlen. Europas regenreichste Gebiete sind die Alpen, Westirland und Nordschottland.

Aus den Wolken fällt nicht nur Regen, sondern auch Schnee und Hagel. Hagelkörner bestehen aus Eis. Sie bilden sich meist in **Gewitterwolken**. Starke Aufwinde tragen die Regentropfen in große Höhen, wo sie zu Eis gefrieren. Beim Herabfallen lagern sich weitere Wassertröpfchen an. Sie gefrieren ebenfalls, wenn die kleinen Eiskörner abermals in die Höhe geschleudert werden. Auf diese Weise wachsen die Hagelkörner Schicht um Schicht, bis sie schließlich zur Erde fallen. Hagelkörner sind nicht selten so groß wie Murmeln, manchmal auch noch größer. Sie können schwere Schäden anrichten.

Sinkt die Temperatur in einer Wolke weit unter den Gefrierpunkt, bilden sich Eiskristalle. Sie verketten sich zu Schneeflocken, werden schwerer und trudeln zur Erde. **Schneekristalle** gehören zu den schönsten Gebilden der Natur. Es gibt nassen und trockenen Schnee. Je kälter es ist, desto trockener, feiner und leichter ist der Schnee. Man nennt ihn Pulverschnee. Nasser Schnee, der so genannte Pappschnee, bildet sich bei Temperaturen um den Gefrierpunkt.

Weil Regen, Hagel und Schnee aus den Wolken fallen, spricht man auch von »fallendem« Niederschlag. Es gibt aber auch Niederschläge, die nicht durch Wolken entstehen; Tau und Reif sind die »abgesetzten« Niederschläge. Zur Taubildung kommt es, wenn sich der Wasserdampf in der Luft in Form von Wassertröpfchen nahe am Boden absetzt. Kühlt in wolkenlosen Herbst- oder Winternächten die Luft in Bodennähe unter den Gefrierpunkt ab, verwandelt sich der Wasserdampf in unzählige Eiskristalle: den Reif.

*Wie Wolken entstehen*

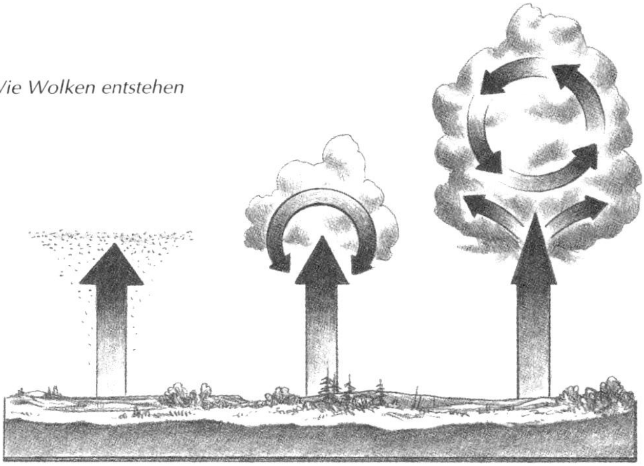

Verdunstung (warme, wasserdampfreiche Luft steigt auf) — Kondensation zur Wolke bei Abkühlung — Wolke wächst durch mehr aufsteigende Feuchtigkeit

***Was sind typische Gewitterwolken?***
*Wird warme, feuchte Luft schnell in hohe, kalte Bereiche der Lufthülle gerissen, kühlt sie sich ab. Riesige, oft fünf Kilometer breite und acht Kilometer hohe Wolkengebirge türmen sich auf, die Gewitterwolken. Nicht selten ähneln sie einem gigantischen Blumenkohl, der sich im oberen Teil ambossartig ausweitet. Als typische Gewitterwolken gelten Haufenwolken.*

Eine mitunter recht unangenehme Wettererscheinung ist Nebel. Manchmal vermindert er die Sicht in Bodennähe so stark, dass man kaum noch etwas sehen kann. Nebel ist nichts anderes als eine dicht über dem Erdboden liegende Wolke. Meist entsteht er am späten Nachmittag oder am Abend, wenn sich der tagsüber durch Sonneneinstrahlung erwärmte Erdboden wieder abkühlt. Dabei kühlt sich die bodennahe Luft ebenfalls ab. Da kühlere Luft weniger Feuchtigkeit speichern kann als warme, beginnt ein Teil der Feuchtigkeit zu kondensieren, also sich zu verflüssigen. Dann enstehen Millionen feinster Wassertröpfchen, der Nebel. Weil die kühlere Luft immer nach unten sinkt, bildet sich Nebel zunächst in Senken und Niederungen.

***Was gibt es für Schneekristalle?***
*Schneekristalle besitzen die regelmäßige Form eines sechseckigen Sterns und eine unendliche Typenvielfalt: Keine Schneeflocke gleicht der anderen. Schneekristalle werden in acht Grundgruppen eingeteilt. Unter ihnen befinden sich Nadeln, Rollen, Plättchen und Säulen. Die ersten Zeichnungen von Schneeflocken fertigte der französische Philosoph und Mathematiker René Descartes (1596–1550) an.*

**BEMERKENSWERTES**

**Wasser und Wolken**

**Wolken sind ein wichtiges Transportmittel. Sie transportieren Wasser und Wärme. Eine »junge« Haufenwolke im Stadium ihrer Entstehung mit einer Fläche von einem Quadratkilometer und einer Höhe von 2.000 Metern enthält mindestens 1.000 Tonnen Wasser. Eine große Gewitter-Haufenwolke kann weit über 100.000 Tonnen Wasser enthalten.**

Früher beobachteten die Menschen die Natur, wenn sie wissen wollten, wie das Wetter werden würde. Sie schauten zum Himmel, studierten das Verhalten von Pflanzen und Tieren und zogen ihre Schlüsse. Vor allem die Bauern, Förster, Jäger, Fischer und Schäfer waren gute »Wetterpropheten«. Aus ihren Erfahrungen entstand ein reicher Schatz volkstümlicher Wetterregeln, die **Bauernregeln**.

Heute werden für Wettervorhersagen tagtäglich Daten in der ganzen Welt gesammelt. Das Wettergeschehen in der Troposphäre wird von über 8.000 Boden-Landstationen, von Schiffen, Bohrinseln, Flugzeugen, Ballons und **Wettersatelliten** aufgezeichnet und an Rechenzentren in Moskau (Russland), Washington (USA) und Melbourne (Australien) weitergeleitet.

Aus den Daten entstehen regionale und weltweite Wettervorhersagen. Sie gelangen in einem eigens dafür geschaffenen Fernmeldenetz an die nationalen Wetterdienste, wo Meteorologen sie unter Einbeziehung eigener Messungen zu Vorhersagen für das eigene Land verarbeiten.

***Was sagen die Bauernregeln?***

*Die Bauernregeln beruhen auf einer jahrhundertelangen Beobachtung des Wetterablaufs. Sie sind keine wissenschaftlichen Vorhersagen. Sie bringen das vom Menschen wahrnehmbare Wetter in Beziehung zum Wachstum der Frucht auf dem Feld. In der Regel gelten sie nur für das Gebiet, in dem sie ursprünglich entstanden. Am verlässlichsten sind Bauernregeln, die den Mond mit den Wolken verknüpfen: »Wenn der Mond hat einen Ring, folgt der Regen allerding.«*

***Wie arbeiten Wettersatelliten?***

*Wettersatelliten sammeln Informationen über die Wettervorgänge auf unserem Planeten. Sie tasten Wolken ab und fotografieren sie, messen die Temperatur der Meeresoberfläche, Windgeschwindigkeiten und Feuchtigkeitswerte in der Troposphäre. Die Daten und Fotos senden sie jede halbe Stunde automatisch an die Bodenstationen.*

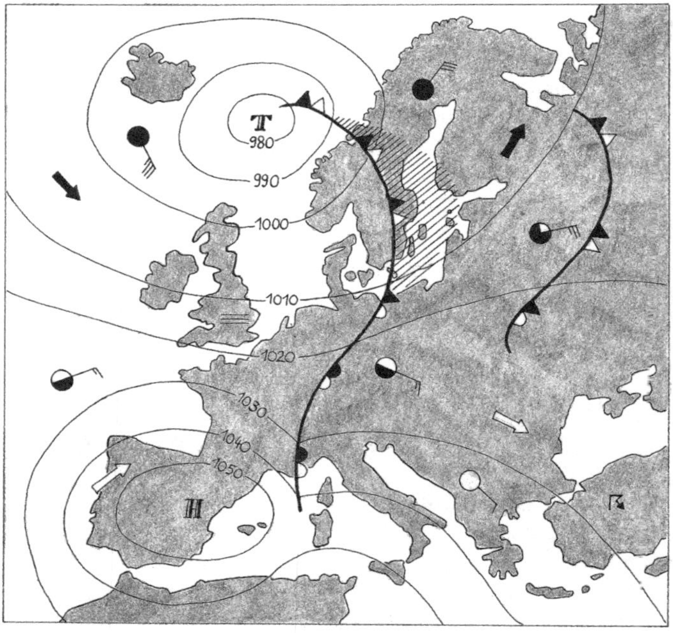


*Die Wetterkarte*

Es gibt langfristige und kurzfristige Vorhersagen. Langfristig, bis zu zwei Wochen, lässt sich gegenwärtig nur die allgemeine Wetterlage ziemlich zutreffend vorhersagen. Kurzfristig, zwei bis drei Tage im Voraus, ist die Vorhersage schon recht genau. Und bei einer Wetterprognose für die nächsten 36 Stunden liegt die Trefferquote der **Meteorologen** schon bei 90 Prozent.
Wettervorhersagen sind nicht nur wichtig für alle, die wissen wollen, was sie am folgenden Tag anziehen sollen. Vor allem Flughäfen brauchen Vorhersagen, damit sie Vorkehrungen für den Flugverkehr treffen können. Auch Schiffe wollen vor Stürmen gewarnt und der Straßendienst und die Landwirtschaft mit Informationen versorgt sein.
In manchen Gegenden der Erde scheint sich das Wetter aber nie nach den Wünschen der Menschen zu richten. Früher versuchte man dann mit Regenkanonen Wolken zum Abregnen zu bringen. Heute gibt es schon erfolgreichere Formen der Wetterbeeinflussung. Um Wolken zu zwingen, das in ihnen enthaltene Wasser herzugeben, »impft« man sie mit Silberjodid-Kristallen. An diesen schlägt sich Wasserdampf nieder und Regentropfen wachsen. Die Kristalle werden mit Flugzeugen in die Wolken eingebracht. »Geimpfte« Wolken können bis zu 25 Prozent mehr Regen freisetzen. Diese Art der Wetterbeeinflussung ist allerdings sehr umstritten.

***Seit wann gibt es die Meteorologie?***
*Das erste Lehrbuch der Wetterkunde verfasste der griechische Philosoph Aristoteles (384–322 v. Chr.). Er nannte es* Meteorologica, *das bedeutet so viel wie »Lehre von den Himmelserscheinungen«. Die moderne wissenschaftliche Wetterforschung begann aber erst, als wichtige Instrumente wie das Barometer (1643) und das Quecksilberthermometer (1714) erfunden worden waren. Ende des 18. Jahrhunderts entstanden die ersten Wetterstationen.*

**BEMERKENSWERTES**

**Lostage**

**»Ist es an Lichtmess hell und rein, wird ein langer Winter sein.« Bauernregeln beziehen sich oft auf so genannte Lostage. Das sind bestimmte Tage im Jahr, die oft anzeigen, wie sich das Wetter entwickeln wird. Die bekanntesten sind Lichtmess (2. Februar), die Eisheiligen (11. bis 14. Februar) und der Martinstag (11. November).**

# BIOLOGIE

***Was sind Zellen?***
*Alle Lebewesen sind aus Zellen aufgebaut. Einzeller wie Bakterien und viele Algen, bestehen aus einer einzigen Zelle, Vielzeller wie die meisten Pflanzen und Tiere, meist aus tausenden von Zellen. Der Mensch besteht aus 100 Billionen Zellen – das ist eine Eins mit 14 Nullen. Jede einzelne Zelle ist ein Lebewesen für sich. Sie gleicht einer winzigen Fabrik, in der tausende von chemischen Reaktionen aufeinander abgestimmt ablaufen.*

***Seit wann gibt es die Biologie?***
*Schon die alten Griechen beschäftigten sich wissenschaftlich mit den Lebewesen. Vermutlich untersuchte und beschrieb Alkmäon im sechsten Jahrhundert v. Chr. erstmals die inneren Organe von Tieren. Aristoteles beschrieb zahlreiche Tierarten und teilte diese in verschiedene Kategorien ein. Damit gilt es als Begründer der Zoologie, der Lehre von den Tieren. Als Begründer der Lehre von den Pflanzen, der Botanik, gilt sein Schüler Theophrast (um 380–287 v. Chr.).*

Die Erde ist ein lebendiger Planet. Fast überall finden sich Lebewesen: in der Tiefsee und in Gebirgen, in der Wüste und in der Arktis. So verschieden die Lebewesen auch sind, allen ist eines gemeinsam: sie bewegen sich. Die Vögel fliegen, die Fische schwimmen, andere Tiere laufen, springen oder kriechen.
Und die Pflanzen? Sie sind, obwohl sie uns bewegungslos erscheinen, ebenso lebendig wie die Tiere. Pflanzen können Licht wahrnehmen und darauf reagieren. Manche können sogar noch mehr. Der Sonnentau beispielsweise fängt mit seinen Blättern Insekten und die Mimose zuckt schon bei leisester Berührung zusammen.

Alles Lebendige bewegt sich. Um sich bewegen zu können, brauchen die Lebewesen Nahrung. Sie nehmen Stoffe auf, gewinnen daraus Energie und produzieren Abfallstoffe. Der Stoffwechsel ist das wichtigste Merkmal des Lebens. Denn durch die Verwertung der Nahrung werden im Organismus **Zellen** erhalten und neue gebildet: Der Körper oder die Pflanze wächst. Wachstum ist ein weiteres Merkmal des Lebens.
Zum Leben gehört auch der Tod. Wenn ein Lebewesen stirbt, muss es, um seine Art zu erhalten, zuvor Nachkommen erzeugt haben. Auch die Fortpflanzung gehört zu den Merkmalen des Lebens. Mit den Erscheinungsformen alles Lebendigen, den Vorgängen in ihnen sowie den Beziehungen der Lebewesen zueinander und den Wechselbeziehungen zu ihrer Umwelt beschäftigt sich die **Biologie**, die »Wissenschaft vom Leben«.

Das Leben entstand in der Frühzeit der Erde, vermutlich vor 3,5 oder vier Milliarden Jahren. Die meisten Forscher nehmen an, dass sich damals durch Zufall einfache Stoffe wie Wasser, Stickstoff, Wasserstoff, Ammoniak und Methan zu neuen Stoffen zusammenlagerten. Aus ihnen gingen schließlich Eiweißverbindungen, die Grundstoffe des Lebens, hervor.

Die ersten Lebensformen sind im Wasser, im Urozean, entstanden. Sie waren noch sehr primitiv und entwickelten sich anfangs nur äußerst langsam weiter. Die ältesten Lebensformen, die Geologen gefunden haben, sind bakterienähnliche Lebewesen. Man konnte sie in 3,5 Milliarden Jahre alten Gesteinen nachweisen.

Die Frühzeit des Lebens auf der Erde dauerte zwei bis drei Milliarden Jahre. Sie nimmt vier Fünftel der Entwicklungsgeschichte ein.

Der große Motor, der das Leben zur Entwicklung von immer besser organisierten, höher stehenden Formen vorwärts getrieben hat, war die Anpassung an die sich ständig verändernde Umwelt. Im Laufe der Zeit entwickelte sich das Leben zu einer ungeheuren Vielfalt. Es breitete sich über die ganze **Erde** aus.

***Gibt es Leben auch außerhalb der Erde?***
*Das ist noch immer nicht erwiesen. Einige Wissenschaftler sind aber davon überzeugt. Sie meinen, wenn das Leben auf der Erde durch Zufall entstanden ist, dann könnte anderswo im Universum das Gleiche geschehen sein.*

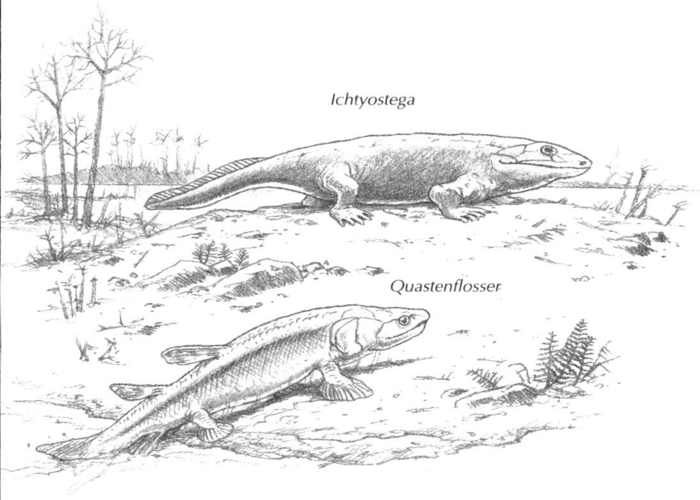


*Erste Wirbeltiere gehen an Land (Oberdevon)*

**BEMERKENSWERTES**

**Riesenzellen**

**Zellen sind nicht immer nur winzig. Nervenzellen beispielsweise werden bis zu einem Meter und pflanzliche Milchröhren mehrere Meter lang.**

***Welcher Wissenschaftler hat die Schöpfungstheorie zuerst bezweifelt?***
*Als der französische Naturforscher Georges-Louis Buffon (1707–1788) an seinem 44-bändigen Werk »Naturgeschichte« arbeitete, fiel ihm auf, dass manche Tier- und Pflanzenarten aus anderen hervorgegangen sein müssen. Als einer der ersten äußerte er die Idee von der Entwicklung, der »Evolution«. Allerdings hatte Buffon – wie auch einige andere Wissenschaftler – keine Beweise für diese Theorie.*

***Wohin ging Darwins Seereise?***
*1831 ging Darwin an Bord der Brigantine HMS »Beagle«, um die Welt zu umsegeln. Die wissenschaftliche Expedition war für zwei Jahre geplant, sollte aber fünf dauern. Zum Programm gehörten Zwischenlandungen in Südamerika, auf verschiedenen Südseeinseln und in Australien. Darwin stellte neue Seekarten her, machte sich Aufzeichnungen und sammelte Gesteine, Pflanzen und Tiere aller Art. Mit der Weltumsegelung wurde Darwins Ruhm begründet.*

Noch vor wenigen Jahrhunderten glaubte man, dass die Erde mit allem, was darauf lebte, erst vor einigen Jahrtausenden erschaffen worden sei. Als selbstverständlich galt auch, dass es seit dem Schöpfungstag keine wesentlichen Veränderungen gegeben habe.
Einige **Wissenschaftler** aber hielten dies für falsch. Auch der englische Biologe Charles Robert Darwin (1809–1882) war nicht von dieser Schöpfungstheorie überzeugt. Er vermutete, dass alle heute lebenden Pflanzen und Tiere aus gemeinsamen Vorfahren hervorgegangen seien. Aber noch fehlten ihm für diese Theorie die Beweise. In mühevoller Kleinarbeit suchte er sie – nahezu 23 Jahre lang.

Darwin studierte tausende von Pflanzen und Tieren, die er während seiner berühmten **Seereise** mit der »Beagle« und später gesammelt hatte. Ihn interessierte, wie sie lebten, wie sie sich vermehrten, wie sie sich den unterschiedlichen Klimazonen und ihren verschiedenen Lebensbedingungen anpassten. Er begann Bienen, Eidechsen und Pinguine zu züchten und befasste sich mit zahlreichen Experimenten.
Nach und nach hatte der Forscher so viele Beweise für seine Theorie zusammengetragen, dass er sie 1859 in einem Buch veröffentlichte. Es hieß »Der Ursprung der Arten durch natürliche Auslese« und schlug ein wie eine Bombe. Schon am Erscheinungstag war die erste Auflage von 1.250 Exemplaren vergriffen.

In seinem Buch gelang es Darwin, überzeugend nachzuweisen, dass sich die heute lebenden Formen der Tier- und Pflanzenwelt im Lauf der Zeit aus einfacheren Formen entwickelt haben. Diese Entwicklung oder »Evolution« erklärt sich der Forscher durch das **»Überleben der Tauglichsten«** im »Kampf ums Dasein«. Der Darwinismus, die Lehre von der Verwandtschaft aller Lebewesen, schockierte die christliche Welt.

1871 erregte Charles Darwin die Welt mit einem weiteren Buch aufs Neue. Es hieß *Die Abstammung des Menschen*. Diesmal zeigte der Wissenschaftler auf, dass auch die heutigen Menschen das Ergebnis eines langen Entwicklungs- und Ausleseprozesses sind. Er behauptete, dass Menschen und Menschenaffen miteinander nahe verwandt sind und gemeinsam von unbekannten Vorfahren abstammen, die vor vielen Jahren auf der Erde lebten, als es noch keine Menschen oder Menschenaffen gab.

Darwin stützte seine Behauptung auf das Vorhandensein von verkümmerten Körperteilen, die einst einmal eine Funktion innehatten: Auch der Mensch unterlag im Laufe der Zeit also Veränderungen.

*Charles Darwin*

***Wie ist die These vom »Überleben der Tauglichsten« gemeint?***

*Gäbe es keine natürliche Auslese, wäre die Welt schon längst von allen möglichen Tieren übervölkert. Darwin bewies, dass alle Lebewesen mehr Nachkommenschaft erzeugen, als die Natur ernähren kann. Allein ein einziges Elefantenpaar hätte unter normalen, ungestörten Verhältnissen in 750 Jahren eine Nachkommenschaft von 19 Millionen Elefanten. Weil die sich niemals ernähren könnten, beschränkt die Natur selbst die Anzahl der Lebewesen, indem sie sie durch Krankheiten, Unfälle oder natürliche Feinde vernichten lässt. Nur die Anpassungsfähigsten überleben.*

**BEMERKENSWERTES**

**Eine umstrittene Lehre**

**Der Darwinismus, die Lehre von der Verwandtschaft aller Lebewesen, fand bis in die Neuzeit hinein entrüstete Gegner. In einem Staat der USA wurde erst 1968 ein Gesetz aufgehoben, das jedem Strafe androhte, der den Darwinismus vor Schülern auch nur erwähnte!**

***Wer war Gregor Mendel?***

*Mendel war der einzige Sohn eines armen Bauern in Ostmähren. Er trat in ein Kloster ein, studierte Theologie und erhielt 1847 die Priesterweihe. Später wurde er Hilfslehrer und 1854 – nach dem Studium der Naturwissenschaften in Wien – Lehrer für Naturgeschichte und Physik in Brünn. Sein Lehramt ließ ihm viel Zeit für naturwissenschaftliche Beobachtungen – vor allem aber für den Klostergarten, denn Mendel lebte nach wie vor bei seinen Klosterbrüdern.*

***Wie kreuzte Mendel die Erbsenpflanzen?***

*Mendel kreuzte zunächst grüne mit gelben Erbsen. Das Ergebnis: Alle Erbsen der nächsten Generation waren gelb. Als er diese miteinander kreuzte, waren von je vier Erbsen drei gelb und eine grün. Das Verhältnis 3:1 blieb auch erhalten, wenn er gelbe und grüne Erbsen der darauf folgenden, also dritten Generation kreuzte.*

Warum erben Menschen die grünen Augen, langen Nasen oder abstehenden Ohren ihrer Vorfahren? Noch in der Mitte des 19. Jahrhunderts konnte sich dies niemand erklären. Zu dieser Zeit aber beschäftigte sich der österreichische Mönch und Botaniker **Gregor Mendel** (1822–1884) bereits mit Fragen der Vererbung. Ihm war nämlich aufgefallen, dass manche Erbsen seines Klostergartens glatt waren, andere dagegen runzlig. Wie konnte man wohl erreichen, nur glatte Erbsen zu ernten?

Mendel wollte dies unbedingt herausfinden. Geduldig experimentierte er mit den Erbsenpflanzen. Er **kreuzte** sie, untersuchte die Nachkommen und fand schließlich heraus, dass es für bestimmte Merkmale der Pflanzen – Farbe und Hoch- bzw. Niedrigwüchsigkeit – jeweils zwei Erbfaktoren geben müsse. Einer dieser beiden ist jeweils *dominant* (vorherrschend) und bestimmt bei der nachfolgenden Generation das Merkmal. Besonders interessant aber: Die Pflanzen dieser nachfolgenden Generation besitzen in ihren Erbanlagen jetzt beide Merkmale.
Wurden nicht zwei dominante Merkmale vererbt, kann in der dritten Generation bei Kreuzung mit anderen Pflanzen das bis dahin »verschüttete« Merkmal wieder auftauchen. Mendel erkannte als Erster, dass nicht die Merkmale vererbt werden, sondern dafür verantwortliche Anlagen.

Nach seinen zahlreichen Versuchsreihen – Mendel zog von 1856 bis 1864 mehr als 10.000 Erbsenpflanzen auf – formulierte der Forscher die so genannten Mendelschen Regeln. Sie wurden zur Grundlage der **Vererbungslehre**. Als der Forscher seine Theorien 1865 der wissenschaftlichen Welt vorlegte, schien aber noch niemand die Bedeutung seiner Erkenntnisse zu verstehen. Erst 1900, 16 Jahre nach seinem Tod, wurden sie zufällig wieder entdeckt und bekannt gemacht.

Inzwischen wissen die Forscher noch sehr viel mehr über die Vererbung. Sie haben herausgefunden, dass es für jedes Lebewesen einen ganz bestimmten »Bauplan« gibt. Man hat ihn in chemischer Form in den Zellen der Lebewesen entdeckt. Beim Menschen ist er besonders kompliziert, besteht er doch aus nahezu 40.000 Einzelanweisungen, den **Genen**, von denen jedes ein einzelnes Merkmal bestimmen kann. Genetik heißt heute die Wissenschaft von der Vererbung dieser Eigenschaften.

Träger der Erbanlagen sind die Chromosomen. Sie befinden sich im Kern der Zellen. Das Wort Chromosom bedeutet »gefärbter Körper« – weil man sie mit Farbstoffen leicht anfärben und sichtbar machen kann.
Jedes Lebewesen hat eine charakteristische Chromosomenzahl. Der Mensch besitzt 46 Chromosomen, die Katze 38, die Mücke 6, die Birke 84.

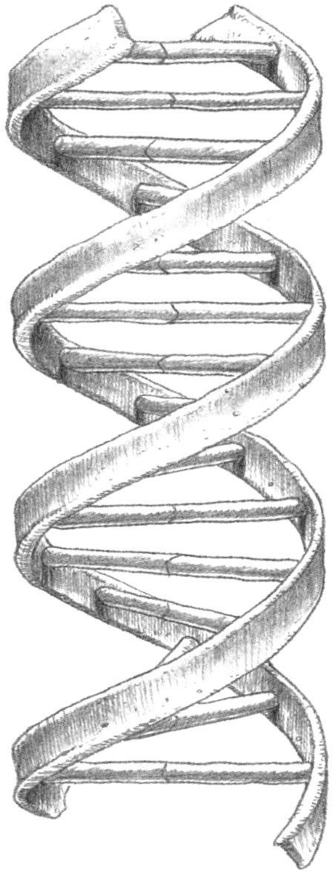

*DNS-Doppelhelix*

***Was bedeutet die Vererbungslehre praktisch?***
*Die Vererbungslehre ist von größter Bedeutung. Sie ermöglicht es, Weizen, Mais und andere Nutzpflanzen erheblich zu verbessern und sehr viel widerstandsfähiger zu machen sowie kräftigere und gesündere Tiere zu züchten. Auch mit der Beeinflussung des menschlichen Erbguts befassen sich die Wissenschaftler, um Erbkrankheiten heilen zu können.*

***Was bewirken Gene?***
*Gene, die Erbfaktoren, bestimmen alle erblichen Eigenschaften des Menschen. Manche Merkmale werden von einem einzigen Gen bestimmt. Gewöhnlich sind an der Ausprägung eines Merkmals aber mehrere Gene beteiligt. Jeder Mensch trägt eine einzigartige Genkombination in sich. Verändert sich das Erbgut eines Lebewesens, kann diese Veränderung auf die Nachkommen übergehen und ein Lebewesen mit einer neuen Eigenschaft entstehen lassen. Mutation nennt man eine solche Veränderung des Erbguts.*

**BEMERKENSWERTES**

**Gen-Reparaturen**

**Bei vielen Krankheiten entdeckt man genetische Ursachen. Gleichzeitig werden gentechnische Verfahren zu ihrer Behandlung entwickelt. Vielleicht, so hoffen die Forscher, kann man eines Tages sogar defekte Gene reparieren, indem man Zellen entnimmt, sie verändert und anschließend wieder in den Körper einbringt.**

# DIE REICHE DER LEBEWESEN

***Hatten die Pflanzen und Tiere früher keine Namen?***
*Natürlich trugen die Pflanzen und Tiere schon Namen, bevor es die Wissenschaft der Biologie gab. Die ersten Tier- und Pflanzennamen informierten meist über das Aussehen der Lebewesen, wo man es gefunden hatte und wozu man es benutzen konnte. Oft hatten Lebewesen auch mehrere Namen. Das alles war sehr verwirrend und für die Wissenschaft ungeeignet.*

***Was sind Bakterien?***
*Bakterien sind die meistverbreiteten Lebewesen der Erde. Sie sind mikroskopisch klein – meist 1.000-mal kleiner als die Zellen von Tieren. Man findet sie überall. Bakterien vermehren sich durch Zellteilung – nicht selten wachsen in einer Stunde drei Bakteriengenerationen heran. Manche Bakterien sind sehr schädlich, andere wieder nützlich.*

Schon seit der Zeit der großen geografischen Entdeckungen bemühten sich die Wissenschaftler alle auf der Erde vorkommenden Tiere und Pflanzen zu erfassen. Bereits Anfang des 17. Jahrhunderts unterschieden sie etwa 6.000 Pflanzenarten. Wie aber sollte man diese ordnen? Und was für **Namen** eigneten sich für sie?
Dieser Aufgabe nahm sich der schwedische Naturforscher Carl von Linné (1707–1778) an. In mühevoller Kleinarbeit suchte er Gemeinsamkeiten zwischen verschiedenen Arten, teilte sie in Gattungen, Ordnungen und Klassen ein.
Anschließend entwickelte er ein System zur Benennung von Pflanzen und Tieren. Es ist noch heute gebräuchlich. Danach hat jede Art (Spezies) einen lateinischen Gattungs- und einen Artnamen. So heißt seit Linné die Amsel *Turdus merula*, die verwandte Singdrossel *Turdus musicus*. Carl von Linné genoss ein so hohes Ansehen in der wissenschaftlichen Welt, dass man damals einen Spruch über ihn prägte: »Gott hat die Welt geschaffen, aber Linné hat sie geordnet.«

Die wissenschaftlichen Namen der Pflanzen und Tiere müssen nicht für immer und ewig gelten. Sie können immer dann verändert werden, wenn es neue Erkenntnisse über die Verwandtschaft der Lebewesen geben sollte.

Zu Zeiten Carl von Linnés teilte man die Lebewesen noch in nur zwei große Gruppen ein, das Tier- und das Pflanzenreich. Nach damaligem Wissensstand fiel die Unterscheidung nicht schwer: Pflanzen waren generell grün, bewegten sich nicht von der Stelle und brauchten Licht zum Leben. Die beweglichen Tiere dagegen ernährten sich von anderen Lebewesen.
Inzwischen weiß man, dass es nicht immer leicht ist, ein Lebewesen dem einen oder dem anderen der beiden großen Reiche zuzuordnen: Viele winzige Geschöpfe sind weder Pflanze noch Tier. Deshalb teilt man die Lebewesen in der Regel nicht in zwei, sondern besser in fünf große Reiche ein: in kernlose Einzeller, echte Einzeller, Pilze, Pflanzen und Tiere.

Die kernlosen Einzeller haben im Gegensatz zu den echten Einzellern keinen deutlich abgegrenzten Zellkern. Zu ihnen gehören die **Bakterien**.
Die echten **Einzeller** sind größer als Bakterien, sie haben einen abgegrenzten Zellkern und sie können sich wie eine Pflanze oder wie

ein Tier ernähren, manche auch wie beide. Dann nutzen sie das Sonnenlicht, um Stoffe aufzubauen, und sie nehmen ähnlich einem Tier Stoffe aus der näheren Umgebung auf. Einzeller fühlen sich dort am wohlsten, wo es feucht ist, im Wasser oder in der Erde.

**Pilze** ernähren sich mit Hilfe eines fein verzweigten Fadensystems von Stoffen aus ihrer Umgebung. Das muss nicht immer totes Material sein – manche Pilze greifen auch Tiere an und verursachen dann oft Krankheiten. Vor allem aber wirken Pilze mit bei der Vermoderung, dem Abbau der organischen Reste im Boden.

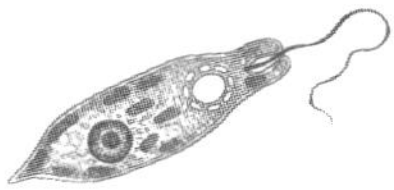

*Geißeltierchen*

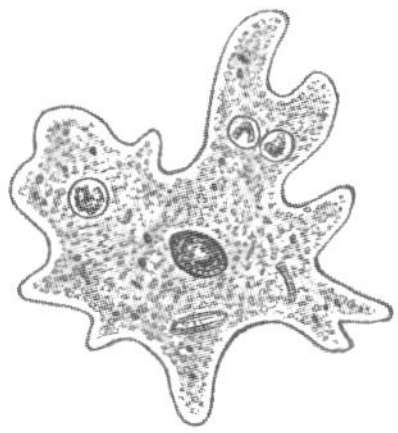

*Amöbe*

**BEMERKENSWERTES**

**Die Artenvielfalt der Erde**

**Noch immer kann niemand sagen, wie viele Arten von Lebewesen es auf der Erde gibt. Entdeckt und beschrieben wurden bis zum Anfang des 21. Jahrhunderts rund 370.000 Pflanzenarten und mehr als 1,4 Millionen Tierarten. Möglicherweise aber sind es zehnmal so viele.**

***Wie heißt der bekannteste Einzeller?***

*Das ist die Amöbe, auch Wechseltierchen genannt. Amöben haben keine feste Form, es sind Schleimklümpchen, die sich durch Ausstrecken sofort wieder verschwindender Fortsätze (Scheinfüßchen) bewegen. Dabei schließen sie Nahrung ein, die in kleine Bläschen gelangt, wo sie verdaut wird. Eine Amöbe kann in einer Stunde zwei Zentimeter zurücklegen.*

***Gibt es Pilze nur im Wald und auf der Wiese?***

*Der Steinpilz oder der Pfifferling – die Pilze also, die wir sammeln – zeigen uns nur ihre Fruchtkörper. Der eigentliche Pilz wächst unter der Bodenoberfläche und bildet dort ein Geflecht winziger Fäden, das Myzel. Einen ganz anderen Pilz findet man in alten Häusern, den Hausschwamm. Auch der Mehltau, der unsere Zierpflanzen befällt, ist ein Pilz.*

**Wie viel Sauerstoff kann ein Baum erzeugen?**

*Das hängt von der Anzahl der Blätter ab, an deren Unterseite sich winzige Spalte befinden, die Atemöffnungen der Landpflanzen. Aus diesen Spaltöffnungen treten bei einer 100-jährigen Buche beispielsweise 1,7 Kilogramm Sauerstoff pro Stunde aus. Das genügt, um fünfzig Menschen eine Stunde lang atmen zu lassen!*

**Wie groß werden Algen?**

*Die meisten der über 20.000 Algenarten sind mikroskopisch klein. Es gibt aber auch sehr große Algen. Die größte ist der Riesentang. Er kann 200 Meter lang werden und wächst im flachen, küstennahen Wasser vor Kalifornien. Tange bilden nicht selten unterseeische Wälder, in denen sich Meerestiere verbergen können.*

Pflanzen sind die Lunge unserer Erde. Sie produzieren den Sauerstoff, den Mensch, Tier und Pflanze seit Jahrmillionen der Luft und dem Wasser entnehmen. Grüne Pflanzen haben eine einmalige Eigenschaft. Sie können die Energie des Sonnenlichts in chemische Energie umwandeln und dadurch wachsen und gedeihen.
Das verdanken sie dem Chlorophyll (griech. *chloros* = »grün« + *phyllon* = »Blatt«). Es ist in den Zellen der Blätter eingelagert und gibt ihnen die grüne Farbe. Das Chlorophyll verwandelt mit Hilfe des Sonnenlichts Kohlendioxid und Wasser (aus der Luft und aus dem Erdboden) in Traubenzucker, also in Nahrung. Dabei entsteht als Abfallprodukt **Sauerstoff**. Fotosynthese (griech. *phos* = »Licht« + *synthetis* = »Zusammenfügung«) heißt dieser Vorgang. Von ihm hängt alles tierische und menschliche Leben ab.

Botaniker (Pflanzenkundler) unterscheiden zwei Gruppen von Pflanzen: Pflanzen ohne Blüten und Pflanzen mit Blüten. Zu den blütenlosen Pflanzen gehören **Algen**, Moose und Farne. Es gab sie schon vor 350 Millionen Jahren. Die meisten von ihnen sind sehr klein.
Blütenlose Pflanzen vermehren sich durch Sporen, das sind Fortpflanzungskörper. Bei den Moosen werden die Sporen aus Kapseln verstreut, die auf kleinen Stielen sitzen. Wer genau hinschaut, kann sie sogar mit bloßem Auge erkennen.

Zu den Blütenpflanzen zählt man die Nadelhölzer, obwohl sie keine Blüten wie beispielsweise die Rose oder Nelke entwickeln. Nadelhölzer haben *Zapfenblüten*; bei ihnen sind die Blüten in männlichen oder weiblichen Zapfen zusammengefasst. Vereinigen sich die Geschlechtszellen der männlichen und der weiblichen Zapfen, entsteht ein Samen. **Nadelgehölze** gehören zu den Nacktsamern, den ältesten Samenpflanzen.

Alle anderen Pflanzen sind Bedecktsamer. Sie stellen mit 250.000 bis 300.000 Arten die größte Pflanzengruppe dar. Ihre Blüten dienen hauptsächlich der **Fortpflanzung**. Aus Form und Aufbau der Blüten lassen sich die Bedecktsamer in einkeimblättrige und zweikeimblättrige Pflanzen unterteilen.

***Was sind Nadeln?***
*Nadeln sind kleine, immergrüne Blätter. Sie bleiben oft mehrere Jahre lang am Baum. Bei den meisten einheimischen Nadelbäumen stehen die Nadeln einzeln an den Langtrieben. Die Lärche wirft ihre Nadeln im Herbst ab. Nadelbäume ertragen Kälte sehr gut.*

***Wie verbreiten Pflanzen ihre Samen?***
*Pflanzen sind fest im Erdboden verwurzelt. Dennoch können sie ihre männlichen Fortpflanzungszellen weit verbreiten. Gräser beispielsweise werden vom Wind bestäubt. Ihre Staubblätter ragen in die Luft, sodass der Pollen, der Blütenstaub, weggeweht werden kann. Auch Tiere spielen bei der Bestäubung eine Rolle. Hummeln beispielsweise beim Fingerhut, Ameisen bei der Schlüsselblume.*

**BEMERKENSWERTES**

**Lebenswichtiges Wasser**

**Alle Pflanzen brauchen Wasser zum Leben. Nur Flüssigkeit kann ihre Zellen mit Nährstoffen aus dem Erdboden versorgen. Der Motor für den Wassertransport von den Wurzeln bis zu den Blättern ist die Verdunstung von Wasser an den Blättern. Dadurch entsteht ein Sog, der das Wasser nach oben zieht. Schon eine Sonnenblume kann auf diese Weise bis einen Liter Wasser am Tag verdunsten, ein großer Baum über 1.000 Liter!**

# ÜBER DIE TIERE

***Welche Tiere gehören zu den Gliederfüßern?***
*90 Prozent der Gliederfüßer sind Insekten, die artenreichste Tierklasse. Der Name »Insekten« (lat. insecta = »die Eingeschnittenen«) bezieht sich darauf, dass die drei Teile eines Insektenkörpers klar zu unterscheiden sind. Zu den Gliederfüßern gehören noch Spinnen, Krebse und Tausendfüßler.*

***Wie atmen Fische?***
*Fische benutzen zum Atmen die seitlich hinter dem Kopf gelegenen Kiemen. Das durchs Maul aufgenommene Wasser strömt durch den Schlund und tritt, nachdem es durch die Kiemen geströmt ist, wieder aus. Die stark durchbluteten Blättchen der Kiemen nehmen dabei den Sauerstoff aus dem Wasser auf, der dann sofort ins Blut übergeht.*

Weit über eine Million Tierarten haben die Zoologen, die Tierkundler, bis heute entdeckt und beschrieben – vielleicht fünf-, sieben- oder gar zehnmal so viele könnte es geben. Die meisten Tiere sind klein, viele von ihnen werden nur unter dem Mikroskop sichtbar. Das ist auch ein Grund dafür, warum man noch längst nicht alle Tierarten entdeckt hat.

Tiere in ihren einfachsten Erscheinungsformen sind von den Pflanzen nur schwer zu trennen. Der große Unterschied besteht jedoch darin, dass Tiere organische Stoffe, also Pflanzen oder andere Tiere, zu ihrer Ernährung benötigen. Außerdem haben Tiere fast immer ein hoch entwickeltes Nervensystem und sie können sich meist frei und zielgerichtet fortbewegen.

Tiere gibt es in den unterschiedlichsten Entwicklungsstufen. 97 Prozent aller Tierarten sind Wirbellose. Viele von ihnen, wie Schwämme, Nessel- und Moostierchen, leben im Meer. Würmer sind ebenso wirbellos wie die **Gliederfüßer,** die die größte Gruppe der Wirbellosen bilden. Auch die Weichtiere, zu denen Schnecken und Muscheln gehören, die Stachelhäuter und die Seescheiden bilden weitere Gruppen der Wirbellosen.

Alle anderen Tiere sind Wirbeltiere. Sie haben eine Wirbelsäule, die den Körper festigt und aus Knochen besteht. Die Wirbelsäule schließt das Rückenmark ein und trägt den Schädel, den Sitz eines hoch entwickelten Gehirns. Wirbeltiere sind die Fische, Lurche, Kriechtiere, Vögel und die Säugetiere.

Es gibt etwa 31.000 verschiedene Fischarten. Ist ihr Skelett knorpelig wie das der Haie, dann heißen sie Knorpelfische. Ein knöchernes Skelett besitzen Knochenfische wie die Forellen. Die meisten Fische haben in ihrer Bauchhöhle eine Schwimmblase, die Auftrieb erzeugt. Fische **atmen** mit Kiemen.

Die Lurche oder Amphibien werden in drei Gruppen unterteilt: Froschlurche (mit den Fröschen und Kröten), Schwanzlurche (mit den Molchen und Salamandern) und Blindwühlen (sie kommen in den Tropen vor und ähneln kleinen Schlangen). Die meisten Lurche leben an Land, kehren aber zur Fortpflanzung ins Wasser zurück. Dort entwickeln sich auch ihre Jungen.

Die Blütezeit der Kriechtiere oder Reptilien begann vor ungefähr 190 Millionen Jahren. 120 Millionen Jahre lang waren sie die beherrschende Tiergruppe unter den Landbewohnern. Heute gibt es noch etwa 6.500 Arten. Sie lassen sich in drei große Gruppen einteilen: Echsen und Schlangen, Krokodile sowie Schildkröten.

Die einzigen Lebewesen mit Federn sind die Vögel. Sie stammen von den Kriechtieren ab und legen wie diese Eier mit einer Schale. Es gibt etwa 9.000 Vogelarten. Einige von ihnen können nicht **fliegen**. Säugetiere haben drei wichtige gemeinsame Eigenschaften: Sie sind gleichwarme Tiere, haben ein Haarkleid (Fell) und die Weibchen säugen die Jungen mit Milch aus Milchdrüsen. Die Gruppe der Säugetiere, zu der auch der Mensch gehört, nennt man Herrentiere oder **Primaten.**

***Welche Vögel können nicht fliegen?***

*Pinguine können nicht fliegen, dafür aber hervorragend schwimmen und tauchen. Ihre kurzen, sehr schmalen Flügel dienen ihnen als Flosse. Kaiserpinguine erreichen über 500 Meter Tauchtiefe. Auch die in Neuseeland beheimateten Kiwis können nicht fliegen. Ihre Flügel sind viel zu klein.*

***Wodurch zeichnen sich Primaten aus?***

*Primaten sind die höchste Ordnung der Säugetiere. Man unterteilt sie in zwei Gruppen: die Halbaffen und die Affen, zu denen auch die Menschen (Homo sapiens) gehören. Primaten haben nach vorn gerichtete Augen. Die meisten leben auf Bäumen. Ihr Hauptverbreitungsgebiet sind die Tropen und Subtropen.*

**BEMERKENSWERTES**

**Das Schnabeltier**

**Es gibt etwa 4.000 Arten von Säugetieren. Das seltsamste ist das an die 40 Zentimeter lange Schnabeltier. Es legt ein bis drei Eier und brütet sie allein aus. Die Jungen, die nach 18 Tagen ihre Augen öffnen, ernähren sich von Muttermilch, die sie an einer besonderen Stelle am Bauch des Muttertiers auflecken müssen. Schnabeltiere leben in Südostaustralien und Tasmanien.**

# DIE ENTWICKLUNG DES MENSCHEN

Der Mensch ist das höchstentwickelte Lebewesen der Erde. Gemeinsam mit den Menschenaffen gehört er zu den Primaten oder Herrentieren. Von den anderen Arten unterscheiden ihn der aufrechte Gang, die spärliche Körperbehaarung und das stark entwickelte Gehirn. Die Lehre von der Abstammung und Entwicklung des Menschen heißt Anthropologie.

***Wo wurde der Homo erectus gefunden?***
*Es gibt zwei berühmt gewordene Fundstätten. Die eine ist auf Java, die andere in China. Hier, in der Nähe von Peking, fand man einen Frühmenschenschädel. Man taufte seinen Träger* Sinanthropus pekensis, *»Pekingmensch«. Heute fasst man den frühen Javamenschen, den Pekingmenschen und einige menschliche Vorfahren, deren Knochen in Afrika, Europa und dem Nahen Osten gefunden wurden, unter dem Namen Homo erectus zusammen.*

Die Wiege des Menschen war vermutlich die Steppe Ostafrikas. Hier entwickelte er sich vor etwa 200.000 Jahren vom affenartigen Wesen zum eigentlichen Menschen, dem Homo sapiens (latein. *homo* = »Mensch« + *sapiens* = »klug, weise, vernunftbegabt«).
Der älteste bekannte Vorfahr des Menschen ist der Australopithecus (»Südaffe«). Er lebte vor etwa 3 Millionen Jahren, konnte bereits aufrecht gehen und hatte mit maximal 560 Kubikzentimeter Volumen ein doppelt so großes Gehirn wie heutige Schimpansen.

Auf ihn folgte der Homo habilis (der »befähigte Mensch«). Mit rund 670 Kubikzentimeter Hirnvolumen war er schon ein Mensch. Der Homo habilis lebte vor 1,85 Millionen Jahren. Er stellte bereits einfache Steingeräte her.

***Wo lebte der Neandertaler?***
*Knochen des Homo sapiens neanderthalensis wurden 1856 im Neandertal bei Düsseldorf ausgegraben. Der bekannteste aller Frühmenschen bewohnte fast 100.000 Jahre lang ganz Europa, vor allem die Gegend am Mittelmeer. Er stellte bereits vielerlei Werkzeug aus Knochen und Steinen her.*

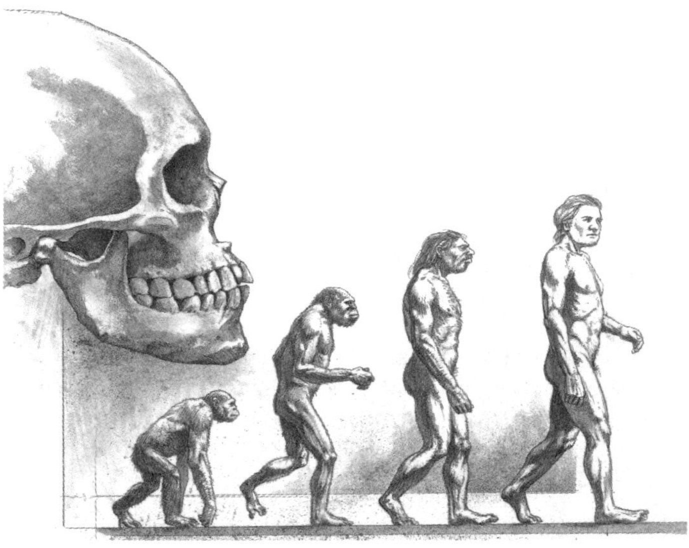

Ein deutlich größeres Gehirn mit 900 bis 1.200 Kubikzentimetern hatte der **Homo erectus** (der »aufgerichtete Mensch«). Er erschien vor etwa 1,5 Millionen Jahren auf der Erde und gilt als der erste wirkliche Mensch. Der Homo erectus kannte bereits den Gebrauch des Feuers und er verstand es, Werkzeuge aus Stein herzustellen. Vor 200.000 Jahren starb er wieder aus.

Der Homo sapiens, der auf ihn folgte, ähnelte schon sehr dem heutigen modernen Menschen. Er hatte ein Hirnvolumen von 1300 Kubikzentimetern und war sehr erfinderisch. Er fing das Mammut in Fallen und jagte Tiere, aus deren Fellen er sich Kleider fertigte.
Der Homo sapiens entwickelte sich in Afrika und Asien weiter. In Europa und im Vorderen Orient dagegen bildete sich eine Unterform aus, der **Neandertaler**. Er starb vor etwa 40.000 Jahren aus.

Homo sapiens sapiens heißt der **heutige Mensch**, zu dem auch wir gehören. Erste Spuren von ihm entdeckten Forscher in Afrika. Sie waren 120.000 Jahre alt. Vor 90.000 Jahren lebte er in Israel, vor 50.000 Jahren gelangte er von Asien nach Australien und vor 15.000 oder 30.000 Jahren von Sibirien nach Amerika.

***Was für Menschenrassen gibt es heute?***
*Es gibt drei Hauptrassen, die sich vor allem durch ihre Hautfarbe unterscheiden: die Hellhäutigen (Europiden), die Dunkelhäutigen (Negroiden) und die Gelbhäutigen (Mongoliden).*
*Jede dieser drei Hauptrassen kennt zahlreiche Unterrassen. Eine eigene Rasse bilden die dunkelhäutigen Aborigines, die Ureinwohner Australiens.*

**BEMERKENSWERTES**

**Mischlinge**

**Im Laufe der Geschichte haben sich die meisten Völker und Rassen miteinander vermischt. Mulatten heißen die Nachkommen von weißen und schwarzen Eltern. Mestizen sind Mischlinge zwischen Indianern und Weißen. Zambos nennt man die Kinder von Schwarzen und Indianern. Alle Rassen gehören zu einer einzigen Art, dem Homo sapiens.**

# AUFRECHT UND INTELLIGENT

***Woraus bestehen Knochen?***
*Knochen sind lebende Gewebe mit Nerven und Blutgefäßen. Im Innern der großen Knochen befindet sich Knochenmark, das Blutzellen bildet und Fett speichert. Gelenke sind die Verbindungsstellen der Knochen.*

***Was sind Nerven?***
*Nerven sind Leitungsbahnen, über die die Zellen des Gehirns und des Rückenmarks ihre Befehle an die Organe weiterleiten. Das Nervensystem ist nur teilweise dem Willen unterworfen. Der übrige Teil arbeitet automatisch, sodass der Körper wie von selbst funktioniert. Das menschliche Nervensystem besteht aus mehr als 100 Milliarden Zellen.*

Der menschliche Körper ist bei allen Rassen gleich. Anatomie (von griech. *ana-temnein* = »aufschneiden«) heißt die Lehre vom Körperbau des Menschen. Der aufrechte Gang und das leistungsfähige Gehirn unterscheiden den Homo sapiens von allen anderen Lebewesen.

Ein konstruktives Wunderwerk ist das Skelett. Es besteht aus 206 **Knochen** unterschiedlicher Größe und stützt den Körper, gibt ihm seine Form und schützt die Organe. Zentrum des Skeletts ist die Wirbelsäule, ein 26-stöckiger Knochenturm. Der oberste Wirbel heißt Atlas. Er trägt den Kopf des Menschen. Das Skelett wächst mit dem Körper mit. Gemessen an seiner Festigkeit ist es erstaunlich leicht. Im Durchschnitt beträgt sein Gewicht nicht mehr als 20 Prozent des Körpergewichts.

Das Gehirn enthält viele Milliarden Nervenzellen. Sie sind untereinander und mit den **Nerven** im Körper verknüpft: Jede Nervenzelle kann mit bis zu 10.000 Zellen in der Nachbarschaft in Verbindung stehen.

Das Gehirn ist die Kommandozentrale des Körpers. Es gliedert sich in drei Hauptteile: Stammhirn, Kleinhirn und Großhirn.
Hirnstamm und Kleinhirn steuern die Atmung, den Blutkreislauf, die Körperhaltung und die Bewegungen. Das Großhirn, man nennt es auch Vorderhirn, macht den größten Teil des Gehirns aus. Es ist zugleich sein höchstentwickelter Teil. Erst durch das Großhirn sind wir in der Lage, geistige Leistungen zu vollbringen.
Das Großhirn unterteilt sich in verschiedene Bereiche. In den motorischen Feldern werden Bewegungen gesteuert und das Sprechen ermöglicht. Sensorische Felder (z. B. das Sehzentrum im Hinterkopf) empfangen Informationen aus unseren Sinnesorganen. Beim Menschen sind die Assoziationsfelder besonders ausgeprägt. Hier werden Informationen aus verschiedenen Gehirnteilen miteinander verknüpft.
Auch die **Intelligenz** eines Menschen wird maßgeblich vom Großhirn bestimmt. Unter Intelligenz (latein. *intelligens* = »einsichtsvoll, verständig«) verstehen die Gelehrten unterschiedliche Fähigkeiten: wie man sich an neue Aufgaben und Lebensbedingungen anpasst, wie man Informationen verarbeitet, wie man Probleme löst oder neue Einsichten gewinnt.

Das Gehirn liegt gut geschützt in der knöchernen Schädelkapsel. Es wird durch Scheidewände aus Bindegewebe sicher an seinem Platz gehalten. Selbst im **Schlaf,** wenn das Bewusstsein abgeschaltet ist, arbeiten lebenswichtige Gehirnteile weiter.

Das menschliche Gehirn ist durchschnittlich zweieinhalb Pfund schwer. Dreimal mehr wiegt das Gehirn eines Elefanten: Weder Größe noch Verhältnis zum Körpergewicht spielen bei der Leistungsfähigkeit des Gehirns eine Rolle.

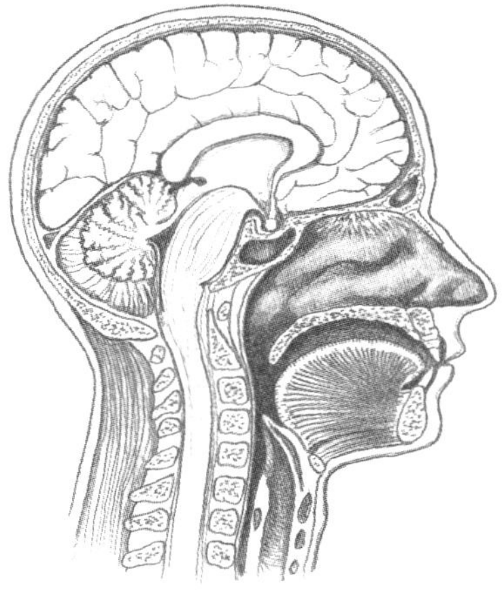

*Querschnitt durch den menschlichen Kopf*

**BEMERKENSWERTES**

**Das Gehirn eines Babys**

**Die Gehirnmasse eines Säuglings beträgt nur ein Viertel der eines Erwachsenen. Dennoch verfügt das Baby schon über sämtliche Neuronen, so nennt man die Nervenzellen mit ihren Nervenfasern, die der Erwachsene je haben wird. Doch erst mit dem Beginn des Erwachsenwerdens endet der Entwicklungsprozess des Gehirns. Dann erst sind die Verknüpfungen zwischen den Neuronen ausgebildet.**

***Kann man Intelligenz messen?***

*Seit Beginn des 20. Jahrhunderts wird versucht mit Hilfe unterschiedlicher Verfahren die Intelligenz von Menschen zu ermitteln. Getestet werden u. a. räumliches Vorstellungsvermögen, Logik und Konzentration. Als Maß für die menschliche Intelligenz gilt der so genannte IQ, der Intelligenzquotient. Ab einem IQ von über 130 spricht man von einer sehr hohen Intelligenz.*

***Was passiert im Schlaf?***

*Während wir schlafen, können sich die meisten unserer Organe erholen. Der Schlaf lässt sich in verschiedene Phasen einteilen. Sie wiederholen sich drei- bis fünfmal während des Schlafens. An das Einschlafstadium schließen sich der Leichtschlaf und der mitteltiefe Schlaf an. Dann treten Phasen auf, die für die Träume typisch sind.*

**Was waren die ersten Arzneien?**
*Zuerst behandelten die Menschen ihre Krankheiten wohl mit Pflanzen. In frühen medizinischen Aufzeichnungen aus Ägypten, Babylonien und China sind hunderte von pflanzlichen Arzneien aufgeführt. Blätter und Moose verwendete man auch, um Wunden abzudecken und heilende Umschläge zu machen. Pflanzen sind noch heute eine wichtige Quelle für Medikamente.*

**Was besagt der »Eid des Hippokrates«?**
*Hippokrates ließ die jungen Mediziner u. a. schwören, dass sie ihre ärztlichen Verordnungen zum Nutzen des Kranken treffen würden und dass sie sich niemals chirurgische Eingriffe erlauben würden, von denen sie nichts verstünden. Auch mussten sie sich zu strengem Stillschweigen über Berufsgeheimnisse verpflichten.*

Krankheiten vorzubeugen, sie zu heilen und zu lindern – das ist die Aufgabe der *Medizin* (lat. »Heilkunde«). Ihre wichtigsten Mittel sind **Arzneien** und die Chirurgie.
Die genauen Anfänge der Medizin liegen im Dunkeln. Funde beweisen jedoch, dass bereits die Steinzeitmenschen Heilkräuter kannten und gebrochene Glieder einrichten konnten. Und warum heute nicht mehr?

Die wissenschaftliche Medizin fand ihren Anfang im alten Griechenland. Der berühmteste griechische Arzt war Hippokrates (etwa 460–377 v. Chr.) Seine Lehren beherrschten lange Zeit die Medizin. Hippokrates forderte von seinen Arztkollegen sich vor ihrem Eingreifen zuerst ein vollständiges Krankheitsbild zu machen. Außerdem sollten stets die Selbstheilungskräfte der Patienten mobilisiert und erst danach die Krankheiten durch Heilmittel kuriert werden. Jeden neu ausgebildeten Mediziner ließ Hippokrates vor Antritt seines Amtes einen Eid schwören. Der **»Eid des Hippokrates«** wird noch heute von den Medizinern abgelegt.

Als im 15. Jahrhundert das bis dahin verbotene Sezieren von Leichen üblich wurde, machte die Medizin einen Riesenschritt nach vorn. 1543 veröffentlichte Andreas Vesal (1514–1564) sein Buch »Vom Bau des menschlichen Körpers« und begründete damit die Anatomie.
1616 gelang dem englischen Arzt William Harvey (1578–1657) eine Epoche machende Entdeckung. Er beschrieb sie 1628 in seinem Buch »Die Bewegung des Herzens und des Blutes«. Harvey hatte den Blutkreislauf entdeckt.
Trotz dieser Erfolge trieben zu dieser Zeit nach wie vor zahlreiche **Quacksalber** ihr Unwesen.

Im 19. Jahrhundert wurden die Bakterien als Erreger von Krankheiten ausgemacht. Der französische Forscher Louis Pasteur (1822–1895) entwickelte ein Verfahren, bei dem Lebensmittel durch Erhitzen haltbar gemacht werden: die Pasteurisierung.
Der deutsche Arzt Robert Koch (1843–1910) erkannte, dass zu jeder Krankheit ein bestimmter Erreger gehört. 1882 entdeckte er den Tuberkuloseerreger, ein Jahr darauf den Erreger der **Cholera**.
Sieben Jahre später gelang dem deutschen Mediziner Emil von Behring (1854–1917) die Entwicklung von Impfstoffen gegen Diphterie und Tetanus (Wundstarrkrampf). Er hatte sie aus dem

Blut von Tieren gewonnen, denen er kleine Mengen des Diphterie- bzw. Tetanus-Toxins, des Bakteriengiftes, verabreicht hatte.
Einen Meilenstein der Medizin setzte schließlich Alexander Fleming (1881–1955). Der schottische Wissenschaftler bemerkte 1928, dass auf einem seiner Nährböden Schimmel gewachsen war und die Bakterien abgetötet hatte. Er entwickelte aus dem Schimmelpilz Penicillium das erste und am häufigsten eingesetzte Mittel, das Bakterien abtötet oder in ihrer Vermehrung beeinträchtigt. Er nannte es Penicillin.

Später fand man noch viele weitere Substanzen, mit denen sich bestimmte Krankheiten gezielt bekämpfen ließen. Millionen Menschenleben konnten gerettet werden. Eine große pharmazeutische Industrie entstand.

*Pestarzt im Mittelalter*

**BEMERKENSWERTES**

**Der Gott der Heilkunst**

**Symbole des Arztberufes sind noch heute der Stab und die heilige Schlange des Asklepios, des griechischen Gottes der Heilkunst. Als Asklepios (oder Äskulap) der Legende nach seine Wunderheilungen an Toten versuchte, wurde er von Zeus mit einem Blitz in die Unterwelt geschleudert. Der Asklepios-Kult entstand im fünften Jahrhundert v. Chr. parallel zum Wirken des Hippokrates.**

***Was waren Quacksalber?***

*Das Wort Quacksalber bedeutet so viel wie »prahlerischer Salbenverkäufer«. Es kam im 16. Jahrhundert auf. Quacksalber waren reisende Händler oder selbst ernannte Ärzte, die marktschreierisch Salben anpriesen oder mit anderen, meist wirkungslosen Arzneien Krankheiten zu heilen versuchten. Bevor der Misserfolg ihrer »Heilkunst« sichtbar werden konnte, waren sie gewöhnlich schon längst über alle Berge.*

***Wie gefährlich war die Cholera?***

*Krankheiten wie Cholera und Typhus trocknen den Körper lebensgefährlich aus. Die Infektionskrankheit Cholera drang ab 1817 von Indien nach Westen vor. Den Großteil ihrer Opfer fand sie in den engen und schmutzigen Städten des industrialisierten Europa. 1866 starben allein in Preußen mehr als 100.000 Menschen an der Seuche.*

**_Was versteht man unter Anästhesie?_**
*Früher mussten Patienten die Operationen bei vollem Bewusstsein ertragen. Mitte des 19. Jahrhunderts verwendete ein amerikanischer Zahnarzt erstmals Lachgas zur Betäubung, ein anderer experimentierte mit dem länger wirkenden, aber unberechenbaren Äther, der kurz darauf von Chloroform verdrängt wurde. Die Anästhesie, die Schmerzbetäubung, milderte die Angst der Patienten vor der Operation.*

**_Wie arbeitet ein Computertomograf?_**
*Der Körper des Patienten wird in den Tomografen (griech.* tome = *»Schnitt« +* graphein = *»schreiben«) hineingeschoben und schichtweise mit Röntgenstrahlen abgetastet. Aus vielen solcher Schichtbilder erstellt der Computer ein dreidimensionales Bild. Es wird am Bildschirm sichtbar gemacht. Der Tomograf arbeitet mit sehr schwachen Röntgenstrahlen.*

Die Chirurgie, die Wundarznei, war lange Zeit ein Stiefkind der Medizin. Erst als die **Anästhesie** entstand und keimtötende Mittel, die Antiseptika, aufkamen, begann sich dies zu ändern. Nun konnten die Chirurgen, die um 1900 erstmals weiße Kleidung trugen, um Schmutz sofort sichtbar zu machen, in Ruhe operieren.

Doch nicht immer ist eine Operation nötig: 1895 entdeckte der deutsche Physiker Wilhelm Röntgen (1845–1923) die nach ihm benannten Röntgenstrahlen. Mit ihrer Hilfe war es den Ärzten erstmals möglich, in den Körper zu schauen, ohne ihn zu öffnen. Als man kurz darauf die zerstörerische Wirkung der Röntgenstrahlen auf Gewebe erkannt hatte, begann man sie auch erfolgreich zur Bekämpfung von Wucherungen und Tumoren einzusetzen.

*Wilhelm Conrad Röntgen*

Noch genauere Bilder des Körperinneren liefern seit den 70er-Jahren des 20. Jahrhunderts **Computertomografen.** Auch der für den Menschen unhörbare Ultraschall hilft bei der Beobachtung und Überwachung bestimmter Körperfunktionen.

Modernste Technik hat auch im Operationssaal Einzug gehalten, wo das herkömmliche Skalpell, das traditionelle Schneidwerkzeug des Chirurgen, immer häufiger durch den Laserstrahl abgelöst wird. Die energiereichen Laser lassen sich sehr genau steuern und sie verursachen weniger Schmerzen und Blutungen.

Keine äußerlich sichtbaren Operationsspuren hinterlassen die neuesten **Endoskope** (griech. *endon* = »drinnen« + *skopein* = »schauen«), die nicht nur Blicke ins Körperinnere, sondern auch Operationen ermöglichen.

***Welche Organe kann das Endoskop erreichen?***
*Endoskope können um »Ecken« gesteuert werden. Sie erreichen u. a. das Herz, die Leber oder auch die Niere. Licht an der Spitze der Geräte beleuchtet das Körperinnere. Weil der Arzt am Bildschirm sieht, wo sich das Endoskop gerade befindet, kann er es an die gewünschte Stelle »steuern«.*

Künstliche äußere Körperteile, Prothesen, gibt es schon seit Jahrhunderten. Sie sind im Laufe der Zeit vervollkommnet und durch Implantate und Transplantate ergänzt worden. Implantate werden in den Körper eingesetzt, wo sie die Funktion eines Organs oder Körperteils übernehmen. Transplantate sind lebende Organe von meist anderen Menschen, die einem Patienten eingepflanzt werden.

Zu den gebräuchlichsten Implantaten gehören Herzklappen, **Herzschrittmacher**, Zähne, Kniegelenke, Bandscheiben und Schultergelenke. Künstliche Nieren sind Geräte, die das Blut des Patienten außerhalb des Körpers von Abfallstoffen reinigen. Sie werden nur verwendet, bis ein Spenderorgan für eine Transplantation gefunden ist. Die ersten Dialysegeräte (griech *dialysis* = »Auflösung«) wurden ab 1940 gebaut.

***Was ist ein Herzschrittmacher?***
*Bei manchen Menschen schlägt das Herz zu schnell, zu langsam oder unregelmäßig. Der elektronische Herzschrittmacher erzeugt regelmäßige elektrische Signale. Er wird in der Nähe des Herzens eingepflanzt. Seine Batterien müssen alle paar Jahre erneuert werden.*

Heute werden nicht mehr nur Krankheiten kuriert. Ein völlig neuer Zweig der Medizin, die *Epidemiologie* (griech. »Lehre von den Epidemien«), untersucht, warum Krankheiten auftreten, wen sie treffen und wie und warum sie sich ausbreiten.

**BEMERKENSWERTES**

**Krankenpflege damals**

**Mit der Ausbreitung des Christentums übernahmen vor allem Nonnen die Pflege von Kranken. Die Anrede »Schwester« für die Krankenpflegerin erinnert noch heute an die Ordensschwestern, die sich entsprechend ihren Gelübden jahrhundertelang um die Schwachen und Kranken kümmerten.**

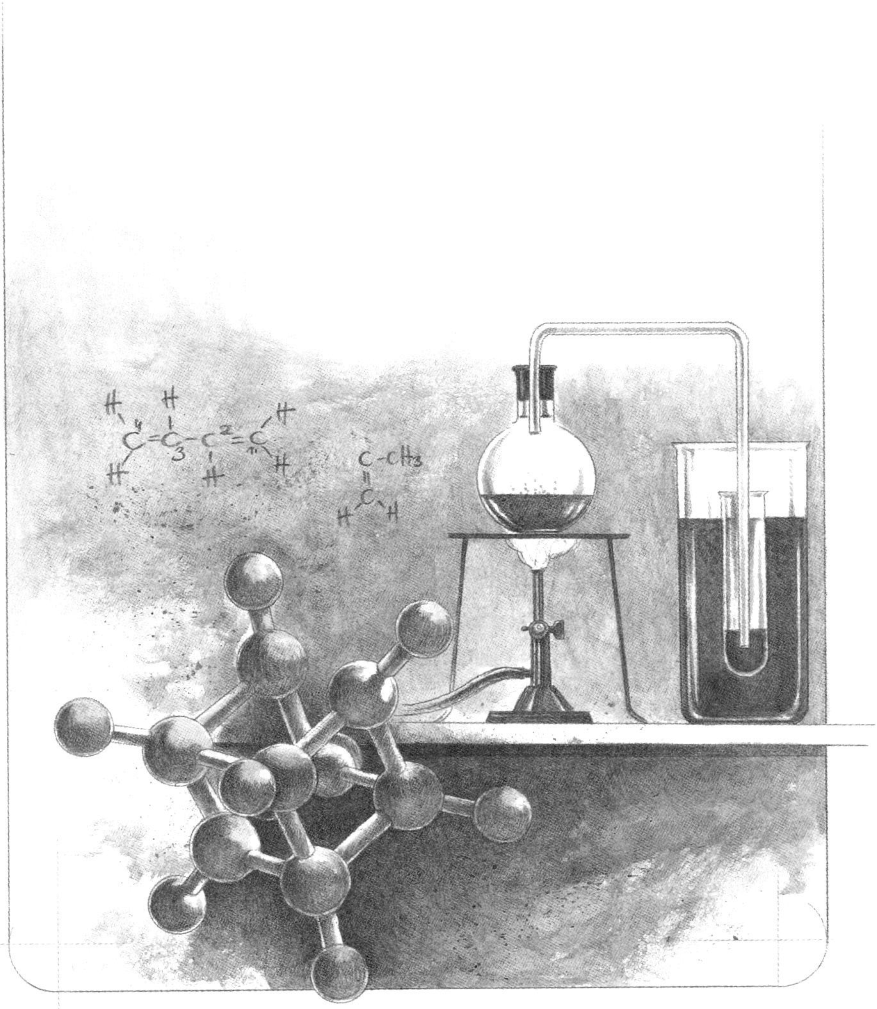

# CHEMIE

***Seit wann ist die Chemie eine Wissenschaft?***
*Als Begründer der modernen wissenschaftlichen Chemie gilt der Franzose Antoine Laurent Lavoisier (1743–1794). Ihm gelang es, die Vorgänge bei der Verbrennung und die Rolle des Sauerstoffs zu erklären. Lavoisier verfasste auch eine berühmt gewordene »Einführung in die Chemie«.*

***Wie arbeiteten die Alchimisten?***
*In den Laboratorien der Alchimisten gab es Heizöfen, Destilliergeräte, Mörser, Kolben, Bechergläser, Trichter und Filter. Es roch eigentümlich nach Flüssigkeiten, die auf dem Herd brodelten und dampften. Für ihre Arbeit benutzten die Alchimisten Symbole, weil sie ihre Entdeckungen geheim halten wollten.*

Uns umgibt eine Unmenge verschiedener Stoffe: Sand, Holz, Papier, Glas, Steine, Metalle, Kunststoffe, Wasser, Luft und viele andere mehr.
Stoffe können weich sein oder hart, spröde oder biegsam, rau oder glatt, sie können farbig sein oder einen typischen Geschmack haben: Alles, was wir sehen können – oder wie Luft manchmal auch nicht –, was wir riechen, fühlen, schmecken und wiegen können, sind chemische Stoffe.

Die **Chemie**, eine vergleichsweise noch junge Naturwissenschaft, untersucht, wie diese Stoffe zusammengesetzt sind, ob sie sich in verschiedene Bestandteile zerlegen lassen und wie sie unter bestimmten Bedingungen mit anderen Stoffen reagieren.
In der chemischen Industrie wird dieses Wissen dann praktisch umgesetzt: Man stellt Substanzen her, die in der Natur nicht oder nur selten vorkommen.

Bereits die altgriechischen Philosophen bemühten sich die damals bekannten chemischen Vorgänge theoretisch zu erklären. Vor allem aber suchten sie nach den Stoffen, aus denen alle Dinge in der Welt bestehen. Empedokles (um 490–430 v. Chr.) lehrte, dass es vier Elemente gäbe, aus denen sich alle Dinge zusammensetzten: Erde, Wasser, Luft und Feuer.
Nach der Überzeugung von Aristoteles (384–322 v. Chr.) konnten sie sogar ineinander übergehen; außerdem strebe die gesamte Natur nach Vollkommenheit, »nach einer immer höheren Seinsweise«.

Diese noch wenig wissenschaftlichen Vorstellungen führten, vermischt mit religiösem Gedankengut, zu einer verlockenden Idee: Man träumte davon, unedle, also weniger wertvolle Metalle wie Eisen oder Blei, in Gold umwandeln zu können. Diese Idee sollte die Chemie über viele Jahrhunderte beherrschen. Ihren Ursprung hatte die Alchimie, wie man das Streben nach dem künstlichen Gold nannte, in Ägypten.

Später versuchten auch in Europa **Alchimisten** ihr Glück. Rastlos suchten sie in ihren Laboratorien, den Alchimistenküchen, nach einer geheimnisvollen Substanz. Denn nur mit dem »Stein der Weisen«, so glaubte man, sollte es möglich sein, künstliches Gold herzustellen. Das gelang zwar nicht, immerhin aber machten die Alchimisten Entdeckungen, die nicht nur für die spätere Chemie von Bedeutung waren. Einer der bekanntesten Goldsucher war **Johann Friedrich Böttger** (1682–1719).

***Was fand Johann Friedrich Böttger?***

*Böttger war »Goldmacher« wie viele andere auch. Als er von Preußen nach Sachsen fliehen musste, konnte er im Auftrag von König August dem Starken seine Experimente fortsetzen – allerdings um den Preis seiner Freiheit. Nach einem vergeblichen Fluchtversuch bekam er den Auftrag, der Porzellanherstellung auf die Spur zu kommen. 1708/09 gelang ihm die Herstellung von weißem Hartporzellan. Das »weiße Gold« wurde als Meißener Porzellan weltberühmt.*

*Der Alchimist*

**BEMERKENSWERTES**

**Alltägliche Chemie**

**Viele Dinge, die wir tagtäglich ganz selbstverständlich verwenden, verdanken wir der Chemie: Seifen, Kosmetika, Waschmittel, Medikamente, Lacke, Farben, Düngemittel, Autoreifen . . . Die chemische Industrie ist heute einer der wichtigsten Wirtschaftszweige.**

# KLEIN, KLEINER, ATOM

***Wie groß ist ein Atom?***
*Atome sind unvorstellbar klein. Eine Kette von zehn Millionen nebeneinander aufgereihten Atomen wäre lediglich einen Millimeter lang. Noch kleiner ist natürlich der Kern des Atoms. Er misst nur etwa ein Fünfzigtausendstel des Durchmessers eines ganzen Atoms.*

***Wie dicht liegen die Moleküle beieinander?***
*Das ist sehr unterschiedlich. In festen Körpern liegen die Moleküle dicht beieinander und ziehen einander stark an. In Flüssigkeiten hingegen sind die Moleküle weiter voneinander entfernt. Sie halten jedoch immer noch zusammen, können sich aber frei bewegen. In Gasen schließlich sind die Moleküle sehr weit voneinander entfernt.*

Alle Dinge auf der Welt bestehen aus winzigen Teilchen, den **Atomen**. Dabei spielt es keine Rolle, ob es sich um Sterne oder Steine handelt, um Tiere, Pflanzen oder auch um Wasser. Selbst die Luft, die wir normalerweise nur als Wind wahrnehmen, setzt sich aus Massen von Atomen zusammen.

Die erste Atomtheorie stellte der griechische Philosoph Demokrit (um 460–380 v. Chr.) auf. Er war überzeugt, dass es kleinste, unteilbare Teilchen geben müsse, aus denen alles in der Natur entstünde. Er nannte sie Atome, weil »unteilbar« im Griechischen *atomos* heißt.

Anfang des 19. Jahrhunderts griff der englische Physiker und Chemiker John Dalton (1766–1844) die Idee von Demokrit wieder auf und entwickelte eine moderne Atomtheorie. Mit ihr lassen sich verschiedene und grundlegende chemische Gesetzmäßigkeiten anschaulich erklären.

Atome verbinden sich miteinander zu größeren Gebilden, den Molekülen. Manche Stoffe wie etwa Sauerstoff bestehen nur aus Atomen ein und derselben Art. Das sind die Elemente. Elemente unterscheiden sich untereinander, weil ihre Atome verschieden sind.

Andere Stoffe, zum Beispiel Wasser, setzen sich aus miteinander verbundenen Atomen verschiedener Elemente zusammen: zwei Atomen Wasserstoff (lateinisch *Hydrogen*) und einem Atom Sauerstoff (*Oxigen*) – eine neuer chemischer Stoff ist entstanden. Die Formeln in der Chemie geben an, welche Atome in einem **Molekül** vorhanden sind und in welcher Menge sie vorkommen.

Zunächst wurde angenommen, die Atome seien die allerkleinsten Weltbausteine und damit nicht teilbar. Seit Beginn des 20. Jahrhunderts weiß man, dass sich Atome aus verschiedenen Teilchen zusammensetzen. 1911 stellte der britische Physiker Ernest Rutherford (1871–1937) ein erstes Atommodell vor.

Danach befindet sich im Mittelpunkt des Atoms ein Kern, der aus winzigen **Elementarteilchen** besteht, den positiv geladenen Protonen und den elektrisch neutralen Neutronen. Der positiv geladene Atomkern wird von anderen Teilchen mit großer Geschwindigkeit umkreist. Sie heißen Elektronen und werden durch ihre negative elektrische Ladung in den Kreisbahnen gehalten.

Obwohl der Atomkern unglaublich winzig ist, befinden sich dort mehr als 99,9 Prozent der Masse des Atoms. 1913 nahm der dänische Physiker Niels Bohr (1885–1962) an, dass die Elektronen den Kern des Atoms in Schalen umhüllen. Dieses Atommodell wurde später mehrfach verfeinert.

Inzwischen weiß man, dass die Protonen und die Neutronen aus den noch kleineren Quarks aufgebaut sind. Quarks werden von so genannten Gluonen (engl. *glue* = »Klebstoff«), den Bindungsteilchen, zusammengehalten.

***Wie viele Elementarteilchen gibt es?***
*Bis heute sind mehr als 200 verschiedene Elementarteilchen bekannt. Die Forscher stoßen immer wieder auf neue Arten. Das gelingt mit Teilchenbeschleunigern, gigantischen Anlagen, in denen mit hoch beschleunigten Elementarteilchen Atomkerne beschossen werden. Beim Zusammenstoß treten oft kurzzeitig bis dahin unbekannte Bausteine auf.*

*Der Aggregatzustand von Stoffen*

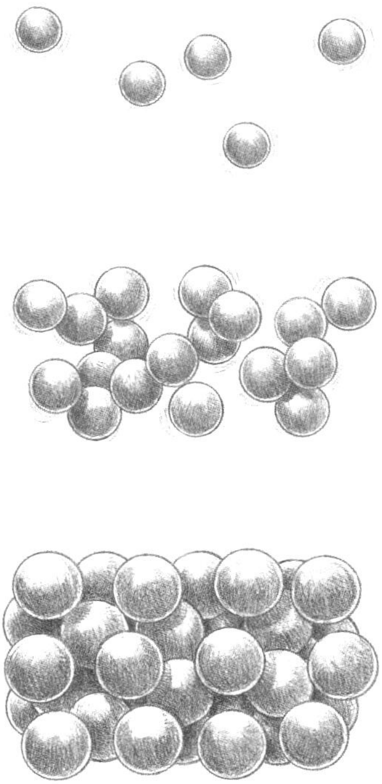

*gasförmig*

*flüssig*

*fest*

**BEMERKENSWERTES**

**Immer rundherum**

**Das winzige Atom und unser riesiges Sonnensystem haben durchaus eine Gemeinsamkeit: Die Elektronen umkreisen den Atomkern ähnlich wie die Planeten unseres Sonnensystems die Sonne.**

**Wie entstanden die Elemente?**
*Kurz nach dem Urknall vor Milliarden von Jahren entstand als erstes und einfachstes Element Wasserstoff, wenig später Helium. Hitze und hoher Druck im Innern der ersten Riesensterne ließen nach und nach die anderen Elemente entstehen. Sie wurden über das Weltall verteilt, als die Sterne starben und explodierten.*

**Woraus besteht die Erde?**
*Die häufigsten Elemente in der Erdkruste, den Ozeanen und der Atmosphäre sind Sauerstoff und Silicium. Silicium kommt vor allem in Gestein vor, der größte Teil des Sauerstoffs befindet sich in den Ozeanen. Sauerstoff hat unter den Elementen einen Gewichtsanteil von etwa 50 Prozent, Silicium etwa 28 Prozent.*

Für die Gelehrten des alten Griechenlands waren Erde, Luft, Feuer und Wasser die Grundelemente schlechthin. Der englische Physiker und Chemiker Robert Boyle (1627–1691) widersprach dieser Vorstellung. In seinem Buch »Der zweifelnde Chemiker« definierte er ein Element als einen Stoff, der sich nicht in noch einfachere Stoffe zerlegen lässt.

Chemiker unterteilen alle Stoffe, die uns umgeben, grob in zwei Arten: erstens in die reinen Substanzen wie Gold oder Eisen, die nur aus einer Art von Atomen bestehen. Man bezeichnet sie als **Elemente**. Und zweitens in die Gruppe der chemischen Verbindungen wie Wasser oder Kochsalz, die sich aus Atomen verschiedener Elemente zusammensetzen. Robert Boyle hatte Recht: Wasser ist ebenso wie **Erde** kein Element, sondern eine Verbindung.

In der Natur kommen nur 92 Stoffe als Element vor, darunter Gold, Silber, Kupfer, Eisen und Magnesium. Weitere 28 konnten im Labor künstlich hergestellt werden. Die meisten Elemente wurden zwischen 1700 und 1900 entdeckt. Bis 1700 waren lediglich 15 Elemente bekannt.

In der Mitte des 19. Jahrhunderts erkannten die Forscher, dass sich manche Elemente wegen ihrer ähnlichen chemischen und physikalischen Eigenschaften in Gruppen zusammenfassen lassen. 1869 legten der russische Chemiker **Dmitri Mendelejew** (1834–1907) und der Deutsche Lothar Meyer (1830–1895) unabhängig voneinander natürliche Systeme der chemischen Elemente vor.

In seinem so genannten *Periodensystem der Elemente* schrieb Mendelejew die Elemente nach steigendem Atomgewicht nebeneinander auf. Nach jeweils sieben Elementen wiederholten sich die Eigenschaften. So schrieb er die chemisch ähnlichen Elemente jeweils untereinander und erhielt auf diese Weise ein System aus waagerechten Perioden und senkrechten Gruppen.

Da zu seiner Zeit noch nicht alle Elemente entdeckt waren, ließ der Forscher an den entsprechenden Stellen seines Systems Lücken. Zum Erstaunen zahlreicher anderer Wissenschaftler sagte er diese Elemente mit ihren wesentlichsten chemischen und physikalischen Eigenschaften voraus. Als Mendelejews Voraussagen fast völlig mit den tatsächlichen Werten der später entdeckten Elemente übereinstimmten, feierte die Chemie einen ihrer größten Triumphe im 19. Jahrhundert.

***Wie kam Mendelejew zu seiner Erkenntnis?***
*Der Forscher vermerkte auf getrennten Kärtchen die Atomgewichte und die chemischen Grundeigenschaften der Elemente. Anschließend ordnete er sie nach steigender Atommasse – und entdeckte plötzlich periodisch wiederkehrende Eigenschaften.*

Viele Elemente tragen die Namen ihrer Entdecker, andere haben griechische oder lateinische Bezeichnungen oder heißen nach dem Ort, an dem man sie erstmals fand. Bereits 1813 hatte der schwedische Chemiker Jöns Berzelius (1779–1848) ein einfaches Begriffssystem für die Elemente eingeführt, das noch heute gebräuchlich ist. Danach wird jedes chemische Element mit einem eigenen Symbol belegt, das immer aus dem ersten Buchstaben seines lateinischen Namens besteht. Haben zwei Elemente denselben Anfangsbuchstaben, so fügt man einen zweiten, kleinen Buchstaben hinzu. Schwefel hat beispielsweise die Abkürzung S und Silber die Abkürzung Ag (von *argentum,* dem lateinischen Wort für »Silber«).

**BEMERKENSWERTES**

**Die drei Klassen der Elemente**

**Die Elemente werden in drei Klassen eingeteilt: Metalle, Nichtmetalle und Halbmetalle. Metalle sind feste Körper (außer dem flüssigen Quecksilber) mit meist hohen Schmelz- und Siedepunkten. Die meisten Nichtmetalle sind Gase mit niedrigen Schmelz- und Siedepunkten. Halbmetalle besitzen sowohl Eigenschaften der Metalle als auch der Nichtmetalle. Der überwiegende Teil der chemischen Elemente sind Metalle.**

***Kann man organische Stoffe künstlich herstellen?***
*Lange Zeit war man nicht davon überzeugt. Man glaubte, zum Aufbau dieser Stoffe sei eine in den lebenden Organismen wirkende geheimnisvolle »Lebenskraft«, die so genannte* »vis vitalis«, *notwendig. 1828 aber gelang es dem deutschen Chemiker Friedrich Wöhler (1800–1882), in seinem Labor Harnstoff herzustellen. Diese Kohlenstoffverbindung kannte man bis dahin nur aus Lebewesen.*

***Wo findet man Kohlenstoff?***
*Kohlenstoff ist im Gestein der Erde zu finden, in Substanzen wie Kohle, Erdöl und Kalkstein. Als Gas (Kohlendioxid) kommt es in der Atmosphäre (0,03 Prozent) vor und auch in Wasser gelöst. Kohlenstoff gibt es auch auf den anderen Planeten unseres Sonnensystems.*

Die Chemie unterteilt sich in zwei große Arbeitsgebiete: die organische und anorganische Chemie. Früher verstand man unter organischer Chemie die Lehre von den in Pflanzen und Tieren, in lebenden Körpern also, aufgebauten **Stoffen.** Das sind beispielsweise Eiweiß, Fett, Zucker oder auch Harnstoff.

Heute dagegen umfasst der Begriff organische Chemie all jene Verbindungen, die das Element **Kohlenstoff** enthalten. Kohlenstoffatome können sich mit anderen Kohlenstoffatomen zu Molekülketten, -ringen oder noch komplizierteren Bindungen zusammenfügen. Sie setzen sich manchmal aus tausenden von Atomen zusammen. Gegenwärtig kennt die organische Chemie, zu der unter anderem auch die Fachgebiete **Biochemie** und Lebensmittelchemie gehören, über 16 Millionen Kohlenstoffverbindungen. Die Zahl der anorganischen Verbindungen ist um ein Vielfaches geringer.

Die organische Chemie hat in unserem täglichen Leben eine große Bedeutung. Zu den Kohlenstoffverbindungen, mit denen wir es im Alltag zu tun haben, gehören beispielsweise Fette, Zucker, Stärke, Kosmetika, Arzneimittel, Reinigungsmittel und Farbstoffe.
Unter den organischen Verbindungen gibt es eine große Anzahl von Stoffen, die lediglich aus Kohlenstoff und Wasserstoff bestehen – die Kohlenwasserstoffe. Auch sie sind aus unserem täglichen Leben nicht wegzudenken. Bekannte Kohlenwasserstoffe sind Petroleum, Propangas, Dieselöl und Schmieröl. Auch Erdöl, ein Flüssigkeitsgemisch aus verschiedenen Kohlenwasserstoffen, und Erdgas gehören zu den organischen Stoffen.
Weil organische Verbindungen immer Kohlenstoffverbindungen sind, nenn man die organische Chemie heute auch die »Chemie der Kohlenstoffverbindungen«.

Wenn die organische Chemie sich mit den Verbindungen des Kohlenstoffs beschäftigt, umfasst die anorganische Chemie alle Elemente und Verbindungen, die keinen Kohlenstoff enthalten.
Zur anorganischen Chemie gehören beispielsweise solche Bereiche wie die Chemie der Metalle und die Chemie der Erden.

Der überwiegende Teil der chemischen Elemente sind Metalle. Sie sind gute Leiter für Wärme und Elektrizität und haben hohe Schmelzpunkte. Darüber hinaus kann man Metalle biegen, pressen, walzen, hämmern und ziehen. Auch lassen sich geschmolzene Metalle gut mit weiteren metallischen oder nichtmetallischen Stoffen vermischen. Die so entstehenden neuen Stoffe haben andere Eigenschaften im Vergleich zu den einzelnen Bestandteilen. Solche Stoffe nennt man **Legierungen**.

Das häufigste Metall der Erde ist Eisen. Die schwersten Metalle sind Wolfram, Osmium und Iridium, das leichteste ist Lithium.
Wenn man Metalle an der Luft erhitzt, reagieren sie mit dem Sauerstoff. Neue Stoffe entstehen, die so genannten Metalloxide.
Mit Säuren wiederum bilden die Metalle Salze.

Da sich die organische und die anorganische Chemie vielfach überschneiden, gibt es in der Praxis meist keine strenge Trennung zwischen diesen beiden chemischen Arbeitsgebieten.

**BEMERKENSWERTES**

**Ungewöhnliche Metalle**

**Zwei seltsame Metalle sind Quecksilber und Kalium. Quecksilber ist das einzige Metall, das bei Zimmertemperatur flüssig ist. Kalium wiederum ist weich wie Wachs und schwimmt auf dem Wasser. Weil es von feuchter Luft sofort angegriffen wird, bewahrt man es in Öl oder flüssigem Paraffin auf.**

***Was macht die Biochemie?***
*Die Biochemie befasst sich mit den chemischen Grundlagen der Lebensvorgänge – setzen sich die vielen Verbindungen im Körper doch aus zahlreichen chemischen Elementen zusammen. Beispielsweise erklärt die Biochemie, wie im Organismus Traubenzucker zu Wasser, Kohlendioxid und Energie umgesetzt wird. Die Biochemie ist besonders im medizinischen Bereich sehr wertvoll.*

***Welche Legierungen sind besonders bekannt?***
*Stahl ist eine Legierung aus Eisen und Metallen wie Mangan, Nickel, Chrom und Molybdän. Seit Jahrhunderten bekannt ist Bronze, eine Legierung aus Kupfer und Zinn. Dural ist eine Mischung aus Aluminium und Magnesium. Messing besteht aus Kupfer und Zink. Man schätzt, dass es mehrere hunderttausend Legierungen gibt.*

***Lassen sich chemische Reaktionen wieder umkehren?***
*Viele chemische Reaktionen sind unumkehrbar – irreversibel, wie der Chemiker sagt. Das betrifft beispielsweise ein Stück Holz, das man im Ofen verbrannt hat. Es ist nicht möglich, aus den Endprodukten Rauch und Asche wieder den Ausgangsstoff Holz herzustellen.*

***Wozu dienen Analysen?***
*Bei einer* Analyse *(griech. »*Zerlegung*«) wird festgestellt, aus welchen Elementen eine bestimmte Substanz zusammengesetzt ist. Dies nennt man chemische Analyse. Die physikalische Analyse bestimmt, ob in einem Gemisch ein bestimmter Stoff enthalten ist und in welcher Menge. In der Medizin beispielsweise werden Harnproben auf Giftstoffe und Krankheitserreger untersucht, im Umweltschutz Luft, Wasser und Boden auf Verschmutzung. Auch die Gerichtsmedizin beschäftigt sich mit Analysen.*

Was passiert, wenn man zwei oder mehr Stoffe zusammenfügt? Dann kann zweierlei geschehen: Entweder sie mischen sich, behalten aber ihre ursprüngliche Form. Oder sie verändern sich chemisch und werden zu einer neuen Art von Stoff. Dann hat, wie die Wissenschaftler sagen, eine **chemische Reaktion** stattgefunden. Ihr Kennzeichen ist, dass die Produkte der Reaktion andere Eigenschaften haben als die Ausgangsstoffe.
Mit unterschiedlichen Verfahren, dem Erhitzen beispielsweise, lässt sich der Zusammensetzung unbekannter Stoffe auf die Spur kommen. Solche **Analysen** versuchten schon die frühen Chemiker.

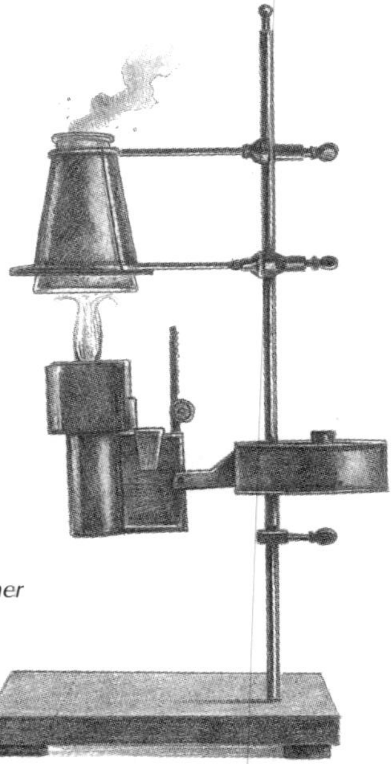

*Historischer Spirituskocher*

Bei einer chemischen Reaktion geht keine Materie verloren und es wird auch keine zerstört – selbst wenn sie ihre Form ändert. Dies ist eines der grundlegenden naturwissenschaftlichen Gesetze. Es besagt, dass die Masse der Stoffe vor der chemischen Reaktion gleich der Masse der Stoffe ist nach der Reaktion. Formuliert hat das Gesetz von der Erhaltung der Masse der französische Wissenschaftler Antoine Lavoisier (1743–1794). Es war seine wichtigste Entdeckung.

Bei jeder chemischen Reaktion wird Energie umgesetzt. Man unterscheidet zwischen exothermen (von griech. *exo* = »heraus« + *thermos* = »Wärme«) und endothermen (von griech. *endo* = »hinein«) Reaktionen. Wird Energie frei – in Form von Wärme, Licht oder Elektrizität –, spricht man von einer exothermen Reaktion, muss man dagegen Energie zuführen, ist die Reaktion endotherm. Die meisten chemischen Reaktionen benötigen eine Startenergie.

***Wieso beeinflusst die Temperatur chemische Reaktionen?***

*Bei hohen Temperaturen bewegen sich die Teilchen der Ausgangsstoffe schneller als bei niedrigen. Sie besitzen also eine höhere Energie – die Reaktionen werden beschleunigt. Deshalb bewahrt man leicht verderbliche Lebensmittel am sinnvollsten im Kühlschrank auf.*

Chemische Reaktionen laufen unterschiedlich schnell ab. Manche erfolgen schlagartig, das sind die Explosionen. Andere verlaufen sehr viel langsamer: ein Nagel, eine Eisenbahnschiene oder ein Fahrrad rosten erst nach Jahren. Druck, **Temperatur**, Licht, die Oberflächengröße und die Zusammensetzung der Ausgangsstoffe beeinflussen dies.

Chemische Vorgänge lassen sich auch beschleunigen. Das bewirken die Katalysatoren. Sie ebnen den Beteiligten einer chemischen Reaktion den Weg, ohne sich selbst dabei zu verändern oder an ihr teilzunehmen. Ohne Katalysatoren würden viele Reaktionen nicht oder nur sehr langsam ablaufen. Rund 90 Prozent aller Chemikalien werden unter der Verwendung von Katalysatoren hergestellt. Bemerkenswerte Katalysatoren bringt auch die Natur hervor: Enzyme. Diese Stoffe lassen in Lebewesen chemische Reaktionen ablaufen. Enzyme sind entscheidend am Verwerten unserer Nahrung beteiligt. Sie werden auch künstlich erzeugt und beispielsweise in der Waschmittelproduktion genutzt.

**BEMERKENSWERTES**

**Der »Kat«**

**Auch der Abgaskatalysator des Autos ist ein chemischer Beschleuniger. Er besteht im Wesentlichen aus einem mit Platin und Rhodium beschichteten wabenartigen Keramikkörper, dessen fein strukturierte Oberfläche der Größe zweier Fußballfelder entspricht. Auf dieser Oberfläche laufen die katalytischen Reaktionen ab. Sie spalten die giftigen und schädlichen Abgase in weniger schädliche Produkte.**

Im Jahre 1909 gelang dem amerikanischen Chemiker belgischer Herkunft Leo Hendrik Baekeland (1863–1944) eine folgenreiche Entdeckung: Während eines Experiments bemerkte er eine dunkle, teerartige Masse, die durch Erhitzen zu einem harten Stoff wurde. Baekeland hatte den ersten vollständig aus künstlichen Ausgangsstoffen hergestellten Stoff erfunden.
Der neue, hitzebeständige Werkstoff ließ sich in jede beliebige Form pressen und wurde nach seinem Erfinder Bakelit genannt. Aus dem dunkelbraunen Bakelit entstanden damals Telefonapparate, Radiogehäuse und elektrische Stecker. Heute sind Kunststoffe aus unserem täglichen Leben nicht mehr wegzudenken.

***Was versteht man unter einer Synthese?***
*Eine Synthese ist eine chemische Reaktion, bei der sich kleinere Moleküle zu größeren verbinden. Dabei entsteht ein neuer Stoff. Werden umgekehrt größere Moleküle aufgespalten, spricht man von Zerlegung.*

Chemiker verstehen unter Kunststoffen organische Verbindungen, die durch chemische **Synthese** hergestellt werden. Kunststoffe bestehen aus Riesenmolekülen, in denen bis über 100.000 kleine, gleichartige Moleküle miteinander verknüpft sein können. Diese kleinen Bausteine heißen Monomere (griech. *mono* = »eins« + *mer* = »Teil«), die Riesenmoleküle sind Polymere (griech. *poly* = »viel«). Die Makromoleküle, wie sie auch heißen, können fadenförmig, netzartig oder verzweigt sein. Alle Kunststoffe und viele Textilfasern bestehen aus künstlich hergestellten **Polymeren**.

***Gibt es auch natürliche Polymere?***
*In der Natur finden sich zahlreiche Beispiele für Polymere. Haare und Wolle beispielsweise bestehen aus diesen Riesenmolekülen. Auch die Baumwolle ist ein natürliches Polymer, dessen Fasern aus Cellulose aufgebaut sind – einer fadenförmigen Verknüpfung vieler Kohlenstoffatome.*

Kunststoffe werden auf Grund ihres Verhaltens beim Erhitzen in zwei große Gruppen eingeteilt: Thermoplaste und Duroplaste. Thermoplaste werden bei jedem Erwärmen weich. Dann lassen sie sich leicht verformen. Bekannte thermoplastische Kunststoffe sind PVC (Polyvinylchlorid), Plexiglas und Polyethylen.

Duroplastische Kunststoffe wie Bakelit und Melamin behalten ihre einmal erhaltene Gestalt bei. Sie lassen sich durch Erwärmen nicht verformen und zersetzen sich bei zu hohen Temperaturen. Schließlich gibt es noch Kunststoffe, die elastisch wie Gummi sind, die Elastomere.

***Was ist ein Granulat?***
*Ein Granulat (lat. granulum = »Körnchen«) ist ein gekörntes Polymer. Die Granulatkügelchen werden zu einer leicht formbaren Masse geschmolzen, aus der sich die verschiedensten Dinge herstellen lassen.*

Der wichtigste Rohstoff für die Synthese von Kunststoffen ist neben Erdgas das Erdöl. Aus ihm entsteht nach verschiedenen Bearbeitungsstufen ein **Granulat**, das unterschiedlich weiterverarbeitet wird. Verschiedene Kunststoffe lassen sich durch Schäumverfahren, beispielsweise durch Einblasen oder Einrühren von Luft in die Grundmasse, aufschäumen.

Kunststoffe sind sehr leicht. Deshalb setzt man sie immer mehr im Fahrzeug-, Flugzeug- und Schiffsbau ein. Auch als Wandverkleidungen, Fensterrahmen, Heizöltanks, Chemikalienbehälter, Fußbodenbeläge, Schläuche, Spielzeug, Büroartikel und im Haushalt finden sie zunehmend Verwendung.

***Wie lassen sich Kunststoffe wieder verwerten?***
*Manche Kunststoffe werden gereinigt und zerkleinert; das Granulat wird zu Blumenkästen, Kompostbehältern oder Parkbänken weiterverarbeitet. Andere werden durch chemische Umwandlung wieder in ihre Bausteine zerlegt.*

Kunststoffe haben allerdings auch Nachteile. Sie können höheren Temperaturen meist nur begrenzt standhalten und sie sind nicht so kratzfest wie Metall oder Glas. Vor allem aber lassen sie sich nur umständlich entsorgen: Kunststoffe verrotten auf Deponien nicht. Deshalb bemüht man sich verstärkt um eine **Wiederverwertung**.

**BEMERKENSWERTES**

**Die erste Kunstfaser**

**Die erste nur aus künstlich gewonnenen chemischen Verbindungen hergestellte Faser war Nylon. Das stabile, dehnbare Material ist haltbarer und billiger als Naturfasern. Nylon führte zu einer wahren Revolution in der Textilindustrie. Die ersten Damenstrümpfe aus Nylon kamen bereits 1940 auf den Markt. Sie wurden ein Verkaufsschlager.**

# PHYSIK

# GALILEI, NEWTON UND DER FREIE FALL

***Was ist Schwerkraft?***
*Die Gravitationskraft ist die Anziehungskraft, die zwischen Körpern wirkt. Die Schwerkraft der Sonne bindet die Erde und hindert sie daran, ihre Bahn um die Sonne zu verlassen. Newton sagte: »Jedes Teilchen Materie im gesamten Weltraum wird von jedem anderen Teilchen Materie angezogen.« Je größer die Entfernung, desto geringer die Schwerkraft. Die Gravitationsbeschleunigung auf der Erdoberfläche beträgt etwa 9,81 Meter pro Quadratsekunde.*

***Wer verursacht die Gezeiten?***
*Ebbe und Flut werden von der Gravitation bewirkt. Die Anziehungskraft des Mondes hebt das Ozeanwasser an der dem Mond zugewandten Seite so stark an, dass ein Flutberg entsteht. Ein zweiter bildet sich auf der entgegengesetzten Seite der Erde. Sein Entstehen ist der Fliehkraft zu verdanken.*

Auf alle Dinge in unserer Umgebung wirken Kräfte ein – aber welche? Es gibt nämlich viele Arten von Kräften, allerdings nur eine, die auf alle Körper auf der Erde einwirkt: die Schwerkraft. Sie sorgt dafür, dass der Regen abwärts und nicht aufwärts fällt. Und sie erklärt, warum ein Stein, den wir in die Luft geworfen haben, wieder zur Erde zurückkehrt.

Ende des 16. Jahrhunderts stieg der italienische Mathematiker und Physiker Galileo Galilei (1564–1642) auf den Schiefen Turm von Pisa, um Untersuchungen über Fallbewegungen zu machen. Er warf zwei verschieden schwere Steine hinab und stellte fest, dass beide gleichzeitig aufschlugen. Das schien ihm nähere Studien wert, hatte doch Aristoteles schon 2.000 Jahre zuvor gelehrt: Schwere Gegenstände fallen schneller als leichte. Galilei beschäftigte sich also weiter mit dieser Thematik und entdeckte dabei, dass in den Gesetzen des freien Falls – also ohne Luftwiderstand – die Masse des fallenden Körpers unerheblich ist. So berechnet sich die Fallgeschwindigkeit nur aus der Gravitationsbeschleunigung, einem konstanten Faktor, multipliziert mit der Fallzeit. Dies war der Beginn der experimentellen Forschung in der Physik (griech. *physis* = »Natur«).

Aufbauend auf Galileis Erkenntnissen formulierte nur wenige Jahre später der englische Physiker, Mathematiker und Astronom Isaac Newton (1643–1727) das Gesetz von der Schwerkraft. Weil ihm angeblich einmal fast ein Apfel auf den Kopf gefallen wäre, soll er sich gefragt haben: Warum fiel der Apfel nach unten und nicht nach oben? Und warum fällt der Mond nicht auf die Erde? Diese Überlegungen führten ihn wenige Jahre später zur Entdeckung eines Gesetzes, das das Weltall regiert: das Gesetz von der **Schwerkraft,** nach dem lateinischen Wort *gravitas* für »Schwere« auch Gravitation genannt.

Nun konnten Newton und die anderen Astronomen nicht nur die Bewegungen der Planeten um die Sonne und deren Massen berechnen. Seit man wusste, dass Mond und Sonne die **Gezeiten** der Weltmeere verursachen, ließen sich auch Ebbe und Flut zeitlich weit vorausberechnen.

Später widmete Newton den größten Teil seiner wissenschaftlichen Arbeit der weiteren Erforschung des Gravitationsgesetzes, das für so viele Erscheinungen eine Erklärung liefert. Seine Studien führten den überragenden Denker schließlich auch zu der Frage, was eigentlich Bewegung ist. Beharrlich erforschte **Newton** ihre Gesetze und fasste sie in mathematische Formeln. Mit seinen drei *Axiomen* (»Grundannahmen«) über den Zusammenhang von Kraft und Bewe-

Isaac Newton

***Ist »Newton« auch eine Maßeinheit?***
*Um den großen britischen Wissenschaftler zu ehren, gibt man die Größe einer Kraft mit »N« (Newton) an. Ein N ist die Kraft, die man braucht, um 1 kg in einer Sekunde aus der Ruhe auf die Geschwindigkeit 1 m/s zu beschleunigen.*

gung wurde Isaac Newton zum Begründer der klassischen Mechanik (Bewegungslehre), einem überaus bedeutungsvollen Teilgebiet der Physik.

Die Newton'schen Axiome lauten:

1. Trägheit: Ein Körper verharrt im Zustand der Ruhe oder der gleichförmigen, geradlinigen Bewegung, solange keine Kräfte auf ihn einwirken.
2. Dynamik: Die Bewegungsänderung (Beschleunigung) eines Körpers ist der einwirkenden Kraft proportional und ihr gleichgerichtet.
3. Wechselwirkung: Die Wirkung ist stets gleich groß wie die Gegenwirkung, aber von entgegengesetzter Richtung (actio = reactio).

**BEMERKENSWERTES**

**Hochsprung auf dem Mond**

**Der Mond hat nur ein Sechstel der Anziehungskraft der Erde, denn seine Masse ist viel kleiner als die Masse der Erde. Ein Astronaut könnte also bei gleichem Kraftaufwand sechsmal so hoch springen wie auf der Erde – vorausgesetzt sein schwerer und unbequemer Raumanzug ließe das zu.**

Die Mechanik ist der älteste Zweig der Physik. Schon im Altertum, Jahrhunderte vor unserer Zeitrechnung, befassten sich griechische Wissenschaftler mit ihr. Der bedeutendste von ihnen, Archimedes (um 287–212 v. Chr.), erkannte 240 v. Chr. das Prinzip, das der Hebelwirkung zu Grunde liegt: doppelter Weg = halbe Kraft. »Gebt mir einen festen Punkt zum Stehen«, soll er gesagt haben, »und ich hebe die Welt aus den Angeln.«

Der Hebel, die **schiefe Ebene**, der Keil, die Schraube, das Rad mit Achse und die Rolle sind einfache Maschinen. Überhaupt nennt man Vorrichtungen, die Kräfte übertragen und dabei deren Größe und/oder Richtung ändern können, Maschinen. Das Wort *Maschine* stammt aus dem Griechisch-Lateinischen und bedeutet nichts anderes als »Hilfsmittel« oder »Werkzeug«.

Bemerkenswerte Maschinen soll bereits Archimedes konstruiert haben. So wird berichtet, er habe eine Maschine gebaut, die mit geringstem Kraftaufwand gewaltige Lasten heben konnte. Wir kennen sie heute als Flaschenzug. Alle Maschinen, die Schraube wie der

***Wie funktioniert die schiefe Ebene?***

*Es ist leichter, einen Gegenstand eine Rampe hinaufzuziehen, als ihn senkrecht hochzuheben. Je geringer die Neigung der schiefen Ebene ist, desto länger ist zwar der Weg, aber umso weniger Kraft braucht man. Auch Passstraßen im Gebirge sind schiefe Ebenen. Darum können selbst Autos mit schwächeren Motoren diese mühelos überwinden.*

***Was ist Energie?***

*Energie ist die Fähigkeit, eine Arbeit zu leisten oder Wärme abzugeben. Es gibt viele Formen von Energie: Wärmeenergie, elektrische Energie, mechanische Energie, chemische Energie, Kernenergie und andere. Energie kommt aus der Materie. Weder Energie noch Materie kann vernichtet werden. Wenn Energie angewendet wird, um Arbeit zu leisten, wird sie dabei nur von einer Form in eine andere umgewandelt: zum Beispiel von mechanischer Energie beim Händeklatschen in die Wärmeenergie der warmen Handflächen.*

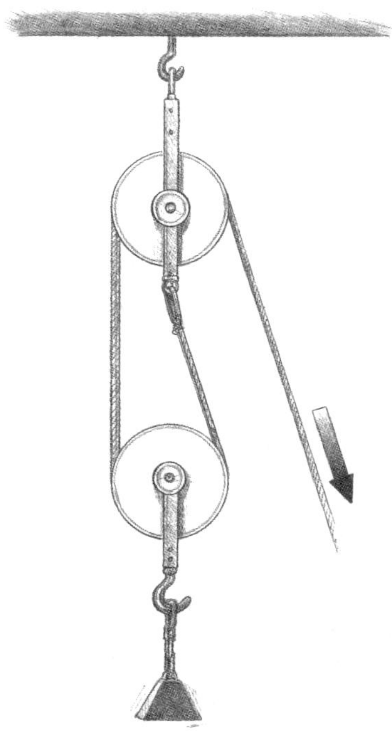

*Flaschenzug*

Keil oder das Rad, sind Werkzeuge. An jeder Maschine, und wenn sie noch so kompliziert ist, kann man die Wirkungsweise der »einfachen Maschinen« erkennen.
Auch die kleinste und einfachste Maschine braucht eine **Energiequelle**, um arbeiten zu können. Beim Keil oder beim einfachen Hebel kommt die Energie durch menschliche Muskelanstrengung zu Stande. Alte Kornmühlen nutzten als Antrieb die Energie von Wind und Wasser aus; das waren die ersten Kraftmaschinen.
Mit der Erfindung der Dampfmaschine kam eine neue Kraft ins Spiel. Erstmals wurde nun die Wärmeenergie, die bei einer Verbrennung entsteht, in Bewegungsenergie umgesetzt.
Heute gibt es zahlreiche Kraftmaschinen bzw. Motoren in Autos, Flugzeugen und Schiffen. Sie alle verwandeln Energieformen, die in der Natur vorhanden sind, in mechanische Energie, die Maschinen antreibt und Arbeit für uns leistet.
Aber selbst die perfekteste Maschine kann die ihr zugeführte Energie nur teilweise in Arbeit umsetzen. Eine großer Teil der Energie geht durch **Reibung** und Wärmeerzeugung verloren. Auch deshalb wird ein **Perpetuum mobile**, eine Maschine, die ohne Energiezufuhr von außen ewig weiterläuft, nie funktionieren. Allerdings ist Reibung mitunter durchaus erwünscht, zum Beispiel beim Bremsen eines Fahrzeugs. Und ohne die Reibung des Reifens auf Asphalt könnten sich Fahrzeuge mit Rädern überhaupt nicht fortbewegen.

***Wie kann man Reibung vermindern?***
*Die Reibung wird geringer, wenn man eine Flüssigkeit zwischen zwei Oberflächen bringt. In Automotoren verwendet man Öl als Schmierstoff. Auch geschmierte Kugellager verringern die Reibung. Die Kugeln drehen sich zwischen zwei Laufringen und erzeugen so nur eine geringe Rollreibung.*

***Was ist ein Perpetuum mobile?***
*Dieses Wort kommt aus dem Lateinischen und bedeutet »etwas beständig Bewegtes«. Ein* Perpetuum mobile *ist eine utopische Maschine, von der ihre Erbauer hofften, dass sie, einmal in Bewegung gesetzt, ewig weiterläuft. Dazu operierten sie häufig mit rollenden Kugeln oder fallendem Wasser. Aber jede Maschine benötigt eine Energiezufuhr, die sie am Laufen hält. Andernfalls wird die Reibung sie nach einer gewissen Zeit anhalten.*

**BEMERKENSWERTES**

**Der Bau der Pyramiden**

**Beim Bau der großen Pyramiden vor über 4.000 Jahren bedienten sich die Ägypter zweier einfacher Maschinen: Auf einer schrägen Rampe aus Erde, einer schiefen Ebene also, zogen Arbeiter die fast drei Tonnen schweren Kalksteinblöcke auf hölzernen Walzen, auf Rollen also, an ihren Platz im Bauwerk.**

**_Wer fuhr das erste Automobil?_**

*Der erste Mensch, der je am Steuer eines Automobils gesessen hat, war der französische Ingenieur Nicolas Joseph Cugnot (1725–1804). Cugnots Wagen wurde von einer Dampfmaschine angetrieben. Er hatte drei Räder und ein Chassis aus schwerem Holz. Der Dampfkessel hing an einer Gabel vor dem Vorderrad. Er musste beim Lenken mitbewegt werden. Das Gefährt riss am Ende der Fahrt eine Steinmauer ein: Cugnot baute mit seinem schwer beherrschbaren Wagen den ersten Autounfall der Geschichte.*

**_Welches Auto wurde zuerst am Fließband gebaut?_**

Tin Lizzy, *das ist englisch und bedeutet »Blechlieschen«, war das erste Auto, das Henry Ford am Fließband fertigen ließ. Das »Modell T«, wie es eigentlich hieß, wurde 19 Jahre lang fast unverändert gebaut – genau 15.007.033-mal. Dieser Stückzahlrekord wurde erst 1972 mit dem VW-Käfer in Wolfsburg überboten.*

Die wichtigste Erfindung, die je von Menschen gemacht wurde, ist zweifellos das Rad. Ohne Räder gäbe es nur wenige Maschinen, keine Eisenbahn, vor allem aber auch keine Autos. Das Automobil (griech. *autos* = »selbst« + latein. *mobilis* = »beweglich«) ist die meistbenutzte Maschine, die der Mensch je erdacht und gebaut hat. Ein Leben ohne Autos ist für die meisten von uns unvorstellbar.
Die Entwicklung des Autos dauerte weit über 100 Jahre. Abenteuerliche Gefährte entstanden, unter ihnen Dampfwagen. Das erste wirklich praktisch brauchbare **Automobil** mit Benzinmotor wurde 1885 von dem deutschen Ingenieur Carl Friedrich Benz (1844–1929) gebaut. Es hatte drei Räder und einen Einzylinder-

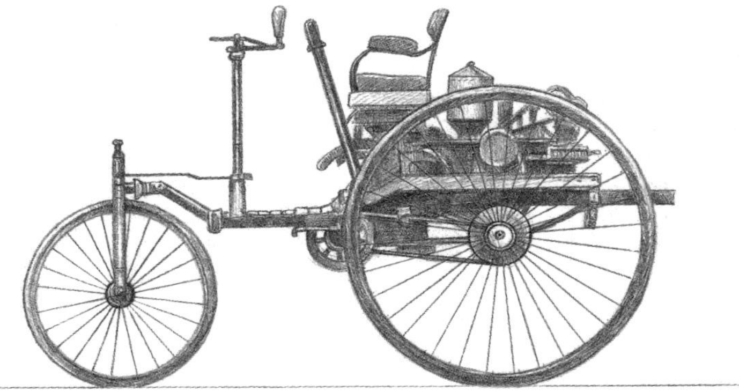

*Dreirädriger Motorwagen, Benz 1886*

Heckmotor mit ¾ PS. Ein Jahr später folgte der Ingenieur Gottlieb Daimler (1834–1900) mit seinem Modell einer Motorkutsche. Später, nachdem das Problem der Achsschenkellenkung gelöst war, präsentierten sich die Fahrzeuge zumeist mit vier statt drei Rädern. Bis zum Beginn des 20. Jahrhunderts wurden alle Autos einzeln und nacheinander in mühevoller Handarbeit gefertigt. So kannte man es vom Kutschenbau. Der amerikanische Industrielle Henry Ford (1863–1947) änderte dies grundlegend. 1908 führte er das **Fließbandsystem** für den Autobau ein. Die Produktionszahlen stiegen jetzt sprunghaft an. Schon in den 20er-Jahren war das Automobil in allen Industrieländern eine selbstverständliche Erscheinung.
Heute gibt es allein in Deutschland fast 30 Millionen Personenkraft-

wagen. Ihre technischen Bauteile – es sind durchschnittlich 8.000 bis 10.000 – werden durch Vorschriften und Normen genau festgelegt. Sie lassen sich in sechs verschiedene Baugruppen oder Systeme zusammenfassen. Es sind der Motor, die Kraftübertragung, das Fahrwerk mit Rädern und Reifen, die Lenkung, das Bremssystem und die elektrische Anlage. Die meisten **Personenkraftwagen (Pkw)** werden als geschlossene Limousine gebaut.

In jeder Sekunde entsteht irgendwo auf der Welt ein neues Auto. Der Individualverkehr nimmt immer mehr zu. Das bringt zahlreiche Probleme mit sich. Weltweit kommen jährlich über 250.000 Autofahrer ums Leben, Millionen Menschen werden verletzt.

Mindestens ebenso schwerwiegend wie die Verkehrssicherheit ist auch die enorme Umweltbelastung, die durch das Auto – den Lastwagenverkehr eingeschlossen – hervorgerufen wird. Die Fachleute wissen: das Auto, unser Verkehrsmittel Nummer eins, muss sich ständig verbessern.

***Was gibt es für Wagentypen (PKW)?***

*Neben den Limousinen gibt es noch Coupés, Cabrios, Kombis, Vans, Offroad-Autos und Sportwagen. Coupés haben im Gegensatz zum Cabrio ein festes Dach, sehen wie diese aber sportlich aus. Beim Kombi ist das Dach bis zum Wagenheck verlängert, der Van ist eine Großraumlimousine und mit Offroad-Autos (engl.* off road = *»abseits der Straße«) kann man im Gelände fahren. Sportwagen haben oft nur zwei Sitze.*

**BEMERKENSWERTES**

**Der Kraftstoff der Zukunft**

**Benzinbetriebene Fahrzeuge haben ebenso wie Dieselautos keine regenerierbare Energiequelle. Benzin und Diesel werden aus Erdöl hergestellt. In etwa 100 Jahren aber werden die Erdölvorräte der Erde aufgebraucht sein. Womöglich fahren die Autos dann mit Wasserstoff, einem Gas. Wasserstoff ist nahezu unerschöpflich und umweltfreundlich.**

# ÜBER DEN AUFTRIEB IM WASSER

Mit Wasser lassen sich interessante Entdeckungen machen – das bestätigte Archimedes (um 287–212 v. Chr.), der bedeutendste Naturwissenschaftler der Antike. In einer Wanne des öffentlichen Badehauses von Syrakus sitzend, soll er das Prinzip des Auftriebs entdeckt und sogleich eine Nutzanwendung, das Prüfen einer goldenen Krone auf ihren Goldgehalt, begriffen haben. Archimedes beobachtete nämlich, wie das Badewasser in der Wanne anstieg, als sein Körper eintauchte. Ihm wurde auch klar, dass er nur so viel Wasser verdrängte, wie sein eigener Körper an Volumen ausfüllte. Ließe man die Wanne also randvoll laufen und tauchte dann ein, so müsste das verdrängte Wasser überlaufen. Man könnte es auffangen und nachmessen.

*Heureka, heureka!* (griech. = »Ich hab's, ich hab's gefunden«), rief er erfreut und lief nur mit einem Handtuch bedeckt durch die Straßen nach Hause. So jedenfalls behauptet die Sage.

***Wirkt der Auftrieb nur im Wasser?***

*Auch Ballone steigen nur in die Höhe, weil sie einen Auftrieb erfahren. Dabei ist die Auftriebskraft stets so groß wie die Gewichtskraft der verdrängten Luft. Weil die Dichte der Atmosphäre aber mit zunehmender Höhe abnimmt, sinkt auch die Auftriebskraft entsprechend.*

***Was versteht man unter Dichte?***

*Verschiedene Stoffe haben bei gleichem Volumen eine unterschiedliche Masse. Holz schwimmt, weil es eine geringere Dichte hat als Wasser. Ein Backstein der gleichen Größe hingegen weist eine höhere Dichte auf als Wasser und sinkt folglich.*

*Archimedes in der Badewanne*

Bei seinen folgenden Experimenten fand Archimedes heraus, dass die Versuchskörper scheinbar leichter wurden, wenn sie sich im Wasser befanden. Er folgerte, dass dies nur vom Schweredruck des Wassers herrühren konnte. Er entsteht durch die Gewichtskraft des Wassers. Dieser Schweredruck wirkt mit einer bestimmten Kraft von unten gegen den eingetauchten Körper. Der Forscher bezeichnete diese Kraft als **Auftrieb**.

Der Auftrieb entspricht immer dem Gewicht der von ihm verdrängten Flüssigkeitsmenge. Dieses Gesetz des hydrostatischen Auftriebs nennt man das »archimedische Prinzip«. Der Auftrieb ist bei jedem

Körper unterschiedlich groß, denn er hängt von der **Dichte** des Körpers und von seinem Volumen ab.
Auch Schiffe und Unterseeboote nutzen den Auftrieb zum Schwimmen. Schiffe tauchen nur so weit in das Wasser ein, dass ihr Eigengewicht genau dem Gewicht des verdrängten Wassers entspricht. Wird ein Schiff überladen, übersteigt sein Gesamtgewicht also das Gewicht der größtmöglichen verdrängten Wassermenge, geht es unter.
Besonders interessante Beispiele des Zusammenwirkens von Schwere und Auftrieb sind **Unterseeboote**, in deren völlig dicht abgeschlossenen Bootskörpern sich besondere Hohlräume befinden, die Tauchtanks. Je nachdem, wie viel Wasser sich in ihnen befindet, kann das U-Boot schwimmen, steigen, sinken oder schweben.

***Wie sinkt und steigt ein U-Boot?***
*Befindet sich in den Tauchtanks eines Unterseeboots Luft, weist es eine niedrige Dichte auf und bleibt so an der Wasseroberfläche. Werden die Tauchtanks mit Wasser geflutet, erhöht sich die Dichte und das Boot kann tauchen. Um wieder aufzutauchen, werden die Tanks erneut mit Pressluft gefüllt, die das Wasser außenbords drückt, damit das Boot leichter wird.*

## BEMERKENSWERTES

### So kommt ein Fisch nach oben

**Das Prinzip des Auftriebs wird auch in der Natur genutzt – mit der Schwimmblase vieler Fische. Sie ist ein luftgefüllter Hohlraum, der den Auftrieb reguliert. Fische können die Größe ihrer Schwimmblase verändern. Ist sie groß, enthält sie also viel Luft, bekommen sie Auftrieb; die Fische werden in der Schwebe gehalten oder sie steigen auf. Bei kleiner Schwimmblase sinken sie.**

# ÜBER DEN AUFTRIEB IN DER LUFT

Tauchboote steigen nur deshalb auf, weil sie leichter sind als das sie umgebende Wasser. Ballone machen es ihnen in der Luft nach. Und die Flugzeuge? Sie sind viel schwerer als Luft, steigen aber dennoch auf. Flugzeuge brauchen offenbar eine besondere, gegen die Erdanziehung gerichtete Kraft, um **fliegen** zu können. Diese Kraft ist der aerodynamische (latein./griech. *aer* = »Luft« + *dynamis* = »Kraft«) Auftrieb. Er entsteht mit Hilfe besonders gewölbter **Flügel**, die als Tragflächen wirken.

Das fliegende Flugzeug folgt einem Gesetz, das von dem Schweizer Physiker Daniel Bernoulli (1700–1782) entdeckt worden ist. Er fand, dass in einer Luftströmung gegenüber dem äußeren Luftdruck in Strömungsrichtung ein sehr großer Druck und senkrecht zur Strömung ein Unterdruck entsteht. Die Druckunterschiede sind umso größer, je größer die Strömungsgeschwindigkeit der Luft ist.

Die Form eines Tragflügels lässt die Luft an seiner Oberseite schneller strömen als an seiner Unterseite. Durch den entstehenden Unterdruck an der Oberseite wird der Flügel nach oben gesogen.

***Seit wann gibt es Flugzeuge?***
*Das Zeitalter des motorisierten Fliegens begann am 17. Dezember 1903 in Nordamerika. An jenem Tag erhoben sich die Brüder Orville und Wilbur Wright mit einem selbst gebauten Doppeldecker in die Luft. Ihr Flug dauerte allerdings nur zwölf Sekunden. Nur 16 Jahre später überquerte das erste Flugzeug im Nonstopflug den Atlantischen Ozean.*

***Wie sind Flugzeugflügel geformt?***
*Die Tragflächen sind so geformt, dass sie zwei Luftströme zerschneiden: Der eine gleitet über die abgerundete Flügeloberseite hinweg, der andere streicht an der flachen Unterseite entlang. Beide Luftströme sind also gezwungen sich mit unterschiedlichen Geschwindigkeiten fortzubewegen: Die schnelle Strömung der Oberseite erzeugt Unterdruck und damit Auftrieb.*

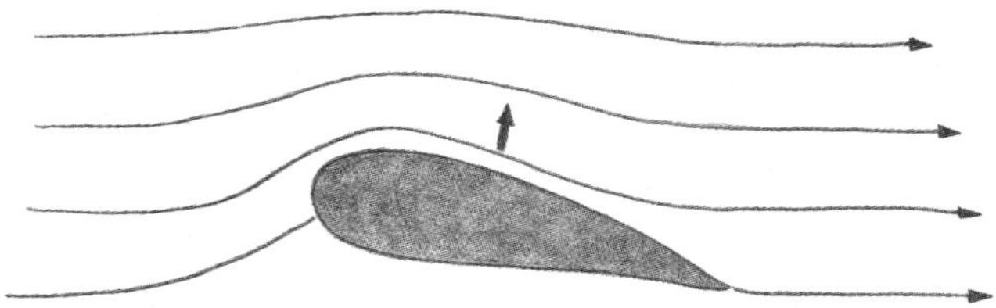

*Flügel eines Flugzeugs in der Luft*

Der Auftrieb, der das Flugzeug trägt, hängt ab von der Fluggeschwindigkeit, von der Stellung der Flügel und auch von deren Fläche. Um denselben Auftrieb zu erreichen, muss die Flügelfläche bei geringen Geschwindigkeiten größer sein als bei hohen. Deshalb besitzen moderne Flugzeuge verstellbare Flügel, die bei Start und Landung vergrößert, während des Flugs dagegen verkleinert werden können. Weil die Luft mit zunehmender Höhe immer dünner wird und der Luftwiderstand also geringer, fliegen die großen Verkehrsflugzeuge alle in großen Höhen.

Die meisten großen Flugzeuge werden von Strahltriebwerken angetrieben. Die **Düsenflugzeuge**, wie man auch sagt, erreichen Geschwindigkeiten um 1.000 Kilometer in der Stunde.

Langsamer sind die Propellerflugzeuge. Sie schrauben sich regelrecht durch die Luft, können aber kaum schneller als 800 Kilometer in der Stunde fliegen. Dennoch werden auch große Propellerflugzeuge noch immer gebaut. Propeller eignen sich hervorragend für den Antrieb schwerer und langsamer Frachtflugzeuge, die nur kurze Start- und Landebahnen benötigen.

Mit einer winzigen Start- und Landefläche kommt der Hubschrauber oder Helikopter (griech. *helix* = »Windung, Kreislauf« + *pteron* = »Flügel«) aus. Beim Start kreisen die Drehflügel, die Rotorblätter, in fast waagerechter Stellung und erzeugen einen senkrechten Auftrieb. Werden sie schräg geneigt, entsteht eine horizontal wirkende Vortriebskraft; der Helikopter fliegt geradeaus.

***Wann flog das erste Düsenflugzeug?***

*Das erste Flugzeug der Welt mit Strahltriebwerk war eine deutsche HE 178. Sie startete am 27. August 1939. Düsengetriebene Verkehrsmaschinen gibt es seit 1949. Die schnellste ist die 1976 in Dienst gestellte britisch-französische »Concorde«. Sie erreicht 2,2 Mach (1 Mach entspricht der Schallgeschwindigkeit in bodennaher Luft = ca. 1.200 km/h).*

**BEMERKENSWERTES**

**Der Flugsimulator**

**Um auf alle möglichen Flugsituationen bestens vorbereitet zu sein, trainieren künftige Piloten in einem Flugsimulator. Das ist ein originalgetreu nachgebildetes Cockpit mit sämtlichen Bedienungselementen. Bewegt der Pilot den Steuerknüppel, neigt eine computergesteuerte Hydraulik die Kabine – der Pilot bekommt den Eindruck, als säße er in einer richtigen Maschine.**

***Was passiert bei der Kernfusion?***
*Atomenergie kann man auch durch Kernfusion oder Kernverschmelzung gewinnen. Das geschieht beispielsweise in der Sonne, wo Energie durch die Verschmelzung von Wasserstoffatomen zu Helium erzeugt wird. Licht und Wärme der Sonne entstehen also durch Kernfusion. Auch vom Menschen künstlich erzeugte Kernfusionen sind möglich, können aber heute noch nicht für ein Kraftwerk genutzt werden.*

***Was ist der Reaktor?***
*Im Kernreaktor findet die Spaltung von Atomen unter kontrollierten Bedingungen statt. Der Reaktorkern ist zur Abschirmung austretender Strahlung von einer dicken Betonwand umschlossen. Im Reaktorkern befinden sich lange Stäbe des zu spaltenden Materials, die Brennstäbe. Sie werden von einem Kühlmittel umströmt, das die erzeugte Wärme aufnimmt und zum Wärmeaustauscher transportiert.*

Ein bedeutsames Teilgebiet der Physik ist die Thermodynamik (griech. *thermos* = »warm, heiß«, *dynamis* = »Kraft«), die Wärmelehre, die sich mit den Beziehungen zwischen Wärme und anderen Energieformen befasst.
Noch bis zur Mitte des 19. Jahrhunderts tat man sich mit der Definition des Begriffes Wärme ziemlich schwer. Erst durch die Untersuchungen des deutschen Naturforschers und Schiffsarztes Robert Julius Mayer (1814–1878) und des britischen Physikers James Prescott Joule (1818–1889) wurde klar: Wärme ist Bewegungsenergie von Atomen und Molekülen. Je stärker die Bestandteile eines Körpers schwingen, desto höher ist seine Temperatur, die man an einem Thermometer ablesen kann.
Mayer war es auch, der als Erster das allgemeine Energieprinzip formulierte. Als Leitsatz seiner Gedanken wählte er einen Ausspruch des antiken Philosophen Demokrit (460–370 v. Chr.): »Aus nichts wird nichts. Nichts wird zu nichts.« Mayer erkannte also, dass Energie weder neu geschaffen noch verbraucht, sondern nur von der einen in eine andere Form umgewandelt werden kann. Die Anerkennung des Satzes von der »Erhaltung und Umwandlung der Energie« indes ist erst den experimentellen Forschungen Joules und der exakten theoretischen Fassung des deutschen Forschers Hermann von Helmholtz (1821–1894) zu verdanken.
Wie jede Energieform lässt sich Wärme in andere Energien umwandeln. Demzufolge kann sie aber auch aus anderen Energiearten entstehen. Solche Vorgänge sind uns vertraut: Wir brauchen nur unsere Handballen intensiv aneinander zu reiben – und schon verspüren wir eine Erwärmung. Hierbei wird mechanische Energie der Bewegung unserer Hände durch Reibung in Wärmeenergie umgewandelt. Energien werden in Joule oder auch in Kalorien gemessen.
Gewaltige thermische Energie kann bei der Kernspaltung und bei der **Kernfusion** freigesetzt werden. Die technische Nutzung der Kernspaltung basiert darauf, dass man den Atomkern bestimmter Elemente durch Beschuss mit Neutronen spalten kann. Dabei startet eine Kettenreaktion: Während ein Neutron »verbraucht« wird, werden bei jeder Spaltung eines Atomkerns neue Neutronen freigesetzt, die jeweils wieder Atomkerne spalten können usw. Dadurch wird Energie frei. Die Kernspaltung wurde 1938 erstmals von dem deutschen Physiker Otto Hahn (1879–1968) in Zusammenarbeit mit der Österreicherin Lise Meitner (1878–1968) durchgeführt.
In Kernkraftwerken wird die im **Reaktor** erzeugte Hitze von Kühlmitteln aufgenommen und zur Erwärmung von Wasser verwendet.

Dieses Wasser treibt dann, in Dampf umgewandelt, Turbinen an, die wiederum Generatoren zur Gewinnung von elektrischem Strom antreiben. Mit nur einem Kilogramm Uran lassen sich 20 Millionen Kilowattstunden Strom erzeugen. In einem herkömmlichen Dampfkraftwerk braucht man dafür 2.000 Tonnen Steinkohle.
Wird bei einer Kernspaltung Energie durch eine unkontrollierte Kettenreaktion plötzlich frei, so entsteht eine Explosion wie bei einer Atombombe. Problematisch ist bis heute auch die sichere Lagerung der radioaktiven **Rückstände**, die nach der Kernspaltung anfallen.

***Was geschieht mit den atomaren Rückständen?***
*Die hochgiftigen und radioaktiv strahlenden Abfälle der Kernspaltung werden in dicht geschlossenen Behältern tief in der Erde gelagert, vor allem in Salzstöcken und in den Schächten ehemaliger Bergwerke. Der lebensgefährliche Müll muss mehr als 100.000 Jahre von der Umwelt fern gehalten werden. Viele Wissenschaftler bezweifeln allerdings, dass die meisten Endlager dafür überhaupt geeignet sind.*

*Atomkraftwerk*

**BEMERKENSWERTES**

**Ganz schön heiß!**

**Die für eine Kernfusion notwendigen Temperaturen betragen Millionen Grad Celsius. Solche unglaublich hohen Temperaturen lassen sich gegenwärtig noch nicht ausreichend lange aufrechterhalten. Deshalb wird die Kernfusion in der Energiegewinnung der Menschen in nächster Zeit noch keine Rolle spielen können.**

***Was heißt Elektrizität?***
*Schon den alten Griechen war bekannt, dass Bernstein, wenn man ihn mit Tüchern reibt, leichte Körper anzieht. So erklärt sich auch die Entstehung des Wortes »Elektrizität«, denn* elektron *ist der griechische und* electrum *der lateinische Name für »Bernstein«. Um 1600 wurde die Reibungselektrizität auch bei anderen Stoffen entdeckt.*

***Was geschieht beim Blitzschlag?***
*In den Wolken oder zwischen Wolken und Erde können sich ungeheure elektrische Spannungen aufbauen. Die Ursache ist Reibungselektrizität durch die Bewegung der Wolkenmassen oder die fallenden Regentropfen. Durch Blitze gleichen sich die Spannungen wieder aus. Der amerikanische Politiker Benjamin Franklin (1706–1790) hat als Erster die Vermutung ausgesprochen, dass Gewitterwolken elektrisch geladen sind. 1753 erfand er den Blitzableiter.*

Ein Leben ohne **Elektrizität**? Unvorstellbar. Dann gäbe es keinen elektrischen Strom und wir hätten keine Radios, keine Fernsehapparate und keine Computer. Fahrstühle, Kühlschränke und Waschmaschinen könnten wir nicht elektrisch betreiben und natürlich hätten wir dann auch kein elektrisches Licht.

Aber was ist das nun eigentlich, Elektrizität? Man sagt: Elektrizität ist ein Grundphänomen der Natur, das auf der Anziehung bzw. Abstoßung elektrisch geladener Teilchen beruht. Durch Reiben lässt sich auf allen Körpern eine elektrische Ladung erzeugen. Das ist die statische oder ruhende Elektrizität. Man nennt sie auch Reibungselektrizität. Die elektrische Spannung – das Maß für die Stärke der Ladungstrennung zwischen zwei Körpern – entsteht, weil durch das Reiben beispielsweise eines Stück Stoffes an einem Luftballon die elektrisch negativ geladenen Elektronen von dem Stoff auf den Ballon übergehen. Die elektrische Ladung wird also ungleich verteilt – der Ballon lädt sich negativ auf und der Stoff positiv. Erst durch die Entladung wird das Gleichgewicht der Ladungsträger wiederhergestellt. Ein Beispiel für besonders gewaltige Entladungen ist der **Blitz** bei einem Gewitter.

Der uns gut bekannte elektrische Strom heißt so, weil man sich früher die Elektrizität als unsichtbare Flüssigkeit vorstellte. Heute verstehen wir unter dem Begriff »elektrischer Strom«, dass die Elektronen bestimmter Stoffe, den elektrischen Leitern, frei beweglich sind und »fließen« können. Alle Metalle sind solche elektrischen Leiter, wie beispielsweise die Kupferdrähte in einem Stromkabel. Der Elektronenfluss kommt nur zu Stande, wenn man eine Spannung an die beiden Enden des Drahtes anlegt. Die elektrische Stromstärke bezeichnet die Menge der Elektronen, die in einer Sekunde durch den Leiter fließen, und sie wird in Ampere gemessen.

Die Entdeckung des elektrischen Stroms wird häufig mit dem italienischen Arzt und Physiker Luigi Galvani (1737–1798) in Verbindung gebracht, der bei Experimenten mit einer Elektrisiermaschine zufällig sah, wie ein enthäuteter Frosch heftig zu zucken begann. Galvani glaubte einer »elektrischen Lebenskraft« auf die Spur gekommen zu sein.

Auch Alessandro Volta (1745–1827), ein Zeitgenosse und wissenschaftlicher Rivale Galvanis, beschäftigte sich mit dem Phänomen der Elektrizität. 1799 gelang es ihm, nachzuweisen, dass zwei verschiedene Metalle elektrische Energie hervorbringen, wenn sie durch eine Säure Kontakt bekommen. Später baute er die erste **Batterie**. Ihm zu Ehren wird die elektrische Spannung in Volt gemessen.

Der in Haushalt, Industrie und Schienenverkehr benötigte Strom wird meist in großen Kraftwerken erzeugt, wo Wasserdampf, Wind oder Wasser Turbinen antreiben. Generatoren wandeln die Bewegungsenergie der Turbinen in Elektrizität um. Vom Kraftwerk aus transportieren Hochspannungsleitungen den elektrischen Strom über Land in die Städte und Dörfer.

***Was passiert in einer Batterie?***

*Bei der Stromerzeugung durch Batterien wird chemische Energie direkt in elektrische umgesetzt. Das geschieht in elektrochemischen Zellen, die jeweils aus einer positiven und einer negativen Elektrode sowie einer chemischen Verbindung, dem Elektrolyten, bestehen. Der Elektrolyt reagiert mit den Elektroden und setzt dabei elektrisch geladene Atome frei. Diese so genannten Ionen sorgen dafür, dass Strom fließen kann. Im Gegensatz zur Batterie ist ein Akkumulator wieder aufladbar.*

*Thomas Alva Edison, Erfinder der Glühbirne*

**BEMERKENSWERTES**

**Das Stromnetz**

**Elektrische Energie kann man nicht speichern. Sie muss in dem Moment erzeugt und angeliefert werden, in dem sie gebraucht wird. Deshalb arbeiten die Kraftwerke Tag und Nacht. Um eine flächendeckende Stromversorgung zu garantieren, sind sie in einem landesweiten Netz und auch darüber hinaus miteinander verbunden.**

***Was ist Magnetismus?***
*Magnetismus ist die Eigenschaft der Stoffe, in einem magnetischen Feld Kraftwirkungen zu erfahren. Magneten bestehen oft aus Eisen oder Stahl, brauchen aber nicht notwendig Metalle zu sein. Ihre beiden Endstücke nennt man Pole. Jeder Magnet baut ein Magnetfeld um sich herum auf. Es kann mit Eisenfeilspänen sichtbar gemacht werden. Magnete üben aufeinander sowohl anziehende als auch abstoßende Kräfte aus. Gleichnamige Pole stoßen einander ab, ungleichnamige Pole ziehen einander an.*

***Wie funktioniert ein Kompass?***
*Die Erde ist ein riesiger Magnet mit zwei Polen, die in der Nähe des geografischen Nord- und Südpols liegen. Eine drehbar aufgehängte Kompassnadel stellt sich im Magnetfeld der Erde stets auf diese Nord-Süd-Richtung ein. So ist der Kompass ein wertvoller Richtungsweiser, sofern man sich nicht an einem der beiden Pole befindet.*

Schon in früheren Zeiten entdeckten die Menschen, dass ein Erz namens Magneteisenstein (heute als Magnetit bekannt) kleine Stückchen Eisen anziehen kann. Bekannt war auch, dass elektrisch aufgeladener Bernstein leichte Stoffe wie Haare und Ähnliches anzieht. Sollte es eine Verwandtschaft zwischen **Magnetismus** und Elektrizität geben?

1819 machte der dänische Physikprofessor Hans Christian Oerstedt (1777–1851) eine interessante Entdeckung: Eine **Kompassnadel** begann sich zu bewegen, sobald er sie in die Nähe eines stromdurchflossenen Drahts brachte. Mit Elektrizität ließ sich also Magnetismus erzeugen – Elektromagnetismus.

Heute begegnet uns der Elektromagnetismus überall: an der Haustürklingel, beim Radio und beim Fernsehen, beim Computer, beim Münzautomaten oder am Metalldetektor am Flughafen – Geräten also, die mit Hilfe von Elektrizität ein magnetisches Feld aufbauen. Im Gegensatz zum Dauermagneten können Elektromagneten ein- und ausgeschaltet werden und durch Ändern der Stromstärke die Stärke des magnetischen Feldes verändern. Am beeindruckendsten zeigt der Elektromagnet seine Möglichkeiten bei der Magnetschwebebahn. Die durch mächtige Elektromagnete über einer Fahrschiene in der Schwebe gehaltenen Bahnen fahren nicht nur ruhig und leise, sondern auch sehr schnell.

Wenn sich mit Elektrizität Magnetismus erzeugen lässt – geht das dann nicht auch umgekehrt? Michael Faraday (1791–1867), britischer Chemiker und Physiker, stellte sich selbst diese Aufgabe. »Verwandle Magnetismus in Elektrizität!«, schrieb er in sein Notizbuch und machte sich ans Werk. Nach langem Bemühen fand er heraus, dass durch Hin- und Herbewegungen eines Magneten in einer Drahtspirale ein elektrischer Strom erzeugt werden kann. Je schneller der Magnet bewegt wurde, desto mehr Strom wurde geliefert. Der **Generator**, der Stromerzeuger, war erfunden.

Als Faraday auch feststellte, dass ein stromdurchflossener Leiter in einem Magnetfeld in Bewegung versetzt wird, war das Prinzip des Elektromotors entdeckt. Den ersten funktionierenden Elektromotor baute 1829 der Amerikaner Joseph Henry (1797–1878).

Elektromotoren wandeln Elektrizität in Bewegung um. Sie treiben beispielsweise Waschmaschinentrommeln und Videorekorderlaufwerke, vor allem aber Schienenfahrzeuge und auch manche Autos an. Elektromotoren arbeiten umweltfreundlich und sie sind praktisch und vielseitig.

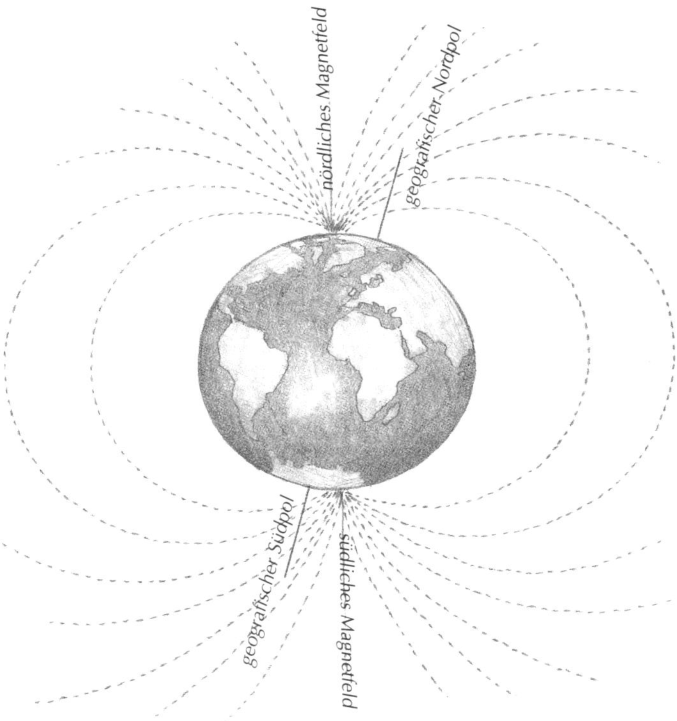


Das Magnetfeld der Erde

***Was sind Generatoren?***
*Ein Generator (lat. »Erzeuger«) formt mechanische in elektrische Energie um. Ein einfacher Generator ist der Fahrraddynamo. In ihm wird Strom erzeugt, indem sich eine Drahtspule zwischen den Polen eines Magneten dreht.*

**BEMERKENSWERTES**

**Der Blick in den Menschen**

**Der Elektromagnetismus leistet auch in der Medizin unschätzbare Dienste. Die so genannte Kernspintomografie hat sich zu einem verbreiteten Standardverfahren in der Diagnostik entwickelt. Ähnlich einem Röntgenbild kann der Arzt hier Bilder aus dem Körperinneren betrachten, bei denen aber nicht nur Knochen, sondern auch Gewebestrukturen detailliert sichtbar sind. Die Kernspintomografie nutzt das Phänomen des Eigendrehimpulses (»Spin«) von Elektronen oder Atomkernen, der ein Magnetfeld induziert.**

**Was sind Glasfaserkabel?**
*Elektrische Informationen lassen sich auch in Lichtsignale umwandeln und durch Leitungen aus Glas schicken. Weil Kern und Mantel aus verschiedenen Glassorten bestehen, wird das ausgesandte Lichtsignal an der Grenzfläche reflektiert und kann so auch um Biegungen geführt werden. Die Signalübertragung geschieht mit Lichtgeschwindigkeit. Mit nur einem Lichtleiterkabel lassen sich über 100.000 Ferngespräche gleichzeitig übertragen.*

**Was versteht man unter stereofon?**
*Das Wort* stereofon *kommt aus dem Griechischen und bedeutet so viel wie »raumgetreue Tonwiedergabe«. Bei der Aufnahme solcher Sendungen werden die für das linke und das rechte Ohr bestimmten Schallinformationen mit gesonderten Mikrofonen aufgenommen, über zwei getrennte Wege übertragen und mit zwei getrennten Lautsprechersystemen wiedergegeben.*

Es gibt zwei grundsätzliche Möglichkeiten, Informationen elektrisch zu übertragen: Entweder man verwendet dafür Leitungen oder die sich im freien Raum ausbreitenden elektromagnetischen Wellen.

Beim Telefonieren kann die erste Möglichkeit ausgenutzt werden. Mit einem Mikrofon werden die durch das Sprechen erzeugten Schallschwingungen in elektrische Signale umgewandelt und dann über Telefonleitungen an den Ort des Empfängers gesendet. Dort wandelt der Lautsprecher des Empfangsgerätes die elektrischen Signale wieder in Schallschwingungen zurück.

Den ersten Fernsprechapparat konstruierte 1861 der deutsche Physiker Philipp Reis (1834–1874). Sein Telefon war jedoch noch so unvollkommen, dass es bald wieder vergessen wurde. Wesentlich brauchbarer war das 15 Jahre später von dem amerikanischen Ingenieur schottischer Herkunft Alexander Graham Bell (1847–1922) entwickelte Gerät. Heute werden Telefongespräche häufig über

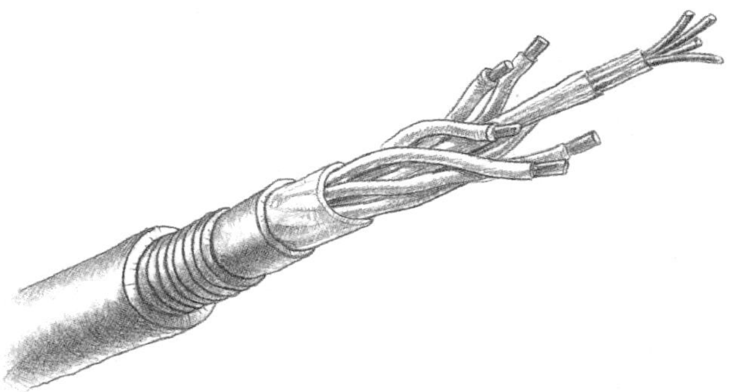

*Glasfaserkabel*

**Glasfaserkabel** transportiert.

Eine drahtlose Informationsübermittlung ermöglichen die unsichtbaren elektromagnetischen Wellen. Nicht nur das Handy nutzt die so genannten Radiowellen zum Transport von Informationen, sondern vor allem auch der Rundfunk und das Fernsehen. Die von einem Rundfunksender mit Lichtgeschwindigkeit ausgestrahlten elektromagnetischen Wellen erreichen in Sekundenbruchteilen einen Empfänger auf der anderen Seite der Erde. Einige Rundfunksender strahlen ihre Programme auch **stereofon** aus.

Als erster Wissenschaftler hatte der deutsche Physiker Heinrich Hertz (1857–1894) in seinen Versuchen nachgewiesen, dass es neben Wasserwellen und Schallwellen noch elektromagnetische Wellen gibt. Elektromagnetische Wellen unterscheiden sich nach ihrer Schwingungszahl, man nennt sie Frequenz. Je höher die Frequenz einer Welle ist, desto kürzer wird ihre Wellenlänge. Radiostationen arbeiten mit Lang-, Mittel- und Kurzwellen.
Beim Fernsehen werden die im Studio in elektrische Impulse übertragenen und – bei Aufzeichnungen – auf einem Magnetband gespeicherten Bilder und Töne über Kabel oder Radiowellen mit Lichtgeschwindigkeit ausgestrahlt. Fernsehantennen oder Satellitenschüsseln empfangen diese Wellen und leiten das Signal zum Fernsehgerät, wo es wieder in Bilder und Töne zurückverwandelt wird.
Die Vorstellung, Bilder elektrisch zu übertragen, gab es schon im 19. Jahrhundert. 1883 stellte der deutsche Ingenieur Paul Nipkow (1860–1940) ein Gerät vor, mit dem man Bilder zeilenweise abtasten konnte.
Der entscheidende Durchbruch für die Entwicklung der heutigen Fernsehtechnik aber war die von dem deutschen Physiker Ferdinand Braun (1850–1918) entwickelte Kathodenstrahlröhre, gewöhnlich auch als Braunsche Röhre bezeichnet. Die ersten regelmäßigen Fernsehsendungen gab es bereits 1929. Damals allerdings waren die **Fernsehbilder** noch sehr unscharf, weil man sie in nur wenige Zeilen zerlegen konnte.

***Wie setzen sich die Fernsehbilder zusammen?***

*Jeder Fernsehfilm wird bei der Übertragung in viele verschiedene Einzelbilder zerlegt. Weil jede Sekunde 25 vollständige Bilder übertragen werden, entsteht der Eindruck einer fließenden Bewegung. Jedes Bild besteht beim mitteleuropäischen System wie in Deutschland oder Österreich aus 625 waagerechten Zeilen (Frankreich 819, England 405 Zeilen). Früher, in den Anfangsjahren des Fernsehens, waren es nicht mehr als 30 Zeilen.*

**BEMERKENSWERTES**

**Fernsehtürme: je höher, desto besser**

**Radiowellen sehr hoher Frequenz – Ultrakurzwellen also – eignen sich am besten für die Übertragung der Fernsehbilder.
Diese Wellen haben aber einen Nachteil: Sie folgen – ebenso wie das Licht – nicht der Erdkrümmung, sondern breiten sich nahezu geradlinig aus. Sender und Empfänger müssen sich also »sehen«, können. Deshalb werden Fernsehtürme gern auf Bergen errichtet und möglichst hoch gebaut. Transatlantische Verbindungen werden Nachrichtensatelliten hergestellt.**

***Was ist eine Elektronenröhre?***
*Eine Elektronenröhre ist ein Bauteil zur Steuerung und Verstärkung elektrischer Ströme. Sie besteht in ihrer einfachsten Form aus zwei Teilen: In einem luftleeren Glas- und Metallkolben liegen sich die negativ geladene Kathode, die Elektronen abgibt, und die positiv geladene Anode, die Elektronen anzieht, gegenüber. Die Diode (di bedeutet »zwei«), wie man sie wegen ihrer zwei Bauteile nennt, lässt Ströme nur in einer Richtung passieren.*

***Wo arbeitete der erste vollelektronische Rechner?***
*ENIAC (**E**lectronic **N**umerial **I**ntegrator **a**nd **C**omputer) hieß eine der ersten ausschließlich mit Röhren arbeitenden Rechenmaschinen. Sie wurde 1946 in den USA in Betrieb genommen. Mit ihren über 18.000 Röhren wog ENIAC etwa 30 Tonnen. Sie verbrauchte so viel Strom wie eine kleine Fabrik. Häufig gingen Röhren kaputt; dann stand die ganze Maschine stundenlang still. Schon im Jahr 1939 wurde ein erster Prototyp des Röhrencomputers Colossus vorgestellt.*

Der steile Aufstieg der Funktechnik begann mit der Entwicklung der **Elektronenröhre**. Insbesondere die 1906 erfundene Triode, in der die empfangenen elektrischen Signale verstärkt werden konnten, ermöglichte den Bau qualitativ hochwertiger Radioempfänger, Fernsehgeräte und Radaranlagen.
Allerdings mussten die Glasröhren eine bestimmte Mindestgröße aufweisen. Auch deshalb zeigten sich die damaligen Radio- und Fernsehgeräte noch ziemlich sperrig und auch die ersten vollelektronischen **Rechner** waren riesengroß.

Ein neues Zeitalter leitete 1948 die Erfindung des Transistors ein. Transistoren, ein Kunstwort aus *transfer* und *resistor* (latein. *transferre* = »hinübertragen«, *resistere* = »widerstehen«), sind kleine elektronische Bauelemente, die elektrische Ströme verstärken können. Wie mit einem Schalter lassen sich mit ihnen auch Stromkreise ein- und ausschalten. Schon die ersten Transistoren waren 100-mal kleiner als Röhren. Sie wurden aus Germanium, wenige Jahre später aus Silicium hergestellt. Diese Materialien sind so genannte **Halbleiter**; sie leiten elektrischen Strom, wenn auch nicht so ungehindert wie beispielsweise Kupferdraht. Die Transistoren arbeiten schneller, zuverlässiger und im Stromverbrauch sparsamer als Röhren.

Vor allem die sich rasch entwickelnde Luft- und Raumfahrt verlangte noch zuverlässigere und wesentlich kleinere elektronische Bauteile. 1961 fand man heraus, dass sich mehrere Transistoren in einem einzigen Bauteil zusammenfassen lassen. Es handelt sich um ein dünnes Siliciumplättchen, das einen vollständigen elektrischen Stromkreis, einen so genannten integrierten Schaltkreis, aufnehmen konnte. Man nannte es Chip (engl. »Stückchen«). Das war die Geburtsstunde der Mikroelektronik (griech. *mikros* = »klein, kurz«).
Unter dem Mikroskop sieht ein Chip aus wie eine gedruckte Leiterplatte. Seine Herstellung ist kompliziert und aufwändig. Sie muss in absolut staubfreien Laboratorien erfolgen. Schon das kleinste Staubkorn kann einen Chip unbrauchbar machen.
Verwendet wird Silicium von einem sehr hohen Reinheitsgrad. Man gewinnt es aus einer speziellen Sandart, dem Quarz. Das Silicium wird geschmolzen und zu Stäben von zehn Zentimeter Durchmesser geformt. Diese werden dann in zahlreiche dünne Scheiben, die *Wafers* (engl. »Waffeln«), geschnitten. Je nach Chiptyp gewinnt man aus einem Wafer beispielsweise etwa 500 winzige, rund fünf Qua-

dratmillimeter große Silicium-Chips oder etwa ein dutzend Mikroprozessoren.

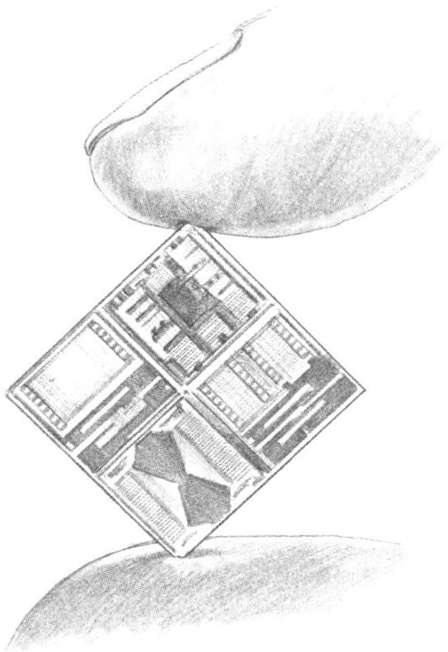

Integrierter Schaltkreis »Chip«

Im Laufe der Zeit hat sich die Anzahl der mikroskopisch kleinen Bauelemente, die auf einem einzigen Silicium-Chip Platz finden, vervielfacht. Anfang der 60er-Jahre brachte man etwa 15 Elemente auf einem Chip unter, 1970 waren es an die 4.000 Elemente und heute sind es viele Millionen. Von diesen Millionen Komponenten kann jede eine Aufgabe erfüllen, für die man früher eine große Röhre aus Glas hätte einsetzen müssen.
Ohne den Silicium-Chip wäre das Computerzeitalter nicht denkbar. Es gäbe dann auch keine Taschenrechner, Handys und Walkmen.

***Was sind Halbleiter?***

*Halbleiter wie Germanium und Silicium besitzen bei tiefen Temperaturen keine elektrische Leitfähigkeit, leiten dagegen mit zunehmender Temperatur immer stärker. Mit geringsten Spuren von anderen Elementen wie Bor oder Phosphor versehen, erhält man die gewünschten halbleitenden Eigenschaften.*

**BEMERKENSWERTES**

**Enorme Speicherkapazität**

**Ein hauchdünner Mikrochip von nur zwei oder drei Millimeter Kantenlänge und einer Dicke von einem halben Millimeter kann mühelos den Text von mehreren tausend komplett beschriebenen Schreibmaschinenseiten speichern.**

***Was bedeutet das Wort »Roboter«?***

*Der »Roboter« ist slawischen Ursprungs: Das Wort* rabota *bzw.* robot *bedeutet hier so viel wie »Arbeit«. Erstmals taucht der Roboter in dem englischen Titel* Rossums Universal-Roboter, *eines 1920 erschienenen Theaterstücks des tschechischen Schriftstellers Karel Capek auf. Es handelt von einem Mann, der Maschinen herstellt, die wie Menschen aussehen und deren Arbeit verrichten können.*

***Wie arbeiten Planetensonden?***

*Die Landegeräte der unbemannten Raumsonden sind nichts anderes als hoch komplizierte Roboter. Sie nehmen mit ihren Greifarmen Oberflächenproben auf, untersuchen sie in einem kleinen Labor und funken die Ergebnisse zur Erde. Sonden mit Landerobotern an Bord können viel weiter ins All vordringen, als dies im bemannten Raumflug möglich ist.*

Roboter, wie es sie schon in großer Anzahl gibt, sehen weder aus wie metallisch glänzende Menschem noch sprechen sie so. **Roboter** sind nichts weiter als automatische, computergesteuerte Maschinen, die bestimmte Bewegungen ausführen können. Ihre Konstrukteure haben sie darauf programmiert, uns die Arbeit zu erleichtern. Die meisten Roboter gibt es in Industrie und Forschung.

Industrieroboter sind menschlichen Arbeitskräften in mancher Hinsicht deutlich überlegen. Sie können pausenlos arbeiten, ohne zu ermüden, krank zu werden oder sich zu langweilen. Dabei verrichten sie ihre Tätigkeit mit immer gleich bleibender Genauigkeit. Außerdem funktionieren Roboter unter Bedingungen, die einem Menschen nicht zuzumuten wären: Hitze, Kälte, Lärm, Explosionsgefahr oder radioaktive Strahlung. Deswegen werden Roboter vorzugsweise für ständig wiederkehrende, unangenehme oder gefährliche Tätigkeiten eingesetzt, etwa bei monotonen Fließbandarbeiten in Autowerken, in der Kerntechnik oder bei der Entschärfung von Bomben. Forschungsroboter dagegen helfen dem Menschen vor allem in großen Tiefen liegende Schiffswracks zu untersuchen, die Tiefsee zu erforschen oder als **Planetensonden** fremde Himmelskörper zu erkunden.

Die meisten Roboter haben nur einen »Arm«. Genau wie der menschliche Arm verfügt er über ein Schultergelenk, ein Ellbogengelenk und ein Handgelenk. Diese drei Bewegungsachsen ermöglichen das Drehen der »Schulter«, das Beugen und Strecken des »Ellbogens« und Bewegungen des »Handgelenks«, millimetergenau und in alle Richtungen. Der Greifer, also die »Hand«, kann Gegenstände halten und heben.

Roboter werden von einem Programm gesteuert, das in ihren Computer eingegeben wird. Manche Roboter werden richtiggehend »ausgebildet«, indem sie auf Befehl einzelne Arbeitsgänge Schritt für Schritt ausführen. Unvorhergesehenen Situationen stehen sie allerdings hilflos gegenüber; Roboter sind also nicht zu wirklich selbstständigen Tätigkeiten fähig.

Roboter für kompliziertere Aufgaben, man nennt sie auch Roboter der »zweiten Generation«, besitzen **Sensoren,** mit denen sie äußere Eindrücke aus ihrer Umgebung wahrnehmen können. Die häufig mit Fernsehkameras aufgenommenen Eindrücke ermöglichen dem Roboter, seine Arbeit zu »beobachten«, zu bewerten und gegebenenfalls zu stoppen.

Gegenüber den schon recht gut ausgebildeten Forschungs- und Industrierobotern sind die so genannten Service-Roboter noch ziemlich unterentwickelt. Immerhin versorgt in einigen US-amerikanischen Krankenhäusern ein rollender Roboter Patienten mit Essen und Post und transportiert Laborproben und Wäsche. Andere schrubben die Fußböden oder patrouillieren als Nachtwächter durch Museen oder Bürohäuser. Bis zu einem **Androiden**, der uns die Hausarbeit erledigt, ist es aber noch ein weiter Weg.

***Was sind Sensoren?***
*Das Wort »Sensor« leitet sich vom lateinischen* sensus = *»Gefühl« ab. Es bezeichnet ein Gerät, das auf äußere Bedingungen (beispielsweise Druck, Temperatur oder Lichthelligkeit) reagiert und sie in elektrische Signale umsetzt.*

*Industrieroboter*

***Was ist ein Android?***
*Androiden (aus dem Griechischen* andros = *»Mensch« +* eides = *»ähnlich«) sind künstliche Menschen bzw. Maschinen, die in Aussehen und Verhalten dem Menschen ähneln. Androiden, die schreiben oder musizieren konnten, wurden schon vor Jahrhunderten von findigen Mechanikern konstruiert. Berühmt wurden sie aber in Science-Fiction-Geschichten und -Filmen.*

**BEMERKENSWERTES**

**Roboter im Meer**

**Um die Meere besser erforschen zu können, entwickeln Wissenschaftler »Biobots«, Meerestieren naturgetreu nachgebaute »biologische Roboter«. Die »Biobots« sind wendiger als Mini-U-Boote und sie passen sich den Strömungen besser an. Eines Tages sollen sie selbstständig Ölplattformen warten, Bodenschätze aufspüren, die Wasserverschmutzung messen und ihre lebenden »Artgenossen« zu Forschungszwecken begleiten.**

# LICHT UND FARBE

***Was besagt die Quantentheorie?***
*Von Max Planck stammt die Annahme, dass die Atome Strahlungsenergie nicht in jeder beliebigen Größe, sondern immer nur stoßweise in winzigen Quanten, Energieportionen also, aussenden oder aufnehmen.*

***Ist die Lichtbrechung immer gleich?***
*Ein Lichtstrahl wird beim Übergang von einem Medium in ein anderes abgelenkt. An der so genannten Brechzahl, dem Quotienten der Brechungsindizes, kann man die Stärke dieser Ablenkung ablesen. Der Brechungsindex der Luft beträgt 1, der von Wasser 1,3 und der von Glas 1,5. Je höher der Brechungsindex, desto langsamer bewegt sich das Licht in dem betreffenden Medium.*

Wohin wir auch blicken, überall ist Licht. Tagsüber erhellt das Sonnenlicht unsere Erde. Nachts behelfen wir uns mit künstlichem Licht. Ohne Licht gäbe es kein höheres Leben auf der Erde.
Früher hatte man sehr unterschiedliche Vorstellungen von der physikalischen Beschaffenheit des Lichts. René Descartes (1596–1650), der französische Philosoph und Mathematiker, sah im Licht eine fein verteilte Substanz ähnlich wie Luft oder Sand. Für Isaac Newton (1643–1727) bestand Licht aus winzigen, sich schnell bewegenden Teilchen. Und der niederländische Physiker Christiaan Huygens (1629–1695) vermutete, dass Licht sich in Wellen ausbreitet.
Heute wissen wir, dass Licht eine Form elektromagnetischer Strahlung ist. Einerseits hat es Eigenschaften, die an Schallwellen erinnern, andererseits verhält es sich in manchen Situationen wie ein Teilchenstrom. Dem deutschen Physiker Max Planck (1858–1947) gelang es, die Wellen- und Teilcheneigenschaften des Lichts in einer einheitlichen Theorie zu beschreiben, die die Grundlage der berühmten **Quantentheorie** bildet.
Licht breitet sich geradlinig und unglaublich schnell aus. In nur einer Sekunde legt es etwa 300.000 Kilometer zurück. Nichts ist schneller auf der Welt. In verschiedenen Materialien aber, in Wasser oder Glas beispielsweise, bewegt sich Licht unterschiedlich schnell fort. Mit der Geschwindigkeit ändert es an der Grenzfläche zwischen zwei Materialien auch seine Richtung. Dieses Phänomen nennt man **Lichtbrechung** oder Refraktion.
Wird Licht dagegen von einer Oberfläche, einem Spiegel beispielsweise, zurückgeworfen, wird es reflektiert. Diese Eigenschaften nutzt man in optischen (Optik: Lehre vom Licht) Geräten, die aus **Linsen** und/oder Spiegeln aufgebaut sind. Wichtige optische Geräte sind Brillen, Mikroskope und Teleskope.
Das Licht, das wir sehen, scheint farblos zu sein. Schickt man es jedoch durch ein geschliffenes Glasprisma, dann wird es in seine Bestandteile zerlegt. Es setzt sich zusammen aus allen Farben des **Regenbogens.** Dabei hat jede Farbe eine eigene Wellenlänge; unsere Augen nehmen unterschiedliche Wellenlängen als unterschiedliche Farben wahr.
Seltsam: Während die meisten Säugetiere überhaupt keine Farben erkennen können, gelingt dies Vögeln, Reptilien, manchen Fischen und Insekten. Mehr noch: Diese Tiere nehmen zum Teil Lichtwellen wahr, die wir nicht »sehen« können: Das sichtbare Licht mit seinem Farbspektrum ist nur ein Teil der großen Menge Energie, die uns die Sonne in Form von elektromagnetischen Wellen schickt. Zu diesen

gehören nämlich auch infrarote (Wärme-)Strahlen, ultraviolettes (UV-)Licht, Radiowellen, Röntgenstrahlen und auch die Mikrowellen, wie wir sie ebenfalls im Mikrowellenherd erzeugen können. Die verschiedenen Formen elektromagnetischer Strahlung unterscheiden sich nur in ihrer Wellenlänge, aber alle breiten sich mit Lichtgeschwindigkeit aus.

***Was gibt es für Linsen?***
*Linsen sind Körper aus einem durchsichtigen Material wie Glas oder Kunststoff mit gewölbten Oberflächen. Sind sie in der Mitte dünner als an den Rändern, spricht man von Konkavlinsen – sie zerstreuen das Licht. Konvexlinsen sind in der Mitte dicker als am Rand und sammeln das Licht. Eine Lupe ist eine einfache Konvexlinse.*

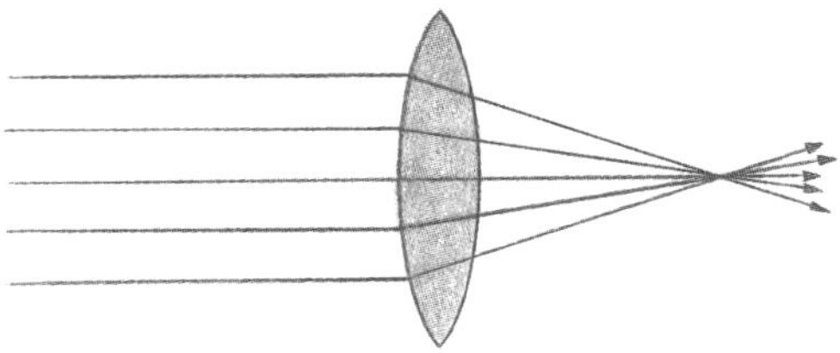

*Sammellinse (konvex)*

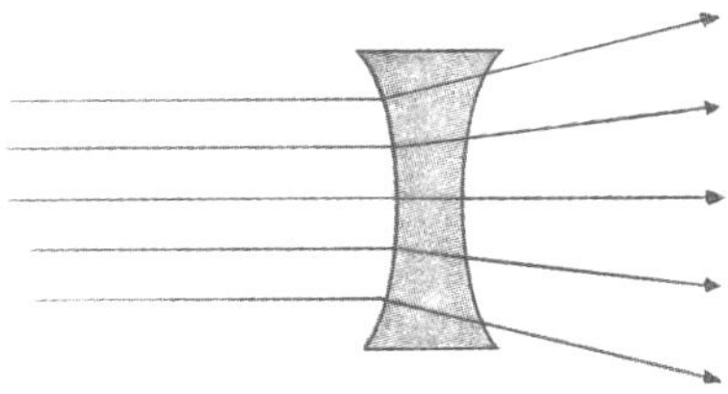

*Streulinse (konkav)*

***Wie entsteht ein Regenbogen?***
*Sonnenlicht ist ein Gemisch von Rot, Orange, Gelb, Grün, Blau und Violett. Wird es an einer Grenzfläche gebrochen, löst es sich in diese Farben auf. Weil die vielen Millionen Regentropfen, die bei einem Regenschauer niedergehen, wie Prismen wirken, spalten sie das Licht in seine Grundbestandteile – ein buntfarbenes Band entsteht.*

**BEMERKENSWERTES**

**Grüne Blätter**

**Birkenblätter und andere grüne Blätter sind nur deshalb grün, weil sie das einfallende Licht so reflektieren: Die Blätter nehmen alle Farben des Lichts in sich auf außer Grün. Dies aber wird reflektiert – und so sehen wir es. Unter dem orangefarbenen Licht mancher Straßenlaternen dagegen wirken die Blätter schwarz: Sie nehmen das orangefarbene Licht in sich auf und reflektieren es so gut wie gar nicht.**

# ZAUBERHAFTER LASER

***Was ist ein Hologramm?***
*Das Wort kommt aus dem Griechischen und bedeutet so viel wie »ganzes Bild«* (holos = *»ganz«* + gramma = *»Schriftzeichen«). Hologramme sind eine Art Fotografie, die mit Lasern hergestellt wird. Gewöhnliche Bilder sind zweidimensional – sie haben eine Breite und eine Höhe. Hologramme erzeugen außerdem noch den Eindruck räumlicher Tiefe; sie sind dreidimensional. Hologramme sehen aus wie echte Gegenstände.*

***Wie weit wirkt ein Laser?***
*Es ist kein Problem mit einem Laser beispielsweise die Entfernung zwischen Erde und Mond zu messen – vorausgesetzt, auf dem Mond befindet sich ein Gerät, das den Laserstrahl wieder zur Erde zurückwirft. Erst dann kann man die Zeit messen, die das Laserlicht für den Hin- und Rückweg braucht. Die »Apollo«-Astronauten haben 1969 einen Laserreflektor auf dem Mond zurückgelassen.*

Das Wort »Laser« ist eine Abkürzung aus den Anfangsbuchstaben englischer Fachwörter: ***L****ight* ***A****mplification by* ***S****timulated* ***E****mission of* ***R****adiation,* auf Deutsch etwa »Lichtverstärkung durch angeregte Aussendung elektromagnetischer Strahlung«. Der Laser enthält also einen Lichtverstärker.
Von gewöhnlichem weißem Licht, das eine Mischung aus verschiedenen Farben mit jeweils unterschiedlicher Wellenlänge ist, unterscheidet sich das Laserlicht zweifach. Zum einen enthält ein Laserstrahl nur Licht einer einzigen Wellenlänge und zum anderen schwingen die Wellen – im Gegensatz zum Licht einer Glühlampe – im Gleichklang. Der Physiker nennt Laserlicht deshalb *kohärentes* (latein. »zusammenhängendes«) Licht.

Den ersten Laser baute 1960 der amerikanische Wissenschaftler Theodore Maiman (geb. 1927). Doch ob kleiner Laserscanner an der Supermarktkasse oder riesige Laserkanone für die Kernfusion – das Prinzip ist seit seiner Erfindung noch immer dasselbe: Die Atome eines geeigneten Mediums (Gas, Kristall, Glas oder Farbstoff) werden durch ein besonderes technisches Verfahren gezwungen einen Teil ihrer gespeicherten Energie als elektromagnetische Strahlung abzugeben. Diese Strahlung wird durch Spiegelflächen mehrfach hin und her reflektiert und verstärkt. Schließlich dringt sie als dünner Laserstrahl nach außen.

Wenige andere Erfindungen sind so vielseitig einsetzbar wie der Laser. Das »Wunderlicht« kann schreiben, lesen, messen, schneiden und sogar heilen. Ein Laserstrahl ist in der Lage, empfindliche Blutgefäße ebenso sorgfältig zu verschweißen wie dickes Autoblech. Der Laser kann feinste Löcher durch härteste Diamanten bohren, **Hologramme** auf Ausweise und Kreditkarten schreiben sowie mit bunten Lichteffekten bei Konzerten und Bühnenshows überraschen. Ingenieure benutzen Laserlicht auf Grund seiner geringen Divergenz (von: *divergent* = »auseinander strebend«) zum exakten Messen von **Entfernungen.** Und mit Laserstrahlen lässt sich feststellen, ob ein Turm wirklich senkrecht steht oder ob beim Tunnelbau die geplante Richtung eingehalten wird. Auch beim Abspielen von CDs, beim Telefonieren durch das Glasfaserkabel oder beim Lesen von Strichcodes im Supermarkt hat sich der Laser unentbehrlich gemacht.

Jahr für Jahr erschließt sich die Lasertechnologie immer neue Anwendungsgebiete. Das hängt nicht nur damit zusammen, dass es gelingt, Laserstrahlen in fast jeder gewünschten Wellenlänge zu produzieren: Die Forscher können Laserstrahlen auch ultrakurz pulsieren lassen, um sehr schnelle Prozesse untersuchen zu können. Auf der anderen Seite gibt es **»gepulste«** Laser, die für sehr hohe Energien in einem einzigen Lichtpuls optimiert sind. Diese Pulslaser erreichen Spitzenleistungen von Milliarden Megawatt.

***Was können gepulste Laser?***

*Die extrem gebündelte Energie der Pulslaser hilft z. B. den Chirurgen. Verstopfte Adern lassen sich »aufbohren« und feinste Gefäße mit unvorstellbarer Präzision schneiden. Mit noch schneller pulsierenden Lasern wollen die Forscher demnächst superschnell ablaufende chemische Reaktionen in Zellen untersuchen, um Krankheiten auf die Spur zu kommen.*

**BEMERKENSWERTES**

**Gigantische Energien**

**Im Jahre 2008 soll in den USA der größte Laser der Welt in Betrieb gehen. Dann wird aus 192 Strahlenkanonen auf Wasserstoffatome geschossen werden, um sie zu verschmelzen. Bei dieser Kernfusion, wie sie auch im Innern der Sonne auf natürliche Weise abläuft, entstehen größere Energiemengen als bei der Kernspaltung. Vielleicht kann man sie eines Tages nutzen.**

In der Leipziger Zeitschrift »Annalen der Physik« erschien 1905 ein Aufsatz, der in der ganzen Welt Aufsehen erregte. Der Verfasser war **Albert Einstein** (1879–1955), ein bis dahin unbekannter junger Physiker. Die Theorie, die er in der Zeitschrift veröffentlichte, nannte er »Spezielle Relativitätstheorie«. Wenige Jahre später, 1916, folgte eine weitere grundlegende Arbeit, die »Allgemeine Relativitätstheorie«. Mit beiden Werken und einer ebenfalls 1905 erschienenen Arbeit zum Photoeffekt – für die er den Nobelpreis erhielt – legte der Wissenschaftler einen wesentlichen Grundstein nicht nur für die moderne Atomphysik, sondern er vervollkommnete auch unsere Vorstellungen vom Universum. Kein Forscher hat so viel zum Verständnis solcher Dinge wie Licht, Energie, Bewegung, Schwerkraft, Raum und Zeit beigetragen.

***Wie wurde Einsteins Behauptung überprüft?***
*Einstein ließ die einzelnen Phasen der Sonnenfinsternis fotografisch festhalten. Seiner Theorie nach musste das Licht der die Sonne umgebenden Sterne nach innen, also zur Sonne hin, abgelenkt werden. Nach der Auswertung der Fotografien stellt man tatsächlich eine Abweichung fest. Sie entsprach nahezu der von Einstein vorausberechneten.*

Einstein war überzeugt, dass Ausdehnung, Masse und Zeit von der Bewegung beeinflusst würden. Er glaubte auch, dass die Lichtgeschwindigkeit im Vakuum (300.000 km/s) die höchstmögliche Geschwindigkeit sei, die ein Körper erreichen kann. Einstein zufolge versagt in Bezug auf sehr hohe Geschwindigkeiten und große Schwerefelder unser Vorstellungsvermögen. So erscheint uns die Zeigerbewegung einer Uhr anders, wenn diese sich sehr schnell in einem gedachten Superraumschiff an uns vorbeibewegt – und dies umso mehr, je mehr sich die Geschwindigkeit des Raumschiffes der Lichtgeschwindigkeit nähert. Würde sich das Raumschiff schließlich mit 99,9 Prozent der Lichtgeschwindigkeit an uns vorbeibewegen, würde die Uhr für uns darin 22-mal langsamer gehen!

***Was besagt die Gleichung $E = m \cdot c^2$?***
*Sie besagt, dass sich Materie in Energie verwandeln kann und umgekehrt. E bezeichnet die Energie, m den Massenwert und c die Lichtgeschwindigkeit. Die Gleichung bedeutet zweierlei. Zum einen wird ein Körper, der sich sehr schnell bewegt, etwas schwerer. Mit der Geschwindigkeit nimmt seine Bewegungsenergie zu, die als E auf der linken Seite der Gleichung steht. Damit nimmt aber auch seine Masse zu, die auf der rechten Seite steht; der Körper wird schwerer, solange er sich bewegt. Zum anderen besagt die Gleichung, dass man Masse in Energie umwandeln kann und umgekehrt. Die Energie, die bei der Kernspal-*

Aber nicht nur die Zeit würde in der Nähe der Lichtgeschwindigkeit beinahe zum Stillstand kommen. Auch jede Ausdehnung würde gegen null gehen, die Masse des Körpers dagegen unendlich groß werden.

Der Effekt der »relativistischen« (spätlat.: *relativus* = »sich beziehend, bezüglich«) Zeitverlangsamung, der lange unentdeckt blieb, begegnet den Forschern heute im Teilchenbeschleuniger mit sehr schnellen Teilchen: Teilchen, die in Ruhe eine Lebensdauer von einer Mikrosekunde haben, »leben«, für uns 80 Mikrosekunden! Albert Einstein hatte es schon vor nahezu 100 Jahren erkannt: Die Geschwindigkeit ist nichts Absolutes. Für Objekte, die sich sehr schnell an uns vorbeibewegen, vergeht die Zeit anders als beispielsweise für diejenigen, die für uns stillstehen. Je schneller sich ein Objekt bewegt, desto langsamer vergeht darin die Zeit.

In seiner »Allgemeinen Relativitätstheorie« von 1916 behauptete der Forscher auch, dass Licht auch durch ein Schwerefeld beein-

flusst wird. Als es sowohl 1919 und 1922 eine Sonnenfinsternis gab, wurde die Theorie in Aufsehen erregenden Experimenten überprüft und bestätigt.
Auch die **berühmte Gleichung** $E = m \cdot c^2$ ist eine Folgerung, die Einstein aus seiner Relativitätstheorie zog. Der **wissenschaftliche Ruhm** des Forschers drang in die entlegensten Winkel der Erde. Albert Einstein wurde schon zu seinen Lebzeiten eine Legende.

*tung und -fusion freigesetzt wird, entsteht genau durch eine solche Umwandlung von winzigen Mengen von Materie in Energie.*

***Wie berühmt wurde Einstein?***

*In den 20er-Jahren des 20. Jahrhunderts wurden führende Wissenschaftler gebeten, die Namen der vierzehn größten Naturwissenschaftler aller Zeiten aufzuschreiben. Die Vorschläge der Gelehrten waren sehr unterschiedlich. Der Name Albert Einstein fehlte jedoch bei keinem. Einstein war der bedeutendste Physiker des 20. Jahrhunderts. Er erhielt 1921 den Nobelpreis für Physik.*

*Albert Einstein*

**BEMERKENSWERTES**

**Zeitreise**

**Weil die Zeit umso langsamer in einem Raumschiff vergeht, je schneller es sich bewegt, könnte ein Astronaut, der mit nahezu Lichtgeschwindigkeit unterwegs ist, etwas sehr Merkwürdiges erleben: Wenn er aus dem Weltall zur Erde zurückkehrte und nach seiner Uhr ein Jahr vergangen wäre, dann würde er die Heimat nicht wieder erkennen – weil hier inzwischen viele Jahre vergangen sind!**

# MATHEMATIK

# VOM RECHNEN ZUR MATHEMATIK

***Warum wurden Zahlen für den Menschen so wichtig?***
*In vorgeschichtlicher Zeit kamen die Menschen weitgehend ohne Zahlen aus. Wollten sie etwas tauschen, zeigten sie auf die betreffenden Gegenstände und hielten vermutlich einfach die Finger hoch. Später wurde es notwendig, immer größere Mengen bestimmter Dinge zu zählen: Die Zahlensysteme wurden erfunden. Der Mensch lernte nun Zeit, Entfernungen, Flächen und Rauminhalte zu berechnen.*

***Welches Zahlensystem hatten die Maya?***
*Die Maya in Zentralamerika arbeiteten schon tausend Jahre vor den Indern mit der Null. Ihr Zahlensystem brauchte nur drei Zeichen, nämlich einen Punkt, einen Strich und eine wie ein halb geschlossenes Auge aussehende Null. Mit diesen drei Zeichen stellten sie ihre Zahlen dar. Die Maya lebten aber so abgeschieden, dass ihr System keine weitere Verbreitung fand.*

Die *Mathematik* (griech. »Wissenschaft«) ist eine der ältesten und vielleicht sogar die Königin der Wissenschaften. Sie hat sich aus den praktischen Aufgaben des Zählens, Rechnens und Messens entwickelt. Viele antike Völker wendeten bereits die Mathematik an: beispielsweise die chinesische, die ägyptische, die babylonische, natürlich auch die griechische Hochkultur.

Mathematik befasst sich in erster Linie mit **Zahlen**. Geschriebene Zahlzeichensysteme gab es schon um 4000 v. Chr. Doch obgleich die alten Babylonier und Ägypter, die Griechen, Römer und Chinesen viel von Mathematik wussten – die Null hatten sie noch nicht entdeckt.

Die Römer beispielsweise stellten die Zahlen Eins bis Vier durch Striche dar. Fünfer, Zehner und Fünfziger schrieben sie in Buchstaben: Es war schwierig, mit all den vielen verschiedenen Symbolen zu rechnen. Das ging auch den Mathematikern der westlichen Länder so, die lange Zeit, noch im Mittelalter, das römische Zahlensystem benutzten.

Ein bedeutender Fortschritt in der Entwicklung der Zahlen gelang erst den **Maya** und später, um 500 n. Chr., den Indern. Die Inder fanden ein System, das nur die Zahlen Eins bis Neun benötigte und ein spezielles Zeichen für null hatte. Mit diesem System bewältigten indische Mathematiker Aufgaben, die vorher unlösbar waren.

Um 800 n. Chr. übernahmen die Araber das neue System und verbreiteten es rasch im islamischen Weltreich. Aus dem Vorderen Orient kam das indisch-arabische Zahlensystem ab dem elften Jahrhundert nach Europa. Obwohl sich die Zeichen im Laufe der Zeit etwas verändert haben, bilden sie immer noch das System, das wir heute benutzen.

Trotz der Zahlen, die nach wie vor in der elementaren Mathematik unverzichtbar sind – in der so genannten »höheren Mathematik« geht es nicht darum, zu rechnen, sondern logische Zusammenhänge zu erkennen. Immer mehr Bereiche unseres Lebens werden von der Technik bestimmt. Und Technik ohne Mathematik ist undenkbar: Viele Geräte funktionieren nur, weil komplizierte mathematische Verfahren dies erst ermöglicht haben. Aber auch Naturwissenschaften und sogar Geisteswissenschaften brauchen die Mathematik und ihre Formeln.

Was unterscheidet Naturwissenschaftler eigentlich von Mathematikern? Die Mathematik ist eine Wissenschaft von den abstrakten, formalen Gesetzmäßigkeiten, die für alle anderen Wissenschaften anwendbar sind. Die Naturwissenschaften beschäftigen sich mit der Erklärung der vorgefundenen Naturerscheinungen und dem Erkennen der für sie geltenden Naturgesetze. Naturwissenschaftliche Theorien gelten als zutreffend, wenn genug Belege – in der Regel reproduzierbare Ergebnisse von Versuchen – vorhanden sind.

Mathematiker aber verlassen sich nicht auf Experimente. Sie setzen ausschließlich auf die Kraft der **Logik**. Die Naturwissenschaftler haben im Laufe der Zeit schon häufig die Ergebnisse ihrer Arbeit korrigieren müssen. Die Beweisführungen der griechischen Mathematiker vor mehr als 2.000 Jahren hingegen gelten noch heute.

***Was versteht man unter Logik?***

*Die Lehre vom schlüssigen und folgerichtigen Denken und Argumentieren nennt man Logik (lat.* logica *= »Wissenschaft des Denkens«). Ist die Gültigkeit einer Aussage widerspruchsfrei aus Grundgesetzen hergeleitet, nennt man das einen Beweis.*

*Carl Friedrich Gauß*

**BEMERKENSWERTES**

**Urapan und okasa**

**Ein Stamm in der Südsee kennt nur zwei Zahlwörter und kann doch bis drei und weiter zählen: 1 = urapan, 2 = okasa, 3 = okasa urapan, 4 = okasa okasa, 5 = okasa okasa urapan, 6 = okasa urapan okasa urapan usw. Für die dortigen Verhältnisse ist das bestimmt ausreichend. Aber wer möchte auf diese Weise schon bis 100 zählen?**

***Was sind Primzahlen?***
*Unter einer Primzahl versteht man eine ganze Zahl, die größer ist als 1 und ohne Rest nur durch sich selbst und 1 teilbar ist. Teilt man 5 beispielsweise durch eine andere Zahl, bleibt ein Rest. Man sagt auch, 5 ist prim. 6 hingegen ist nicht prim. Denn 6 = 2 x 3. Die ersten Primzahlen lauten: 2, 3, 5, 7, 11, 13, 17, 19, 23 . . .*

***Was machte ein Rechenmeister?***
*Im 16. Jahrhundert führten Rechenmeister im Auftrag der Stadtverwaltungen die im Wirtschaftsleben der Stadt anfallenden Rechenarbeiten durch. Gelegentlich unterhielten sie auch eigene Rechenschulen, in denen sie gegen Entgelt die Schreibweise der Zahlen, die vier Grundrechenarten sowie deren Anwendung beim Kauf und Verkauf im täglichen Leben lehrten.*

***Womit befasst sich die Geometrie?***
*Das Wort Geometrie kommt aus dem Griechischen und heißt wörtlich übersetzt »Landvermessung«. Die Geometrie ist das wichtigste mathematische Gebiet, das sich mit dem Raum beschäftigt.*

Den Beginn der modernen Mathematik markiert *Elemente*, das wichtigste griechische Lehrbuch der Mathematik. Verfasst hat es Euklid von Alexandria (um 365–um 300 v. Chr.) um 325 v. Chr. Das erfolgreichste mathematisch-naturwissenschaftliche Buch der Weltgeschichte hat mehr als zwei Jahrtausende als Grundlage aller mathematischen Studien gedient. In 13 Bänden formulierte Euklid Grundannahmen und folgerte aus ihnen mathematische Sätze. Der geniale euklidsche Beweis der Unendlichkeit der **Primzahlen** gilt vielen Mathematikern noch heute als »Meisterstück« der Mathematik.

Außergewöhnliche griechische Denker gab es aber schon vor Euklid. So stellte der Philosoph Pythagoras von Samos (um 570–um 480 v. Chr.) einen Lehrsatz auf, mit dem sich die Seiten eines rechtwinkligen Dreiecks berechnen lassen.

Der bedeutendste griechische Mathematiker der Antike aber war Archimedes (um 287–212 v. Chr.). Er schrieb Bücher über die Eigenschaften und Berechnungsmethoden geometrischer Figuren und er fand eine fast genaue Formel zur Berechnung des Kreisinhalts. Als die Römer 212 v. Chr. die Stadt Syrakus eroberten, wurde er von einem betrunkenen Soldaten getötet. »Noli turbare circulos meos!«, soll der große Wissenschaftler, der gerade mit einer geometrischen Berechnung beschäftigt war, noch gerufen haben: »Störe meine Kreise nicht!«

Der erste Mathematiker, der erstmals eine Null schrieb und damit der Mathematik einen wichtigen Impuls verlieh, war der im Jahr 476 geborene Inder Aryabhata. Er nannte sie »Kha«, das bedeutet so viel wie Loch, aber auch Himmel. Über die Araber kam die Null ab dem elften Jahrhundert nach Europa. Aus ihrer arabischen Bezeichnung *assfir* (»die Leere«) leiten sich die Wörter *Ziffer* und *zero* (englisch und französisch für null) her.

1202 veröffentlichte der italienische Kaufmann und Mathematiker Leonardo von Pisa (1170–1240), genannt Fibonacci, ein Rechenbuch, das über die schriftlichen Rechenmethoden mit den indisch-arabischen Ziffern berichtet. Nun erlebte die Mathematik im mittelalterlichen Europa einen Aufschwung. Ende des 15. Jahrhunderts kam sogar ein neuer Berufsstand auf, der des **Rechenmeisters**. Einen noch immer legendären Ruf besitzt Adam Ries (1492–1559), der im sächsischen Erzgebirge wirkte und drei Rechenbücher schrieb. Noch heute begegnet man im Zusammenhang mit einfachen Rechenaufgaben dem Sprichwort »Nach Adam Riese macht das . . .«,

Der aus Frankreich stammende René Descartes (1596–1650) entwickelte die analytische **Geometrie.** Mit dem von ihm konstruierten kartesischen Koordinatensystem lassen sich nicht nur Ebenen erfassen, sondern auch der dreidimensionale Raum. Descartes – lateinisch nannte er sich Cartesius – wurde auch als Philosoph bekannt, vor allem wegen seines berühmten Ausspruchs »Cogito, ergo sum« (Ich denke, also bin ich).

Ein klassisches Teilgebiet der Mathematik ist auch die Analysis, in der mit Grenzwerten gearbeitet, also die Infinitesimalrechnung angewendet wird. Dieser Begriff (*infinitus* = »unbegrenzt«) ist die zusammenfassende Bezeichnung für die Differenzial- und Integralrechnung. Mit der Differenzialrechnung lässt sich beispielsweise die Veränderung einer Größe erfassen: So ist etwa Geschwindigkeit die Veränderung des Ortes in einer gewissen Zeit und Beschleunigung ist wiederum die Veränderung der Geschwindigkeit in einer bestimmten Zeit. Die Integralrechnung kann man anwenden, wenn man einen Flächen- oder Rauminhalt innerhalb unregelmäßiger Grenzen ausrechnen will. Grundlegende Methoden der Infinitesimalrechnung erfanden unabhängig voneinander Isaac Newton (1643–1727) und Gottfried Leibniz (1646–1716). Die Differential- und Integralrechnung wurde von dem Schweizer Leonhard Euler (1707–1783) weiterentwickelt und in lehrbuchartigen Darstellungen beschrieben.

Einer der bedeutendsten Mathematiker der Geschichte war Carl Friedrich Gauß (1777–1855). Der Physiker und Mathematiker legte nicht nur die Grundlagen für die moderne **Algebra.** Er entwickelte auch ein Verfahren für die Berechnung von Planetenbahnen und veröffentlichte das grundlegende Werk zur modernen Zahlentheorie *Untersuchungen zur **Arithmetik***. Der König von Hannover ließ zum Andenken an den in Göttingen verstorbenen Gauß eine Medaille prägen, die die Inschrift »Mathematicorum princeps« (Fürst der Mathematiker) trägt.

*Die wichtigsten Begriffe der Geometrie sind Punkt, Linie, Gerade, Kreis, Winkel und Dreieck. Mit Hilfe der Geometrie können beispielsweise Felder vermessen und Häuser mit geraden Wänden gebaut werden oder Schiffe sicher den Zielhafen finden.*

***Was versteht man unter Algebra?***

*Die Algebra ist ein Teilgebiet der Mathematik. Es befasst sich in erster Linie mit der Lösung von Gleichungen mit Variablen. Beispielsweise ist $x + 3 = 7$ eine Bestimmungsgleichung mit der Unbekannten x, die nur dann erfüllt wird, wenn man für x den Wert 4 einsetzt. $x = 4$ heißt deswegen auch die Lösung der Gleichung.*

***Was ist Arithmetik?***

*Dieses Wort bedeutet so viel wie »Rechenkunst«. Die Arithmetik ist jenes Gebiet der Mathematik, das die verschiedenen Zahlenarten und ihre Rechengesetze behandelt. Die niedere Arithmetik umfasst die vier Grundrechenarten und die Potenzrechnung mit ihren Umkehrungen. Zur höheren Arithmetik gehören die Theorie der unendlichen Folgen und Reihen, die Kombinatorik und die Zahlentheorie.*

## BEMERKENSWERTES

### Ein findiger Schüler

**Schon als neunjähriger Schüler machte Carl Friedrich Gauß seine erste mathematische Entdeckung. Sein Lehrer hatte ihm die Aufgabe gestellt, alle Zahlen von 1 bis 100 zu addieren. Statt nun der Reihe nach zu rechnen: 1 + 2 = 3, 3 + 3 = 6, 6 + 4 = 10 usw., fiel dem jungen Gauß auf, dass in der Summation 1 + 2 + 3 + ... + 98 + 99 + 100 aus zwei Zahlen am Anfang und am Ende der Reihe jeweils die Zahl 101 zu bilden ist: 1 + 100 = 101, 2 + 99 = 101, usw. Da es 50 solcher Paare gibt, bleibt also nur noch eine einfache Multiplikation zu erledigen: 101 mal 50 = 5.050. Kein Wunder, dass Gauß die Lösung im Handumdrehen finden konnte!**

***Warum ist ein Speicher so wichtig?***
*Ein Computer muss seine Rechenergebnisse speichern können. Kann er das nicht, ist er nur eine Rechenmaschine. Moderne Computer speichern die Ergebnisse ihrer Arbeit auf Magnetplatten oder -bändern. Manche Informationen sind ständig im Computer gespeichert, etwa die Meldung zur Ausführung bestimmter Arbeitsschritte.*

Schon von jeher war der Mensch bemüht sich das Rechnen zu erleichtern. Die ersten Rechenhilfen waren die vier Finger und der Daumen an jeder Hand. Oft nahm man statt der Finger auch Kiesel. Einen Vorläufer des Rechenbretts erdachten die Mesopotamier. Sie zogen mehrere parallele Rillen in den Sand und legten Kiesel hinein. Die rechte Rille war für die Einer, die nächste für die Zehner usw. Nun brauchte man bloß die Kiesel innerhalb der Rillen zu verschieben oder von Rille zu Rille zu versetzen – und schon ließen sich einfache Rechenaufgaben lösen. Das war vor 5.000 Jahren.
Der erste »Taschenrechner« entstand, als man handliche Tontafeln mit Rillen versah. Später wurden die Kiesel dann wie Perlen in Zehnergruppen auf Drähte gereiht, die man über einen Holzrahmen spannte. Der Abakus (nach dem griechischen Wort *abax* = »Brett«), das Rechenbrett, war erfunden. Es ist immer noch in Gebrauch.

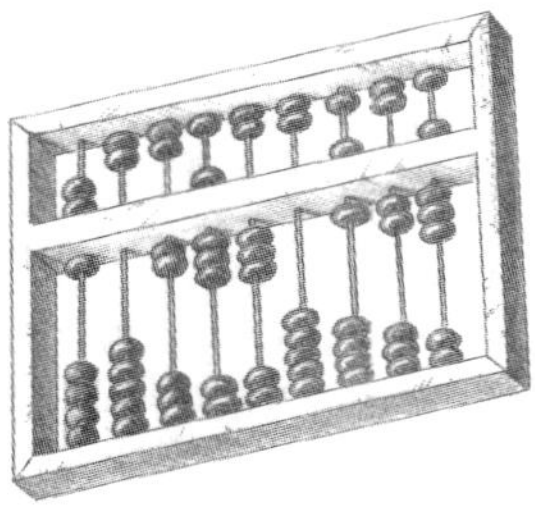

*Abakus*

Die erste nennenswerte Verbesserung gelang 1617 dem schottischen Edelmann John Napier (1550–1617) mit der Erfindung eines Rechenschiebers. Mit »Napiers Knochen«, Rechenstäben aus Knochen oder Holz, konnte man rasch multiplizieren oder dividieren. Eine Addiermaschine zur Erleichterung der Rechenarbeit baute der Franzose Blaise Pascal (1623–1662). Die geniale Erfindung der Staffelwalze, mit der die Übertragung von Zehnerpotenzen möglich war, ist Gottfried Wilhelm Leibniz (1646–1716) im Jahr 1674 gelungen.
Viele Erfinder bemühten sich im 18. Jahrhundert um technisch ausgereifte Konstruktionen von Rechenmaschinen. Doch erst ein Jahrhundert später begann die industrielle Fertigung von verlässlichen mechanischen Rechenmaschinen. Zu dieser Zeit wurden allerdings bereits neue Wege hin zu programmgesteuerten Rechenautomaten beschritten.
Ideen und erste weit reichende Versuche zum Bau solcher Automaten gehen auf den englischen Physiker und Mathematiker Charles Babbage (1791–1871) zurück. Man nennt ihn auch den Vater des Computers, denn seine Maschine war die erste überhaupt, der das Konzept eines **Speichers** zu Grunde lag. Sie ist allerdings unvollendet geblieben.

1890 stellte der deutsch-amerikanische Ingenieur Hermann Hollerith (1860–1929) eine »Statistik«-Maschine zur Auswertung der amerikanischen Volkszählung vor. Für die Dateneingabe benutzte er Lochkarten.

Den ersten betriebsfähigen, programmgesteuerten Rechenautomaten der Welt konstruierte der Berliner Ingenieur Konrad Zuse (1910–1995). Seine Maschine, die »Z3«, arbeitete mit Telefonrelais, elektrischen Ein-Aus-Schaltern also, die nicht von Hand, sondern durch elektrischen Strom geschaltet werden. Für die Rechenvorgänge nutzte er das **Dualsystem**. Die Z3 bestand aus insgesamt 2.000 Relais: 600 zum Rechnen, 1.400 als Speicher für insgesamt 64 Zahlen. Drei Jahre später entstand eine ähnliche Anlage in den USA.

***Was ist das Dualsystem?***

*Für Rechenvorgänge im Computer wird nicht das Dezimalsystem (0 bis 9) genutzt, sondern das so genannte binäre (franz. binaire = »aus zwei Einheiten bestehend«) oder Dualsystem, das nur die 0 und die 1 kennt. Alle Zahlenwerte werden als elektrische Signale verarbeitet: Eine 1 steht für »an« (elektrische Spannung), eine 0 für »aus« (keine elektrische Spannung). So können alle Daten als Zahlenreihen aus Einsen und Nullen dargestellt werden. Die ersten fünf Zahlen für einen Computer sehen so aus:*
*0 = 00000;*
*1 = 00001;*
*2 = 00010;*
*3 = 00011;*
*4 = 00100;*
*5 = 00101.*

### BEMERKENSWERTES

**Dumm, aber schnell**

**Eigentlich ist ein Computer ziemlich dumm. Seine »Intelligenz« steckt allein im Programm, mit dem man ihn füttert. Was den Computer so ungemein schlau erscheinen lässt, ist das Tempo, mit dem er operiert. Gewöhnliche Personalcomputer können heute Aufgaben bewältigen, für die man vor wenigen Jahrzehnten noch eine Maschine von der Größe einer kompletten Straßenbahn gebraucht hätte.**

# REGISTER

Günther Wessel

# Einmal bis ans Ende der Welt

## Legendäre Entdecker und ihre abenteuerlichen Geschichten

Schon seit jeher haben sich Menschen ins Unbekannte aufgemacht – auf der Suche nach einem besseren Leben, nach Reichtum, Machtgewinn oder im Namen der Wissenschaft. Doch wie sah die harte Realität aus, wenn Männer wie Leif Eriksson, Ferdinand Magellan oder Heinrich Barth die weißen Flecken auf der Landkarte erforschten? Ausgehend von lebendigen Momentaufnahmen aus dem Blickwinkel der Entdecker gibt Günther Wessel Einblick in entscheidende Wendepunkte der legendären Expeditionen. Anschaulich und ohne Vorwissen verständlich erklärt er dann die historischen Gegebenheiten. Und so merken wir: am Ende der Neuentdeckung war das Leben nicht mehr so wie vorher, egal ob für die Menschen zuhause oder in der Ferne, egal ob in der Antike oder in der Gegenwart.

# Allgemeinbildung
## Das muss man wissen

978-3-401-50925-9

978-3-401-50926-6

978-3-401-50929-7

978-3-401-50927-3

978-3-401-50928-0

978-3-401-50051-5

Arena

Jeder Band:
Klappenbroschur
www.arena-verlag.de